ZU DIESEM BUCH

«Wer hat heutzutage den Namen Angélique noch nicht gehört? Angélique ist eine der berühmtesten historischen Persönlichkeiten, die es gibt, berühmter als Marie Antoinette oder die Pompadur – wenn sie auch nur eine erfundene Gestalt ist! Ihre Geschichte wird in 30 Sprachen gelesen und in den Kinos der ganzen Welt atemlos verfolgt. Die Riesenauflage der Angélique-Bücher beträgt bis jetzt über 60 Millionen» (Österreichischer Rundfunk).

Im alten Schloß ihres Vaters, des Barons de Sancé, in der romantischen Landschaft Poitou begegnen wir Angélique zum erstenmal. In dieser Landschaft der verwunschenen Wälder, der grauen Schlösser, Moore und weiten, vom Salzhauch des Meeres durchwehten Horizonte lebt und liebt das «Mädchen mit den blaugrünen Augen und dem schweren goldkäferfarbenen Haar». Doch schwerwiegende Ereignisse bringen sie in die Nähe eines dunklen, aus Hofkabalen und den Machtgelüsten der Großen des Landes gewobenen Geheimnisses, das das Leben des Sonnenkönigs Ludwig XIV. bedroht und Angéliques ganzes Schicksal bestimmt. Im tiefen Sturz aus dem Glück ihrer Ehe mit dem Grafen Peyrac führt sie der Weg zum Zentrum der Welt, dem zwiegesichtigen Paris, in dessen Mauern der König in unbeschränkter Machtentfaltung prunkend Hof hält, während in den Gassen das Mittelalter noch seine düsteren Schatten wirft und in den Schlupfwinkeln der Unterwelt das Volk der Bettler und Gauner seine grausig-grotesken Feste begeht. Hier hat Angélique den entscheidenden Kampf um den Mann, den sie liebt, zu bestehen, um Glück und Zukunft ihrer beiden Kinder, um die Gunst des Monarchen und die Bewahrung des eigenen Seins: eine junge Frau von verführerischer Schönheit, einem seltsam anziehenden, schillernden Wesen, zahllosen Versuchungen ausgesetzt und zuweilen ihnen erliegend, doch im Herzen der großen Liebe treu.

Anne Golon, unter ihrem Mädchennamen Simone Changeux 1927 in Toulon als Tochter eines Marineoffiziers geboren, wurde Journalistin, schrieb Film-Drehbücher und bekam schon mit neunzehn Jahren für ein Jugendbuch einen Preis. Damit finanzierte sie eine Reportagereise nach Afrika. Im Kongo interviewte sie einen französischen Mineningenieur russischer Abstammung, Serge Goloubinoff, den sie wenig später heiratete. Beide zusammen verfaßten eine Tiergeschichte, die ein Pariser Verlag verlegte. Das Paar nannte sich dabei erstmals Serge und Anne Golon. Der Verlagsleiter gab ihnen den Rat, historisch-abenteuerliche Frauenromane zu schreiben, den sie mit ungewöhnlichem Erfolg verwirklichten. Nach dreijährigem Milieu- und Quellenstudium in Versailles schrieben sie den ersten Band ihrer Fortsetzungssaga aus der Zeit Ludwigs XIV. mit dem Titel «Angélique» (1956). Die Buchausgabe erschien übrigens nicht zuerst in Frankreich, sondern 1956 im Berliner Lothar Blanvalet Verlag. Die «Angélique»-Reihe wurde inzwischen zu einem der spektakulärsten Bucherfolge aller Zeiten. Die einzelnen Titel lauten: «Angélique» (rororo Nr. 1883 und rororo Nr. 1884), «Angélique und der König», «Unbezähmbare Angélique», «Angélique, die Rebellin», «Angélique und ihre Liebe», «Angélique und Joffrey», «Angélique und die Versuchung» und «Angélique und die Dämonin».

Anne Golon

Angélique

Roman

Erster Teil

Rowohlt

*Die Originalausgabe erschien bei Opera Mundi, Paris,
unter dem Titel «La Marquise des Anges»
Aus dem Französischen übertragen von* GÜNTHER VULPIUS
Umschlagentwurf Werner Rebhuhn

Veröffentlicht im Rowohlt Taschenbuch Verlag GmbH,
Reinbek bei Hamburg, August 1975
mit Genehmigung des Lothar Blanvalet Verlages in Berlin
«La Marquise des Anges» Copyright © 1956 by Opera Mundi, Paris
Alle deutschsprachigen Rechte besitzt der Lothar Blanvalet
Verlag in Berlin
Jeder Nachdruck, jede Übersetzung oder Bearbeitung,
gleich welcher Form, auch teilweise, ist in allen Ländern untersagt
Gesamtherstellung Clausen & Bosse, Leck/Schleswig
Printed in Germany
680-ISBN 3 499 11883 1

1

Kindheit im Poitou

Erstes Kapitel

Strahlend ging der Stern Angéliques am Hofe Ludwigs XIV. auf. Sie war kein Mädchen mehr, eine Frau in der reifenden Schönheit des frühen Sommers, mit blaugrünen Augen, goldfarbenem Haar und dem gesunden, geschmeidigen Körper eines edlen Tiers. Aber eins vor allem machte den seltsamen Reiz ihres Wesens aus, dem so viele erlagen: daß um sie ein Geheimnis war, zu dem das Leuchten des Glücks ebenso gehörte wie der Schatten des Unheils. Doch sie hatte gesiegt, hatte das Schicksal überwunden, und nun, da sie in der Gunst des Königs stand, gab es niemand mehr, der über das Vergangene zu flüstern wagte ...

Das Leben Angéliques de Sancé begann im Zeichen der Gespenster und der Schnapphähne. Ihre Amme, die derbe Fantine Lozier, hatte in ihren Adern ein wenig von jenem maurischen Blut, das die Araber am Ende des 10. Jahrhunderts bis an die Schwelle der Provinz Poitou trugen.

Bei ihr hatte Angélique jene Milch der Leidenschaft und der Träume eingesogen, in der sich der alte Geist dieser Provinz konzentrierte, des Landes der Moore und Wälder, das wie ein Golf den lauen Meereswinden geöffnet ist.

Durch Fantines Erzählungen angeregt, hatte sie sich eine eigene wirre Welt aus Dramen und Feenmärchen erschaffen. Diese Welt machte sie froh und seltsamerweise auch gefeit gegen das Gefühl der Angst. Sie betrachtete mitleidig ihre Schwestern, die zitternde kleine Madelon und die sich zierende ältere Hortense, die gleichwohl mit dem Entschluß kämpfte, die Amme zu fragen, was die Schnapphähne im Stroh der Scheune mit ihr getrieben hatten, wovon Fantine gelegentlich etwas durchblicken ließ. Angélique mit ihren acht Jahren ahnte sehr wohl, was in der Scheune vorgegangen war. Mit dem Hirtenjungen Nicolas hatte sie oft die Kuh zum Stier, die Ziege zum Bock geführt. Nicolas erklärte ihr, daß Männer und Frauen es genauso machten. Was aber Angélique verwirrte, war, daß die Amme, wenn sie über diese Dinge redete, abwechselnd einen schmachtenden, ekstatischen oder aufrichtig entsetzten Ton annahm. Doch man mußte ja nicht unbedingt die Amme zu begreifen suchen, weder ihr Schweigen noch ihre Launen und Wutanfälle. Es genügte, daß sie da war, umfänglich und lebhaft mit ihren kräftigen Armen, mit dem Korb ihrer unter dem Kleid aus Barchent geöffneten Knie, und daß sie einen wie ein Vögelchen aufnahm, um ein Wiegenlied zu singen oder von Gilles de Retz, dem Menschenfresser von Machecoul, zu erzählen.

Schlichter und ebenso unersetzbar wie sie im Schloß ist der alte Wilhelm Lützen, der langsam und mit einem holprigen Akzent redet. Er soll Schweizer oder Deutscher sein, niemand weiß das so recht. Bald sind es fünfzehn Jahre her, daß man ihn hinkend und barfüßig auf der alten römischen Straße hat daherkommen sehen, die von Angers nach St. Jean d'Angély führt. Er hat im Schloß Monteloup vorgesprochen und um eine Schale Milch gebeten. Seitdem ist er geblieben, macht sich da und dort nützlich, repariert und zimmert. Der Baron de Sancé läßt ihn Briefe zu benachbarten Freunden tragen und den Einnehmer empfangen, wenn er erscheint, um die Steuern einzutreiben. Der alte Wilhelm hört ihn lange an, dann antwortet er ihm in seinem schweizerischen oder tirolischen Älplerkauderwelsch, und der andere geht kleinlaut von dannen.

Ist er von den Schlachtfeldern des Nordens oder des Ostens gekommen? Und was mag diesen fremdländischen Söldner veranlaßt haben, den Umweg über die Bretagne zu machen, wie es den Anschein hatte? Alles, was man von ihm weiß, ist, daß er bei Lützen unter dem Befehl des Kondottiere Wallenstein stand und die Ehre hatte, den Wanst des erhabenen Königs Gustav Adolf von Schweden zu durchbohren, als dieser sich während der Schlacht im Nebel verirrte und auf die österreichischen Pikeniere stieß.

Auf dem Dachboden, wo er wohnt, sieht man zwischen den Spinnweben seine alte Rüstung und seinen Helm in der Sonne glänzen, aus dem er noch seinen Glühwein trinkt und zuweilen seine Suppe ißt. Seine riesige Lanze, dreimal höher als er selbst, dient ihm dazu, im Herbst die Nüsse abzuschlagen.

In der weiträumigen Schloßküche gehen den ganzen Abend lang die Türen auf und zu. Türen in die Nacht, aus der in einer Wolke von Stallgeruch Knechte, Mägde und der Fuhrmann auftauchen, der so dunkel wie seine Mutter Fantine ist und den sie Jean-der-Küraß nennt, weil sein Vater ein Soldat war.

Auch die beiden langen Windhunde und die bis zu den Augen schmutzverkrusteten Dachshunde schleichen sich ein.

Aus dem Innern des Schlosses gewähren die Türen der flinken Nanette Durchlaß, die sich im Beruf des Kammermädchens übt, in der Hoffnung, so viele gute Umgangsformen zu lernen, daß sie ihre verarmte Herrschaft verlassen und in den Dienst des Marquis du Plessis de Bellière treten kann, ein paar Kilometer von Monteloup entfernt. Und es kommen und gehen die beiden Kleinmägde mit wirrem, in die Stirn hängendem Haar, die das Holz in den großen Saal und das Wasser in die Schlafzimmer tragen.

Dann erscheint die Frau Baronin. Sie hat ein zartes, von der rauhen Landluft und ihren zahlreichen Niederkünften welk gewordenes Gesicht. Sie trägt ein Kleid aus grauer Serge und eine Haube aus schwarzer Wolle, denn die Luft im Saal, in dem sie sich zwischen dem Großvater und den alten Tanten aufhält, ist noch feuchter als die der Küche.

Sie fragt, ob der Kräutertee für den alten Herrn Baron bald fertig ist und ob das Kleinste getrunken hat, ohne sich bitten zu lassen. Sie streichelt im Vorbeigehen über die Wange der halb eingeschlafenen Angélique, deren lange, goldbraune Haare sich über den Tisch hinbreiten und im Schein des Feuers aufleuchten.

„Es ist Zeit, schlafen zu gehen, meine Kleinen. Pulchérie wird euch ins Bett bringen."

Und Pulchérie, eine der alten Tanten, ist zur Stelle, fügsam wie stets. Sie hat die Stelle der Gouvernante bei ihren Nichten übernommen, weil sie mangels Mitgift weder einen Mann gefunden hatte noch ein Kloster, das sie aufnahm, und da sie sich nützlich macht, statt den lieben langen Tag zu seufzen und über dem Stickrahmen zu sitzen, behandelt man sie ein bißchen von oben herab und weniger höflich als die andere Tante, die dicke Jeanne.

Pulchérie versammelt ihre Nichten. Die Ammen werden die jüngeren zu Bett bringen, und Gontran, der Junge ohne Erzieher, wird seinen Strohsack unter dem Dach aufsuchen, wann es ihm beliebt.

Hinter dem mageren Fräulein her betreten Hortense, Angélique und Madelon den Saal, in dem das Feuer im Kamin und drei Leuchter kaum die Schatten aufzulösen vermögen, die sich im Lauf der Jahrhunderte unter hohen mittelalterlichen Gewölben angesammelt haben. An den Wänden schützen ein paar Teppiche vor der Feuchtigkeit, aber sie sind so alt und mottenzerfressen, daß man die auf ihnen dargestellten Szenen nicht mehr erkennen kann, abgesehen von den bösen Augen fahler menschlicher Figuren, die einen vorwurfsvoll anstarren.

Die kleinen Mädchen verneigen sich vor ihrem Herrn Großvater. Er sitzt in seinem weiten, mit schäbigem Pelz verbrämten schwarzen Überrock vor dem Feuer. Aber seine weißen, auf dem Knauf seines Stockes ruhenden Hände sind königlich. Er trägt einen mächtigen schwarzen Filzhut, und sein viereckig zugeschnittener Bart, der dem unseres seligen Königs Heinrich IV. gleicht, liegt auf einer kleinen, gestärkten Halskrause, die Hortense insgeheim gar zu altmodisch findet.

Eine zweite Verneigung vor Tante Jeanne, deren säuerliche Miene nicht zu lächeln geruht, und hast du nicht gesehen die große Steintreppe hinauf, wo einen Grabesluft umgibt. Die Schlafzimmer sind im Winter eisig, im Sommer aber angenehm kühl. Man betritt sie nur, um sich zu Bett zu legen. Das Bett, in dem die drei kleinen Mädchen schlafen, steht wie ein Monument in der Ecke eines kahlen Raumes, dessen sämtliche Möbel von den letzten Generationen verkauft worden sind. Der im Winter mit Stroh belegte Steinfußboden ist an vielen Stellen schadhaft. Man besteigt das Bett über einen dreistufigen Schemel. Nachdem sie ihre Nachtjacken angezogen, ihre Hauben aufgesetzt und auf Knien Gott für seine Wohltaten gedankt haben, erklettern die drei Demoiselles de Sancé de Monteloup ihr weich gepolstertes Lager und schlüpfen unter die durchlöcherten Decken. Angélique sucht alsbald das Loch des Leintuchs, das mit einem in der Decke zusammenfällt, um nachher ihren rosigen Fuß hindurchschieben und mit den Zehen winken zu können, womit sie Madelon immer zum Lachen bringt.

Die Kleine ist verängstigter als ein Hase wegen der Geschichten, die die Amme erzählt. Hortense ebenfalls, aber sie sagt nichts, denn sie ist die Älteste. Nur Angélique genießt diese Angst in höchster Wonne. Das Leben besteht aus Geheimnissen und Entdeckungen. Man hört die Mäuse im Holzwerk nagen, die Käuzchen und die Fledermäuse in den Dachstühlen der beiden Türme flattern und scharfe Schreie ausstoßen. Man hört die Windhunde in den Höfen jammern und einen Maulesel seinen Schorf am Fuß des Mauerwerks reiben.

Und zuweilen, in den Schneenächten, hört man das Heulen der Wölfe, die aus dem wilden Forst von Monteloup bis zu den bewohnten Stätten vorstoßen, oder auch an den ersten Frühlingsabenden den Gesang der Bauern aus dem Dorf, die im Mondschein den Rigodon tanzen...

Eines der Gebäude des Schlosses Monteloup lag zum Moor hinaus. Es war der älteste Teil, erbaut durch den Vorfahr Ridouët de Sancé, der ein Gefährte Du Guesclins im 12. Jahrhundert gewesen war. Es wurde von zwei mächtigen Türmen mit Wehrumgängen aus Schindeln flankiert, und wenn Angélique mit Gontran oder Denis dort hinaufkletterte, machten sie sich ein Vergnügen daraus, in die Öffnungen zu spucken, durch welche die Soldaten des Mittelalters siedendes Öl auf die Belagerer gegossen hatten. Das Mauerwerk erhob sich auf einem kleinen Kalksteinhügel, hinter dem das Moor begann. Einstmals, zur Zeit der ersten Menschen, war das Meer bis hierher vorgedrungen. Als es wieder zurückwich, hatte es ein Netz von Bächen, Kanälen und Tümpeln hinterlassen, das jetzt von Hecken und Weidengebüschen überwuchert war, ein Reich der Aale und Frösche, das die Bauern nur mit Kähnen durchquerten. Die Weiler und Hütten standen auf den Inseln des einstigen Meerbusens. Als der Herzog von La Trémoille, der sich auf seine Weltkenntnisse etwas zugute tat, eines Sommers als Gast des Marquis du Plessis durch diese Wasserlandschaft gefahren war, hatte er sie „das grüne Venedig" genannt.

Auf der Festlandseite bot Schloß Monteloup eine Fassade neueren Datums dar, die zahlreiche Fenster aufwies. Fast unmerklich trennte eine an verrosteten Ketten hängende alte Zugbrücke das Hauptportal von den Wiesen, auf denen die Maulesel weideten. Zur Rechten befanden sich der herrschaftliche Taubenschlag mit seinem Dach aus runden Ziegeln und eine Meierei. Die übrigen Vorwerke lagen jenseits des Grabens. In einiger Entfernung erblickte man den Kirchturm des Dorfs Monteloup.

Und dann begann der Wald in einem dichten Gewoge von Eichen und

Kastanien. Durch diesen Wald konnte man, ohne je der geringsten Lichtung zu begegnen, beinahe bis zur Loire und nach Anjou gelangen, so einem der Sinn danach stand und man sich nicht vor Wölfen und Räubern fürchtete.

Der Wald von Nieul, der am nächsten lag, gehörte zum Besitz des Marquis du Plessis. Die Leute von Monteloup schickten ihre Schweineherden dorthin, und es gab darüber endlose Prozesse mit dem Verwalter des Marquis, dem Sieur Molines mit den gierigen Händen. Hier lebten auch ein paar Holzschuhmacher und Köhler, außerdem eine Hexe, die alte Melusine. Im Winter kam sie manchmal ins Dorf, um an den Türschwellen eine Schale Milch zu trinken, die sie mit getrockneten Kräutern gegen alle möglichen Krankheiten bezahlte.

Nach ihrem Beispiel pflückte Angélique Blumen und Wurzeln, die sie dann trocknete, zerrieb, in Säckchen tat und an einem verborgenen Ort aufbewahrte, den allein der alte Wilhelm kannte. War sie bei dieser Beschäftigung, konnte Pulchérie stundenlang nach ihr rufen, ohne daß sie sich zeigte.

Pulchérie weinte zuweilen, wenn sie über Angélique nachdachte. Sie sah in ihr das Versagen nicht nur einer vernünftigen Erziehung, sondern auch ihres Stammes und ihres Adelsstandes, der infolge Verarmung und Mißgeschick all seiner Würde verlustig ging.

Bei Morgengrauen lief die Kleine mit fliegenden Haaren, mit Hemd, Mieder und einem verschossenen Rock fast wie ein Bauernmädchen gekleidet, ins Freie, und ihre kleinen Füße, zartgliedrig wie die einer Prinzessin, waren hart wie Horn, denn sie warf ihre Schuhe in das nächstbeste Gebüsch, um leichter gehen zu können. Rief man sie zurück, wandte sie kaum ihr rundes, von der Sonne übergoldetes Gesicht, in dem zwei blaugrüne Augen strahlten, von der Farbe jener Pflanze, die in den Sümpfen wächst und ihren Namen trägt.

„Man müßte sie ins Kloster tun", seufzte Pulchérie.

Doch der schweigsame, von Sorgen geplagte Baron de Sancé zuckte die Schultern. Wie sollte man die zweite Tochter ins Kloster tun, wenn es schon bei der ersten nicht möglich war, wenn er jährlich kaum viertausend Livres Einkünfte hatte und von diesen viertausend schon fünfhundert für die Erziehung seiner beiden ältesten Söhne bei den Augustinern von Poitiers bezahlen mußte?

Auf der Moorseite hatte Angélique Valentin, den Sohn des Müllers, zum Freund.

Auf der Waldseite war es Nicolas, eins der sieben Kinder eines Landarbeiters und bereits als Hirte im Dienste des Barons de Sancé.

Mit Valentin glitt sie im Kahn über die von Vergißmeinnicht, Minze und Angelika gesäumten Wasserwege. Valentin pflückte ganze Büschel dieser letzteren Pflanze, die so köstlich duftet. Dann verkaufte er sie an die Mönche des Klosters Nieul, die aus den Wurzeln und den Blüten einen Heiltrank bereiteten und aus den Stielen Zuckerwerk. Er bekam dafür Skapuliere und Rosenkränze, die er den Kindern der protestantischen Dörfer an den Kopf warf, worauf diese heulend davonliefen, als habe der Leibhaftige selbst ihnen ins Gesicht gespien. Seinem Vater, dem Müller, mißfiel dieses seltsame Treiben. Wenn er auch katholisch war, trat er doch für Toleranz ein. Und was mußte sein Sohn mit Angelikabüscheln handeln, da doch das Amt des Müllers auf ihn übergehen würde und er sich nur in der gemütlichen Mühle niederzulassen brauchte, die auf Pfählen am Rande des Wassers stand?

Aber Valentin war ein schwer zu durchschauender Bursche. Von kräftigroter Gesichtsfarbe und für seine zwölf Jahre von geradezu herkulischer Größe, stummer als ein Karpfen, hatte er einen unsteten Blick, und die Leute, die auf den Müller neidisch waren, nannten ihn einen Halbidioten.

Nicolas, der gesprächige, immer zum Lachen aufgelegte Hirte, ging mit Angélique Pilze, Brombeeren und Heidelbeeren sammeln. Er schnitzte ihr Flöten aus Nußbaumholz.

Die beiden Jungen beobachteten in tödlicher Eifersucht Angéliques Gunstbezeigungen. Sie war bereits so hübsch, daß die Bauern sie als die lebendige Verkörperung der Feen betrachteten, die den riesigen Dolmen auf dem Hexenfeld bewohnten.

Zweites Kapitel

Seit einer Weile horchte der alte Baron in die Richtung des Hofs, aus dem Rufe heraufdrangen, mit dem Gegacker verängstigter Hühner vermischtes Geschrei. Dann hörte man hastige Schritte und schließlich noch heftigere Rufe in Wilhelms Akzent. Es war ein strahlender Herbstnachmittag, und alle übrigen Bewohner des Hauses schienen draußen zu sein.

„Habt keine Angst, Kinder", sagte der Großvater, „es ist irgendein Bettler, den man verjagt."

Aber schon war Angélique auf die Freitreppe gerannt und rief: „Vater Wilhelm wird angegriffen, man will ihm etwas antun!"

Der Baron humpelte eilig hinaus, um einen Säbel zu holen, und Gontran erschien mit einer Hundepeitsche. Als sie am Portal anlangten, fanden sie den alten, mit seiner Hellebarde bewaffneten Diener vor und Angélique an seiner Seite.

Der Gegner war nicht allzu weit entfernt. Er stand außer Reichweite auf der anderen Seite der Zugbrücke, fürs erste abgewehrt, aber noch nicht in die Flucht geschlagen. Er war ein großer, ausgehungert wirkender Bursche, der recht wütend zu sein schien. Doch zu gleicher Zeit bemühte er sich um eine gemessene und dienstliche Haltung.

Sofort ließ Gontran die Peitsche sinken, zog seinen Großvater zurück und flüsterte ihm zu: „Es ist der Steuereintreiber. Man hat ihn schon ein paarmal fortgejagt..."

Der so übel empfangene Beamte setzte zwar seinen Rückzug langsam fort, faßte aber angesichts des Zögerns der neu aufgetauchten Verstärkung frischen Mut. In respektvoller Entfernung blieb er schließlich stehen, zog eine vom Handgemenge ziemlich mitgenommene Schriftrolle aus der Tasche und rollte sie seufzend und liebevoll auf. Worauf er ein Mahnschreiben vorzulesen begann, demzufolge der Baron de Sancé unverzüglich eine Summe von 875 Livres, 19 Sols und 11 Deniers zu entrichten habe, nämlich rückständige Steuern für die Pachtbauern, den Zehnten der Einkünfte des Grundherrn, Gebühren für das Beschälen der Stuten, die „Staubabgabe" für die Benutzung der königlichen Landstraßen durch Viehherden und Buße wegen verspäteter Zahlung.

Der alte Baron wurde rot vor Zorn. „Du bildest dir wohl ein, du Laffe, ein Edelmann habe diesem Nimmersatt von Fiskus etwas zu zahlen wie ein gewöhnlicher Bürgerlicher!" schrie er wütend.

„Ihr wißt sehr wohl, daß Euer Herr Sohn bisher die jährlichen Abgaben einigermaßen regelmäßig geleistet hat", sagte der Mann, wobei er seine Reverenz machte. „Ich werde daher wiederkommen, wenn er zugegen ist. Doch ich warne Euch: Wenn er morgen zu gleicher Stunde zum viertenmal nicht da ist und nicht bezahlt, so pfände ich ihn, und man wird Euer Schloß und all Eure Möbel verkaufen."

„Scher dich fort, du Lakai der Staatswucherer!"

„Herr Baron, ich mache Euch darauf aufmerksam, daß ich ein vereidigter Diener des Gesetzes bin und auch zum Vollstreckungsbeamten bestimmt werden kann."

„Zur Vollstreckung bedarf es eines Urteils!" donnerte der alte Junker.

„Euer Urteil werdet Ihr unfehlbar bekommen, glaubt es mir, falls Ihr nicht bezahlt..."

„Wie sollen wir denn zahlen, wenn wir nichts haben!" rief Gontran, da er merkte, daß der Greis ängstlich wurde. „Ihr seid ja Gerichtsvollzieher – kommt nur herein, dann werdet Ihr sehen, daß die Schnapphähne abermals einen Hengst, zwei Eselinnen und vier Kühe geraubt haben, und daß der größte Teil der Summe, die Ihr für fällig erklärt, aus den Abgaben der Pächter meines Vaters besteht. Er war bisher bereit, für sie zu zahlen, weil diese armen Bauern es nicht konnten, aber er ist nicht dazu verpflichtet. Im übrigen haben unsere Bauern beim letzten Überfall im Verhältnis noch mehr gelitten als wir, und begreiflicherweise kann mein Vater nach dieser Plünderung Eure Forderung nicht begleichen..."

Der Beamte ließ sich durch vernünftige Worte eher besänftigen als durch die Beleidigungen des alten Edelmanns. Während er mißtrauische Blicke auf Wilhelm warf, näherte er sich ein wenig und erklärte in sanfterem und fast mitleidigem, aber bestimmtem Ton, er könne nur die von der Fiskalverwaltung empfangenen Anweisungen übermitteln. Die einzige Möglichkeit, die Pfändung hinauszuzögern, sei nach seiner Ansicht, daß der Baron ein Gesuch an den Provinzialintendanten nach Poitiers richte.

„Unter uns", fügte der Gerichtsbeamte hinzu – ein Ausdruck, der dem alten Baron eine Grimasse des Ekels entlockte –, „unter uns möchte ich Euch sagen, daß meine direkten Vorgesetzten nicht befugt sind, Euch Nachlaß oder Befreiung zu gewähren. Da Ihr aber dem Adelsstand angehört, werdet Ihr sicherlich sehr hochgestellte Persönlichkeiten kennen. Drum nehmt meinen freundschaftlichen Rat an und handelt entsprechend!"

„Es liegt mir nicht im Sinn, Euch als meinen Freund zu bezeichnen!" bemerkte Baron de Ridouët scharf.

„Ich habe das gesagt, damit Ihr es Euerm Herrn Sohn wiederholt. Alle Welt lebt ja im Elend! Glaubt Ihr, es macht mir Vergnügen, auf jedermann wie ein Schreckgespenst zu wirken und überall mehr Fußtritte einzuheimsen als ein räudiger Hund? Damit Gott befohlen und nichts für ungut!"

Er setzte seinen Hut wieder auf und ging humpelnd davon, wobei er bekümmert den beim Geraufe zerrissenen Ärmel seines Uniformrocks untersuchte.

In entgegengesetzter Richtung entfernte sich, ebenfalls humpelnd, der alte Baron. Ihm folgten wortlos Gontran und Angélique.

In den Salon zurückgekehrt, begann der Großvater auf und ab zu gehen, und die Kinder wagten lange nicht zu reden. Endlich erklang die Stimme des Mädchens im abendlichen Dämmerlicht.

„Sag, Großvater, wenn die Räuber uns unsern ehrlichen Namen gelassen haben, hat ihn jetzt eben dieser schwarze Kerl nicht mit sich fortgenommen?"

„Geh zu deiner Mutter", sagte der Greis, dessen Stimme plötzlich bebte.

Er ließ sich unbeholfen in seinen abgeschabten Ohrenstuhl nieder und sprach kein Wort mehr.

Als Armand de Sancé von dem Empfang erfuhr, den man dem Steuereintreiber bereitet hatte, seufzte er und strich sich lange über das kleine graue Bärtchen, das er nach Art Ludwigs XIII. unter der Lippe trug.

Um seine vielköpfige Brut großzuziehen, hatte dieser Sohn eines mittellosen Aristokraten auf alle Vergnügungen seines Standes verzichten müssen. Er reiste selten, jagte nicht einmal mehr, im Gegensatz zu den Landjunkern in der Nachbarschaft, die kaum wohlhabender waren als er, sich aber über ihre mißliche Lage hinwegtrösteten, indem sie Hasen und Wildschweine hetzten.

All seine Zeit widmete Armand de Sancé der Pflege seiner kleinen Landwirtschaft. Er war kaum besser gekleidet als seine Bauern, und gleich ihnen haftete ihm ein kräftiger Geruch nach Dünger und Pferden an. Er liebte seine Kinder. Und danach seine Maulesel. Eine Zeitlang hatte der Edelmann davon geträumt, ein kleines Gestüt dieser Lasttiere einzurichten, die weniger empfindlich als Pferde und ausdauernder als Esel sind.

Aber nun hatten ihm die Schnapphähne seinen besten Hengst und zwei Eselinnen weggenommen. Das war ein Unglück, und er dachte hin und wieder daran, seine letzten Maulesel und die Parzellen zu verkaufen, die bisher für ihre Aufzucht bestimmt gewesen waren.

Am Tage nach dem Besuch des Beamten schnitt Baron Armand sorgfältig einen Gänsekiel zurecht und ließ sich vor seinem Schreibtisch nieder, um ein Gesuch an den König abzufassen, durch das er von seinen jährlichen Steuern befreit zu werden hoffte.

In diesem Brief legte er seine Verhältnisse dar. Zunächst entschuldigte er sich, nur neun lebende Kinder anführen zu können, doch würden weitere gewiß noch zur Welt kommen, denn „seine Frau und er seien noch jung und zeugten sie gerne".

Er fügte hinzu, er habe einen gebrechlichen und rentelosen Vater zu erhalten, der unter Ludwig XIII. bis zum Obersten aufgerückt sei. Er selbst sei Hauptmann und zur Beförderung vorgeschlagen gewesen, habe jedoch den Dienst des Königs verlassen müssen, weil sein Sold als Offizier der Königlichen Artillerie, siebzehnhundert Livres im Jahr, „ihm nicht die Möglichkeit verschafft habe, sich im Dienst zu erhalten". Er erwähnte außerdem, daß zwei alte Tanten ihm zur Last fielen, „die mangels Mitgift weder einen Mann noch ein Kloster gefunden hätten, und notgedrungen, schlichte Verrichtungen leistend, dahinwelkten". Daß er vier Dienstboten habe, darunter einen alten, ausgedienten Soldaten ohne Pension, den er zu seiner Bedienung brauche. Zwei seiner älteren Söhne seien im Kollegium und beanspruchten daher fünfhundert Livres allein für ihre Erziehung. Eine Tochter solle ins Kloster eintreten, aber dafür seien wiederum dreihundert Livres erforderlich. Er schloß mit der Feststellung, er bezahle seit Jahren die Steuern seiner Pachtbauern, damit sie auf ihrem Boden bleiben könnten, und dennoch sei er dem Fiskus gegenüber verschuldet, der 875 Livres, 19 Sols und 11 Deniers allein für das laufende Jahr fordere. Nun, seine Gesamteinkünfte beliefen sich jährlich auf knapp viertausend Livres, und damit müsse er neunzehn Personen ernähren und standesgemäß leben. Am Ende erbat er von der königlichen Huld den allergnädigsten Erlaß der geforderten Steuern, eine Beihilfe oder ein Darlehen von wenigstens tausend Livres, und überdies ersuchte er, man möge, falls man für Amerika oder Indien Truppen werbe, als Fähnrich seinen ältesten Sohn berücksichtigen, der in der obersten Klasse bei den Patres sei, denen er jedoch bereits das Kostgeld für das zurückliegende Jahr schulde.

Er fügte hinzu, er seinerseits sei stets bereit, jeden beliebigen Posten zu übernehmen, der sich mit dem Adelsstand vereinbaren lasse, wofern er alle seine Leute ernähren könne, was ja sein Landbesitz, selbst wenn er ihn verkaufen würde, nicht mehr erlaube ...

Nachdem er diese lange Bittschrift, die ihn mehrere Stunden Arbeit kostete, mit Sand gelöscht hatte, schrieb Armand de Sancé noch ein paar Worte an seinen Gönner und Vetter, den Marquis du Plessis de Bellière, den er beauftragte, diese Bittschrift mit einigen Empfehlungen dem König selbst oder der Königin-Mutter zu übergeben.

Er schloß in höflichstem Tone: „Ich hoffe, Euch bald wiederzusehen und Gelegenheit zu finden, Euch gefällig zu sein, sei es mit Maultieren, deren ich sehr schöne habe, sei es mit Kastanien, Käse und Quark für Euren Tisch."

Ein paar Wochen später hätte der arme Baron Armand de Sancé eine neue Verdrießlichkeit auf seine Liste setzen können. Eines Abends nämlich, als der erste Schnee sich ankündigte, vernahm er den Hufschlag eines Pferdes auf dem Weg, dann auf der alten Zugbrücke.

Die Hunde bellten im Hof. Angélique, die Tante Pulchérie mit einer Nadelarbeit in ihrem Zimmer festzuhalten vermocht hatte, stürzte ans Fenster. Sie erblickte ein Pferd, von dem zwei lange, magere, schwarzgekleidete Reiter abstiegen, während ein mit Koffern beladenes Maultier, von einem Bauernjungen geführt, auf dem Pfad erschien.

„Tante! Hortense!" rief sie. „Schaut doch nur. Ich glaube, es sind unsere Brüder Josselin und Raymond."

Die beiden Mädchen und die alte Dame stiegen eilends die Treppe hinunter und erreichten den Salon, als die Schüler eben ihren Großvater und Tante Jeanne begrüßten. Die Dienstboten liefen aus allen Richtungen herbei. Einige waren unterwegs, um den Baron auf den Feldern und die Baronin im Gemüsegarten zu suchen.

Die Jünglinge reagierten recht mißmutig auf diesen Empfangstrubel. Sie waren fünfzehn und sechzehn Jahre alt, aber man hielt sie häufig für Zwillinge, denn sie waren von gleicher Größe und ähnelten einander. Beide hatten die gleiche blasse Gesichtsfarbe, graue Augen und schwarzes, struppiges Haar, das über die einst weißen, nun zerknitterten und schmutzigen Kragen ihrer Schülertracht hing. Nur ihr Ausdruck war verschieden. Josselins Züge ließen auf Brutalität, die Raymonds auf Zurückhaltung schließen.

Während sie einsilbig die Fragen ihres Großvaters beantworteten, legte die höchst beglückte Amme ein schönes Tischtuch auf und brachte Pasteten, Brot, Butter und eine Schüssel mit den ersten Kastanien. Die Augen der Jünglinge leuchteten. Unverweilt setzten sie sich zu Tisch und aßen mit einer Gier, die Angélique in Staunen versetzte.

Sie stellte freilich fest, daß sie mager und blaß und daß ihre Anzüge aus schwarzem Serge an den Ellbogen und Knien reichlich fadenscheinig waren. Sie sprachen mit gesenkten Augen. Keiner von beiden schien sie wiedererkannt zu haben, und gleichwohl erinnerte sie sich, daß sie früher mit Josselin Vogelnester ausheben gegangen war, so wie sie es jetzt mit Denis tat.

Raymond trug am Gürtel ein ausgehöhltes Horn. Sie fragte ihn, was das sei.

„Da kommt die Tinte hinein", gab er in schroffem Ton zur Antwort.

„Ich habe meines weggeworfen", sagte Josselin.

Vater und Mutter erschienen mit den Leuchtern. Der Baron war trotz aller Freude ein wenig beunruhigt.

„Wie kommt es, daß ihr da seid, meine Söhne?" erkundigte er sich. „Ihr seid zwar im Sommer nicht erschienen, aber ist der Winteranfang nicht eine ungewöhnliche Ferienzeit?"

„Wir sind im Sommer nicht gekommen", erklärte Raymond, „weil wir keinen Sol hatten, um ein Pferd zu mieten, ja nicht einmal, um die Postkutsche zu nehmen, die von Poitiers nach Niort fährt."

„Und wenn wir jetzt hier sind, so nicht deshalb, weil wir mehr Geld haben...", fuhr Josselin fort.

„Sondern weil die Patres uns hinausgeworfen haben", schloß Raymond. Im Salon herrschte betretenes Schweigen.

„Heiliger Dionysius", rief der Großvater aus, „was für eine Dummheit habt ihr begangen, ihr Herren, daß man euch einen solchen Schimpf angetan hat?"

„Keine, aber seit nahezu zwei Jahren haben die Augustiner kein Pensionsgeld für uns bekommen, und sie gaben uns zu verstehen, andere Schüler, deren Eltern freigebiger seien, brauchten unsere Plätze..."

Baron Armand begann auf und ab zu gehen, was bei ihm immer ein Zeichen starker Erregung war.

„Das ist ja gar nicht möglich", sagte er. „Wenn ihr euch nichts zuschulden kommen ließt, können euch die Patres nicht mir nichts, dir nichts vor die Tür setzen. Ihr seid Edelleute! Das wissen die Patres doch."

Das Gesicht Josselins, des Älteren, bekam einen hämischen Ausdruck: „Jawohl, das wissen sie ganz genau, und ich kann Euch sogar die Worte des Ökonomen wiederholen, die er uns als Wegzehrung mitgab. Er hat gesagt, die Adligen seien die schlechtesten Zahler, und wenn sie kein Geld hätten, so sollten sie eben auf das Latein und die Wissenschaften verzichten."

Der alte Baron richtete mühsam seinen gebrechlichen Oberkörper auf.

„Es fällt mir schwer zu glauben, daß ihr die Wahrheit sprecht", sagte er. „Denkt doch daran, daß Kirche und Adel eine Einheit sind und daß die Schüler die künftige Blüte des Staats darstellen. Die guten Patres wissen das besser als jeder andere!"

Der zweite Junge, Raymond, der Priester zu werden gedachte, erwiderte mit halsstarrig auf den Boden gerichtetem Blick: „Bei den Patres hat man uns gelehrt, daß Gott die Seinen zu erwählen weiß, und vielleicht hat er uns nicht für würdig befunden ..."

„Klapp deine Possensammlung zu, Raymond", sagte sein Bruder. „Das ist wahrhaftig nicht der Augenblick, sie aufzuschlagen. Wenn du ein Bettelmönchlein werden willst – bitte! Ich aber, ich bin der Älteste und teile Großvaters Ansicht: Die Kirche schuldet uns Achtung, uns Adligen! Wenn sie uns indessen Söhne von Bürgern und Krämern vorzieht – soll sie doch! Sie gräbt sich ihr eigenes Grab und wird zugrunde gehen!"

Die beiden Barone fuhren zu gleicher Zeit hoch.

„Josselin, du hast kein Recht, so zu lästern!"

„Ich lästere nicht. Ich stelle nur fest. In meiner Klasse, in der ich der Jüngste und der zweite von dreißig Schülern bin, sind genau fünfundzwanzig Söhne von Bürgern und Beamten, die bis auf Heller und Pfennig bezahlen, und fünf Adlige, von denen nur zwei regulär bezahlen ..."

Armand de Sancé wollte sich an diesen letzten Rest von Prestige klammern: „Man hat also zwei weitere Söhne von Adligen zusammen mit euch entlassen?"

„Keineswegs: Die Eltern derer, die nicht zahlen, sind hochgestellte Leute, vor denen die Patres Angst haben."

„Ich verbiete dir, in dieser Weise über deine Erzieher zu reden", sagte Baron Armand, während sein alter Vater wie im Selbstgespräch vor sich hin murmelte:

„Gottlob ist der König tot und sieht solche Dinge nicht mehr!"

„Ja, gottlob, Großvater, wie Ihr sagt", pflichtete Josselin höhnisch lächelnd bei. „Und es war ein tüchtiger Mönch, der Heinrich IV. ermordete."

„Schweig still, Josselin", ließ sich plötzlich Angélique vernehmen. „Das Reden ist nicht deine starke Seite, und wenn du sprichst, siehst du wie eine Kröte aus."

Der Jüngling fuhr auf und betrachtete überrascht das kleine Mädchen, das ihn da so ruhig zurechtwies.

„Sieh da, das bist du ja, Frosch, Moorprinzessin! Und ich habe ganz vergessen, dich zu begrüßen, Schwesterchen."

„Weshalb nennst du mich Frosch?"

„Weil du mich Kröte genannt hast. Und dann – verkriechst du dich nicht immer ins Gras und ins Moorschilf? Ob du wohl ebenso klug und schnippisch geworden bist wie Hortense?"

„Ich hoffe nicht", sagte Angélique bescheiden.

Ihre Einmischung hatte die Atmosphäre entspannt. Im übrigen waren die beiden Brüder gesättigt, und die Amme räumte bereits ab.

Trotzdem blieb die Stimmung im Salon ziemlich drückend, und jedermann suchte ratlos nach einer Lösung für diesen neuerlichen Schicksalsschlag.

In die entstandene Stille drang das Heulen des jüngsten Kindes. Die

Mutter, die Tanten und sogar Gontran nützten es als Vorwand, um „nachzuschauen". Doch Angélique blieb bei den beiden Baronen und den in so bejammernswerter Ausstaffierung aus der Stadt zurückgekehrten Brüdern.

Der alte Lützen, der im Augenblick der Ankunft der Jungen nicht zur Stelle gewesen war, brachte zu Ehren der Reisenden neue Leuchter. Er vertropfte ein wenig Wachs, als er ungeschickt den Älteren umarmte. Der Jüngere wich der plumpen Begrüßung mit verächtlicher Miene aus.

Doch ungeniert tat der alte Soldat seine Meinung kund: „Es ist ja wohl an der Zeit, daß ihr heimkommt! Was taugt das überhaupt, daß ihr Latein studiert, wo ihr kaum eure eigene Sprache zu schreiben vermögt? Als die Fantine mir sagte, daß die jungen Herren für immer zurück sind, da hab' ich bei mir gedacht, jetzt kann der Herr Josselin endlich zur See gehen..."

„Sergeant Lützen, muß ich dich an die alte Manneszucht erinnern?" bemerkte der alte Baron trocken.

Der einstige Landsknecht fügte sich und schwieg. Angélique war verwundert über den barschen und erregten Ton ihres Großvaters, der sich jetzt dem älteren Jungen zuwandte.

„Ich hoffe, Josselin, du hast deine Pläne aus der Kinderzeit vergessen: Seemann zu werden?"

„Und warum sollte ich, Großvater? Es scheint mir sogar, daß es für mich jetzt keine andere Lösung gibt!"

„Solange ich lebe, wirst du nicht zu den Matrosen gehen. Alles, nur das nicht!" Und der Greis stieß seinen Stock auf den brüchigen Fußboden.

Josselin schien niedergeschlagen über die plötzliche Starrköpfigkeit seines Großvaters bezüglich eines Plans, der ihm am Herzen lag und der es ihm ermöglicht hatte, bisher ohne allzu großen Groll die Unbill der Schulverweisung zu ertragen. „Aus ist's mit den Paternostern und den Lateinaufgaben", hatte er gedacht. „Jetzt bin ich ein Mann, und ich werde auf ein Kriegsschiff des Königs gehen."

Armand de Sancé versuchte zu vermitteln. „Nun, Vater, weshalb dieser Starrsinn? Das mag keine schlechtere Lösung sein als irgendeine andere. Ich will Euch im übrigen gestehen, daß ich in dem kürzlich an den König gesandten Gesuch unter anderem auch darum gebeten habe, meinen ältesten Sohn bei einem Handels- oder Kriegsschiff aufzunehmen."

Doch der alte Baron konnte sich nicht beruhigen. Nie hatte Angélique ihn so wütend gesehen, nicht einmal an dem Tage, da er die Auseinandersetzung mit dem Steuereinnehmer gehabt hatte.

„Der älteste Sohn eines Edelmanns hat in der Armee des Königs zu dienen, und damit basta."

„Ich will ja gar nichts anderes als ihm dienen, aber auf dem Meer", erwiderte der Junge.

„Josselin ist sechzehn Jahre alt. Da ist es schließlich an der Zeit, daß er seinen Weg wählt", meinte sein Vater zögernd.

Ein schmerzlicher Ausdruck glitt über das zerfurchte Antlitz, das der kurze weiße Bart umrahmte. Der Greis hob die Hand.

„Es ist wahr, daß in der Familie andere vor ihm ihr eigenes Geschick gewählt haben. Müßt auch Ihr mich enttäuschen, mein Sohn?" sagte er in tiefbetrübtem Ton.

„Die Absicht liegt mir fern, Euch unerfreuliche Erinnerungen ins Gedächtnis zu rufen, Vater", entschuldigte sich Baron Armand. „Ich selbst habe nie daran gedacht, in die Fremde zu gehen, und bin mehr mit dieser unserer Erde verwurzelt, als ich zu sagen vermag. Aber ich erinnere mich, wie hart und schwierig meine Situation in der Armee war. Auch als Adliger kann man ohne Geld nicht in die höheren Ränge aufsteigen. Ich war bis über die Ohren verschuldet und zuweilen gezwungen, meine gesamte Ausrüstung zu verkaufen: Pferd, Zelt, Waffen, ja ich mußte sogar meinen eigenen Burschen vermieten. Erinnert Ihr Euch all der guten Ländereien, die Ihr verkaufen mußtet, damit ich im Dienst bleiben konnte?"

Angélique verfolgte die Unterhaltung mit gespannter Aufmerksamkeit. Sie hatte nie Seeleute gesehen, aber sie entstammte einem Lande, durch dessen Flußtäler die Rufe des Ozeans klingen. Sie wußte, daß es an der Küste von La Rochelle bis Nantes Fischerboote gab, die nach fernen Ländern fuhren, in denen man Menschen begegnete, die rot waren wie das Feuer oder gestreift wie Frischlinge. Man erzählte sich sogar, ein bretonischer Matrose aus der Gegend von Saint-Malo habe Wilde nach Frankreich mitgebracht, denen wie den Vögeln Federn auf den Köpfen wuchsen.

Ach, wäre sie ein Mann, dann würde sie sich nicht um die Ansicht ihres Großvaters kümmern!... Sie grollte Josselin, nicht nur weil er so finster und verdrossen war, sondern auch weil er sich wie ein dummer kleiner Junge abkanzeln ließ.

Madame de Sancé hatte einen großen Strohhut auf ihr Kopftuch gesetzt und war eben im Begriff, sich in den Gemüsegarten zu begeben, als ein Heidenspektakel sie veranlaßte, in den Speisesaal des Schlosses zu gehen. Hier fand sie Gontran vor, der sich mit einem schmutzigen Bauernjungen raufte. Angélique spielte dabei den Schiedsrichter.

Da die Schulverweisung ihrer beiden ältesten Söhne auf ihrem Herzen lastete, wurde die arme Dame sehr böse.

„Wie oft muß man dir noch sagen, Gontran, daß diese kleinen Bauernlümmel kein Umgang für dich sind – und ebensowenig für Angélique. Hinaus mit dir, du Bengel!"

Der Junge warf einen hämischen Blick auf die Schloßherrin, die ein geflicktes Kleid von undefinierbarer Farbe und in ihren ausgetretenen Schuhen keine Strümpfe trug. Dann kratzte er gemächlich seinen grindigen Kopf.

„Nicht bevor ich den Herrn Baron gesprochen habe", erklärte er. „Der

Herr Verwalter vom Schloß schickt mich. Er sagt, es sei eilig. Da ist sein Zettel."

Er nahm aus seiner Faust ein Kügelchen, das offensichtlich ein einfaches, viermal gefaltetes Blatt Papier gewesen war, ohne Umschlag und ohne Wachssiegel. Der Verwalter des benachbarten Schlosses, der Sieur Molines, bat darin den Herrn Baron de Sancé, sobald es anginge, in seine Wohnung zu kommen, da er gerne mit ihm eine ihn interessierende und betreffende Angelegenheit besprechen würde ...

Die Baronin zerknitterte nervös das Papier, dann versuchte sie es von neuem zu glätten.

„Bring diesen Brief dem Herrn Baron", sagte sie zu dem Jungen. „Er muß auf der Maultierkoppel hinter dem Hause sein. Und halte dich unterwegs nicht mehr auf."

Als der Kleine gegangen war, nahm Madame de Sancé, die ihre Erbitterung nur mühsam beherrschen konnte, ihre Kinder zu Zeugen.

„Ist das nicht eine furchtbare Zeit, in der wir leben? Da muß man sich's gefallen lassen, daß ein bürgerlicher Nachbar, ein hugenottischer Verwalter, dieser gewöhnliche Molines, sich herausnimmt, euern Vater ganz einfach vorzuladen, ihn, der ein echter Abkömmling Heinrichs II. ist. Ich höre schon, wie der gute Armand mir sagen wird, daß ‚diese Besuche mit Geschäften zu tun haben, die die Frauen nichts angehen', aber ich möchte wissen, was für ehrliche Geschäfte ein Edelmann mit dem Verwalter des nachbarlichen Schlosses betreiben kann. Es muß sich wohl wieder einmal um Maultiere handeln! ... Ich würde es noch verstehen, wenn es um Pferdezucht ginge. Meine Familie ist immer großzügig gewesen, und wir haben uns nie unserer Abstammung vom seligen Claude Gouffrier geschämt, dem Oberstallmeister König Heinrichs II. Aber Maultiere und Esel! Ich frage mich wirklich, ob es nicht besser für uns wäre, wenn euer Vater den König bitten würde, wieder in den Dienst aufgenommen zu werden. Wenn man dem Hof näher rückt, kann man in den Genuß der Großmut des Königs gelangen. Das wäre besser, als sich darauf zu versteifen, ein Landgut mit unmöglichen Bauern, Faulenzern und Dieben zu bestellen, die einen mit unvorstellbarer Dreistigkeit behandeln. Diesmal bin ich fest entschlossen, mit Armand darüber zu reden. Er nimmt uns vor diesen Strolchen nicht genügend in Schutz."

Angélique und Gontran lauschten ihrer Mutter mit einiger Verwunderung. Sie waren es nicht gewohnt, sie so lange und vor allem in so empörten Worten reden zu hören. Im allgemeinen war sie sanft, wenn auch kühl, von lässiger und resignierter Natur. Doch die Schmach, die man ihren beiden ältesten Söhnen angetan hatte, auf die sie sehr stolz war, hatte sie außer Fassung gebracht und verschärfte die Gefühle unbestimmten Grolls, die sich im Lauf zahlloser Jahre des Kummers und der Schwierigkeiten in ihr angestaut hatten.

Madame de Sancé hielt jäh inne, als sie sich bewußt wurde, daß sie in

Gegenwart ihres Sohns und ihrer Tochter weitergeredet hatte. Ihre Augen füllten sich mit Tränen.

Gontran und Angélique vermieden verlegen ihren Blick. Obwohl als Wildlinge aufgewachsen, scheuten sich alle Sancé-Kinder vor Gefühlsäußerungen, und diese unvermittelte Anklagerede ihrer stets heiteren, wenn auch gelegentlich seufzenden Mutter war ihnen peinlich.

Überdies warf sich Madame de Sancé bereits vor, daß sie sich hatte gehen lassen, und versuchte abzulenken:

„Was macht ihr hier, Kinder? Draußen scheint noch die Sonne. Ihr tätet besser, auf die Felder zu laufen . . ."

Gontran sagte ärgerlich: „Mutter, vor fünf Minuten habt Ihr uns vorgeworfen, daß wir uns wie Bauernlümmel benehmen, und jetzt sollen wir mit den Hirtenjungen herumtollen."

„Das ist mir immer noch lieber, als daß ihr untätig im Haus herumlungert oder euch in euern Speicher einschließt und ich weiß nicht was treibt. Das Alleinsein tut nicht gut in euerm Alter."

„Ich male und schnitze", sagte Gontran mit einem gewissen Stolz.

Seine Augen leuchteten auf. „Wollt Ihr, daß ich Euch einige meiner Arbeiten zeige, Mutter?"

Ohne ihre Antwort abzuwarten, lief er zu einer Truhe und kramte ein Stück Holz und ein Blatt Papier hervor. Es war das erstemal, daß er sich erbot, der Familie seine Arbeiten vorzulegen. Aber die Worte seiner Mutter hatten ihn bewegt, ohne daß er es sich eingestand, und er empfand das Bedürfnis, sie auf andere Gedanken zu bringen.

„Seht, dies ist der Kopf des alten Wilhelm."

Als gute Familienmutter, die sie war, beugte sich die Baronin mit noch tränenverschleierten Augen über die mit dem Messer bearbeitete Birnbaumwurzel, die ihr Sohn ihr reichte. Sie fühlte, daß die Situation ihr über den Kopf wuchs. Was sollte man mit all diesen ungeduldigen, rebellischen Sprößlingen machen, die zu allem Überfluß sich auch noch herausnahmen, eigene Ideen über ihre Zukunft zu haben?

Der Kopf des alten Wilhelm war gewiß sprechend ähnlich, aber weshalb wollte Gontran deswegen gleich Bildhauer und Maler werden? War das denn überhaupt ein Beruf? Wohl wußte Madame de Sancé, daß berühmte Künstler am Hofe lebten oder in Rom, beispielsweise. Doch sie stellte sie im Geist auf eine Ebene mit Leuten vom Theater oder den Gauklern. Jedenfalls war das kein achtbarer Beruf. Sie kannte keine Edelleute, die Maler waren.

„Und hier das Porträt von Angélique", sagte der Junge, indem er das Blatt hinhielt.

Die mehrfarbig ausgeführte Zeichnung stellte eine Art Seeräuberin dar, die inmitten grimassierender, bärtiger Gesichter mit der Muskete schoß.

„Wie kannst du behaupten, dies stelle deine Schwester dar", rief die bedauernswerte Mutter aus. „Angélique ist doch hübsch! Es ist durchaus möglich, daß sie eine gute Partie macht oder, wenn Gott will, in einen vornehmen Orden eintritt."

„Und wenn Gott will, daß sie Anführerin einer Räuberbande wird?"

„Gontran, du lästerst! Manchmal frage ich mich, ob du deiner Sinne mächtig bist. Angélique, du erhebst nicht einmal Einspruch gegen das, was dein Bruder sagt?"

Doch Angélique lächelte gleichgültig. Sie preßte die Nase ans Fenster und spähte nach ihrem Vater aus. Sobald sie ihn auf dem schlammigen Weg daherkommen sah, auf den Stock mit dem silbernen Knauf gestützt, der sein einziger Luxus war, schlüpfte sie in die Küche und zog ihre Schuhe und ihren Mantel an. Dann lief sie zu ihrem Vater in den Stall, wo der Baron eben sein Pferd satteln ließ.

„Darf ich Euch begleiten, Vater?" fragte sie mit ihrer liebreizendsten Miene. Es lag ein wenig Absicht darin, aber sie war dem guten und stillen Mann, dessen tägliche Sorgen die sonnengebräunte Stirn mit tiefen Falten gezeichnet hatten, auch wirklich von Herzen zugetan.

Er konnte nicht widerstehen und setzte sie vor sich auf den Sattel. Angélique war seine Lieblingstochter. Er fand sie ausnehmend hübsch und träumte bisweilen davon, sie werde einen Herzog heiraten.

Drittes Kapitel

Es war ein klarer Herbsttag, und der seiner Blätter noch nicht beraubte nahe Wald breitete gegen den blauen Himmel sein rostfarbenes Laub aus.

Als sie am Parktor von Schloß Plessis-Bellière vorbeiritten, beugte sich Angélique gespannt vor und versuchte, am Ende der Kastanienallee die weiße Vision des bezaubernden Gebäudes zu entdecken, das sich in seinem Teich wie eine Traumwolke spiegelte. Alles war still, und der prachtvolle Bau im Renaissancestil, den seine Besitzer im Stich ließen, um am Hof zu leben, schien im Mysterium seines Parks und seiner Gärten zu schlafen. Die Hirschkühe des Forsts von Nieul, an den der Besitz grenzte, ergingen sich in den verödeten Alleen ...

Die Wohnung des Verwalters Molines befand sich zwei Kilometer weiter an einem der Parkeingänge. Es war ein hübsches Häuschen aus rotem Backstein mit schiefergedecktem Dachstock, das in seiner bürgerlichen Einfachheit wie der umsichtige Wächter jenes zierlichen Bauwerks wirkte, dessen italienische Grazie die an die mittelalterlichen Schlösser gewöhnten Leute der Umgegend noch immer verwunderte.

Der Verwalter war ganz das Abbild seines Hauses. Streng und würdevoll, seiner Rechte und seiner Rolle bewußt, wirkte er, als sei er der Herr dieses riesigen Besitzes, dessen Eigentümer dauernd abwesend war. Alle zwei Jahre vielleicht, im Herbst zur Jagd oder im Frühling, um Maiglöckchen zu pflücken, ließ sich ein Schwarm von Herren und Damen mit Wagen, Pferden, Hetzhunden und Musikanten in Plessis nieder, und ein paar Tage lang folgte ein Fest dem andern, zum gelinden Schrecken der Krautjunker der Nachbarschaft, die man nur einlud, um sich über sie lustig zu machen. Dann kehrte die ganze Gesellschaft nach Paris zurück, und das Schloß versank wieder in Schweigen.

Vom Geräusch der Pferdehufe angelockt, trat Molines in den Hof seines Hauses und verbeugte sich mehrmals, was ihn keine Überwindung kostete, da es zu seinem Amt gehörte. Baron Armand war offensichtlich angenehm davon berührt, aber Angélique, die wußte, wie hart und arrogant der Mann sein konnte, machte sich nichts aus so übertriebener Höflichkeit.

Wenn sie Molines auch unangenehm fand, brachte sie ihm doch eine gewisse Achtung entgegen, vermutlich des gepflegten Aussehens seiner Person und seines Hauses wegen. Seine stets dunkle Kleidung war aus gutem Stoff angefertigt und schien verschenkt oder eher verkauft zu werden, bevor sie auch nur die geringsten Spuren von Abnutzung aufwies. Er trug nach der neuen Mode Schnallenschuhe mit sehr hohen Absätzen.

Überdies aß man vortrefflich bei ihm. Angéliques Näschen schnupperte, als sie den mit Fliesen ausgelegten und vor Sauberkeit strahlenden Raum betraten, der an die Küche grenzte. Madame Molines versank bei ihrem tiefen Knicks fast in ihren Röcken und kehrte danach zu ihren Kuchen zurück.

Der Verwalter führte seine Gäste in ein kleines Arbeitszimmer, in das er frisches Wasser und eine Flasche Wein bringen ließ.

„Ich bin überaus beglückt, Herr Baron", begann er, „daß Ihr persönlich meiner Aufforderung Folge geleistet habt. Für mich ist das ein Zeichen, daß wir uns über die Angelegenheit, an die ich denke, einigen werden."

„Ihr unterwerft mich also einer Art Prüfung?" fragte Armand.

„Nichts für ungut, Herr Baron. Ich bin kein Mann von großer Bildung und habe nur einen bescheidenen Dorfschulunterricht genossen. Aber ich will Euch gestehen, daß mir der Dünkel gewisser Edelleute nie als ein Beweis von Intelligenz erschienen ist. Nun, man bedarf ihrer, wenn man über Geschäfte spricht, und seien diese noch so bescheiden."

Der Landedelmann lehnte sich in seinen Polstersessel zurück und betrachtete den Verwalter gespannt. Er hatte ein wenig Angst vor dem, was dieser Nachbar, dessen Ruf nicht der beste war, ihm darlegen würde.

Molines galt für sehr reich. Anfangs war er mit den Bauern hart umgegangen, aber in den letzten Jahren hatte er sich bemüht, freundlicher zu sein, selbst den Ärmsten gegenüber. Über die Gründe dieses Umschwungs wußte man nicht viel zu sagen. Die Bauern mißtrauten ihm, doch da Molines jetzt hinsichtlich der Abgaben, die dem König und dem Marquis zustanden, mit sich reden ließ, behandelte man ihn mit Respekt. Die Böswilligen unterstellten ihm, er handle so, um seinen ewig abwesenden Herrn in Schulden zu verstricken. Was die Marquise und Philippe, den Sohn, anbetraf, so interessierten sie sich nicht mehr für den Besitz als der Marquis selbst.

„Wenn es wahr ist, was man erzählt, habt Ihr alle Aussichten, den gesamten Besitz der Du Plessis auf eigene Rechnung zu übernehmen", sagte Armand de Sancé etwas grob.

„Pure Verleumdung, Herr Baron. Ich lege nicht nur Wert darauf, ein loyaler Diener des Herrn Marquis zu bleiben, sondern sehe auch keinerlei Vorteil in einem solchen Erwerb. Um Eure Bedenken zu zerstreuen, will ich Euch anvertrauen — obwohl ich damit kein Geheimnis verrate —, daß dieser Besitz mit Hypotheken überbelastet ist!"

„Kommt mir nicht mit dem Vorschlag, ihn zu kaufen. Ich habe nicht die Mittel..."

„Ein solcher Gedanke liegt mir fern, Herr Baron. Aber nehmt Ihr nicht noch ein Glas Wein?"

Angélique, die dieses Gespräch nicht interessierte, schlich hinaus und betrat die große Stube, in der Madame Molines damit beschäftigt war, den Teig für eine riesige Torte auszurollen. Sie lächelte dem Mädchen zu und reichte ihm eine Dose, der ein köstlicher Duft entströmte.

„Kommt, nehmt Euch davon, Herzchen. Das ist kandiertes Angelika oder Engelwurz, wie man auch sagt. Ihr tragt seinen Namen. Ich mache es selbst mit schönem, weißem Zucker. Es ist besser als das der Patres von der Abtei, die nur Kandiszucker verwenden."

Während Angélique ihr zuhörte, biß sie mit Lust in die klebrigen grünen Stiele. Das also wurde nach dem Pflücken aus den großen, kräftigen Pflanzen der Moore, deren Duft im Naturzustand bitterer war.

Sie schaute sich bewundernd um. Die Möbel glänzten. In einer Ecke stand eine Uhr, jene Erfindung, die Großvater teuflisch nannte. Um sie genauer besehen und ihr Ticken vernehmen zu können, näherte sie sich dem Arbeitszimmer, in dem die beiden Herren sich unterhielten. Sie hörte ihren Vater sagen:

„Heiliger Dionysius, Ihr macht mich ganz wirr, Molines. Man erzählt ja eine ganze Menge über Euch, aber im Grunde ist sich alle Welt einig, daß Ihr eine Persönlichkeit seid und einen bemerkenswerten Spürsinn habt. Nun, Eure eigenen Worte sagen mir freilich, daß Ihr in Wirklichkeit die schlimmsten Utopien hegt."

„Was findet Ihr denn bei dem, was ich Euch dargelegt habe, so unvernünftig, Herr Baron?"

„Überlegt doch einmal. Ihr wißt, daß ich mich für Maulesel interessiere, daß ich durch Kreuzung eine recht schöne Rasse herausgezüchtet habe, und Ihr ermutigt mich, diese Zucht zu intensivieren, deren Produkte abzusetzen Ihr Euch anheischig macht. So weit gut. Ich vermag Euch aber nicht zu folgen, wenn Ihr von einem langfristigen Ausfuhrkontrakt nach — Spanien redet. Wir befinden uns im Krieg mit Spanien, mein Freund."

„Der Krieg wird nicht ewig dauern, Herr Baron."

„Wir hoffen es. Aber man kann auf solcherlei Hoffnung keinen soliden Handel gründen."

Der Verwalter verzog sein Gesicht zu einem herablassenden Lächeln, das dem verarmten Edelmann entging. Dieser fuhr in heftigerem Tone fort:

„Wie wollt Ihr mit einer Nation Handel treiben, die uns bekriegt? Erstens einmal ist es verboten, und das ist recht so, denn Spanien ist der Feind. Überdies sind die Grenzen geschlossen und die Verbindungswege und Brücken überwacht. Allerdings will ich gerne zugeben, daß das Liefern von Mauleseln an einen Feind nicht so schlimm ist wie das Liefern von Waffen, zumal die Feindseligkeiten sich nicht mehr hier abspielen, sondern auf fremdem Boden. Schließlich habe ich zu wenig Tiere, als daß sich ein Handel irgendwelcher Art lohnen würde. Das würde mich viel Geld und Jahre der Vorbereitung kosten. Meine finanziellen Mittel erlauben mir ein solches Experiment nicht." Sein Stolz verbot ihm hinzuzufügen, daß er sogar daran dachte, sein Gestüt aufzugeben.

„Herr Baron, wollt Ihr gütigst bedenken, daß Ihr bereits vier hervorragende Hengste besitzt, und daß es Euch leichter fallen dürfte als mir, sich noch viele weitere bei den Edelleuten der Umgebung zu verschaffen. Was die Eselinnen betrifft, so findet man deren zu Hunderten für zehn oder zwanzig Livres das Stück. Durch weitere Trockenlegung der Moore lassen sich die Weiden verbessern, Eure Maultiere sind im übrigen ja sehr robust. Ich meine, mit zwanzigtausend Livres müßte es zu machen sein, so daß die Sache nach drei oder vier Jahren in Gang käme."

Der arme Baron schien vom Schwindel erfaßt zu werden.

„Mein Gott, Ihr habt es ja gut vor! Zwanzigtausend Livres! Für so wertvoll haltet Ihr meine armseligen Maultiere, über die sich hierzulande alle Welt lustig macht? Zwanzigtausend Livres! Ihr jedenfalls werdet sie mir gewiß nicht vorstrecken, diese zwanzigtausend Livres."

„Und warum nicht?" sagte Molines gelassen.

Der Edelmann starrte ihn einigermaßen verblüfft an.

„Das wäre höchst töricht von Euch, Molines! Ich darf Euch darauf aufmerksam machen, daß ich keinen Bürgen stellen kann."

„Ich würde mich mit einem einfachen Gesellschaftsvertrag zu hälftigen Anteilen und einer Hypothek auf diese Zucht begnügen. Wir könnten den Vertrag privat und insgeheim in Paris abschließen."

„Damit Ihr es wißt, ich fürchte, ich habe auf absehbare Zeit nicht die Mittel, in die Hauptstadt zu reisen. Und außerdem erscheint mir Euer Vorschlag so beunruhigend und gewagt, daß ich zunächst einige Freunde befragen möchte . . ."

„Dann, Herr Baron, wollen wir es lieber gleich dabei bewenden lassen. Denn der Schlüssel zu unserm Erfolg liegt in der vollständigen Geheimhaltung. Andernfalls hat es keinen Zweck."

„Aber ich kann mich nicht so ohne weiteres in ein Geschäft stürzen, das mir obendrein gegen die Interessen meines eigenen Landes zu verstoßen scheint."

„Das auch das meine ist, Herr Baron..."

„Es hat nicht den Anschein, Molines!"

„Also reden wir nicht mehr davon, Herr Baron. Sagen wir, daß ich mich geirrt habe. Angesichts Eurer ungewöhnlichen Erfolge glaubte ich, Ihr allein würdet in der Lage sein, in diesem Lande eine Zucht im großen und unter Euerm Namen aufzuziehen."

Der Baron fühlte sich richtig eingeschätzt.

„Darum geht es nicht..."

„Dann, Herr Baron, werdet Ihr mir erlauben, Euch darauf hinzuweisen, in welch engem Zusammenhang diese Sache mit derjenigen steht, die Euch am meisten beschäftigt – ich meine die Sorge um Eure zahlreiche Familie."

„Ihr verdient, daß ich Euch meine Reitpeitsche spüren lasse, Molines, denn das sind Angelegenheiten, die Euch nichts angehen!"

„Ganz wie Ihr wünscht, Herr Baron. Indessen hatte ich, wenn meine Mittel auch bescheidener sind, als gewisse Leute behaupten, daran gedacht, unverzüglich – als Vorschuß auf unser zukünftiges Geschäft natürlich – ein Darlehen in gleicher Höhe hinzuzufügen: zwanzigtausend Livres, die Euch in die Lage versetzen würden, Euch ohne allzu drückende Sorgen hinsichtlich Eurer Kinder mit Euren Ländereien zu befassen. Ich weiß aus Erfahrung, daß die Arbeit nicht rasch von der Hand geht, wenn die Gedanken durch Sorgen abgelenkt werden."

„Und durch die Belästigungen des Fiskus", sagte der Baron, der leicht errötet war.

„Damit diese Darlehen keinen Verdacht erregen, scheint es mir zweckmäßig, daß wir unser Abkommen geheimhalten. Ich bestehe darauf, daß niemand von unserer Unterhaltung erfährt, einerlei, wie Euer Entschluß ausfallen mag."

„Ich sehe das durchaus ein. Aber ich bitte Euch zu verstehen, daß meine Frau Kenntnis von dem Plan erhalten muß, den Ihr mir dargelegt habt. Es geht um die Zukunft unserer Kinder."

„Verzeiht mir die ungehörige Frage, Herr Baron, aber wird die Frau Baronin schweigen können? Es ist mir noch nie zu Ohren gekommen, daß eine Frau ein Geheimnis für sich zu behalten vermochte."

„Meine Frau steht im Ruf, sehr wenig geschwätzig zu sein. Überdies kommen wir mit niemandem zusammen. Sie wird nicht reden, wenn ich sie darum bitte."

In diesem Augenblick bemerkte der Verwalter die Nasenspitze Angéliques, die, an die Türfüllung gelehnt, ihnen zuhörte, ohne ein Hehl daraus zu machen. Der Baron wandte sich um, sah sie ebenfalls und runzelte die Stirn.

„Komm hierher, Angélique", sagte er trocken. „Ich glaube, du gewöhnst dir neuerdings an, an den Türen zu horchen. Du erscheinst immer zur Unzeit, und man hört dich nicht kommen. Das sind üble Angewohnheiten."

Molines schaute sie mit einem durchdringenden Blick an, während sie ruhig näher trat, schien jedoch nicht so ärgerlich wie der Baron zu sein.

„Die Bauern sagen, sie sei eine Fee", äußerte er mit der Spur eines Lächelns.

„Du hast unsere Unterhaltung angehört?" fragte der Baron.

„Ja, Vater! Monsieur Molines hat gesagt, Josselin könne zur Armee gehen und Hortense ins Kloster, wenn Ihr viele Maulesel macht."

„Du hast eine komische Art, die Dinge zusammenzufassen. Jetzt hör zu: Du wirst mir versprechen, mit niemandem über diese Geschichte zu reden."

Angélique hob ihre grünen Augen zu ihm.

„Das will ich gern ... Aber was bekomme ich dafür?"

Der Verwalter unterdrückte ein Lächeln.

„Angélique!" rief ihr Vater in betrübter Verwunderung aus.

Die Antwort kam von Molines: „Beweist uns zuvor Eure Verschwiegenheit, Mademoiselle Angélique. Wenn, wie ich hoffe, aus unserer Geschäftspartnerschaft etwas wird, müssen wir abwarten, ob die Sache ohne Hindernisse ihren Weg geht, ob also nichts von unseren Plänen in die Außenwelt gedrungen ist. Dann werden wir Euch zur Belohnung einen Ehemann verschaffen ..."

Sie verzog ein wenig ihr Gesicht, schien nachzudenken und sagte: „Gut, ich verspreche."

Dann ging sie hinaus. In der Küche schob Madame Molines ihre mit Sahne und Kirschen überzogene Torte in den Ofen.

„Madame Molines, essen wir bald?" erkundigte sich Angélique.

„Noch nicht, mein Herzchen. Wenn Ihr großen Hunger habt, mache ich Euch ein Butterbrot."

„Deswegen frage ich nicht. Ich möchte nur wissen, ob ich noch Zeit habe, zum Schloß Plessis hinüberzulaufen."

„Gewiß. Ich schicke einen Jungen, um Euch zu holen, wenn es soweit ist."

Angélique lief davon, und beim Einbiegen in die erste Allee zog sie ihre Schuhe aus und versteckte sie unter einem Stein, wo sie sie auf dem Rückweg wieder abholen wollte. Dann jagte sie weiter, leichtfüßiger als ein Reh. Im Unterholz roch es nach Pilzen und Moos, ein kürzlich gefallener Regenguß hatte da und dort kleine Pfützen hinterlassen; sie überwand sie mit einem Satz. Sie war glücklich. Sie sprang und hüpfte wie ein Zicklein. Monsieur Molines hatte ihr einen Ehemann versprochen. Sie war nicht ganz sicher, ob es sich da um ein beachtenswertes Geschenk handelte. Was sollte sie mit ihm anfangen? Nun, wenn er ebenso nett wie Nicolas war, würde er einen stets verfügbaren Kameraden abgeben, mit dem man auf Krebsfang gehen konnte.

Sie sah am Ende der Allee die Umrisse des Schlosses auftauchen, das sich in reiner Weiße vom emailblauen Himmel abhob. Ganz gewiß war Schloß Plessis-Bellière ein Märchenhaus, denn es hatte nicht seinesgleichen im Lande. Alle Adelssitze in der Umgebung waren wie Monteloup grau, moosbewachsen, blind. Hier hatte im vergangenen Jahrhundert ein italienischer Künstler unzählige Fenster, Dachluken und Säulen angebracht. Eine Zugbrücke en miniature führte über den mit Seerosen bewachsenen Graben. Die Türmchen an den Ecken waren nur zur Verzierung da. Gleichwohl waren die Linien des Gebäudes schlicht. Die Verbindungsbogen hatten nichts Lastendes, sie besaßen vielmehr die natürliche Grazie von Pflanzen oder Girlanden.

Einzig über dem Hauptportal erinnerte ein Wappenschild mit einem die Flammenzunge hervorstreckenden Ungeheuer an die vielfältigere Ausschmückung des Mittelalters.

Angélique kletterte mit erstaunlicher Behendigkeit auf die Terrasse, dann gelangte sie, indem sie sich auf die Ornamente der Fenster und Balkone stützte, bis zum ersten Stock, wo eine Regenrinne ihr einen bequemen Stand bot. Nun preßte sie ihr Gesicht an die Fensterscheibe. Sie war oft bis dahin gekommen, und sie wurde nie müde, sich über das Mysterium dieses verschlossenen Zimmers zu beugen, in dessen Halbdunkel das Silber und das Elfenbein der Nippsachen schimmerten, über die Möbel mit eingelegter Arbeit, die frischen rötlichen und blauen Farben der neuen Tapeten, die strahlenden Bilder an den Wänden.

Im Hintergrund befand sich ein Alkoven mit einer Damastdecke. Über dem Kamin wurde der Blick auf ein großes Gemälde gelenkt, das Angélique in bewunderndes Staunen versetzte. Eine Welt, von der sie kaum eine Ahnung hatte, war in diesen Rahmen eingeschlossen, die beschwingte Welt der Bewohner des Olymps in ihrer heidnischen, ungehemmten Grazie; man sah einen Gott und eine Göttin unter dem Blick eines bärtigen Fauns sich umfangen, mit nackten, wundervollen Körpern, die wie dieses Schloß selbst die elysische Grazie am Rande des wilden Forstes symbolisierten.

Angélique wurde von einer Erregung erfaßt, die beinahe schmerzhaft war.

„All diese Dinge", dachte sie, „möchte ich berühren, mit meinen Händen streicheln dürfen. Ich möchte, daß sie eines Tages mir gehören..."

Viertes Kapitel

Im Mai gehen in diesem Landstrich die Burschen, eine grüne Ähre am Hut, und die mit Flachsblüten geschmückten Mädchen zum Tanz um die Dolmen, jene großen Steintische, die die Vorgeschichte auf den Feldern errichtet hat. Auf dem Rückweg zerstreuen sich die Paare über die Wiesen und den Buschwald, in dem es nach Maiglöckchen duftet.

Im Juni heiratete Sauliers Tochter, und es wurde ein großes Fest. Er war der einzige Pachtbauer des Barons de Sancé, der Landarbeiter beschäftigte. Der Mann, der nebenbei noch den Dorfkrug bewirtschaftete, war wohlhabend.

Die kleine romanische Kirche war mit Blumen und faustdicken Kerzen geschmückt, und der Baron selbst führte die Tochter zum Altar.

Nach dem Hochzeitsschmaus erschienen dem Brauch gemäß alle Frauen des Orts, um der Jungvermählten ihre Geschenke zu überreichen. Sie saß in ihrem neuen Heim auf einer Bank vor einem großen Tisch, auf dem sich bereits Geschirr, Bettzeug, kupferne und zinnerne Kochtöpfe häuften. Ihr rundes Gesicht unter dem riesigen Margeritenkranz strahlte vor Freude.

Madame de Sancé war es beinahe peinlich, daß sie ein so bescheidenes Geschenk brachte: ein paar schöne Steingutteller, die sie für solche Gelegenheiten aufbewahrte. Angélique mußte plötzlich daran denken, daß man auf Schloß Sancé aus Bauernnäpfen aß. Sie war zornig und zugleich verletzt angesichts solcher Vernunftwidrigkeit. Wie komisch die Menschen doch waren! Man konnte wetten, daß auch die Bäuerin diese Teller nicht benützen, sondern sorgsam in einem Kasten verstauen und weiterhin aus ihrem Napf essen würde. Und auf Schloß Plessis gab es all jene herrlichen Gegenstände, die unbenützt wie in einem Grabe ruhten . . . !

Angéliques Miene nahm einen verschlossenen Ausdruck an, und sie gab der jungen Frau einen flüchtigen Kuß.

Indessen versammelten sich die jungen Leute um das große Ehebett und machten ihre Scherze.

„Na, junge Frau", rief einer von ihnen, „wenn man euch so anschaut, dich und dein Ehegespons, möchte man zweifeln, ob die Brautsuppe willkommen sein wird, die man euch im Morgengrauen bringt!"

„Mutter", fragte Angélique beim Hinausgehen, „was ist das mit der Brautsuppe, von der bei den Hochzeiten immer geredet wird?"

„Das ist eine Bauernsitte wie das Geschenkebringen oder das Tanzen", erwiderte sie ausweichend. Die Erklärung befriedigte ihre Tochter nicht, die sich vornahm, bei der „Brautsuppe" dabeizusein.

Auf dem Dorfplatz tanzte man noch nicht um die große Ulme. Die Männer saßen noch an den Tischen, die auf Podesten im Freien standen.

Angélique hörte ihre ältere Schwester schluchzen. Sie wollte nach Hause, weil sie sich ihres allzu schlichten und geflickten Kleides schämte.

„Pah!" rief Angélique aus. „Warum machst du dir das Leben so schwer? Beklage ich mich vielleicht über mein Kleid, obwohl es mich drückt und viel zu kurz ist? Nur meine Stiefel tun mir richtig weh. Ich habe meine Holzschuhe in einem Bündel mitgebracht, und ich werde sie anziehen, um besser tanzen zu können. Ich bin fest entschlossen, mich zu amüsieren!"

Hortense klagte, sie fühle sich heiß und gar nicht wohl, und bestand darauf, nach Hause zu gehen. So teilte Madame de Sancé ihrem bei den Honoratioren sitzenden Manne mit, sie zöge sich zurück, ließe aber Angélique bei ihm. Das Mädchen blieb eine Weile neben ihrem Vater. Sie hatte viel gegessen und fühlte sich schläfrig.

In ihrer Gesellschaft befanden sich der Pfarrer, der Bürgermeister, der Schullehrer, der bei Gelegenheit auch Kantor, Wundarzt, Barbier und Glöckner war, und einige Bauern, die „Pflüger" genannt wurden, weil sie Besitzer von Ochsenpflügen waren und mehrere Tagelöhner beschäftigten, so daß sie gewissermaßen eine Dorfaristokratie bildeten. Schließlich gehörte zu dieser Gruppe noch der Vater der Hochzeiterin, Paul Saulier, der selbst Hornvieh, Pferde und Esel züchtete.

Tatsächlich war dieser korpulente Poitou-Bauer der angesehenste der kleinen Pachtbauern, und wenn Baron Armand de Sancé auch sein „Herr" war, so war doch sein Pächter zweifellos reicher als er selbst.

Angélique betrachtete ihren Vater, dessen Stirn sich auch jetzt nicht glättete, und ahnte, was er dachte. „Das ist auch wieder ein Zeichen der Aufwärtsentwicklung der unteren Stände und des Abstiegs der Aristokraten", stellte er wohl melancholisch fest.

Vielleicht zum erstenmal in seinem Leben sagte sich der Landedelmann, daß die Dinge komplizierter waren, als sie aussahen. Doch im Grunde war er ein Mensch, der sich keine Fragen stellte. Beispielsweise war er ein guter Katholik, ohne sich aber wie sein Vater, dem er im übrigen ein hohes Maß an Achtung entgegenbrachte, für unfehlbar zu halten.

Was das materielle Leben anging, so nahm er es, wie es kam. Genauer gesagt: mit Gutmütigkeit und Optimismus. Gewiß, es gab schwierige Momente, und die Geldangelegenheiten überschatteten in letzter Zeit alles. Vor allem sorgte er sich um die Zukunft seines ältesten Sohnes, der wie verraten und verkauft umherschlich. Raymond, der zweite Sohn, war vernünftiger. Er durchstöberte die magere Bibliothek des Schulmeisters und fand immerhin einiges, sein Latein zu vervollkommnen.

Aber es war sinnlos, die Entscheidung noch länger hinauszuzögern. Die bis jetzt vertrauensvoll erhoffte Hilfe des Königs traf nicht ein. Es hieß, in Paris seien infolge der neuen Steuern Unruhen ausgebrochen, ja die Königin-Mutter sei mit ihren beiden Söhnen nach Saint-Germain geflüchtet. Was konnte bei solchem Wirrwarr aus der Bittschrift eines bescheidenen Landedelmannes werden?

Und da war nun dieser beunruhigende Vorschlag des Verwalters Molines. Doch Madame de Sancé war dagegen. Der Gedanke, von einem Schloßverwalter Geld anzunehmen, hatte sie so aufgebracht, daß er gar nicht erst gewagt hatte, die andere, für die Versorgung der Kinder angebotene Summe zu erwähnen. Ihr Instinkt sagte ihr, daß da etwas nicht stimmte, daß hinter diesen Plänen eine geheime Absicht steckte.

Lief er nicht tatsächlich Gefahr, sich in ein Abenteuer zu verstricken, bei dem er das Wenige verlieren konnte, das ihm noch geblieben war, nämlich die Ehre seines Wappens?

Solcherlei Gedanken bedrängten den bedauernswerten Baron, als auf dem Platz um die Ulme eine Bewegung entstand. Zwei Männer, deren jeder eine Art weißen, bereits stark aufgeblasenen Sacks unter dem Arm trug, schwangen sich auf Fässer. Es waren die Dudelsackpfeifer. Ein Schalmeienbläser gesellte sich ihnen zu.

„Der Tanz beginnt!" rief Angélique und stürzte zum Hause des Bürgermeisters, wo sie beim Kommen ihre Holzschuhe versteckt hatte.

Ihr Vater beobachtete sie, wie sie hüpfend und mit den Händen den Takt der Balladen und Rundtänze schlagend, die nun getanzt werden würden, zurückkam. Vielleicht war ihr zu kurzes und enges Kleid daran schuld, daß er mit einem Male gewahr wurde, wie sehr sie sich in diesen letzten Monaten entwickelt hatte. Sie, die immer recht zart gewesen war, wirkte jetzt wie eine Zwölfjährige; ihre Schultern waren breiter geworden, ihre Brust wölbte sich leicht unter dem abgenutzten Stoff ihres Kleids. Ihre frische, braungetönte Gesichtsfarbe verriet gesundes Blut, und hinter ihren halbgeöffneten, feuchten Lippen blitzten zwei Reihen makelloser kleiner Zähne. Wie die meisten Mädchen des Landes hatte sie in den Ausschnitt ihres Mieders ein Sträußchen gelber und malvenfarbiger Schlüsselblumen gesteckt.

Die anwesenden Männer waren über ihre frische, blühende Erscheinung ebenso verblüfft.

„Euer kleines Fräulein wird ein ungemein schönes Mädchen", sagte Vater Saulier mit vielsagendem Lächeln und einem Blick des Einverständnisses zu seinen Nachbarn, der den Stolz des Barons mit leiser Unruhe erfüllte.

„Sie ist schon zu erwachsen, um sich noch unter diese Grobiane zu mischen", dachte er plötzlich. „Eigentlich müßte man sie und nicht Hortense ins Kloster stecken..."

Unbekümmert um die Blicke und Gedanken, die sie erregte, mischte sich Angélique fröhlich unter die jungen Männer und Mädchen, die von allen Seiten in Gruppen oder paarweise herbeiströmten. Fast stieß sie mit einem Jüngling zusammen, den sie nicht gleich erkannte, weil er so prächtig gekleidet war.

„Meiner Treu, Valentin", rief sie aus, „wie schön du bist, Lieber!"

Der Müllerssohn trug ein offensichtlich in der Stadt angefertigtes Gewand aus grauem Tuch von so auserlesener Qualität, daß die Schöße seines Überrocks wie gestärkt aussahen. Dieser und die Weste waren mit mehreren Reihen kleiner, goldfarben funkelnder Knöpfe garniert. Stiefel und Filzhut zierten metallene Schnallen. Der junge Bursche, der mit seinen vierzehn Jahren von herkulischer Gestalt war, wirkte in seiner Ausstaffierung ziemlich linkisch, aber sein rotes Gesicht strahlte vor Stolz. Angélique, die ihn, da er mit seinem Vater in die Stadt gereist war, ein paar Monate nicht gesehen hatte, stellte fest, daß sie ihm kaum bis zur Schulter reichte, und sie fühlte sich fast ein bißchen eingeschüchtert. Um ihre Verlegenheit zu überwinden, nahm sie ihn bei der Hand.

„Komm, tanzen."

„Nein! Nein!" protestierte er. „Ich will mein schönes Gewand nicht verderben. Ich gehe mit den Männern trinken", fügte er selbstgefällig hinzu und gesellte sich zu der Gruppe der Honoratioren, bei der auch sein Vater sich gerade niedergelassen hatte.

„Tanz mit mir!" rief ein Bursche und legte seinen Arm um Angéliques Taille. Es war Nicolas, dessen Augen, dunkelbraun wie reife Kastanien, vor Übermut glänzten.

Sie stellten sich einander gegenüber und begannen im Takt der Dudelsäcke und der Schalmei zu stampfen. Diesen Tänzen, die an sich schwerfällig und monoton waren, verlieh ein instinktives Gefühl für Rhythmus ungewöhnliche Harmonie.

Es wurde Abend. Die Kühle erfrischte die schweißtriefenden Stirnen. Ganz dem Tanze hingegeben, fühlte Angélique sich glücklich, aller bedrängenden Gedanken ledig. Von den Augen ihrer vielen Kavaliere las sie etwas ab, das sie betraf und das sie ein wenig erregte.

Der Staub schwebte wie ein Pastellhauch in der Luft, von der untergehenden Sonne rötlich gefärbt. Die Wangen des Schalmeienspielers glichen zwei Kugeln, und er blies so angestrengt in sein Instrument, daß ihm die Augen förmlich aus dem Kopf traten.

Man legte eine Pause ein, um sich an den mit Kannen reich bestellten Tischen zu erfrischen.

„Woran denkt Ihr, Vater?" fragte Angélique, während sie sich neben den Baron setzte, dessen Stirnfalten sich noch nicht geglättet hatten.

Sie war gerötet und atemlos. Fast nahm er es ihr übel, daß sie unbekümmert und glücklich war, während er sich so sehr quälte, daß er nicht einmal mehr wie ehedem ein Dorffest genießen konnte.

„An die Steuern", erwiderte er, indem er einen finsteren Blick auf sein Gegenüber warf, das kein anderer war als der Steuereintreiber Corne, den man so oft vor das Schloßportal gesetzt hatte. Sie widersprach lebhaft.

„Es ist nicht recht, daran zu denken, während alle Welt sich vergnügt. Tun das vielleicht all unsere Bauern hier? Dabei drücken sie die Abgaben noch viel mehr. Nicht wahr, Monsieur Corne", rief sie fröhlich über den Tisch hinweg, „nicht wahr, an einem solchen Tag darf niemand mehr an die Steuern denken, nicht einmal Ihr ...?"

Ihre Worte lösten schallendes Gelächter aus. Man begann zu singen, und Vater Saulier gab das Lied vom „Steuereintreiber als Holzdieb" zum besten, das Monsieur Corne mit biederem Lächeln anzuhören geruhte. Aber da es vermutlich das Signal für weitere, weniger harmlose Reime war und Armand de Sancé angesichts des Benehmens seiner Tochter, die einen Becher nach dem andern leerte, immer unruhiger wurde, entschloß er sich zum Aufbruch. Raymond und die kleineren Kinder waren schon lange mit der Amme heimgekehrt. Nur der älteste Sohn Josselin verweilte sich noch, den Arm um die Hüfte eines der artigsten Mädchen des Dorfes geschlungen. Der Baron hütete sich, ihn zurechtzuweisen. Er war froh, daß der schmale und blasse Kollegschüler in den Armen von Mutter Natur gesündere Farben und Gedanken bekam. In seinem Alter hatte er selbst schon lange mit einer drallen Schäferin aus dem Nachbarort tüchtig im Heu scharmuziert. Wer weiß, vielleicht würde ihn das in der Heimat festhalten?

Überzeugt, daß Angélique ihm folgte, begann er sich von der Tischrunde zu verabschieden.

Doch seine Tochter hatte andere Pläne. Seit ein paar Stunden suchte sie nach einem Mittel, um bei Tagesanbruch der Zeremonie der „Brautsuppe" beiwohnen zu können. So tauchte sie im Gedränge unter und machte sich davon. Sie nahm ihre Holzschuhe in die Hand und rannte zum Ende des Dorfs, dessen Häuser jetzt sogar von den Großmüttern verlassen waren. An einer Scheune lehnte eine Leiter, sie kletterte hurtig hinauf und fand oben weiches, duftendes Heu vor.

Der Wein und die Müdigkeit vom Tanzen ließen sie gähnen.

„Ich werde schlafen", dachte sie. „Wenn ich aufwache, wird es soweit sein, und ich werde zur Brautsuppe gehen."

Ihre Lider schlossen sich, und sie fiel in tiefen Schlaf.

Sie erwachte in einem wohligen, frohen Gefühl. Das Dunkel der Scheune war noch dicht und warm. In der Ferne war das Lärmen der feiernden Bauern zu hören.

Angélique begriff nicht recht, was mit ihr vorging. Süße Mattigkeit hatte ihren Körper überwältigt, und sie empfand das Bedürfnis, sich zu strecken und zu seufzen. Plötzlich spürte sie, wie eine Hand leise über ihre Brust strich und sich dann bis hinunter zu ihren Beinen bewegte. Ein kurzer, heißer Atem brannte auf ihrer Wange. Ihre vorgestreckten Finger begegneten einem steifen Stoff.

„Bist du's Valentin?" flüsterte sie. Er antwortete nicht, rückte aber noch näher.

Der Weindunst und das Flimmern der Finsternis vernebelten Angéliques Denken. Sie hatte keine Angst. Sie erkannte ihn, Valentin, an seinem schweren Atem, an seinem Geruch, sogar an seinen so oft von Dornen und Gräsern des Moors aufgerissenen Händen, deren Rauheit ihre Haut erschauern ließ.

„Fürchtest du nicht, deinen schönen Anzug zu verderben?" murmelte sie mit einer Naivität, die nicht frei von unbewußtem Spott war.

Er brummte und preßte seine Stirn an den schlanken Hals des Mädchens.

„Du riechst gut", seufzte er. „Wie die Angelikablüte."

Er versuchte sie zu küssen, aber sie mochte seinen feuchten Mund nicht und stieß ihn zurück. Er packte sie heftiger, drückte sie nieder. Diese plötzliche Brutalität machte Angélique vollends wach und gab ihr das Bewußtsein zurück. Sie wehrte sich und versuchte, sich aufzurichten. Aber der Bursche hielt sie heftig umklammert. Da schlug sie ihm wütend mit ihren Fäusten ins Gesicht und schrie:

„Laß mich los, du Bauernlümmel, laß mich los!"

Er gab sie endlich frei, und sie ließ sich vom Heu hinabgleiten und kletterte die Scheunenleiter hinunter. Sie war zornig und bekümmert, ohne zu wissen, weshalb... Draußen war die Nacht von Lärm und sich nähernden Lichtern erfüllt.

Die Farandole!

Sich gegenseitig an den Händen haltend, zogen die Mädchen und Burschen an ihr vorbei, und sie wurde vom Strom mitgerissen. Im Dämmerlicht des frühen Morgens nahm die Farandole ihren Weg durch die Gassen, sprang über die Gatter, brach in die Felder ein. Alle waren trunken vom Wein und vom Most und taumelten johlend und lachend dahin. Man kehrte zum Platz zurück; Tische und Bänke waren umgeworfen – die Farandole stieg über sie hinweg. Die Fackeln erloschen.

„Die Brautsuppe! Die Brautsuppe!" forderten jetzt die Stimmen. Man klopfte an die Tür des Dorfschulzen, der sich schlafen gelegt hatte.

„Wach auf, Spießbürger! Wir wollen die Neuvermählten stärken!"

Angélique, der es mit zerschundenen Armen geglückt war, sich aus der Kette zu lösen, sah nun einen seltsamen Aufzug daherkommen. An der Spitze marschierten zwei spaßige Gesellen, nach Art der einstigen Hofnarren des Königs mit Flitterwerk und Schellen behängt. Es folgten zwei junge Burschen mit einer Stange auf den Schultern, über die die Henkel eines riesigen Kochkessels geschoben waren. Zu beiden Seiten gingen andere, die Weinhumpen und Becher trugen. Alle Leute aus dem Dorf, die sich noch auf den Beinen zu halten vermochten, folgten hinterdrein, und es war bereits eine stattliche Truppe.

Ohne Scheu trat man in die Hütte des jungen Paars ein.

Angélique fand sie nett, wie sie da so Seite an Seite in ihrem großen Bett lagen. Die junge Frau war puterrot. Gleichwohl tranken sie, ohne zu murren, den gewürzten heißen Wein, den man ihnen reichte. Doch einer der Zuschauer, der noch betrunkener als die andern war, wollte die Decke wegziehen, die sie sittsam bedeckte. Der Ehemann versetzte ihm einen Fausthieb, worüber sich eine Prügelei entspann, in deren Tumult man die Schreie der jungen Frau vernahm, die sich an ihre Laken klammerte. Von den schwitzenden Körpern hin und her gestoßen, halb erstickt von dem bäuerlichen Geruch nach Wein und ungewaschener Haut, wäre Angélique beinahe zu Boden gerissen und getreten worden. Nicolas war es, der sie befreite und hinausführte.

„Uff!" stöhnte sie, als sie endlich an der frischen Luft war. „Diese Geschichte mit der Brautsuppe ist nicht grade ein ausgesprochenes Vergnügen. Sag, Nicolas, weshalb bringt man eigentlich den Brautleuten heißen Wein zu trinken?"

„Nun ja, sie müssen eben eine Stärkung kriegen nach ihrer Hochzeitsnacht."

„Ist das so anstrengend?"

„Man sagt so..."

Er brach unvermittelt in Lachen aus. Seine Augen glänzten von Tränen, die Locken seiner dunklen Haare fielen über seine braune Stirn. Sie sah, daß er genau so betrunken war wie die andern. Plötzlich streckte er die Arme nach ihr aus und näherte sich ihr schwankend.

„Angélique, du bist süß, wenn du so redest... Du bist süß, Angélique."

Er legte seinen Arm um ihre Schultern. Wortlos machte sie sich frei und ging. Über dem verwüsteten Dorfplatz stieg die Sonne auf. Das Fest war zu Ende. Angélique folgte zögernden Schrittes dem Weg zum Schloß und stellte bittere Betrachtungen an.

Nun hatte sich nach Valentin auch Nicolas merkwürdige Dinge erlaubt, und sie hatte beide zur gleichen Zeit verloren. Es schien ihr, als sei ihre Kindheit tot, und sie hätte weinen mögen, wenn sie daran dachte, daß sie nie mehr mit ihren gewohnten Gefährten ins Moor oder in den Wald gehen würde.

So sahen sie der Baron de Sancé und der alte Wilhelm, die sich auf die Suche nach ihr gemacht hatten: mit zerrissenem Kleid und das Haar voller Heu.

„Mein Gott!" rief Wilhelm und blieb verblüfft stehen.

„Woher kommst du, Angélique?" fragte der Schloßherr streng.

Doch als der alte Soldat sah, daß sie keiner Antwort fähig war, nahm er sie auf den Arm und trug sie nach Hause.

Sorgenvoll sagte sich Armand de Sancé, daß man unbedingt ein Mittel finden müsse, um sobald wie möglich seine zweite Tochter ins Kloster zu schicken.

Erst am nächsten Morgen kam Angélique wieder zu sich, nachdem sie fast vierundzwanzig Stunden geschlafen hatte. Sie war überaus munter und keineswegs schuldbewußt, empfand jedoch im Grunde ihrer Seele

eine gewisse Beklommenheit. Plötzlich fiel ihr ein, daß sie mit Valentin und vielleicht auch mit Nicolas entzweit war – wie dumm waren doch die ‚Männer'! Gleichwohl mußte sie zugeben, daß alles nicht so gekommen wäre, wenn sie ihrem Vater gehorcht und mit ihm das Fest verlassen hätte. Zum erstenmal wurde ihr bewußt, daß es zuweilen nützlich sein konnte, auf die Erwachsenen zu hören, und sie nahm sich vor, in Zukunft vernünftiger zu sein.
Während sie sich ankleidete, betrachtete sie angelegentlich ihre Brust. Es kam ihr vor, als wölbe sich ihr Busen, als beginne er sich anmutig zu formen.
„Bald werde ich Brüste wie Nanette haben", dachte sie. Sie wußte nicht, ob sie darüber stolz oder erschrocken war. Alle diese Verwandlungen verwunderten sie, und vor allem hatte sie das Gefühl, daß etwas zu Ende ging. Ihr vertrautes und freies Leben war bedroht. Sie würde sich nach einer anderen Welt auf den Weg machen müssen, von der sie vorläufig nur das Ungewisse sah.
„Pulchérie hat mir neulich gesagt, ich sei im Begriff eine Jungfrau zu werden. Ich fürchte, ich werde mich schrecklich langweilen", sagte sie verwirrt zu sich.
Das Geräusch eines galoppierenden Pferdes veranlaßte sie, zum Fenster zu gehen. Sie sah ihren Vater den Hof verlassen und wagte nicht, ihm zuzurufen, er möge sie mitnehmen.
„Sicher geht er zum Verwalter Molines", sagte sie sich. „Wie gut wäre es, wenn er endlich dessen Geldangebot annähme, statt auf die Hilfe des Königs zu warten, der sich gewiß über ihn lustig macht. Hortense könnte sich ordentlich kleiden und die benachbarten Schloßherrn besuchen, statt mit langem Gesicht im Haus zu hocken. Und Josselin könnte in die Armee eintreten, statt wie der Teufel mit den Söhnen des Barons Chaillé zu jagen. Ich verabscheue diese ungeschliffenen Burschen, mit denen er verkehrt und die, wenn sie hierherkommen, mich zwicken, daß ich acht Tage lang blaue Flecken habe. Und Vater wird froh sein. Er wird den ganzen Tag seine Maultiere anschauen ..."
Indessen gingen die Wunschträume des Mädchens nicht sobald in Erfüllung, trotz der Veränderungen, die dieser neuerliche Besuch beim Verwalter Molines zur Folge hatte. Sie wußte nicht, daß ihr Vater zwar das für die Einrichtung des Gestüts notwendige Darlehen angenommen, es aber nicht über sich gebracht hatte, auf den seine Kinder betreffenden Vorschlag einzugehen. Madame de Sancé hatte ihm ein feierliches Versprechen abgenommen. Wenn die Sache je in der Gegend bekannt werden sollte und man sagen könnte, die Abkömmlinge eines reinblütigen fürstlichen Geschlechts seien auf Kosten eines Schloßverwalters erzogen worden, würde sie vor Scham sterben. Die armen Eltern stellten sich ein wenig naiv vor, man würde, wenn das Gestüt erst einmal ordentlich floriere, mit Hilfe einiger günstiger Verkäufe die persönliche Situation

der Familie wieder ins Lot bringen. Molines, dessen Kontrakt den Baron viel härter einzwängte, als er es ahnte, beharrte darauf, daß man auch die zusätzlichen zwanzigtausend Livres annähme. Doch der Baron blieb stolz, und der Verwalter gab nach.

Dann kamen die Bauern und brachten bald eine Eselsstute, bald einen Pferdehengst. Der Baron prüfte das Gebiß der Hengste und ihre Hufe, erkundigte sich nach dem Stammbaum und kaufte nur wenige Tiere. Er verlangte, man möge mehr und bessere auf den Markt von Fontenay-le-Comte bringen, der drei Wochen später stattfinden sollte und zu dem er sich begeben würde.

Er schien viel Geld zu haben, denn er rief den Gemeinderat von Monteloup zusammen und teilte mit, es gebe Bauarbeiten für alle, er werde überdies unter ihren Verwandten in der Umgebung Holzfäller, Brettschneider, Zimmerleute, Steinbrecher und Maurer aussuchen lassen.

Binnen kurzem veränderte sich das Aussehen der stark verwahrlosten Ställe hinter dem Schloß. Auch neue Koppeln wurden geschaffen und die Gatter wiederhergestellt. Der alte Wilhelm ließ das wichtigste seiner bisherigen Ämter, die Sorge für den Garten, im Stich und spielte den Oberaufseher. Er verjüngte sich dabei zusehends und hinkte kaum mehr.

„Wenn von den Römern an über Karl den Großen alle Bewohner Europas nichts anderes getan hätten als Straßen zu ziehen und zu bauen, statt sich gegenseitig zu zerfleischen, gäbe es weniger Elend in der Welt", sagte der einstige Söldner jedem, der es hören wollte.

„Ich habe eigentlich geglaubt, die Soldaten verstehen sich mehr aufs Zerstören", versetzte die Amme.

„Barbarische Soldaten oder Ungläubige, ja: das taugt nur zum Massakrieren und Plündern. Aber alle alten Bewohner Europas verlangen nichts anderes, als in Frieden zu arbeiten", antwortete der Deutsche, ohne auf die Ironie einzugehen.

Angélique liebte den alten Krieger, aber sie bedauerte ein wenig die Verwandlung ihres guten Kameraden. All diese friedlichen Arbeiten waren gewiß recht reizvoll, aber doch sehr viel weniger als die Geschichten von Kriegen und Schlachten, die er ihr früher erzählt hatte und die er über seiner neuen Leidenschaft zu vergessen vorzog. Von Natur ein wenig Prediger wie alle Hugenotten, ging er so weit, sich gegen den Kardinal Mazarin zu ereifern, der den Kriegen nicht Einhalt gebieten wollte und so den Unwillen des Volks wachrief.

Freilich brachten die Hausierer seltsame Nachrichten, die der Baron bestätigte, wenn er von Niort oder Fontenay-le-Comte zurückkam. Wegen Steuerfragen hatten sich die Herren des Pariser Parlaments gegen den König selbst erhoben. Armer, kleiner elfjähriger König, der nichts dafür konnte! Und das Lumpenpack in der Hauptstadt hatte Barrikaden errichtet, zur Empörung aufgerufen, man wußte gar nicht, weshalb ...

„Von heute an bis die Truppen wieder durchziehen ...", pflegte man zu sagen, um die Flüchtigkeit des zeitweiligen Wohlstands anzudeuten. Die letzten Plünderungen lagen kaum ein Jahr zurück, und die ersten Sommergewitter brachten sie wieder in Erinnerung.

Die enttäuschte Angélique mühte sich neben Pulchérie mit einer Handarbeit ab, während die Dachziegel vom Ansturm des Unwetters in den Hof geschleudert wurden.

Das Maultiergestüt war jetzt sehr schön und Gegenstand der Bewunderung und des Neids der Umgebung. Man hatte in Voraussicht der Überschwemmungen ganze Wagenladungen Granit für die Grundmauern der Schuppen herangefahren, und die Gebäude waren mit hellen, rosafarbenen Ziegeln gedeckt. Vierhundertfünfzig Eselsstuten und fünfzig Hengste fanden in ihnen Unterkunft.

Während dieser Zeit ersann der Geometer ein neues Entwässerungssystem für das Gelände unterhalb des Schlosses. Es handelte sich jetzt darum den größten Teil des Moores trockenzulegen, das in vergangenen Zeiten die Verteidigungszone des alten Kastells Monteloup gebildet hatte. In ihrer Eigenschaft als Moorfee war Angélique insgeheim gegen die Profanierung ihrer Domäne; doch seit der Hochzeit im Juni hatte der wortkarge Valentin sie nicht mehr aufgefordert, mit ihm Kahn zu fahren. Er mied sie. Da konnte das Moor ja eigentlich ruhig verschwinden! Nur Nicolas war wieder erschienen, mit all seinen weißen Zähnen lachend und ohne jede Hemmung. Mit ihm trat die Kindheit wieder in ihre Rechte; die Natur gewährte einen Aufschub – nicht alles endete zu gleicher Zeit.

Der Baron strahlte. Er wollte dem Bürger Molines ein für allemal zeigen, daß sich auch auf beruflichem Gebiet ein Edelmann in aller Ehrbarkeit geschickt anzustellen verstand. Bald würde man sich um das Schloß und die Familie kümmern können, ohne jemandem etwas zu schulden.

Alle diese Arbeiten brachten den Bauern einigen Wohlstand ein, und als Folge davon herrschte auf dem Schloß Überfluß an Lebensmitteln. Man hatte sogar einen Teil der Steuern bezahlen können, doch das Leben des Adelssitzes änderte sich kaum. Noch immer trieben sich die Hühner in den Sälen herum, die Hunde beschmutzten ungehindert die Fliesen, und der Regen tropfte in die Schlafzimmer. Madame de Sancé hatte rote Hände, weil sie keine neuen Handschuhe kaufen konnte. Josselin, der Hasen und Mädchen jagte, glich immer mehr einem Wolf und der in seine Lehrbücher vertiefte Raymond einer heruntergebrannten Kerze.

Nur die Kleinsten, die sich in die Wärme der Küche und der Ammenbrust drängten, klagten nicht. Aber Madelon weinte häufig und wurde trübsinnig; auch für sie wäre es gut gewesen, das alte Schloß zu verlassen. Angélique nahm sie unter ihre Fittiche, hielt sie nächtelang in ihren Armen. Madelon wußte, daß Angélique sehr stark war und sich weder vor den Wölfen noch vor den Gespenstern fürchtete.

Fünftes Kapitel

Eines Wintertags, als Angélique am Fenster dem Regen zuschaute, sah sie mit Verblüffung, daß zahlreiche Reiter und rüttelnde Kutschen in den morastigen Weg einbogen, der zur Zugbrücke führte. Lakaien in Livreen mit gelben Ärmelaufschlägen ritten vor den Wagen und einem Fuhrwerk her, das mit Gepäck, Zofen und Dienern besetzt zu sein schien.

Schon sprangen die Kutscher von ihren hohen Sitzen, um die Gespanne durch den engen Torweg zu führen. An der Rückseite der ersten Kutsche postierte Lakaien stiegen ab und öffneten die Wagenschläge, deren lackglänzende Flächen rötliche Wappen trugen.

Angélique flog über die Turmtreppe hinunter und erschien im gleichen Augenblick am Portal, als ein prächtig aussehender Edelmann über den Pferdemist im Hof stolperte, wobei sein Federhut zu Boden fiel; ein heftiger Stockschlag über den Rücken eines der Lakaien und eine Flut von Flüchen begleiteten diesen Zwischenfall.

Auf den Spitzen seiner eleganten Schuhe von Pflasterstein zu Pflasterstein hüpfend, erreichte der Edelmann schließlich das Portal, wo Angélique und einige ihrer kleinen Brüder und Schwestern ihn musterten. Ein Jüngling von etwa fünfzehn Jahren, der womöglich noch auserlesener gekleidet war, folgte ihm.

„Beim heiligen Dionysius, wo ist mein Vetter?" brach der Ankömmling aus und warf einen herausfordernden Blick um sich.

Dann bemerkte er Angélique und rief: „Da ist ja das Porträt meiner Kusine de Sancé aus der Zeit ihrer Heirat, als ich ihr in Poitiers begegnete. Erlaube, daß ich dich umarme, Kleine, als der alte Onkel, der ich bin."

Er hob sie in seine Arme und küßte sie herzhaft. Wieder auf der Erde gelandet, mußte Angélique zweimal niesen, so stark war das Parfüm, mit dem die Kleider des Ankömmlings getränkt waren.

Sie trocknete sich die Nasenspitze mit ihrem Ärmel ab, wobei ihr blitzartig bewußt wurde, daß Tante Pulchérie sie deswegen gescholten hätte, errötete jedoch nicht, denn sie kannte weder Scham noch Verlegenheit.

Liebenswürdig erwies sie dem Besucher, in dem sie längst den Marquis du Plessis de Bellière erkannt hatte, ihre Reverenz. Dann trat sie auf ihren jungen Vetter Philippe zu, um ihn zu küssen. Der wich einen Schritt zurück und warf einen entsetzten Blick auf den Marquis.

„Herr Vater, bin ich verpflichtet, diese... äh, diese junge Person zu küssen?"

„Gewiß doch, Grünschnabel, nütze es aus, solange dazu Zeit ist!" rief der vornehme Herr und lachte laut.

Vorsichtig berührte der Jüngling Angéliques runde Wangen mit seinen Lippen, zog darauf ein gesticktes, übermäßig parfümiertes Taschentuch aus seinem Wams und wedelte damit vor seinem Gesicht herum, als wolle er Fliegen verjagen.

Baron Armand, bis zu den Knien verschmutzt, eilte herbei.

„Herr Marquis du Plessis, welche Überraschung! Weshalb habt Ihr mir keinen Boten geschickt, um mir Euer Kommen zu melden?"

„Offen gestanden, Herr Vetter, ich hatte die Absicht, mich direkt nach Schloß Plessis zu begeben, aber unsere Reise ist nicht frei von Mißgeschick gewesen: wir haben in der Gegend von Neuchaut einen Achsenbruch gehabt. Verlorene Zeit. Es wird Nacht, und wir sind durchgefroren. Als wir an Eurer Besitzung vorbeikamen, fiel mir ein, wir könnten Euch ohne alle Umstände um Gastfreundschaft bitten. Wir haben unsere Betten und unsere Reisekoffer dabei, welche die Diener in den Zimmern aufstellen werden, die Ihr ihnen anweist. Und wir werden so das Vergnügen haben, uns unverweilt zu unterhalten. Philippe, begrüße deinen Onkel de Sancé und die ganze charmante Truppe seiner Erben."

Solchermaßen angeredet, trat der schöne Jüngling mit resignierter Miene vor und neigte tief seinen blonden Kopf zu einer Begrüßung, die angesichts des rustikalen Äußeren desjenigen, dem sie galt, etwas übertrieben wirkte. Dann küßte er fügsam die dicken und schmutzigen Wangen seiner jungen Verwandten, worauf er abermals sein Spitzentaschentuch hervorzog und es mit hochmütiger Miene vor die Nase hielt.

„Mein Sohn ist ein rechter Höfling, der an das Land nicht gewöhnt ist", erklärte der Marquis. „Er versteht nur, auf der Gitarre zu klimpern. Aber man kommt in Eurer Halle vor Kälte um, mein Lieber. Kann ich meine reizende Kusine begrüßen?"

Der Baron äußerte, er vermute, daß die Damen sich beim Anblick der Equipagen in ihre Gemächer gestürzt hätten, um sich umzukleiden, daß jedoch sein Vater, der alte Baron, erfreut sein werde, die Gäste zu sehen.

Angélique bemerkte den verächtlichen Blick, den ihr junger Vetter auf den verwohnten, düsteren Salon warf. Philippe du Plessis hatte sehr helle blaue Augen, die aber kalt wie Stahl wirkten. Der gleiche Blick, der die verblichenen Tapeten, das kümmerliche Feuer im Kamin und sogar den alten Großvater mit seiner altmodischen Halskrause gestreift hatte, wandte sich nach der Tür, und die blonden Brauen des Jünglings hoben sich, während sein Mund sich zu einem spöttischen Lächeln verzog: Madame de Sancé trat in Begleitung Hortenses und der beiden Tanten ein. Sie hatten gewiß ihre Staatskleider angelegt, aber die schäbige, längst aus der Mode gekommene Pracht schien auf den Jungen lächerlich zu wirken, denn er begann in sein Taschentuch zu prusten.

Angélique, die ihn nicht aus den Augen ließ, verspürte die größte Lust, ihm mit allen vieren ins Gesicht zu springen. War nicht vielmehr er selber lächerlich mit all seinen Spitzen, den wehenden Bändern auf der Schulter und den von der Schulter bis zu den Handgelenken aufgeschlitzten Ärmeln, die das feine Leinen des Hemdes sichtbar machen sollten?

Sein schlichterer Vater verneigte sich vor den Damen, wobei er mit der schönen, gekräuselten Feder seines Hutes die Fliesen fegte.

„Verehrte Kusine, verzeiht meine Formlosigkeit und meinen bescheidenen Aufzug. Ich falle mit der Tür ins Haus und bitte Euch um die Gastfreundschaft einer Nacht. Dies hier ist mein Ritter Philippe. Er ist gewachsen, seitdem Ihr ihn zum letzten Male saht, aber es ist darum doch kein leichteres Auskommen mit ihm. Ich werde ihm binnen kurzem eine Obristenstelle kaufen; die Armee wird ihm guttun. Die Hofpagen von heutzutage kennen keine Disziplin."

Die stets höfliche Tante Pulchérie schlug vor: „Ihr nehmt doch gewiß etwas zu Euch. Most oder dicke Milch? Ich sehe, Ihr kommt von weither."

„Danke. Wir nehmen gern einen Schluck Wein mit frischem Wasser versetzt."

„Wein ist keiner mehr da", erklärte Baron Armand, „aber ich werde eine Magd zum Pfarrer schicken, um welchen zu holen."

Indessen ließ sich der Marquis nieder, und während er mit seinem von einer seidenen Schleife gezierten Ebenholzstock spielte, berichtete er, er käme direkt von Saint-Germain, die Straßen seien Kloaken, und bat abermals um Vergebung wegen seiner bescheidenen Aufmachung.

„Wie sähen sie erst aus, wenn sie prächtig gekleidet wären?" dachte Angélique.

Der Großvater, den das wiederholte Gerede über Kleidung reizte, berührte mit dem Ende seines Stocks die Stiefelstulpen seines Besuchers.

„Nach den Spitzen Eures Schuhwerks und Eures Kragens zu schließen, ist das Edikt in Vergessenheit geraten, mit dem der Herr Kardinal im Jahre 1633 allen Flitterkram verboten hat."

„Pah!" seufzte der Marquis. „Was glaubt Ihr! Die Regentin ist arm und streng. So mancher von uns ruiniert sich, damit dieser frömmlerische Hof ein wenig Originalität bewahrt. Monsieur de Mazarin hat Sinn für Prunk, aber er trägt das Priesterkleid. Seine Finger sind mit Diamanten überladen, aber wegen ein paar Bändern, die sich die Adligen ans Wams stecken, wettert er wie sein Vorgänger Monsieur de Richelieu. Die Stulpen . . . ja."

Er kreuzte die Beine und beaugenscheinigte sie mit ebensoviel Aufmerksamkeit, wie Baron Armand es bei seinen Maultieren tat.

„Weshalb sind Eure Stiefel unten so lang und am Ende viereckig?" fragte Madelon.

„Weshalb? Das weiß kein Mensch, kleine Nichte, aber es ist der letzte Schrei und eine nützliche Mode. Während kürzlich Monsieur de Condé jemandem mit Feuereifer etwas auseinandersetzte, schlug ihm Monsieur de Rochefort durch das Ende seiner beiden Schuhe einen Nagel. Als der Fürst sich entfernen wollte, fand er sich am Boden festgenagelt. Man stelle sich vor — wären seine Schuhe weniger lang gewesen, so wären seine Füße durchbohrt worden."

„Das Schuhzeug ist nicht für Leute geschaffen worden, die Nägel durch die Füße anderer schlagen", brummte der Großvater. „Das ist ja geradezu lächerlich."

„Wißt Ihr, daß der König in Saint-Germain ist?" fragte ungerührt der Marquis.

„Nein", sagte Armand de Sancé. „Inwiefern ist diese Nachricht von Bedeutung?"

„Aber mein Lieber, wegen der Fronde."

Dieser Ausspruch amüsierte die Damen und die Kinder, doch die beiden Edelmänner fragten sich, ob sich ihr geschwätziger Verwandter nicht wie üblich über sie lustig mache.

„Die Fronde? Aber das ist doch ein Spiel für Kinder!"

„Ein Spiel für Kinder! Wo denkt Ihr hin, Vetter! Ich meine nicht die Schleudern. Was wir Fronde bei Hofe nennen, ist ganz einfach die Revolte des Pariser Parlaments gegen den König. Habt Ihr je dergleichen gehört? Schon seit mehreren Monaten zanken sich diese Herren mit den viereckigen Mützen mit der Regentin und ihrem italienischen Kardinal herum . . . Steuerfragen, die ihre Privilegien nicht einmal berühren. Aber sie schwingen sich zu Beschützern des Volkes auf, das Barrikaden in den Straßen errichtet hat."

„Und die Königin und der kleine König?" fragte die gefühlvolle Pulchérie besorgt.

„Was soll ich Euch sagen? Sie empfing die Herren vom Parlament hoheitsvoll, dann gab sie nach. Seitdem hat man sich wiederholt gestritten und von neuem versöhnt. Die Herren fürchteten immer, die Königin würde den kleinen König aus der Stadt bringen, und kamen dreimal des Abends in hellen Haufen und baten, den schönen Knaben schlafen sehen zu dürfen, in Wirklichkeit aber, um sich zu vergewissern, ob er noch da sei. Doch Mazarin ist sehr schlau. Am Dreikönigstag nämlich tranken und schmausten wir bei Hofe und verspeisten ohne Hintergedanken den traditionellen Fladen. Gegen Mitternacht, als ich mich eben mit einigen Freunden in die Schenken zu verfügen gedachte, gab man mir den Befehl, meine Leute, meine Equipagen zu versammeln und mich an eins der Tore von Paris zu begeben. Von dort nach Saint-Germain. Hier fand ich bereits die Königin und ihre beiden Söhne, ihre Hofdamen und Pagen vor, die ganze Gesellschaft im zugigen alten Schloß auf Stroh gebettet. Auch Monsieur de Mazarin erschien bald darauf. Inzwischen wird Paris vom Fürsten Condé belagert, der sich an die Spitze der Armee des Königs gestellt hat. Das Parlament in der Hauptstadt schwingt weiterhin die Fahne der Empörung, aber es ist ihm nicht mehr sehr wohl dabei. Der Koadjutor von Paris, Fürst Gondy, Kardinal de Retz, der Mazarins Stelle einnehmen möchte, steht auch auf seiten der Rebellen. Ebenso Elbeuf, Beaufort und viele andere. Ich selbst bin Monsieur de Condé gefolgt."

„Das freut mich zu hören", seufzte der alte Baron. „Seit den Zeiten

Heinrichs IV. hat man kein solches Durcheinander erlebt. Parlamentarier, Fürsten im Aufruhr gegen den König von Frankreich! Da erkennt man wieder einmal den Einfluß der umstürzlerischen Ideen von jenseits des Kanals. Heißt es nicht, daß auch das englische Parlament das Banner der Revolte gegen seinen König schwingt, ja daß es wagt, ihn einzusperren?"

„Sie haben sogar sein Haupt auf den Block gelegt. Seine Majestät Karl I. ist im vergangenen Monat in London hingerichtet worden."

„Wie entsetzlich!" riefen alle Anwesenden erschüttert aus.

„Wie sich vermuten läßt, hat die Nachricht am französischen Hof, wo sich übrigens die unglückliche Witwe des englischen Königs mit ihren beiden Kindern aufhält, nicht eben zur Beruhigung beigetragen. Folglich hat man beschlossen, hart und unnachgiebig gegen Paris zu sein. Jetzt eben bin ich als Bevollmächtigter Monsieur de Saint-Maurs ins Poitou gesandt worden, um Truppen auszuheben und sie Monsieur de Turenne zuzuführen, der gewiß der tüchtigste Armeeführer im Dienste des Königs ist. Es müßte mit dem Teufel zugehen, wenn ich nicht in meinem Bereich und im Eurigen, mein lieber Vetter, mindestens ein Regiment für meinen Sohn auf die Beine stellen könnte. Schickt also Eure Faulpelze und Taugenichtse zu meinen Sergeanten, Baron, und man wird Dragoner aus ihnen machen."

„Muß denn wieder von Krieg die Rede sein?" sagte der Baron zögernd. „Es sah so aus, als würden die Dinge in die Reihe kommen. Hat man nicht erst im Herbst in Westfalen einen Vertrag unterzeichnet, der die Niederlage Österreichs und Deutschlands bestätigt? Wir glaubten, ein wenig aufatmen zu können. Und doch finde ich, daß wir uns in unserer Gegend nicht einmal beklagen dürfen, wenn ich an die Picardie und an Flandern denke, wo noch die Spanier sind, und das seit dreißig Jahren..."

„Jene Leute sind daran gewöhnt", sagte der Marquis obenhin. „Mein Lieber, der Krieg ist ein notwendiges Übel, und es ist geradezu ketzerisch, einen Frieden zu fordern, den Gott den sündigen Menschen nicht bestimmt hat. Man muß nur sehen, daß man bei denen ist, die den Krieg machen, und nicht bei denen, die ihn erdulden."

Er hielt heftig hustend inne, denn der zum Kammerdiener aufgerückte Stallknecht hatte, um das Feuer zu beleben, ein riesiges Bündel feuchten Strohs in den Kamin geworfen.

„Sapperment, Herr Vetter", rief der Marquis aus, nachdem er wieder zu Atem gekommen war, „ich verstehe Euer Bedürfnis, ein wenig aufzuatmen. Euer Holzkopf da verdiente eine tüchtige Tracht Prügel."

Er nahm die Sache mit Humor, und Angélique fand ihn trotz seiner herablassenden Art sympathisch. Sein Geplauder hatte sie gefesselt. Es war, als sei das alte, erstarrte Schloß aufgewacht und habe seine schweren Portale nach einer andern, lebenerfüllten Welt geöffnet.

Philippe aber runzelte immer mehr die Stirn. Steif auf seinem Stuhl sitzend, die blonden Locken wohlgeordnet über den breiten Spitzenkragen fallen lassend, warf er von Ekel erfüllte Blicke auf Josselin und Gontran, die angesichts der Wirkung, die ihr Treiben hervorrief, ihr ungehöriges Benehmen noch betonten und mit dem Finger in der Nase zu bohren und sich den Kopf zu kratzen begannen. Ihr Gehaben brachte Angélique außer Fassung und verursachte ihr fast so etwas wie Übelkeit. Übrigens fühlte sie sich schon seit einiger Zeit nicht recht wohl; sie litt an Leibschmerzen, und Pulchérie hatte ihr verboten, rohe Möhren zu essen, was sie so gerne tat. Heute abend jedoch, nach all dem Umtrieb, den der ungewöhnliche Besuch mit sich brachte, hatte sie das Gefühl, richtig krank zu werden. Aber sie äußerte nichts und blieb ganz still auf ihrem Stuhl sitzen. Jedesmal, wenn sie ihren Vetter Philippe du Plessis anschaute, schnürte ihr etwas die Kehle zusammen, und sie wußte nicht, war es Abscheu oder Bewunderung. Nie hatte sie einen so schönen Jüngling gesehen.

Sein Haar, dessen seidiger Saum sich über die Stirn wölbte, war von einem leuchtenden Gold, neben dem ihre eigenen Locken braun wirkten. Seine Züge waren von vollendetem Ebenmaß. Das Gewand aus grauem Tuch, mit Spitzen und blauen Bändern verziert, paßte zu seinem weißen und rosigen Teint. Ohne den harten Blick, der nichts Feminines hatte, hätte man ihn ohne weiteres für ein Mädchen halten können.

Seinetwegen wurden der Abend und das Nachtmahl für Angélique zu einer Marter. Jedes Versehen der Diener, jede Ungeschicklichkeit quittierte der Jüngling mit einem Augenzucken oder einem spöttischen Lächeln.

Jean-der-Küraß, der das Amt des Majordomus versah, legte die Serviette auf die Schulter, wenn er die Gerichte brachte. Der Marquis lachte schallend und erklärte, diese Art, die Serviette zu tragen, sei nur an der Tafel des Königs und der Fürsten von Geblüt üblich. Er fühlte sich zwar geschmeichelt über die Ehre, die man ihm erweise, begnüge sich aber mit einer schlichteren Bedienung, nämlich mit der über den Unterarm geschlungenen Serviette. Der Fuhrknecht gab sich daraufhin alle erdenkliche Mühe, das fettige Tuch um seinen haarigen Arm zu schlingen, aber seine Ungeschicklichkeit und seine Seufzer steigerten nur die Heiterkeit des Marquis, die sich alsbald auf seinen Sohn übertrug.

„Das ist ein Mann, den ich lieber als Dragoner denn als Lakaien sehen möchte", sagte der Marquis, indem er Jean-der-Küraß musterte. „Was meinst du dazu, mein Junge?"

Der verschüchterte Fuhrknecht antwortete nur mit einem Bärengebrummel, das der Zungenfertigkeit seiner Mutter keine Ehre antat.

Schließlich erschien zu allem Überfluß der Bursche, den man in den Pfarrhof um Wein geschickt hatte, und berichtete, der Pfarrer sei nach einem benachbarten Weiler gegangen, um Ratten auszutreiben, und die Magd habe sich geweigert, auch nur das kleinste Fäßchen abzugeben.

„Macht Euch nichts daraus, Frau Base", erklärte sehr galant der Marquis du Plessis. „Wir werden eben Apfelmost trinken, und wenn es meinem

Herrn Sohn nicht paßt, so soll er es bleiben lassen. Würdet Ihr mir hingegen einige Aufklärungen über das soeben Vernommene geben? Der Pfarrer soll Ratten austreiben gegangen sein? Was ist das für eine merkwürdige Geschichte?"

„Nichts Verwunderliches, Herr Vetter. Die Leute eines benachbarten Weilers beklagen sich seit einiger Zeit, von Ratten geplagt zu sein, die ihr Korn auffressen. Der Pfarrer ist vermutlich mit Weihwasser dorthin gegangen und spricht die üblichen Gebete, damit die bösen Geister weichen, die diese Tiere bewohnen, und fürderhin keinen Schaden mehr anrichten."

Der Marquis schaute Armand de Sancé einigermaßen verblüfft an, dann lehnte er sich in seinen Stuhl zurück und lachte leise.

„Ich habe noch nie etwas so Lustiges gehört. Also besprengt man die Ratten mit Weihwasser, um sie unschädlich zu machen?"

„Wieso ist das lächerlich?" protestierte der Baron, der ungehalten zu werden begann. „Im vergangenen Jahr ist eines meiner Felder von Raupen heimgesucht worden. Ich habe sie austreiben lassen."

„Und sie sind verschwunden?"

„Ja. Kaum zwei oder drei Tage danach."

„Als sie auf dem Felde nichts mehr zu fressen fanden."

Madame de Sancé, die sich von dem Prinzip leiten ließ, daß eine Frau bescheiden zu schweigen habe, konnte nicht umhin, sich einzumischen, um ihren Glauben zu verteidigen, den sie angegriffen fühlte.

„Ich sehe nicht ein, Herr Vetter, weshalb heilige Exerzitien auf bösartige Tiere keinen Einfluß haben sollten. Hat nicht der Herr selbst böse Geister in eine Schweineherde eingeschlossen, wie der Evangelist erzählt? Unser Pfarrer mißt dieser Art Gebete große Bedeutung bei."

„Und wieviel bezahlt Ihr ihm pro Austreibung?"

„Er verlangt wenig und ist stets willig zu kommen, wenn man ihn ruft."

Diesmal fing Angélique den Blick des Einverständnisses auf, den der Marquis du Plessis mit seinem Sohn wechselte: Diese armen Leutchen, schien er zu sagen, sind wirklich von einer beispiellosen Naivität.

„Ich muß unbedingt Monsieur Vincent von diesen ländlichen Gebräuchen berichten", begann der Marquis von neuem. „Er wird sich krank ärgern, der arme Mann, er, der einen Orden gegründet hat mit dem Ziel, die Geistlichkeit auf dem Lande zu reformieren. Diese Missionare stehen unter dem Patronat des heiligen Lazarus. Man nennt sie Lazaristen. Sie gehen jeweils zu dreien auf das Land, um zu predigen und unseren Dorfpfarrern beizubringen, die Messe nicht mit dem Paternoster zu beginnen und nicht mit ihrer Magd zu schlafen. Das ist ein recht verwunderliches Unternehmen, aber Monsieur Vincent de Paul ist Verfechter der Reform der Kirche durch die Kirche."

„Das ist ja nun ein Wort, das ich nicht leiden kann", rief der alte Baron aus. „Reform, immer wieder Reform! Eure Worte klingen hugenottisch,

Herr Neffe. Von da bis zum Verrat am König ist, wie ich fürchte, nur ein Schritt. Was Euern Monsieur Vincent betrifft, so hat seine Art etwas Ketzerisches, und Rom sollte sich vor ihm in acht nehmen."

„Was nicht hindert, daß Seine Majestät König Ludwig XIII., als er sich zu sterben anschickte, ihn an die Spitze des Gewissensrats zu stellen beliebte."

„Was ist denn das nun wieder?"

„Wie soll ich es Euch erklären? Es ist eine ungeheuerliche Sache. Das Gewissen des Königreichs! Monsieur Vincent de Paul ist das Gewissen des Königreichs. Er sucht die Königin fast täglich auf und wird von allen Fürsten empfangen. Er ist der denkbar schlichteste und heiterste Mensch. Seine Idee geht dahin, daß das Elend heilbar ist und daß die Großen dieser Welt ihm helfen müssen, es abzustellen."

„Utopie", warf Tante Jeanne bissig ein. „Das Elend ist, wie Ihr vorhin im Hinblick auf den Krieg sagtet, ein Übel, das Gott zur Strafe für die Erbsünde gewollt hat."

„Monsieur Vincent würde Euch erwidern, mein liebes Fräulein, daß Ihr es seid, die für das uns umgebende Übel verantwortlich ist. Und er würde Euch ohne lange Worte mit Arzneien und Nahrungsmitteln zu den ärmsten Eurer Tagelöhner schicken und dazu bemerken, daß Ihr, falls Ihr sie nach seinem Ausspruch ‚zu ungeschliffen und irdisch' findet, die Medaille nur umzudrehen braucht, um das Gesicht des leidenden Christus zu erblicken. So hat es dieser Teufelsbursche fertiggebracht, fast alle hochgestellten Persönlichkeiten des Königreichs in seine mildtätigen Phalangen einzureihen. Wie Ihr mich hier seht", fügte der Marquis mit saurer Miene hinzu, „bin ich, während ich mich in Paris aufhielt, zweimal die Woche ins Spital gegangen, um den Kranken die Suppe zu reichen."

„Wann werdet Ihr endlich aufhören, mich zu verblüffen?" rief der alte Baron erregt aus. „Offenbar wissen die Edelleute Eurer Art nicht, was alles sie sich noch ausdenken sollen, um ihr Wappen zu entehren."

Empört stand der Greis auf, und da die Mahlzeit beendet war, folgten alle seinem Beispiel. Angélique, die nichts hatte essen können, schlüpfte hinaus. Sie fröstelte auf unerklärliche Weise und wurde von Schauern geschüttelt. Alles, was sie da gehört hatte, kreiste wirr in ihrem Kopf: der König auf dem Stroh, das rebellierende Parlament, die großen Herren, die Suppe austeilten, eine Welt voller Leben und Reize. Angesichts all dieser Unruhe und Bewegtheit kam sie sich wie tot vor, wie in einem Keller eingeschlossen.

Plötzlich drängte sie sich in eine Nische des Ganges. Ihr Vetter Philippe schritt an ihr vorbei, ohne sie zu bemerken. Sie hörte ihn ins Obergeschoß hinaufsteigen und mit seinen Dienstboten reden, die beim Schein einiger Leuchter die Zimmer ihrer Herren richteten. Die Fistelstimme des Jünglings klang zornig.

„Es ist unerhört, daß niemand von euch daran gedacht hat, sich beim letzten Halt mit Kerzen zu versehen. Ihr hättet euch denken können, daß in diesen gottverlassenen Gegenden die sogenannten Edelleute nicht mehr taugen als ihre Bauernlümmel. Hat man wenigstens heißes Wasser für mein Bad bereitet?"

Der Mann antwortete etwas, das Angélique nicht verstand. Philippe sprach in resigniertem Ton weiter: „In Gottes Namen. Ich werde mich in einem Kübel waschen. Zum Glück hat mir mein Vater gesagt, daß es in Schloß Plessis zwei florentinische Badestuben gibt. Ich sehne mich danach. Ich habe das Gefühl, daß der Geruch dieser Sancé-Leute mir nie mehr aus der Nase gehen wird."

„Diesmal soll er mir's bezahlen", dachte Angélique.

Sie sah ihn im Schein der auf der Konsole des Vorraums stehenden Laterne wieder herunterkommen. Als er ganz nahe war, trat sie aus dem Dunkel der Nische hervor.

„Wie könnt Ihr es wagen, zu den Lakaien so unverschämt über uns zu reden?" fragte sie mit klarer Stimme, die in den Gewölben widerhallte. „Habt Ihr denn gar kein Gefühl für Adelswürde? Das kommt natürlich daher, daß Ihr von einem Bastard des Königs abstammt. Wohingegen unser Blut rein ist."

„Genau so rein wie Eure Haut schmutzig", gab der junge Mann eisigen Tons zurück.

Mit einem unerwarteten Satz sprang Angélique ihm mit gezückten Krallen ins Gesicht. Doch der Bursche hatte eine bereits männliche Kraft, packte sie an den Handgelenken und stieß sie heftig gegen die Mauer. Dann ging er gelassen seines Wegs.

Angélique war wie betäubt und fühlte ihr Herz wild schlagen. Sie verabscheute ihn mehr, als sie ertragen konnte, und ein ungekanntes, aus Scham und Verzweiflung gemischtes Gefühl preßte ihr die Kehle zusammen.

„Ich hasse ihn", dachte sie. „Eines Tages werde ich mich rächen. Er wird sich beugen, mich um Vergebung bitten müssen."

Doch im Augenblick war sie nichts als ein unglückliches kleines Mädchen im Dämmerlicht der Flure eines feuchten, alten Schlosses.

Eine Tür knarrte, und Angélique erkannte die massive Silhouette des alten Wilhelm, der mit zwei Eimern dampfenden Wassers für das Bad des jungen Herrn auf die Treppe zusteuerte. Als er sie bemerkte, blieb er stehen.

„Wer ist das?"

„Ich bin's", antwortete Angélique auf deutsch.

Wenn sie mit dem alten Soldaten allein war, redete sie immer in dieser Sprache, die er ihr beigebracht hatte.

„Was treibt Ihr da?" fragte Wilhelm ebenfalls auf deutsch. „Es ist kalt. Geht doch in den Saal und hört Euch die Geschichten Eures Onkels, des Marquis, an. Da habt Ihr Euern Spaß fürs ganze Jahr."

„Ich verabscheue sie", sagte Angélique düster. „Sie sind unverschämt und so anders als wir. Sie zerstören alles, was sie anrühren, und lassen uns dann allein und mit leeren Händen zurück, während sie wieder auf ihre schönen Schlösser voller herrlicher Dinge gehen."

„Was ist denn, mein Kind?" fragte ruhig der alte Lützen. „Könnt Ihr Euch nicht über ein paar Spötteleien hinwegsetzen?"

Angéliques Mißbehagen verschärfte sich. Kalter Schweiß trat auf ihre Schläfen.

„Wilhelm, du, der du nie an einem Fürstenhof gewesen bist, sag mir: Was soll man tun, wenn man zu gleicher Zeit einem bösen und einem erbärmlichen Menschen begegnet?"

„Komische Frage für ein Kind! Da Ihr sie mir stellt, so will ich Euch sagen, daß man den bösen töten und den erbärmlichen laufen lassen soll."

Nach kurzem Überlegen fügte er hinzu, indem er seine Eimer wieder aufnahm:

„Aber Euer Vetter Philippe ist weder böse noch erbärmlich. Ein bißchen jung, das ist alles ... und zu verwöhnt."

„Du verteidigst ihn also auch!" rief Angélique mit schriller Stimme aus. „Du auch? Weil er schön ist ... weil er reich ist ..."

Ein bitterer Geschmack breitete sich in ihrem Munde aus. Sie taumelte und glitt ohnmächtig zu Boden.

Angéliques Krankheit beruhte auf ganz natürlichen Vorgängen. Über deren Erscheinungen, die das zum jungen Mädchen gewordene Kind ein wenig ängstigten, hatte Madame de Sancé sie mit dem Hinweis beruhigt, das würde künftighin bis zu einem vorgerückten Alter jeden Monat so sein.

„Werde ich auch jeden Monat ohnmächtig werden?" erkundigte sich Angélique, verwundert, daß sie nicht häufiger die sozusagen zwangsläufigen Ohnmachten der Frauen ihrer Umgebung bemerkt hatte.

„Nein, das ist nur ein Zufall. Du wirst dich erholen und dich an deinen neuen Zustand vollkommen gewöhnen."

„Immerhin, bis zum vorgerückten Alter ist es noch lang", seufzte das Mädchen. „Und wenn ich alt bin, kann ich nicht wieder anfangen, auf die Bäume zu klettern."

„Du kannst sehr wohl weiterhin auf die Bäume klettern", sagte Madame de Sancé, die in der Erziehung sehr viel Feingefühl bewies und Angéliques Kummer zu verstehen schien, „aber wie du selbst erkennst, wäre dies tatsächlich der Augenblick, Manieren abzulegen, die deinem Alter und deinem Adelstitel nicht entsprechen."

Sie fügte einen kleinen Vortrag hinzu, in dem von der Freude die Rede war, Kinder zur Welt zu bringen, und von der Erbsünde, die durch die Schuld unserer Urmutter Eva auf den Frauen laste.

„Fügen wir das zum Elend und zum Krieg hinzu", dachte Angélique.
Während sie so unter ihren Decken ausgestreckt dalag und dem Rieseln des Regens lauschte, empfand sie ein gewisses Wohlbehagen. Sie hatte den Eindruck, an Bord eines Schiffes zu liegen, das sich von bekannten Gestaden entfernte, um einer anderen Bestimmung entgegenzufahren. Von Zeit zu Zeit dachte sie an Philippe und knirschte mit den Zähnen.
Man erzählte ihr, der Marquis und sein Sohn hätten sich in Monteloup nicht lange aufgehalten. Philippe habe sich über die Wanzen beklagt, die ihm beim Schlafen hinderlich gewesen seien.
„Und meine Bittschrift an den König?" hatte der Baron de Sancé in dem Augenblick, da sein illustrer Verwandter den Wagen bestieg, gefragt. „Konntet Ihr sie ihm überreichen?"
„Mein armer Freund, ich habe sie überreicht, doch ich glaube nicht, daß Ihr Anlaß habt, viel zu erwarten. Der kleine König ist gegenwärtig ärmer als Ihr und hat sozusagen kein Dach über dem Kopf."
Geringschätzig fügte er hinzu:
„Man hat mir erzählt, daß Ihr Euch damit verlustiert, schöne Maultiere zu züchten. Verkauft doch einige."
„Ich werde mir Euren Vorschlag überlegen", sagte Armand de Sancé mit spürbarer Ironie. „In dieser Zeit ist es für einen Edelmann bestimmt vorteilhafter, arbeitsam zu sein, als auf die Großmut seiner Standesgenossen zu rechnen."
„Arbeitsam! Pfui! Welch garstiges Wort!" versetzte der Marquis mit einer koketten Handbewegung. „Adieu also, Herr Vetter. Schickt Eure Söhne zur Armee und Eure kräftigsten Bauernlümmel in das Regiment des meinigen. Adieu. Ich küsse Euch tausendmal."
Die Karosse hatte sich ratternd entfernt, während eine zierliche Hand durch das Türfenster winkte.

Ländliche Stille senkte sich wieder über das alte Schloß. Angélique schaute durch das Fenster in jene Richtung des Wegs, aus der die Reisenden und das Echo der fernen Welt zu erwarten waren: Winterhausierer mit ihren Pelzmützen und ihren mageren Hunden, reiche Händler, die ihre Tiere brachten: Esel oder Pferde.
Der Besuch der Herren von Schloß Plessis wiederholte sich nicht. Es hieß, sie gäben ein paar Feste, dann, sie kehrten mit ihrem nagelneuen Regiment in die Ile-de-France zurück. Rekrutenwerber waren in Monteloup vorbeigekommen.
Im Schloß erlagen Jean-der-Küraß und ein Bauernknecht der Versuchung der den Dragonern des Königs verheißenen glorreichen Zukunft. Die Amme Fantine weinte sehr beim Aufbruch ihres Sohnes.
„Er war nicht schlecht, und nun wird er ein Reitersmann von Eurer Art", sagte sie zu Wilhelm Lützen.

„Das ist Vererbung, meine Gute. Hatte er nicht einen Haudegen zum mutmaßlichen Vater?"

Um einen Zeitraum zu bezeichnen, gewöhnte man sich daran, „es war vorher" oder „nach dem Besuch des Marquis du Plessis" zu sagen.

Sechstes Kapitel

Dann kam die Sache mit dem „schwarzen Besucher".

Angélique befand sich wie gewöhnlich in der Küche. Um sie herum spielten Denis, Marie-Agnès und der kleine Albert. Der Letztgeborene lag in seiner Wiege neben dem Herd. Nach Ansicht der Kinder war die Küche der schönste Raum im Hause. Das Feuer brannte ohne Unterbrechung und fast ohne Rauch, denn der Rauchfang des riesigen Kamins war sehr hoch. Der Schein dieses ewigen Feuers tanzte und spiegelte sich auf dem roten Grunde der kupfernen Kasserollen und Wannen, die die Wände garnierten.

An diesem Abend bereitete Angélique eine Hasenpastete zu. Sie hatte gerade den Teig in Tortenform gebracht und schnitt das Fleisch klein, mit dem er belegt werden sollte. Fantine, die ihr behilflich war, brummte mit argwöhnischer Miene:

„Was soll das eigentlich, mein Herzchen? Es ist nicht deine Art, dich um den Haushalt zu kümmern. Findest du am Ende, daß meine Gerichte nicht mehr gut genug sind?"

„Doch, aber man muß auf alles vorbereitet sein."

„Wieso?"

„Heute nacht", sagte Angélique, „habe ich geträumt, ich sei Dienstmagd und koche für Kinder. Das hat mir Spaß gemacht, denn ihre kleinen Fratzen waren um den Tisch versammelt und schauten mich aus leuchtenden Augen an. Was soll ich denn tun, wenn ich Dienstmagd werde und unfähig bin, Kuchen für die Kinder meiner Herrschaft zu backen?"

„Wie kannst du dir nur so etwas ausdenken!" rief die Amme ehrlich entrüstet aus. „Du wirst niemals Dienstmagd sein, da du die Tochter von Edelleuten bist. Du wirst einen Baron oder einen Grafen heiraten ... vielleicht gar einen Marquis?" fügte sie lachend hinzu.

Raymond, der im Herdwinkel las, hob den Kopf.

„Deine Zukunftspläne machen sich, wie ich sehe. Man hatte mir gesagt, du wollest Räuberhauptmännin werden?"

„Das eine schließt das andere nicht aus", erwiderte sie und knetete dabei energisch ihren Fleischteig weiter.

„Hör mal, Angélique, du solltest keine solch ... solch lästerlichen Dinge erzählen!" erklärte plötzlich die gute Pulchérie, die ebenfalls in der Küche

Zuflucht suchte, weniger um der Kälte des Salons, als den bissigen Bemerkungen ihrer Schwester zu entrinnen.

„Aber ich glaube nicht, daß Angélique so ganz und gar unrecht hat", sagte Raymond gemessen. „Eine der größten Sünden auf Erden ist der Hochmut, und man sollte keine Gelegenheit auslassen, ihn zu bekämpfen. Sich also erniedrigen und Dienstbotenarbeiten verrichten, ist dem Herrn bestimmt wohlgefällig."

„Du redest Unsinn", erklärte Angélique bündig. „Ich will mich gar nicht erniedrigen. Ich will einfach fähig sein, Kuchen für Kinder zu backen, die ich gern habe. Wirst du sie essen, Marie-Agnès? Und du, Denis?"

„Ja, ja", riefen die beiden Kleinen und liefen herzu.

Von draußen vernahm man den Hufschlag eines Pferdes.

„Da kommt euer Vater zurück", sagte Tante Pulchérie. „Angélique, ich meine, es wäre schicklich, daß wir im Salon erschienen."

Doch nach einer kurzen Stille, während deren der Reiter abgestiegen sein mußte, ertönte die Glocke des Portals.

„Ich gehe", rief Angélique. Sie stürzte davon, ohne an ihre über die mehlbestäubten Arme gekrempelten Ärmel zu denken.

Durch den Regen und den abendlichen Dunst hindurch erkannte sie einen großen, hageren Mann, dessen Umhang vor Nässe triefte.

„Habt Ihr Euer Pferd untergestellt?" rief sie. „Hier erkälten sich die Tiere schnell. Wir haben zuviel Nebel wegen des Moors."

„Ich danke Euch, Fräulein", erwiderte der Fremde, indem er seinen breiten Hut abnahm und sich verneigte. „Ich habe mir nach dem Brauch der Reisenden erlaubt, sogleich mein Pferd und mein Gepäck in Euern Stall zu bringen. Da ich mich heute abend von meinem Ziel noch weit entfernt befinde und am Schloß Monteloup vorüberkam, wollte ich für eine Nacht die Gastfreundschaft des Herrn Barons erbitten."

Aus dem nur mit einem schmalen weißen Kragen besetzten Gewand aus grobem schwarzem Stoff schloß Angélique auf einen Krämer oder einen Bauern im Sonntagsstaat. Freilich verwirrte sie sein Akzent, der nicht der Dialekt des Landes war und ein wenig fremdländisch klang, und überdies die Gewähltheit seiner Rede.

„Mein Vater ist noch nicht zurück, aber setzt Euch nur ans Feuer in die Küche. Ich werde einen Knecht in den Stall schicken, um Euer Pferd zu füttern."

Sie ging voraus und geleitete den Gast in die Küche, wo eben ihr Bruder Josselin durch die Gesindetür eingetreten war. Kotbespritzt, mit gerötetem und verschmutztem Gesicht, hatte er ein mit dem Wurfspieß erlegtes Wildschwein hinter sich her gezogen.

„Gute Jagd, mein Herr?" fragte der Fremde in höflichstem Ton.

Josselin warf ihm einen unfreundlichen Blick zu und antwortete nur mit einem Brummlaut. Dann setzte er sich auf einen Hocker und streckte die Füße ans Feuer. Bescheiden ließ sich der Gast ebenfalls im Herdwinkel nieder und nahm einen Teller Suppe in Empfang, den Fantine ihm reichte.

Er erklärte, er sei in dieser Provinz beheimatet und in der Gegend von Secondigny geboren, aber da er viele Jahre auf Reisen verbracht habe, vermöge er nun seine eigene Sprache nur noch mit einem starken Akzent zu sprechen. Allerdings werde sich das rasch geben, versicherte er: erst vor einer Woche nämlich sei er in La Rochelle an Land gegangen.

Bei diesen letzten Worten hob Josselin den Kopf und starrte den Fremden mit leuchtenden Augen an. Die Kinder kamen näher und überschütteten ihn mit Fragen.

„In welchem Land seid Ihr gewesen?"

„Ist es weit?"

„Was für einen Beruf übt Ihr aus?"

„Ich habe keinen Beruf", erwiderte der Unbekannte. „Für den Augenblick wird es mir, denke ich, genügen, Frankreich zu durchqueren und jedem, der mir zuhören mag, meine Abenteuer und Reisen zu erzählen."

„Wie die fahrenden Sänger, die Troubadours früherer Zeiten?" fragte Angélique, die immerhin einiges von Tante Pulchéries Unterricht behalten hatte.

„So ungefähr, obwohl ich mich weder auf das Singen noch auf das Versemachen verstehe. Aber ich könnte wunderschöne Dinge über jene großen Ebenen erzählen, wo man, um ein Pferd zu bekommen, nur hinter einem Felsen das Vorbeiziehen der wilden Herden zu erspähen braucht, die mit den Nüstern gegen den Wind dahingaloppieren. Man wirft ein langes Seil mit einer Schlinge aus und zieht sein Tier heran."

„Läßt es sich leicht zähmen?"

„Nicht immer", sagte der Gast lächelnd. Und Angélique erfaßte plötzlich, daß dieser Mann wohl selten lächelte. Er schien um die Vierzig zu sein, aber es lag etwas Jähes und Leidenschaftliches in seinem Blick.

„Fährt man denn wenigstens über das Meer, um in jene Länder zu gelangen?" fragte argwöhnisch der wortkarge Josselin.

„Man überquert den ganzen Ozean. Dort drüben, im Innern der Länder, gibt es Flüsse und Seen. Die Bewohner haben eine kupferrote Hautfarbe. Sie schmücken ihre Köpfe mit Vogelfedern und fahren in Booten aus zusammengenähten Tierhäuten. Ich bin auch auf Inseln gewesen, wo die Menschen vollkommen schwarz sind. Sie nähren sich von Schilf, das so dick wie ein Arm ist und das man Zuckerrohr nennt, und von dorther kommt tatsächlich der Zucker. Man stellt aus diesem Sirup auch ein Getränk her, das stärker als der Kornbranntwein ist, das aber weniger trunken macht und Kraft und Übermut verleiht: den Rum."

„Habt Ihr von diesem wunderlichen Getränk etwas mitgebracht?" fragte Josselin.

„Ich habe ein Fläschchen in meiner Satteltasche. Aber ich habe mehrere Fässer bei meinem Vetter gelassen, der in La Rochelle wohnt und sich ein gutes Geschäft davon verspricht. Ich selbst bin kein Handelsmann. Ich bin nur ein Reisender, der sich nach neuen Ländern sehnt, der jene Gegenden kennenlernen möchte, wo niemand weder Hunger noch Durst kennt und wo der Mensch sich frei fühlt. Ebendort habe ich erkannt, daß alles Übel vom weißen Menschen kommt, weil er nicht auf das Wort des Herrn gehört, vielmehr es verfälscht hat. Denn der Herr hat nicht befohlen zu töten, noch zu zerstören, sondern sich untereinander zu lieben."

Es wurde still. Die Kinder waren an eine solche Sprache nicht gewöhnt...

„Das Leben in Amerika ist also vollkommener als in unseren Ländern, wo Gott schon so lange regiert?" fragte plötzlich die ruhige Stimme Raymonds.

Auch er war näher gerückt, und Angélique entdeckte in seinem Blick einen Ausdruck, der demjenigen des Fremden entsprach.

„Ihr seid Protestant, nicht wahr?"

„Ganz recht. Ich bin sogar Priester, wenn auch ohne Gemeinde, und vor allem Reisender."

„Nun, ich kann schwerlich mit Euch über religiöse Dinge diskutieren", sagte Josselin, „denn ich vergesse allmählich mein Latein. Aber mein Bruder spricht es flüssiger als Französisch und..."

„Das ist ja gerade einer der größten Übelstände in unserm Frankreich", rief der Pastor aus. „Daß man nicht mehr zu seinem Gott, was sage ich: zum Gott der Welten, in seiner Muttersprache und mit seinem Herzen beten kann, sondern daß es unumgänglich ist, sich lateinischer Zauberformeln zu bedienen..."

Angélique bedauerte, daß nicht mehr von Springfluten, Sklavenschiffen und unheimlichen Tieren die Rede war. Sie rückte unruhig auf ihrem Platz hin und her, und dabei entging es ihr, daß die Amme den Raum verließ. Fantine lehnte die Tür nur an, und man hörte sie flüstern und darauf die Stimme Madame de Sancés, die annahm, daß man sie nicht verstehen könne.

„Protestantisch oder nicht, meine Gute, dieser Mann ist unser Gast und wird es bleiben, solange es ihm beliebt."

Kurz darauf trat die Baronin, gefolgt von Hortense, in die Küche.

Der Besucher verbeugte sich sehr höflich, jedoch ohne Handkuß und ohne die höfische Reverenz. Angélique sagte sich, daß er gewiß ein Bürgerlicher sei, aber gleichwohl sympathisch, wenn auch Hugenotte, und ein klein wenig exaltiert.

„Pastor Rochefort", stellte er sich vor. „Ich muß mich nach Secondigny begeben, wo ich geboren bin, aber da der Weg weit ist, wollte ich mich gerne unter Eurem gastlichen Dach ausruhen, gnädige Frau."

Die Hausherrin versicherte ihm, er sei willkommen. Sie alle seien strenge Katholiken, was aber nicht hindere, tolerant zu sein, wie der gute König Heinrich IV. es anempfohlen habe.

„Eben dies habe ich zu hoffen gewagt, als ich hier eintrat, Madame", hob der Pastor wieder an, indem er sich tiefer verbeugte, „denn ich muß Euch gestehen, daß mir Freunde anvertrauten, Ihr hättet seit langen Jahren einen alten hugenottischen Diener. Ich habe ihn zuvor aufgesucht, und eben dieser Wilhelm Lützen ist es, der mich hat hoffen lassen, Ihr würdet mich für heute nacht aufnehmen."

„Ihr könnt dessen tatsächlich versichert sein, Monsieur, und auch die nächsten Tage, wenn es Euch Vergnügen macht."

„Mein einziges Vergnügen besteht darin, den Geboten des Herrn zu folgen und ihm nach bestem Vermögen zu dienen. Und Er ist es, der mich hierher führt, denn ich will Euch gestehen, daß ich vor allem Euren Gatten sprechen möchte..."

„Ihr habt eine Bestellung für meinen Mann?" verwunderte sich Madame de Sancé.

„Keine Bestellung, aber vielleicht einen Auftrag. Vergönnt mir, gnädige Frau, daß ich nur ihm selbst Mitteilung davon mache."

„Gewiß, Monsieur. Übrigens höre ich die Schritte seines Pferdes."

Wirklich trat gleich darauf Baron Armand ein. Offenbar hatte man ihn von dem überraschenden Besuch schon verständigt, denn er bezeigte seinem Gast nicht die gewohnte Herzlichkeit. Er wirkte gezwungen und fast ängstlich.

„Ist es wahr, Herr Pastor, daß Ihr aus Amerika kommt?" erkundigte er sich nach den üblichen Begrüßungen.

„Jawohl, Herr Baron. Und ich wäre froh, wenn ich mit Euch ein paar Augenblicke unter vier Augen über eine Euch bekannte Angelegenheit sprechen könnte."

„Pst!" machte gebieterisch Armand de Sancé und warf einen beunruhigten Blick zur Tür. Etwas überstürzt fügte er hinzu, sein Haus stehe Monsieur Rochefort zur Verfügung, dieser möge nur bei den Stubenmädchen alles anfordern, was zu seiner Bequemlichkeit nötig sei. In einer Stunde werde man zur Nacht speisen.

Der Pastor dankte und bat um Erlaubnis, sich einstweilen zurückziehen zu dürfen, um sich ein wenig zu säubern. Als der Gast jedoch auf die Tür zuschritt, um sich nach dem Zimmer zu begeben, in das Madame de Sancé ihn zu führen im Begriff war, hielt ihn Josselin in seiner gewohnt brüsken Art am Arm fest.

„Ein Wort noch, Pastor. Um in jenen Ländern Amerikas zu arbeiten, muß man wohl sehr reich sein oder doch ein Fähnrichspatent oder eins für irgendein Handwerk kaufen?"

„Mein Sohn, Amerika ist ein freies Land. Es wird dort nichts verlangt, wenn es auch erforderlich ist, viel und hart zu arbeiten und seinen Mann zu stehen."

„Wer seid Ihr, Fremdling, daß Ihr Euch erlaubt, diesen jungen Mann Euren Sohn zu nennen, und solches in Gegenwart seines Vaters und seines

Großvaters?" ließ sich da von der Tür her der alte Baron mit höhnischer Stimme vernehmen.

„Ich bin Pastor Rochefort, Euch zu dienen, Herr Baron, aber ohne Diözese und nur auf der Durchreise."

„Ein Hugenotte", brummte der Greis, „der überdies aus jenem verfluchten Lande kommt..."

Er stand auf der Türschwelle, auf seinen Stock gestützt, aber zu seiner ganzen Größe aufgerichtet. Er hatte seinen weiten schwarzen Überrock abgelegt, den er im Winter zu tragen pflegte. Sein Gesicht erschien Angélique ebenso weiß wie sein Bart. Ohne recht zu wissen, weshalb, wurde ihr angst, und sie beeilte sich einzugreifen.

„Großvater, dieser Herr war völlig durchnäßt, und wir haben ihn aufgefordert, sich zu trocknen. Er hat uns spannende Geschichten erzählt..."

„Schön. Ich stehe nicht an zuzugeben, daß ich Mut schätze, und wenn der Feind sich mit offenem Visier zeigt, so weiß ich, daß er das Recht auf Achtung hat."

„Mein Herr, ich komme nicht als Feind."

„Erspart uns Eure ketzerischen Predigten. Ich habe nie an Auseinandersetzungen teilgenommen, die nicht in das Ressort eines alten Soldaten gehören. Aber ich möchte Euch wissen lassen, daß Ihr in diesem Hause keine Seelen zu bekehren finden werdet."

Der Pastor stieß einen fast unhörbaren Seufzer aus. „Ich weiß sehr wohl, daß die Mitglieder Eurer Familie überzeugte Katholiken sind und daß es sehr schwierig ist, Menschen zu bekehren, deren Religion sich aus uraltem Aberglauben zusammensetzt und die sich für allein unfehlbar halten."

„Ihr gebt damit also zu, daß Ihr Eure Adepten nicht unter den gefestigten Menschen sucht, sondern unter den Unentschiedenen, den enttäuschten Ehrgeizigen, den ausgetretenen Mönchen, die sich freuen, ihre Zuchtlosigkeit sanktioniert zu sehen?"

„Herr Baron, Ihr seid zu rasch in Euren Assimilationen und Urteilen", sagte der Pastor, dessen Stimme sich härtete. „Vornehme Persönlichkeiten und hohe Geistliche der katholischen Welt haben sich schon zu unserer Lehre bekehrt."

„Ihr könnt mir nichts entdecken, was ich nicht bereits wüßte. Der Ehrgeiz kann die Besten zu Fall bringen. Aber der Vorteil für uns Katholiken liegt darin, daß wir von den Gebeten der ganzen Kirche, der Heiligen und unserer Toten getragen werden, während Ihr in Euerm Stolz diese Fürsprache leugnet und behauptet, mit Gott selbst verbunden zu sein."

„Die Papisten werfen uns Stolz vor, aber sie selbst erklären sich für unfehlbar und nehmen das Recht der Gewaltanwendung in Anspruch. Als ich Frankreich im Jahre 1629 verließ", fuhr der Pastor mit dumpfer Stimme fort, „war ich eben als ganz junger Mensch der grausamen Belagerung von La Rochelle durch die Horden Richelieus entgangen. Man unterzeichnete den Frieden von Alès, durch welchen den Protestanten das Recht genommen wurde, befestigte Plätze zu unterhalten."

„Es war die höchste Zeit. Ihr wurdet zu einem Staat im Staate. Gesteht, daß Euer Ziel darin bestand, alle westlichen und mittleren Provinzen Frankreichs dem Einfluß des Königs zu entziehen."

„Das weiß ich nicht. Ich war noch zu jung, um so weitgreifende Pläne zu überblicken. Ich habe nur begriffen, daß diese neuen Beschlüsse im Widerspruch zu dem von König Heinrich IV. erlassenen Edikt von Nantes standen. Und bei meiner Rückkehr stelle ich nun mit Bitterkeit fest, daß man noch immer seine Bestimmungen mit einer Schärfe anficht und verleugnet, die ihresgleichen nur in der Unaufrichtigkeit der Kasuistiker und der Richter hat."

Es trat eine Stille ein, und Angélique merkte, daß ihr Großvater, dieser im Grunde redliche und gerechte Geist, einigermaßen entwaffnet war. Doch Raymonds ruhige Stimme ließ sich plötzlich vernehmen:

„Herr Pastor, ich will nicht bestreiten, daß die Feststellungen, die Ihr seit Eurer Rückkehr über gewisse Ausschreitungen engherziger Eiferer treffen konntet, richtig sind. Ich weiß Euch Dank, daß Ihr nicht einmal die Fälle erkaufter Konversion von Erwachsenen und Kindern erwähnt habt. Aber Ihr müßt wissen, daß, wenn sich solche Exzesse ereigneten, Seine Heiligkeit der Papst persönlich zu wiederholten Malen bei der hohen französischen Geistlichkeit und beim König Einspruch erhob. Öffentliche und geheime Kommissionen reisen durchs Land, um erwiesenes Unrecht wiedergutzumachen. Ich bin sogar überzeugt, wenn Ihr selbst nach Rom ginget und dem geistlichen Oberhaupt eine Liste mit genauen Angaben übergäbt, würde die Mehrzahl der wirklich festgestellten Mißstände beseitigt werden..."

„Junger Mann, es kommt mir nicht zu, mich um die Reform Eurer Kirche zu bemühen", sagte der Pastor in scharfem Ton.

„Um so besser, Herr Pastor, dann werden wir selbst es tun – mit Eurer gütigen Erlaubnis!" rief der Jüngling in jähem Ungestüm aus. „Gott wird uns erleuchten."

Angélique schaute ihren Bruder verwundert an. Nie hätte sie geahnt, daß sich hinter seinem einfältigen und ein wenig scheinheiligen Wesen solche Leidenschaft verbarg.

Nun war es der Pastor, der in Verlegenheit geriet. Um die peinliche Situation zu überbrücken, sagte Baron Armand lachend und ohne Bosheit.

„Bei diesen Erörterungen muß ich daran denken, daß ich in letzter Zeit oft bedauert habe, kein Hugenotte zu sein. Denn ein Edelmann, der zum Katholizismus übertritt, soll ja bis zu dreitausend Livres bekommen."

Der alte Baron fuhr auf.

„Mein Sohn, verschont uns mit Euren plumpen Späßen. Sie sind im Angesicht eines Gegners unangebracht."

Der Pastor hatte seinen feuchten Mantel vom Stuhl genommen.

„Ich war keineswegs als Gegner gekommen. Ich hatte mich auf Schloß Sancé eines Auftrages zu entledigen. Einer Botschaft aus fernen Ländern. Ich hätte gern mit Baron Armand unter vier Augen gesprochen, aber ich sehe, daß Ihr gewohnt seid, Eure Angelegenheiten offen mit der Familie zu behandeln. Ich schätze diesen Brauch. Es war derjenige der Patriarchen und auch der Apostel."

Angélique bemerkte, daß ihr Großvater so weiß geworden war wie der Elfenbeinknauf seines Stocks, und daß er sich an die Türfüllung lehnte. Sie empfand Mitleid mit ihm. Gern hätte sie den Worten Einhalt geboten, die noch kommen würden, aber schon fuhr der Pastor fort:

„Monsieur Antoine de Ridouët de Sancé, Euer Sohn, dem in Florida zu begegnen ich das Vergnügen hatte, hat mich gebeten, das Schloß aufzusuchen, in dem er geboren ist, und mich nach dem Ergehen seiner Familie zu erkundigen, damit ich ihm nach meiner Rückkehr berichten kann. Somit ist meine Aufgabe erfüllt..."

Der alte Edelmann hatte sich ihm mit kleinen Schritten genähert.

„Hinaus!" gebot er mit dumpfer, keuchender Stimme. „Niemals, solange ich lebe, soll der Name meines seinem Gott, seinem König, seinem Vaterland gegenüber meineidig gewordenen Sohnes unter diesem Dach genannt werden. Hinaus, sage ich Euch! Ich dulde keinen Hugenotten bei mir!"

„Ich gehe", sagte der Pastor sehr ruhig.

„Nein!" Raymonds Stimme erklang von neuem. „Bleibt, Herr Pastor. Ihr könnt nicht in diese Regennacht hinaus. Kein Einwohner von Monteloup wird Euch Obdach gewähren, und das nächste protestantische Dorf ist weit entfernt. Ich bitte Euch, die Gastfreiheit meines Zimmers anzunehmen."

„Bleibt", sagte Josselin mit seiner rauhen Stimme, „Ihr müßt mir noch von Amerika und vom Meer erzählen."

Der Bart des alten Barons zitterte.

„Armand", rief er in tief unglücklichem Tone aus, der Angélique ins Herz schnitt, „hierin also hat sich der Geist der Empörung Eures Bruders Antoine geflüchtet. In diese beiden Jungen, die ich liebte. Gott will mir nichts ersparen. Ich habe wohl zu lange gelebt."

Er schwankte. Wilhelm stürzte herzu und fing ihn auf. Auf den alten Soldaten gestützt, tastete er hinaus und wiederholte mit zitternder Stimme: „Antoine... Antoine..."

Ein paar Tage darauf starb der Großvater. Man wußte nicht, an welcher Krankheit. Still ging er hinüber, als man ihn bereits von der durch den Besuch des Pastors hervorgerufenen Aufwallung erholt glaubte. Der Schmerz über das Verschwinden Josselins blieb ihm erspart.

Eines Morgens nämlich, kurze Zeit nach der Bestattung, hörte Angélique, die noch im Halbschlaf dämmerte, wie jemand leise ihren Namen rief. Als sie die Augen öffnete, sah sie verwundert Josselin auf ihrer Seite des Bettes stehen. Sie mahnte ihn, Madelon nicht zu wecken, und folgte ihm in den Gang.

„Ich gehe fort", flüsterte er. „Du wirst dich bemühen, es ihnen begreiflich zu machen."

„Wohin gehst du?"

„Zuerst nach La Rochelle. Von dort aus werde ich mich nach Amerika einschiffen. Pastor Rochefort hat mir von all jenen Ländern erzählt, von den Antillen, Neuengland und auch von den Kolonien Virginia, Maryland, Carolina, dem neuen Herzogtum York und Pennsylvanien. Ich werde schon irgendwohin kommen, wo man mich haben will."

„Hier will man dich doch auch haben", sagte sie jammernd. Sie schlotterte in ihrem winzigen, fadenscheinigen Nachthemd.

„Nein", erklärte er, „für mich gibt's in dieser Welt hier keinen Platz. Ich habe es satt, einer Klasse anzugehören, die wohl Privilegien besitzt, aber keinen Daseinszweck. Ob reich oder arm, die Adligen wissen absolut nicht mehr, wozu sie nütze sind. Sieh dir Papa an! Er tappt im dunkeln herum. Er erniedrigt sich und züchtet Maultiere, aber er wagt nicht, diese demütigende Situation auszunützen, um durch das Geld seinen adligen Namen wieder zu Ansehen zu bringen. Schließlich und endlich verliert er auf beiden Ebenen. Man deutet mit dem Finger auf ihn, weil er wie ein Pferd arbeitet, und auf uns ebenfalls, weil wir trotzdem noch vornehme Bettler sind. Glücklicherweise hat mir Onkel Antoine de Sancé den Weg gezeigt. Er war der ältere Bruder Papas. Er ist Hugenotte geworden und hat den Kontinent verlassen."

„Du willst doch nicht deinen Glauben abschwören?" fragte sie erschrocken.

„Nein. Die Bigotterie interessiert mich nicht. Ich will leben."

Er küßte sie hastig, lief ein paar Stufen hinunter, wandte sich um und warf einen besorgten und erfahrenen Blick auf seine halbnackte junge Schwester.

„Du wirst schön und kräftig, Angélique. Sieh dich vor. Du solltest auch fortgehen, sonst findest du dich über kurz oder lang mit einem Stallknecht im Heu wieder. Oder du wirst das Eigentum eines der grobschlächtigen Schweine von Krautjunkern, die wir zu Nachbarn haben."

Mit plötzlicher Zärtlichkeit fügte er hinzu:

„Glaub an meine Erfahrungen in dieser Hinsicht, Liebes, es wäre ein furchtbares Leben für dich. Mach dich auch von diesen alten Mauern frei. Was mich anbelangt, ich gehe aufs Meer hinaus."

Er sprang die Treppe hinunter, indem er zwei Stufen auf einmal nahm, und war verschwunden.

Siebentes Kapitel

„Machst du dir einen Begriff von all den Sorgen und Unannehmlichkeiten, die ich mir um euret- und im besonderen um deinetwillen auf den Hals lade?" fragte Baron Armand Angélique.

Es war einige Monate nach dem Verschwinden Josselins. Angélique war auf einem Spaziergang ihrem Vater begegnet, der auf einem Baumstumpf saß, während sein Pferd neben ihm graste.

„Geht es mit den Maultieren nicht, Vater?"

„Doch, doch. Das ist es nicht. Aber ich komme eben vom Verwalter Molines. Schau, Angélique, deine Tante Pulchérie hat uns, deiner Mutter und mir, klargemacht, daß es unmöglich ist, dich länger auf dem Schloß zu behalten. Wir müssen dich ins Kloster schicken. So habe ich mich zu einem recht demütigenden Schritt entschlossen, den ich um jeden Preis vermeiden wollte. Ich habe Molines aufgesucht und ihn gebeten, mir das Darlehen für meine Familie zu gewähren, das er mir angeboten hatte."

Seine Stimme klang gedämpft und traurig, als sei etwas in ihm zerbrochen, als habe ihn etwas noch Schmerzlicheres betroffen als der Tod seines Vaters und das Verschwinden seines Sohns.

„Armer Papa!" murmelte Angélique.

„An sich ist da ja nichts Schlimmes dabei", fuhr der Baron fort. „Was mich aber beunruhigt, ist, daß mir Molines' Hintergedanken verborgen bleiben. Er hat für sein neuerliches Darlehen merkwürdige Bedingungen gestellt."

„Welche Bedingungen, Vater?"

Er schaute sie nachdenklich an und streichelte mit seiner schwieligen Hand über ihr wundervolles dunkelgoldenes Haar.

„Es ist seltsam, daß es mir leichter fällt, mich dir anzuvertrauen als deiner Mutter. Du bist ein arger Wildfang, aber du scheinst schon fähig zu sein, alles zu verstehen. Freilich habe ich geahnt, daß Molines bei dieser Mauleselgeschichte auf seinen Vorteil bedacht war, aber ich verstand nie recht, warum er sich dabei an mich und nicht an einen gewöhnlichen Roßhändler aus der Umgegend wandte. Offenbar ist es meine Stellung als Adliger, die ihn interessiert. Er hat mir heute gesagt, er rechne auf mich, um durch meine Adelsbeziehungen vom Generalintendanten der Finanzen die völlige Steuerbefreiung für ein Viertel unserer Maultierproduktion zu erreichen und außerdem das verbriefte Recht, dieses Viertel nach England oder Spanien zu exportieren, sobald der Krieg mit diesen Ländern beendet ist."

„Aber das ist doch ein großartiges Geschäft!" rief Angélique begeistert aus. „Auf der einen Seite Molines, bürgerlich und gerissen, auf der andern Ihr, adlig ..."

„Und nicht gerissen", ergänzte der Vater lächelnd.

„Nein: unerfahren. Aber Ihr habt Beziehungen und Titel. Ihr werdet bestimmt Erfolg haben. Ihr sagtet neulich selbst, der Transport der Maultiere ins Ausland erscheine Euch unmöglich bei all diesen Steuern und Zöllen, die zu den Transportkosten hinzukommen. Und gegen dieses Viertel der Produktion wird der Oberintendant auch gewiß nichts einzuwenden haben! Was macht Ihr mit dem Rest?"

„Der Militärintendanz wird das Recht eingeräumt, sich dessen Erwerb zum Jahrespreis auf dem Markt von Poitiers vorzubehalten."

„Alles ist bedacht worden. Dieser Molines ist ein Hauptkerl! Ihr solltet Monsieur du Plessis aufsuchen und vielleicht an den Herzog de La Trémoille schreiben. Aber ich hörte, all diese hohen Persönlichkeiten würden binnen kurzem ohnehin hierherkommen, um sich wieder mit ihrer Fronde zu beschäftigen."

„Man spricht tatsächlich davon", sagte der Baron spöttisch. „Aber beglückwünsche mich nicht zu früh. Ob die Fürsten kommen oder nicht – nichts ist ungewisser, als daß ich ihre Zusage erhalte. Und im übrigen habe ich dir das Verwunderlichste noch gar nicht gesagt."

„Was denn?"

„Molines will, daß ich das alte Bleibergwerk wieder in Betrieb setze, das wir in der Nähe von Vauloup besitzen", seufzte der Baron nachdenklich. „Ich frage mich zuweilen, ob dieser Mann bei Vernunft ist, und ich gestehe, daß ich seine Winkelzüge nicht durchschaue. Kurz, er hat mich gebeten, unverzüglich den König um Erneuerung des meinen Vorfahren gewährten Privilegs zu ersuchen, im Bergwerk gefördertes Blei und Silber zu Barren zu verarbeiten. Du kennst doch den verlassenen Stollen von Vauloup?" fragte Armand de Sancé, da seine Tochter geistesabwesend zu sein schien.

Angélique nickte zerstreut.

„Ich möchte nur wissen, was sich dieser Teufelsverwalter von den alten Kieselsteinen verspricht! Denn die Wiederinstandsetzung des Bergwerks soll unter meinem Namen erfolgen, während er sie bezahlt. In einem Geheimabkommen zwischen uns wird festgelegt, daß ihm zehn Jahre lang das Pachtrecht für diese Bleimine zusteht, wofür er meine Verpflichtungen als Grundeigentümer und die Förderung des Erzes übernimmt. Ich soll aber beim Oberintendanten den entsprechenden Steuererlaß für ein Drittel der künftigen Produktion erwirken sowie die entsprechenden Exportgarantien. All das erscheint mir ein wenig kompliziert", schloß der Baron, indem er sich erhob.

Die Bewegung ließ in seiner Börse die Goldstücke klingen, die ihm Molines vorhin übergeben hatte, und dieses sympathische Geräusch heiterte seine Stimmung auf.

„Gott ernährt die Seinen", rief er aus. „Wir wollen nicht zu weit in die Zukunft schauen."

Er rief sein Pferd zurück und warf einen bemüht strengen Blick auf die nachdenkliche Angélique.

„Versuche zu vergessen, was ich dir da erzählt habe, und kümmere dich um deine Ausstattung. Denn diesmal ist es fest beschlossen, mein Kind. Du wirst ins Kloster gehen."

Angélique richtete also ihre Sachen. Hortense und Madelon gingen gleichfalls. Raymond und Gontran sollten sie begleiten und sich, nachdem sie ihre Schwestern bei den Ursulinerinnen abgeliefert hatten, zu den Jesuitenpatres von Poitiers begeben, von deren erzieherischen Fähigkeiten Wunder berichtet wurden.

Beinahe hätte indessen wenige Tage vor der Abreise ein Ereignis Angéliques Schicksal in eine andere Bahn gelenkt.

Eines Septembermorgens kam Baron de Sancé sehr verstört von Schloß Plessis zurück.

„Angélique!" rief er, während er das Speisezimmer betrat, wo die versammelte Familie ihn erwartete, um sich zu Tisch zu setzen. „Angélique, bist du da?"

„Ja, Vater."

Er warf einen kritischen Blick auf seine Tochter, die in diesen vergangenen Monaten noch gewachsen war und jetzt gepflegte Hände und Haare hatte. Alle Welt stimmte in der Feststellung überein, daß sie auf bestem Wege sei, vernünftig zu werden.

„Es wird gehen", murmelte er.

Er wandte sich an seine Frau:

„Stellt Euch vor, die gesamten Plessis-Leute – Marquis, Marquise, Sohn, Pagen, Diener, Hunde – sind soeben auf ihrem Besitz gelandet. Sie haben einen illustren Gast bei sich, den Fürsten Condé mit seinem ganzen Hofstaat. Ich bin mitten hinein geplatzt und habe mich ziemlich überflüssig gefühlt. Aber mein Vetter war sehr liebenswürdig. Er hat sich nach unserer Familie erkundigt, und wißt Ihr, worum er mich gebeten hat? Ihm Angélique zu bringen, die eine der Damen der Marquise vertreten soll. Die Ankunft des Prinzen Condé bringt sie in Verlegenheit. Sie braucht anmutige kleine Kammerzofen zu ihrer Hilfe."

„Und warum nicht mich?" rief Hortense empört aus.

„Weil er ,anmutig' gesagt hat", gab ihr Vater ohne Umschweife zurück.

„Aber der Marquis hat mich sehr geistreich gefunden."

„Aber die Marquise will hübsche Mädchen um sich haben."

„Oh, das ist ein starkes Stück!" schrie Hortense und stürzte sich giftig auf ihre Schwester.

Diese aber hatte die Bewegung vorausgesehen und wich geschickt aus. Mit klopfendem Herzen lief sie in das große Zimmer hinauf, das sie jetzt nur noch mit Madelon teilte. Durch das Fenster rief sie einer der Mägde zu, ihr einen Eimer Wasser aus dem Brunnen und einen Zuber heraufzubringen.

Sie wusch sich sorgfältig und bürstete lange ihr schönes Haar, das seidig glänzend über ihre Schultern fiel. Pulchérie kam herein und brachte ihr das schönste der Kleider, die man ihr für ihren Eintritt ins Kloster angefertigt hatte. Angélique bewunderte es, obwohl es von recht düsterer grauer Farbe war. Aber der Stoff war neu und eigens für diesen Zweck bei einem angesehenen Tuchhändler in Niort gekauft, und ein weißer Kragen hellte ihn auf. Es war ihr erstes langes Kleid, und sie zog es mit einem Schauer des Vergnügens an. Die Tante schlug gerührt die Hände zusammen.

„Meine kleine Angélique, du siehst aus wie eine junge Dame! Vielleicht sollten wir dein Haar hochnehmen?"

Doch Angélique weigerte sich. Ihr weiblicher Instinkt sagte ihr, daß sie die Wirkung ihres einzigen Schmucks nicht mindern durfte.

Sie bestieg ein hübsches, braunrotes Maultier, das man eigens für sie hatte satteln lassen, und schlug in Begleitung ihres Vaters den Weg nach Schloß Plessis ein.

Das Schloß war aus seinem Zauberschlaf erwacht. Nachdem der Baron und seine Tochter ihre Tiere beim Verwalter Molines eingestellt hatten, schritten sie die Hauptallee entlang. Musikklänge wehten ihnen entgegen. Rassige Windhunde und reizende Affenpinscher tollten auf den Rasenflächen umher. Herren mit gelockten Perücken und Damen in schillernden Kleidern ergingen sich in den Alleen. Manche starrten verwundert den Landjunker im dunklen wollenen Anzug und das junge Mädchen in der Pensionstracht an, die ihnen da begegneten.

„Komisch, aber hübsch", sagte eine der Damen, während sie mit ihrem Fächer spielte.

Angélique fragte sich, ob sie es sei, um die es sich handelte. Weshalb nannte man sie komisch? Sie musterte die prächtigen Toiletten mit ihren lebhaften Farben und dem Spitzenbesatz genauer und begann ihr graues Kleid unpassend zu finden.

Der Baron teilte die Verlegenheit seiner Tochter nicht. Er dachte nur an die Unterredung, um die er den Marquis du Plessis bitten wollte.

Auf einer kleinen Estrade saßen Musikanten und entlockten ihren Instrumenten – Viellen, Lauten, Hoboen und Flöten – zarte und bezaubernde Töne. In einem großen, mit Spiegeln geschmückten Saal sah Angélique junge Leute beim Tanz. Sie fragte sich, ob wohl ihr Vetter Philippe unter ihnen sei.

Nachdem Baron de Sancé ins Innere der Salons gelangt war, nahm er seinen alten, mit einer dürftigen Feder besetzten Hut ab und verbeugte sich. Angélique begann zu leiden. Bei ihrer Armut schien ihr einzig Arroganz am Platze. Statt den Knicks zu vollführen, den Pulchérie sie dreimal hatte wiederholen lassen, blieb sie daher steif wie eine Drahtpuppe stehen und starrte vor sich hin. Die Gesichter rund um sie her verschwammen ein wenig, aber sie wußte, daß alle Welt bei ihrem Anblick gar zu gern gelacht hätte. Eine jähe, von unterdrücktem Kichern unterbrochene Stille war eingetreten, als der Diener verkündet hatte:

„Baron de Ridouët de Sancé de Monteloup."

Auch das Gesicht der Marquise du Plessis lief hinter ihrem Fächer rosig an, und ihre Augen glänzten vor unterdrückter Erheiterung.

Schließlich kam der Marquis du Plessis allen zu Hilfe, indem er liebenswürdig vortrat.

„Mein lieber Herr Vetter", rief er aus, „Ihr macht mich überglücklich, indem Ihr so rasch herbeieilt und Eure reizende Tochter mitbringt. Angélique, Ihr seid noch hübscher als bei meinem letzten Besuch. Nicht wahr? Sieht sie nicht aus wie ein Engel?" fragte er, indem er sich an seine Frau wandte.

„Vollkommen", stimmte diese zu, die sich wieder gefaßt hatte. „Mit einem andern Kleid wird sie himmlisch sein. Setzt Euch auf diesen Schemel, mein Kind, damit wir Euch richtig betrachten können."

„Herr Vetter", sagte Armand de Sancé, dessen rauhe Stimme in diesem kostbaren Salon bizarr klang, „ich würde gerne unverzüglich wichtige Angelegenheiten mit Euch besprechen."

Der Marquis hob verwundert die Brauen.

„Wirklich? So redet."

„Ich bedaure, aber diese Dinge lassen sich nur unter vier Augen behandeln."

Monsieur du Plessis warf einen resignierten und zugleich verschmitzten Blick auf seine Umgebung.

„Gut! Gut, lieber Vetter Baron. Wir werden uns in mein Privatboudoir begeben. Meine Damen, entschuldigt uns. Bis gleich ..."

Angélique auf ihrem Schemel war jetzt der Mittelpunkt eines neugierigen Kreises. Die furchtbare Beklemmung, die sie erfaßt hatte, löste sich ein wenig. Nun konnte sie alle diese Gesichter unterscheiden, die sie umgaben. Die meisten waren ihr fremd. Doch neben der Marquise stand eine sehr schöne Frau, die sie wiedererkannte. „Madame de Richeville", dachte sie. Sie hatte von ihr sagen hören, daß sie zarte Beziehungen zu dem Abbé von Nieul unterhalte.

Das goldbestickte Kleid der Gräfin und ihr diamantengeschmückter Brusteinsatz ließen sie nur zu deutlich empfinden, wie unansehnlich ihr eigenes graues Kleid war. All diese Damen funkelten von Kopf bis Fuß. Sie trugen seltsame Spielereien am Gürtel: kleine Spiegel, Schildpattkämme, Konfektdöschen und Uhren. Nie würde Angélique sich so kleiden können. Nie würde sie fähig sein, so hochmütig auf andere hinabzublicken, nie würde sie es fertigbringen, sich in so überheblichem Ton zu unterhalten.

„Meine Liebe", sagte die eine, „sie hat bezauberndes Haar, wenn es auch nie irgendwelche Pflege erfahren hat."

„Für fünfzehn Jahre ist ihre Brust zu dürftig."

„Aber meine Teuerste, sie ist knapp dreizehn."

„Wollt Ihr meine Ansicht wissen, Henriette? Es ist zu spät, um das Mädchen abzuschleifen."

„Bin ich ein Maultier, das man kauft?" fragte sich Angélique, zu verblüfft, um ernstlich verletzt zu sein.

„Was wollt Ihr", rief Madame de Richeville aus, „sie hat grüne Augen, und grüne Augen bringen Unglück wie der Smaragd."

„Es ist eine seltene Farbe", protestierte eine.

„Aber ohne Reiz. Seht Euch doch den harten Ausdruck an, den dieses Mädchen hat. Nein, wirklich, ich mag grüne Augen nicht."

„Will man mir mein einziges Gut nehmen, meine Augen und mein Haar?" dachte Angélique entrüstet.

„Gewiß, Madame", sagte sie unvermittelt mit lauter Stimme, „ich bezweifle nicht, daß die blauen Augen des Abbés von Nieul sanfter sind ... und daß sie Euch Glück bringen", fügte sie leiser hinzu.

Es trat eine tödliche Stille ein. Ein paar unterdrückte Lacher wurden vernehmbar, erstarben aber alsbald. Einige Damen schauten im Kreise umher, als könnten sie nicht fassen, daß solche Worte aus dem Munde dieses bescheidenen Mädchens gekommen waren.

Das Gesicht der Gräfin de Richeville war purpurrot geworden. Die Marquise du Plessis, die eine sehr böse Zunge hatte, erstickte schier vor Lachen hinter ihrem Fächer, und um die peinliche Situation zu überbrücken, rief sie mit lauter Stimme:

„Philippe! Philippe! Wo ist mein Sohn? Monsieur de Barre, wollt Ihr die Güte haben, den Oberst zu suchen?"

Und als der junge Mann zur Stelle war: „Philippe, hier ist deine Base de Sancé. Nimm sie mit zum Tanzen. In der Gesellschaft der jungen Leute wird sie sich besser unterhalten als in der unsrigen."

Angélique war sofort aufgestanden. Sie ärgerte sich, daß ihr Herz so stark klopfte. Der junge Edelmann schaute seine Mutter mit unverhohlener Entrüstung an. „Wie könnt Ihr es wagen", schien er sagen zu wollen, „mir ein so unmöglich ausstaffiertes Mädchen in die Arme zu werfen?"

Aber er las wohl von den Mienen der Umstehenden ab, daß etwas Ungewöhnliches vorging, und murmelte, während er Angélique die Hand reichte:

„So kommt denn, Base."

Schweigend geleitete er sie bis zur Schwelle der Galerie, in der die Pagen und die jungen Leute seines Alters sich nach Herzenslust tummeln durften.

„Platz! Platz!" rief er plötzlich. „Meine Freunde, ich stelle euch meine Base, die Baronesse Trauerkleid vor!"

Es gab ein schallendes Gelächter, und alle seine Kameraden kamen angestürzt. Die Pagen trugen kleine, komisch aufgebauschte Hosen, die am Schenkelansatz aufhörten, und mit ihren langen, mageren Jünglingsbeinen, denen hohe Absätze untergeschoben waren, sahen sie aus wie Stelzenvögel.

„Schließlich sehe ich in meinem düsteren Kleid auch nicht lächerlicher aus als sie mit diesen Kürbissen um die Hüfte", dachte Angélique.

Sie hätte gern einiges von ihrer Selbstachtung geopfert, um noch bei Philippe bleiben zu können. Aber einer der Jungen fragte: „Könnt Ihr tanzen, Demoiselle?"

„Ein wenig."

„Wirklich? Und was für Tänze?"

„Die Bourrée, den Rigodon, den Rundtanz..."

„Hahaha!" platzten die jungen Leute los. „Philippe, was für einen Vogel bringst du uns da! Kommt, kommt, Ihr Herrn, laßt uns losen! Wer wird mit der Landpomeranze tanzen? Wo sind die Liebhaber der Bourrée? Tam, tam... ta!"

Brüsk riß sich Angélique von Philippe los und lief davon. Sie drängte sich durch die von Dienern und Herren erfüllten Salons, durchquerte die mit Mosaiken ausgelegte Halle, in der Hunde schliefen. Sie suchte ihren Vater, und vor allem wollte sie nicht weinen. Das alles war es nicht wert. Es würde eine Erinnerung sein, die man aus dem Gedächtnis löschen mußte wie einen grotesken Traum. Die Wachtel sollte nun einmal ihr Dickicht nicht verlassen. Das war die Strafe dafür, sagte sich Angélique, daß sie auf Tante Pulchéries Zureden gehört und der durch die schmeichelhafte Bitte des Marquis du Plessis in ihr ausgelösten Eitelkeitsanwandlung nachgegeben hatte. Endlich hörte sie aus einem abgelegenen Boudoir die durchdringende Stimme des Marquis.

„Aber nicht doch, Ihr befindet Euch in einem grundlegenden Irrtum, mein guter Freund", sagte er in einem bekümmerten Crescendo. „Ihr bildet Euch ein, es fiele uns von Geldsorgen geplagten Edelleuten leicht, Erlaß zu erwirken. Und im übrigen bin weder ich noch der Fürst Condé in der Lage, ihn Euch zu gewähren."

„Ich bitte Euch ja nur, Euch beim Oberintendanten der Finanzen, den Ihr persönlich kennt, für mich zu verwenden. Die Angelegenheit ist für ihn nicht ohne Interesse. Er soll mich für die Strecke vom Poitou bis zum Meer von Steuern und Wegezoll befreien. Diese Befreiung würde sich im übrigen nur auf ein Viertel meiner Produktion von Maultieren und Blei erstrecken. Als Gegenleistung könnte sich die Militärintendanz des Königs das Recht vorbehalten, den Rest zum jeweils geltenden Preis zu erwerben, außerdem würde dem königlichen Fiskus der entsprechende Erwerb von Blei und Silber zum offiziellen Tarif freistehen. So wäre der Staat hinsichtlich dieser Dinge nicht mehr ausschließlich auf das Ausland angewiesen."

„Eure Worte riechen nach Dünger und Schweiß", protestierte der Mar-

quis und führte angewidert die Hand zur Nase. „Ich frage mich, ob Ihr nicht allzusehr gegen Eure Standesehre verstoßt, indem Ihr Euch in ein Unternehmen stürzt, das nur zu sehr einem – erlaubt mir das Wort – Handelsgeschäft ähnelt."
„Handelsgeschäft oder nicht, ich muß leben", erwiderte Armand de Sancé mit einem Starrsinn, der Angélique wohltat.
„Und ich", rief der Marquis aus, indem er die Arme zum Himmel hob, „glaubt Ihr, ich hätte keine Schwierigkeiten? Trotzdem werde ich mir bis zu meinem letzten Tage jedes bürgerliche Geschäft versagen, das meiner Stellung als Edelmann abträglich sein könnte."
„Herr Vetter, Eure Einkünfte lassen sich mit den meinigen nicht vergleichen. Ich lebe tatsächlich im Bettelstand dank dem König, der mir seine Unterstützung versagt, und dank den Wucherern von Niort, die mich auffressen."
„Ich weiß, ich weiß, mein guter Armand. Aber habt Ihr Euch je die Frage vorgelegt, wie ich, ein hochgestellter Edelmann, ein Hofbeamter mit zwei wichtigen Ämtern, mich im Gleichgewicht halte? Nein, gewiß nicht! Nun, ich werde Euch eine kleine Rechnung aufmachen, wenn ich auch kein Talent zum Intendanten der Finanzen besitze. So hört denn, Baron: zunächst die Einkünfte. Mein Besitztum Plessis – bei weitem das größte – wirft jährlich vierzigtausend Livres ab. Aus dem Besitz meiner Frau in der Bretagne kommen noch zwanzigtausend hinzu. Mein Amt als Kammerherr des Königs bringt mir vierzigtausend ein, das des Brigadefeldmeisters vom Poitou sechzigtausend. Ich habe also ein durchschnittliches Einkommen von hundertsechzigtausend Livres . . ."
„Ich", sagte der Baron, „würde mich mit einem Zehntel davon begnügen. Dabei habt Ihr nur einen Sohn, ich hingegen muß vier Mädchen ausstatten und sechs Jungen großziehen."
„Einen Augenblick noch, Vetter vom Lande, und ich werde Euch beweisen, in welch tiefem Irrtum Ihr befangen seid – in dem üblichen Irrtum der Landjunker bezüglich des Hofadels. Ich fahre also in meiner Rechnung fort. Ich habe ein jährliches Brutto-Einkommen von hundertsechzigtausend Livres. Betrachten wir nun meine Ausgaben. Mein Palais in Paris kostet mich mit seinem Dienstpersonal und dem üblichen Aufwand für Empfänge, Uniformen, Kleidung, Karossen, Gehälter für sechzig Dienstboten und so weiter fünfzigtausend Livres. Mein Landhaus in Fontainebleau zwanzigtausend. Meine Reisen mit dem Hof sechzigtausend. Meine Frau verbraucht über fünfzigtausend Livres im Jahr, mein Sohn dreißigtausend. Ich muß fünfzehntausend an Zinsen für verschiedene Darlehen zu fünfzehn Prozent jährlich bezahlen, und ich habe soeben weitere fünfundsiebzigtausend Livres aufgenommen, um die Oberstenstelle meines Sohnes zu kaufen. In einem andern Jahr wird sich eine andere Ausgabe ergeben, Spielschulden beispielsweise, die bei Hof quasi obligatorisch sind. Rechnet Euch das aus, Herr Vetter!"

„Ich bin bestürzt, Marquis. Es ist doch nicht möglich, daß Euch Eure Lebenshaltung jährlich dreihunderttausend Livres kostet!"

„Dabei habe ich noch nicht die Zehntensteuer eingerechnet und die Renten, die der König uns zuweilen zu kaufen zwingt."

„Es fehlen Euch also jährlich hundertfünfzigtausend Livres?"

„Ihr habt es erraten, Herr Vetter. Und wenn ich mir erlaubt habe, vor Euch diese Rechnung aufzustellen, so geschah es, damit Ihr mich versteht, wenn ich Euch sage, daß es mir im Augenblick unmöglich ist, an Monsieur de Trémaut, den Intendanten der Finanzen, heranzutreten."

„Aber Ihr kennt ihn doch."

„Ich kenne ihn, sehe ihn aber nicht mehr. Ich kann Euch nur immer wieder sagen, daß Monsieur de Trémaut dem König und der Regentin ergeben ist und sich selbst bei Mazarin beliebt zu machen bemüht."

„Nun, genau..."

„Genau aus diesem Grunde sehen wir ihn nicht mehr. Wißt Ihr denn nicht, daß Fürst Condé, dem ich mich verschworen habe, sich mit dem Hof überworfen hat?"

„Wie sollte ich das wissen?" erwiderte Armand de Sancé verblüfft. „Ich habe Euch vor wenigen Monaten gesprochen, und damals hatte die Regentin keinen besseren Diener als den Fürsten."

„Ja, die Zeit ist weitergegangen", seufzte der Marquis du Plessis schmerzlich. „Ich kann Euch das nicht im einzelnen auseinandersetzen. Immerhin sollt Ihr wissen, daß nur dank dem Fürsten Condé die Königin, ihre beiden Söhne und dieser rote Teufel von Kardinal kürzlich wieder den Louvre in Paris beziehen konnten. Nun, zum Dank behandelt man diesen großen Mann auf unwürdige Weise. Vor ein paar Wochen kam es zum Bruch. Angebote aus Spanien erschienen dem Fürsten einigermaßen interessant. Er hat sich zu mir begeben, um die Sache genau zu prüfen."

„Spanische Angebote?" wiederholte Baron Armand.

„Ja. Unter uns, stellt Euch vor, König Philipp IV. geht so weit, unserm großen General wie auch Monsieur de Turenne eine Armee von je zehntausend Mann anzubieten."

„Zu welchem Zweck?"

„Um die Regentin zu unterwerfen und vor allem diesen Dieb von Kardinal. Mittels der vom Fürsten Condé geführten spanischen Armeen würde dieser in Paris einziehen, und Gaston von Orléans, der Bruder des verewigten Königs Ludwig XIII., würde zum König ausgerufen werden. Die Monarchie wäre gerettet und endlich von Frauen, Kindern und einem Ausländer befreit, der sie entehrt. Was soll ich bei all diesen schönen Projekten tun, frage ich Euch? Wenn ich den Euch geschilderten Lebensstil beibehalten will, kann ich mich nicht einer verlorenen Sache widmen. Das Volk, das Parlament, der Hof, alle Welt haßt Mazarin. Die Königin hält weiter an ihm fest und wird niemals nachgeben. Das Leben, das der Hof und der kleine König seit zwei Jahren führen, ist unbeschreiblich.

Man kann es nur mit dem der Zigeuner im Orient vergleichen: Flucht, Rückkehr, Zwistigkeiten, Kriege ... Es ist einfach zuviel. Die Sache des kleinen Königs Ludwig XIV. ist verloren. Hinzu kommt noch, daß die Tochter Gastons von Orléans, Mademoiselle de Montpensier – Ihr wißt, jenes unmöglich gebaute Frauenzimmer –, eine verbissene Anhängerin der Fronde ist. Sie hat sich schon vor einem Jahr für die Empörer eingesetzt und möchte es am liebsten heute wieder tun. Meine Frau verehrt sie, und diesmal werde ich nicht zulassen, daß Alice sich einer anderen Partei anschließt als ich. Sich eine blaue Schärpe um die Hüfte schlingen und eine Kornähre an den Hut stecken, wäre nicht schlimm, wenn solche Uneinigkeit zwischen Eheleuten nicht noch andere Verwirrungen zur Folge hätte. Nun, Alice ist ihrem Wesen nach immer ‚dagegen'. Gegen die Strumpfbänder und für die seidenen Degengehänge, gegen die Haarfransen und für die freie Stirn. Sie ist eben ein Original. Augenblicklich ist sie gegen Anna von Österreich, die Regentin, weil diese ihr gegenüber die Bemerkung hat fallen lassen, die Pastillen, die sie für die Mundpflege benutze, erinnerten sie an ein Abführmittel. Nichts wird Alice dazu bringen, an den Hof zurückzukehren, wo man sich, wie sie behauptet, bei den Andachtsübungen der Königin und den Streichen der kleinen Prinzen langweilt. Ich werde daher meiner Frau folgen, da meine Frau mir nicht folgen will. Ich bin schwach genug, einiges Pikante an ihr zu finden und gewisse Talente in der Liebe, die mir Spaß machen ... Schließlich ist die Fronde ein ganz hübsches Spiel."

„Aber – aber Ihr wollt doch nicht sagen, daß auch Turenne ...?" stammelte Armand de Sancé, dem die Felle wegschwammen.

„Ach, Turenne, Turenne! Der ist wie alle andern. Der hat es nicht gern, wenn man seine Dienste mißachtet. Er wollte Sedan für seine Familie haben. Man hat es ihm verweigert. Er war verärgert, wie sich denken läßt. Er soll sogar bereits auf das Angebot des Königs von Spanien eingegangen sein. Fürst Condé hat es weniger eilig. Er wartet erst noch die Nachrichten seiner Schwester de Longueville ab, die mit der Fürstin Condé aufgebrochen ist, um die Normandie aufzuwiegeln. Nebenbei gesagt, ist da auch noch die Herzogin von Beaufort, für deren Reize er nicht unempfindlich ist ... Jedenfalls legt unser großer Schlachtenheld fürs erste wenig Ungeduld an den Tag, in den Krieg zu ziehen. Ihr werdet es ihm nachsehen, wenn Ihr der besagten Göttin begegnet. Mein Lieber, eine Haut ...!"

Angélique sah aus der Entfernung, wie ihr Vater sein großes Taschentuch hervorzog und sich die Stirn wischte. „Er wird nichts erreichen", sagte sie sich mit wehem Herzen. „Was kümmert's sie schon, wenn wir Sorgen mit unseren Mauleseln und unserem silberhaltigen Blei haben?"

Sie entfernte sich und betrat den Park, über den sich der blaue Abend breitete. Noch immer hörte man in den Salons die Violinen und Gitarren einander antworten, und in langer Reihe brachten Lakaien die Leuchter.

Einige stiegen auf Schemel und entzündeten die an den Wänden angebrachten Kerzen.

„Wenn ich denke", sagte sich Angélique, während sie langsam durch die Alleen wanderte, „daß der arme Papa sich wegen der paar Maultiere Skrupel machte, die Molines in Kriegszeiten gern nach Spanien verkauft hätte! Verrat? Das ist all diesen Fürsten höchst gleichgültig, die dennoch nur durch die Monarchie leben. Kann man es sich vorstellen, daß sie ernstlich die Absicht haben, den König zu bekämpfen?"

Sie war um das Schloß herumgegangen und befand sich jetzt an seiner Rückseite, am Fuße jener Fassade, die sie früher so oft erklettert hatte, um die Schätze des Wunderzimmers zu betrachten. Der Ort war verlassen, denn die Paare, die die an diesem Herbsttag schon recht kühle Abendluft nicht scheuten, hielten sich zumeist auf dem Rasen vor der Vorderfront auf.

Ein vertrauter Kindheitsinstinkt veranlaßte sie, ihre Schuhe auszuziehen, und behende schwang sie sich trotz ihres langen Kleides auf das Kranzgesims des ersten Stockwerks hinauf. Es war jetzt vollkommen Nacht, und kein Vorbeikommender hätte sie bemerken können, zumal sie sich an ein Türmchen preßte, das den rechten Flügel des Schlosses zierte.

Das Fenster stand offen. Angélique beugte sich vorsichtig hinein. Der Raum schien zum erstenmal bewohnt zu sein, denn sie erkannte den goldenen Schimmer eines Öl-Nachtlämpchens. Das Mysterium der schönen Möbel und Tapeten wurde dadurch nur noch tiefer. Wie Schneekristalle funkelte das Perlmutt eines Nähtischchens aus Ebenholz.

Als Angélique in die Richtung des hohen, damastverkleideten Bettes schaute, hatte sie plötzlich das Gefühl, als habe sich das Bild des Gottes und der Göttin belebt.

Zwei weiße, nackte Körper umschlangen sich dort auf den in Unordnung geratenen Leintüchern, deren Spitzen auf den Boden hinabhingen. Sie waren so eng ineinander verschlungen, daß Angélique zunächst an einen Ringkampf zwischen rauflustigen und schamlosen Jünglingen dachte, bis sie erkannte, daß dort ein Mann und eine Frau lagen.

Das blonde, lockige Haar des Mannes bedeckte fast völlig das Gesicht der Frau, die sein langer Körper völlig zerdrücken zu wollen schien. Gleichwohl bewegte er sich sanft, regelmäßig, von einer Art wollüstiger Hartnäckigkeit beseelt, und der Widerschein der Nachtlampe offenbarte das Spiel seiner herrlichen Muskeln.

Von der Frau erkannte Angélique nur da und dort einen aus dem Halbdunkel hervortauchenden Schimmer: ein gegen den männlichen Körper erhobenes zartes Bein, eine zwischen den sie umschlingenden Armen hervorquellende Brust, eine leichte weiße Hand. Diese kam und ging wie ein Schmetterling, streichelte gleichsam mechanisch die Flanke des Mannes, um dann plötzlich kraftlos herabzufallen, während ein tiefer Seufzer von den Pfühlen aufstieg.

In den Augenblicken der Stille vernahm Angélique die sich vermischenden und immer rascher werdenden Atemzüge, dem Wehen eines heißen Sturmes gleich. Dann brachte eine plötzliche Entspannung die Beruhigung. Und das Ächzen der Frau erklang von neuem in der Finsternis, während ihre Hand besiegt auf das weiße Leintuch fiel wie eine abgeschnittene Blume.

Angélique war fassungslos und zugleich unbestimmt verwundert. Nachdem sie so oft das Bild des Olymps betrachtet, seine frische Lebendigkeit und seinen majestätischen Schwung genossen hatte, war es letzten Endes ein Eindruck von Schönheit, den ihr diese Szene vermittelte, deren Bedeutung sie als Landmädchen erfaßte.

„Das also ist die Liebe", sagte sie sich, während sie ein Schauer des Entsetzens und der Lust durchfuhr.

Endlich lösten sich die beiden Liebenden. Sie lagen nun nebeneinander und ruhten wie Grabmalsstatuen im Dunkel einer Krypta. Weder er noch sie sprach ein Wort. Die Frau regte sich zuerst. Sie streckte ihren sehr weißen Arm aus und nahm von der Konsole nahe dem Bett eine Flasche, in der rubinroter Wein schimmerte. Sie ließ ein mattes, kleines Lachen hören.

„Oh, Geliebter, ich bin wie zerschlagen", flüsterte sie. „Wir müssen unbedingt zusammen diesen Roussillonwein trinken, den Euer vorausblickender Diener hier bereitgestellt hat. Wollt Ihr einen Schluck?"

Aus dem Grunde des Alkovens antwortete der Mann mit einem Brummen, das als Zustimmung gedeutet werden konnte. Die Dame, deren Kräfte zurückgekehrt zu sein schienen, füllte zwei Gläser, reichte eines ihrem Liebhaber und trank das andere mit genießerischer Lust.

„Das ist die Brautsuppe der Fürsten", dachte Angélique. Sie hatte kein Empfinden für ihre unbequeme Stellung. Jetzt konnte sie die Frau deutlich sehen, und sie bewunderte ihre vollendet runden Brüste, ihren geschmeidigen Leib, ihre langen, gekreuzten Beine.

Auf dem Tablett lagen Früchte. Die Frau wählte einen Pfirsich und biß herzhaft hinein.

„Der Teufel hole die Störenfriede!" rief plötzlich der Mann aus, während er über seine Mätresse hinweg aus dem Bett sprang.

Angélique, die das Klopfen an der Zimmertür nicht gehört hatte, glaubte sich entdeckt und verbarg sich mehr tot als lebendig in der Nische des Türmchens.

Als sie aufblickte, sah sie, daß der Gott sich in einen weiten braunen, mit einer silbernen Kordel verschnürten Schlafrock gehüllt hatte. Sein Gesicht war das eines jungen Mannes von etwa dreißig Jahren und weniger schön als sein Körper, denn er hatte eine lange Nase und harte Augen, die ihm ein raubvogelartiges Aussehen gaben.

„Ich bin in Gesellschaft der Herzogin von Beaufort", rief er, zur Tür gewandt.

Achtes Kapitel

Trotz dieser Mitteilung erschien ein Diener auf der Schwelle.
„Eure Hoheit wollen mir verzeihen. Ein Mönch hat soeben im Schloß vorgesprochen und besteht darauf, von Monsieur de Condé empfangen zu werden. Der Marquis du Plessis hat es für richtig befunden, ihn sofort zu Eurer Hoheit zu schicken."
„Er soll hereinkommen!" brummte der Fürst nach einem Augenblick des Schweigens.
Er trat zum Ebenholzsekretär, der neben dem Fenster stand, und öffnete einige Schubfächer.
Aus dem Vorzimmer führte der Lakai einen Mönch in wollener Kapuze herein, der unter mehreren bemerkenswert tiefen Verbeugungen näher trat. Als er sich aufrichtete, wurde sein braunes Gesicht erkennbar, in dem große, schwarze, brennende Augen glänzten.
Das Erscheinen des Geistlichen schien die auf dem Bett liegende Frau keineswegs in Verlegenheit zu bringen. Sie biß weiterhin unbekümmert in die schönen Früchte. Kaum daß sie ein Tuch über den Ansatz der Beine gebreitet hatte.
Der über den Sekretär gebeugte blonde Mann entnahm ihm große, rot gesiegelte Umschläge.
„Vater", sagte er, ohne sich umzuwenden, „ist es Monsieur Fouquet, der Euch schickt?"
„Ebender, Hoheit."
Der Mönch fügte einen Satz in einer singenden Sprache hinzu, die Angélique für Italienisch hielt. Wenn er Französisch redete, lispelte er leicht, und sein Akzent hatte etwas Kindliches, das nicht ohne Charme war.
„Es war überflüssig, das Paßwort zu wiederholen, Signor Exili", sagte der Fürst Condé. „Ich hätte Euch an Euerm Signalement und an dem blauen Mal erkannt, das Ihr im Augenwinkel tragt. Ihr also seid der geschickteste Künstler Europas in jener schwierigen und raffinierten Wissenschaft des Giftmischens?"
„Eure Hoheit ehren mich. Ich habe nur ein paar von meinen florentinischen Vorfahren vererbte Rezepte vervollkommnet."
„Die Leute aus Italien sind Künstler auf allen Gebieten", rief Condé aus. Er brach in wieherndes Gelächter aus, dann nahm seine Physiognomie plötzlich wieder ihren harten Ausdruck an.
„Habt Ihr das Ding?"
„Hier."
Der Kapuziner brachte aus seinem weiten Ärmel ein zisliertes Kästchen zum Vorschein. Er öffnete es selbst, indem er auf eine der Verzierungen aus edlem Holz drückte.

„Seht, Hoheit, es genügt, den Fingernagel in den Halsansatz dieser allerliebsten Figur zu drücken, die eine Taube auf der Faust trägt."

Der Deckel war aufgesprungen. Auf einem Atlaspolster glänzte eine mit smaragdfarbener Flüssigkeit gefüllte Glasampulle. Der Fürst Condé nahm vorsichtig das Flakon heraus und hielt es ins Licht.

„Römisches Vitriol", sagte leise der Pater Exili. „Es ist eine langsam, aber sicher wirkende Mixtur. Ich habe sie dem ätzenden Sublimat vorgezogen, das den Tod in wenigen Stunden hervorrufen kann. Den Andeutungen Monsieur Fouquets entnahm ich, daß Ihr selbst, Hoheit, wie auch Eure Freunde Wert darauf legen, daß auf die Umgebung der betreffenden Person kein Verdacht fällt. Die letztere wird von einem Unwohlsein ergriffen werden und vielleicht eine Woche Widerstand leisten, aber ihr Tod wird als die natürliche Folge des Genusses einer verdorbenen Speise erscheinen. Es wäre daher zweckmäßig, an der Tafel dieser Person Muscheln, Austern oder andere Schalentiere reichen zu lassen, deren Wirkungen zuweilen gefährlich sind. Ihnen die Schuld an einem so jähen Tode zuzuschreiben, wird ein Kinderspiel sein."

„Ich danke Euch für Eure vorzüglichen Ratschläge, Vater."

Condé starrte noch immer auf die blaßgrüne Ampulle, und seine Augen glänzten haßerfüllt. Angélique empfand bittere Enttäuschung dabei: Der auf die Erde herabgestiegene Liebesgott war der Schönheit bar und flößte ihr Furcht ein.

Dann warf der Fürst einen spöttischen Blick auf den Mönch, den er an Körpergröße überragte.

„Ich hoffe, Euer solcher Kunst gewidmetes Leben hat Euch nicht allzu skrupulös gemacht, Signor Exili. Was würdet Ihr indessen denken, wenn ich Euch gestände, daß dieses Gift für einen Eurer Landsleute bestimmt ist, einen Italiener aus den Abruzzen?"

Ein Lächeln kräuselte die feinen Lippen Exilis. Er verbeugte sich von neuem.

„Ich betrachte als Landsleute nur diejenigen, die meine Dienste nach ihrem genauen Wert einschätzen, Hoheit. Und im Augenblick zeigt sich Monsieur Fouquet vom Parlament in Paris mir gegenüber hochherziger als ein gewisser Italiener aus den Abruzzen, den ich gleichfalls kenne."

„Bravo! Bravissimo, Signore!" sagte Condé lachend. „Ich habe gerne schlagfertige Leute Eurer Art um mich."

Sorgsam legte er das Flakon auf sein Atlaspolster zurück. Es entstand eine Pause. Signor Exili betrachtete sein Werk mit einer Befriedigung, die von Eitelkeit nicht ganz frei war.

„Ich bemerke noch, Hoheit, daß diese Flüssigkeit den Vorteil hat, geruch- und nahezu geschmacklos zu sein. Sie verändert die Nahrungsmittel nicht, denen man sie beimischt, und die betreffende Person wird, falls sie überhaupt sonderlich auf das achtet, was sie ißt, höchstens ihrem Koch vorwerfen können, er sei mit den Gewürzen etwas zu großzügig umgegangen."

„Ihr seid ein gewitzter Mann", wiederholte der Fürst, der nachdenklich zu werden schien. Ein wenig fahrig schob er auf der Platte des Nähtischchens die versiegelten Umschläge zusammen.

„Hier ist, was ich Euch als Gegengabe für Monsieur Fouquet überreichen soll. Dieser Umschlag da enthält die Erklärung des Marquis d'Hocquincourt. Hier sind diejenigen von Monsieur de Charost, Monsieur du Plessis, Madame du Plessis, Madame de Richeville, der Herzogin von Beaufort, von Madame de Longueville. Wie Ihr seht, sind die Damen weniger lässig ... oder weniger skrupulös als die Herren. Es fehlen mir noch die Briefe von Monsieur de Maupéou, vom Marquis de Créqui und einigen anderen ..."

„Und der Eurige, Hoheit."

„Ganz recht. Hier ist er. Ich habe ihn eben geschrieben, aber noch nicht unterzeichnet."

„Würden Eure Hoheit die Güte haben, mir den Text vorzulesen, damit ich mich Punkt für Punkt von der Richtigkeit des Wortlauts überzeugen kann? Monsieur Fouquet legt großen Wert darauf, daß die Erklärung vollständig ist."

„Wie es Euch beliebt", sagte der Fürst und zuckte unmerklich die Schultern.

Er nahm das Blatt und las mit lauter Stimme:

„Ich, Ludwig II., Herzog von Enghien, Fürst Condé, gebe Monseigneur Fouquet die Versicherung, daß ich nie zu jemand anderem als zu ihm halten, ausnahmslos nur ihm gehorchen, ihm meine Städte, Befestigungen und sonstiges übergeben werde, wann immer er es befiehlt.
Zwecks Versicherung dessen überreiche ich dieses von meiner Hand geschriebene und unterzeichnete Schriftstück aus freien Stücken und ohne daß er auch nur darum ersucht hätte, da er die Güte hat, sich auf mein Wort zu verlassen, das ihm sicher ist.
            Gegeben zu Plessis-Bellière am 20. September 1649."

„Unterzeichnet, Hoheit", sagte Exili, dessen Augen im Schatten seiner Kapuze funkelten.

Rasch, als habe er Eile, damit fertig zu werden, ergriff Condé auf dem Sekretär einen Federkiel und schnitt ihn zu. Während er den Brief mit seinem Namenszug versah, zündete der Mönch ein Öllämpchen an. Condé brachte daran Wachs zum Schmelzen und siegelte die Botschaft.

„Alle anderen Erklärungen sind nach diesem Muster verfaßt und unterzeichnet", schloß er. „Ich denke, Euer Meister wird befriedigt sein und es uns beweisen."

„Seid dessen gewiß, Hoheit. Doch kann ich dieses Schloß nicht verlassen, ohne die anderen Erklärungen mitzunehmen, auf die Ihr mich hoffen ließet."

„Ich werde es mir angelegen sein lassen, sie Euch vor morgen mittag zukommen zu lassen. Unsere Freundin, die Marquise du Plessis, wird inzwischen für Eure Unterbringung sorgen, Signore. Ich habe ihr Eure Ankunft in Aussicht gestellt."

„Inzwischen dürfte es wohl zweckmäßig sein, diese Briefe in das Geheimkästchen zu tun, das ich Euch soeben übergab. Seine Öffnungsvorrichtung ist unsichtbar, und sie werden nirgends vor Indiskretionen sicherer sein."

„Ihr habt recht, Signor Exili. Wenn ich Euch reden höre, wird mir klar, daß auch die Verschwörung eine Kunst ist, die Erfahrung fordert. Ich selbst bin nur ein Krieger und gebe es offen zu."

„Ein ruhmreicher Krieger!" rief der Italiener mit einer Verbeugung aus.

„Ihr schmeichelt mir, Vater. Doch ich gestehe, daß es mir lieb wäre, wenn Monsieur de Mazarin und Ihre Majestät die Königin Eure Ansicht teilten. Wie dem auch sei, ich glaube immerhin, daß die militärische Taktik, wenn auch plumper und vielfältiger, ein wenig Euren subtilen Kunstgriffen gleicht. Man muß immer die Absichten des Gegners im voraus erkennen."

„Hoheit, Ihr redet, als sei Macchiavelli selbst Euer Lehrmeister gewesen."

„Ihr schmeichelt mir", wiederholte der Fürst. Doch da seine Eitelkeit gestillt war, heiterte er sich wieder auf.

Exili zeigte ihm, wie man das Atlaspolster anhob, um die kompromittierenden Umschläge darunterschieben zu können. Dann wurde das ganze in den Sekretär verschlossen.

Kaum hatte sich der Italiener zurückgezogen, als Condé wie ein Kind das Kästchen wieder hervorzog und es abermals öffnete.

„Zeigt!" flüsterte die Frau und streckte den Arm aus.

Während der Unterhaltung hatte sie sich nicht eingemischt und sich darauf beschränkt, nacheinander ihre Ringe wieder an die Finger zu stecken. Aber offensichtlich war ihr kein Wort entgangen.

Condé trat ans Bett, und beide beugten sich über das smaragdgrüne Flakon.

„Glaubt Ihr, daß es wirklich so furchtbar ist, wie er sagt?" flüsterte die Herzogin von Beaufort abermals.

„Fouquet versichert, es gebe keinen geschickteren Apotheker als diesen Florentiner."

Die Dame war auf die Kissen zurückgesunken. „So ist Monsieur de Mazarin also tot!" sagte sie ruhig.

„So gut wie, denn hier halte ich ihn in Händen, diesen Tod."

„Heißt es nicht, die Königin-Mutter teile zuweilen ihre Mahlzeiten mit dem, den sie so leidenschaftlich liebt?"

„Man sagt so", versetzte Condé nach kurzem Schweigen. „Aber ich kann Euern Plan nicht billigen, Liebste. Ich denke an ein anderes Vorgehen, ein einfacheres und wirksameres. Was wäre die Königin-Mutter ohne ihre Söhne...? Der Spanierin bliebe nichts übrig, als sich in ein Kloster zurückzuziehen und sie dort zu beweinen..."

„Den König vergiften?" fuhr die Herzogin auf.

Der Fürst wieherte vergnügt. Er ging zum Sekretär zurück und schloß das Kästchen ein.

„Das ist echt weiblich!" rief er aus. „Der König! Ihr geratet in Rührung, weil es sich um ein hübsches Kind handelt, das in der Pubertät steckt und Euch am Hofe seit einer Weile schmachtende Blicke zuwirft. Das ist es, was Euch der König bedeutet. Für uns ist er ein gefährliches Hindernis bei all unsern Absichten. Was seinen Bruder betrifft, ein auf Abwege geratenes Jünglechen, dem es bereits Vergnügen macht, sich als Mädchen anzuziehen und sich von den Männern streicheln zu lassen, so kann ich mir ihn noch weniger auf dem Thron vorstellen als Euern unschuldigen königlichen Knaben. Nein, glaubt mir, mit Monsieur d'Orléans, der so wenig streng ist, wie sein Bruder Ludwig XIII. es zuviel war, werden wir einen König nach unserm Geschmack bekommen. Er ist reich und von schwachem Charakter. Was brauchen wir mehr?"

Condé versenkte, nachdem er den Sekretär wieder abgeschlossen hatte, den Schlüssel in die Tasche seines Schlafrocks und fuhr fort: „Meine Liebe, ich glaube, wir müssen daran denken, uns unseren Gastgebern zu zeigen. Es ist Zeit für das Souper. Soll ich Eure Kammerzofe rufen lassen?"

„Ich wäre Euch dankbar, mein teurer Gebieter."

Angélique, deren Glieder steif zu werden begannen, hatte sich auf das Kranzgesims zurückgezogen. Sie sagte sich, daß ihr Vater sie suchen würde, konnte sich aber nicht entschließen, ihren Lauscherposten zu verlassen. Im Zimmer hüllten sich der Fürst und seine Mätresse unter Assistenz der Dienstboten in ihre Staatsgewänder, wobei Seine Hoheit sich ziemlich ungeduldig zeigte und mehrmals Flüche austieß.

Als Angélique die Augen von der Lichtwand abkehrte, die das offene Fenster bildete, sah sie um sich her nur die undurchdringliche Nacht, aus der das Rauschen des vom Herbstwind bewegten Waldes emporstieg.

Endlich wurde ihr bewußt, daß das Zimmer verlassen worden war. Das Nachtlicht schimmerte noch, aber über den Raum hatte sich von neuem das Mysterium gebreitet.

Ganz leise schlich das Mädchen zum Fensterkreuz und ließ sich ins Innere gleiten. Der Geruch der Schminke und der Parfüms vermischte sich auf seltsame Weise mit dem Duft feuchten Holzes und reifer Kastanien, den die Nachtluft mit sich führte.

Angélique wußte noch nicht recht, was sie tun sollte. Sie hätte überrascht werden können. Sie fürchtete sich nicht davor. All das war nur ein Traum, etwas wie die närrische Dame von Monteloup, wie die Verbrechen des Gilles de Retz ...

In spontanem Entschluß holte sie aus der Tasche des auf einem Stuhl liegenden Schlafrocks den kleinen Schlüssel zum Sekretär, öffnete diesen und entnahm ihm das Kästchen. Es war aus Sandelholz und verbreitete einen durchdringenden Geruch. Nachdem sie den Sekretär wieder abgeschlossen und den Schlüssel an seinen Platz getan hatte, kletterte Angélique, das Kästchen unter dem Arm, auf das Gesims zurück. Plötzlich empfand sie ein königliches Vergnügen. Sie stellte sich das Gesicht des Fürsten Condé vor, wenn er das Verschwinden des Giftes und der kompromittierenden Briefe entdecken würde.

„Das ist kein Diebstahl", sagte sie sich, „denn es handelt sich darum, ein Verbrechen zu verhindern."

Sie wußte auch schon, in welches Versteck sie ihre Beute bringen würde. Die Ecktürmchen, mit denen der italienische Architekt das graziöse Schloß Plessis versehen hatte, dienten nur zur Verzierung, aber man hatte sie nach dem Muster mittelalterlicher Gebäude mit Miniaturzinnen ausgestattet. Außerdem waren sie hohl und wiesen in der Höhe des ersten Stocks eine ganz kleine Luke auf.

Angélique schob das Kästchen durch eine solche Luke ins Innere des nächsten Türmchens. Es mußte schon mit dem Teufel zugehen, wenn es hier jemand finden würde! Dann glitt sie gewandt die Fassade entlang und gelangte wieder auf festen Boden. Erst jetzt stellte sie fest, daß ihre Füße zu Eis erstarrt waren.

Nachdem sie in ihr altes Schuhzeug geschlüpft war, kehrte sie ins Schloß zurück, wo sich die ganze Gesellschaft inzwischen in den Salons versammelt hatte. Als Angélique die Halle betrat, wurde ihre Nase von appetitanregenden kulinarischen Düften gekitzelt. Sie sah, wie sich eine Reihe livrierter kleiner Diener mit großen silbernen Platten quer durch den großen Raum bewegte. Federngarnierte Fasanen und Bekassinen, ein von Blumen umkränztes Spanferkel, mehrere Stücke eines sehr schönen Rehs, die über Artischockenböden und Fenchel aufgeschichtet waren, defilierten an ihr vorbei.

Von der Schwelle des größten Salons aus erblickte Angélique den Fürsten Condé, den Madame du Plessis, die Herzogin von Beaufort und die Gräfin de Richeville umgaben. Der Marquis du Plessis und sein Sohn Philippe saßen ebenfalls am Tisch des Fürsten, außerdem einige andere Damen und junge Herren. Die braune Kutte des Italieners Exili brachte eine eigenartige Note in das Bild der Spitzen, der Bänder, der kostbaren, mit Gold und Silber bestickten Stoffe. Wäre Baron de Sancé zur Stelle gewesen, hätte er das Gegenstück zu der mönchischen Kargheit gebildet, aber Angélique sah sich vergeblich nach ihrem Vater um.

Plötzlich erkannte sie einer der Pagen, der mit einer roten Kristallflasche vorbeikam. Es war derselbe, der sich wegen der Bourrée über sie lustig gemacht hatte.

„Ach, da ist ja die Baronesse Trauerkleid", scherzte er. „Was wollt Ihr trinken, Nanon? Apfelmost oder gute Sauermilch?"

Sie streckte ihm die Zunge heraus, ließ ihn verdutzt stehen und ging auf den Fürstentisch zu.

„Herr des Himmels, was kommt denn da an?" rief die Herzogin von Beaufort.

Madame du Plessis folgte der Richtung ihres Blicks, entdeckte Angélique und rief abermals ihren Sohn zu Hilfe: „Philippe! Philippe! Seid so gütig und führt Eure Base an den Tisch der Ehrendamen."

Der Jüngling richtete seinen mürrischen Blick auf Angélique. „Da ist ein Schemel", sagte er, indem er auf einen leeren Platz neben sich wies.

„Nicht hier, Philippe, nicht hier. Ihr hattet diesen Platz für Mademoiselle de Senlis reserviert."

„Mademoiselle de Senlis hätte sich etwas mehr beeilen sollen. Wenn sie kommt, wird sie feststellen, daß sie ersetzt worden ist ... vorteilhaft", schloß er mit einem kurzen ironischen Lächeln. Seine Nachbarn lachten laut.

Indessen setzte sich Angélique. Sie war schon zu weit gegangen, um noch ausweichen zu können. Sie wagte nicht, nach ihrem Vater zu fragen, und die funkelnden Gläser, die Karaffen, die Diamanten der Damen blendeten sie so sehr, daß ihr fast schwindlig wurde. Um sich Haltung zu geben, straffte sie sich, wölbte ihre Brust und warf ihr schweres, goldblondes Haar zurück. Es wollte ihr scheinen, als hefteten einige Herren Blicke auf sie, die von einem gewissen Interesse zeugten. Einen Augenblick lang starrte sie das Raubvogelauge des ihr beinahe gegenübersitzenden Fürsten Condé mit arroganter Verblüffung an.

„Beim Teufel, Ihr habt da ja seltsame Verwandte, Monsieur du Plessis. Was ist das für ein graues Entchen?"

„Eine junge Nichte aus der Provinz, Hoheit. Ach, bedauert mich ein wenig: Zwei Stunden lang habe ich heute abend das Gerede ihres freiherrlichen Vaters über mich ergehen lassen müssen. Und wißt Ihr, was er von mir verlangte? Daß ich Steuererlaß für seine Maulesel wie für seine Produktion von – faßt Euch: Blei erwirke, das er, wie er behauptet, in fertigen Barren unter den Beeten seines Gemüsegartens findet. Ich habe noch nie einen solchen Unsinn gehört."

„Der Teufel soll die Kuhjunker holen!" brummte der Fürst. „Sie machen mit ihren Bauernfaxen unsere Wappen lächerlich."

Die Damen wußten sich vor Lachen nicht zu fassen.

„Habt ihr die Feder auf seinem Hut gesehen?"

„Und seine Schuhe, an deren Absätzen noch das Stroh klebte ...!"

Angéliques Herz klopfte so heftig, daß sie meinte, ihr Nachbar Philippe müsse es hören. „Ich kann nicht zulassen, daß man meinen Vater so beleidigt", dachte sie. Sie holte tief Atem.

„Es mag sein, daß wir Bettler sind", sagte sie mit sehr lauter und klarer Stimme, „aber wir sind jedenfalls nicht darauf aus, den König zu vergiften!"

Das Lächeln erstarb auf den Gesichtern, und es trat eine bedrückende Stille ein, die sich allmählich auch den Gästen an den übrigen Tischen mitteilte. Alles schaute in die Richtung des Fürsten Condé.
„Das sind ja seltsame Worte", sagte endlich der Fürst, der sich mühsam beherrschte. „Diese junge Person weiß nicht, was sie redet. Sie ist noch völlig in ihren Ammenmärchen befangen..."
„Jetzt wird er mich gleich lächerlich machen, man wird mich hinausjagen und mir eine Tracht Prügel versprechen", dachte Angélique verzweifelt. Sie beugte sich ein wenig vor und warf einen Blick zum Ende des Tisches.
„Man hat mir gesagt, Signor Exili sei der größte Experte des Königreichs in der Kunst des Giftmischens."
Dieser neue in den Teich geworfene Kieselstein erzeugte heftige Wellen. Ein entsetztes Gemurmel erhob sich.
„Oh! Dieses Mädchen ist vom Teufel besessen!" rief Madame du Plessis aus, indem sie wütend in ihr kleines Spitzentaschentuch biß. „Das ist nun das zweitemal, daß sie mich mit Schande überschüttet. Sie sitzt da wie eine Puppe mit Glasaugen, und dann tut sie mit einem Male den Mund auf und sagt fürchterliche Dinge!"
„Fürchterliche! Weshalb fürchterliche?" protestierte sanft der Fürst, der Angélique nicht aus den Augen ließ. „Sie wären es, wenn sie auf Wahrheit beruhten. Aber es sind nichts als Schwafeleien eines kleinen Mädchens, das den Mund nicht halten kann."
„Ich werde den Mund halten, wenn es mir paßt", erklärte Angélique klipp und klar.
„Und wann wird es Euch passen, Mademoiselle?"
„Wenn Ihr aufhört, meinen Vater zu beleidigen, und wenn Ihr ihm den kleinen Gefallen getan habt, um den er Euch bittet."
Fürst Condé lief plötzlich rot an. Der Skandal war auf seinem Höhepunkt. Im Hintergrund der Galerie stieg man schon auf Stühle.
„Der Teufel hole... der Teufel hole...!" stieß der Fürst mit wutschäumender Stimme hervor. Er erhob sich brüsk und streckte den Arm aus, als triebe er seine Truppen zum Sturm auf die spanischen Gräben.
„Folgt mir!" brüllte er.
„Er wird mich umbringen", sagte sich Angélique. Und der Anblick des zornigen großen Herrn ließ sie vor Angst und Vergnügen erzittern.
Indessen folgte sie ihm, das kleine graue Entchen dem großen, bändergeschmückten Vogel.
„Hier sind wir allein", sagte Condé unvermittelt, indem er sich umwandte. „Mein Fräulein, ich will nicht mit Euch zanken, aber Ihr müßt mir auf meine Fragen Antwort geben."
Die süßliche Stimme flößte Angélique mehr Furcht ein als seine Zornesausbrüche. Sie sah sich in einem verlassenen Boudoir allein mit diesem mächtigen Manne, dessen Intrigen sie durchkreuzte, und sie begriff, daß sie sich soeben auf eine ebensolche eingelassen hatte und in ihr gefangen

war wie in einem Spinnennetz. Sie trat den Rückzug an, stammelte und spielte ein wenig das bäuerliche Dummchen.

„Ich habe doch nichts Böses sagen wollen."

„Weshalb habt Ihr eine solche Beleidigung am Tische eines Onkels erfunden, den Ihr achtet?"

Sie begriff, daß er sie zu einem Geständnis veranlassen wollte, zögerte, wog das Für und Wider ab. In Anbetracht dessen, was sie schon gesagt hatte, wäre die Behauptung, sie sei völlig ahnungslos, mehr als unglaubwürdig gewesen.

„Ich habe nicht erfunden... ich habe nur Dinge wiederholt, die man mir gesagt hat", murmelte sie. „Signor Exili sei sehr geschickt in der Herstellung von Gift... Aber was den König betrifft, ist alles frei erfunden. Ich hätte es nicht tun sollen. Ich war zornig."

Sie spielte verlegen an der Schließe ihres Gürtels.

„Wer hat Euch das gesagt?"

Angéliques Phantasie arbeitete fieberhaft.

„Ein... ein Page. Ich weiß seinen Namen nicht."

„Könntet Ihr ihn mir zeigen?"

„Ja."

Er führte sie zum Eingang der Salons zurück. Sie bezeichnete ihm den Pagen, der sich über sie lustig gemacht hatte.

„Der Teufel hole diese Burschen, die an den Türen lauschen!" knurrte der Fürst. „Wie heißt Ihr, mein Fräulein?"

„Angélique de Sancé."

„Hört zu, Mademoiselle de Sancé, es ist nicht gut, bedenkenlos Worte zu wiederholen, die ein Mädchen Eures Alters nicht zu verstehen vermag. Das kann Euch und Eurer Familie Schaden bringen. Ich will diesen Zwischenfall vergessen. Ich mache mich sogar anheischig, den Fall Eures Vaters zu prüfen und zu sehen, ob ich etwas für ihn tun kann. Aber welche Garantie bekomme ich für Euer Schweigen?"

Sie hob ihre grünen Augen zu ihm.

„Ich weiß genau so zu schweigen, wenn ich Genugtuung erlangt habe, wie zu reden, wenn man mich beleidigt."

„Potz Teufel, wenn Ihr erst zur Frau erwachsen seid, wird sich mancher Mann aufhängen, nachdem er Euch begegnet ist", sagte der Fürst.

Doch der Schein eines Lächelns lief dabei über sein Gesicht. Er schien nicht zu argwöhnen, sie könne mehr wissen, als sie ihm gesagt hatte. Condé war ein impulsiver und überdies unbesonnener Mensch, und es fehlte ihm jeglicher psychologische Spürsinn. Nachdem sich nun die erste Erregung bei ihm gelegt hatte, kam er zu dem Schluß, daß es sich um nichts anderes als Klatsch handeln konnte.

Beruhigt kehrte er in die Salons zurück und besänftigte den Aufruhr der Gesellschaft. „Eßt, eßt, meine Freunde! Es besteht kein Anlaß zur Verstimmung. Der kleine Frechdachs wird sich entschuldigen."

Angélique verbeugte sich vor Madame du Plessis.

„Ich bitte Euch um Vergebung, Madame, und um die Erlaubnis, mich zurückziehen zu dürfen."

Man lachte ein wenig über die Geste der Marquise, die, unfähig zu sprechen, auf die Türe wies.

Doch vor dieser Tür entstand ein neuer Auflauf.

„Meine Tochter! Wo ist meine Tochter?" rief Baron Armand.

„Der Herr Baron verlangt nach seiner Tochter", schrie ein frecher Lakai.

Zwischen den eleganten Gästen und den livrierten Dienern wirkte der arme Landedelmann wie eine dicke, schwarze, eingesperrte Hummel. Angélique lief zu ihm.

„Kind", seufzte er, „du machst mich wahnsinnig. Seit über drei Stunden suche ich dich in der Dunkelheit zwischen Sancé, dem Pavillon von Molines und Plessis. Welch ein Tag, mein Kind! Welch ein Tag!"

„Laß uns gehen, Vater. Laß uns rasch gehen, ich beschwöre dich!" flüsterte sie und zog ihn hinaus.

Sie waren bereits auf der Freitreppe, als die Stimme des Marquis du Plessis sie zurückrief.

„Einen Augenblick, Herr Vetter. Der Fürst möchte sich gerne einen Moment mit Euch unterhalten. Es handelt sich um die Zollabgaben, von denen Ihr mir spracht..."

Der Rest war nicht mehr zu verstehen, da die beiden Männer wieder ins Haus getreten waren.

Angélique setzte sich auf die unterste Stufe der Freitreppe und wartete auf ihren Vater. Mit einem Male kam es ihr vor, als sei sie jeglichen Gedankens, jeglichen Willens beraubt. Ein kleiner weißer Affenpinscher kam heran und beschnüffelte sie. Sie streichelte ihn mechanisch.

Als Baron de Sancé wieder erschien, nahm er seine Tochter beim Handgelenk.

„Ich fürchtete schon, du seist wieder fortgelaufen. Du hast wirklich den Teufel im Leib. Fürst Condé hat mir in bezug auf dich so bizarre Komplimente gemacht, daß ich nicht recht wußte, ob ich mich entschuldigen sollte, dich in die Welt gesetzt zu haben."

Ein wenig später, als ihre Reittiere gemächlich durch die Finsternis trotteten, meinte Baron de Sancé kopfschüttelnd:

„Ich werde aus diesen Leuten nicht klug. Man hört mich hohnlächelnd an. Der Marquis legt mir an Hand von Zahlen dar, wieviel gespannter seine finanzielle Lage ist als die meinige. Man läßt mich gehen, ohne mir auch nur ein Glas Wein anzubieten, und dann holen sie mich plötzlich zurück und sagen mir alles zu, was ich will. Nach den Worten des Fürsten wird mir die Befreiung von den Zollgebühren mit Wirkung vom nächsten Monat gewährt werden."

„Um so besser, Vater", murmelte Angélique.

Sie lauschte dem nächtlichen Gesang der Unken, der die Nähe des Moors und des alten befestigten Schlosses verriet. Plötzlich war es ihr zum Weinen zumute.

„Glaubst du, daß Madame du Plessis dich als Hofdame nehmen wird?" fragte der Baron.

„O nein, das glaube ich nicht", erwiderte Angélique aus tiefster Überzeugung.

Neuntes Kapitel

Die Reise nach Poitiers blieb Angélique in ziemlich unerfreulicher Erinnerung. Man hatte zu diesem Zweck eine uralte Kutsche schlecht und recht zusammengenagelt, in der sie mit Hortense und Madelon Platz nahm. Ein Diener lenkte das Maultiergespann. Raymond und Gontran bestiegen zwei reinrassige Pferde, die ihr Vater ihnen geschenkt hatte. Es hieß, die Jesuiten hätten in ihren neuen Kollegiengebäuden Ställe, die den Reittieren der jungen Edelleute vorbehalten blieben.

Zwei schwere Lastpferde vervollständigten die Karawane. Das eine trug den alten Wilhelm, der mit der Eskortierung seiner jungen Herren beauftragt war. Allzu viele Gerüchte über Unruhen und Kriege gingen im Lande um. Es hieß, La Rochefoucauld wiegle das Poitou zugunsten des Fürsten Condé auf. Er werbe Soldaten und beschlagnahme einen Teil der Ernten, um die Angeworbenen zu ernähren. Wer Soldaten sagt, sagt Plünderer, sagt Hungersnot und Armut, sagt Räuber und Vagabunden an Straßenkreuzungen.

Der alte Wilhelm also war da, die Lanze auf den Steigbügel gestützt, den alten Degen an der Seite.

Doch die Reise verlief ruhig.

Die Nacht wurde in einer Herberge verbracht, an einer finsteren Wegkreuzung, wo man nur das Pfeifen des Windes in den entblätterten Bäumen hörte.

Der Herbergsvater geruhte, ihnen ein klares, Fleischbrühe genanntes Wasser vorzusetzen sowie einige Käse, die sie beim Schein einer kümmerlichen Unschlittkerze verzehrten.

Von Zeit zu Zeit hallte der Galopp eines Pferdes auf der vom Frost gehärteten Straße. Aber selten hielt ein Wagen an. Die vornehmen Reisenden suchten lieber die Schlösser guter Freunde auf, als die Nacht in einer einsamen Herberge zu verbringen, wo man Gefahr lief, zumindest ausgeplündert zu werden. In der Wirtsstube saßen nur zwei oder drei Hausierer, ein jüdischer Kaufmann und vier Postkuriere. Sie rauchten lange Pfeifen und tranken einen fast schwarzen Wein. Madelon wurde es immer beklommener ums Herz.

Als es Zeit zum Schlafengehen wurde, fand man nur ein einziges Bett vor, das jedoch so groß war, daß alle fünf darin Platz fanden; die drei Mädchen am Kopfende, die beiden Jungen am unteren. Der alte Wilhelm legte sich an die Tür, der Diener zu den Pferden im Stall.

Sie hatten noch eine Tagereise vor sich. Da sie auf den ausgefahrenen und hartgefrorenen Wegen wie ein Sack voller Nüsse durchgeschüttelt wurden, fühlten sich die drei Schwestern völlig zerschlagen. Nur ganz selten begegnete man den Resten der römischen Heerstraße mit ihren großen, regelmäßigen Steinplatten. Vor den Brücken mußte man zuweilen stundenlang in der eisigen Kälte warten, da die Zollbeamten meistens träge und geschwätzige Leute waren, für die jeder Passant willkommene Gelegenheit zu einem kleinen Plausch darstellte.

Angélique konnte nicht umhin, einen Seufzer der Erleichterung auszustoßen, als am Abend des zweiten Tages Poitiers mit seinen blaßrosa gedeckten, einen Hügel emporklimmenden Häusern auftauchte. Es war ein klarer Wintertag, und man konnte sich in die südlichen Provinzen versetzt glauben, deren Schwelle das Poitou darstellt, so zart war der Himmel über den Ziegeldächern. Die Glocken läuteten, einander antwortend, das Angelus.

Diese Glocken sollten von nun an fast fünf Jahre lang Angéliques Tagesablauf bestimmen. Poitiers war eine Stadt der Kirchen, der Klöster, der Kollegien. Die Glocken regelten das Leben dieser ganzen Schar von Soutanen, dieser Armee von Studenten, die im selben Maße lärmten, wie ihre Lehrer flüsterten. Priester und Gymnasiasten begegneten einander an den Kreuzungen der ansteigenden Straßen, im Dämmerlicht der Höfe, auf den Plätzen, die sich in terrassenförmiger Anordnung den zur Stadt Pilgernden darboten.

Die Sancé-Kinder trennten sich auf dem Domplatz. Das Kloster der Ursulinerinnen lag etwas links ab und beherrschte den Fluß Clain. Die Schule der Jesuitenpatres befand sich ganz oben auf der Höhe. In ihrer jugendlichen Unbeholfenheit wußten sie einander nichts zu sagen, und nur die in Tränen aufgelöste Madelon küßte ihre beiden Brüder.

So schloß sich die Klosterpforte hinter Angélique. Sie brauchte lange, bis sie begriff, daß das Gefühl des Erstickens, das sie bedrängte, von der plötzlichen Umweltsveränderung herrührte. Mauern und immer wieder Mauern und dazu Gitter an den Fenstern. Ihre Gefährtinnen wirkten nicht sympathisch auf sie: immer hatte sie mit Knaben gespielt, kleinen Bauernjungen, die sie bewunderten und ihr gehorchten. Hier, zwischen jungen Damen von hoher Abkunft und gesichertem Vermögen, konnte Angéliques Platz nur in den letzten Reihen sein.

Sie mußte sich auch der Tortur des Fischbeinschnürleibs unterziehen, der jedes Mädchen zu einer aufrechten Haltung zwang und es für sein ganzes Leben an das Gehaben einer stolzen Königin gewöhnte. Die kräftige und muskulöse, dabei empfindsame Angélique hätte auf diese Zwangsjacke gern verzichtet. Aber es handelte sich da um eine Vorschrift, die sich keineswegs nur auf das Kloster beschränkte. Nach den Äußerungen der Älteren konnte es keinen Zweifel geben, daß der Schnürleib bei allem, was die Mode betraf, eine große Rolle spielte. Natürlich wurden solche Gespräche im geheimen geführt, obwohl es ausdrücklich zu den Pflichten des Klosters gehörte, die jungen Mädchen auf die Ehe und das gesellschaftliche Leben vorzubereiten.

Man mußte tanzen, grüßen, Laute und Klavichord spielen lernen, man mußte lernen, mit zwei oder drei Mitschülerinnen ein Gespräch über ein gegebenes Thema zu führen, ja man bekam sogar beigebracht, wie man fächelte und wie man sich schminkte. Großer Wert wurde auch auf die hauswirtschaftliche Ausbildung gelegt. Um für etwa eintretende widrige Umstände gewappnet zu sein, mußten sich die Zöglinge den niedrigsten Verrichtungen unterziehen. Sie arbeiteten abwechselnd in den Küchen oder in den Waschhäusern, entzündeten und unterhielten die Lampen, fegten und wischten die Fliesen auf. Schließlich wurden ihnen einige wissenschaftliche Anfangsgründe eingetrichtert: reichlich trocken dargestellte Geschichte und Geographie, Mythologie, ein bißchen Mathematik, Religionslehre. Mehr Zeit wurde auf die Ausbildung des Stils verwandt, da die Kunst des Briefeschreibens eine im wesentlichen weibliche war und die Korrespondenz mit Freunden und Liebhabern eine der absorbierendsten Tätigkeiten einer Frau von Welt darstellte.

Ohne eine ungelehrige Schülerin zu sein, gab Angélique ihren Lehrern wenig Anlaß zur Zufriedenheit. Sie führte aus, was man von ihr verlangte, schien aber nicht zu begreifen, warum man sie zu so vielen stumpfsinnigen Dingen zwang. Bisweilen suchte man sie zur Zeit der Unterrichtsstunden vergeblich, um sie schließlich auf dem Gemüseland zu entdecken, das nichts als ein großer, über muffigen und wenig begangenen Gäßchen hängender Garten war. Auf die strengsten Vorhaltungen pflegte sie zu antworten, sie sei sich nicht bewußt, etwas Böses zu tun, wenn sie dem Wachsen des Kohls zuschaue.

Im darauffolgenden Sommer breitete sich in der Stadt eine recht schlimme Epidemie aus, die als Pest bezeichnet wurde, weil viele Ratten aus ihren Schlupflöchern hervorkamen und in den Straßen und Häusern verendeten.

Die von Condé und Turenne geleitete Fronde der Fürsten brachte Elend und Hungersnot in die westlichen Provinzen, die bisher von den auswärtigen Kriegen verschont geblieben waren. Man wußte nicht mehr, wer für den König war und wer gegen ihn, aber die Bauern der verwüsteten Dörfer strömten nach den Städten und bildeten bald eine ganze Armee von Verarmten, die sich mit ausgestreckter Hand an den Torwegen drängten. Bald gab es deren mehr als Geistliche und Schüler.

Die kleinen Pensionärinnen der Ursulinerinnen teilten an gewissen Tagen zu gewissen Stunden Almosen an die Armen aus, die vor dem Kloster warteten.

Man belehrte sie, daß auch dies zu ihren zukünftigen Pflichten als vollendete große Damen gehören würde.

Zum erstenmal sah Angélique das hoffnungslose Elend vor sich, das Elend in Lumpen, das wirkliche Elend mit dem schamlosen, haßerfüllten Blick. Es rührte sie nicht, es brachte sie nicht außer Fassung, im Gegensatz zu ihren Mitschülerinnen, von denen manche weinten oder angeekelt die Lippen zusammenpreßten. Aber es war ihr, als erkenne sie ein Bild wieder, das sie von jeher in ihrem Innern bewahrte, eine Vorahnung dessen, was ihr ein seltsames Schicksal bescheiden sollte.

Die Pest hatte in den schmutzigen, steilen Gassen, in denen der sengende Juli die Brunnen zum Versiegen brachte, leichtes Spiel. Auch unter den Zöglingen gab es mehrere Fälle. Eines Morgens konnte Angélique in der Pause Madelon nicht auf dem Schulhof finden. Sie erkundigte sich, und man sagte ihr, das erkrankte Mädchen sei ins Spital gebracht worden.

Es gelang ihr, sich bis ans Bett ihrer Schwester zu schleichen. Die Kleine atmete mühsam; ihre Haut fühlte sich glühend an. Der Zustand verschlimmerte sich. Am dritten Tage wurde die ältere Schwester von Angst erfaßt. „Vielleicht stirbt sie?" Dergleichen erschien ihr unmöglich. Viele Menschen um sie herum mochten sterben, aber nichts würde je der unberührbaren Festung etwas anhaben können, die von den Kindern de Sancé aus dem alten Schlosse Monteloup gebildet wurde. Madelon würde nicht sterben.

Angélique hob den Lockenkopf ihrer Schwester und benetzte ihr die Lippen mit der neben dem Bett stehenden Flüssigkeit. Die Kleine trank gierig.

„Man läßt sie verdursten", sagte sich Angélique. „Sie wird schlecht gepflegt! Was ist das überhaupt für ein Tee? Lindenblüten? Er ist nicht stark genug. Ich kenne Kräuter, die schweißtreibend wirken und das Übel aus der Haut ziehen: die Holunderblüte, das Blatt der Klette... Sie müßte davon trinken, einen guten, ganz dunklen Tee, den ich selbst bereite..."

„Angélique", murmelte Madelon, die gerade die Augen aufgeschlagen hatte.

„Liebling?"

„Erzähl mir was."

Angélique kramte in ihrem Gedächtnis.

„Was denn? Die Geschichte von Gilles de Retz und..."

„Nein, nein! Das macht mir Angst. Immer, wenn ich die Augen zumache, sehe ich an der Wand aufgehängte Kinder."

„Was sonst?"
Was Angélique auch einfiel, es waren alles grauliche Geschichten von Räubern, Gespenstern oder mutwilligen Kobolden.
„Das macht nichts", seufzte Madelon, „wenn du nur redest. Du hast eine so hübsche Stimme. Niemand hat eine Stimme wie deine. Ich möchte sie hören."
Angélique begann über die Kleinsten in Monteloup zu sprechen, über Marie-Agnès, Albert und den Letztgeborenen, Jean-Marie. Madelon lächelte zuerst, dann zogen sich ihre Lippen zusammen, und sie schien in ihre Erstarrung zurückzufallen.
Angélique entfernte sich geräuschlos. Es war die Zeit einer Geschichtsstunde, aber das kümmerte sie nicht.
Eine Viertelstunde später war sie im Gemüsegarten des Klosters. Sie holte eine Leiter, lehnte sie von innen an die Mauer und sprang leichtfüßig auf die Gasse. Die Mauer war ziemlich hoch, aber Angélique hatte ihre Geschmeidigkeit nicht verloren.
Nun rannte sie durch die mit runden Steinen gepflasterten Straßen, über denen glühend heiße Luft lastete. Zu Füßen der Hauswände lagen Körper ausgestreckt, die zu schlafen schienen. Gefräßige Fliegenschwärme umgaben sie. Angélique merkte bald, daß es Leichen waren.
Ihr Instinkt trieb sie bergauf in die reine Luft des hochgelegenen Stadtteils. Sie überquerte belebte Plätze, auf denen die Seminaristen, unbekümmert um die Nachbarschaft des Todes, erregt debattierten, und erreichte schließlich das freie Land. Sie mußte noch lange gehen, bis sie an einem Bach die Holunderblüten fand, die sie suchte. Sie füllte ihr Brusttuch aus schwarzem Taft damit und kehrte in der Dämmerung zurück, die endlich ein wenig Abkühlung brachte. Um das Kloster der Ursulinerinnen wiederzufinden, mußte sie mehrmals nach dem Wege fragen. Man begegnete in jenen Tagen des Grauens und des Elends so vielen seltsamen Gestalten in Poitiers, daß niemand sich über das junge Mädchen im grauen Zöglingskleid und mit den wehenden Haaren verwunderte.
Angélique läutete an der Klosterpforte, denn wenn es ihr auch gelungen war, von der hohen Mauer herunterzuspringen, vermochte sie doch nicht, sie auf dem umgekehrten Wege zu überklettern. Die Schwester Pförtnerin sagte ihr, man habe sie gesucht, und die Damen seien höchst ungehalten über ihr Benehmen.
Sie begegnete der Oberin in einem der Flure. Es war eine noch junge Frau, die jüngste Tochter einer herzoglichen Familie.
„Mademoiselle de Sancé", sagte sie, „Eure Eskapade ist unqualifizierbar."
„Mutter, ich bin Pflanzen suchen gegangen, um meine Schwester zu versorgen."
„Gott hat Euch bereits gestraft, meine Tochter."
„Es ist mir völlig gleichgültig, ob Gott mich bestraft oder nicht", rief

Angélique mit vor Hitze und Ermüdung hochrotem Gesicht aus, „aber ich will selbst diesen Kräutertee bereiten."

„Meine Tochter, es ist zu spät, um etwas zu *wollen*. Eure Schwester ist tot."

Im Angesicht des kleinen, bleichen und wie ausgedörrten Leichnams weinte Angélique nicht. Sie verübelte sogar Hortense deren unaufrichtige Tränen. Warum weinte denn diese siebzehnjährige Hopfenstange? Sie hatte weder Madelon noch sonst jemanden geliebt, nur sich selbst.

„Ja, meine Kleinen", sagte die alte Ordensschwester zu ihnen, „das ist eben Gottes Wille. Viele Kinder sterben. Man hat mir gesagt, Eure Mutter habe zehn Kinder gehabt und nur ein einziges verloren. Mit diesem hier sind es zwei. Das ist nicht viel. Ich kenne eine Dame, die fünfzehn Kinder hatte und sieben davon verlor. Seht Ihr, so ist das. Gott gibt sie, Gott nimmt sie wieder. Viele Kinder sterben. Das ist Gottes Wille! . . ."

Nach Madelons Tod nahm Angéliques Eigensinn krasse Formen an, sie wurde geradezu undiszipliniert. Sie tat, was ihr eben einfiel, verschwand für viele Stunden in abgelegenen Schlupfwinkeln des ausgedehnten Gebäudes. Seit ihrer Eskapade hatte man ihr das Betreten des Gartens und des Gemüselandes untersagt, doch fand sie gleichwohl Mittel, sich dorthin zu schleichen. Man dachte daran, sie nach Hause zu schicken, aber Baron de Sancé bezahlte trotz der Schwierigkeiten, die der Bürgerkrieg ihm verursachte, regelmäßig das Pensionsgeld für seine beiden Töchter, was nicht auf alle Zöglinge zutraf. Überdies versprach Hortense, als eine der besten Schülerinnen in die nächste Klasse versetzt zu werden. Der Älteren zuliebe behielt man die Jüngere. Aber man gab es auf, sich um sie zu kümmern.

An einem Januartag des Jahres 1652 hockte Angélique, die eben fünfzehn geworden war, wieder einmal auf der Mauer des Gemüsegartens und vergnügte sich damit, das Kommen und Gehen auf der Straße zu beobachten und sich in der lauen Wintersonne zu wärmen.

Es ging in diesen ersten Tagen des Jahres hoch her zu Poitiers, denn die Königin, der König und ihre Anhänger hatten sich gerade in der Stadt niedergelassen. Arme Königin, armer junger König, von einer Revolte nach der andern geschüttelt! Eben begaben sie sich nach Guyenne, um gegen den Fürsten Condé zu kämpfen. Auf dem Rückweg halten sie sich im Poitou auf und versuchen, mit Turenne zu verhandeln, der diese Provinz von Fontenay-le-Comte bis zum Meer in der Hand hat. Châtelerault und Luçon, die alten protestantischen Festungen, haben sich dem hugenottischen General angeschlossen, doch Poitiers, das nicht vergißt, daß hundert Jahre zuvor die Ketzer seine Kirchen plünderten und seinen Bürgermeister hängten, hat dem Monarchen seine Tore geöffnet.

Heute sieht man neben dem königlichen Jüngling nur noch die schwarze Robe der spanischen Mutter. Das Volk, ganz Frankreich haben so oft geschrien: „Keinen Mazarin! Keinen Mazarin!", daß der Mann in der roten Robe sich endlich gebeugt hat. Er hat die Königin verlassen, die er liebte, und ist nach Deutschland gegangen. Doch sein Verschwinden genügt noch nicht, um die Gemüter zu beruhigen ...

Von der Mauer ihres Klosters lauschte Angélique dem Summen der in Bewegung geratenen Stadt, deren Erregung sich sogar diesem abgelegenen Viertel mitteilte.

Plötzlich kam am Fuß der Mauer, einem Vogelschwarm gleich, eine lustige Schar von Pagen in ihren rötlichgelben Gewändern aus Atlas und Seide vorbeigezogen. Einer von ihnen blieb stehen, um sein Schuhband festzuknüpfen. Als er sich wieder aufrichtete, hob er den Kopf und entdeckte Angélique, die ihn von der Mauer herab musterte.

Der Page schwenkte galant seinen Hut.

„Seid gegrüßt, Demoiselle! Ihr seht nicht aus, als ob Ihr Euch da droben amüsiertet!"

Er glich jenen Pagen, die sie auf Schloß Plessis gesehen hatte, da er wie sie die bauschige kleine Hose trug, die „Pluderhose", Erbstück des 16. Jahrhunderts, in der seine Beine unendlich lang wirkten. Davon abgesehen war er sympathisch mit seinem sonnengebräunten, lachenden Gesicht und den schönen, braunen, gelockten Haaren.

Sie fragte ihn nach seinem Alter, und er erwiderte, er sei sechzehn.

„Aber beruhigt Euch, Demoiselle", fügte er hinzu, „ich weiß den Damen den Hof zu machen."

Er warf ihr schmeichelnde Blicke zu, und plötzlich streckte er ihr die Arme entgegen. „Kommt doch zu mir herunter!"

Eine wohlige Empfindung überkam sie. Es schien ihr, als öffne sich das graue, trübselige Gefängnis, in dem ihr Herz verkümmerte. Dieses hübsche, ihr zugewandte Lachen versprach – sie wußte nicht was an Süßem und Köstlichem, nach dem sie hungerte.

„Kommt", flüsterte er. „Wenn Ihr wollt, führe ich Euch zum Palast der Herzöge von Aquitanien, wo der Hof abgestiegen ist, und zeige Euch den König."

Sie zögerte nur einen Augenblick, dann raffte sie ihren schwarzwollenen Mantel mit der Kapuze zusammen.

„Gebt acht, ich springe!" rief sie.

Er fing sie fast in seinen Armen auf. Sie mußte lachen. Lebhaft faßte er sie um die Taille und zog sie mit sich fort.

„Was werden die Nonnen Eures Klosters sagen?"

„Sie sind an meine Streiche gewöhnt."

„Und wie kommt Ihr wieder heim?"

„Ich werde an der Pforte läuten und um ein Almosen bitten."

Er lachte hell auf.

Diese Eskapade erinnerte Angélique an jene andere, so schmerzliche, aber sie bemühte sich, den Gedanken zu verjagen, und berauschte sich an dem bunten Treiben, das sie plötzlich umgab. Zwischen den vornehmen Herren und Damen, über deren schöne Kleidung die Provinzbewohner sich verwunderten, strichen Händler umher. Bei einem von ihnen kaufte der Page zwei Stäbchen, auf denen Stücke von gebratenen Fröschen aufgereiht waren. Da er immer nur in Paris gelebt hatte, fand er dieses Gericht spaßig. Sie aßen mit großem Appetit. Der Page erzählte, er heiße Henri de Roguier und sei dem Gefolge des Königs zugeteilt. Dieser, ein lustiger Kamerad, verlasse gelegentlich die ernsten Herren seines Kronrats, um mit seinen Freunden zusammen ein bißchen auf der Gitarre zu klimpern. Die reizenden italienischen Püppchen, Nichten des Kardinals Mazarin, seien immer noch am Hofe, trotz des erzwungenen Abgangs ihres Onkels.

Immer weiterplaudernd, zog der Junge Angélique hinterlistig mit sich in weniger belebte Viertel. Sie merkte es, sagte jedoch nichts. Ihr plötzlich erwachter Körper wartete auf etwas, was die Hand des Pagen an ihrer Hüfte verhieß.

Er blieb stehen und drängte sie sanft in den Winkel einer Tür. Dann begann er, sie glühend zu küssen. Er sagte banale und amüsante Dinge.

„Du bist hübsch... Du hast Wangen wie Maßliebchen und grüne Augen wie die Frösche... die Frösche deiner Gegend... Bleib ruhig. Ich will deinen Schnürleib öffnen... Wehr dich nicht. Ich weiß schon, was ich tue... Oh! Ich habe noch nie so weiße und so süße Brüste gesehen... Und fest wie Äpfel... Du gefällst mir, mein Herzchen..."

Sie ließ ihn tasten, streicheln. Sie bog ein wenig den Kopf zurück, lehnte ihn an den bemoosten Stein, und ihre Augen fixierten mechanisch ein Stück blauen Himmels, durch das sich die Kante eines geschweiften Daches zog.

Nun schwieg der Page; sein Atem keuchte. Erregt schaute er sich mehrmals ärgerlich um. Die Straße war ziemlich still, aber es kamen immer wieder Leute vorüber. Sogar ein Schwarm Seminaristen erschien, die „Huh! Huh!" machten, als sie das junge Paar im Schatten der Mauer entdeckten.

Der Junge trat zurück und stampfte auf.

„Ach, das ist gräßlich! Die Häuser sind zum Bersten voll in dieser verdammten Provinzstadt. Sogar die großen Herren müssen ihre Mätressen in den Vorzimmern empfangen. Wo kann man da einigermaßen ungestört sein, möchte ich wissen?"

„Es ist doch ganz schön hier", flüsterte sie.

Aber er war nicht zufrieden. Er warf einen Blick in die kleine Geldbörse, die er am Gürtel trug, und sein Gesicht hellte sich wieder auf.

„Komm! Ich hab' einen Gedanken! Wir werden ein Kämmerchen nach unserem Geschmack finden."

Er nahm sie bei der Hand und rannte mit ihr los. Sie eilten vergnügt die Straßen bis zum Platz von Notre-Dame-la-Grande hinunter. Obwohl sie nun schon über zwei Jahre in Poitiers war, kannte sie die Stadt noch nicht. Sie betrachtete staunend die Fassade der Kirche, die wie ein indisches Kästchen gearbeitet und von kleinen Glockentürmen in Tannenzapfenform flankiert war. Man hätte meinen können, der Stein selbst sei unter dem Zaubermeißel der Steinmetze aufgeblüht.

Der junge Henri hieß sie unter dem Portal auf ihn warten. Gleich darauf kam er höchst befriedigt zurück, einen Schlüssel in der Hand.

„Der Vikar hat mir die Kanzel für eine Weile vermietet."

„Die Kanzel?" wiederholte Angélique verblüfft.

„Pah! Es ist nicht das erstemal, daß er armen Liebespaaren diesen Dienst erweist. Die Beichtstühle sind billiger, aber nicht so bequem."

Er hatte sie wieder um die Hüfte gefaßt und stieg die Stufen zum Kirchenraum hinunter.

Angélique war tief beeindruckt vom Dämmerlicht und von der Kühle der Gewölbe. Die Kirchen des Poitou sind die dunkelsten von ganz Frankreich, festgefügte Gebäude, die auf mächtigen Pfeilern ruhen, und sie bergen in ihrer Dämmerung alte Fresken, deren lebhafte Farben ganz allmählich dem überraschten Auge erkennbar werden. Die beiden jungen Menschen schritten schweigend durch den Raum.

„Mich fröstelt", murmelte Angélique und zog ihren Mantel enger zusammen.

„Komm, komm", flüsterte er. „Ich werde dich wärmen."

Aber die frohe Erregung des Mädchens legte sich. Diese Kirche, dieses tiefe, vom Flimmern der Kerzen durchleuchtete Dunkel und plötzlich auch dieser fremde Junge flößten ihr Angst ein.

Indessen öffnete der mit dem Ort vertraute Page die erste Tür der monumentalen Kanzel, stieg die Stufen empor und drang in die dem Priester vorbehaltene Rotunde ein. Ein wenig mechanisch folgte ihm Angélique. Sie wußte noch nicht recht, was sie eigentlich wollte. Brüsk umzukehren, kam ihr lächerlich vor. Und dann machte sie der Gedanke an die Hände des Jungen auf ihren Brüsten schlaff. Vielleicht brauchte man sich nur aufs neue seinen Liebkosungen zu überlassen, um wieder das Gefühl des Träumens, der wolkenlosen Bläue zu haben.

Er ließ sich auf dem mit einem Samtteppich belegten Boden nieder, zog sie ziemlich brutal zu sich herab und zwang sie, sich auszustrecken. Sie glaubte, er werde sie von neuem küssen, doch als er gewalttätig ihren Rock hochriß, setzte sie sich wieder auf und stieß ihn zurück. Sie kämpften eine Weile im weihrauchgeschwängerten Dämmerlicht.

„Warum stellst du dich denn so an?" knurrte der Page endlich. „Was willst du?"

„Ich weiß nicht", stammelte Angélique. „Ich hätte lieber . . . Ich weiß nicht . . . ein großes, weißes Bett mit Spitzen . . .:"

„Bist du dumm! Auf dem harten Boden ist es doch am schönsten. Ich versichere dir, wir Pagen, die wir die Gelegenheiten ergreifen müssen, die sich uns gerade bieten, haben viel mehr Spaß an der Sache als so manche große Herren, die in ihren Federbetten versinken und viel Schweiß für das halbe Vergnügen lassen. Also sei kein Frosch", drängte er, „ich hab' keine Zeit, lange Faxen zu machen. Ich hab' nur für eine halbe Stunde gemietet."

Sie war nahe daran nachzugeben, dann lehnte sie sich innerlich auf und wehrte sich wieder. Ihr Kopf schlug an die Balustrade aus massivem Holz, und der Anprall rührte unter den Gewölben ein mächtiges Echo auf.

Sie hielten verblüfft und ein wenig ängstlich inne.

„Ich glaube, es kommt jemand", flüsterte Angélique.

Der Junge gestand mit verdrossener Miene: „Ich hab' vergessen, die Kanzeltür unten an der Treppe abzuschließen."

Dann schwiegen sie und horchten auf die sich nähernden Schritte. Jemand stieg die Stufen zu ihrem Unterschlupf herauf, und der von einem schwarzen Käppchen bedeckte Kopf eines alten Priesters erschien über ihnen.

„Was tut ihr hier, meine Kinder?" fragte er.

Der schlagfertige Page hatte schon seine Geschichte bereit.

„Ich wollte meine Schwester sehen, die in Poitiers in einem Internat ist, aber ich wußte nicht, wo ich mich mit ihr treffen sollte. Unsere Eltern . . ."

„Sprich nicht so laut im Hause Gottes", sagte der Priester. „Steht beide auf und folgt mir."

Er führte sie in die Sakristei und setzte sich auf einen Schemel. Dann stützte er die Hände auf die Knie und schaute sie abwechselnd an. Das unter dem Priesterkäppchen hervorquellende weiße Haar umgab sein Gesicht, das trotz des Alters kräftige bäuerliche Farben bewahrte, wie mit einem Heiligenschein. Er hatte eine dicke Nase, kleine, lebhafte und klare Augen, einen kurzen, weißen Bart. Henri de Roguier schien mit einem Male verstört und schwieg in einer Verlegenheit, die nicht geheuchelt war.

„Ist er dein Liebhaber?" fragte der Priester plötzlich Angélique, indem er mit dem Kinn nach dem Jungen wies.

Das Mädchen errötete. „Nein! Ich . . . ich habe nicht gewollt."

„Um so besser, meine Tochter. Hättest du, wenn du ein schönes Perlenhalsband besäßest, Spaß daran, es in einen Hof voller Dünger zu werfen, wo die Schweine es mit ihren rotzigen Rüsseln raffen würden? Nun? Antworte mir, Kleine! Würdest du das tun?"

„Nein, ich würde es nicht tun."

„Du sollst die Perlen nicht vor die Säue werfen. Du sollst den Schatz deiner Jungfräulichkeit nicht vergeuden, der bis zur Heirat gehütet werden muß. Und du", fuhr er sanft fort, indem er sich dem Jungen zuwandte, „wer hat dir den schändlichen Gedanken eingegeben, deine Freundin in eine Kirche zu führen, um sie zu entehren?"

„Wohin sollte ich sie führen?" begehrte der Junge verdrossen auf. „Ich schlafe auf dem blanken Boden im Vorzimmer des Königs. Da vermietet uns der Herr Vikar von Notre-Dame-la-Grande zuweilen die Kanzel für dreißig Livres und die Beichtstühle für zwanzig. Das bedeutet viel für meine Börse, glaubt mir, Monsieur Vincent."

„Ich glaube es dir gern", sagte Monsieur Vincent, „aber es bedeutet noch mehr auf der Waage, mit der der Teufel und der Engel in der Vorhalle von Notre-Dame-la-Grande die Sünden wiegen."

Sein Gesicht, das bis dahin einen heiteren Ausdruck bewahrt hatte, war hart geworden. Er streckte die Hand aus.

„Gib mir den Schlüssel, den man dir anvertraut hat."

Und nachdem der Junge ihn übergeben hatte: „Du wirst beichten, nicht wahr? Ich erwarte dich morgen in dieser Kirche. Ich werde dir Absolution erteilen. Ich weiß nur zu gut, in welcher Umgebung du lebst, armer kleiner Page! Und du versuchst lieber, bei einem Mädchen deines Alters den Mann zu spielen, als reifen Damen zum Spielzeug zu dienen, die dich in ihre Alkoven zerren, um dich zu verführen ... Ja, ich sehe dich erröten. Du schämst dich deiner unsauberen Liebeleien vor diesem unberührten Mädchen."

Der Jüngling senkte den Kopf, seine Überlegenheit war geschwunden. Endlich stammelte er:

„Monsieur Vincent de Paul, ich bitte Euch inständig, erzählt diese Geschichte nicht der Königin. Wenn sie mich zu meinem Vater zurückschickt, wird der nicht mehr wissen, wo er mich unterbringen soll. Ich muß sechs Schwestern versorgen und bin der drittjüngste der Familie. Ich habe diese außerordentliche Vergünstigung, in den Dienst des Königs zu treten, nur dank Monsieur de Lorraine erlangen können, der mich ... dem ich gefiel", vollendete er verlegen. „Er hat den Posten für mich gekauft. Wenn ich davongejagt werde, wird er bestimmt verlangen, daß mein Vater ihm die Summe zurückbezahlt, und das ist unmöglich."

Der alte Priester schaute ihn ernst an.

„Ich werde deinen Namen nicht nennen, aber es wird gut sein, wenn ich der Königin wieder einmal die Schändlichkeiten ins Bewußtsein rufe, von denen sie umgeben ist. Ach, diese Frau ist gottesfürchtig und gewissenhaft in ihren Andachtsübungen, aber was vermag sie gegen soviel Fäulnis! Man kann die Seelen nicht durch Dekrete verwandeln ..."

Er stand auf, legte seine Arme um die Schultern der beiden und führte sie hinaus. Der Abend senkte sich über den Platz vor der Kirche, deren steinerne Blumen vom fahlen Winterlicht belebt wurden.

„Meine Lämmlein", sagte Monsieur Vincent, „ihr Kinder des lieben Gottes, ihr habt versucht, die grüne Frucht der Liebe zu naschen. Deshalb sind eure Zähne stumpf und eure Herzen voller Traurigkeit. So laßt an der Sonne des Lebens reifen, was zu seiner Zeit sich entfalten wird. Man darf keine Irrwege gehen, wenn man die Liebe sucht, denn dann findet man sie womöglich nie. Welch grausame Strafe für die Ungeduld und die Schwäche, sein Leben lang dazu verdammt zu sein, nur in bittere und saftlose Früchte zu beißen! Ihr werdet jeder in seine Richtung zurückkehren. Du, Knabe, zu deinem Dienst, den du gewissenhaft verrichten sollst. Du, Mädchen, zu deinen Schwestern und deiner Arbeit. Und wenn der Tag anbricht, so vergeßt nicht, zu Gott zu beten, der unser aller Vater ist." Er entließ sie. Sein Blick folgte ihren anmutigen Silhouetten, bis sie sich an der Ecke des Platzes trennten.

Angélique schaute starr vor sich hin, bis sie die Pforte des Klosters erreichte. Ein großer Friede erfüllte sie. Seltsam, sie hatte den Pagen vergessen und jenen enttäuschenden Vorgeschmack fleischlicher Lust. Doch ihre Schulter bewahrte die Erinnerung an eine alte, warme Hand.

„Monsieur Vincent", dachte sie. „Ob das der große Monsieur Vincent ist? Der, den der Marquis du Plessis das Gewissen des Königreichs nennt? Der die Vornehmen zwingt, die Armen zu bedienen? Der täglich der Königin und dem König begegnet? Wie schlicht und milde er aussieht!"

Bevor sie den Türklopfer hob, warf sie noch einen Blick über die Stadt, die sich in Dunkel hüllte. „Monsieur Vincent, segnet mich!" flüsterte sie.

Ohne Überlegung noch Widerrede nahm Angélique die Strafe an, die ihr für diesen neuerlichen Ausbruch auferlegt wurde. Von jenem Tage an verwandelte sich ihr ungezügeltes Benehmen. Sie gab sich mit Eifer ihren Studien hin, zeigte sich ihren Kameradinnen gegenüber aufgeschlossen. Sie schien sich endlich dem strengen Geist des Klosters angepaßt zu haben.

Im September verließ ihre Schwester Hortense das Kloster. Eine entfernte Tante rief sie als Gesellschafterin zu sich nach Niort. In Wirklichkeit zielte besagte Dame, die von sehr niederem Adel war und einen reichen Beamten von dunkler Herkunft geheiratet hatte, darauf ab, ihren Sohn mit irgendeinem großen Namen zu verbinden und damit ihrem Wappenschild wieder etwas Glanz zu verleihen. Der Vater hatte gerade für den jungen Mann die Stelle eines Staatsanwalts in Paris gekauft, und dieser sollte sich nun zwischen den übrigen Adelsvertretern zeigen können. Für beide Teile war dies eine unverhoffte Gelegenheit. Die Hochzeit fand alsbald statt.

Zu gleicher Zeit kehrte der junge König Ludwig XIV. in seine Hauptstadt zurück.

Frankreich ging ausgeblutet aus einem Bürgerkrieg hervor, in dessen Verlauf sechs Armeen kreuz und quer über seinen Boden gezogen waren, einander suchend und nicht immer einander findend: Da hatte es die des Fürsten Condé gegeben, die des Königs, von Turenne geführt, der sich plötzlich entschlossen hatte, keinen Verrat zu begehen, die des Gaston d'Orléans, mit den Engländern verbündet und mit den französischen Fürsten überworfen, die des Herzogs von Beaufort, die mit allen entzweit war, die die Spanier jedoch unterstützten, die des Herzogs von Lothringen, die auf eigene Rechnung operierte, und schließlich die Mazarins, der der Königin aus Deutschland hatte Verstärkung schicken wollen. Beinahe wäre Mademoiselle de Montpensier zum Armeegeneral ernannt worden – dank ihrem Entschluß, die Kanonen der Bastille auf die Truppen ihres eigenen Vetters, des Königs, feuern zu lassen. Eine Geste, die die Grande Mademoiselle teuer bezahlen mußte, denn sie wirkte auf gar viele fürstliche Bewerber um ihre Hand recht abschreckend.

„Mademoiselle hat soeben ihren Gatten ‚getötet'", hatte in seinem weichen Abruzzendialekt der Kardinal Mazarin gemurmelt, als man ihm die Sache mitteilte.

Dieser letztere blieb der große Sieger in dieser schlimmen und grotesken Krise. Nach knapp einem Jahr sah man in den Gängen des Louvre wieder seine rote Robe, aber es gab keine „Mazarinaden" mehr. Alle Welt war am Ende der Kräfte.

Angélique wußte, daß das Dorf Monteloup fast völlig dem Erdboden gleichgemacht worden war. Es hatten sogar Offiziere im Schloß kampiert, aber eine Empfehlung des Fürsten Condé hatte sie veranlaßt, sich dem Baron und seiner Familie gegenüber höflich zu verhalten, und man behielt sie in nicht allzu schlechter Erinnerung. Hingegen war die Hälfte der Maultiere kurzerhand von den Truppen mitgenommen worden. Dennoch wurde das Pensionsgeld für Angélique weiterhin pünktlich übersandt, was bewies, daß der alte Molines sich zu helfen gewußt hatte, allen Ereignissen zum Trotz.

Angélique hatte eben ihr siebzehntes Lebensjahr erreicht, als sie den Tod ihrer Mutter erfuhr. Sie betete viel in der Kapelle, weinte jedoch nicht. Sie konnte es nicht fassen, daß sie jene schmale Gestalt im grauen Kleid mit dem schwarzen Kopftuch, über dem im Sommer ein altmodischer Strohhut saß, nie mehr sehen würde. Als Hüterin des Obst- und Gemüsegartens hatte Madame de Sancé vielleicht an ihre Birnbäume und Kohlköpfe mehr Sorge und Zärtlichkeit verschwendet als an ihre zahlreichen Kinder. Da sie es sich nicht wie die Damen des wohlhabenden Adels leisten konnte, in ihrem Park Labyrinthe und Wasserspiele zu schaffen, hatte sie ihren Ehrgeiz auf einem mehr bäuerlichen Gebiet befriedigt. Ihre Früchte und Gemüse waren die schönsten der Gegend, und dank ihrer war Angélique zusamt ihren Brüdern und Schwestern, statt mit Mehlbrei und Wildbret gestopft zu werden, nach einem reichhaltigen und abwechslungsreichen, Salate und Kompotte enthaltenden Speisezettel großgezogen worden, was allen eine frische Gesichtsfarbe und eine eiserne Gesundheit eingebracht hatte.

Das sind Segnungen, die man mit siebzehn Jahren kaum zu schätzen weiß. Madame de Sancé hatte eine sanfte Stimme gehabt, aber ihre Worte waren allzu spärlich gewesen. Sie hatte ihre Kinder durch unermüdliches Wirken am Leben erhalten, aber sie hatten sie wenig gesehen.

Doch als Angélique am Abend ausgestreckt in ihrem schmalen Bett lag, kam es ihr plötzlich zum Bewußtsein, daß es eben diese schweigsame und immer heimlich seufzende Frau gewesen war, die sie unterm Herzen getragen hatte. Sie fühlte sich bewegt, und sie strich mit der Hand ganz sacht über ihren jungen Leib, der fest und fleischig war. War es denn möglich, daß man ein richtiges, lebendiges Kind in einem so engen, so wohlverschlossenen Raum tragen konnte, zehnmal hintereinander und noch mehr? Und die Kinder entschwanden, zuerst in die Arme der Ammen, dann in die Welt hinaus, nach Amerika oder in die Arme des Gatten oder auch, um zu sterben. Sie mußte plötzlich an das seltsame, blasse Wesen denken, das ihre kleine Schwester Madelon gewesen war. Vom Mutterleib gelöst, hatte sie nur Entsetzen und Bangigkeit gekannt. Die Geschichten der Amme machten sie schaudern. Sie hatte in einer imaginären Welt gelebt, die grausiger gewesen war als die wirkliche, und niemand hatte ihr beigestanden.

„Wenn ich einmal Kinder habe", sagte sich Angélique, „dann werde ich sie nicht fern von mir sterben lassen. Ich werde sie liebhaben, ach, wie werde ich sie liebhaben und den ganzen Tag in meinen Armen halten!"

Es geschah gelegentlich des Todes ihrer Mutter, daß Angélique ihre beiden Brüder Raymond und Denis wiedersah, denn sie kamen, um sie von ihm in Kenntnis zu setzen. Das Mädchen empfing sie im Sprechzimmer, hinter dem kalten Gitter, wie die Klosterregel der Ursulinerinnen es verlangte.

Denis war jetzt auf dem Gymnasium. Mit den Jahren kam er immer mehr auf Josselin heraus, so daß sie im ersten Augenblick glaubte, ihren ältesten Bruder vor sich zu haben, wie sie ihn in der Erinnerung trug: in seiner schwarzen Schülertracht und mit dem Tintenbehälter aus Horn an seinem Gürtel. Sie war dermaßen betroffen über diese Ähnlichkeit, daß sie den Geistlichen, der ihren Bruder begleitete, nach flüchtiger Begrüßung nicht weiter beachtete, so daß er seinen Namen nennen mußte.

„Ich bin Raymond, Angélique, erkennst du mich nicht mehr?"

Sie war geradezu verschüchtert. In ihrem im Vergleich zu so vielen anderen ungemein strengen Kloster kamen die Nonnen den Priestern mit einer frömmlerischen Unterwürfigkeit entgegen, die von der weiblichen Ergebenheit gegenüber dem männlichen Wesen nicht frei war. Von einem von ihnen geduzt zu werden, verwirrte sie. Und nun war sie es, die den Blick senkte, während Raymond sie anlächelte. Mit viel Zartgefühl setzte er sie von dem Unglück in Kenntnis, das die Familie betroffen hatte, und sprach in schlichten Worten von der Ergebung, die man Gott schulde. Es lag etwas Neues, ihr Unbekanntes in seinem länglichen Gesicht mit dem matten Teint und den klaren, feurigen Augen.

Er berichtete außerdem, ihr Vater sei sehr enttäuscht gewesen, daß seine, Raymonds, religiösen Neigungen während dieser letzten Jahre, die er bei den Jesuiten verbracht hatte, nicht geschwunden waren. Da Josselin fortgegangen war, hoffte man natürlich, Raymond werde die Rolle des Stammhalters übernehmen. Doch der junge Mann hatte zugunsten seiner anderen Brüder auf das Erbe verzichtet und das Ordensgelübde abgelegt. Auch Gontran enttäuschte den armen Baron Armand. Weit davon entfernt, zur Armee zu gehen, war er nach Paris gereist, um dort, man wußte nicht recht was, zu studieren. So blieb nur der jetzt dreizehnjährige Denis, um die militärische Tradition der Familie fortzusetzen.

Während des Gesprächs betrachtete der Jesuitenpater seine Schwester, dieses junge Mädchen, das, um ihn zu verstehen, sein Gesicht mit dem rosigen Teint an die Gitterstangen lehnte, und dessen merkwürdige Augen im Dämmerlicht des Sprechraums klar wie das Seewasser wirkten. Es lag etwas wie Mitleid in seiner Stimme, als er fragte:

„Und du, Angélique, was wirst du tun?"

Sie schüttelte ihr schweres, goldglänzendes Haar und antwortete gleichgültig, sie wisse es nicht.

Ein Jahr darauf wurde Angélique wiederum ins Sprechzimmer gerufen. Es war der kaum weißer gewordene alte Wilhelm, den sie dort vorfand. Seine unvermeidliche Lanze hatte er behutsam an die Wand der Zelle gelehnt.

Er sagte ihr, er sei gekommen, um sie abzuholen und nach Monteloup zurückzubringen. Sie hatte ihre Ausbildung abgeschlossen. Sie war ein fertiges junges Mädchen, und man hatte einen Mann für sie gefunden.

2

Hochzeit in Toulouse

Zehntes Kapitel

Baron de Sancé betrachtete seine Tochter Angélique mit unverhohlenem Wohlgefallen.

„Diese Nonnen haben aus dir eine vollkommene junge Dame gemacht, mein Wildfang."

„Oh, vollkommen? Das muß sich erst noch zeigen", protestierte Angélique, indem sie in ihre frühere Gewohnheit zurückverfiel und die jetzt wohlfrisierte Mähne schüttelte. In der frischen, von den süßlichen Düften des Moors erfüllten Luft von Monteloup richtete sie sich auf wie eine verkümmerte Blume unter einem milden Regen.

Aber der väterliche Stolz des Barons Armand ließ sich nicht dämpfen.

„Jedenfalls bist du noch hübscher, als ich es erhofft habe. Dein Teint ist nach meiner Ansicht dunkler, als deine Augen und deine Haare es verlangen. Aber der Kontrast ist nicht ohne Reiz. Ich habe übrigens festgestellt, daß die meisten meiner Kinder den gleichen Farbton haben. Ich fürchte, das ist der letzte Rest eines Tropfens arabischen Bluts, den die Leute aus dem Poitou im allgemeinen bewahrt haben. Hast du deinen kleinen Bruder Jean-Marie gesehen? Man könnte ihn für einen richtigen Neger halten!"

Er fügte unvermittelt hinzu: „Der Graf Peyrac de Morens möchte dich zur Frau haben."

„Mich?" sagte Angélique. „Aber er kennt mich ja gar nicht."

„Das tut nichts. Molines kennt ihn, und das ist die Hauptsache. Er schwört, ich könne mir keine schmeichelhaftere Verbindung für eine meiner Töchter erträumen."

Baron Armand strahlte geradezu. Mit seinem Stock mähte er ein paar Schlüsselblumen am Rande des Weges ab, auf dem er sich an diesem lauen Aprilmorgen mit seiner Tochter erging.

Angélique war am Abend des Vortages in Begleitung Wilhelms und ihres Bruders Denis in Monteloup angekommen. Als sie den Gymnasiasten verwundert fragte, wieso er jetzt Ferien habe, erklärte er, er sei beurlaubt worden, um ihrer Hochzeit beizuwohnen.

„Was soll das eigentlich mit dieser Heiratsgeschichte?" dachte das Mädchen. Sie hatte die Sache bisher nicht ernst genommen, aber jetzt begann sie der bestimmte Ton des Barons zu beunruhigen.

Er hatte sich im Lauf der letzten Jahre nicht viel verändert. Kaum daß sich ein paar graue Fäden in den Schnurrbart und in das kleine Haarbüschel mischten, das er nach der Mode der Regierungszeit Ludwigs XIII. unter der Lippe trug. Angélique, die ihn nach dem Tode seiner Frau niedergeschlagen und hilflos vorzufinden erwartet hatte, wunderte sich beinahe, ihn einigermaßen aufgeräumt und heiter zu sehen.

Als sie zu einem Wiesenhang kamen, der das eingetrocknete Moor beherrschte, bemühte sie sich, das Thema der Unterhaltung zu wechseln, die zwischen ihnen einen Konflikt heraufzubeschwören drohte, nachdem sie sich eben erst wiedergefunden hatten.

„Ihr habt mir geschrieben, Vater, daß Ihr durch die Requisitionen und Plünderungen während der Jahre dieser schrecklichen Fronde Verluste an Vieh erlitten habt?"

„Gewiß, Molines und ich selbst haben nahezu die Hälfte der Tiere verloren, und wäre er nicht, so säße ich jetzt wegen Schulden im Gefängnis, nachdem ich vermutlich unsern gesamten Landbesitz hätte verkaufen müssen."

„Schuldet Ihr ihm denn noch viel?" fragte sie beunruhigt.

„Ach, von den vierzigtausend Livres, die er mir damals geliehen hat, habe ich ihm in fünf Jahren mühseliger Arbeit nur fünftausend zurückgeben können, und selbst die hat Molines zurückgewiesen, indem er behauptete, er habe sie mir überlassen, und das sei mein Anteil am Geschäft. Ich habe alle Mühe gehabt, daß er sie annahm."

Angélique wandte bescheiden ein, da der Verwalter keinen Wert auf die Rückzahlung gelegt habe, sei es von ihrem Vater töricht gewesen, sich in eine falsche Großzügigkeit zu verbohren.

„Wenn Molines Euch dieses Geschäft vorgeschlagen hat, wußte er, daß er dabei verdienen würde. Er ist kein Mann, der Geschenke macht. Aber er besitzt eine gewisse Rechtschaffenheit, und wenn er Euch diese vierzigtausend Livres überläßt, findet er eben, daß die Mühe, die Ihr Euch gegeben, und die Dienste, die Ihr ihm geleistet habt, sie aufwiegen."

Er warf ihr einen verblüfften Blick zu.

„Wie unumwunden du redest, Tochter! Ich frage mich, ob sich eine so direkte und geradezu anstößige Sprache für ein kaum aus dem Kloster entlassenes junges Mädchen schickt?"

Angélique mußte lachen.

„In Paris sind es anscheinend die Frauen, die alles dirigieren: die Politik, die Religion, die Literatur, ja sogar die Wissenschaften. Man nennt sie die Preziösen. Sie kommen täglich bei einer von ihnen mit Schöngeistern und Gelehrten zusammen. Die Herrin des Hauses liegt auf ihrem Bett, ihre Gäste lassen sich im freien Raum des Alkovens nieder, und man diskutiert. Ich frage mich, ob ich, wenn ich nach Paris gehe, nicht auch einen solchen ‚Alkoven' gründen soll, wo man über Handel und Geschäfte spricht."

„Das ist ja fürchterlich!" rief der Baron ehrlich entsetzt aus. „Angélique, es können doch nicht die Ursulinerinnen von Poitiers sein, die dir solche Ideen in den Kopf gesetzt haben?"

„Sie behaupteten, ich sei sehr begabt für Rechnen und Logik. Zu sehr sogar... Dagegen bedauerten sie lebhaft, daß sie aus mir keine vorbildliche fromme Seele machen konnten – und keine heuchlerische wie meine

Schwester Hortense. Auf die hatten sie große Hoffnungen gesetzt, sie werde in ihren Orden eintreten. Aber offenbar war die Anziehungskraft des Staatsanwalts größer."

„Mein Kind, du hast keinen Grund zur Eifersucht, denn Molines hat einen Ehemann für dich gefunden, der dem Hortenses zweifellos weit überlegen ist."

Das Mädchen stampfte ungeduldig auf. „Dieser Molines übertreibt wirklich. Wenn man Euch reden hört, könnte man meinen, ich sei seine Tochter und nicht die Eurige, da er so besorgt um meine Zukunft ist."

„Es wäre mehr als töricht, wenn du dich beklagen würdest, kleines Mauleselchen", sagte ihr Vater lächelnd. „Hör mir nur einen Augenblick geduldig zu. Graf Joffrey de Peyrac ist ein Abkomme der alten Grafen von Toulouse, deren Ahnen man weiter zurückverfolgen kann als die unseres Königs Ludwig XIV. Außerdem ist er der wohlhabendste und einflußreichste Mann des Languedoc."

„Das mag schon sein, Vater, aber schließlich kann ich nicht einfach mir nichts, dir nichts einen Mann heiraten, den ich nicht kenne, den Ihr selbst nie gesehen habt."

„Weshalb nicht?" verwunderte sich der Baron. „Alle jungen Mädchen von Stand heiraten auf diese Weise. Nicht ihnen und nicht dem Zufall bleibt es überlassen, über Verbindungen zu bestimmen, die für ihre Familien günstig sind, und über eine Versorgung, bei der nicht nur ihre Zukunft auf dem Spiel steht, sondern auch ihr Name."

„Ist er ... ist er jung?" fragte das Mädchen zögernd.

„Jung? Jung?" brummte der Baron ärgerlich. „Das ist mir eine recht törichte Frage für einen Menschen mit praktischem Sinn. Nun ja, dein zukünftiger Gatte ist zwölf Jahre älter als du, aber dreißig ist bei einem Mann das Alter der Kraft und der Verführung. Der Himmel kann dir zahlreiche Kinder schenken. Du wirst ein Palais in Toulouse haben, Schlösser in Albi und Béarn, Equipagen, Kleider..."

Monsieur de Sancé hielt inne, da er mit seiner Phantasie am Ende war.

„Ich für mein Teil meine", schloß er, „daß die Werbung eines Mannes, der dich seinerseits nie gesehen hat, einen unverhofften, ungewöhnlichen Glücksfall darstellt..."

Sie schwiegen eine Weile.

„Eben das ist es", murmelte Angélique. „Ich finde diesen Glücksfall allzu ungewöhnlich. Weshalb sucht sich dieser Graf, der alles Nötige besitzt, um eine reiche Erbin zur Frau wählen zu können, ausgerechnet im hintersten Poitou ein Mädchen ohne Mitgift aus?"

„Ohne Mitgift?" wiederholte Armand de Sancé, dessen Gesicht sich aufhellte. „Komm mit mir heim ins Schloß, Angélique, und zieh dich um. Wir werden unsere Pferde nehmen. Ich will dir etwas zeigen."

Auf Geheiß des Barons sattelte ein Stallknecht im Hof eilig die beiden Pferde. Obwohl das vorausgegangene Gespräch sie beschäftigte, stellte Angélique keine weiteren Fragen. Während sie sich im Sattel zurechtsetzte, sagte sie sich, daß es ja ihre Bestimmung sei, zu heiraten, und daß tatsächlich die meisten ihrer Gefährtinnen sich auf diese Weise mit Bewerbern verheirateten, die ihnen ihre Eltern präsentierten. Warum widerstrebte ihr eigentlich dieses Projekt so sehr? Der Mann, den man ihr bestimmte, war kein Greis. Sie würde reich sein...

Angélique verspürte plötzlich eine wohlige körperliche Empfindung, ohne sich gleich deren Ursprungs bewußt zu sein. Die Hand des Reitknechts, die ihr behilflich gewesen war, sich wie eine Amazone auf das Tier zu setzen, glitt jetzt über ihren Fußknöchel und streichelte sie leise, mit einer Bewegung, die der gutwilligste Mensch der Welt nicht als ungewollt hätte bezeichnen können.

Der Baron war im Schloß verschwunden, um das Schuhwerk zu wechseln und einen sauberen Spitzenkragen umzulegen, so daß sie mit dem Knecht allein war.

Sie zuckte zusammen, und das Pferd tat einige erschreckte Schritte.

„Was kommt dich an, Bauernlümmel?"

Sie errötete und ärgerte sich über sich selbst, denn sie mußte sich eingestehen, daß ein köstlicher Schauer sie unter dieser kurzen Liebkosung durchbebt hatte. Der Knecht, ein Herkules mit breiten Schultern, hob den Kopf. Braune Locken fielen über seine dunklen Augen, die in vertrauter Schelmerei glänzten.

„Nicolas!" rief Angélique aus, während das Vergnügen, ihn wiederzusehen, und die Verlegenheit über die Vertraulichkeit, die er sich erlaubt hatte, in ihr miteinander stritten.

„Aha, du hast Nicolas erkannt", sagte Baron de Sancé, der mit großen Schritten herankam. „Das ist der schlimmste Teufel in der ganzen Umgegend, und niemand wird mit ihm fertig. Weder die Feldarbeit noch die Maultiere interessieren ihn. Ein Faulpelz und ein Schürzenjäger, da hast du deinen einstigen Kameraden, Angélique."

Der junge Mann schien sich angesichts solcher Würdigung nicht zu schämen. Er schaute Angélique unverwandt mit einem Lächeln, das seine weißen Zähne entblößte, und einer fast herausfordernden Kühnheit an.

„He, Bursche! Hol ein Maultier und folge uns", sagte der Baron, der nichts merkte.

„Jawohl, Herr."

Die drei Reittiere trotteten über die Zugbrücke und schlugen den Weg links von Monteloup ein.

„Wohin reiten wir, Vater?"

„Nach der alten Bleigrube."

„Den eingestürzten Schächten in der Nähe der Abtei von Nieul...?"

„Eben denen."

„Ich verstehe nicht, wieso dieses Fleckchen unfruchtbaren Landes ..."
„Dieses Fleckchen Landes, das nicht mehr unfruchtbar ist und jetzt ‚Silbermine' heißt, stellt, kurz gesagt, deine Mitgift dar. Du erinnerst dich, daß Molines mich aufgefordert hatte, die Erneuerung des Ausbeutungsrechts meiner Familie wie auch die Steuerbefreiung für ein Viertel der Produktion zu beantragen. Nachdem dies erreicht war, ließ er sächsische Facharbeiter kommen. Da ich sah, welche Bedeutung er diesem bis dahin vernachlässigten Grunde beimaß, sagte ich ihm eines Tages, daß ich ihn dir als Mitgift geben würde. Ich glaube, damals ist in seinem fruchtbaren Kopf der Gedanke an eine Heirat mit dem Grafen Peyrac aufgekeimt, denn tatsächlich möchte dieser Edelmann das Gebiet erwerben. Ich habe die Art der Transaktion nicht recht verstanden, die er mit Molines abgesprochen hat; ich glaube, er ist mehr oder weniger der Mittelsmann für die Maultiere und Metalle, die wir auf dem Seeweg nach Spanien schicken. Das beweist, daß es viel mehr Edelleute gibt, als man glaubt, die sich für den Handel interessieren. Ich würde freilich meinen, Graf Peyrac habe es angesichts seines ausgedehnten Grundbesitzes nicht nötig, sich mit solch bürgerlichen Geschäften abzugeben. Aber vielleicht tut er es zu seiner Zerstreuung. Er soll ein Original sein."
„Wenn ich recht begriffen habe", sagte Angélique ruhig, „wußtet Ihr, daß man diese Mine haben wollte, und gabt zu verstehen, daß man die Tochter dazunehmen müsse."
„Wie bizarr du die Dinge immer darstellst, Angélique! Ich finde, die Lösung, dir die Mine als Mitgift zu geben, war ausgezeichnet. Meine Töchter gut untergebracht zu sehen war mein und auch deiner armen Mutter vordringlichster Wunsch. Nun, bei uns verkauft man sein Land nicht; trotz aller bösen Schwierigkeiten ist es uns geglückt, unser elterliches Erbgut unangetastet zu erhalten. Und meine Tochter nicht nur standesgemäß, sondern auch reich zu verheiraten, das ist es, wonach ich trachte. Das Land bleibt in der Familie. Es geht nicht an einen Fremden, sondern an einen neuen Zweig, an eine neue Verbindung."
Angélique ritt eine halbe Pferdelänge hinter ihrem Vater; so konnte er den Ausdruck ihres Gesichts nicht sehen. Die kleinen, weißen Zähne des Mädchens bissen in ohnmächtigem Zorn auf die Lippen. Sie konnte um so weniger ihrem Vater erklären, wie demütigend ihr die näheren Umstände dieser Werbung vorkamen, als dieser davon überzeugt war, aufs geschickteste für das Glück seiner Tochter gesorgt zu haben. Dennoch gab sie den Kampf nicht auf.
„Wenn ich mich recht erinnere, hattet Ihr die Grube für zehn Jahre an Molines verpachtet. Es bleiben also noch ungefähr vier Pachtjahre. Wie kann man ein Gelände, das verpachtet ist, als Mitgift geben?"
„Molines ist nicht nur einverstanden, sondern wird auch weiterhin für die Rechnung des Grafen Peyrac ausbeuten. Im übrigen hat die Arbeit bereits vor drei Jahren begonnen, wie du sehen wirst. Da sind wir!"

Vater und Tochter stiegen ab, und Nicolas trat herzu, um die Zügel der Pferde zu halten.

Der Ort, der einstens einen so trostlosen Anblick geboten hatte, war von Grund aus verändert. Ein Kanalsystem führte Wasser zu, das mehrere Steinmühlen antrieb. Stößer zermalmten Steine unter dumpfem Getöse, während dicke Felsbrocken mit dem Päuschel zerkleinert wurden.

Zwei Schmelzöfen glühten rötlich, und riesige Blasebälge fachten die Flammen an. Schwarze Holzkohlenberge türmten sich zu seiten der Öfen, und der übrige Teil des Platzes war mit Steinhaufen bedeckt.

In die hölzernen Rinnen, in denen Wasser sprudelte, warfen Arbeiter mit Schaufeln den aus den Mühlen kommenden Gesteinssand. Andere harkten mit Hacken über den Grund der Kanäle gegen die Strömung. An einem ziemlich großen Schuppen weiter im Hintergrund waren die Türen mit Eisenstangen und Gittern, die wiederum mit dicken Hängeschlössern versperrt waren, gesichert. Zwei mit Musketen bewaffnete Männer bewachten die Zugänge.

„Der Vorrat an Silber- und Bleibarren", erklärte stolz der Baron und fügte hinzu, er werde nächstens Molines bitten, ihr den Vorrat zu zeigen.

Dann führte er sie zum angrenzenden Steinbruch. Riesige Stufen von jeweils vier Meter Höhe bildeten jetzt eine Art römischen Amphitheaters. Da und dort führten Gänge in das Gestein, aus denen man von Eseln gezogene kleine Wagen auftauchen sah.

„Hier sind zehn sächsische Bergmannsfamilien tätig, Gießer und Steinbrecher. Mit ihnen hat Molines die Nutzung in Betrieb genommen."

„Und wieviel bringt das im Jahr ein?" fragte Angélique.

„Tja, das ist freilich eine Frage, die ich mir noch nie vorgelegt habe ...", gestand Armand de Sancé einigermaßen verlegen. „Du verstehst: Molines bezahlt mir regelmäßig die Pacht. Er hat die gesamten Unkosten der Einrichtung getragen. Er hat Ofensteine aus England kommen lassen, vermutlich sogar aus Spanien, wahrscheinlich im Austausch gegen Schmuggelwaren aus dem Languedoc."

„Wahrscheinlich, so wollt Ihr sagen, durch Vermittlung desjenigen, den Ihr mir zum Ehgemahl bestimmt habt?"

„Das ist möglich. Es scheint, daß er sich mit tausend verschiedenen Dingen beschäftigt. Er ist übrigens auch Wissenschaftler, denn er hat die Konstruktionsskizze für diese Dampfmaschine entworfen."

Der Baron führte seine Tochter zum Eingang eines der Stollen. Er zeigte ihr eine Art riesigen Eisenkessels, unter dem ein Feuer brannte und von dem aus zwei dicke, umwickelte Rohre in einen Brunnen führten. In regelmäßigen Abständen stieg aus ihm ein Wasserstrahl auf.

„Das ist eine der ersten bisher auf der Welt konstruierten Dampfmaschinen. Sie dient dazu, das Wasser aus den Stollen zu pumpen. Es ist eine Erfindung, die Graf Peyrac bei einem seiner Aufenthalte in England vervollkommnet hat. Sieh da, guten Tag, Fritz Hauer!"

Einer der Arbeiter bei der Maschine nahm seine Mütze ab und verbeugte sich tief. Sein Gesicht hatte durch den in seiner Haut verkrusteten Gesteinsstaub eine bläuliche Farbe bekommen – die Folge jahrelanger Bergmannsarbeit. An seiner einen Hand fehlten zwei Finger. Da er untersetzt und bucklig war, wirkten seine Arme überlang. Haarsträhnen fielen über seine kleinen, glänzenden Augen.

„Ich finde, er gleicht ein wenig dem italischen Gott Vulcanus", sagte Monsieur de Sancé. „Kein Mensch kennt die Eingeweide der Erde besser als dieser sächsische Arbeiter. Deshalb sieht er vielleicht auch so seltsam aus. Es wird behauptet, er kenne ein Verfahren, um Blei in Gold zu verwandeln. Jedenfalls arbeitet er seit mehreren Jahren beim Grafen Peyrac, der ihn nach dem Poitou schickte, um die ,Silbermine' in Gang zu bringen."

„Graf Peyrac! Immer wieder Graf Peyrac!" dachte Angélique ein wenig unwillig.

Sie sagte mit fester Stimme:

„Vielleicht ist er deshalb so reich, dieser Graf Peyrac. Er verwandelt das Blei, das ihm sein mißgestalteter Helfershelfer schickt, in Gold. Es würde mich gar nicht wundernehmen, wenn er mich eines Tages in einen Frosch verwandelte."

„Wirklich, du bekümmerst mich, Tochter. Weshalb dieser spöttische Ton? Du tust ja, als ob ich dein Unglück im Sinne hätte! Nichts an diesem Projekt rechtfertigt dein Mißtrauen und deinen Groll. Ich habe Freudenrufe erwartet und höre nur Sarkasmen."

„Ihr habt recht, Vater, vergebt mir", sagte Angélique, bestürzt und bekümmert über die Enttäuschung, die sie auf dem ehrlichen Gesicht des Edelmanns las. „Die Nonnen haben oft gesagt, ich sei nicht wie die andern und hätte eine verwirrende Art zu reagieren. Ich halte nicht damit hinter dem Berge, daß dieser Heiratsantrag mich nicht nur nicht freut, sondern mir überaus peinlich ist. Gebt mir Zeit zum Nachdenken ..."

Während des Gesprächs waren sie zu den Pferden zurückgekehrt. Angélique schwang sich rasch in den Sattel, um der allzu dienstfertigen Hilfe von Nicolas zuvorzukommen, aber sie konnte nicht verhindern, daß die braune Hand des Knechts sie berührte, als er ihr die Zügel übergab.

„Das ist sehr lästig", sagte sie verärgert zu sich selbst. „Ich muß ihn ernsthaft zurechtweisen."

An den Wegen blühte der Weißdorn. Der köstliche Duft, der sie an ihre Kindheitstage erinnerte, besänftigte ein wenig die Verstimmung des Mädchens.

„Vater", sagte sie unvermittelt, „ich habe den Eindruck, es liegt Euch daran, daß ich mich wegen des Grafen Peyrac rasch entscheide. Es kommt mir da gerade ein Gedanke: Erlaubt Ihr mir, daß ich zu Molines gehe? Ich möchte ein ernstes Gespräch mit ihm führen."

Der Baron schaute nach der Sonne, um die Uhrzeit festzustellen.

„Es ist bald Mittag. Aber ich denke, Molines wird sich ein Vergnügen daraus machen, dich an seinen Tisch zu bitten. Geh, mein Kind. Nicolas wird dich begleiten."

Angélique war drauf und dran, dieses Geleit abzulehnen, aber sie wollte nicht den Eindruck erwecken, als messe sie dem Bauern auch nur die geringste Bedeutung bei, und nachdem sie ihrem Vater fröhlich zugewinkt hatte, ritt sie im Galopp davon. Der Knecht, der auf einem Maultier saß, blieb bald zurück.

Als Angélique eine halbe Stunde später am Parktor von Schloß Plessis vorbeikam, beugte sie sich vor, um einen Blick auf die weiße Erscheinung am Ende der Kastanienallee zu werfen.

„Philippe", dachte sie. Und sie wunderte sich, daß dieser Name ihr plötzlich in Erinnerung kam wie ein Schlag, der ihre Melancholie steigerte.

Aber die du Plessis waren noch immer in Paris. Obwohl Parteigänger des Fürsten Condé, hatte der Marquis es verstanden, wieder in die Gunst der Königin und des Kardinals Mazarin zu gelangen, während Condé selbst, der Sieger von Rocroi, einer der glorreichsten Generäle Frankreichs, beschämt dem König von Spanien in Flandern diente. Angélique fragte sich, ob wohl das Verschwinden des Giftkästchens beim Schicksal des Fürsten eine Rolle gespielt haben mochte. Jedenfalls waren weder der Kardinal Mazarin noch der König und sein Bruder vergiftet worden. Und es hieß, Fouquet, die Seele des Komplotts gegen seine Majestät, sei von ebendieser Majestät zum Oberintendanten der Finanzen ernannt worden.

Es war belustigend zu denken, daß ein kleines Landmädchen vielleicht den Lauf der Geschichte beeinflußt hatte. Eines Tages wollte sie sich doch überzeugen, ob das Kästchen noch in seinem Versteck war. Und was hatte man wohl mit dem von ihr beschuldigten Pagen gemacht? Pah, das war nicht von Wichtigkeit!

Angélique vernahm den sich nähernden Galopp von Nicolas' Maultier. Sie ritt weiter und erreichte bald das Haus des Verwalters.

Nach der Mahlzeit führte Molines Angélique in das kleine Arbeitszimmer, in dem er ein paar Jahre zuvor ihren Vater empfangen hatte. Hier hatte die Sache mit den Maultieren begonnen, und das Mädchen erinnerte sich plötzlich der zweideutigen Antwort, die der Verwalter auf ihre typische Kinderfrage gegeben hatte: „Was bekomme ich dafür?"

„Ihr bekommt einen Ehemann."

Ob er bereits damals an eine Verbindung mit dem absonderlichen Grafen von Toulouse gedacht hatte? Nicht ausgeschlossen, denn Molines war ein weitblickender Mann, der tausend Projekte miteinander verquickte. Tatsächlich war ihr der Verwalter des nachbarlichen Schlosses nicht unsympathisch. Seine etwas verschlagene Art paßte zur Stellung eines Untergebenen. Eines Untergebenen, der sich bewußt war, klüger als seine Herren zu sein.

Für die Familie des verarmten benachbarten Schloßherrn hatte sich seine Initiative als ein wahrer Segen erwiesen, aber Angélique wußte, daß einzig persönliches Interesse die Triebfeder seiner Großzügigkeit und seiner Hilfe gewesen war. Das befriedigte sie, da es sie der Notwendigkeit enthob, sich ihm gegenüber verpflichtet zu fühlen und ihm demütigende Dankbarkeit zu schulden. Gleichwohl wunderte sie sich über die ehrliche Sympathie, die ihr dieser bürgerliche und berechnende Hugenotte einflößte.

„Es kommt daher, weil er im Begriff ist, etwas Neues und vielleicht Solides zu schaffen", sagte sie sich plötzlich.

Daß sie aber in den Plänen des Verwalters die gleiche Rolle wie eine Eselin oder ein Bleibarren spielte, das ging freilich zu weit.

„Monsieur Molines", sagte sie unvermittelt, „mein Vater spricht beharrlich von einer Heirat, die Ihr für mich mit einem gewissen Grafen Peyrac abgesprochen habt. Angesichts des starken Einflusses, den Ihr in diesen letzten Jahren über meinen Vater erlangt habt, kann ich nicht daran zweifeln, daß auch Ihr dieser Heirat eine große Bedeutung beimeßt, das heißt, daß ich aufgerufen werde, in Euren geschäftlichen Kombinationen eine Rolle zu spielen. Ich wüßte gern, welche!"

Ein kühles Lächeln kräuselte die Lippen ihres Gesprächspartners.

„Ich danke dem Himmel, daß ich Euch so wiederbegegne, wie Ihr Euch zu entwickeln verspracht, als man Euch in dieser Gegend die kleine Moorfee nannte. Tatsächlich, ich habe dem Grafen Peyrac eine schöne und kluge Frau versprochen."

„Das war sehr gewagt. Ich hätte häßlich und dumm werden können, und das wäre Eurem Kupplergeschäft abträglich gewesen!"

„Ich verlasse mich nie auf Vermutungen. Zu wiederholten Malen haben mir Bekannte, die in Poitiers leben, von Euch berichtet, und ich selbst habe Euch im vergangenen Jahr bei einer Prozession gesehen."

„Ihr ließt mich also überwachen", rief Angélique wütend aus, „wie eine Melone, die unterm Glassturz reift!"

Im selben Augenblick erschien ihr der Vergleich so komisch, daß sie lachen mußte und ihr Zorn sich legte. Im Grunde kam es ihr nur darauf an, herauszubekommen, woran sie war, und nicht in die Falle zu geraten.

„Wenn ich versuchen wollte, in der Sprache Eurer Welt zu reden", sagte Molines ernst, „so könnte ich mich hinter den traditionellen Erwägungen verschanzen: Ein junges Mädchen, ein noch sehr junges, braucht nicht zu wissen, weshalb seine Eltern ihm diesen oder jenen Mann ausgesucht haben. Die Dinge, die sich um Blei und Silber, um Geschäft und Zoll drehen, gehören nicht ins Ressort der Frau, zumal nicht der adligen Damen. Die Angelegenheiten der Viehzucht noch weniger. Aber ich glaube Euch zu kennen, Angélique, und ich werde nicht so zu Euch reden."

Sie stieß sich nicht an dem vertraulicheren Ton.

„Warum glaubt Ihr mit mir anders als mit meinem Vater reden zu können?"

„Das ist schwierig zu erklären, Mademoiselle. Ich bin kein Philosoph, und mein Wissen habe ich vornehmlich aus den Erfahrungen der Arbeit bezogen. Vergebt mir meine Offenheit. Aber ich möchte Euch eines sagen. Die Menschen Eurer Welt werden nie begreifen können, was mich beseelt: Es ist die Arbeit."

„Die Bauern arbeiten noch viel mehr, will mir scheinen."

„Sie schuften, das ist nicht dasselbe. Sie sind stumpf und unwissend und nicht auf ihren Vorteil bedacht wie die Leute von Adel, die nichts hervorbringen. Diese letzteren sind nutzlose Wesen, außer was die Führung zerstörerischer Kriege betrifft. Euer Vater beginnt zwar, etwas zu tun, aber – vergebt mir abermals, Mademoiselle – er wird die Arbeit nie begreifen können!"

„Ihr glaubt, er wird nie Erfolg haben?" fragte das Mädchen bestürzt. „Ich dachte doch, sein Geschäft ließe sich gut an, und der Beweis dessen sei, daß Ihr Euch dafür interessiert."

„Ein Beweis wäre vor allem, wenn wir jährlich mehrere tausend Maultiere erzeugen würden, und der zweite und noch schlagendere Beweis wäre, wenn uns das beträchtliche und wachsende Einnahmen brächte: das ist das echte Zeichen eines gutgehenden Geschäfts."

„Nun, werden wir nicht eines Tages dahin gelangen?"

„Nein, denn eine Zucht, selbst in großem Maßstab und mit einer Geldreserve für schwierige Zeiten durch Seuchen oder Kriege bleibt doch immer eine Zucht. Es ist wie mit der Bodenkultur, nämlich eine sehr langwierige und wenig einträgliche Sache. Schließlich hat weder der Boden noch das Vieh die Menschen wirklich reich gemacht. Erinnert Euch an das Beispiel der riesigen Herden der Hirten in der Bibel, deren Leben gleichwohl so kümmerlich war."

„Wenn das Eure Überzeugung ist, verstehe ich nicht, daß Ihr, der Ihr so vorsichtig seid, Euch in eine so langwierige und wenig einträgliche Angelegenheit gestürzt habt."

„Nun, eben hier liegt der Grund, warum wir, Euer Herr Vater und ich, Eurer bedürfen."

„Aber ich kann schließlich doch nichts dazu tun, daß Eure Eselinnen doppelt so oft werfen."

„Ihr könnt uns dazu verhelfen, den Ertrag zu verdoppeln."

„Ich verstehe absolut nicht, auf welche Weise."

„Ihr werdet meinen Gedanken leicht erfassen. Das, worauf es bei einem rentablen Geschäft ankommt, ist die Geschwindigkeit, aber da wir Gottes Gesetze nicht ändern können, bleibt uns nur übrig, die Geistesschwäche der Menschen auszunützen. So stellen also die Maultiere die Fassade des Geschäfts dar. Sie decken die laufenden Kosten, bringen uns auf guten

Fuß mit der Militärintendanz, der wir Leder und Tiere verkaufen. Sie erlauben uns vor allem einen ungehinderten Warenversand bei wesentlichen Steuer- und Zollerleichterungen, und wir können schwerbeladene Wagenzüge auf die Reise schicken. So befördern wir mit unserem Kontingent an Maultieren Blei und Silber, das für England bestimmt ist. Auf dem Rückweg bringen die Tiere Säcke mit Glasschaum mit, die wir ‚Schmelzmittel' taufen, für die Grubenarbeit benötigte Produkte, in Wirklichkeit aber Gold und Silber, das auf dem Umweg über London aus dem mit uns im Krieg befindlichen Spanien kommt."
„Ich vermag Euch nicht mehr zu folgen, Molines. Weshalb schickt Ihr Silber nach London, um dann wieder welches zurückzubringen?"
„Ich bringe die doppelte oder dreifache Menge zurück. Was das Gold betrifft, so besitzt Graf Peyrac im Languedoc ein Goldvorkommen. Wenn er Eure Silbermine besitzen wird, können die Tauschgeschäfte, die ich für ihn in diesen beiden Edelmetallen machen werde, in keiner Weise mehr verdächtig erscheinen; dann kommen eben offiziell Gold und Silber aus den beiden ihm gehörigen Minen. Hierauf beruht unser eigentliches Geschäft. Denn das Gold und Silber, das in Frankreich gewonnen werden kann, ist geringfügig. Aber im Schutze dieser winzigen nationalen Produktion können wir, wenn die hiesige Mine und die im Languedoc unter einem einzigen Namen vereinigt sind, aus den Edelmetallen Spaniens rasch Gewinn ziehen. Denn dieses Land fließt über von Gold und Silber, das aus Amerika gekommen ist; es hat die Lust an jeglicher Arbeit verloren und lebt nur noch vom Tausch seiner Rohstoffe mit anderen Ländern. Die Banken Londons dienen ihm als Vermittler. Spanien ist zugleich das reichste und ärmste Land der Welt. Was Frankreich angeht, so werden seine Handelsbeziehungen, die sich infolge einer schlechten wirtschaftlichen Führung im geheimen vollziehen, es fast gegen seinen Willen bereichern. Und uns selbst zuvor, denn die investierten Summen werden rascher zurückfließen als durch den Verkauf einer Eselin, die zehn Monate trägt und höchstens zehn Prozent des investierten Kapitals einbringen kann."
Angélique konnte nicht umhin, sich für diese genialen Berechnungen höchlichst zu interessieren.
„Und was gedenkt Ihr mit dem Blei zu machen? Dient es lediglich als Deckmantel, oder kann es handelsmäßig ausgewertet werden?"
„Das Blei ist ein sehr gutes Geschäft. Man braucht es für den Krieg und für die Jagd. Es ist in diesen letzten Jahren noch im Wert gestiegen, seitdem die Königin-Mutter florentinische Ingenieure hat kommen lassen, die in all ihren Schlössern Badeeinrichtungen schaffen, wie es bereits ihre Schwiegermutter Katharina von Medici getan hatte. Ihr habt wohl einen solchen Baderaum auf Schloß Plessis gesehen, mit seiner römischen Wanne und all den Bleirohren."
„Und der Marquis, Euer Herr, weiß er von diesen Plänen?"

„Nein", erklärte Molines mit einem nachsichtigen Lächeln. „Er würde nichts davon verstehen, und das mindeste, was er tun könnte, wäre, mir mein Verwalteramt zu nehmen, das ich gleichwohl zu seiner Zufriedenheit versehe."

„Und mein Vater, was weiß er von Euerm Gold- und Silberhandel?"

„Ich habe mir gesagt, daß ihm allein schon das Wissen um die Tatsache unangenehm sein dürfte, daß spanische Metalle seinen Grund passieren. Läßt man ihn nicht besser bei dem Glauben, daß die kleinen Einkünfte, die ihm zu leben erlauben, Früchte einer ehrbaren und überkommenen Betätigung sind?"

Angélique fühlte sich verletzt durch die ein wenig geringschätzige Ironie, die aus der Stimme des Verwalters klang.

Sie bemerkte trocken:

„Und wie komme gerade ich dazu, daß Ihr mir Berechnungen enthüllt, die zehn Meilen gegen den Wind nach der Galeere riechen?"

„Von der Galeere kann gar keine Rede sein, und sollte es einmal mit einem Beamten Schwierigkeiten geben, so würden ein paar Silberstücke die Sache in die Reihe bringen. Sind nicht Mazarin und Fouquet Persönlichkeiten, die mehr Kredit haben als die Fürsten von Geblüt und der König selbst? Aus dem einfachen Grunde, weil sie Besitzer riesiger Vermögen sind. Was Euch betrifft, so weiß ich, daß Ihr Euch gegen die Sänfte sträubt, solange Ihr nicht begriffen habt, weshalb man Euch auffordert, in ihr Platz zu nehmen."

„Und wenn ich mich weigere zu begreifen?"

„Ihr wollt doch nicht, daß Euer Vater den Schuldturm kennenlernt", sagte der Verwalter gelassen. „Es braucht gar nicht viel, und Eure Familie fiele in größeres Elend zurück als je zuvor. Und wie sähe Eure eigene Zukunft aus? Ihr würdet wie Eure Tanten in Armut altern. Eure Brüder und Eure kleine Schwester könnten keine Schule besuchen, sie müßten später ins Ausland gehen ..."

Da er sah, daß die Augen des Mädchens zornig blitzten, fügte er in süßlichem Ton hinzu:

„Aber warum zwingt Ihr mich, dieses düstere Bild auszumalen? Ich habe mir gesagt, daß Ihr aus einem andern Stoff gebildet seid als jene Edelleute, die sich in jeder Lebenslage auf ihr Wappen berufen und von den Almosen des Königs leben ... Man überwindet Schwierigkeiten nicht, ohne sie mit beiden Händen anzupacken und ohne ein wenig mit der eigenen Person zu bezahlen. Das heißt, man muß handeln. Ich habe nichts vor Euch verborgen, damit Ihr wißt, in welche Richtung Ihr Eure Anstrengungen lenken müßt."

Keine anderen Argumente hätten Angélique tiefer treffen können. Sie zuckte wie unter einem Peitschenhieb zusammen. Sie sah das heruntergekommene Schloß Monteloup von einst, ihre im Schmutz spielenden kleinen Brüder und Schwestern, ihre Mutter mit frosterstarrten Fingern, ihren

Vater an seinem kleinen Arbeitstisch sitzend und angestrengt eine Bittschrift an den König schreibend, der nie geantwortet hatte.

Der Verwalter hatte sie aus dem Elend gezogen. Nun hieß es bezahlen.

„Es ist abgemacht, Monsieur Molines", sagte sie mit leerer Stimme, „ich werde den Grafen Peyrac heiraten."

Elftes Kapitel

Nun ritt sie auf dufterfüllten Wegen zurück, aber sie war völlig in ihre Gedanken versunken und sah nichts.

Nicolas folgte ihr auf seinem Maultier. Sie achtete nicht mehr auf den jungen Knecht. Sie bemühte sich indessen, nicht nach dem Grunde der Beklemmung zu forschen, die sie noch immer empfand. Ihr Entschluß war gefaßt. Was auch kommen mochte, sie würde nicht mehr umkehren. Da war es am vernünftigsten, vorwärts zu schauen und unbarmherzig alles von sich zu weisen, was sie bei der Durchführung jenes so raffiniert aufgestellten Programms wankelmütig machen könnte.

Plötzlich rief eine Männerstimme: „Mademoiselle Angélique!"

Mechanisch zog sie die Zügel an, und das Pferd, das seit ein paar Minuten langsam dahinschritt, blieb stehen. Als sie sich umwandte, sah sie, daß Nicolas abgestiegen war und ihr ein Zeichen gab, zu ihm zu kommen.

„Was gibt es?" fragte sie.

Geheimnistuerisch flüsterte er:

„Steigt ab, ich möchte Euch etwas zeigen."

Sie gehorchte, und nachdem der Knecht die Zügel der beiden Tiere um den Stamm einer jungen Birke geschlungen hatte, trat er unter das Laubdach eines kleinen Gehölzes. Sie folgte ihm. Ein Buchfink sang unbekümmert im dichten Gebüsch.

Mit gesenkter Stirn schritt Nicolas dahin, während er aufmerksam umherschaute. Dann kniete er nieder, und als er sich wieder erhob, reichte er Angélique in den geöffneten Händen rote, duftende Früchte.

„Die ersten Erdbeeren", murmelte er, und der Spott seines Lächelns entzündete eine Flamme in seinen dunkelbraunen Augen.

„O Nicolas, das ist nicht recht", protestierte Angélique.

Aber in plötzlicher Rührung füllten sich ihre Augen mit Tränen, denn in dieser Geste lag der ganze Zauber ihrer Kindheit beschlossen, die er ihr zurückgab, der Zauber von Monteloup, die Streifzüge durch die Wälder, die Kühle der Wassergräben, zu denen Valentin sie mitnahm, die Bäche, in denen man Krebse fing, Monteloup, das keiner Stätte auf Erden glich, weil sich in ihm das süßduftende Mysterium des Moors mit dem herben der Wälder vereinigte ...

„Du bist töricht", sagte sie mit weicher Stimme. „Das solltest du nicht, Nicolas..."

Aber schon pickte sie auf altgewohnte Art die zarten und köstlichen Früchte aus seinen Händen. Er stand wie in alten Zeiten ganz dicht neben ihr, aber jetzt überragte sie der früher so hagere und behende Junge mit dem Eichhörnchengesicht um Haupteslänge, und sie spürte den bäuerlichen Geruch dieser sonnengebräunten und schwarzbehaarten Männerbrust, der aus seinem offenen Hemd drang. Sie sah diese kräftige Brust in langsamen Zügen atmen, und das verwirrte sie in solchem Maße, daß sie nicht mehr den Kopf zu heben wagte, denn sie war des kühnen und heißen Blicks allzu sicher, dem sie dann begegnen würde.

Sie kostete weiter die Erdbeeren, indem sie sich ganz dem Genuß hingab, und sie bedeuteten ihr unendlich viel.

„Das letztemal Monteloup", sagte sie sich. „Das letztemal, daß ich es schmecke. Was es an Schönem für mich gegeben hat, liegt in diesen Händen beschlossen, in den braunen Händen von Nicolas."

Als sie die letzte Frucht verzehrt hatte, schloß sie die Augen und lehnte ihren Kopf gegen den Stamm einer Eiche.

„Hör zu, Nicolas..."

„Ich höre dir zu", erwiderte er.

Und sie spürte seinen heißen Atem, der nach Apfelmost roch, auf ihrer Wange. Er stand so nah, fast an sie gedrängt, daß er sie in seine massive Gegenwart einhüllte. Gleichwohl berührte er sie nicht, und plötzlich merkte sie, daß er die Hände hinter dem Rücken hielt, wie um der Versuchung aus dem Wege zu gehen, sie zu ergreifen, sie an sich zu pressen. Sie empfing den beängstigenden, jeden Lächelns baren und von einer Bitte verdüsterten Blick, die nur eine einzige Deutung zuließ. Nie hatte Angélique so die Begierde eines männlichen Wesens geweckt, nie hatte sie ein klareres Geständnis der Wünsche empfangen, die ihre Schönheit weckte. Die Liebelei des Pagen in Poitiers war nur ein Spiel gewesen, der Versuch eines jungen Raubtiers, das seine Krallen erproben will.

Dies hier war etwas anderes, es war machtvoll und hart, alt wie die Welt, wie die Erde, wie das Gewitter.

Das junge Mädchen in ihr erschauerte. Wäre sie erfahrener gewesen, so hätte sie einem solchen Ruf nicht widerstehen können. Ihre Beine zitterten, aber sie schrak zurück wie die Hindin vor dem Jäger. Das Ungekannte, das sie erwartete, und das verhaltene Ungestüm des Bauern flößten ihr Furcht ein. „Schau mich nicht so an, Nicolas", sagte sie mit bemüht fester Stimme, „ich will dir sagen..."

„Ich weiß, was du mir sagen willst", unterbrach er in dumpfem Ton. „Ich lese es von deinen Augen und von der Art ab, wie du den Kopf hochreißt. Du bist Baronesse Sancé, und ich bin ein Knecht... Und nun sind die Zeiten vorüber, in denen wir einander ins Gesicht sahen. Mir geziemt es, den Kopf zu senken und ,Sehr wohl, gnädiges Fräulein, jawohl, gnädiges

Fräulein' zu sagen, während deine Augen über mich hinweggehen, ohne mich zu sehen . . . Nicht mehr als ein Stück Holz, weniger als ein Hund. So manche Marquise in ihrem Schloß läßt sich von ihrem Lakaien waschen, weil ja nichts dabei ist, wenn man sich vor einem Lakaien nackt zeigt . . . Ein Lakai ist kein Mann, sondern ein Möbelstück, dessen man sich bedient. Ist das die Art, in der du mich jetzt behandeln wirst?"

„Schweig, Nicolas!"

„Jawohl, ich werde schweigen."

Er atmete heftig, aber mit geschlossenem Mund wie ein krankes Tier.

„Ich will dir ein Letztes sagen, bevor ich schweige", begann er von neuem, „nämlich, daß es nur dich in meinem Leben gab. Ich habe es erst begriffen, als du fortgingst, und ein paar Tage lang war ich wie irre. Es ist richtig, daß ich faul, daß ich ein Schürzenjäger bin und daß ich einen Widerwillen vor der Landarbeit und dem Vieh habe. Ich bin wie etwas, das nirgends daheim ist und ewig unschlüssig in der Welt herumirren wird. Mein einziges Daheim warst du. Als du zurückkamst, habe ich kaum erwarten können zu erfahren, ob du noch immer mir gehörst, ob ich dich verloren habe. Ja, ich bin dreist und hemmungslos, ja, wenn du nur willig gewesen wärst, hätte ich dich genommen, hier auf dem Moos, in diesem kleinen Gehölz, das uns gehört, auf dieser Erde von Monteloup, die uns gehört, uns beiden ganz allein wie einstmals", schrie er.

Die verängstigten Vögel im Laubwerk waren verstummt.

„Du faselst, mein guter Nicolas", sagte Angélique sanft.

„Keineswegs", erwiderte der Mann, der unter seiner Sonnenbräune erblaßte.

Sie schüttelte ihr langes Haar, das sie noch offen trug, und eine Spur von Zorn stieg in ihr auf. „Wie soll ich denn mit dir reden?" sagte sie. „Ob es mir paßt oder nicht, es steht mir nicht mehr an, den galanten Reden eines Hirten zuzuhören. Ich muß bald den Grafen Peyrac heiraten."

„Den Grafen Peyrac!" wiederholte Nicolas verblüfft.

Er wich ein paar Schritte zurück und schaute sie schweigend an.

„Es ist also wahr, was man sich in der Gegend erzählt?" hauchte er. „Den Grafen Peyrac? Ihr! . . . Ihr! Ihr werdet diesen Mann heiraten?"

„Ja." Sie wollte keine Fragen stellen; sie hatte ja gesagt, das genügte. Sie würde bis zum Ende blind ja sagen.

Sie schlug den kleinen Pfad ein, der sie auf die Landstraße zurückbrachte, und ihre Reitpeitsche hieb ein wenig nervös die zarten Triebe am Wegrand ab. Das Pferd und das Maultier grasten einträchtig am Waldrand. Nicolas machte sie los. Mit gesenkten Augen half er Angélique in den Sattel. Plötzlich hielt sie die rauhe Hand des Knechtes fest.

„Nicolas . . . sag mir, kennst du ihn?"

Er hob die Augen zu ihr auf, und sie sah eine böse Ironie in ihnen blitzen.

„Ja . . . ich habe ihn gesehen . . . Er ist oft in die Gegend gekommen. Er ist ein so häßlicher Mann, daß die Mädchen davonlaufen, wenn er auf seinem schwarzen Pferd vorbeireitet. Er hinkt wie der Leibhaftige und ist böse wie er ... Man sagt, er ziehe die Frauen durch Liebestränke und seltsame Lieder in sein Schloß ... Diejenigen, die ihm folgen, sieht man nie wieder, oder sie werden verrückt ... Ha! Ha! Ha! Ein hübscher Gatte, Mademoiselle de Sancé!"

„Du sagst, er hinkt?" wiederholte Angélique, deren Hände erstarrten.

„Ja, er hinkt, er hinkt! Fragt, wen Ihr wollt, man wird Euch zur Antwort geben: das ist der Große Hinkefuß des Languedoc."

Er lachte und ging zu seinem Maultier, wobei er das Hinken imitierte.

Angélique gab ihrem Pferd die Sporen und galoppierte davon. Zwischen den Weißdornhecken hindurch flüchtete sie vor der hohnlachenden Stimme, die immer wieder rief: „Er hinkt! Er hinkt!"

Sie erreichte den Schloßhof von Monteloup fast gleichzeitig mit einem Reiter, der hinter ihr über die alte Zugbrücke ritt. An seinem schweiß- und staubbedeckten Gesicht und seinen lederverstärkten Kniehosen erkannte man sofort, daß er ein Bote war.

Zuerst begriff niemand, was er wollte, denn sein Akzent war so ungewöhnlich, daß es einer gewissen Zeit bedurfte, bis man merkte, daß er Französisch sprach. Dem herbeieilenden Baron de Sancé übergab er ein Schreiben, das er einem kleinen eisernen Behälter entnommen hatte.

„Mein Gott, morgen kommt Monsieur d'Andijos", rief der Baron höchst aufgeregt aus.

„Wer ist denn dieser Herr?" fragte Angélique.

„Ein Freund des Grafen. Monsieur d'Andijos soll dich ehelichen ..."

„Was, der auch?"

„... in Stellvertretung, Angélique. Laß mich meine Sätze vollenden, Kind. Potz Sakerment, wie dein Großvater zu sagen pflegte, ich möchte wissen, was die Nonnen dich gelehrt haben, wenn sie dir nicht einmal den Respekt beibrachten, den du mir schuldest. Graf Peyrac schickt seinen besten Freund, um sich von ihm bei der ersten Eheschließungszeremonie vertreten zu lassen, die hier in der Kapelle von Monteloup stattfinden wird. Die zweite Trauung wird in Toulouse erfolgen. Dieser wird deine Familie leider nicht beiwohnen können. Der Marquis de Valérac wird dir bis ins Languedoc das Geleit geben. Diese Leute aus dem Süden sind eilfertig. Ich wußte sie unterwegs, habe sie aber nicht so früh erwartet."

„Ich sehe, es war höchste Zeit, daß ich ja gesagt habe", murmelte Angélique bitter.

Am Tage darauf, kurz vor Mittag, füllte sich der Hof mit dem Lärm knarrender Kutschenräder, Pferdegewieher, durchdringenden Rufen und lebhaftem Stimmengewirr.

Der Süden landete in Monteloup. Der Marquis d'Andijos, sehr braun, mit „Dolchspitzen"-Schnurrbart und feurigen Augen, trug eine weite Kniehose aus gelber und orangefarbener Seide, die mit Grazie sein Lebemanns-Embonpoint verbarg.

Er stellte seine Gefährten vor, die Trauzeugen sein würden: den Grafen Carbon-Dorgerac und den kleinen Baron Cerbaland.

Man führte sie in den Speisesaal, wo die Familie de Sancé auf Bocktischen ihre besten Schätze ausgebreitet hatte: Wabenhonig, Obst, gestockte Milch, gebratene Gänse, Weine von Chaillé.

Die Ankömmlinge kamen vor Durst um. Doch nach dem ersten Schluck wandte sich der Marquis d'Andijos um und spuckte wohlgezielt auf die Fliesen.

„Beim heiligen Pankratius, Baron, Eure Poitou-Weine ziehen mir den Mund zusammen. Was Ihr mir da eingeschenkt habt, ist ja ein teuflischer Krätzer. Heda, Gaskogner, bringt die Fäßchen!"

Seine ungeschminkte Art, sein singender Akzent, sein Knoblauchatem belustigten Baron de Sancé aufs höchste. All das weckte die Erinnerung an eine Zeit, in der selbst bei Hofe unter Edelleuten derbe Umgangsformen üblich gewesen waren. So hatte er in Poitiers mit eigenen Augen gesehen, wie der über das unschickliche Dekolleté einer jungen Dame schockierte König Ludwig XIII. ein ganzes Glas Rotwein über den Tisch hinweg in das „Weihwassergefäß des Teufels" spie. Während das arme überschwemmte Mädchen sich erhob, um in einem anstoßenden Raum in Ohnmacht zu sinken, hatte der Pater Vassaut, dieser verdammte Hofjesuit, mit ernster Miene erklärt, seiner Ansicht nach sei „dieser Busen diesen Schluck wert"*!

„Diese Geschichte kennen wir auswendig", flüsterte die kleine Marie-Agnès, wobei sie Angélique mit dem Ellbogen anstieß. Aber das Mädchen hatte nicht die Kraft zu lächeln. Seit dem vorhergehenden Abend hatte sie sich mit Tante Pulchérie und der Amme dermaßen abgemüht, das alte Schloß in einen präsentablen Zustand zu versetzen, daß sie sich lahm und wie zerbrochen fühlte. So war es am besten: keine Kraft mehr zum Denken zu haben. Sie hatte ihr elegantestes, in Poitiers verfertigtes Kleid angetan, das wiederum grau, aber immerhin mit einigen kleinen blauen Schleifen auf dem Mieder versehen war: das graue Entchen unter den von bunten Bändern schillernden Edelleuten. Sie wußte nicht, daß ihr warmes Gesicht, fest und zart wie eine eben reif gewordene Frucht, das aus einem großen, steifen Spitzenkragen hervorblühte, allein schon ein blendender Schmuck war. Die Blicke der drei vornehmen Herren kehrten immer wieder zu ihr zurück – in einer Bewunderung, die ihr Temperament ihnen kaum zu verbergen gestattete. Sie begannen ihr zahlreiche Komplimente

---

* Unübersetzbares Wortspiel mit gorge und gorgée. Anmerkung des Übersetzers.

zu machen, die sie infolge ihrer raschen Sprechweise und wegen jenes unwahrscheinlichen Akzents, der auch das plumpste Wort adelte, nur zur Hälfte verstand.

„Werde ich mein ganzes Leben lang solche Reden anhören müssen?" fragte sie sich verdrossen.

Währenddessen rollten die Lakaien große Fässer in den Saal, die auf Schemel gehoben und alsbald angestochen wurden.

„Saint-Emilion", sagte Graf Carbon-Dorgerac, der aus Bordeaux stammte, „Sauternes, Médoc..."

An Apfelmost und Krätzer gewöhnt, kosteten die Bewohner von Schloß Monteloup nun mit Bedacht die angekündigten Sorten. Aber bald wurden Denis und die drei Kleinsten allzu vergnügt. Der berauschende Duft stieg ihnen in den Kopf. Angélique fühlte sich immer aufgeräumter werden. Sie sah ihren Vater lachen und nach alter Sitte und unbekümmert um seine abgetragene Leibwäsche den Rock öffnen. Doch schon knöpften auch die Edelleute ihre kurzen, ärmellosen Wämser auf; einer von ihnen nahm sogar seine Perücke ab, um sich den Schweiß von der Stirn zu wischen, und setzte sie danach ein wenig schief wieder auf.

Marie-Agnès packte ihre Schwester am Arm und schrie ihr gellend ins Ohr:

„Angélique, komm doch schnell! Schau dir nur die märchenhaften Dinge in deinem Zimmer an...!"

Sie ließ sich mitschleppen. In den großen Raum, in dem sie so lange mit Hortense und Madelon geschlafen hatte, waren mächtige Laden aus Eisen und gegerbten Fellen gebracht worden, die man damals „Garderobe" nannte. Diener und Mägde hatten sie geöffnet und breiteten ihren Inhalt auf dem Boden und auf einigen beinlahmen Sesseln aus. Auf dem monumentalen Bett erblickte Angélique ein Kleid aus grünem Taft, der die gleiche Farbe wie ihre Augen hatte. Eine Spitze von ungewöhnlicher Feinheit garnierte das mit Fischbein verstärkte Mieder, und der Brusteinsatz war gänzlich mit Diamanten und Smaragden in blumenförmiger Anordnung bestickt. Das gleiche Blumenmuster wies auch der schwarze Samt der Mantille auf. Diamantenagraffen rafften ihn an den Seiten des Rockes hoch.

„Euer Hochzeitskleid", sagte der Marquis d'Andijos, der ihnen gefolgt war. „Graf Peyrac hat unter den Stoffen, die er aus Lyon kommen ließ, lange nach einer zu Euern Augen passenden Farbe gesucht."

„Er hat sie nie gesehen", protestierte sie.

„Molines hat sie ihm genauestens beschrieben: ‚Das Meer', hat er gesagt, ‚wie man es vom Ufer aus erblickt, wenn die Sonne bis zum Sand in seine Tiefen taucht.'"

„Dieser Sapperments-Molines!" rief der Baron aus. „Ihr wollt mir doch nicht glauben machen, daß er ein solcher Poet ist! Ich habe Euch im Verdacht, Marquis, daß Ihr die Wahrheit verbrämt, um die Augen einer jungen Braut strahlen zu sehen, die sich über eine solche Aufmerksamkeit ihres Verlobten geschmeichelt fühlt."

„Und dies hier! Und das! Schau doch, Angélique!" rief Marie-Agnès, deren Gesichtchen vor Aufregung glühte, immer wieder aus.

Mit ihren kleinen Brüdern Albert und Jean-Marie hob sie die feine Wäsche hoch, öffnete sie Schachteln, in denen Bänder und Spitzenzeug ruhten, oder Fächer aus Pergament und Federn. Da gab es weitere schlichte, aber höchst elegante Kleider, Handschuhe, Gürtel, eine kleine goldene Uhr und tausend andere Dinge, von denen Angélique nicht einmal ahnte, wozu sie dienten, wie etwa eine kleine Perlmutterdose, in der sich eine Auswahl „Fliegen" aus schwarzem Samt auf gummierter Unterlage befanden.

„Es gehört zum guten Ton", erklärte Graf Carbon-Dorgerac, „daß Ihr diese kleinen Schönheitspflästerchen an irgendeiner Stelle Eures Gesichts anbringt."

„Mein Teint ist nicht so weiß, daß ich Anlaß hätte, ihn noch zu betonen", sagte sie, indem sie die Dose wieder schloß.

Angesichts einer solchen Überfülle zögerte sie, sich dem instinktiven Entzücken einer jungen Frau hinzugeben, die sich zum erstenmal ihrer Freude an Schmuck und schönen Dingen bewußt wird.

„Und was dies hier betrifft", fragte der Marquis d'Andijos, „sträubt sich dagegen auch Euer Teint?"

Er öffnete ein flaches Kästchen, und in dem Raum, in dem sich Mägde, Lakaien und Knechte drängten, erhoben sich Ausrufe der Bewunderung, die in ein allgemeines Gemurmel übergingen.

Auf dem weißen Atlas schimmerte eine dreifache Reihe von Perlen reinsten, ein wenig golden glänzenden Lichts. Nichts konnte besser zu einer jungen Braut passen. Ohrringe vervollständigten das Ganze, wie auch zwei Reihen kleinerer Perlen, die Angélique zuerst für Armbänder hielt.

„Das ist ein Haarschmuck", erklärte der Marquis d'Andijos, der trotz seines Wanstes und seiner Kriegerallüren über die Nuancen der Eleganz völlig im Bilde zu sein schien. „Ihr richtet damit Eure Haarkrone auf. Allerdings kann ich Euch nicht genau sagen, auf welche Weise."

„Ich werde Euch den Kopf putzen, Madame", mischte sich eine große und kräftige Magd ein, indem sie herantrat.

Wenn auch jünger, glich sie doch auffallend der Amme Fantine Lozier. Dieselbe von weit zurückliegenden Invasionen herrührende sarazenische Flamme hatte der einen wie der andern die Haut verbrannt. Schon warfen sie einander aus ihren gleichfalls dunklen Augen feindselige Blicke zu.

„Das ist Marguerite, die Milchschwester des Grafen Peyrac. Diese Frau hat in den Diensten der großen Damen von Toulouse gestanden und ist ihren Herrinnen oftmals nach Paris gefolgt. Sie wird künftig Eure Kammerfrau sein."

Geschickt nahm die Magd das schwere, goldkäferfarbene Haar hoch und schloß es in das Perlengeflecht ein. Dann löste sie mit unbarmherziger

Hand die kleinen, bescheidenen Steine von Angéliques Ohr, die Baron de Sancé seiner Tochter zu ihrer Erstkommunion geschenkt hatte, und brachte den prächtigen Schmuck an. Sodann kam das Halsband an die Reihe.

„Eigentlich müßte der Busen weiter entblößt sein", rief der kleine Baron Cerbaland, dessen Augen, schwarz wie Brombeeren nach dem Regen, die anmutigen Formen des Mädchens zu erraten suchten. Der Marquis d'Andijos versetzte ihm ohne Umstände einen Stockhieb auf den Kopf.

Endlich kam ein Page mit einem Spiegel hereingestürzt, und Angélique erblickte sich in ihrem neuen Glanz. Alles an ihr schien zu leuchten, selbst ihre glatte, an den Backenknochen schwach rosig gefärbte Haut. Ein plötzliches Glücksgefühl keimte in ihr auf und teilte sich ihren Lippen mit, die sich zu einem reizenden Lächeln öffneten.

„Ich bin schön", sagte sie zu sich.

Doch schon trübte sich alles wieder, und aus der Tiefe des Spiegels glaubte sie das furchtbare Hohngelächter aufsteigen zu hören:

„Er hinkt! Er hinkt! Er ist häßlicher als der Teufel. Oh, welch schönen Gatten Ihr da haben werdet, Mademoiselle de Sancé!"

Die Trauung mit dem Stellvertreter des Bräutigams fand eine Woche darauf statt, und die Lustbarkeiten dauerten drei Tage. Man tanzte in allen Nachbardörfern, und am Abend der Hochzeit wurden Böller und Feuerwerkskörper abgeschossen.

Im Schloßhof und bis zu den nahe gelegenen Wiesen waren große Tische aufgebaut, auf denen Humpen mit Wein und Most und alle Arten Fleisch und Obst standen, an denen sich die Bauern gütlich taten, während sie sich über die lärmenden Gaskogner und Toulousaner lustig machten, deren baskische Trommler, Lautenspieler, Geiger und Zimbelisten über den Dorfspielmann und den Schalmeienbläser die Nase rümpften.

Am Abend vor der Abreise der Braut nach dem fernen Lande Languedoc gab es ein großes Festessen im Schloßhof, das alle Honoratioren und die Schloßherren der Umgebung vereinigte.

In dem großen Schlafzimmer, wo Angélique des Nachts so manches Mal dem Knarren der riesigen Wetterfahnen des alten Schlosses gelauscht hatte, half ihr die Amme beim Ankleiden. Nachdem sie liebevoll das prachtvolle Haar gebürstet hatte, reichte sie ihr das türkisfarbene Mieder und befestigte dann den juwelenbesetzten Gürtel.

„Wie schön du bist! Ach, wie schön du bist, mein Schätzchen!" seufzte sie mit verzückter Miene. „Deine Brust ist so fest, daß sie all dieser Verschnürungen gar nicht bedarf."

„Bin ich nicht zu tief dekolletiert, Nounou?"

„Eine große Dame soll ihre Brüste zeigen. Nein, wie schön du bist – und für wen, großer Gott?" seufzte sie mit erstickter Stimme.

Angélique sah, daß über das Gesicht der alten Frau Tränen rannen.

„Weine nicht, Nounou", sagte sie, „du nimmst mir ja allen Mut!"

„Ach, du wirst ihn brauchen, mein Kind ... Neig den Kopf, damit ich deine Halskette festmache. Was die Haarperlen angeht, so überlasse ich Margot das Feld. Ich verstehe mich nicht auf diese Schlangengebilde!"

Sie ließ sich auf die Knie nieder, um auf dem Boden die Schleppe zu ordnen, und Angélique hörte sie schluchzen.

„Vergib mir, daß ich dich nicht zu bewahren vermocht habe, mein Kind, ich, die ich dich mit meiner Milch genährt habe. Aber seitdem ich von jenem Manne reden höre, kann ich kein Auge mehr zutun."

„Was sagt man von ihm?"

Die Amme richtete sich auf; wieder einmal bekam sie ihren starren, prophetischen Blick.

„Voller Gold! Voller lauteren Goldes ist sein Schloß..."

„Es ist doch keine Sünde, Gold zu besitzen, Amme. Schau dir all die Geschenke an, die er mir gemacht hat. Ich bin ganz beglückt."

„Laß dich nicht täuschen, Kind. Auf diesem Gold liegt ein Fluch. Er macht es mit seinen Retorten und Zaubersprüchen. Einer von den Pagen, der, der so gut Tamburin spielt, Henrico, hat mir gesagt, daß es in seinem Palast in Toulouse eine ganze Zimmerflucht gibt, die niemand betreten darf. Derjenige, der den Zugang bewacht, ist ein vollkommen schwarzer Mann, so schwarz wie der Grund meiner Kochkessel. Eines Tages, als der Wächter sich entfernt hatte, hat Henrico durch eine Türspalte einen großen Saal voller Glaskugeln, Retorten und Röhren gesehen. Und das pfiff und brodelte! Und plötzlich gab es eine Flamme und ein donnerähnliches Geräusch. Henrico ist davongelaufen."

„Dieser Bursche hat eine blühende Phantasie wie alle Leute aus dem Süden."

„Ach, es lag ein Ton von Aufrichtigkeit und Entsetzen in seiner Stimme, der einen nicht täuscht. Dieser Graf Peyrac ist ein Mann, der Macht und Reichtum vom Teufel erworben hat. Und auch die Frauen lockt er durch seltsame Zauberkünste an", flüsterte die Amme weiter. „In seinem Palais finden Orgien statt. Der Erzbischof von Toulouse soll ihn von der Kanzel herab bloßgestellt und verdammt haben. Und der gottlose Diener, der mir die Geschichte gestern in meiner Küche unter unbändigem Gelächter erzählte, hat gesagt, auf die Predigt hin habe Graf Peyrac seinen Leuten befohlen, die Pagen und Sänftenträger des Erzbischofs zu verprügeln, und es sei bis in die Kathedrale hinein zu Schlägereien gekommen. Glaubst du, so etwas wäre bei uns möglich? Und all das Gold, das er besitzt – woher bekommt er es? Seine Eltern haben ihm nichts als Schulden und überbelasteten Grundbesitz hinterlassen. Er ist ein Edelmann, der weder beim König noch bei den Großen seine Aufwartung macht. Man erzählt, der Graf habe, als Monsieur d'Orléans, der Statthalter des Languedoc, nach Toulouse gekommen sei, sich geweigert, das Knie vor ihm zu beugen, unter dem Vorwand, es strenge ihn zu sehr an, und als Monsieur ihn ganz gelassen darauf aufmerksam machte, daß er an höchster Stelle große Vorteile für ihn erwirken könne, soll Graf Peyrac geantwortet haben..."

Die alte Fantine hielt inne und heftete hier und dort einige Nadeln an den gleichwohl gutsitzenden Rock.

„Was soll er geantwortet haben?"

„Daß... daß, wenn jener auch einen langen Arm habe, er selber dadurch kein längeres Bein bekäme. Das ist eine Unverfrorenheit!"

„Es stimmt also, was man sich erzählt, daß er hinkt?" fragte sie, um einen gleichgültigen Ton bemüht.

„Es stimmt leider Gottes, mein Herzchen. Ach, und du bist so schön!"

„Schweig, Amme. Ich habe genug von deinem Geseufze. Ruf Margot, damit sie mich frisiert, und hör mir mit diesen Geschichten über den Grafen Peyrac auf. Vergiß nicht, daß er von nun an mein Gatte ist."

Als es dunkel geworden war, hatte man im Hof Fackeln angezündet. Die auf der Freitreppe installierten Musiker bildeten ein kleines, aus zwei Viellen, einer Laute, einer Flöte und einer Hoboe bestehendes Orchester, das gedämpft die lärmenden Unterhaltungen begleitete. Angélique verlangte plötzlich, man möge den Dorfmusikanten holen, der sonst den Bauern auf der großen Wiese zu Füßen des Schlosses zum Tanz aufspielte. Ihr Ohr war an diese andere, ein wenig gezierte, für den Hof und die Feste der Adligen geschaffene Musik nicht gewöhnt. Ein letztes Mal wollte sie die sanften Dudelsackweisen und den kecken Klang der Schalmei hören, den das dumpfe Stampfen der bäuerlichen Holzschuhe skandierte.

Der Himmel war mit Sternen geschmückt, aber von einem leichten Dunst überzogen, der einen goldenen Hof um den Mond legte. Die Schüsseln und die guten Weine zogen unaufhörlich vorbei. Ein Korb mit runden, noch warmen Semmeln wurde vor Angélique gestellt und blieb dort stehen, bis die junge Frau den Blick zu dem erhob, der ihr ihn darreichte. Sie sah einen großen Mann, der mit einem jener weiten, hellgrauen Gewänder bekleidet war, wie sie die Müller tragen. Da ihn das Mehl wenig kostete, waren seine Haare ebenso reichlich gepudert wie die der Schloßherrn.

„Hier ist Valentin, der Sohn des Müllers, der der Braut sein Angebinde überbringen möchte", rief Baron Armand aus.

„Valentin", lächelte Angélique, „ich habe dich seit meiner Rückkehr noch nicht gesehen. Fährst du immer noch mit deinem Kahn durch die Kanäle, um für die Mönche von Nieul Angelika zu pflücken?"

Der junge Mann verbeugte sich sehr tief, ohne zu antworten. Er wartete, bis sie sich bedient hatte, dann nahm er seinen Korb und bot ihn reihum an. Er verlor sich in der Menge und in der Nacht.

„Wenn all diese Leute schweigen würden, könnte ich zu dieser Stunde die Unken im Moor hören", dachte Angélique. „Wenn ich nach Jahren wiederkommen werde, höre ich sie vielleicht nicht mehr, denn dann wird das Moor trockengelegt sein."

„Ihr müßt unbedingt von diesem hier kosten", sagte an ihrem Ohr die Stimme des Marquis d'Andijos. Er bot ihr ein Gericht von wenig einladendem Aussehen an, dessen Geruch jedoch köstlich war.

„Es ist ein Ragout aus grünen Trüffeln, Madame, die ganz frisch aus dem Périgord gekommen sind. Ihr müßt wissen, daß die Trüffel magische Kräfte besitzt. Es gibt kein begehrteres Gericht, um den Körper einer jungen Braut auf den Empfang der Huldigungen ihres Gatten vorzubereiten. Die Trüffel macht das Herz warm, das Blut feurig und die Haut für Liebkosungen empfindlich."

„Nun, ich sehe keinen Anlaß, heute abend davon zu essen", sagte Angélique kühl, indem sie die silberne Schüssel wegschob, „da ich meinem Gatten erst in einigen Wochen begegnen werde..."

„Aber Ihr müßt Euch darauf vorbereiten, Madame. Glaubt mir, die Trüffel ist die beste Freundin der Ehe. Bei solch auserlesener Kost werdet Ihr am Abend Eurer Hochzeit die Zärtlichkeit selbst sein."

„In unserer Gegend", sagte Angélique, während sie ihm mit einem feinen Lächeln ins Gesicht blickte, „stopft man die Gänse vor Weihnachten mit Fenchel, damit ihr Fleisch in der Nacht, da man sie gebraten verspeist, schmackhafter ist!"

Der angetrunkene Marquis brach in Lachen aus.

„Ach, wie gern wäre ich derjenige, der diese kleine Gans knabbert, die Ihr seid", erklärte er, während er so nahe heranrückte, daß sein Schnurrbart ihre Wange berührte. „Gott soll mich verdammen", fügte er hinzu, indem er sich, die Hand auf dem Herzen, aufrichtete, „wenn ich mich zu weiteren unschicklichen Worten hinreißen lasse. Ach, ich bin ja nicht allein schuldig, denn man hat mich getäuscht! Als mein Freund Joffrey de Peyrac mich bat, bei Euch die Rolle des Ehemanns zu spielen und die Formalitäten zu erledigen, ohne zugleich die entsprechenden reizvollen Rechte zu haben, da ließ ich ihn schwören, daß Ihr bucklig seid und schielt, aber ich sehe, daß es ihm wieder einmal gar nichts ausmacht, mich in schlimme Gewissenskonflikte zu stürzen. Ihr wollt wirklich nichts von diesen Trüffeln?"

„Nein, danke."

„Dann werde ich sie eben essen", erklärte er mit einer jämmerlichen Grimasse, die die junge Frau unter anderen Umständen belustigt hätte, „wenn ich auch ein falscher Ehemann bin und Junggeselle obendrein. Und die Natur möge es gut mit mir meinen, indem sie mir in dieser Festnacht eine weniger grausame Dame zuführt, als Ihr es seid."

Sie zwang sich ein Lächeln über diese leichtfertigen Reden ab. Die Fackeln und die Leuchter verbreiteten eine unerträgliche Hitze. Kein Lüftchen regte sich. Man sang, man trank. Der Geruch der Weine und der Saucen war bedrückend. Angélique fuhr sich mit dem Finger über die Schläfen und fand sie feucht.

„Was habe ich nur", dachte sie. „Es ist mir, als könnte ich nicht mehr an mich halten, als müßte ich ihnen haßerfüllte Worte zuschreien. Weshalb? Vater ist glücklich. Er verheiratet mich geradezu fürstlich. Die Tanten jubilieren. Graf Peyrac hat ihnen große Halsketten aus Pyrenäensteinen geschickt und allen möglichen Flitterkram. Meine Brüder und Schwestern werden eine gute Ausbildung genießen. Und ich selbst, warum beklage ich mich? Man hat uns im Kloster immer vor romantischen Träumereien gewarnt. Ein reicher Ehemann von hohem Stand, ist das nicht das höchste Ziel einer vornehmen Frau?"

Ein Zittern überkam sie, dem der ermatteten Pferde vergleichbar. Doch war sie keineswegs erschöpft. Es war eine nervöse Reaktion, eine physische Auflehnung ihres ganzen Wesens, das sich in einem Augenblick überwältigen ließ, in dem sie es am wenigsten erwartete.

„Ist es Angst? Weder Molines noch mein Vater hat mir verheimlicht, daß dieser Graf Peyrac ein Forscher ist. Von da bis zu ich weiß nicht was für teuflischen Orgien ist ein allzu weiter Weg. Nein, ich fürchte mich nicht davor. Ich glaube nicht daran."

Neben ihr hob der Marquis de Valérac, die Serviette unter dem Kinn, mit der einen Hand eine saftige Trüffel, mit der andern sein Bordeauxglas. Er deklamierte mit leicht unsicherer Stimme, wobei ihn gelegentlich ein Schluckauf unterbrach:

„O göttliche Trüffel, Segnung der Liebenden! Flöße meinen Adern den frohen Schwung der Liebe ein! Ich werde mein Schätzchen bis zum Frührot liebkosen...!"

„Das ist es", dachte Angélique, „eben das ist es, was ich ablehne, was ich niemals ertragen werde."

Sie sah den grausigen und mißgestalteten Edelmann vor sich, dessen Beute sie sein würde. In den stillen Nächten jenes fernen Languedoc würde der fremde Mann jedes Recht über sie haben. Mochte sie rufen, schreien, beschwören – niemand würde kommen. Er hatte sie gekauft; man hatte sie verkauft. Und so würde es sein bis ans Ende ihres Lebens!

„Das ist es, was sie alle denken und was man einander nicht sagt, was man sich vielleicht nur in den Küchen, unter Knechten und Mägden zuflüstert. Deshalb liegt etwas wie Mitleid mit mir in den Augen der Musiker aus dem Süden, in den Augen dieses hübschen Henrico mit den Kräuselhaaren zum Beispiel, der so geschickt das Tamburin schlägt. Aber die Heuchelei ist stärker als das Mitleid. Ein einziger geopferter Mensch und so viele zufriedene Leute! Das Gold und der Wein fließen in Strömen. Ist das denn schon von Wichtigkeit, was zwischen ihrem Herrn und mir vorgehen wird? Oh, ich schwöre es, nie wird er mich mit seinen Händen betasten...!"

Sie stand auf, denn sie war von einem furchtbaren Zorn erfüllt, und die Anstrengung, die sie aufwandte, um sich zu beherrschen, machte sie fast krank. Im allgemeinen Lärm blieb ihr Verschwinden unbemerkt.

Als sie den Haushofmeister bemerkte, den ihr Vater in Niort engagiert hatte, fragte sie ihn, wo der Knecht Nicolas sei.

„Er ist in der Scheune und füllt die Flaschen, Madame."

Die junge Frau setzte ihren Weg fort. Sie schritt wie ein Automat dahin. Sie wußte nicht, weshalb sie Nicolas suchte, aber sie wollte ihn sehen. Seit der Szene in dem kleinen Gehölz hatte Nicolas nie mehr die Augen zu ihr erhoben und sich darauf beschränkt, seinen Lakaiendienst in einer mit Gleichgültigkeit vermischten Gewissenhaftigkeit zu versehen.

Sie traf ihn in der Vorratskammer an, wo er den Wein aus den Fässern in die Krüge und Karaffen umfüllte, die ihm Bediente und Pagen unaufhörlich brachten. Er war in eine gelbe Hauslivree mit goldenen Knöpfen und galonierten Aufschlägen gekleidet, die Baron Sancé für diese Gelegenheit ausgeliehen hatte. Er wirkte in diesem abgetragenen Kleidungsstück keineswegs linkisch, gab vielmehr eine recht gute Figur ab. Er richtete sich auf, als er Angélique erblickte, und machte einen tiefen Diener, wie ihn der Haushofmeister achtundvierzig Stunden lang allen Leuten des Schlosses beigebracht hatte.

„Ich habe dich gesucht, Nicolas."

„Frau Gräfin?"

Er warf einen Blick auf die Diener, die mit ihren Kannen in der Hand wartend dastanden.

„Laß dich für ein paar Augenblicke von jemandem vertreten und folge mir."

Draußen führte sie abermals ihre Hand an die Stirn. Nein, sie wußte absolut nicht, was sie zu tun im Begriff war; die wachsende Erregung und der starke Geruch der Weinlachen auf dem Boden lähmten ihr Denkvermögen. Sie stieß das Tor einer benachbarten Scheune auf. Auch hier, wo man am frühen Abend die Flaschen gefüllt hatte, war die Luft von Weindunst erfüllt. Es war dunkel und heiß in der Scheune.

Angélique legte ihre Hände auf Nicolas' kräftige Brust. Und plötzlich drängte sie sich an ihn, von trockenem Schluchzen geschüttelt.

„Nicolas", stöhnte sie, „mein Kamerad, sag mir, daß es nicht wahr ist. Sie werden mich nicht fortführen, sie werden mich ihm nicht ausliefern. Ich habe Angst, Nicolas. Nimm mich in deine Arme, nimm mich fest in deine Arme!"

„Frau Gräfin . . ."

„Sei still", schrie sie, „ach, sei du nicht auch herzlos."

Mit einer hohlen, heiseren Stimme, die ihr völlig fremd vorkam, fügte sie hinzu: „Drück mich an dich, drück mich fest an dich! Das ist alles, worum ich dich bitte."

Er schien zu zögern, dann schlang er seine muskulösen Bauernarme um sie.

Es war finster in der Scheune. Die Wärme des aufgeschichteten Strohs erzeugte etwas wie eine bebende Spannung, die derjenigen des Gewitters glich. Angélique, trunken, ihrer Sinne nicht mehr mächtig, ließ die Stirn auf Nicolas' Schultern sinken. Abermals fühlte sie sich von wildem Verlangen nach dem Manne erfaßt, doch diesmal gab sie sich ihm hin.

„Ach, du bist gut", seufzte sie. „Du, du bist mein Freund. Ich möchte, daß du mich lieb hast... Ein einziges Mal. Ein einziges Mal möchte ich von einem jungen und schönen Manne geliebt werden. Begreifst du?"

Sie schlang ihre Arme um den festen Nacken, zwang ihn, sein Gesicht an ihres zu lehnen. Er hatte getrunken, und sie spürte seinen heißen Weinatem.

„Lieb mich", flüsterte sie, die Lippen an seinen Lippen. „Ein einziges Mal. Dann gehe ich fort... Willst du nicht? Liebst du mich nicht mehr?"

Er antwortete mit einem dumpfen Laut, riß sie in seine Arme, strauchelte und ließ sich mit ihr auf einen Strohhaufen fallen.

Angélique fühlte sich auf seltsame Weise hellwach und zugleich wie losgelöst von allen menschlichen Bindungen. Sie war in eine andere Welt versetzt, sie schwebte über dem, was bis dahin ihr Leben gewesen war. Benommen von der vollkommenen Finsternis der Scheune, von der Hitze und dem stickigen Geruch, von der Ungewohntheit dieser zugleich brutalen und raffinierten Liebkosungen, bemühte sie sich vor allem, ihr Schamgefühl zu bewahren, das sich wider ihren Willen verflüchtigte. Ihr ganzes Wollen war darauf gerichtet, daß es geschehen möge und rasch, denn sie konnten überrascht werden. Mit zusammengebissenen Zähnen sagte sie sich immer wieder, daß es nicht der *Andere* sein würde, der sie zum erstenmal nahm. Das würde ihre Rache sein, die Antwort an das Gold, das alles kaufen zu können glaubte.

Sie gehorchte den Weisungen des Mannes, dessen Atem immer heftiger ging, überließ sich ihm und teilte sich fügsam unter dem Gewicht dieses Körpers, der sich jetzt über sie senkte...

Jäh leuchtete das Licht einer Laterne in der Scheune auf, und vom Tor her erhob sich der Entsetzensschrei einer Frau. Nicolas war mit einem Satz zur Seite geglitten, und Angélique sah, wie eine massige Gestalt über den Knecht herfiel. Sie erkannte den alten Wilhelm und klammerte sich mit ganzer Kraft an ihm fest. Blitzartig hatte Nicolas das Dachgebälk erklettert und oben eine Luke geöffnet. Man hörte ihn hinausspringen und davonlaufen.

Die Frau auf der Schwelle stieß noch immer Schreie aus. Es war Tante Jeanne, die in der einen Hand eine Karaffe hielt, während sie die andere an ihren bebenden Busen preßte.

Angélique ließ Wilhelm los, stürzte sich auf sie und bohrte ihre Nägel wie Krallen in den Arm der Tante.

„Werdet Ihr still sein, alte Närrin? Wollt Ihr denn, daß es zu einem Skandal kommt, daß der Marquis de Valérac mit Geschenken und Versprechungen wieder abzieht? Dann ist es aus mit Euren Pyrenäensteinen und Euren kleinen Leckereien. Schweigt still oder ich bohre meine Faust in Euren alten, zahnlosen Mund!"

Aus den benachbarten Scheunen liefen Bauern und Knechte neugierig herzu. Angélique sah ihre Amme kommen, dann ihren Vater, der trotz eifrigen Zechens und unsicheren Ganges als guter Hausherr den Verlauf des Gastgelages überwachte.

„Seid Ihr das, Jeanne, die diese Schreie ausstößt wie eine vom Teufel gekitzelte Jungfer?"

„Gekitzelt!" rief die alte Dame, der der Atem wegblieb, „Ach, Armand, ich vergehe."

„Und weshalb, meine Teure?"

„Ich bin hierhergekommen, um ein wenig Wein zu holen. Und in dieser Scheune habe ich gesehen ... habe ich gesehen ..."

„Tante Jeanne hat ein Tier gesehen", unterbrach Angélique. „Sie weiß nicht, ob es eine Schlange oder ein Marder war. Aber wirklich, Tante, Ihr solltet Euch nicht so erregen. Geht lieber zu Eurem Tisch zurück, man wird Euch den Wein bringen."

„Natürlich, natürlich", stimmte der Baron mit lallender Stimme zu. „Wenn Ihr schon einmal versucht, Euch nützlich zu machen, bringt Ihr die ganze Welt durcheinander."

„Sie hat nicht versucht, sich nützlich zu machen", dachte Angélique. „Sie hat mich belauert, sie ist mir nachgegangen. Seitdem sie im Schloß lebt und vor ihrer Stickerei sitzt wie eine Spinne in ihrem Netz, kennt sie uns alle besser, als wir selbst uns kennen. Sie ist mir nachgegangen. Und sie hat den alten Wilhelm gebeten, ihr zu leuchten."

Ihre Finger bohrten sich noch immer in die gallertartigen Unterarme der dicken Frau.

„Ihr habt mich genau verstanden?" flüsterte sie. „Kein Wort zu irgend jemandem vor meiner Abreise, sonst, das schwöre ich Euch, werde ich Euch mit gewissen Kräutern vergiften, die ich kenne."

Tante Jeanne gluckste ein letztes Mal und verdrehte die Augen. Aber mehr noch als die Drohung hatte die Anspielung auf ihre Halskette sie mürbe gemacht. Mit zusammengekniffenen Lippen, aber schweigend folgte sie ihrem Bruder.

Eine rauhe Hand hielt Angélique zurück. Unsanft las der alte Wilhelm von ihren Haaren und ihrem Kleid die Strohhalme ab, die dort noch klebten.

Sie hob die Augen zu ihm auf und versuchte, den Ausdruck seines bärtigen Gesichts zu erraten.

„Wilhelm", murmelte sie, „ich möchte, daß du begreifst ..."

„Ich brauche nichts zu begreifen, Madame", erwiderte er auf deutsch in geringschätzigem Ton, der wie eine Ohrfeige wirkte. „Was ich gesehen habe, genügt mir."

Er drohte mit der Faust in die Nacht und brummte einen Fluch. Erhobenen Kopfes kehrte sie an die Stätte des Festgelages zurück. Während sie sich setzte, suchte sie mit dem Blick den Marquis d'Andijos und entdeckte ihn, seelenruhig unter seinem Schemel schlafend. Die Tafel sah aus wie eine Platte mit heruntergebrannten Kirchenkerzen. Ein Teil der Gäste war aufgebrochen oder eingeschlafen. Doch auf den Wiesen wurde noch getanzt.

Wie erstarrt und ohne ein Lächeln präsidierte Angélique nun wieder ihrem Hochzeitsmahl. Daß jener Akt, der eine Rache darstellen sollte, unvollendet geblieben war, peinigte sie und erfüllte sie mit einem quälenden Gefühl der Enttäuschung. In ihrem Herzen stritten sich Zorn und Schamgefühl. Sie hatte den alten Wilhelm verloren. Monteloup verwarf sie. Nun blieb nur noch der hinkende Gatte.

Zwölftes Kapitel

Am nächsten Morgen bogen vier Kutschen und zwei schwere Gepäckwagen in die Landstraße nach Niort ein. Angélique hatte Mühe zu glauben, daß dieses Aufgebot an Pferden und Kutschern, an Geschrei und Achsengeknarr zu ihren Ehren erfolgte. Ein solcher Wirbel um Mademoiselle de Sancé, die nie ein anderes Geleit als einen alten, mit einer Lanze bewaffneten Söldner gekannt hatte, war unvorstellbar.

Die Diener, Mägde und Musikanten saßen enggedrängt in den Gepäckwagen. Auf den sonnenbeschienenen Straßen, zwischen blühenden Obstgärten, sah man diesen Geleitzug brauner Gesichter unter Gelächter, Gesang und Gitarrengeklimper in froher Unbekümmertheit dahinziehen. Die Kinder des Südens kehrten in ihr strahlendes, nach Knoblauch und Wein duftendes, mittägliches Land zurück.

Einzig Meister Clément Tonnel trug inmitten der fröhlichen Gesellschaft ein steifes Wesen zur Schau. Als Aushilfe für die Woche der Hochzeitsfestlichkeiten engagiert, hatte er gebeten, ihn zwecks Ersparung der Reisekosten bis Niort mitzunehmen. Aber schon am Abend dieser ersten Etappe suchte er Angélique auf. Er erbot sich, in ihrem Dienst zu bleiben, sei es als Haushofmeister, sei es als Kammerdiener. Er erklärte, er sei in Paris bei verschiedenen Herrschaften, deren Namen er nannte, in Stellung gewesen. Aber während er sich zur Regelung der Hinterlassenschaft seines Vaters in seiner Heimatstadt Niort aufgehalten habe, sei seine letzte Stelle von einem intriganten Diener besetzt worden. Seitdem suche er ein ehrbares Haus von Rang, um dort aufs neue ein Amt zu bekleiden.

Da er von diskretem und umsichtigem Wesen war, hatte er die Gunst der Zofe Marguerite erobert, die versicherte, ein so versierter neuer Diener werde im Palais von Toulouse höchst willkommen sein. Der Herr Graf umgebe sich mit allzu verschiedenartigen Leuten von allen Hautfarben, die nicht viel taugten. Jeder aale sich in der Sonne, und der faulste von allen sei zweifellos der mit der Oberaufsicht betraute Alphonso.

So engagierte Angélique Meister Clément. Er flößte ihr ein gewisses Unbehagen ein, ohne daß sie zu sagen wußte, weshalb, aber sie war ihm dankbar, daß er wie alle Welt redete, ohne jenen unerträglichen Akzent, der sie allmählich zur Verzweiflung brachte. Schließlich würde dieser kühle, geschmeidige, in seinen Ehrfurchtsbezeigungen fast zu servile Mann, dieser gestern noch unbekannte Diener für sie die Heimat verkörpern.

Nachdem man Niort, den veröden Hauptort des Moorgebiets mit seinem düsteren Burgturm, passiert hatte, schaukelte die Kutsche der Gräfin Peyrac allmählich der Helligkeit entgegen. Fast unmerklich fand sich Angélique in eine ungewohnte, schattenlose, allüberall von Weingärten durchzogene Landschaft versetzt. Man fuhr nicht weit von Bordeaux vorbei. Mais und Reben wechselten miteinander ab. An der Grenze des Béarn wurden die Reisenden im Schloß Antonins de Caumont, Marquis von Péguillin, Grafen von Lauzun aufgenommen. Angélique betrachtete verwundert und zugleich belustigt diesen kleinen Mann, dessen Grazie und Geist ihn, wie Valérac versicherte, zum „größten Schmeichler bei Hofe" machten. Der König selbst, der als Jüngling ein gesetztes Benehmen an den Tag zu legen pflegte, konnte den Einfällen Péguillins nicht widerstehen, die ihn mitten in den Sitzungen des Kronrats hellauf lachen machten. Péguillin befand sich gerade auf seiner Besitzung, um einige allzu kühne Freiheiten abzubüßen, die er sich Mazarin gegenüber herausgenommen hatte. Er schien darüber nicht eben betrübt zu sein und gab tausend Geschichten zum besten.

Angélique, die sich in der damals an den Höfen üblichen galanten Sprache nicht auskannte, verstand nur die Hälfte davon, aber die Reiseetappe war lustig und anregend und entspannte sie. Der Herzog von Lauzun geriet in Begeisterung über ihre Schönheit und machte ihr Komplimente in Versen, die er stehenden Fußes improvisierte.

„O meine Freunde", rief er aus, „ich frage mich, ob die Goldene Stimme des Königreichs darüber nicht ihren höchsten Ton verlieren wird."

Auf diese Weise hörte Angélique zum erstenmal von der Goldenen Stimme des Königreichs reden.

„Das ist der größte Sänger von Toulouse", erklärte man ihr. „Seit den großen Troubadours früherer Zeiten hat das Languedoc seinesgleichen nicht gekannt! Ihr werdet ihn hören, Madame, und nicht umhin können, seinem Reiz zu erliegen."

Angélique war eifrig bemüht, ihre Gastgeber nicht durch eine verschlossene Miene zu enttäuschen. All diese Leute waren sympathisch, zuweilen ein wenig trivial, aber immer auf witzige Art. Die überhitzte Luft, die Ziegeldächer, die Blätter der Platanen hatten die Farbe des weißen Weins, und der Witz war von dessen Leichtigkeit.

Doch je mehr man sich dem Ziel näherte, desto schwerer wurde es Angélique ums Herz.

Am Abend vor dem Einzug in Toulouse bezogen sie auf einer der Besitzungen des Grafen Peyrac Quartier. Es war ein Schloß aus hellem Stein im Renaissancestil. Angélique genoß den Komfort des Baderaums mit seinem Mosaikbecken und seinem Marmor. Die lange Margot bemühte sich um sie. Sie fürchtete, der Staub und die Hitze der Landstraße könnten den Teint ihrer Herrin, dessen Stumpfheit sie insgeheim mißbilligte, noch dunkler gefärbt haben.

Sie behandelte sie mit den verschiedensten Salben und befahl ihr, auf dem Ruhebett liegenzubleiben, während sie sie mit großem Kraftaufwand massierte und ihr sodann sorgfältig die Körperhaare auszog. Angélique war diese Prozedur nicht zuwider, die im Mittelalter, als es noch in allen Städten römische Bäder gegeben hatte, selbst vom Volke ausgeübt worden war. Jetzt unterzogen sich ihr nur noch die jungen Mädchen der Gesellschaft. Es galt für höchst unschicklich, daß eine große Dame auch nur den geringsten überflüssigen Flaum an sich duldete. Indessen empfand Angélique etwas wie ein Grauen darüber, daß man sich so angelegentlich bemühte, ihren Körper zu vervollkommnen.

„Er soll mich nicht berühren", sagte sie immer wieder zu sich. „Lieber stürze ich mich aus dem Fenster."

Aber nichts hielt den Strudel auf, in den sie hineingerissen worden war.

Am nächsten Morgen stieg sie, krank vor Bangigkeit, ein letztes Mal in die Kutsche, die sie in ein paar Stunden nach Toulouse bringen sollte. Der Marquis d'Andijos nahm an ihrer Seite Platz. Er jubilierte und sang vor sich hin. Sein Schnurrbart war wie mit chinesischer Tinte gezogen, so gründlich hatte er ihn mit parfümierter Bartwichse behandelt.

Angélique griff unvermittelt nach seiner Hand.

„Ach, Monsieur d'Andijos, ich wollte, Ihr wäret mein richtiger Gatte! Warum seid Ihr es nicht? Ich kenne Euch jetzt. Ich mag Euch gern."

„Madame", erwiderte der Marquis, indem er ihr galant die Hand küßte, „Ihr ehrt mich. Aber laßt es Euch nicht verdrießen und macht Euch wegen meiner Bänder keine Illusionen, wenn mein Wanst Euch gefallen hat. Ihr müßt wissen, daß ich ärmer als ein Bettler bin und daß ich ohne den Grafen Peyrac im bloßen Hemd auf meinem baufälligen Edelhof leben müßte, neben einem Taubenschlag ohne Tauben. Alles, was ich habe, verdanke ich dem Grafen Peyrac. Ich sage es Euch, damit Ihr nichts bedauert. Er ist es, der Gold und schöne Diamanten besitzt."

„Ich verzichte auf Gold und Diamanten. Ach, Ihr begreift nicht! Ich habe Angst!"

„Ihr habt Angst?" wiederholte er. „Und wovor fürchtet Ihr Euch, mein Herz?"

Sie gab keine Antwort, sondern wandte sich ab und lehnte die Stirn an die staubbeschmutzte Scheibe. Um nicht in Tränen auszubrechen, biß sie sich auf die Lippen.

Perplex und voller guten Willens, glaubte er das Entsetzen ihres beleidigten Schamgefühls zu begreifen.

„Ängstigt Euch nicht, mein Vögelchen", rief er in jovialem Ton. „Alle Frauen aller Zeiten haben das durchmachen müssen. Nun ja, die Sache geht nicht ohne einen kleinen Schrei vor sich, aber bald ertönt eine andere Melodie. Und der Graf, Euer Gatte, ist ein Meister der Wollust. Glaubt mir, in der Grafschaft Toulouse werden heute viele schöne schwarze Augen weinen und andere Euch mit eifersüchtigen Blicken peitschen..."

Aber sie hörte ihm nicht mehr zu. Seit einigen Augenblicken sah sie den Kutscher die Zügel anziehen. In kurzer Entfernung versperrte eine Ansammlung von Leuten zu Fuß und zu Pferd die Straße. Als die Kutsche mit einem letzten Ächzen der Achsen stehenblieb, vernahm man deutlich Gesang und Rufe, zu denen Tamburine den Takt schlugen.

„Beim heiligen Severin", rief der Marquis aus, „ich glaube gar, da kommt Euer Gatte uns entgegen."

„Schon!"

Angélique fühlte sich erbleichen. Die Pagen öffneten den Wagenschlag. Sie mußte in den Sand der Straße hinabsteigen, in die sengende Sonne. Der Himmel war von azurnem Blau. Ein heißer Brodem stieg von den reifenden Maisfeldern zu beiden Seiten des Weges auf. In übermütigem Tanzschritt kam eine Schar von Kindern daher, die in seltsamen Kostümen mit großen roten und grünen Rautenmustern steckten. Sie schlugen wilde Purzelbäume und stolperten gegen die Pferde der Reiter, die ihrerseits in ungewöhnliche Livreen aus rosa Seide mit weißen Federn gekleidet waren.

„Die Fürsten der Liebe! Die Komödianten aus Italien!" jubelte der Marquis und breitete die Arme zu einer begeisterten, seine Nachbarn gefährdenden Geste aus. „Ah! Toulouse! Toulouse!"

Nun wich die Menge zur Seite, und eine große, schlottrige und schwankende Gestalt in purpurnem Samt erschien, die sich auf einen Stock aus Ebenholz stützte. Im Rahmen einer umfänglichen schwarzen Perücke war ein Gesicht zu erkennen, das einen nicht weniger unerfreulichen Anblick bot wie die ganze Gestalt. Zwei tiefe Narben saßen an der linken Schläfe und Wange und zogen sich noch über das halbe Augenlid. Die Lippen waren kräftig und vollkommen rasiert, was gegen die herrschende Mode verstieß und das Aussehen dieser Vogelscheuche noch unheimlicher machte.

„Das kann er nicht sein", betete Angélique. „Lieber Gott, mach, daß er es nicht ist!"

„Euer Ehgemahl, der Graf Peyrac, Madame", sagte neben ihr der Marquis d'Andijos.

Sie neigte sich zur einstudierten Reverenz. Ihr verzweifelter Geist notierte lächerliche Einzelheiten: die Diamantenschleifen auf den Schuhen des Grafen; den höheren Absatz an einem von ihnen, der das Hinken mildern sollte; aber auch die Seidenstrümpfe, das prächtige Gewand, den Degen, den riesigen weißen Spitzenkragen.

Man redete sie an. Sie wußte nicht, was sie antwortete. Das mit wilden Trompetenstößen vermischte Tamburingetrommel betäubte sie.

Als sie wieder in ihrer Kutsche Platz nahm, landeten ein Rosengebinde und Veilchensträuße auf ihren Knien.

„Die Blumen oder ‚vornehmlichsten Freuden'", sagte eine Stimme. „Sie herrschen über Toulouse."

Angélique merkte, daß nicht mehr der Marquis d'Andijos neben ihr saß, sondern der *Andere*. Um das grausige Gesicht nicht sehen zu müssen, beugte sie sich über die Blumen.

Bald darauf tauchte die Stadt auf, bespickt mit roten Tor- und Glockentürmen.

Im Palais des Grafen Peyrac wurde Angélique eilends in ein wundervolles Kleid aus weißem Samt mit weißen Seideneinsätzen gehüllt. Die Schleifen und Knöpfe waren mit Diamanten besetzt. Während ihre Mädchen sie ankleideten, reichten sie ihr eisgekühlte Getränke, denn sie kam vor Durst um. Gegen Mittag begab sich der Zug unter Glockengeläut zur Kathedrale, wo der Erzbischof das Hochzeitspaar am Portal erwartete.

Nach Erteilung des Segens durchschritt Angélique, der Sitte gemäß, allein das Kirchenschiff. Der hinkende Edelmann schritt voraus, und die lange, rote und schwankende Gestalt kam ihr unter den von Weihrauch erfüllten Gewölben so unheimlich vor, als sei sie der Leibhaftige selbst. Draußen herrschte festlicher Trubel. Sie konnte es sich einfach nicht vorstellen, daß er dem so privaten Ereignis galt, das ihre Vermählung mit dem Grafen Peyrac darstellte. Aber aller Augen waren auf sie gerichtet. Vor ihr verneigten sich feurig blickende Edelleute und prächtig geschmückte Damen.

Danach kehrte der Festzug zu Fuß von der Kathedrale zum Palais zurück. Der Weg, der dem Ufer der Garonne folgte, war mit Blumen besät, und Kavaliere in rosafarbenen Gewändern, die der Marquis d'Andijos die „Fürsten der Liebe" genannt hatte, streuten immer noch ganze Körbe voller Blütenblätter aus.

Der tiefblaue Himmel und der Duft der zertretenen Blumen machten Angélique trunken. Unversehens bemerkte sie, daß ihre goldbestickte weiße Brokatschleppe von drei kleinen Pagen mit pechschwarzen Gesichtern gehalten wurde. Sie glaubte, sie trügen Masken, dann erkannte sie, daß es wirklich Mohrenknaben waren, und hätte beinahe einen Schrei ausgestoßen. Sie hatte sie bis dahin nicht bemerkt.

Und noch immer humpelte vor ihr in der Sonne die groteske Silhouette jenes Mannes, den man ihren Gatten nannte und dem man zujubelte.

Was sie da erlebte, war unwirklich und verrückt! Sie war einsam, unsagbar einsam einem wirren Traum ausgeliefert, dessen sie sich beim Erwachen vielleicht nur mit größter Mühe entsinnen würde.

Im Garten des Palais waren unter den Bäumen lange weiße Tafeln aufgebaut. Wein floß aus den Springbrunnen vor den Toren, und die Leute von der Straße durften ihn trinken. Adlige und hochgestellte Bürger hatten Zutritt zum Innern.

Angélique, die zwischen dem Erzbischof und dem roten Manne saß und nicht fähig war, etwas zu sich zu nehmen, sah eine Unmenge von Gerichten vorüberziehen. Erstarrt in Beklemmung und Groll, fühlte sie sich von all dem Lärm und Überfluß erschöpft. Ihr angeborener Stolz verbot ihr, es zu zeigen, und sie lächelte und fand für jeden ein liebenswürdiges Wort. Nur war sie unfähig, sich dem Grafen Peyrac zuzuwenden, und obwohl sie sich ihres bizarren Verhaltens bewußt war, konzentrierte sie ihre Aufmerksamkeit auf ihren andern Nachbarn, den Erzbischof. Dieser war ein sehr schöner Mann in der Blüte der Vierzigerjahre. Er besaß viel Salbung, weltliche Grazie und sehr kalte blaue Augen.

Als einziger der Versammelten schien er an der allgemeinen Munterkeit nicht teilzunehmen.

„Welche Verschwendung! Welche Verschwendung!" seufzte er, indem er um sich blickte. „Wenn ich an all die Armen denke, die sich täglich am Tor des erzbischöflichen Palastes drängen, an die Kranken ohne Pflege, an die Kinder in den Ketzerdörfern, die man mangels Geld nicht ihrem Unglauben entreißen kann, dann zieht sich mir das Herz zusammen. Seid Ihr den frommen Werken zugetan, meine Tochter?"

„Ich komme eben erst aus dem Kloster, Eminenz. Aber ich wäre glücklich, wenn ich mich unter Eurer Leitung meiner Parochie widmen dürfte."

Er senkte seinen klaren Blick auf sie und verzog sein Gesicht zu einem winzigen Lächeln.

„Ich danke Euch für Eure Fügsamkeit, meine Tochter. Aber ich weiß, wie sehr das Leben einer jungen Hausherrin von Neuartigem erfüllt ist, das ihre ganze Aufmerksamkeit beansprucht. Ich werde Euch ihm daher nicht entziehen, solange Ihr nicht den Wunsch danach äußert. Liegt nicht die größte Leistung einer Frau in dem Einfluß, den sie auf den Geist ihres Gatten nehmen soll? Eine liebende, geschickte Frau vermag heutigentags alles über ihren Gatten."

Er neigte sich ihr zu, und die Edelsteine seines Bischofskreuzes leuchteten auf.

„Eine Frau vermag alles", wiederholte er, „aber unter uns gesagt, Madame, Ihr habt Euch einen recht merkwürdigen Gatten erwählt..."

„Ich habe erwählt", dachte Angélique ironisch. „Hat mein Vater ein einziges Mal diesen gräßlichen Hampelmann gesehen? Ich bezweifle es. Vater hat mich aufrichtig geliebt. Um nichts in der Welt hätte er mein Unglück verursachen wollen. Aber seine Augen sahen mich reich; ich selbst sah mich geliebt. Schwester Sainte-Anne würde wieder einmal predigen, man dürfe nicht romantisch sein... Ich werde die ganze Nacht tanzen, aber auf gar keinen Fall bleibe ich auch nur einen Augenblick mit ihm allein..."

Nervös warf sie einen Blick auf ihren Gatten. Jedesmal, wenn sie ihn anschaute, wurde ihr vor dem narbigen Gesicht, in dem zwei kohlschwarze Augäpfel glänzten, übel. Das linke Lid, das infolge der Narbe halb geschlossen war, gab ihm einen ironisch-bösen Ausdruck.

In seinen Polstersessel zurückgelehnt, hatte der Graf Peyrac eben einen kleinen, braunen Stab zum Munde geführt.

Ein Diener eilte herbei und hielt eine Zange mit einer glühenden Kohle an das Ende des Stäbchens.

„Ach, Graf, Ihr gebt ein beklagenswertes Beispiel!" rief der Erzbischof mit gerunzelter Stirn aus. „Ich finde, der Tabak ist die Nachspeise der Hölle. Daß man ihn in Pulverform zur Pflege der Hirnflüssigkeit und auf Rat der Ärzte gebraucht, kann ich bereits nur unwillig billigen, denn die Schnupfer scheinen mir daran ein ungesundes Vergnügen zu finden und berufen sich allzu häufig auf ihre Gesundheit, um bei jeder Gelegenheit Tabak zu reiben. Doch die Pfeifenraucher sind der Abschaum unserer Schenken, in denen sie beim Qualm dieser unseligen Pflanze stundenlang vor sich hindösen. Bis heute habe ich noch nicht gewußt, daß auch ein Edelmann Tabak in dieser groben Form genießt."

„Ich habe keine Pfeife, und ich schnupfe nicht. Ich rauche das gerollte Blatt, wie ich es gewisse Eingeborene in Amerika habe tun sehen. Niemand kann mir vorwerfen, ich sei gewöhnlich wie ein Musketier oder geziert wie ein Stutzer bei Hof..."

„Wenn man eine Sache auf zwei Arten machen kann, müßt Ihr immer noch eine dritte finden", sagte der Erzbischof aufgeräumt. „So stelle ich im Augenblick bei Euch eine weitere besondere Gewohnheit fest. Ihr tut in Euer Glas weder Krötenstein noch ein Stück Horn vom Einhorn. Dabei weiß jeder, daß dies die beiden besten Mittel sind, um dem Gift zu entgehen, das eine übelgesinnte Hand jederzeit in Euren Wein gießen kann. Selbst Eure junge Frau hat diesem klugen Brauch gehuldigt. Der Krötenstein und das Horn des Einhorns verändern nämlich ihre Farbe, wenn sie in Berührung mit gefährlichen Getränken kommen. Nun, Ihr gebraucht sie nie. Glaubt Ihr, unverwundbar zu sein... oder ohne Feinde?" fügte er mit einem Blick hinzu, dessen Funkeln Angélique beeindruckte.

„Nein, Eminenz", erwiderte Graf Peyrac, „ich finde nur, man schützt sich am besten vor Gift, indem man nichts in sein Glas und alles in seinen Körper tut."

„Was meint Ihr damit?"

„Dieses: Nehmt tagtäglich eine winzige Dosis irgendeines gefährlichen Giftes zu Euch."

„Ihr tut das?" rief der Erzbischof entsetzt aus.

„Seit frühester Jugend, Eminenz. Ihr wißt wohl, daß mein Vater das Opfer eines gewissen florentinischen Tranks wurde, und gleichwohl war der Krötenstein, den er in sein Glas tat, so groß wie ein Taubenei. Meine Mutter, eine vorurteilsfreie Frau, suchte nach dem wirklich verläßlichen Mittel, um mich zu schützen. Von einem nach Narbonne verschlagenen maurischen Sklaven lernte sie die Methode, wie man sich durch Gift vor dem Gift schützt."

„Wozu sich einer Methode bedienen, für deren Wirksamkeit Ihr keine Gewähr habt, während die andern sich als brauchbar erwiesen haben? Natürlich muß man echten Krötenstein und echtes Horn vom Einhorn besitzen. Allzu viele Scharlatane handeln mit diesen Gegenständen und verkaufen ich weiß nicht was an ihrer Stelle."

Graf Peyrac beugte sich ein wenig vor, um den Erzbischof anzusehen, und bei dieser Bewegung streiften seine üppigen schwarzen Locken Angéliques Hand, die zurückwich. In diesem Augenblick erkannte sie, daß ihr Gatte keine Perücke trug und daß dieses Haargebilde echt war.

„Ich möchte zu gern wissen", sagte der Edelmann, „wie man sie sich selbst verschaffen kann. Als Kind habe ich unzählige Kröten getötet. Nie fand ich in ihrem Hirn den berühmten Schutzstein, den man Krötenstein nennt, und den man angeblich dort finden soll. Was das Horn des Einhorns betrifft, so will ich Euch verraten, daß ich die ganze Welt durchreist habe und dabei zu einem Schluß gekommen bin. Das Einhorn ist ein Fabeltier, ein Phantasiegebilde, kurz, ein Tier, das es nicht gibt."

„Diese Dinge lassen sich nicht beweisen. Man soll die Rätsel auf sich beruhen lassen und nicht vorgeben, alles zu wissen."

„Was mir ein Rätsel bedeutet", sagte der Graf ruhig, „das ist, wie ein Mann von Eurer Intelligenz solchen Unsinn reden kann."

„Mein Gott", dachte Angélique, „ich habe noch nie erlebt, daß ein hoher Geistlicher so grob behandelt worden wäre!"

Sie starrte abwechselnd die beiden Männer an, deren Blicke einander herausfordernd begegneten.

Ihr Gatte schien ihre Erregung zu bemerken.

„Vergebt uns, Madame, daß wir in Eurer Gegenwart auf solche Weise streiten. Seine Eminenz und ich sind intime Feinde!"

„Kein Mensch ist mein Feind!" rief der Erzbischof empört aus. „Wo bliebe sonst die christliche Nächstenliebe, die im Herzen eines Dieners Gottes leben soll? Wenn Ihr mich haßt, so hasse ich Euch jedenfalls nicht. Aber ich empfinde für Euch den Kummer des Hirten um das verirrte Schaf. Und wenn Ihr nicht auf meine Worte hört, so werde ich die Spreu vom Weizen zu scheiden wissen."

„Aha!" rief der Graf mit einem beängstigenden Lachen. „Da spricht der Nachfahre jenes Bischofs Foulques de Neuilly, der rechten Hand des schrecklichen Simon de Montfort, der die Scheiterhaufen der Albigenser errichtete und die köstliche Kultur Aquitaniens in Asche verwandelte. Das Languedoc jammert heute noch, nach vier Jahrhunderten, um seine im Namen Christi zerstörten Herrlichkeiten und zittert beim Anhören der beschriebenen Greuel. Mich, der ich aus ältestem toulousanischem Geschlecht bin, der ich ligurisches und westgotisches Blut in meinen Adern habe, mich durchschauert es, wenn mein Blick Euren nordischen blauen Augen begegnet. Nachfahre des Foulques, Nachfahre der rauhen Barbaren, die uns das Sektierertum und die Intoleranz gebracht haben, das ist es, was ich in Euern Augen lese."

„Meine Familie ist eine der ältesten des Languedoc", dröhnte der Bischof, indem er sich halb erhob. Und in diesem Augenblick machte ihn sein südlicher Dialekt für Angéliques Ohren fast unverständlich. „Ihr wißt genau, Ihr schamloses Ungeheuer, daß die Hälfte von Toulouse mein Erbeigentum ist. Seit Jahrhunderten sind unsere Lehnsrechte toulousanisch."

„Seit vier Jahrhunderten! Seit knapp vier Jahrhunderten!" berichtigte Joffrey de Peyrac, der ebenfalls aufgesprungen war. „Ihr seid in den Troßwagen des Simon de Montfort mit den vermaledeiten Kreuzfahrern gekommen. Ihr seid der Eindringling! Nordmann! Nordmann! Was tut Ihr an meinem Tisch?"

Die entsetzte Angélique begann schon zu fürchten, das Wortgefecht werde in einen allgemeinen Tumult ausarten, als die übrigen Gäste bei den letzten Worten des Grafen plötzlich in schallendes Gelächter ausbrachen. Das Lächeln des Bischofs war weniger ehrlich. Als sich jedoch der mächtige Körper Joffrey de Peyracs mit Vergebung heischender Geste schwerfällig vor dem Kirchenfürsten verneigte, bot dieser den Gästen huldvoll seinen Bischofsring zum Kusse dar.

Angélique war zu bestürzt, um in den lösenden Überschwang einstimmen zu können. Die Worte, die sich die beiden Männer gegenseitig an den Kopf geworfen hatten, waren keineswegs harmlos gewesen, aber tatsächlich ist für die Leute aus dem Süden das Lachen häufig der Auftakt zu den finstersten Tragödien. Mit einem Male fühlte sich Angélique in den Zustand leidenschaftlicher Gespanntheit zurückversetzt, in dem sie dank der Amme Fantine ihre Jugend verbracht hatte. So würde sie sich in dieser impulsiven Gesellschaft nicht fremd fühlen.

„Stört Euch der Tabakrauch, Madame?" fragte unvermittelt der Graf, indem er sich ihr zuwandte und ihrem Blick zu begegnen versuchte.

Sie schüttelte verneinend den Kopf. Der scharfe Geruch des Tabaks verstärkte ihre Melancholie und beschwor das Bild des alten Wilhelm im Herdwinkel und der großen Küche von Monteloup.

Auf den Rasenflächen begannen Violinen zu spielen. Obwohl sie sterbensmüde war, nahm Angélique bereitwillig die Aufforderung des Marquis d'Andijos an. Die Tänzer hatten sich auf einem großen, gepflasterten Hof versammelt, wo ein Springbrunnen Kühle verbreitete. Im Kloster hatte Angélique genügend modische Schritte erlernt, um zwischen den vornehmen Herren und Damen, von denen die meisten häufig zu längerem Aufenthalt nach Paris reisten, nicht in Verlegenheit zu geraten. Es war das erstemal, daß sie auf einem richtigen Fest tanzte, und sie begann eben Geschmack daran zu finden, als am Rande des Hofes eine Bewegung entstand. Die Paare mußten einer Menge Platz machen, die zur Stätte des Banketts drängte. Die Tänzer protestierten, doch jemand rief: „Er wird singen!" Andere wiederholten: „Die Goldene Stimme! Die Goldene Stimme des Königreichs...!"

Dreizehntes Kapitel

In diesem Augenblick legte sich leise eine Hand auf Angéliques Arm.

„Madame", flüsterte die Kammerfrau Margot, „dies ist für Euch der Augenblick, zu verschwinden. Der Herr Graf hat mich beauftragt, Euch in das Lusthaus an der Garonne zu geleiten, wo Ihr die Nacht verbringen sollt."

„Aber ich will nicht gehen", protestierte Angélique. „Ich möchte diesen Sänger hören, von dem so viel geredet wird. Ich habe ihn noch nie gesehen."

„Er wird für Euch singen, Madame, er wird eigens für Euch singen, der Herr Graf hat es zugesagt", versicherte die Kammerfrau. „Aber die Sänfte erwartet Euch."

Noch während des Redens hatte sie über die Schultern ihrer Herrin einen Kapuzenmantel geworfen. Nun reichte sie ihr eine Maske aus schwarzem Samt.

„Tut das über Euer Gesicht", flüsterte sie. „So wird man Euch nicht erkennen. Sonst sind die jungen Leute imstande und laufen zum Lusthaus, um Eure Hochzeitsnacht mit dem Getöse ihrer Kochtöpfe zu stören."

Die Kammerfrau prustete in die vorgehaltene Hand.

„So ist das üblich in Toulouse. Die Neuvermählten, die nicht wie Diebe davonschleichen können, müssen sich mit einer tüchtigen Summe loskaufen oder den Spektakel der bösen Geister ertragen. Der Herr Erzbischof und die Polizei bemühen sich vergeblich, diese Sitte abzuschaffen ... Da ist es am besten, man verläßt die Stadt."

Sie drängte Angélique in das Innere einer Sänfte, die zwei kräftige Diener alsbald auf ihre Schultern nahmen. Einige Reiter tauchten aus dem Dunkel auf und bildeten das Geleit. Langsam bewegte sich die Schar durch das Labyrinth der Gassen und erreichte schließlich das freie Land.

Das Lusthaus war ein bescheidenes Gebäude, von Gärten umgeben, die sich bis zum Fluß hinunter erstreckten. Als Angélique ausstieg, war sie über die tiefe Stille verwundert, die nur durch das Zirpen der Grillen gestört wurde.

Marguerite, die bei einem der Reiter hinten aufgesessen war, glitt zur Erde und führte sie in das Innere des verlassenen Hauses. Leuchtenden Auges, ein Lächeln auf den Lippen, genoß die Zofe offensichtlich die geheimnisvolle Atmosphäre dieses Liebesnests.

Angélique fand sich in einem Zimmer, dessen Fußboden mit Mosaiken ausgelegt war. Eine Nachtlampe brannte neben dem Alkoven, doch ihr Licht war überflüssig, denn der Mond schien so tief in den Raum, daß er den mit Spitzen besetzten Leintüchern des großen Bettes einen schneeigen Glanz verlieh.

Marguerite warf einen letzten kritischen Blick auf die junge Frau, dann kramte sie in ihrer Tasche nach einer Essenz, um deren Haut abzureiben.

„Laßt mich!" protestierte Angélique ungeduldig.

„Euer Gatte wird kommen, Madame. Ihr müßt..."

„Ich muß nichts. Laßt mich."

„Sehr wohl, Madame." Die Zofe tauchte in einen Knicks.

„Ich wünsche der gnädigen Frau eine angenehme Nacht."

„Laßt mich!" schrie Angélique zum drittenmal zornig.

Sie blieb allein, wütend, weil sie ihren Verdruß in Anwesenheit eines Dienstboten nicht hatte beherrschen können. Aber Marguerite war ihr unsympathisch. Ihre überlegene Art schüchterte sie ein, und sie fürchtete sich vor dem Spott ihrer schwarzen Augen.

Die junge Frau rührte sich eine gute Weile nicht von der Stelle, bis die allzu große Stille des Zimmers ihr unerträglich wurde. Die Angst, die der Lärm, der Tanz, die Unterhaltungen um sie herum eingeschläfert hatten, erwachte von neuem. Sie biß die Zähne zusammen.

„Ich habe keine Angst", sagte sie sich, „ich weiß, was ich zu tun habe. Ich werde sterben, aber er soll mich nicht berühren."

Sie trat zur Fenstertür, die auf die Terrasse führte. Angélique hatte nur auf Plessis solche eleganten Vorbauten gesehen, die die Architektur der Renaissance in Mode gebracht hatte.

Ein mit grünem Samt bezogenes Ruhebett lud zum Niederlegen und zum Betrachten der majestätischen Landschaft ein. Von dieser Stelle aus sah man Toulouse nicht mehr, da es von einer Flußschleife verdeckt wurde. Man genoß nur den Blick über die Gärten und den blinkenden Wasserlauf und jenseits über die Maisfelder und Weinberge.

Angélique setzte sich auf den Rand des Diwans und ließ ihren Kopf auf die Balustrade sinken. Ihre kunstvolle, von Diamanten- und Perlennadeln zusammengehaltene Frisur störte sie. Sie mühte sich, sie zu lösen.

„Warum hat diese Person mich nicht ausgekleidet und mir mein Haar gelöst?" dachte sie. „Bildet sie sich ein, mein Mann wird es tun?"

Sie lachte spöttisch und wehmütig vor sich hin.

„Mutter Sainte-Anne würde nicht versäumen, mir eine kleine Rede über die Fügsamkeit zu halten, der man sich allen Wünschen seines Ehegatten gegenüber befleißigen soll. Und wenn sie ‚allen' sagte, rollten ihre Augen wie Billardkugeln, und wir kicherten los, weil wir genau wußten, woran sie dachte. Aber mir liegt die Fügsamkeit nicht. Molines hatte recht, als er sagte, daß ich mich nicht vor etwas beuge, das ich nicht verstehe. Ich habe gehorcht, um Monteloup zu retten. Was kann man noch von mir verlangen? Die Silbermine gehört dem Grafen Peyrac. Er und Molines werden ihre Geschäfte weiterbetreiben, und mein Vater wird weiterhin Maultiere züchten können, die das spanische Gold transportieren... Wenn ich sterbe, indem ich mich von diesem Balkon hinunterstürze, wird sich nichts ändern. Jeder hat bekommen, was er haben wollte..."

Endlich war es ihr geglückt, ihr Haar zu lösen. Es breitete sich seidig über ihre bloßen Schultern, und sie schüttelte es mit der etwas verwegenen Bewegung ihrer Kindheit.

Da glaubte sie ein leises Geräusch zu hören. Sie wandte sich um und mußte einen Ausruf des Erschreckens unterdrücken. An den Rahmen der Fenstertür gelehnt, betrachtete sie der Hinkende. Er trug nicht mehr sein rotes Gewand, sondern war mit einer Kniehose und einem Wams aus schwarzem Samt bekleidet, das die Taille und die Ärmel eines feinen Leinenhemds unbedeckt ließ.

Er trat näher und verneigte sich tief.

„Erlaubt Ihr, daß ich mich neben Euch setze, Madame?"

Sie nickte wortlos. Er setzte sich, stützte den Ellbogen auf die Steinlehne und schaute gleichmütig vor sich hin.

„Vor mehreren Jahrhunderten", sagte er, „stiegen unter eben diesen Sternen Edelfrauen und Troubadours auf die Wehrgänge der Burgen, und dort fanden die Minnehöfe statt. Habt Ihr je von den Troubadours des Languedoc reden hören, Madame?"

Angélique war auf eine solche Art von Unterhaltung nicht gefaßt gewesen. Sie hatte sich auf Abwehr eingerichtet und stammelte mit einiger Mühe:

„Ja, ich glaube... So nannte man die Dichter vergangener Jahrhunderte."

„Die Dichter der Liebe. *Langue d'oc!* Die weiche Sprache – so verschieden von der rohen Redeweise des Nordens, der *langue d'oïl**. In Aquitanien lernte man die Kunst des Liebens, denn wie Ovid gesagt hat, lange

---

* Langue d'oc ist die alte provenzalische, langue d'oïl die alte nordfranzösische Sprache. Anmerkung des Übersetzers.

vor den Troubadours selbst, ist ‚die Liebe eine Kunst, die man erlernen und in der man sich vervollkommnen kann, indem man ihre Gesetze erforscht'. Habt Ihr Euch schon einmal für diese Kunst interessiert, Madame?"

Sie wußte nicht, was antworten; sie war zu feinfühlig, um nicht den leicht ironischen Ton in seiner Stimme zu hören. So wie die Frage gestellt war, wäre ein Ja oder ein Nein gleichermaßen lächerlich gewesen. Sie war an Tändelei nicht gewöhnt. Betäubt von allzu vielen Ereignissen, hatte sie ihre gewohnte Schlagfertigkeit im Stich gelassen. Sie konnnte nur den Kopf abwenden und mechanisch über die in Schlaf gesunkene Ebene hinwegschauen.

Sie merkte, daß der Mann näher gerückt war, rührte sich aber nicht.

„Seht", begann er von neuem, „da drunten im Garten jenes kleine Bassin mit dem grünen Wasser, in das der Mond taucht wie ein Krötenstein in ein Glas Anis – nun, jenes Wasser hat die gleiche Farbe wie Eure Augen, mein Liebchen. Nirgends auf der Welt bin ich weder so seltsamen noch so verführerischen Augäpfeln begegnet. Und seht diese Rosen, die sich als Girlanden an unsern Balkon klammern. Sie haben den gleichen Ton wie Eure Lippen. Nein, wirklich, nie bin ich solch rosigen Lippen begegnet. Was ihre Sanftheit betrifft . . . ich werde sie erproben."

Plötzlich hatten sie zwei Hände um die Hüfte gefaßt. Angélique fühlte sich mit einer Kraft nach rückwärts gebogen, die sie bei diesem großen, mageren Manne nicht vermutet hätte. Das schreckliche Gesicht beugte sich so dicht über sie, daß es sie fast berührte. Sie schrie auf vor Entsetzen, wand sich, von Widerwillen aufgewühlt. Im gleichen Augenblick fand sie sich befreit. Der Graf hatte sie losgelassen und betrachtete sie lachend.

„So ungefähr habe ich mir das vorgestellt. Ich flöße Euch ein fürchterliches Grausen ein. Ihr möchtet Euch lieber von diesem Balkon hinabstürzen als mir angehören. Ist es nicht so?"

Sie starrte ihn klopfenden Herzens an. Er erhob sich, und seine spinnenhafte Silhouette reckte sich unter dem mondhellen Nachthimmel auf.

„Ich werde Euch nicht zwingen, armes kleines Jungfräulein. Das ist nicht meine Art. Da hat man Euch also ganz unberührt diesem langen Hinkefuß aus dem Languedoc überliefert? Das ist ja schrecklich!"

Er beugte sich herab, und sie fand sein spöttisches Lächeln abscheulich.

„Ihr sollt wissen, daß ich in meinem Leben viele Frauen besessen habe: weiße, schwarze, gelbe und rote, aber ich habe keine mit Gewalt genommen noch mit Geld gelockt. Sie sind gekommen, und Ihr werdet auch eines Tages, eines Abends kommen . . ."

„Nie!"

Die Entgegnung kam scharf wie ein Peitschenhieb. Das Lächeln auf dem seltsamen Gesicht erlosch nicht.

„Ihr seid eine kleine Wilde, aber das mißfällt mir nicht. Eine leichte Eroberung macht die Liebe wertlos, eine schwierige macht sie unbezahlbar. Adieu, meine Schöne, schlaft wohl in Euerm breiten Bett, allein mit Euern anmutigen Gliedern, Euern köstlichen kleinen Brüsten, die bekümmert sind, weil sie ungestrichelt bleiben. Adieu!"

An den folgenden Tagen konnte Angélique feststellen, daß das Palais des Grafen Peyrac die am meisten aufgesuchte Stätte von Toulouse war. Es herrschte ein ewiges Kommen und Gehen, und der Hausherr nahm tätigen Anteil an all den Lustbarkeiten, die kein Ende zu finden schienen. Er wanderte von einer Gruppe zur andern, und Angélique wunderte sich, wie belebend allein seine Gegenwart wirkte.

Der Widerwille, den er am ersten Tage in ihr erregt hatte, verflog. Zweifellos war der Gedanke an die körperliche Unterwerfung, die sie ihm schuldete, Ursache ihrer heftigen Gefühle gewesen. Jetzt, da sie beruhigt war, mußte sie zugeben, daß sich die feurige Sprache, das heitere und absonderliche Wesen dieses Mannes überall Sympathien erwarben.

Gleichwohl legte er ihr gegenüber ausgesprochene Gleichgültigkeit an den Tag. Er schien sie kaum zu sehen, wenn er ihr auch die ihrem Stande gebührende Achtung erwies. Er begrüßte sie allmorgendlich, und sie präsidierte ihm gegenüber den Mahlzeiten, an denen stets mindestens ein Dutzend Personen teilnahm, unter ihnen natürlich der unvermeidliche Andijos. Die Frauen benahmen sich geziert, wie es in Paris Mode war.

„Laßt Euch nicht durch all die fremden Gesichter verdrießen, die in meinem Palais ein und aus gehen, Angélique", sagte der Graf eines Tages zu ihr. „Wenn sie Euch lästig sind, so könnt Ihr Euch in das Lusthaus an der Garonne zurückziehen."

Doch Angélique empfand nicht das Bedürfnis, sich abzusondern. Ganz allmählich ließ sie sich vom Reiz dieses beschwingten Lebens gefangennehmen. Einige Damen, die sie zunächst verächtlich über die Schulter angesehen hatten, mußten ihr schließlich doch Geist und Klugheit zubilligen und nahmen sie in ihre Zirkel auf. Angesichts des Erfolges der Empfänge, die der Graf in diesem Heim veranstaltete, das trotz allem auch das ihrige war, fand die junge Frau allmählich Geschmack daran, deren Gestaltung in die Hand zu nehmen. Man sah sie von den Küchen in die Gärten eilen und vom Dachgeschoß in die Keller, stets gefolgt von ihren drei Negerlein.

Sie hatte sich an ihre lustigen runden und schwarzen Gesichter gewöhnt. Es gab viele Negersklaven in Toulouse. Einzig Kouassi-Ba beeindruckte Angélique einigermaßen. Wenn der dunkle Koloß mit den emailweißen Augen vor ihr auftauchte, mußte sie sich jedesmal zusammennehmen, um nicht ängstlich zurückzuweichen. Indessen schien er sehr sanft zu sein. Er ging dem Grafen Peyrac nicht von der Seite, und er war es auch, der die Tür zu dem geheimnisvollen Raum im Innern des Palastes bewachte, in den sich der Graf jeden Abend und zuweilen sogar am Tage zurückzog. Angélique zweifelte nicht, daß dieser verschlossene Bezirk die Retorten und Fiolen barg, von denen Henrico der Amme erzählt hatte. Gar zu gern wäre sie dort eingedrungen, aber sie wagte es nicht. Einem der Gäste des Hauses blieb es vorbehalten, ihr diese neue Seite an dem seltsamen Wesen ihres Gatten zu offenbaren.

Vierzehntes Kapitel

Der Gast war mit Staub bedeckt. Er reiste zu Pferd und kam aus Lion über Nîmes.

Es war ein ziemlich hochgewachsener Mann von ungefähr fünfunddreißig Jahren. Er redete zuerst italienisch, ging dann zum Lateinischen über, das Angélique schlecht verstand, und drückte sich schließlich auf deutsch aus.

In dieser Sprache, die Angélique vertraut war, stellte der Graf den Reisenden vor.

„Professor Bernalli aus Genf erweist mir die große Ehre hierherzukommen, um mit mir wissenschaftliche Probleme zu diskutieren, die seit vielen Jahren Gegenstand eines regen Briefwechsels zwischen uns sind."

Der Fremde verbeugte sich mit typisch italienischer Galanterie und erging sich in Protesten. Er werde gewiß mit seinen abstrakten Reden und seinen Formeln einer bezaubernden Dame lästig fallen, deren Sorgen vermutlich von weniger gewichtiger Art seien.

Halb aus Trotz, halb aus wirklicher Neugier bat Angélique, ihrer Diskussion beiwohnen zu dürfen. Um sie indessen nicht zu stören, setzte sie sich in die Nische eines hohen, nach dem Hofe geöffneten Fensters.

Es war Winter, aber es herrschte eine trockene Kälte, und die Sonne strahlte noch immer. Aus den Höfen drang der Geruch der kupfernen Kohlenbecken herauf, an denen sich die Diener wärmten.

Angélique, eine Stickerei in der Hand, lauschte dem Gespräch der beiden Männer, die sich am Kamin, in dem ein spärliches Holzfeuer brannte, einander gegenübergesetzt hatten. Ihren Worten entnahm sie, daß der Ankömmling überzeugter Anhänger eines gewissen Descartes war, den ihr Gatte jedoch heftig bekämpfte.

In einer seiner bevorzugten Posen lässig im Polstersessel zurückgelehnt, wirkte Joffrey de Peyrac kaum ernsthafter, als wenn er sich mit den Damen über Reime eines Sonetts unterhielt. Seine ungezwungene Haltung stand im Kontrast zu der seines Gesprächspartners, der, leidenschaftlich erregt durch ihren Dialog, steif auf dem Rande seines Schemels saß.

„Euer Descartes ist zweifellos ein Genie", sagte der Graf, „aber seine Theorien strotzen von in die Augen springenden Irrtümern. Nehmen wir, wenn Ihr wollt, das Prinzip der Gravitation, das heißt der gegenseitigen Anziehung der Körper, und im speziellen des Falls der Körper auf die

Erde. Descartes behauptet, wenn ein Körper an einen andern stoße, setze er ihn nur dann in Bewegung, wenn seine Masse größer sei als die des andern. Eine Kugel aus Kork, die an eine Kugel aus Gußeisen stoße, könne diese also nicht verrücken."

„Das ist doch vollkommen evident. Und erlaubt mir, die Formulierung von Descartes zu zitieren: ‚Die arithmetische Summe der in Bewegung befindlichen Quantitäten der verschiedenen Teile des Universums bleibt konstant'."

„Nein", rief Joffrey de Peyrac und stand so brüsk auf, daß Angélique zusammenfuhr. „Nein, das ist eine trügerische Evidenz, und Descartes hat es nicht experimentell bewiesen. Um seinen Irrtum zu gewahren, hätte er nur mit der Pistole eine Bleikugel vom Gewicht einer Unze auf eine mehr als zweipfündige Kugel aus zusammengeballtem Papier abzuschießen brauchen. Die Papierkugel wäre aus ihrer Lage gebracht worden."

Bernalli schaute den Grafen verblüfft an.

„Ich gestehe, daß Ihr mich verwirrt. Aber ist Euer Beispiel gut gewählt? Vielleicht tritt bei diesem Experiment mit dem Pistolenschuß ein neues Moment hinzu? Wie soll ich es nennen: die Gewalt, die Kraft..."

„Es ist ganz einfach das Moment der Geschwindigkeit. Aber es ist für das Schießen nicht spezifisch. Jedesmal, wenn ein Körper von der Stelle gerückt wird, tritt dieses Moment in Wirksamkeit. Was Descartes die Quantität der Bewegung nennt, ist das Gesetz der Geschwindigkeit und nicht eine arithmetische Summierung der Dinge."

Bernalli hielt die Faust an die Lippen und dachte nach.

„Ich habe mir das alles bereits überlegt und auch mit Descartes selbst darüber diskutiert, als ich ihn in Den Haag traf, bevor er nach Schweden aufbrach, wo er ja leider gestorben ist. Wißt Ihr, was er mir erwidert hat? Er hat mir erklärt, dieses Gesetz der Anziehung müsse abgelehnt werden, weil ‚etwas Okkultes' an ihm sei und es a priori ketzerisch und suspekt erscheine."

Graf Peyrac brach in schallendes Gelächter aus.

„Descartes wollte die Pension nicht verlieren, die Mazarin ihm bewilligt hat. Er erinnerte sich vermutlich des armen Galilei, der unter den Foltern der Inquisition seine ‚ketzerische Theorie von der Bewegung der Erde' widerrufen mußte und später mit dem Seufzer ‚Und sie bewegt sich doch!' starb. Descartes hat sich zwar in der reinen Mathematik als ein Genie erwiesen, aber auf dem Gebiet der Dynamik und der allgemeinen Physik hat er nichts Entsprechendes geleistet. Seine Experimente im Zusammenhang mit dem Fallgesetz der Körper, falls er überhaupt je ernsthaft welche angestellt hat, sind embryonal. Er hätte, um sie zu vervollständigen, eine erstaunliche, aber nach meinem Dafürhalten nachweisbare Tatsache berücksichtigen müssen: nämlich, daß die Luft nicht leer ist."

„Was wollt Ihr damit sagen? Eure Paradoxa verblüffen mich!"

„Ich behaupte, daß die Luft, in der wir uns bewegen, in Wirklichkeit nur ein spezifisch schweres Element ist, etwa wie das Wasser, das die Fische einatmen: ein Element von einer gewissen Elastizität, einer gewissen Widerstandskraft, kurz, ein für unsere Augen unsichtbares, aber echtes Element."

„Ihr erschreckt mich", wiederholte der Italiener.

Er stand auf und tat einige erregte Schritte durch den Raum. Dann blieb er stehen, schnappte ein paarmal wie ein Fisch nach Luft, schüttelte den Kopf und setzte sich wieder an den Kamin.

„Ich bin versucht, Euch für einen Narren zu halten, und dennoch ist da etwas in mir, das Euch zustimmt. Eure Theorie könnte der Schlußstein meiner Forschungen auf dem Gebiet der in Bewegung befindlichen Flüssigkeiten sein. Ach, ich bedaure es nicht, diese gefährliche Reise unternommen zu haben, die mir das große Vergnügen verschafft, mich mit einem großen Gelehrten unseres Jahrhunderts unterhalten zu können. Aber seht Euch vor, mein Freund: Wenn man mich, dessen Worte nie die Kühnheit der Eurigen erreichten, als Ketzer bezeichnet und zwingt, in die Schweiz zu flüchten, was wird dann aus Euch werden?"

„Pah!" sagte der Graf. „Ich suche niemanden zu überzeugen, es sei denn, es handle sich um Geister, die mit der Wissenschaft vertraut sind und mich verstehen können. Ich habe nicht einmal den Ehrgeiz, das Ergebnis meiner Arbeiten niederzuschreiben und zu veröffentlichen. Ich gebe mich ihnen zum Vergnügen hin, so wie es mir Vergnügen macht, mit liebenswürdigen Damen ein paar Verse zu schmieden. Ich lebe friedlich in meinem toulousanischen Palais – wer sollte da mit mir Händel suchen?"

„Das Auge der Macht ist überall", meinte Bernalli, indem er ernüchtert um sich blickte.

Im gleichen Augenblick nahm Angélique ganz in ihrer Nähe ein sehr schwaches Geräusch wahr, und es kam ihr vor, als habe sich ein Türvorhang bewegt. Eine leichte Beklemmung überkam sie. Von da an folgte sie nur noch zerstreut dem Gespräch der beiden Männer. Ihr Blick war unbewußt auf das Gesicht Joffrey de Peyracs gerichtet. Das Zwielicht der winterlich frühen Dämmerung milderte die verunstalteten Züge des Edelmannes, und nur die dunklen, leidenschaftlich glühenden Augen, die blitzenden Zähne beim Lächeln, mit dem er ungezwungen noch seine ernstesten Worte begleitete, drängten sich auf. Angéliques Herz wurde von Unruhe erfaßt.

Als Bernalli sich zurückgezogen hatte, um sich vor Tisch zurechtzumachen, schloß Angélique das Fenster. Diener stellten Leuchter auf die Tische, während eine Magd das Feuer schürte. Joffrey de Peyrac stand auf und näherte sich der Fensternische, in der seine Frau sich aufhielt.

„Ihr seid recht schweigsam, Liebste. Freilich ist das Eure Art. Seid Ihr bei unserem Gerede eingeschlafen?"

„Nein, im Gegenteil, ich habe höchst interessiert gelauscht", sagte Angélique ruhig – und zum erstenmal wich ihr Blick dem ihres Gatten nicht aus. „Ich behaupte nicht, alles verstanden zu haben, aber ich will Euch gestehen, daß mir diese Art von Diskussionen mehr behagt als die Verse jener Damen oder ihrer Pagen."

Der Mann stellte einen Fuß auf die Stufe der Nische und beugte sich vor, um Angélique forschend anzublicken.

„Ihr seid eine seltsame kleine Frau. Ich glaube, Ihr beginnt zahm zu werden, aber Ihr setzt mich noch immer in Erstaunen. Ich habe gar viele verschiedene Mittel der Verführung angewandt, um die Frau zu erobern, die ich begehrte, aber ich bin noch nie darauf gekommen, es mit der Mathematik zu versuchen."

Angélique konnte sich eines Lächelns nicht erwehren, während ihr die Röte ins Gesicht stieg. Sie senkte leicht verschämt die Augen über ihre Handarbeit. Um das Thema zu wechseln, fragte sie:

„Es sind also physikalische Experimente, denen Ihr Euch in jenem mysteriösen Laboratorium widmet, das Kouassi-Ba so eifersüchtig bewacht?"

„Ja und nein. Ich habe wohl einige Meßgeräte, aber mein Laboratorium dient mir vor allem für chemische Untersuchungen von Metallen wie Gold und Silber."

„Alchimie", sagte Angélique bewegt, und das Schloß des Gilles de Retz tauchte vor ihren Augen auf. „Weshalb wollt Ihr noch mehr Gold und Silber?" fragte sie plötzlich in leidenschaftlichem Ton. „Man möchte meinen, Ihr sucht es überall, nicht nur in Euerm Laboratorium, sondern in Spanien, in England und selbst in jenem kleinen Bleibergwerk, das meine Familie im Poitou besaß ... Und Molines hat mir gesagt, Ihr hättet auch ein Goldbergwerk in den Pyrenäen. Wozu wollt Ihr soviel Gold?"

„Man braucht viel Gold und Silber, um unabhängig zu sein, Madame. ,Wenn man sich der Liebe hingeben will, darf man keine materiellen Sorgen haben', sagt Meister André de Chapelain zu Beginn seiner Abhandlung über die Kunst des Liebens."

„Glaubt nicht, daß Ihr mich mit Geschenken und Reichtümern gewinnen werdet", sagte Angélique kühl.

„Ich glaube gar nichts, mein Herz. Ich warte auf Euch. Ich seufze. ,Jeder Liebhaber soll in Gegenwart seiner Geliebten erbleichen.' Ich erbleiche. Findet Ihr, daß ich nicht genügend erbleiche? Ich weiß sehr wohl, daß den Troubadours anempfohlen wird, vor ihrer Dame in die Knie zu sinken, aber das ist eine Bewegung, zu der mein Bein sich nicht entschließen kann. Ich bitte darob um Vergebung. Oh, seid versichert, daß ich wie Bernard de Ventadour, der göttliche Poet, sagen kann: ,Die Liebesqualen, die mir diese Schöne verursacht, deren ergebener Sklave ich bin, werden meinen Tod herbeiführen!' Ich sterbe, Madame."

Angélique schüttelte lachend den Kopf.

„Ich glaube Euch nicht. Ihr seht nicht so aus, als ob Ihr sterben würdet ...

Ihr schließt Euch in Euer Laboratorium ein, oder Ihr sucht die Häuser gewisser toulousanischer Damen auf, um ihnen bei ihren poetischen Bemühungen beizustehen!"

„Vermißt Ihr mich etwa, Madame?"

Sie zögerte mit einem Lächeln auf den Lippen, da sie den spielerischen Ton wahren wollte.

„Zerstreut zu werden, das ist es, was ich vermisse, und Ihr seid die personifizierte Zerstreuung und Abwechslung."

Und sie nahm ihre Arbeit wieder auf. Sie wußte nicht, ob sie den Ausdruck liebte oder haßte, mit dem Joffrey de Peyrac sie zuweilen bei ihren spaßhaften Streitgesprächen anschaute. Plötzlich verloren seine Worte ihren ironischen Unterton, und in den Pausen des Schweigens hatte sie den Eindruck, unter einem seltsamen Zwang zu stehen, der sie einhüllte, verbrannte. Sie fühlte sich nackt, ihre kleinen Brüste strafften sich unter den Spitzen ihres Mieders. Sie hatte das Bedürfnis, die Augen zu schließen.

„Er nützt es aus, daß mein Mißtrauen eingeschläfert ist, um seine Zaubermittel an mir auszuprobieren", sagte sie sich an diesem Abend mit einem kleinen Schauder der Bangigkeit und der Lust.

Joffrey de Peyrac zog die Frauen an. Sie konnte es nicht leugnen, und was in den ersten Tagen für sie Anlaß zur Verblüffung gewesen war, wurde ihr allmählich verständlich. Er brauchte nur zu erscheinen, und ein Fieberstrom durchlief die weibliche Versammlung. Er wußte, wie man mit Frauen sprach. Der beißende wie der sanfte Ton stand ihm zur Verfügung, er verstand sich auf die Worte, die in derjenigen, an die sie sich richteten, den Eindruck erwecken, vor allen andern ausgezeichnet zu werden. Angélique bäumte sich wie ein widerspenstiges Pferd unter der einschmeichelnden Stimme. Schwindel erfaßte sie, als ihr die Worte der Amme einfielen: „Er zieht die Frauen durch absonderliche Lieder an..."

Als Bernalli wieder eintrat, erhob sich Angélique, um ihm entgegenzugehen. Sie streifte den Grafen Peyrac und bedauerte plötzlich, daß dessen Hand sich nicht ausgestreckt hatte, um sie um die Hüfte zu fassen.

Fünfzehntes Kapitel

Ein hysterisches Lachen hallte durch die verlassene Galerie.

Angélique blieb stehen und schaute umher. Das Lachen klang fort, stieg bis zu den spitzesten Tönen hinauf, fiel zu einer Art Schluchzer hinab, um abermals aufzusteigen. Es war eine Frau, die lachte. Angélique sah sie nicht. Dieser Flügel des Palastes, den sie zu mittäglich warmer Stunde aufsuchte, war sehr still. Die erste Hitze des April lag lähmend über dem Haus. Die Pagen schliefen auf den Treppen. Angélique, die keine Mittags-

Wenn man sich der Liebe hingeben will ...

... darf man keine materiellen Sorgen haben, sagt Meister André de Chapelain. Finanzsorgen sind auch ansonsten recht hinderlich. Geldmangel ist überhaupt das größte Hindernis für ein Leben im Wohlstand. Auch die Armut wäre nur halb so schlimm, wenn man Geld genug hätte.

Pfandbrief und Kommunalobligation

Meistgekaufte deutsche Wertpapiere - hoher Zinsertrag - schon ab 100 DM bei allen Banken und Sparkassen

Verbriefte  Sicherheit

ruhe zu halten pflegte, hatte sich vorgenommen, einen Rundgang durch ihr Heim zu machen, dessen Winkel sie noch nicht alle kannte. Der Treppen, Säle, von Loggien unterbrochenen Gänge waren unzählige. Durch die Fenster und Luken erblickte man die Stadt, ihre hohen Kirchtürme mit den von Himmelsblau erfüllten Öffnungen, die breiten, roten Dämme am Ufer der Garonne.

Alles schlief. Angéliques langer Rock verursachte ein Geräusch auf den Fliesen, das wie Blätterrauschen klang.

Mit einem Male war dieses durchdringende Lachen aufgeklungen. Die junge Frau entdeckte am Ende der Galerie eine halbgeöffnete Tür. Es gab ein Geräusch wie von verschüttetem Wasser, und das Lachen brach jäh ab. Eine Männerstimme sagte:

„Jetzt, da Ihr Euch beruhigt habt, werde ich Euch anhören."

Es war die Stimme Joffrey de Peyracs.

Angélique näherte sich leise der Tür und spähte durch den Spalt. Ihr Gatte saß auf einem Sessel. Sie sah nur die Rückenlehne und eine seiner Hände, die auf der Armstütze ruhte und eins jener Tabakstäbchen hielt, die er Zigarre nannte.

Vor ihm kniete in einer Wasserlache eine sehr schöne Frau, die Angélique nicht kannte. Sie trug ein prächtiges schwarzes Kleid, war aber offensichtlich bis auf die Haut durchnäßt. Neben ihr ließ ein leerer bronzener Kübel eindeutig erkennen, was mit seinem Inhalt geschehen war, der für gewöhnlich zum Kühlen der Weinflaschen diente.

Die Frau, der die langen schwarzen Haare an den Schläfen klebten, schaute verstört auf die aufgeweichten Spitzen an ihren Handgelenken.

„Mich", rief sie mit erstickter Stimme aus, „mich wagt Ihr so zu behandeln?"

„Es mußte sein, meine Schöne", erwiderte Joffrey in sanft vorwurfsvollem Ton. „Ich konnte es nicht zulassen, daß Ihr noch länger Eure Würde vor mir verliert. Ihr hättet es mir nie verziehen. Kommt, steht auf, Carmencita. Bei dieser fürchterlichen Hitze werden Eure Kleider rasch trocknen. Setzt Euch in diesen Sessel hier."

Sie erhob sich widerwillig. Es war eine hochgewachsene Frau von der fülligen Schönheit jenes Typs, den die Maler Rembrandt und Rubens verherrlichten.

Sie ließ sich auf dem ihr angewiesenen Sessel nieder. Ihre großen dunklen Augen starrten mit einem verstörten Ausdruck vor sich hin.

„Was ist denn?" ließ sich der Graf wieder vernehmen – und Angélique erbebte, denn diese von dem unsichtbaren Sprecher losgelöste Stimme hatte einen Reiz, der ihr noch nie bewußt geworden war. „Seht, Carmencita, nun ist über ein Jahr vergangen, seit Ihr Toulouse verlassen habt. Ihr gingt nach Paris mit Eurem Gatten, dessen hohe Stellung Euch ein glänzendes Leben gewährleistete. Ihr habt die Undankbarkeit gegenüber unserer armen, kleinen provinziellen Gesellschaft so weit getrieben, daß

Ihr nie ein Lebenszeichen gabt. Und nun werft Ihr Euch mit einem Male hier in diesem Palais vor mir nieder und schreit, fordert ... was denn eigentlich?"

„Liebe!" erwiderte sie mit heiserer und atemloser Stimme. „Ich kann nicht mehr ohne dich leben. Ach, unterbrich mich nicht. Du ahnst nicht, wie ich in diesem langen Jahr gelitten habe. Ja, ich glaubte, Paris werde meinen Durst nach Genuß und Lustbarkeiten stillen. Aber inmitten der schönsten Hoffeste überkam mich der Überdruß. Ich mußte an Toulouse denken, an dieses rosafarbene Palais. Ich ertappte mich dabei, wie ich mit leuchtenden Augen von ihm schwärmte, und die Leute machten sich über mich lustig. Ich habe Liebhaber gehabt. Ihre Plumpheit stieß mich ab. Und da begriff ich: Du warst es, der mir fehlte. Nachts lag ich mit offenen Augen da, und ich sah dich. Ich sah diese deine Augen, die so brannten, daß ich fast verging; deine weißen, wissenden Hände ..."

„Meinen graziösen Gang", warf er mit einem kleinen Lächeln ein. Er stand auf und trat zu ihr, wobei er sein Hinken übertrieb.

Sie starrte ihn tragisch an.

„Versuch nicht, dich mir verächtlich zu machen. Dein Lahmen, deine Narben – zählt das in den Augen der Frauen, die du geliebt hast, verglichen mit dem Geschenk, das du ihnen machst?"

Sie streckte die Hände nach ihm aus.

„Du, du schenkst ihnen die Wollust", flüsterte sie. „Bevor ich dich kannte, war ich kalt. Du hast ein Feuer in mir entzündet, das mich verzehrt."

Angéliques Herz klopfte zum Zerspringen. Sie fürchtete – sie wußte selbst nicht was, vielleicht daß die Hand ihres Gatten sich auf die schöne, golden schimmernde, schamlos dargebotene Schulter legen würde.

Doch der Graf lehnte sich an einen Tisch und rauchte seelenruhig. Er zeigte sich im Profil, und die versehrte Seite seines Gesichts war unsichtbar. Plötzlich war es ein anderer Mann, den sie da entdeckte, dessen Züge unter der Fülle des dichten Haars rein wie eine Medaille wirkten.

„Erinnere dich der Leitsätze der höfischen Liebe, die dieses Haus dich gelehrt hat", sagte er, während er lässig eine blaue Rauchwolke ausstieß. „Kehre nach Paris zurück, Carmencita. Das ist die Zuflucht der Leute deiner Art."

„Wenn du mich fortjagst, werde ich mich ins Kloster zurückziehen. Mein Mann will mich ohnehin dort einschließen."

„Vortrefflicher Gedanke, meine Liebe. Ich habe mir sagen lassen, daß in Paris derzeitig unzählige fromme Zufluchtsstätten gegründet werden. Eben erst ist das wunderschöne Kloster Val-de-Grace vollendet worden, das die Königin Anna von Österreich für die Benediktinerinnen gestiftet hat. Auch das Haus der Heimsuchung Mariä in Chaillot ist sehr gefragt."

Carmencitas Augen flammten auf.

„Das ist also alles, was du zu sagen weißt? Ich bin bereit, mich unter einem Schleier zu begraben, und du bedauerst mich nicht einmal?"

„Wenn in dieser ganzen Angelegenheit jemand zu bedauern ist, kann es nur der Fürst Mérecourt, Euer Gatte, sein, der die Torheit besaß, Euch im Gepäckwagen seiner Botschaft aus Madrid mitzunehmen. Gib endlich den Versuch auf, mich mit deiner vulkanischen Existenz zu verquicken, Carmencita."

„Ist es jene Frau, deine Frau, deretwegen du so mit mir sprichst? Ich glaubte, du habest sie geheiratet, um deine Habgier zu befriedigen. Eine Grundstücksangelegenheit, sagtest du mir. Hast du sie denn zur Geliebten erwählt? ... Oh, ich zweifle nicht, daß sie unter deinen Händen eine bemerkenswerte Schülerin wird. Wie konntest du dich hinreißen lassen, ein Mädchen aus dem Norden zu lieben?"

„Sie stammt nicht aus dem Norden, sondern aus dem Poitou. Ich kenne das Poitou, ich bin dort gereist; es ist ein liebliches Land, das früher zu Aquitanien gehörte. Die *langue d'oc* erkennt man noch im Dialekt der Bauern, und Angélique hat die gleiche Hautfarbe wie die Mädchen hierzulande."

„Ich merke wohl, daß du mich nicht mehr liebst", rief unvermittelt die Frau aus. „Oh, ich durchschaue dich mehr, als du ahnst."

Sie sank in die Knie und klammerte sich an Joffreys Wams.

„Noch ist es Zeit. Liebe mich! Nimm mich! Nimm mich!"

Angélique konnte es nicht mehr mitanhören. Sie lief durch die Galerie, stieg die Wendeltreppe des Turms hinauf, erreichte ihr Zimmer und warf sich auf das Bett.

„Das ist zuviel", sagte sie immer wieder zu sich. Aber nach und nach mußte sie sich eingestehen, daß sie nicht wußte, weshalb sie so außer Fassung war. Jedenfalls war es unerträglich. So konnte es nicht weitergehen.

Angélique biß zornig in ihr Spitzentaschentuch und schaute verdüsterten Sinnes um sich. Zuviel Liebe, das war es, was sie zur Verzweiflung brachte. Alle Welt sprach von Liebe, diskutierte über die Liebe in diesem Palais.

Sie zog heftig an der Glocke aus vergoldetem Silber, und als Marguerite erschien, befahl sie ihr, eine Sänfte kommen zu lassen, denn sie wolle sich unverzüglich nach dem Lusthaus an der Garonne begeben.

Nachdem es dunkel geworden war, blieb Angélique lange auf der Terrasse ihres Zimmers.

Allmählich übte die Stille der Landschaft eine beruhigende Wirkung auf ihre Nerven aus.

An diesem Abend wäre sie nicht fähig gewesen, in Toulouse zu bleiben, im Wagen über die Féria spazierenzufahren, um den Sängern zu lauschen, und danach dem großen Diner zu präsidieren, das Graf Peyrac im Garten gab, im Scheine venezianischer Laternen. Sie hatte erwartet, ihr Gatte werde sie mit Gewalt zurückholen, um ihre Gäste zu empfangen, aber kein Bote war aus der Stadt gekommen, den Flüchtling heimzubringen.

Damit hatte sie den Beweis, daß er sie nicht brauchte. Niemand brauchte sie hier. Sie war eine Fremde.

Da Marguerite sich enttäuscht gezeigt hatte, dem Fest nicht beiwohnen zu können, hatte sie sie nach Toulouse zurückgeschickt und nur ein junges Kammermädchen und ein paar Wächter zu ihrem Schutz bei sich behalten.

In ihrer Einsamkeit versuchte Angélique sich zu sammeln und in ihrem Innern klar zu sehen.

Ihr Vater hatte ihr oftmals angekündigt, eines Tages werde sie für ihren Mangel an Diskretion bestraft werden. Aber Angélique bereute nichts und empfand nicht einmal Skrupel über ihre Handlungsweise. War es ihre Schuld, wenn sie hinter so manche Dinge kam, die nicht für sie bestimmt waren? Wenn ihr Schritt so leise war, wenn sie jene Gabe besaß, sich unsichtbar zu machen, die einstens die Bauern von Monteloup ihr zugeschrieben hatten?

Jedenfalls war es ihr lieber, gewarnt zu sein.

Gewarnt wovor? Sie mußte Joffrey zubilligen, daß er sie auf keine Weise betrogen hatte. Weshalb war sie dann bis zu Tränen gedemütigt? Ihre Naivität ging nicht so weit, daß sie sich einbildete, der Graf Peyrac habe in mehr als einjähriger Ehezeit nicht anderwärts ein Glück gesucht, das sie ihm verweigerte. Im übrigen gehörten in Toulouse die hintergangenen Ehemänner und die betrogenen Ehefrauen zur herrschenden Sitte, mit dem einzigen Unterschied, daß man über die hintergangenen Ehemänner lachte und die betrogenen Ehefrauen bedauerte. Aber wie in Paris und am Hof des Königs galt es nicht als schicklich, sich mit ehelicher Treue zu brüsten. Das schmeckte allzu sehr nach Kleinbürgerlichkeit.

Angélique ließ ihre Stirn auf die Balustrade sinken. „Ich für mein Teil werde nie die Liebe kennenlernen", sagte sie sich melancholisch.

Als sie sich endlich müde in ihr Zimmer zurückziehen wollte, präludierte eine Gitarre unter ihren Fenstern. Angélique beugte sich hinaus, konnte aber zwischen den dunklen Schatten der Gebüsche niemand erkennen.

„Sollte Henrico zu mir herausgekommen sein? Das ist nett von dem Kleinen. Er will mich zerstreuen ..."

Doch der unsichtbare Musikant begann zu singen. Seine dunkle, männliche Stimme war nicht die des Pagen.

Schon die ersten Töne griffen der jungen Frau ans Herz. Dieser bald samtene, bald sonore Stimmklang war von einer Vollkommenheit, wie sie die galanten Spielleute, von denen es am Abend in Toulouse wimmelte, nicht oft aufzuweisen hatten. In Languedoc sind die schönen Stimmen nicht selten. Die Melodie springt spontan über die ans Lachen und Rezitieren gewöhnten Lippen. Aber dieser Künstler fiel aus dem üblichen Rahmen. Sein Atem war von ungewöhnlicher Kraft. Es schien, als würde der Garten von ihm überflutet, als erbebe der Mond von ihm. Er sang ein altes Klagelied in jener untergegangenen Sprache, deren Feinheit Graf Peyrac so gerne rühmte. Angélique verstand nicht alle Worte, doch eines kehrte immer wieder: Amore! Amore!

Liebe!

Immer mehr wurde es ihr zur Gewißheit: „Er ist es, der letzte der Troubadours, es ist die Goldene Stimme des Königreichs!"

Nie hatte sie so singen hören. Man sagte ihr zuweilen: „Ach, wenn Ihr die Goldene Stimme des Königreichs hören würdet! Er singt nicht mehr. Wann wird er von neuem singen?" Und dabei warf man ihr einen maliziös-mitleidigen Blick zu, weil sie diese Berühmtheit der Provinz noch nicht kannte.

„Er ist es! Er ist es!" sagte sich Angélique immer wieder. „Wie kommt er nur hierher? Um meinetwillen?"

Sie sah ihr Spiegelbild im großen Spiegel ihres Zimmers. Die eine Hand lag auf ihrer Brust, und ihre Augen waren weitaufgerissen. Sie machte sich über sich selbst lustig: „Wie albern ich bin! Vielleicht ist es nur Andijos oder irgendein anderer Verehrer, der mir einen bezahlten Musiker schickt, um mir ein Ständchen zu bringen...!"

Dennoch öffnete sie die Tür. Mit über dem Mieder gekreuzten Händen, wie um ihr pochendes Herz im Zaum zu halten, schlich sie sich durch die Vorzimmer, stieg die weiße Marmortreppe hinunter und betrat den Garten. Sollte nun das Leben für Angélique de Sancé de Monteloup, Gräfin Peyrac, beginnen: Denn die Liebe war das Leben!

Die Stimme kam von einer Laube her, die sich am Ufer des Flusses erhob und eine Statue der Göttin Pomona barg. Als die junge Frau sich näherte, verstummte der Sänger, doch er fuhr fort, gedämpft die Saiten seiner Gitarre zu zupfen.

Der Mond war an diesem Abend noch nicht voll. Er hatte die Form einer Mandel. Sein Licht genügte indessen, den Garten zu erhellen, und Angélique glaubte im Innern der Laube eine auf dem Sockel der Statue sitzende Gestalt zu erkennen.

Bei ihrem Erscheinen rührte sich der Unbekannte nicht.

„Es ist ein Neger", dachte Angélique enttäuscht.

Doch sie erkannte bald ihren Irrtum. Der Mann trug eine samtene Maske, aber die sehr weißen, auf seinem Instrument ruhenden Hände erlaubten keinen Zweifel über seine Rassenzugehörigkeit. Ein schwarzseidenes, auf italienische Art im Nacken zusammengeknüpftes Kopftuch verbarg sein Haar. Soweit sich im Dunkel der Laube erkennen ließ, war sein ein wenig abgetragenes Gewand ein seltsames Mittelding zwischen dem eines Dieners und dem eines Komödianten. Er hatte dicke Kastorschuhe, wie Leute sie tragen, die viel zu Fuß gehen, doch hingen Spitzenbesätze von den Ärmeln seiner Jacke herab.

„Ihr singt wundervoll", sagte Angélique, da sie sah, daß er keine Bewegung machte, „aber ich wüßte gern den Namen dessen, der Euch geschickt hat."

„Niemand hat mich geschickt, Madame. Ich bin hierhergekommen, weil ich wußte, daß dieses Lusthaus eine der schönsten Frauen von Toulouse beherbergt."

Der Mann sprach mit einer tiefen und sehr leisen Stimme, als fürchte er, gehört zu werden.

„Ich kam heute abend in Toulouse an und begab mich in das Palais des Grafen Peyrac, wo ich eine lustige und zahlreiche Gesellschaft versammelt fand, um meine Lieder zum besten zu geben. Doch als ich hörte, daß Ihr nicht anwesend wäret, ging ich wieder fort, um Euch zu treffen, denn der Ruhm Eurer Schönheit ist so groß in unsrer Provinz, daß es mich schon lange verlangt, Euch zu begegnen."

„Auch Euer Ruhm ist groß. Seid Ihr es nicht, den man die Goldene Stimme des Königreichs nennt?"

„Ich bin es, Madame. Und bin Euer ergebener Diener."

Angélique setzte sich auf die Marmorbank, die innen an der Wand der Laube entlanglief.

Der Duft des rankenden Geißblatts war berauschend.

„Singt weiter", sagte sie.

Die warme Stimme erklang von neuem, doch weicher und wie gedämpft. Es war kein Anruf mehr, sondern ein Lied der Zärtlichkeit, eine heimliche Mitteilung, ein Geständnis.

„Madame", unterbrach sich der Musikant, „vergebt mir meine Kühnheit. Ich möchte Euch ein paar Verse in die französische Sprache übersetzen, zu denen mich der Reiz Eurer Augen inspiriert."

Angélique neigte den Kopf. Sie wußte nicht mehr, wie lange sie schon hier war. Nichts hatte mehr Bedeutung. Die Nacht gehörte ihnen.

Er präludierte lange, als suche er den Faden seiner Melodie, dann stieß er einen langen Seufzer aus und begann:

> „Die grünen Augen sind von der Farbe des Meers.
> Die Wogen haben sich über mir geschlossen.
> Ein Schiffbrüchiger der Liebe,
> so irre ich durch den tiefen Ozean ihres Herzens."

Angélique hatte die Augen geschlossen. Mehr noch als die glühenden Worte erfüllte sie die Stimme mit einer Wonne, die sie nie zuvor empfunden hatte.

> „Wenn sie ihre grünen Augen aufschlägt,
> spiegeln sich in ihnen die Sterne
> wie auf dem Grund eines Frühlingsgewässers."

„Jetzt, in diesem Augenblick, muß er kommen", sagte Angélique zu sich, „denn dieser Augenblick kehrt nicht wieder. Dies kann man nicht zweimal erleben. Dies, das endlich so ganz all den Liebesgeschichten gleicht, die wir damals im Kloster einander erzählten."

Die Stimme war verstummt. Der Unbekannte glitt auf die Bank. An dem festen Arm, der sie ergriff, an der Hand, die ihr Kinn mit gebieterischer Sanftheit nach oben bog, erkannte Angéliques Instinkt einen Meister, der mehr als nur einen zärtlichen Sieg errungen haben mußte. Sie empfand ein klein wenig Reue, doch als die Lippen des Sängers die ihren berührten, erfaßte sie ein Schwindel. Sie hatte nicht gewußt, daß Männerlippen diese Blütenfrische, diese schmelzende Weichheit haben konnten. Ein muskulöser Arm preßte sie, doch der Mund bebte noch von den betörenden Worten, und diese Betörung und diese Kraft rissen Angélique in einen Strudel, in dem sie vergeblich einen Gedanken zu fassen versuchte.

„Ich darf das nicht tun... Es ist unrecht! Wenn Joffrey uns überraschte...!"

Dann stürzte alles ein. Die Lippen des Mannes schlossen die ihren auf. Sein heißer Atem erfüllte ihren Mund, teilte ihren Adern ein köstliches Lustgefühl mit. Mit geschlossenen Augen überließ sie sich dem endlosen Kuß, wollustzeugender Eroberung, die schon nach Neuem rief. Die Wogen der Lust durchliefen sie, einer ihrem jungfräulichen Körper so fremden Lust, daß sie plötzlich etwas wie Widerwillen und Schmerz empfand und in heftigem Erschauern zurückwich.

Es war ihr, als müsse sie ohnmächtig werden oder in Tränen ausbrechen. Sie sah, daß die Finger des Mannes ihre nackte Brust streichelten, die er während der Umarmung heimlich entblößt hatte.

Sie löste sich von ihm und brachte ihr Kleid wieder in Ordnung.

„Verzeiht mir", stammelte sie. „Ihr müßt mich recht töricht finden, aber ich wußte nicht... ich wußte nicht..."

„Was wußtet Ihr nicht, mein Herz?"

Da sie schwieg, flüsterte er:

„Daß ein Kuß so süß sein kann?"

Angélique erhob sich und lehnte sich an den Eingang der Laube. Draußen verfärbte sich der Mond golden, während er über dem Fluß unterging. Angélique kam es vor, als sei sie schon viele Stunden lang in diesem Garten. Sie war glücklich, unsagbar glücklich.

„Ihr seid für die Liebe geschaffen", murmelte der Troubadour, „das spürt man, wenn man nur Eure Haut berührt. Wer Euren bezaubernden Körper zu erwecken versteht, wird Euch zum Gipfel der Wollust führen."

„Schweigt! Ihr dürft nicht so reden. Ich bin verheiratet, das wißt Ihr, und der Ehebruch ist eine Sünde."

„Daß eine so schöne Dame sich einen solchen hinkenden Edelmann zum Gatten erwählt, ist eine noch größere Sünde."

„Ich habe ihn nicht erwählt. Er hat mich gekauft."

Sie bereute sofort diese Worte, die die frohe Stunde trübten.

„Singt weiter", bat sie. „Einmal noch, und dann werden wir uns trennen."

Er stand auf, um seine Gitarre in die Hand zu nehmen, aber in seiner Bewegung lag etwas Unheimliches, das Angélique beunruhigte. Sie schaute ihn forschend an. Sie wußte nicht weshalb, aber plötzlich hatte sie Angst.

Während er ganz leise ein Lied sang, starrte sie ihn an. Vorhin, während des Kusses, hatte sie einen kurzen Augenblick das Gefühl einer vertrauten Gegenwart verspürt, und jetzt erinnerte sie sich: im Atem des Sängers vermischte sich der Duft des Veilchens mit dem typischen Aroma des Tabaks... Der Graf Peyrac kaute zuweilen auch Veilchenpastillen... Ein furchtbarer Verdacht stieg in Angélique auf. Eben, als er aufgestanden war, um die Gitarre zu ergreifen, hatte sich der Sänger merkwürdig unsicher bewegt...

Angélique stieß einen Schrei des Entsetzens aus, dem ein Schrei des Zorns folgte. „Oh, das geht zu weit", rief sie, „das geht zu weit! Das ist ungeheuerlich... Nehmt Eure Maske ab, Joffrey de Peyrac! Laßt diese Maskerade, oder ich kratze Euch die Augen aus, ich erdroßle Euch, ich..."

Das Lied brach ab. Die Gitarre gab ein grelles Crescendo von sich. Unter der Samtmaske erglänzten die weißen Zähne des Grafen Peyrac in einem schallenden Gelächter.

Er näherte sich ihr mit seinen ungleichmäßigen Schritten. Angélique war erschrocken, aber mehr noch empört.

„Ich kratze Euch die Augen aus", wiederholte sie mit zusammengebissenen Zähnen. Immer noch lachend, griff er nach ihren Handgelenken.

„Was bleibt denn dann noch übrig von dem gräßlichen hinkenden Edelmann, wenn Ihr ihm auch noch die Augen auskratzt?"

„Ihr habt in unerhörter Schamlosigkeit gelogen. Ihr habt mich glauben lassen, Ihr wäret der... die Goldene Stimme des Königreichs."

„Aber ich bin ja die Goldene Stimme des Königreichs!"

Und da sie ihn sprachlos anstarrte:

„Was ist daran Ungewöhnliches? Ich hatte eine gewisse Begabung. Ich habe mit den berühmtesten italienischen Maëstri gearbeitet. Gesang ist eine Kunst für die Geselligkeit, die heute viel geübt wird. Ehrlich, Liebste, gefällt Euch meine Stimme nicht?"

Angélique wandte sich ab und trocknete die Zornestränen, die über ihr Gesicht liefen.

„Wie ist es möglich, daß ich bis heute nichts geahnt habe?"

„Ich hatte gebeten, Euch nichts zu sagen. Und vielleicht habt Ihr Euch auch nicht recht bemüht, meine Talente zu entdecken?"

„Oh, das ist zuviel!" wiederholte Angélique.

Aber nachdem die erste Wut verflogen war, verspürte sie plötzlich das Bedürfnis zu lachen. Da hatte er also den Zynismus so weit getrieben, daß er sie ermunterte, ihn zu betrügen! Er hatte wirklich den Teufel im Leib...! Er war der Teufel in Person!

„Diese üble Komödie werde ich Euch nie verzeihen", sagte sie, indem sie die Lippen zusammenpreßte und ihre ganze Würde zusammennahm.

„Ich liebe das Komödiespielen. Seht, Liebste, das Leben ist nicht immer nachsichtig mit mir umgegangen, und man hat so oft über meinen Gang gewitzelt, daß es mir meinerseits unendliches Vergnügen bereitet, mich über die andern lustig zu machen."

Gegen ihren Willen hob sie ihren ernsten Blick zu dem maskierten Gesicht.

„Habt Ihr Euch wirklich über mich lustig gemacht?"

„Nicht nur, und das wißt Ihr sehr wohl", erwiderte er.

Ohne ein Abschiedswort wandte sich Angélique um und ging.

„Angélique! Angélique!"

Er rief ihr mit leiser Stimme nach. Wie ein italienischer Harlekin stand er an der Schwelle der Laube und legte den Finger auf die Lippen.

„Habt die Güte, Madame, und redet zu niemandem von dieser Geschichte, auch nicht zu Eurer Zofe. Wenn man erfährt, daß ich meine Gäste im Stich ließ, daß ich mich verkleidete und maskierte, nur um meiner eigenen Frau einen Kuß zu stehlen, wird man weidlich über mich spotten."

„Ihr seid unerträglich!" rief sie, raffte ihre Röcke zusammen und lief durch die Allee zurück. Auf der Treppe entdeckte sie, daß sie lachte. Sie entkleidete sich, wobei sie in ihrer Nervosität die Agraffen abriß und sich an den Nadeln stach, wälzte sich zwischen den Laken fiebernd von einer Seite zur andern und konnte keinen Schlaf finden. Immer wieder tauchte das maskierte Gesicht, das verunstaltete Gesicht, das Profil mit den reinen Zügen vor ihr auf. Welches Rätsel verbarg sich hinter diesem trügerischen Manne? Dann wieder begehrte sie auf gegen den Zwang dieses Bildes, und schließlich übermannte sie die Erinnerung an die Lust, die sie in seinen Armen empfunden hatte.

„Ihr seid für die Liebe geschaffen, Madame..."

Sehr spät schlummerte sie ein. Im Schlaf erschienen ihr die Augen Joffrey de Peyracs, und sie sah Flammen in ihnen tanzen.

Sechzehntes Kapitel

Angélique saß in der venezianischen Spiegelgalerie des Palastes. Sie war sich noch nicht klar darüber, welche Haltung sie einnehmen sollte. Seit ihrer Rückkehr vom Lusthaus an der Garonne heute morgen hatte sie Joffrey de Peyrac nicht mehr gesehen. Der Haushofmeister Clément hatte ihr berichtet, der Herr Graf habe sich mit Kouassi-Ba in den Gemächern des rechten Flügels eingeschlossen, dort, wo der Herr Graf sich seinen alchimistischen Studien zu widmen pflege. Angélique nagte zornig an ihren Lippen. Joffrey würde vermutlich viele Stunden ausbleiben. Übrigens hatte sie auch gar nichts dagegen. Sie war noch viel zu empört über die Täuschung, deren Opfer sie am vorhergehenden Abend geworden war.

Die junge Frau beschloß, sich in die Vorratskammern zu begeben, wo man heute den ersten Likör der Jahreszeit in Flaschen füllte.

Doch kaum hatte sie die vom Duft der Orangen, des Anis und der aromatischen Gewürze erfüllte Küche betreten, als eines ihrer Negerlein atemlos angestürzt kam und meldete, Baron Benoît de Fontenac, Erzbischof von Toulouse, bitte, sie sowie ihren Gatten begrüßen zu dürfen.

Verwirrt und leicht beunruhigt über einen Besuch zu so unüblicher Stunde, nahm Angélique das Vorstecktuch ab, das sie eben an ihr Kleid geheftet hatte, und ging eilends zurück, wobei sie mit den Händen ihr Haar ordnete. Sie trug es jetzt nach der Mode ziemlich lang, und die Locken fielen weich auf ihren Spitzenkragen hinunter.

Als sie die Eingangshalle erreichte, sah sie auf der obersten Stufe der Freitreppe die hohe Gestalt des Erzbischofs in roter Robe und weißem Kragen aufragen.

Angélique sank vor ihm in die Knie, um den Hirtenring zu küssen, doch der Erzbischof hob sie auf und küßte seinerseits ihre Hand, durch diese weltliche Geste andeutend, daß sein Besuch kein förmlicher war.

„Ich bitte Euch, Madame, laßt mich durch Eure Reverenz nicht allzu sehr fühlen, welch betagter Mann ich gegenüber Eurer Jugend bin."

„Eminenz, ich wollte Euch nur den Respekt bezeigen, den ich einem erlauchten Manne gegenüber empfinde, der seine priesterliche Würde von Seiner Heiligkeit dem Papst und Gott selbst empfangen hat . . ."

Jedesmal, wenn Angélique derlei Worte äußerte, erschien ihr das Bild der Mutter Sainte-Anne, ihrer Lehrerin für weltliche Erziehung im Kloster von Poitiers. Mutter Sainte-Anne wäre mit ihrer Schülerin, die sich einst doch so ungelehrig gezeigt hatte, gewiß zufrieden gewesen.

Indessen legte der Erzbischof Hut und Handschuhe ab und übergab sie einem jungen Geistlichen seiner Begleitung, ihn zugleich mit einer Geste verabschiedend.

„Meine Leute werden draußen auf mich warten. Ich möchte mich mit Euch, Madame, fern von leichtfertigen Ohren unterhalten."

Angélique warf einen spöttischen Blick auf den kleinen Geistlichen, der beschuldigt wurde, leichtfertige Ohren zu haben, und deshalb errötete.

Nachdem der Erzbischof sich nachdenklich die Hände gerieben hatte, versicherte er, es bereite ihm großes Vergnügen, jene junge Frau wiederzusehen, die sich im Erzbischöflichen Palais recht rar gemacht habe seit dem bereits weit zurückliegenden Tage, da sie von ihm in der Kathedrale Saint-Séverin getraut worden sei.

„Ich sehe Euch beim Hochamt und muß Euren Eifer bei den Andachten der Fastenzeit loben. Doch ich gestehe, meine Tochter, daß es mich einigermaßen enttäuscht hat, Euch nie in meinem Beichtstuhl zu begegnen."

„Ich habe als Beichtvater den Kaplan der Visitandinerinnen, Eminenz."

„Ein ehrenwerter Priester, ohne Zweifel, aber angesichts Eurer Stellung, Madame, scheint mir . . ."

„Verzeiht mir, Eminenz", rief Angélique lachend aus, „aber ich möchte Euch meinen Standpunkt darlegen: Ich begehe allzu geringfügige Sünden, um sie einem Manne von Eurer Bedeutung zu beichten. Ich würde mich genieren."

„Mir scheint, mein Kind, Ihr befindet Euch, was das eigentliche Wesen des Sakraments der Buße betrifft, im Irrtum. Nicht dem Sünder kommt es zu, die Schwere seiner Verfehlungen zu bemessen. Und wenn das Echo der Stadt mir von den Zügellosigkeiten kündet, deren Schauplatz dieses Haus ist, so bezweifle ich stark, daß eine so hübsche und reizende junge Frau davon völlig unberührt geblieben sein kann."

„Ich bilde mir das nicht ein, Eminenz", murmelte Angélique, während sie die Augen senkte, „aber ich glaube, das Echo übertreibt. In Wirklichkeit sind unsere Feste harmlos fröhlich. Man reimt, man singt, man trinkt, man spricht von der Liebe, und man lacht viel. Aber ich bin nie Zeuge von Zügellosigkeiten gewesen, die mein Gewissen hätten beunruhigen können . . ."

„Laßt mich bei dem Glauben, daß Ihr wohl naiv, aber nicht scheinheilig seid, mein Kind. Ihr wart zu jung, als man Euch in die Hände eines Gatten gab, dessen Worte mehr als einmal an Häresie grenzten und dessen bei den Frauen erworbene Gewandtheit und Erfahrung ihm erlaubten, Euren noch willfährigen Geist mühelos zu formen. Ich brauche nur an die Minnehöfe zu denken, die er alljährlich in seinem Palais veranstaltet und zu denen sich nicht nur die Edelleute der Stadt begeben, sondern auch Bürgerfrauen und junge Adlige aus der Provinz, um mir mit Erschauern des täglich wachsenden Einflusses bewußt zu werden, den er dank seines Reichtums auf die Stadt gewinnt."

„Glaubt Ihr wirklich, daß meine und meines Gatten Seele ernstlich in Gefahr sind, Eminenz?" fragte Angélique, indem sie ihre wasserklaren Augen weit öffnete.

„Weiß ich es?" seufzte er nach einigem Zögern. „Ich weiß nichts. Was in diesem Palais vorgeht, ist mir lange ein Geheimnis geblieben, und es wird mir von Tag zu Tag mehr Anlaß zur Beunruhigung."

Unvermittelt fragte er: „Seid Ihr über die alchimistischen Studien Eures Gatten im Bilde, Madame?"

„Nicht eigentlich", erwiderte Angélique, ohne die Ruhe zu verlieren. „Graf Peyrac hat eine Neigung für die Wissenschaften..."

„Man sagt sogar, er sei ein großer Gelehrter."

„Ich glaube es. Er verbringt viele Stunden in seinem Laboratorium, aber er hat mich nie dorthin mitgenommen. Vermutlich meint er, Frauen interessierten sich nicht für solche Dinge."

Sie öffnete ihren Fächer und spielte mit ihm, um ein Lächeln zu verbergen, vielleicht auch eine gewisse Verlegenheit, die sich ihrer unter dem durchdringenden Blick des Bischofs zu bemächtigen begann.

„Es ist mein Beruf, in den Herzen der Menschen zu forschen", sagte dieser, als habe er ihre Unruhe gespürt. „Aber seid ohne Sorge, meine Tochter. Ich erkenne an Euerm Blick, daß Ihr aufrichtig seid und für Euer zartes Alter einen ungewöhnlich ausgeprägten Charakter besitzt. Und für Euern Gatten ist es vielleicht noch nicht zu spät, seine Verfehlungen zu bereuen und seine Ketzerei abzuschwören."

Angélique stieß einen kleinen Schrei aus.

„Aber ich schwöre Euch, daß Ihr Euch irrt, Eminenz! Mein Gatte mag nicht das Leben eines vorbildlichen Katholiken führen, aber er gibt sich durchaus nicht mit der Reformation und anderen hugenottischen Glaubenslehren ab. Ich habe sogar gehört, wie er sich über die ‚trübsinnigen Bärte von Genf' lustig machte, die, wie er sagte, vom Himmel offenbar den Auftrag bekommen hätten, der Menschheit die Lust zum Lachen zu nehmen."

„Trügerische Worte", erklärte der Erzbischof düster. „Sieht man nicht immer wieder bei ihm, bei Euch, Madame, notorische Protestanten einkehren?"

„Das sind Gelehrte, mit denen er sich über wissenschaftliche Dinge unterhält, nicht über religiöse."

„Wissenschaft und Religion sind eng miteinander verknüpft. Kürzlich haben mich meine Leute darüber informiert, daß der berühmte Italiener Bernalli ihm einen Besuch abgestattet hat. Wißt Ihr, daß dieser Mann, nachdem er um gottloser Schriften willen mit Rom in Konflikt geraten war, in der Schweiz Zuflucht suchte und dort zum Protestantismus übertrat? Aber halten wir uns nicht bei diesen enthüllenden Zeichen einer Geistesverfassung auf, die ich beklage. Wenden wir uns einer Frage zu, die mich seit langen Jahren verfolgt. Graf Peyrac ist sehr reich und wird von Tag zu Tag reicher. Woher kommt ein solcher Überfluß an Gold?"

„Aber Eminenz, gehört er nicht einer der ältesten Familien des Languedoc an, verwandt mit den einstigen Grafen von Toulouse, die damals ebensoviel Macht über Aquitanien hatten wie die Könige über die Ile-de-France."

Auf dem Gesicht des Bischofs erschien ein kleines, verächtliches Lächeln.

„Das ist wohl richtig. Aber die Eltern Eures Gatten waren so arm, daß das prächtige Palais, in dem Ihr heute herrscht, noch vor kaum fünfzehn Jahren völlig verfallen dastand. Hat Euch Monsieur de Peyrac nie von seiner Jugend erzählt?"

„N...ein", murmelte Angélique, selbst verwundert über ihre Unwissenheit.

„Er war der Jüngste der Familie und so arm, ich wiederhole es, daß er sich mit siebzehn Jahren nach fernen Ländern einschiffte. Man sah ihn viele Jahre lang nicht und hielt ihn für tot, bis er eines Tages wieder auftauchte. Seine Eltern und sein älterer Bruder waren gestorben; ihre Gläubiger teilten sich in den Landbesitz. Er kaufte alles zurück, und seither ist sein Vermögen unaufhörlich gewachsen. Nun, er ist ein Edelmann, den man nie bei Hofe sah, der sogar damit prahlt, sich ihm fernzuhalten, und der keinerlei königliche Einkünfte bezieht."

„Aber er hat Grundbesitz", warf Angélique ein, „er hat Schafherden im Gebirge, die ihm Wolle liefern, eine große Tuchfabrik, in der diese Wolle verarbeitet wird, Ölmühlen, Seidenwurmzüchtereien, Gold- und Silbergruben..."

„Ihr sagtet Gold und Silber?"

„Ja, Eminenz, Graf Peyrac besitzt zahlreiche Steinbrüche in Frankreich, aus denen er angeblich eine Menge Gold und Silber gewinnt."

„Wie richtig Ihr Euch ausgedrückt habt, Madame!" sagte der Geistliche mit süßlicher Stimme. „Aus denen er *angeblich* Gold und Silber gewinnt...! Genau das wollte ich hören. Die fürchterliche Vermutung wird zur Gewißheit."

„Was wollt Ihr damit sagen, Eminenz? Ihr erschreckt mich."

Der Erzbischof von Toulouse fixierte sie mit jenem allzu klaren Blick, der zuweilen die Härte des Stahls annahm.

Er sagte gemessen:

„Ich bezweifle nicht, daß Euer Gatte einer der größten Gelehrten unserer Zeit ist, und eben deshalb glaube ich, Madame, daß er tatsächlich den Stein der Weisen entdeckt hat, nämlich Salomons Geheimnis des Goldmachens. Doch welchen Weg ist er gegangen, um dahin zu gelangen? Ich fürchte sehr, er hat diese Macht durch einen Handel mit dem Teufel erlangt!"

Abermals hielt Angélique den Fächer über ihre Lippen, um nicht in Gelächter auszubrechen. Sie hatte Anspielungen auf die vom Grafen betriebenen Handel erwartet, in den sie durch Molines und ihren Vater Einblick bekommen hatte; da sie wußte, daß solche Betätigung bei einem Edelmann anrüchig genug war, um sein Haus in Mißkredit zu bringen, war sie ein wenig besorgt gewesen. Aber die bizarre Anschuldigung des

Erzbischofs, der im Rufe großer Intelligenz stand, schien ihr im ersten Augenblick geradezu komisch. Meinte er es wirklich ernst?

Plötzlich kam ihr in einem jähen Gedankensprung zum Bewußtsein, daß Toulouse noch immer das Hauptquartier der Inquisition beherbergte. Die schreckliche Institution des Ketzertribunals genoß hier Vorrechte, die nicht einmal die Autorität des Königs selbst anzufechten wagte.

Toulouse, die lachende Stadt, war auch die rote Stadt, die im vergangenen Jahrhundert die meisten Hugenotten massakriert hatte. Lange vor Paris hatte sie ihre Bartholomäusnacht gehabt. Unter dem ersten Bogen der Saint Michel-Brücke war ein eiserner Käfig angebracht, in dem man die Protestanten so lange ins Wasser zu tauchen pflegte, bis sie tot waren oder abschworen. Und zuweilen trug der Wind von der Place des Salins, wo man wieder einmal irgendeinen störrischen Hugenotten oder eine Hexe verbrannte, den Geruch verkohlten Fleisches bis zum Palais des Grafen Peyrac.

Die in den Wirbel genußfrohen Lebens gezerrte Angélique hatte sich nicht mit diesem Aspekt von Toulouse befaßt. Aber sie wußte sehr wohl, daß der Erzbischof selbst, dieser Mann, der da vor ihr in dem hohen Polstersessel saß und ein Glas eisgekühlter Limonade zum Munde führte, der Großmeister dieser Martern war.

„Eminenz", murmelte sie, ehrlich entrüstet, „es ist doch nicht möglich, daß Ihr meinen Gatten ernstlich der Hexerei beschuldigt? Das Goldmachen erübrigt sich in diesem Lande, über das Gott seine Gaben im Überfluß ausgestreut hat und in dem sich das Gold im reinen Zustand in der Erde findet!" Listig fügte sie hinzu:

„Ich habe mir sagen lassen, daß Ihr selbst Goldwäscher angestellt habt, die den Kies der Garonne in Körben waschen und Euch ihre Ausbeute an Goldsand und Körnern bringen, mit der Ihr manche Not lindert."

„Euer Einwurf ist nicht ganz unberechtigt, meine Tochter. Aber eben weil ich weiß, was die Goldsuche einbringen kann, vermag ich dies zu versichern: Würde man den Kies aller Flüsse und Bäche des Languedoc waschen, so würde man nicht die Hälfte dessen ernten, was Graf Peyrac zu besitzen scheint. Glaubt mir, ich bin genau informiert."

„Ich zweifle nicht daran", dachte Angélique, „und tatsächlich ist da seit langem dieser Handel mit dem spanischen Gold und den Mauleseln ..."

Die kalten blauen Augen erspähten ihre Nachdenklichkeit. Sie klappte ein wenig nervös ihren Fächer zusammen.

„Ein Gelehrter ist nicht notwendigerweise ein Gehilfe des Teufels. Heißt es doch, daß es bei Hofe Gelehrte gibt, die ein Fernrohr aufgestellt haben, um die Sterne und die Gebirge des Mondes zu betrachten, und daß Monsieur Gaston d'Orléans, der Onkel des Königs, sich derlei vom Abbé Picard geleiteten Beobachtungen widmet."

„Allerdings. Ich kenne übrigens den Abbé Picard. Er ist nicht nur Astronom, sondern auch Geometer des Königs."

„Da seht Ihr also ..."

„Die Kirche, Madame, ist großzügig. Sie läßt alle Arten von Forschungen zu, selbst höchst gewagte wie die des Abbé Picard, die Ihr erwähnt. Ich gehe noch weiter. Zu meinen Mitarbeitern im Erzbischöflichen Palais gehört ein sehr gelehrter Geistlicher vom Orden der Cluniazenser, der Mönch Becher. Seit Jahren betreibt er Forschungen über die Umwandlung von Metallen in Gold, jedoch mit meiner und Roms Billigung. Ich muß gestehen, daß mich das bisher viel Geld gekostet hat, besonders gewisse Produkte, die ich aus Spanien und Italien kommen lassen muß. Dieser Mann, der die ältesten Überlieferungen seiner Kunst kennt, bestätigt, daß man, um zum Ziel zu gelangen, eine höhere Eingebung empfangen muß, die nur von Gott oder vom Satan kommen kann."

„Und ist er zum Ziel gelangt?"

„Noch nicht."

„Der Ärmste! Er scheint also bei Gott wie beim Satan schlecht angeschrieben, trotz Eurer hohen Protektion."

Im gleichen Augenblick bereute Angélique ihre boshafte Bemerkung. Sie glaubte ersticken und Dummheiten sagen zu müssen, um diese Beklemmung loszuwerden. Die Unterhaltung kam ihr ebenso töricht wie gefährlich vor. Dann wandte sie sich erleichtert zur Tür um, denn sie hörte die ungleichmäßigen Schritte ihres Gatten in der Galerie.

„Es ist unverzeihlich, Monsieur", erklärte der Graf, als er den Raum betreten und den Besucher begrüßt hatte, „daß ich Euch solange warten ließ. Ich gebe zu, daß man mich bereits vor einer Stunde von Euerm Besuch in Kenntnis setzte, aber es war mir unmöglich, eine gewisse Retorte im Stich zu lassen."

Er trug noch seinen Alchimistenkittel, der bis zur Erde reichte. Es war eine Art Hemd, auf dem sich die gestickten Tierkreiszeichen mit vielfarbigen Säureflecken vermengten. Angélique wußte genau, daß er dieses Kleidungsstück absichtlich nicht abgelegt hatte, um seinen Besucher herauszufordern; aus dem gleichen Grunde redete er auch den Erzbischof von Toulouse mit „Monsieur" an und stellte sich damit auf gleiche Ebene mit dem Baron Benoît de Fontenac.

Graf Peyrac gab einem Bedienten im Vorzimmer ein Zeichen, ihm beim Ablegen des Kittels behilflich zu sein. Ein Sonnenstrahl ließ sein dunkles Haar aufleuchten, das er sorgfältig pflegte und das es an Lockenfülle mit den Pariser Perücken aufnehmen konnte, die allmählich in Mode kamen.

„Er hat das schönste Haar der Welt", sagte sich Angélique.

Ihr Herz klopfte mehr, als sie wahrhaben wollte. Das Bild der Szene vom Vorabend erschien vor ihren Augen.

„Es ist nicht wahr", wiederholte sie für sich. „Es war ein anderer, der gesungen hat. Oh, ich werde ihm nie verzeihen!"

Inzwischen hatte Graf Peyrac einen hohen Schemel heranrücken lassen und setzte sich schräg hinter Angélique.

So sah sie ihn nicht, aber sie wurde von einem Atem angerührt, dessen Duft sie nur zu sehr an einen berauschenden Augenblick erinnerte. Überdies spürte sie deutlich, daß Joffrey, während er mit dem Erzbischof belanglose Worte wechselte, es sich nicht versagte, mit seinen Blicken ihren Nacken und ihre Schultern zu streicheln, ja, daß er sogar verwegen in das süße Dunkel des Mieders tauchte, wo junge Brüste ruhten, von deren Vollkommenheit er sich am Abend zuvor überzeugt hatte. Ein Treiben, das er im Angesicht des Kirchenfürsten, dessen Tugend als unerschütterlich galt, aus Bosheit noch eigens unterstrich.

Angélique drängte es, sich nach ihrem Gatten umzuwenden und ihn zu beschwören: „Ich bitte Euch, seid vorsichtig!"
Zu gleicher Zeit genoß sie diese stumme Huldigung. Ihre unberührte, der Liebkosungen entwöhnte Haut sehnte sich nach einer nachdrücklicheren Berührung, der von wissenden Lippen, die sie zur Wollust erweckten. Und wie sie sehr aufrecht, ein wenig steif dasaß, fühlte sie eine Flamme in ihre Wangen aufsteigen. Sie kam sich lächerlich vor und sagte sich, daß es bei alldem nichts gebe, was dem Erzbischof mißfallen könne, denn schließlich war sie die Frau dieses Mannes, sie gehörte ihm. Das Verlangen überkam sie, sich ernst, mit geschlossenen Augen, seiner stürmischen Umarmung hinzugeben. Zweifellos entging Joffrey ihre Verwirrung nicht, er würde sich wohl höchlichst darüber amüsieren. „Er spielt mit mir wie die Katze mit der Maus. Er rächt sich für meine Verachtung", sagte sie sich hilflos.
Um über ihre Verlegenheit hinwegzukommen, rief sie endlich einen der kleinen Neger, der auf einem Kissen in einem Winkel des Raumes schlummerte, und befahl ihm, die Konfektdose zu bringen. Als der Kleine ihr den Kasten aus Ebenholz mit Perlmuttereinlagen reichte, der kandierte Nüsse und Früchte, Gewürzplätzchen und Rosenzucker enthielt, hatte Angélique ihre Kaltblütigkeit zurückgewonnen, und sie folgte mit verstärkter Aufmerksamkeit der Unterhaltung der beiden Männer.
„Nein, Monsieur", sagte Graf Peyrac, während er nachlässig einige Veilchenpastillen knabberte, „glaubt nicht, daß ich mich den Wissenschaften mit dem Ziel hingegeben habe, die Geheimnisse der Macht und der Gewalt kennenzulernen. Ich habe immer eine natürliche Neigung für diese Dinge gehabt."
„Ihr sprecht von Macht, Monsieur de Peyrac", sagte der Erzbischof, „Macht über die Menschen, Macht über die Dinge. Habt Ihr nie daran gedacht, daß die ungewöhnliche Verbesserung Eurer Lebensverhältnisse vielen verdächtig erscheinen könnte, vor allem dem stets wachsamen Auge der Kirche? Euer Reichtum, der mit den Jahren anschwillt, Eure wissenschaftlichen Arbeiten, die Euch Gelehrte aus aller Herren Ländern zuführen? Ich habe im vergangenen Jahr einen dieser gelehrten Herrn, einen

Deutschen, gesprochen. Er konnte es gar nicht fassen, daß es Euch gelungen sein sollte, geradezu spielend Probleme zu lösen, über welche die größten Geister dieser Zeit vergeblich gegrübelt haben. Ihr sprecht zwölf Sprachen..."

„Pico della Mirandola im vergangenen Jahrhundert hat achtzehn gesprochen."

„Ihr besitzt eine Stimme, die den großen italienischen Sänger Maroni vor Neid erblassen ließ, Ihr dichtet aufs trefflichste, Ihr seid – verzeiht mir, Madame – ein Meister in der Kunst, die Frauen zu verführen..."

„Und dies hier...?"

Angélique ahnte beklommenen Herzens, daß Joffrey die Hand an seine versehrte Wange geführt hatte.

Die Verlegenheit des Erzbischofs löste sich in einer Grimasse der Ungeduld. „Nun, Ihr macht es – ich weiß nicht, auf welche Weise – vergessen. Ihr habt zu viele Talente, glaubt mir."

„Eure Vorwürfe verwundern mich und bringen mich in Verlegenheit. Ich habe nicht gewußt, daß ich in solchem Maße Neid errege. Es schien mir im Gegenteil, als sei ich mit einem schlimmen Fluch beladen."

Er beugte sich vor, und seine Augen funkelten, als habe er eben die Gelegenheit zu einem hübschen Scherz entdeckt.

„Wißt Ihr, Eminenz, daß ich in gewisser Hinsicht ein hugenottischer Märtyrer bin?"

„Ihr ein Hugenotte?" rief der Kirchenfürst entsetzt aus.

„Ich sagte: in gewisser Hinsicht. Hier die Geschichte. Nach meiner Geburt vertraute mich meine Mutter einer Amme an, bei deren Wahl sie sich nicht vom Gesichtspunkt der Religion, sondern von dem der kräftigsten Brüste leiten ließ. Nun, die Amme war Hugenottin. Sie nahm mich in ihr Cevennendorf mit, das zur Herrschaft eines reformierten Adligen gehörte. Nicht weit davon entfernt gab es, wie das so zu sein pflegt, einen weiteren Adelssitz und katholische Dörfer. Ich weiß nicht, wie es dazu kam, jedenfalls war ich drei Jahre alt, als Katholiken und Hugenotten sich in die Haare gerieten. Meine Amme und die Frauen ihres Dorfs hatten im Schloß des reformierten Edelmanns Schutz gesucht. Mitten in der Nacht nahmen es die Katholiken im Sturm. Allen Bewohnern wurde der Hals abgeschnitten, und das Schloß wurde in Brand gesteckt. Mich selbst beförderte man, nachdem man mir das Gesicht mit drei Säbelhieben gespalten hatte, durchs Fenster, und ich fiel zwei Stockwerke tief in einen von Schnee erfüllten Hof. Der Schnee bewahrte mich vor den glühenden Funken, die allenthalben herabregneten. Am Morgen fand mich einer der Katholiken, der zum Plündern zurückkam, erinnerte sich, daß ich das Kind toulousanischer Adliger war, hob mich auf und steckte mich zusammen mit meiner Milchschwester Margot, der einzigen Überlebenden des Blutbads, in seine Kiepe. Der Mann mußte mehrere Schneestürme über sich ergehen lassen, bis er die Ebene erreichte. Als er

163

in Toulouse ankam, lebte ich noch. Meine Mutter brachte mich auf eine besonnte Terrasse, entkleidete mich und ließ keinen Arzt zu mir, denn sie sagte, sie würden mich zugrunde richten. Erst in meinem zwölften Lebensjahr konnte ich gehen. Mit siebzehn schiffte ich mich ein. Dies ist der Grund, warum ich die Muße hatte, soviel zu studieren. Dank der Krankheit und der Bewegungslosigkeit zuerst, dank meiner Reisen danach. Darin liegt wohl nichts Verdächtiges."
Nachdem der Erzbischof eine Weile geschwiegen hatte, sagte er nachdenklich:
"Euer Bericht macht vieles verständlich. Ich wundere mich nicht mehr über Eure Sympathie für die Protestanten."
"Ich habe keine Sympathie für die Protestanten."
"Sagen wir also: über Eure Antipathie gegenüber den Katholiken."
"Ich habe keine Antipathie gegenüber Katholiken. Ich habe lediglich Abscheu vor allem Sektiererischen, Unechten, Engherzigen. Ich bin, Monsieur, ein Mann der Vergangenheit und finde mich in unserer Epoche der Intoleranz schwer zurecht. Ich hätte ein oder zwei Jahrhunderte früher auf die Welt kommen sollen, in jener Zeit der Renaissance, als die französischen Barone Italien entdeckten und hinter ihm das leuchtende Erbe der Antike: Rom, Griechenland, Ägypten, die Länder der Bibel..."
Seine Eminenz machte eine kaum merkliche Bewegung, die Angélique nicht entging.
"Er hat ihn dorthin gebracht, wo er ihn haben wollte", sagte sie sich.
"Reden wir von den Ländern der Bibel", erklärte sanft der Erzbischof. "Sagt uns doch die Heilige Schrift, daß König Salomon einer der ersten Magier war und daß er Schiffe nach Ophyr schickte, wo er, sicher vor neugierigen Blicken, durch die Transmutation gemeine Metalle in edle verwandeln ließ. Die Geschichte berichtet, daß er seine Schiffe goldbeladen zurückbrachte."
"Die Geschichte berichtet auch, daß Salomon nach seiner Rückkehr die Steuern verdoppelte, was beweist, daß er nicht viel Gold mitgebracht haben kann, und vor allem, daß er nicht wußte, wann er seinen Vorrat würde ergänzen können. Wäre er wirklich der Methode des Goldmachens auf die Spur gekommen, hätte er gewiß weder die Steuern erhöht noch sich die Mühe gemacht, seine Schiffe nach Ophyr zu schicken."
"Seine Weisheit hat ihn davon abgehalten, seine Untertanen in Geheimnisse einzuweihen, mit denen sie Mißbrauch getrieben hätten. Eine gewisse Tarnung war notwendig. Lacht nicht, Monsieur", rief der Erzbischof ziemlich scharf. "Die Grundwahrheiten der Kirche dulden keine Verspottung."
"Ich lache nicht über die in der Bibel geschilderten Tatsachen, sondern über ihre sophistische Auslegung."
"Hütet Euch, Monsieur, über die geheiligten Dinge zu lästern."
"Ich hege tiefe Ehrfurcht vor ihnen. Aber ich wiederhole: ich lehne es

ab, sie mit jenen Problemen zu vermengen. Ich möchte sogar noch weiter gehen: Salomon konnte die Transmutation der Metalle in Gold nicht kennen, denn die Transmutation ist ein unmögliches Phänomen. Die Alchimie ist eine Kunst, die nicht existiert, eine unglückselige Farce, die aus dunklen Zeiten stammt und von ganz allein der Lächerlichkeit verfallen wird, denn niemand wird jemals die Transmutation bewerkstelligen."

„Und ich sage Euch", rief der Erzbischof erbleichend aus, „daß ich mit meinen eigenen Augen gesehen habe, wie Becher einen zinnernen Löffel in ein Produkt dieser Zusammenstellung tauchte und ihn in Gold verwandelt wieder herauszog."

„Er war nicht in Gold verwandelt, er war mit Gold überzogen. Hätte der gute Mann sich die Mühe gemacht, diese oberste Schicht mit einem Stichel abzukratzen, wäre er sofort auf das darunterliegende Zinn gestoßen."

„Das ist richtig, aber Becher versichert, das sei der Anfang der Transmutation gewesen, das erste Stadium des eigentlichen Phänomens."

Es entstand eine Pause. Joffreys Hand glitt über die Lehne von Angéliques Sessel und streifte den Arm der jungen Frau. Lässig sagte er:

„Wenn Ihr überzeugt seid, daß Euer Mönch die Zauberformel gefunden hat, was war dann der Zweck Eures heutigen Besuches?"

Der Erzbischof verzog keine Miene.

„Becher ist überzeugt, daß Ihr das letzte Geheimnis kennt, das die Vollendung der Transmutation erlaubt."

Graf Peyrac lachte hellauf.

„Nie habe ich eine komischere Behauptung gehört. Ich sollte mich mit so kindlichen Versuchen abgeben? Armer Becher! Ich überlasse ihm gern alle Aufregungen und Hoffnungen der falschen Wissenschaft, die er ausübt, und..."

Ein fürchterliches Geräusch, ähnlich einem Donnerschlag oder einem Kanonenschuß, unterbrach ihn. Joffrey richtete sich auf und erbleichte.

„Das... das ist im Laboratorium. Mein Gott, wenn nur Kouassi-Ba nicht getötet worden ist!"

Er stürzte nach der Tür.

Der Erzbischof war ebenfalls aufgesprungen und stand nun aufgereckt wie ein Hüter der Gerechtigkeit da. Schweigend fixierte er Angélique.

„Ich gehe, Madame", sagte er schließlich. „Mir will scheinen, als tue in diesem Hause Satan bereits seinen Zorn über die Tatsache meiner Gegenwart kund. Erlaubt, daß ich mich zurückziehe."

Und er entfernte sich mit großen Schritten. Man hörte das Knallen der Peitschen und die Rufe der Kutscher, während die bischöfliche Kutsche gleich darauf über den großen Vorhof rollte.

Siebzehntes Kapitel

Angélique konnte sich nicht schlüssig werden, was sie tun sollte. Es drängte sie, in den Flügel des Schlosses hinüberzulaufen, aus dem das donnerähnliche Geräusch gekommen war. Joffrey schien ernstlich besorgt gewesen zu sein. Ob es Verletzte gegeben hatte? Ihre Pflicht war es, sich zu vergewissern. Dennoch rührte sie sich nicht von der Stelle. Das Geheimnis, mit dem der Graf seine Arbeiten umgab, hatte ihr mehr als einmal klargemacht, daß dies der einzige Bezirk war, den er vor der Neugier der Uneingeweihten verschloß. Nur aus Rücksicht auf die Persönlichkeit seines Besuchers hatte er sich zu einigen oberflächlichen Erklärungen bereit gefunden. Genügten sie, um den Argwohn des Erzbischofs zu beschwichtigen?

Angélique erschauerte. „Hexerei!" Sie blickte umher. In dieser bezaubernden Umgebung wirkte das Wort wie ein böser Scherz. Aber es gab da noch zu viele Dinge, die Angélique nicht durchschaute.

„Ich werde dort drüben nachsehen", beschloß sie. „Auf die Gefahr hin, daß er böse wird."

Aber sie hörte den Schritt ihres Gatten, und gleich darauf betrat er den Salon. Seine Hände waren rußverschmiert. Gleichwohl lächelte er.

„Gottlob nichts Ernstes. Kouassi-Ba hat nur ein paar Hautwunden abbekommen, aber er hatte sich so gut unter dem Tisch verborgen, daß ich zuerst glaubte, die Explosion habe ihn zerfetzt. Hingegen sind die materiellen Schäden beträchtlich. Meine wertvollsten Retorten aus besonderem böhmischen Glas liegen in Scherben. Nicht eine einzige ist übriggeblieben!"

Auf seinen Wink trugen zwei Pagen ein Becken und eine goldene Wasserkanne herbei. Er wusch sich die Hände, dann schüttelte er seine Spitzenmanschetten zurecht.

Angélique nahm all ihren Mut zusammen.

„Ist es nötig, Joffrey, daß Ihr diesen gefährlichen Experimenten so viele Stunden widmet?"

„Es ist nötig, Gold zum Leben zu haben", sagte der Graf und wies mit einer schweifenden Geste auf den prächtigen Salon, dessen vergoldete Holzdecke er neulich neu hatte bemalen lassen. „Aber darum geht es gar nicht. Ich empfinde bei diesen Studien ein Vergnügen, das nichts anderes mir verschaffen kann. Darin liegt der Zweck meines Lebens."

Angélique gab es einen Stich ins Herz, als beraubten sie solche Worte eines kostbaren Guts, aber da sie bemerkte, daß ihr Mann sie prüfend betrachtete, bemühte sie sich um eine gleichgültige Miene, während er fortfuhr:

„Darin liegt der einzige Zweck meines Lebens, abgesehen von dem, Euch zu erobern", schloß er mit einer höfischen Verbeugung.

„Ich will absolut nicht in Rivalität mit Euern Phiolen und Retorten treten", sagte Angélique eine Spur zu lebhaft, „aber die Worte Seiner Eminenz haben einige Unruhe in mir ausgelöst, wie ich Euch gestehen muß."

„Wirklich?"

„Habt Ihr in ihnen keine verborgene Drohung gespürt?"

Er antwortete nicht sogleich. Ans Fenster gelehnt, sah er nachdenklich über die flachen Dächer der Stadt hinweg, die sich so eng aneinanderdrängten, daß sie mit ihren runden Ziegeln einen riesigen Teppich in den Farbtönen des Klees und des Mohns bildeten.

Da ihr Gatte verstummt war, kehrte Angélique zu ihrem Sessel zurück, und ein Negerknabe stellte das Kästchen aus Korbgeflecht neben sie, in dem die schimmernden Seidenfäden ihrer Handarbeit in buntem Wirrwarr durcheinanderliefen.

Es herrschte Stille im Palast an diesem Tage nach dem Fest. Angélique dachte daran, daß sie bei der Mittagstafel allein dem Grafen Peyrac gegenübersitzen würde, wofern sich der unvermeidliche Bernard d'Andijos nicht einstellte...

„Habt Ihr die Taktik des Herrn Großinquisitors beobachtet?" fragte der Graf plötzlich. „Er spricht zunächst von der Moral, streift im Vorbeigehen die ‚Orgien' in unserm Hause, spielt auf meine Reisen an und führt uns von da aus zu Salomon. Kurz, man steht plötzlich vor der Tatsache, daß Baron Benoît de Fontenac, Erzbischof von Toulouse, mich auffordert, mit ihm mein Geheimnis des Goldmachens zu teilen, andernfalls werde er mich wie einen Hexenmeister auf der Place des Salins verbrennen lassen."

„Das ist eben die Drohung, die ich herauszuhören glaubte", sagte Angélique verängstigt. „Meint Ihr, daß er sich wirklich einbildet, Ihr wäret mit dem Teufel im Bunde?"

„Er? Nein. Das überläßt er seinem naiven Becher. Der Erzbischof besitzt eine zu nüchterne Intelligenz und kennt mich zu genau. Nur ist er überzeugt, daß ich das Geheimnis in Händen halte, auf künstlichem Wege Gold und Silber zu mehren. Er möchte es auch kennen, um es selbst nutzen zu können."

„Er ist ein verworfener Mensch!" rief die junge Frau aus. „Dabei wirkt er so würdig, so aufrichtig, so großmütig."

„Das ist er auch. Seine Geldmittel fließen den barmherzigen Werken zu. Er hält täglich freien Tisch für die armen Kirchenbeamten. Er kümmert sich um die Brandgeschädigten, um die Findelkinder und so fort. Er ist durchdrungen von der Unschuld der Seelen und der Größe Gottes. Aber er ist auch vom Dämon der Herrschsucht besessen. Er sehnt sich nach der Zeit zurück, da der einzige Herr einer Stadt, ja selbst einer Provinz der Bischof war, den Krummstab in der Hand, Recht sprechend, strafend, belohnend. Er erträgt es einfach nicht, zusehen zu müssen, wie

mein Einfluß wächst. Wenn die Dinge sich so weiterentwickeln, wird es in ein paar Jahren der Graf Peyrac sein, Euer Gatte, meine liebe Angélique, der Toulouse beherrscht. Gold und Silber verleihen Macht, und hier fällt nun die Macht in die Hände eines Gehilfen des Satans. Da gibt es für Seine Eminenz kein Zögern. Entweder wir teilen die Macht oder ..."
„Was wird geschehen?"
„Ängstigt Euch nicht, meine Liebe. Wenn sich auch die Intrigen eines Mannes in seiner Stellung für uns unheilvoll auswirken können, sehe ich doch nicht ein, warum es dazu kommen müßte. Er hat seine Karten auf den Tisch gelegt. Er will das Geheimnis des Goldmachens wissen. Ich werde es ihm gerne ausliefern."
„Ihr besitzt es also?" murmelte Angélique mit aufgerissenen Augen.
„Wir wollen die Dinge nicht verwechseln. Ich besitze keine Zauberformel, um Gold zu machen. Mein Ziel ist es weniger, Reichtümer zu schaffen, als vielmehr die Kräfte der Natur wirken zu lassen."
„Aber ist dieser Gedanke nicht schon ein wenig ketzerisch, wie Seine Eminenz sagen würde?"
Joffrey lachte.
„Ich sehe, daß man Euch mit Erfolg gepredigt hat. Ihr beginnt Euch in dem Spinngewebe seiner Scheinargumentationen zu verwickeln. Ach ja, ich gebe zu, daß es schwer ist, in diesen Dingen klar zu sehen. Schließlich hat die Kirche früherer Jahrhunderte die Müller nicht exkommuniziert, für die der Wind oder das Wasser die Flügel der Mühlen drehte. Aber die heutige würde sich auf die Hinterbeine stellen, wenn ich mich unterfinge, auf einer Anhöhe in der Umgebung von Toulouse das gleiche Modell einer Dampfpumpe zu errichten, das ich in Eurer Silbermine aufstellen ließ! Wenn ich einen Behälter aus Glas oder Steingut über ein Hüttenfeuer setze, ist damit ja wohl nicht gesagt, daß Luzifer schnurstracks hineinschlüpft . . ."
„Immerhin war die Explosion von vorhin ziemlich eindrucksvoll. Seine Eminenz schien darüber höchst erregt zu sein, und in diesem Fall, glaube ich, war er ehrlich. Habt Ihr es absichtlich getan, um ihn aufzubringen?"
„Nein, ich habe eine Fahrlässigkeit begangen. Ich habe ein Knallgold-Präparat, das ich mit Hilfe von Königswasser aus Blattgold gewonnen und danach mit Ammoniak niedergeschlagen hatte, zu lange trocknen lassen. Es kam bei diesem Vorgang zu keinerlei Urzeugung. Aber ich langweile Euch . . ."
„Nein, bestimmt nicht", sagte Angélique mit leuchtenden Augen. „Ich könnte Euch stundenlang zuhören."
Über sein Gesicht huschte ein Lächeln, das durch die Narben seiner linken Wange einen ironischen Akzent erhielt.
„Welch verwunderliches kleines Köpfchen! Nie wäre ich auf den Gedanken gekommen, eine Frau könne sich für diese Dinge erwärmen. Auch mir macht es Freude, Euch davon zu sprechen. Ich habe den Eindruck, daß

Ihr alles zu begreifen vermögt. Gleichwohl . . . wart Ihr nicht nahe daran, mir dunkle Kräfte zuzuschreiben, als Ihr nach Languedoc kamt? Flöße ich Euch noch immer soviel Angst ein?"

Angélique fühlte sich erröten, aber sie erwiderte tapfer seinen Blick.

„Nein! Ihr seid noch ein Unbekannter für mich, und das kommt, glaube ich, daher, daß Ihr niemandem gleicht, aber Ihr flößt mir keine Angst mehr ein."

Er humpelte schweigend zu dem Stuhl hinter ihr, auf dem er während des bischöflichen Besuchs gesessen hatte. Wenn er sich auch in gewissen Momenten nicht scheute, auf geradezu herausfordernde Weise sein versehrtes Gesicht ins volle Licht zu heben, so suchte er in andern den Schatten und das Dunkel. Seine Stimme bekam dann einen neuen Klang, als könne die von ihrer körperlichen Hülle befreite Seele Joffrey de Peyracs sich endlich ungehemmt äußern.

So fühlte Angélique neben sich die unsichtbare Gegenwart des „roten Mannes", der sie so sehr erschreckt hatte. Wohl war es derselbe Mensch, aber ihr Verhältnis zu ihm hatte sich verändert. Fast hätte sie die bange weibliche Frage gestellt: „Liebt Ihr mich?"

Doch dann bäumte sich ihr Stolz auf, denn sie erinnerte sich der Stimme, die zu ihr gesagt hatte: „Ihr werdet kommen . . . Sie kommen alle."

Um ihre Verwirrung zu überwinden, lenkte sie die Unterhaltung wieder auf wissenschaftliches Gebiet, wo seltsamerweise ihre Geister einander begegnet waren und wo ihre Freundschaft sich bestätigt hatte.

„Wenn Ihr Euch nicht scheut, Euer Geheimnis preiszugeben – weshalb weigert Ihr Euch da, den Mönch Becher zu empfangen, auf den Seine Eminenz so große Stücke zu halten scheint?"

„Pah! In diesem Punkt könnte ich ihn schon zufriedenstellen. Aber das Heikle dabei ist nicht, mein Geheimnis zu enthüllen, sondern es ihm verständlich zu machen. Ich werde ihm vergeblich zu beweisen versuchen, daß man die Materie transformieren, aber nicht transmutieren kann. Die Köpfe, die uns umgeben, sind für solche Offenbarungen nicht reif. Und der Ehrgeiz dieser falschen Gelehrten ist so groß, daß sie Zeter und Mordio schreien werden, wenn ich ihnen erkläre, daß die beiden wertvollsten Helfer bei meinen Forschungen ein Mohr und ein derber sächsischer Bergmann gewesen sind."

„Kouassi-Ba und der alte Bucklige von der Silbermine, Fritz Hauer?"

„Ja. Kouassi-Ba hat mir erzählt, daß er, als er noch ein Kind war und frei, irgendwo im Innern seines wilden Afrikas gesehen hat, wie nach alten, von den Ägyptern übernommenen Verfahren Gold gewonnen wurde. Die Pharaonen und König Salomon hatten dort sogar Goldminen. Aber ich frage Euch, Liebste, was wird Seine Eminenz sagen, wenn ich ihm anvertraue, daß mein Neger Kouassi-Ba es ist, der das Geheimnis des Königs Salomon bewahrt? Und doch war er es, der mich bei meinen Laboratoriumsarbeiten beraten und mir den Gedanken eingegeben hat, ein gewisses, unsichtbares Gold enthaltendes Gestein zu behandeln. Fritz Hauer aber ist der Bergmann par excellence, der Mann der Stollen, der Maulwurf, der nur im Schoß der Erde atmen kann. Vom Vater zum Sohn vererben diese sächsischen Bergleute ihre Verfahren, dank derer ich mich endlich in den bizarren Mystifikationen der Natur zurechtfinden und mit allen meinen verschiedenen Ingredienzen ins klare kommen konnte: Blei, Gold, Silber oder Vitriol, Quecksilber-Sublimat und anderen."

„Es ist Euch geglückt, Quecksilber-Sublimat und Vitriol herzustellen?" fragte Angélique, für die diese Worte immerhin ungefähre Begriffe darstellten.

„Jawohl, und das hat mich in die Lage versetzt, die Unsinnigkeit der ganzen Alchimie darzutun, denn aus dem Quecksilber-Sublimat kann ich nach Belieben entweder reines Quecksilber oder gelben und roten Hermes gewinnen, und diese letzteren Stoffe lassen sich ihrerseits in Quecksilber zurückverwandeln. Das Ausgangsgewicht erhöht sich dabei nicht nur nicht, es verringert sich vielmehr, denn es entstehen Verluste durch Verdampfung. Ebenso kann ich durch verschiedene Verfahren das Silber aus dem Blei ausscheiden und das Gold aus bestimmtem, scheinbar taubem Gestein. Aber wenn ich über die Tür meines Laboratoriums die Worte setzte: ‚Nichts geht verloren, nichts wird erschaffen', schiene meine Philosophie höchst gewagt, ja sogar im Widerspruch zum Geist der Genesis stehend."

„Gelangen nicht mit Hilfe eines ähnlichen Verfahrens die mexikanischen Goldbarren, die Ihr in London kauft, in die Silberminen von Monteloup?"

„Ihr seid ein Schlaukopf, und ich finde Molines reichlich geschwätzig. Gleichviel, wenn er geredet hat, dann bedeutet das, daß er Euch vertraut. Ja, die spanischen Barren können in einem Schmelzofen mit Schwefelkies oder Bleiglanz umgeschmolzen werden. Sie nehmen dann das Aussehen einer dunkelgrauen Schlacke an, die auch dem gewiegtesten Zöllner nicht verdächtig erscheint. Und dieser ‚Rohstein' ist es, den die guten kleinen Maulesel Eures Herrn Vaters von England nach dem Poitou transportieren oder von Spanien nach Toulouse, wo er von mir oder meinem Sachsen Hauer abermals in schönes, schimmerndes Gold verwandelt wird."

„Das ist Betrug am Fiskus", sagte Angélique ziemlich streng.

„Ihr seid herrlich, wenn Ihr so sprecht. Dieser Betrug schadet weder dem Königreich noch Seiner Majestät, und er macht mich reich. Überdies werde ich binnen kurzem Fritz zurückkommen lassen, damit er die Ausbeutung jener Goldader vorbereitet, die ich in einer Salsigne genannten Gegend entdeckt habe, in der Nachbarschaft von Narbonne. Dank dem Golde jenes Bergs und dem Silber aus dem Poitou werden wir auf die amerikanischen Edelmetalle verzichten können, infolgedessen auch auf diesen Betrug, wie Ihr es nennt."

„Warum habt Ihr Euch nicht bemüht, den König für Eure Entdeckungen zu interessieren? Es wäre doch möglich, daß es noch weitere Gebiete in Frankreich gibt, die man mit Hilfe Eurer Verfahren ausbeuten könnte, und der König wäre Euch dankbar dafür."

„Der König ist fern, Liebste, und ich bin nicht zum Höfling geboren. Nur Leute dieser Art können einigen Einfluß auf die Geschicke des Königreichs nehmen. Mazarin ist der Krone ergeben, ich leugne es nicht, aber er ist vor allem ein internationaler Intrigant. Fouquet aber, der den Auftrag hat, das Geld für den Kardinal Mazarin aufzutreiben, ist ein Genie der finanziellen Kombinationen, doch auf die Bereicherung des Landes durch eine richtig verstandene Ausbeutung seiner natürlichen Schätze legt er, vermute ich, keinen Wert."

„Fouquet!" rief Angélique aus. „Ja, jetzt erinnere ich mich, wo ich von römischem Vitriol und Quecksilber habe reden hören! Es war auf Schloß Plessis."

Die ganze Szene lebte vor ihren Augen auf. Der Italiener in der Mönchskutte, die nackte Frau zwischen den Spitzen, der Fürst Condé und das Kästchen aus Sandelholz, in dem ein smaragdgrünes Fläschchen schillerte.

„Vater", hatte der Fürst Condé gesagt, „ist es Monsieur Fouquet, der Euch schickt?"

Angélique fragte sich unversehens, ob sie nicht dem Schicksal in den Arm gefallen war, als sie jenes Kästchen versteckt hatte.

„Woran denkt Ihr?" fragte Graf Peyrac.

„An ein seltsames Abenteuer, das ich früher einmal erlebt habe."

Und sie, die so lange geschwiegen hatte, sie erzählte ihm plötzlich die Geschichte des Kästchens, deren sämtliche Einzelheiten in ihrem Gedächtnis eingegraben geblieben waren.

„Die Absicht des Fürsten Condé richtete sich gewiß darauf, den Kardinal und vielleicht sogar den König und seinen jungen Bruder zu vergiften", schloß sie, „aber was ich nicht recht verstanden habe, sind jene Briefe, die eine Art unterzeichneter Verpflichtung enthielten. Der Fürst und andere Edelleute sollten sie Fouquet übergeben. Wartet! Der Text ist mir nicht ganz gegenwärtig. Er lautete ungefähr folgendermaßen: ‚Ich verpflichte mich, daß ich nur zu Monsieur Fouquet halten und meinen Besitz zu seiner Verfügung stellen werde...'"

Joffrey de Peyrac hatte ihr schweigend zugehört. Am Schluß lachte er höhnisch.

„Da habt Ihr unsere schöne Welt! Wenn man bedenkt, daß Fouquet damals nichts als ein obskurer Parlamentarier war! Trotzdem konnte er bei seiner Geschicklichkeit in finanziellen Dingen schon die Fürsten in seinen Dienst zwingen. Jetzt ist er der reichste Mann im Königreich, neben Mazarin, versteht sich. Was beweist, daß in der Sonne Seiner Majestät Platz für alle beide war. Ihr habt also Eure Verwegenheit so weit getrieben, Euch des Kästchens zu bemächtigen? Ihr habt es versteckt?"

„Ich habe es..."

Eine Warnung ihres Instinkts verschloß ihr plötzlich die Lippen.
„Nein, ich habe es in den Seerosenteich des großen Parks geworfen."
„Und glaubt Ihr, daß Euch jemand der Beseitigung verdächtigt hat?"
„Ich weiß nicht. Ich glaube nicht, daß man meiner kleinen Person sonderliche Bedeutung beimaß. Gleichwohl habe ich nicht unterlassen, vor dem Fürsten Condé auf jenes Kästchen anzuspielen."
„Wie? Aber das war ja Wahnsinn!"
„Ich mußte doch für meinen Vater die Befreiung vom Wegezoll für die Maultiere erwirken. Oh, das ist eine lange Geschichte", sagte sie lachend, „und ich weiß jetzt, daß Ihr indirekt in sie verwickelt wart. Aber ich würde mit Vergnügen von neuem Dummheiten solcher Art begehen, nur um noch einmal die entsetzten Gesichter dieser hochnäsigen Leute zu sehen."
Als sie ihm von ihrem Scharmützel mit dem Fürsten erzählt hatte, schüttelte ihr Gatte den Kopf.
„Ich wundere mich geradezu, daß ich Euch noch lebendig neben mir sehe. Ihr müßt tatsächlich sehr harmlos gewirkt haben. Es ist nämlich eine gefährliche Sache, als Statist in die Intrigen der Leute vom Hof verstrickt zu werden. Sie würden sich nichts daraus machen, bei Gelegenheit auch mal ein kleines Mädchen zu beseitigen."
Während des Redens erhob er sich und trat leise auf einen nahen Türvorhang zu, den er rasch zur Seite schob. Mit enttäuschtem Gesichtsausdruck wandte er sich zurück.
„Ich bin nicht flink genug, um Neugierige zu ertappen."
„Hat uns jemand belauscht?"
„Ich bin dessen gewiß."
„Ich habe schon öfter den Eindruck gehabt, daß jemand unseren Unterhaltungen zuhört. Es ist sehr lästig."
„Es ist unvermeidlich. Das Spionieren ist die Stärke der Regierungen, und unsere Epoche hat diese üble Tätigkeit zur Institution erhoben. So gibt es in diesem Palais mindestens drei Spione unter unseren Lakaien und Pagen. Einen im Dienst des Gouverneurs, einen im Dienst des Königs, einen im Dienst des Erzbischofs. Ich kenne den letzteren: es ist Alphonso. Deshalb jage ich ihn nicht fort, denn ich habe längst mit ihm abgesprochen, was er seinem Herrn erzählen soll. Aber der beunruhigendste ist der vierte, der, den man nicht ausmachen kann. Ich spüre ihn seit einiger Zeit hier herumschleichen."
„Was für ein komisches Leben!" seufzte Angélique, die nicht recht wußte, ob sie die Worte ihres Gatten ernst nehmen sollte, denn es war seine Art, alles gleichsam wie im Scherz zu sagen.
Er nahm wieder seinen Platz hinter ihr ein. Die Hitze wurde drückender, und plötzlich begann die Stadt unter dem Dröhnen der tausend Glocken zu erbeben, die zum Angelus läuteten. Die junge Frau bekreuzigte sich andächtig und murmelte das Gebet zur Jungfrau Maria. Die klingende

Flut schlug über ihnen zusammen, und während einer guten Weile konnten sie, die am offenen Fenster saßen, kein Wort wechseln. So blieben sie stumm, und diese Intimität, die sich nun häufiger zwischen ihnen ergab, bewegte Angélique tief.

„Seine Gegenwart mißfällt mir nicht nur nicht, ich bin sogar glücklich", sagte sie sich verwundert. „Würde es mir unangenehm sein, wenn er mich wieder küßte?"

Wie vorhin während des Besuchs des Erzbischofs hatte sie das Bewußtsein, daß Joffrey auf ihren weißen Nacken blickte.

„Nein, mein Liebling, ich bin kein Zauberer", murmelte er. „Ich habe vielleicht von der Natur gewisse Kräfte empfangen, aber vor allem wollte ich *lernen*. Begreifst du?" fuhr er in einschmeichelndem Tone fort, der sie bezauberte, „ich war begierig, alle schwierigen Dinge zu erforschen: die Naturwissenschaften, die Literatur und auch das Herz der Frauen. Ich habe mich mit Lust diesem bezaubernden Mysterium hingegeben. Man glaubt, hinter den Augen einer Frau gebe es nichts, und man entdeckt eine Welt. Oder aber man erwartet eine Welt und entdeckt nichts ... als ein kleines Narrenglöckchen. Was ist hinter deinen grünen Augen, die an unberührte Wiesen und an den stürmischen Ozean erinnern? – Ich lasse dich in meine Karten sehen. Ich habe nur ein Verlangen: dich zu verführen, denn du bist mir als die schönste und liebenswerteste, als die Dame meines Herzens erschienen..."

Sie hörte ihn sich bewegen, und das reiche, schwarze Haar glitt über ihre bloße Schulter wie ein warmes, seidiges Fell. Sie erbebte vor der Berührung der Lippen, die ihr gebeugter Nacken unbewußt erwartete. Mit geschlossenen Augen, den langen, glühenden Kuß kostend, der sich zur Sättigung Zeit nahm, fühlte Angélique die Stunde ihrer Niederlage nahen. Dann würde sie, zitternd, zögernd noch, aber unterjocht, wie die andern kommen und sich der Umschlingung dieses wunderlichen Mannes darbieten.

Achtzehntes Kapitel

Das Pferd folgte langsamen Schrittes dem Flußufer und wirbelte den Staub des sich dahinschlängelnden Weges auf. In einiger Entfernung folgten drei bewaffnete Lakaien, aber Angélique war sich deren Gegenwart nicht bewußt. Es schien ihr, als sei sie völlig allein unter dem Sternenhimmel, allein in den Armen Joffrey de Peyracs, der sie vor sich quer über den Sattel gesetzt hatte und nun zum Lusthaus an der Garonne ritt, um dort die erste Liebesnacht mit ihr zu erleben.

Er trieb seine Stute nicht an und ließ in der einen Hand die Zügel schleifen, während sein anderer Arm den Körper der jungen Frau an sich preßte. In wohligem Hingegebensein empfand sie zum zweitenmal jene bezwingende Kraft, die sich an einem gewissen Abend einen mit Abscheu verwehrten Kuß hatte ertrotzen wollen. Aber all das war fern und unwirklich. Nur auf den gegenwärtigen Augenblick kam es an. Bar jeden Gedankens und wie ausgelöscht schmiegte sie sich an, barg sie ihr Gesicht in dem knisternden Samt des Gewandes.

Er schaute sie nicht an, sondern starrte auf das vorbeieilende Gewässer. Dabei öffneten sich seine Lippen ein wenig, und er summte ein Lied in der alten Sprache, dessen Übersetzung sie kannte.

„Wie der Jäger die endlich erjagte Beute nach Hause trägt,
so trag' ich mein Liebchen nach Haus, besiegt und fügsam meiner Lust."

Das Mondlicht lag voll auf seinem verwegenen Gesicht. Doch Angélique dachte:

„Er hat die schönsten Augen, die schönsten Zähne, die schönsten Haare der Welt. Die zarteste Haut, die schönsten Hände ... Wie konnte ich ihn abstoßend finden ...? Ist dies denn die Liebe ...? Der Zauber der Liebe ...?"

Im Lusthaus an der Garonne blieben die von ihrem anspruchsvollen Herrn sorgsam geschulten Diener unsichtbar. Das Zimmer war gerichtet. Auf der Terrasse lagen neben dem Ruhebett Früchte bereit, und in einem bronzenen Becken waren Flaschen kühlgestellt, doch alles wirkte verlassen.

Angélique und ihr Gatte schwiegen. Es war die Stunde der Stille. Gleichwohl murmelte sie, als er sie in dumpfer Ungeduld an sich zog:

„Warum lächelt Ihr nicht?"

Er atmete tief.

„Ich kann nicht lächeln, denn ich habe zu lange auf diesen Augenblick gewartet, und er macht mich fast schmerzhaft beklommen. Ich habe nie eine Frau wie dich geliebt, Angélique, und es will mir scheinen, als hätte ich dich schon geliebt, bevor ich dich kannte. Und als ich dich sah ... Du warst es, auf die ich wartete. Aber du gingst stolz an mir vorüber, unnahbar wie eine Moornixe. Und ich machte dir scherzhafte Geständnisse, aus Furcht vor einer Geste des Abscheus oder einer spöttischen Bemerkung. Nie habe ich auf eine Frau so lange gewartet, noch soviel Geduld aufgebracht. Und dabei gehörtest du mir. Hundertmal war ich drauf und dran, Gewalt zu gebrauchen, aber ich wollte nicht nur deinen Körper, ich wollte deine Liebe. Und jetzt, da du endlich mein wirst, jetzt grolle ich dir ob all der Qualen, die du mir bereitet hast. Ich grolle dir", wiederholte er in heißer Leidenschaft.

Sie hielt tapfer dem Ausdruck seines Gesichts stand, das sie nun nicht mehr erschreckte, und lächelte. „Räche dich", flüsterte sie.

Er erbebte und lächelte auch.

„Du bist weiblicher, als ich dachte. Ach, fordert mich nicht heraus! Ihr werdet um Gnade bitten, schöne Feindin!"

Von diesem Augenblick an gehörte Angélique nicht mehr sich selbst. Den Lippen wiederbegegnend, die sie schon einmal trunken gemacht hatten, geriet sie von neuem in den Strudel ungekannter Empfindungen, die in ihrem Fleisch ein unbestimmtes Verlangen hinterlassen hatten. Alles wurde wach in ihr, und in Erwartung einer Wonne, der nichts sich in den Weg würde stellen können, nahm ihr Glücksgefühl eine Heftigkeit an, die sie erschreckte.

Keuchend bog sie sich zurück, versuchte sie, diesen Händen auszuweichen, deren jede einzelne Bewegung neue Quellen der Lust anschlug; und dann begannen der Sternenhimmel, die dunstige Ebene um sie zu kreisen, durch die die Garonne ihre silbernen Schleifen zog.

An Leib und Seele gesund, war Angélique wie für die Liebe geschaffen, aber das plötzliche Sichbewußtwerden ihres Körpers raubte ihr den Atem, und sie fühlte sich, innerlich mehr noch als äußerlich, von einem wilden Ansturm bedrängt und umklammert. Erst später, als sie erfahrener war, konnte sie ermessen, wie sehr Joffrey dennoch sein eigenes Verlangen gezügelt hatte, um sie völlig zu zähmen.

Ohne daß sie sich dessen bewußt wurde, entkleidete er sie und legte sie auf das Ruhebett. Mit beharrlicher Geduld überwand er ihren Widerstand, preßte er die mählich fügsamer Werdende immer wieder an sich. Bald entzog sie sich, bald schmiegte sie sich ihm an, doch als die Erregung, deren sie nicht Herr zu werden vermochte, ihren Höhepunkt erreicht hatte, trat eine plötzliche Entspannung ein. Angélique war es, als überkäme sie ein Wohlgefühl, in das sich eine köstliche Erregung mischte; sie begab sich ihres Schamgefühls und bot sich willenlos den kühnsten Liebkosungen dar. Mit geschlossenen Augen ließ sie sich vom Strom der Wollust mitreißen. Sie bäumte sich nicht mehr gegen den Schmerz auf, denn schon verlangte jede Faser ihres Körpers wild nach der Beherrschung durch den Herrn. Als er in sie drang, schrie sie nicht auf, doch ihre Augenlider öffneten sich weit, und die Sterne des Frühlingshimmels spiegelten sich in ihren grünen Augen.

„Schon!" flüsterte Angélique. – Ausgestreckt lag sie auf dem Ruhebett und kam langsam wieder zur Besinnung. Ein weicher indischer Shawl schützte ihren heißen Körper vor dem nächtlichen Windhauch. Sie betrachtete Joffrey, der aufgestanden war und den kühlen Wein in Becher goß. Er mußte lachen.

„Hübsch langsam, mein Herz! Ihr seid zu sehr Neuling, als daß ich mir eine noch längere Unterrichtsstunde erlauben dürfte. Die Zeit für ausgedehntere Genüsse wird schon noch kommen. Trinken wir inzwischen!"

Er stützte ihren schlanken Oberkörper, während sie trank, und sie betonte ihre Abspannung und Müdigkeit, indem sie sich instinktiv kokett und hilfsbedürftig an ihn lehnte. Sie genoß skrupellos das warme Gefühl, das sie in diesem Manne erspürte, der so blasiert und übersättigt hätte sein können und der doch in vollem Maße das Geschenk zu würdigen wußte, das sie ihm dargebracht hatte. Er verbarg jugendliche Glückseligkeit hinter scherzhaften Bemerkungen, aber die feinhörige Angélique fühlte sich jetzt über ihn allmächtig. Sicher würde sie damit keinen Mißbrauch treiben. Sie würde ihn innig lieben, ihm Kinder schenken und unter dem Himmel von Toulouse glücklich mit ihm leben!

Mit den Fingern strich er über die weiße und feste Wölbung ihres Leibes. Sie lächelte und stieß einen langen Seufzer des Wohlbehagens aus. Man hatte ihr immer gesagt, die Männer seien nach der Befriedigung brutal oder gleichgültig. Aber Joffrey war ja nie den andern Männern ähnlich. Er legte sich dicht neben sie auf das Ruhebett, und sie hörte ihn ganz leise lachen.

„Wenn ich mir vorstelle, daß der Erzbischof gerade jetzt vom Turm seines Bischofspalastes auf unser Haus herunterschaut und meinen lockeren Lebenswandel verflucht! Wenn er wüßte, daß ich zu eben dieser Stunde die ‚sträfliche Lust' mit meiner eigenen Frau genieße, deren Ehebund er selbst gesegnet hat!"

„Ihr seid unverbesserlich. Er hat allen Grund, Euch mit seinem Argwohn zu verfolgen. Denn wenn man eine Sache auf zweierlei Weise machen kann, erfindet Ihr eine dritte. So könntet Ihr entweder Ehebruch begehen oder ganz brav Euren ehelichen Pflichten nachkommen. Aber nein, Ihr müßt Eure Hochzeitsnacht so einrichten, daß ich in Euren Armen ein Gefühl von Schuld empfinde!"

„Ein höchst angenehmes Gefühl, nicht wahr?"

„Schweigt! Ihr seid der Teufel in Person!"

„Und Ihr, Angélique, seid eine anbetungswürdige, nackte kleine Nonne! Und ich zweifle nicht, daß meiner Seele zwischen Euren Händen Absolution zuteil wird. Aber wir wollen die Annehmlichkeiten des Lebens nicht bekritteln. So viele andere Völker haben andere Sitten und sind doch nicht weniger großherzig oder glücklich. Nein, Angélique, mein Täubchen, ich empfinde keine Gewissensbisse und gehe nicht zur Beichte ..."

An den folgenden Tagen kam Angélique sich vor, als sei sie über Nacht in eine andere Welt versetzt, in eine Welt der Fülle und der zauberhaften Entdeckungen. Ihre Verliebtheit wuchs, ihr Teint nahm einen rosigen Ton an, ihr Lachen bekam etwas Ungezwungenes. Joffrey fand sie jeden Tag gieriger, bereitwilliger, und sie verweigerte sich nicht mehr jäh wie eine junge Diana, wenn er neue Liebesspiele erfand.

Nur allzu ungern kehrte sie nach einer Woche mit Joffrey ins Palais zurück. Sie war bekümmert, daß diese köstlichen Tage ihr Ende fanden. Solche Augenblicke des Glücks erlebte man kein zweites Mal. Niemals, das fühlte Angélique plötzlich ganz klar, niemals würde diese berauschende, von allem Irdischen befreite Zeit wiederkehren.

Gleich am ersten Abend schloß sich Joffrey in sein Laboratorium ein.
 Diese Geschäftigkeit empörte Angélique, und sie wälzte sich vergeblich wartend in ihrem großen Bett wütend von einer Seite zur anderen.
 „So sind die Männer", sagte sie sich bitter. „Sie geruhen, einem im Vorbeigehen ein paar Augenblicke zu schenken, aber nichts vermag sie im Grunde zu fesseln als ihre persönlichen Steckenpferde. Für die einen ist es das Spiel, für andere der Krieg. Für Joffrey sind es seine Retorten. Früher hat es mich interessiert, wenn er mir davon sprach, weil er mir dann freundschaftliche Gefühle entgegenzubringen schien, aber jetzt hasse ich dieses Laboratorium."
 Grollend schlief sie schließlich dennoch ein.
 Sie erwachte, als der Schein einer Kerze auf sie fiel, und erblickte Joffrey, der sich gerade ausgezogen hatte, neben dem Bett. Sie setzte sich brüsk auf und verschränkte die Arme um die Knie.
 „Muß das sein?" fragte sie. „Ich höre schon die Vögel im Garten erwachen. Findet Ihr es nicht besser, Ihr würdet diese so wohl begonnene Nacht vollends in Euerm Laboratorium verbringen und eine dickbäuchige Glasretorte an Euer Herz drücken?"
 Er lachte, ohne die geringste Zerknirschung zu bekunden.
 „Ich bin untröstlich, Liebste, aber ich war in ein Experiment vertieft, das ich unmöglich im Stich lassen konnte. Wißt Ihr, daß unser gräßlicher Erzbischof gewissermaßen wieder daran schuld ist? Er hat mir ein Ultimatum gestellt, seinem idiotischen Mönch Becher mein Geheimnis zu enthüllen. Und da ich ihn schließlich nicht über meinen spanischen Handel aufklären kann, habe ich beschlossen, Becher nach Salsigne mitzunehmen, wo er der Förderung und der Umwandlung des goldhaltigen Gesteins beiwohnen soll. Vorher werde ich den Sachsen Fritz Hauer zurückbeordern und außerdem einen Boten nach Genf schicken. Bernalli brennt darauf, diese Vorgänge kennenzulernen, und wird bestimmt kommen."
 „Das interessiert mich alles gar nicht", unterbrach Angélique verstimmt. „Ich will schlafen."
 Sie war sich wohl bewußt, daß sie mit ihren weich über das Gesicht fallenden Haaren und in ihrem Hemdchen, dessen Spitzenvolant über ihren bloßen Arm heruntergeglitten war, sehr viel weniger streng wirkte als ihre Worte.
 Er streichelte die zarte, weiße Schulter, aber mit einer raschen Kopfbewegung grub sie ihre spitzen Zähne in seine Hand. Er gab ihr einen

Klaps und warf sie in geheucheltem Zorn auf das Bett zurück. Sie kämpften eine kurze Weile, dann unterlag Angélique Joffreys Kraft, die sie jedesmal mit der gleichen Überraschung empfand. Doch ihr Widerstandsgeist war noch nicht erlahmt, und sie wehrte sich gegen die Umklammerung, bis ihr Blut rascher zu kreisen begann. Ein Funke der Wollust entzündete sich in ihrem tiefsten Innern und teilte sich ihrem ganzen Wesen mit. Sie kämpfte weiter, doch sie suchte in keuchender Begier das wunderliche Gefühl zurückzugewinnen, das sie eben verspürt hatte. Ihr Körper fing Feuer. Die Wogen der Lust trugen sie von Gipfel zu Gipfel, in einem Rausch, wie sie ihn noch nie empfunden hatte.
„O Joffrey!" seufzte sie. „Mir ist, als müsse ich sterben. Warum ist es jedesmal wunderbarer?"
„Weil die Liebe eine Kunst ist, in der man sich vervollkommnet, Liebste, und weil Ihr eine wunderbare Schülerin seid."
Gesättigt suchte sie jetzt den Schlaf, indem sie sich an ihn schmiegte. Wie braun Joffreys Brust zwischen den Spitzen des Hemdes wirkte! Und wie so ganz besonders und berauschend dieser leise Tabakgeruch doch war!
Angélique dachte, daß sie ewig glücklich sein würden ...

Neunzehntes Kapitel

Ungefähr zwei Monate danach bewegte sich eine kleine Reitertruppe, der eine Kutsche mit dem Wappen des Grafen Peyrac folgte, auf einer Uferstraße dem kleinen Ort Salsigne im Departement Aude zu.
Angélique, der diese Reise zunächst großes Vergnügen bereitet hatte, begann zu ermüden. Es war sehr heiß und staubig. Und da der wiegende Schritt ihres Pferdes sie zum Nachsinnen veranlaßte, hatte sie zuerst mit einigem Mißfallen den Mönch Conan Becher beobachtet, der auf einem Maultier saß und seine langen, dürren Beine herunterhängen ließ, und sodann über die Folgen des starrköpfigen Grolls des Erzbischofs nachgedacht. Und als schließlich bei dem Gedanken an Salsigne die vierschrötige Gestalt Fritz Hauers vor ihrem geistigen Auge auftauchte, war ihr der Brief ihres Vaters eingefallen, den der Sachse ihr gebracht hatte, nachdem er in Toulouse mit seinem Gepäckwagen, seiner Frau und seinen drei blonden Kindern angekommen war, welch letztere trotz des langen Aufenthalts im Poitou nur einen rauhen deutschen Dialekt sprachen.
Angélique hatte beim Empfang dieses Briefs bittere Tränen vergossen, denn ihr Vater teilte ihr den Tod des alten Wilhelm Lützen mit. Sie war in einen dunklen Winkel gegangen und hatte sich ausgeweint. Selbst Joffrey konnte sie nicht erklären, was sie empfand und warum ihr weh ums Herz wurde, wenn sie sich das alte, bärtige Gesicht mit seinen hellen, strengen

Augen vergegenwärtigte, die gleichwohl die kleine Angélique so sanft angeschaut hatten. Doch als am Abend ihr Gatte sie gestreichelt und sanft umschmeichelt hatte, ohne Fragen zu stellen, hatte sich ihr Schmerz ein wenig gemildert. Die Vergangenheit blieb eben Vergangenheit. Aber der Brief des Barons Armand hatte die Vorstellung von kleinen, barfüßigen Geistern mit Haarschöpfen voller Stroh in den eisigen Gängen des Schlosses Monteloup geweckt, in deren Schatten sich im Sommer die Hühner flüchteten.

Der Baron beklagte sich auch. Das Leben war noch immer schwierig, wenn auch jedermann dank dem Maultierhandel und der Großzügigkeit des Grafen Peyrac das Notwendigste hatte. Aber das Land war von einer furchtbaren Hungersnot heimgesucht worden; dies zusammen mit den Verfolgungen der Salzschleichhändler durch die Fiskalbeamten hatte zu einer Revolte der Bewohner des Moorgebiets geführt. Sie waren plötzlich aus ihrem Schilf aufgetaucht, hatten mehrere Marktflecken geplündert, die Abgaben verweigert und Steuereintreiber umgebracht. Man hatte die Soldaten des Königs gegen sie, die sich „wie Aale in den Wassergräben davonmachten", einsetzen müssen. Es gab viele Gehängte an den Straßenkreuzungen.

Angélique erkannte mit einem Male, was es bedeutete, eines der größten Vermögen der Provinz zu „sein". Sie hatte diese unterdrückte, von der Angst vor den Steuern und der Zwangseintreibung verfolgte Welt vergessen. War sie im Glanz ihres Glücks und ihres Luxus nicht sehr egoistisch geworden? Vielleicht hätte sich der Erzbischof weniger querköpfig gezeigt, wenn sie ihn zu umgarnen verstanden und sich seinen mildtätigen Werken gewidmet hätte?

Sie hörte den armen Bernalli stöhnen.

„Oh, diese Straße! Das ist ja schlimmer als unsere Abruzzen! Und Eure schöne Kutsche! Es werden nur Späne von ihr übrigbleiben. Ein wahres Verbrechen!"

„Ich habe Euch ja beschworen, sie zu besteigen", sagte Angélique. „Dann wäre sie wenigstens zu etwas nütze gewesen."

Doch der galante Italiener protestierte, nicht ohne sich die schmerzende Hüfte zu reiben.

„Pfui über Euch, Signora! Ein Mann, der dieses Namens würdig ist, kann sich nicht in einer Kutsche breitmachen, während eine junge Dame zu Pferde reist."

„Eure Skrupel sind altmodisch, mein guter Bernalli. Heutzutage macht man keine solchen Umstände mehr. Ich kenne Euch allmählich gut genug, um zu wissen, daß Ihr nur unsere wippende und Wasser ausschleudernde hydraulische Maschine zu erblicken braucht, um alsbald von Eurer Zerschlagenheit kuriert zu sein."

Das Gesicht des Gelehrten hellte sich auf.

„Wirklich, Madame, Ihr erinnert Euch meiner Vernarrtheit in jene

Wissenschaft, die ich Hydraulik nenne? Euer Gatte hat mich geködert, indem er mir mitteilte, er habe in Salsigne eine Maschine konstruiert, die das Wasser eines in einer tiefen Schlucht fließenden Gebirgsbachs hochpumpt. Mehr brauchte es nicht, um mich wieder auf die Landstraßen zu jagen. Ich frage mich, ob er da nicht das Perpetuum mobile entdeckt hat."

„Ihr täuscht Euch, mein Lieber", sagte hinter ihnen die Stimme Joffrey de Peyracs, „es handelt sich lediglich um eine Nachahmung jener Stoßheber, die ich in China gesehen habe und die das Wasser aus einer Tiefe von mehr als hundertfünfzig Klaftern heraufzuschaffen vermögen. Aha, seht dort drüben! Wir sind angelangt."

Sie hatten das Ufer eines kleinen Gießbachs erreicht und bemerkten in einiger Entfernung eine Art Wippkasten, der sich in beträchtlicher Geschwindigkeit um eine Achse drehte und periodisch in einer schönen Parabel einen Wasserstrahl hochschleuderte. Dieser Wasserstrahl fiel in ein höher liegendes Bassin zurück, dessen Inhalt wiederum durch hölzerne Leitungen sanft abfloß.

Ein künstlicher Regenbogen verlieh dieser Vorrichtung mit seinen irisierenden Farben einen gewissen Nimbus, und Angélique fand den Stoßheber sehr hübsch, während Bernalli enttäuscht schien und vorwurfsvoll erklärte:

„Ihr verliert da neunzehn Zwanzigstel des Bachwassers. Das hat mit dem Perpetuum mobile absolut nichts zu tun!"

„Es kommt mir gar nicht darauf an, Wasser und Kraft zu verlieren", bemerkte der Graf. „Die Hauptsache ist, daß ich hier oben Wasser habe, und das kleine Quantum genügt mir, um mein zerschrotetes goldhaltiges Gestein zusammenzubacken."

Der Besuch des Bergwerks wurde auf den folgenden Tag verschoben. Bescheidene, aber ausreichende Unterkünfte waren vom Dorfschulzen vorbereitet worden. Ein Gepäckwagen hatte Betten und Koffer gebracht. Der Graf stellte die Häuser Bernalli, dem Mönch Becher und Andijos zur Verfügung, während er selbst den Schutz eines großen Zeltes mit doppeltem Dach vorzog, das er aus Syrien mitgebracht hatte.

„Ich glaube, wir haben von den Kreuzfahrern die Vorliebe für das Biwakieren geerbt. Ihr werdet sehen, Angélique, daß man bei dieser Hitze und in diesem Land, das das trockenste ganz Frankreichs ist, in einem Zelt besser aufgehoben ist als in einem Bau aus Steinen und gestampfter Erde."

Tatsächlich genoß sie, als es Abend wurde, die frische Luft, die von den Bergen herabkam. Die hochgeschlagenen Zeltbahnen erlaubten den Blick auf den von der untergehenden Sonne rosig verfärbten Himmel, und vom Ufer des Gebirgsbachs klangen die traurigen und getragenen Lieder der sächsischen Bergleute herüber.

Joffrey de Peyrac schien entgegen seiner Gewohnheit besorgt.

„Ich mag diesen alchimistischen Mönch nicht", rief er plötzlich heftig aus. „Er wird nicht nur nichts begreifen, sondern alles seiner verschrobenen Mentalität gemäß auslegen. Ich hätte mich lieber noch dem Erzbischof gegenüber erklärt, aber der will einen ‚wissenschaftlichen Zeugen'. Was für ein Witz! Jeder andere wäre besser als dieser Kuttenträger!"

„Immerhin", protestierte Angélique ein wenig schockiert, „habe ich sagen hören, daß viele hervorragende Wissenschaftler ebenfalls Ordensgeistliche seien."

Der Graf unterdrückte mühsam eine ärgerliche Geste.

„Ich leugne es nicht, und ich gehe sogar noch weiter. Ich möchte sagen, daß die Kirche jahrhundertelang das kulturelle Erbe der Welt verwaltet hat. Aber augenblicklich verdorrt sie in der Scholastik. Die Wissenschaft ist Erleuchteten ausgeliefert, die bereit sind, in die Augen springende Tatsachen zu leugnen, sobald sie keine theologische Erklärung für ein Phänomen finden, das sich einzig auf natürliche Weise deuten läßt."

Er verstummte, und während er unvermittelt seine Frau an seine Brust drückte, sprach er einen Satz aus, den sie erst später begreifen sollte:

„Auch Euch habe ich als Zeugen gewählt."

Am nächsten Morgen fand sich der Sachse Fritz Hauer ein, um die Besucher zum Goldbergwerk zu führen.

Dieses bestand aus einer weiträumigen Ausschachtung am Fuße der Vorberge von Corbières. Ein riesiges, linsenförmiges Terrain von fünfzig Klafter Länge und fünfzehn Klafter Breite war abgetragen, und seine graue Gesteinsmasse hatte man mittels hölzerner und eiserner Keile in kleinere Blöcke zerteilt, die dann auf Karren geladen und zu den Mühlsteinen transportiert wurden.

Hydraulische Stößer erregten Bernallis besondere Aufmerksamkeit.

„Ich habe sie nur den Chinesen nachgemacht, bei denen diese Vorrichtungen, wie man mir dort versicherte, seit drei- oder viertausend Jahren im Gebrauch sind", erklärte der Graf. „Sie benützen sie vor allem, um den Reis zu schälen, der ihre Hauptnahrung darstellt."

„Aber wo ist bei all dem das Gold?" bemerkte der Mönch Becher. „Ich sehe da nur ein graues, schweres Pulver, das Eure Arbeiter aus dem zerstoßenen grünen und grauen Gestein gewinnen."

„Ihr werdet die Erklärung im sächsischen Gießhaus finden."

Die kleine Gruppe begab sich ein Stück abwärts, wo in einem mauerlosen Schuppen gedeckte Frischfeueröfen installiert waren.

Von jeweils zwei jungen Burschen betätigte Blasebälge erzeugten einen heißen, erstickenden Lufthauch. Zuckende Flammen, die einen scharfen Knoblauchgeruch verbreiteten, sprangen zuweilen aus den geöffneten Mäulern der Öfen und hinterließen eine Art rußigen, schweren Dampfs, der sich in der ganzen Umgebung in Form weißen Schnees niederschlug.

Angélique nahm etwas von diesem Schnee in die Hand und wollte ihn wegen des Knoblauchgeruchs, der sie verwunderte, zum Munde zu führen, doch ein menschliches Wesen, das wie ein dem Erdinnern entsprungener Berggeist wirkte und eine Lederschürze trug, hinderte sie durch einen heftigen Faustschlag daran. Bevor sie noch reagieren konnte, knurrte der Berggeist auf deutsch:

„Gift, Euer Gnaden."

Verwirrt trocknete sich Angélique die Hand ab, während der Blick des Mönchs Becher auf ihr ruhte.

„Bei uns", sagte er leise, „arbeiten die Alchimisten mit einer Maske."

Doch Joffrey hatte zugehört und schaltete sich ein:

„Bei uns gibt es ja gar keine Alchimie, wenn auch alle diese Ingredienzen weder zum Essen noch zum Berühren da sind. Teilt Ihr regelmäßig Milch an alle Eure Leute aus, Fritz?" fragte er auf deutsch.

„Die sechs Kühe sind schon vor unserer Ankunft hierhergebracht worden, Euer Gnaden."

„Schön, und vergeßt nicht, daß sie zum Trinken und nicht zum Verkaufen bestimmt ist."

„Wir haben das nicht nötig, Euer Gnaden, und wir möchten auch so lange wie möglich am Leben bleiben", sagte der alte, bucklige Werkmeister.

„Kann man erfahren, Herr Graf, was das für eine breiige Schmelzmasse ist, die ich da in diesem Höllenofen sehe?" fragte Becher, indem er sich bekreuzigte.

„Das ist der gleiche schwere, gewaschene und getrocknete Sand, der, wie Ihr beobachtet habt, aus der Grube gewonnen wird."

„Und dieses graue Pulver enthält nach Eurer Ansicht Gold? Ich habe nicht das geringste Körnchen schimmern sehen, nicht einmal vorhin bei der Prozedur des Waschens."

„Es handelt sich gleichwohl um goldhaltiges Gestein. Bring mal eine Schaufelvoll, Fritz."

Der Werkmeister stieß seine Schaufel in einen riesigen Haufen graugrünen, feinkörnigen Sandes von unbestimmbarem, metallischem Aussehen. Vorsichtig nahm Becher eine Probe davon in seine hohle Hand, beschnüffelte sie, schmeckte sie und erklärte, nachdem er sie rasch wieder ausgespien hatte:

„Arsenik. Höchst giftig. Hat aber nichts mit Gold zu tun. Im übrigen kommt das Gold im Kiesel vor und niemals im Felsgestein. Und der Steinbruch, den wir vorhin besichtigt haben, enthält kein Atom Kiesel."

„Sehr richtig bemerkt, verehrter Kollege", bestätigte Joffrey de Peyrac und wandte sich zu dem sächsischen Werkmeister.

„Tu dein Blei hinzu, wenn es soweit ist!"

Man mußte sich jedoch noch eine ganze Weile gedulden. Die Masse im Ofen rötete sich mehr und mehr, sie schmolz und brodelte. Die schweren, weißen Dämpfe wallten noch immer und schlugen sich überall, sogar auf der Kleidung, zu einem weißlichen, pulverförmigen Überzug nieder.

Dann, als die Dampfentwicklung nahezu aufhörte und das Feuer nachließ, führten zwei Sachsen in Lederschürze auf einem Karren mehrere Bleibarren heran und schwangen sie in die breiige Masse.

Das Bad schmolz und beruhigte sich. Der Sachse rührte es mit einer langen grünen Stange.

Blasen stiegen auf, dann bildete sich Schaum. Fritz Hauer schäumte mehrmals mit riesigen Sieben und eisernen Tiegelhaken ab und rührte weiter. Schließlich beugte er sich über eine Öffnung, die unten am Rührfaß angebracht war. Er zog den Steingutstöpsel heraus, und ein silbriger Strahl begann in die vorher bereitgestellten Gießflaschen zu strömen.

Der Mönch trat neugierig näher und sagte dann:

„Alles das ist nichts anderes als Blei."

„Wir sind noch immer einer Ansicht", bestätigte Graf Peyrac.

Doch plötzlich stieß der Mönch einen durchdringenden Schrei aus: „Ich sehe die drei Farben!"

Er keuchte und deutete auf das beim Erkalten der Masse sich vollziehende Farbenspiel.

Seine Hände zitterten, und er flüsterte:

„Das Große Werk, ich habe das Große Werk gesehen!"

„Er schnappt über, der gute Mönch", bemerkte Andijos respektlos.

Mit nachsichtigem Lächeln erklärte Joffrey de Peyrac:

„Die Alchimisten messen dem Auftreten der ‚drei Farben' bei der Gewinnung des Steins der Weisen und der Transmutation der Metalle großen Wert bei. Dabei ist es ein Phänomen ohne sonderliche Bedeutung, demjenigen des Regenbogens nach dem Regen verwandt."

Doch ungeachtet seiner Worte fiel der Mönch vor dem Gatten Angéliques auf die Knie und dankte ihm stammelnd dafür, daß er ihn an diesem großen Augenblick habe teilnehmen lassen.

Verärgert über diese lächerliche Kundgebung sagte der Graf trocken:

„Erhebt Euch, Vater. Ihr habt ja eigentlich noch gar nichts gesehen, und Ihr werdet Euch selbst davon überzeugen können. Hier gibt es keinen Stein der Weisen, und ich bedaure das um Euretwillen."

Fritz Hauer verfolgte die Szene mit einem unwilligen Ausdruck auf seinem seltsamen, von Staub und Gesteinssplittern verfärbten Gesicht.

„Soll ich das Blei vor diesen Herrschaften kupellieren?"

„Tu, als ob ich allein hier wäre."

Angélique sah, wie der noch warme Barren mittels nasser Tücher auf einen Karren gehoben wurde. Man fuhr ihn zu einem kleinen, bereits rotglühenden Ofen.

Die Mauersteine des zentralen Hohlraums waren sehr weiß, leicht und porös. Sie wurden aus den Knochen von Tieren hergestellt, deren in der Nachbarschaft aufgestapelte Kadaver einen furchtbaren Gestank verbreiteten. Zusammen mit dem Knoblauch- und Schwefelgeruch benahm er einem den Atem.

Der von Hitze und Erregung gerötete Mönch erblaßte, als er den Kadaverhaufen bemerkte und begann sich zu bekreuzigen und Teufelsbeschwörungen zu murmeln.

Der Graf mußte lachen und sagte zu Bernalli:

„Seht Euch die Wirkung unserer Arbeiten auf diesen modernen Gelehrten an! Wenn ich daran denke, daß schon zu Zeiten der Römer und Griechen das Kupellieren auf Knochenasche ein Kinderspiel war!"

Doch Becher entzog sich dem beängstigenden Schauspiel nicht. Während er fortfuhr, die Perlen seines Rosenkranzes durch die Finger laufen zu lassen, wich sein Blick nicht von den Vorbereitungen des alten Sachsen und seiner Gehilfen. Einer von ihnen schüttete glühende Kohlen in den Feuerkessel. Der andere betätigte mit dem Fuß einen Blasebalg, während das Blei schlagartig zu schmelzen begann und sich im runden Hohlraum des Schmelzofens sammelte.

Auf ein Zeichen des Werkmeisters erschien ein junger Bursche mit einem Blasebalg, dessen Ende in einem Rohr aus Asbest steckte. Er legte diese Spitze auf den Rand des Behälters und blies kalte Luft auf die dunkelrote Oberfläche des geschmolzenen Bleis.

Mit einem pfeifenden Geräusch hellte sich der Fleck, an dem der Luftstrom das flüssige Metall traf, auf, das Leuchten wurde immer intensiver, ging in strahlendes Weiß über und breitete sich auf die ganze Metallmasse aus.

Rasch entfernten die jungen Gehilfen jetzt die Glut unter dem Ofen. Auch der Luftstrom wurde unterbrochen.

Der Kupellierungsprozeß ging allein vor sich: das Metall brodelte und glitzerte. Von Zeit zu Zeit überzog es sich mit einem dunklen Schleier. Dann zerriß dieser Schleier unter Bildung dunkler Flecke, die auf der Oberfläche der leuchtenden Flüssigkeit tanzten, und wenn eine dieser schwimmenden Inseln an den Rand des Beckens gelangte, wurde sie wie durch Zauberkraft von den Mauersteinen aufgesogen, und die Oberfläche erschien klarer und heller denn je zuvor.

Zu gleicher Zeit schmolz das mondsichelförmige Metall zusehends zusammen, schrumpfte zur Gestalt eines großen Krapfens, wurde dunkler und entzündete sich in einem plötzlichen Aufblitzen. In seinem Licht sah Angélique deutlich, daß der Metallrest heftig zitterte, um schließlich zu erstarren und ganz dunkel zu werden.

„Das ist das von Vulpius beschriebene Phänomen des Aufblitzens", sagte Bernalli. „Ich bin sehr glücklich, daß ich einem metallurgischen Vorgang beiwohnen konnte, den ich bisher nur aus Büchern kannte."

Der Alchimist schwieg. Sein Blick war abwesend und ziellos.

Indessen ergriff Hauer den Klumpen mit einer Zange, tauchte ihn ins Wasser und reichte ihn seinem Herrn, gelb und glänzend.

„Reines Gold", murmelte der Mönch respektvoll.

„Gleichwohl ist es nicht völlig rein", sagte Peyrac, „sonst hätten wir nicht das Phänomen des Aufblitzens beobachtet, das das Zeichen für Silberbeimischung ist."

Nachdem der Mönch sich von seinem Staunen erholt hatte, fragte er, ob er eine Probe dieses Produktes haben könne, um sie seinem Wohltäter, dem Erzbischof, zu übergeben.

„Bringt ihm ruhig diesen Klumpen rohen Goldes aus dem Schoß unserer Corbières-Berge mit", sagte Graf Peyrac, „und erklärt ihm, daß dieses Gold aus einem Gestein kommt, das schon welches enthält, und daß es an ihm liegt, auf seinem Grund die eine oder andere Lagerung zu entdecken, die ihn reich machen wird."

Conan Becher wickelte den Klumpen, der mindestens zwei Pfund wog, sorgfältig in ein Taschentuch und erwiderte nichts.

Die Heimreise wurde durch einen Zwischenfall unterbrochen, der scheinbar unbedeutend war, in der Folgezeit jedoch eine gewisse Rolle im Leben Angéliques und ihres Gatten spielen sollte.

Auf halbem Wege nach Toulouse, am zweiten Reisetag, begann die Stute, auf der Angélique ritt, zu lahmen, da sie sich an einem Kieselstein der Straße verletzt hatte. Es gab kein Ersatzpferd, falls man nicht eines von der Kutsche nehmen wollte, die mit vieren bespannt war; aber Angélique mochte keins der derben Zugtiere besteigen. So suchte sie in der Kutsche Zuflucht, in der Bernalli bereits Platz genommen hatte. Sie wußte, welch kümmerlicher Reiter er war, und bewunderte um so mehr, daß er so lange Reisen unternahm, um einen Stoßheber zu betrachten oder über die Schwerkraft der Körper zu diskutieren. Überdies war der aus verschiedenen Ländern verbannte Italiener arm und reiste ohne Diener auf gemieteten Pferden. Trotz der schaukelnden Bewegung des Wagens war er entzückt über das, was er einen „bemerkenswerten Komfort" nannte, und als Angélique ihn lachend um ein Plätzchen bat, zog er verwirrt seine Beine zurück, die er unter der Bank ausgestreckt hatte.

Der Graf und Bernard d'Andijos ritten eine Weile neben der Kutsche her, aber als die Straße eng wurde, mußten sie, vor allem wegen des von der Equipage aufgewirbelten Staubs, etwas zurückbleiben. Zwei berittene Diener zogen dieser voraus.

Die Straße wurde immer enger und gewundener. Am Ausgang einer scharfen Biegung blieb die Kutsche knarrend stehen, und ihre Insassen sahen eine Gruppe von Reitern vor sich, die ihnen den Weg zu versperren schien.

„Beunruhigt Euch nicht, Madame", sagte Bernalli, während er zum Fenster hinausschaute. „Es sind nur die Lakaien einer andern Kalesche, die aus der entgegengesetzten Richtung kommt."

„Aber wir können doch auf dieser schmalen Straße nicht ausweichen!" rief Angélique aus.

Vorn erhob sich Gelärm, da sich die Diener der beiden Parteien einander ausgiebig beschimpften. Die Neuhinzugekommenen verlangten in herausforderndem Ton, die Kutsche von Madame de Peyrac solle zurückfahren, und um deutlich zu machen, daß sie des Rechts auf Vorfahrt sicher seien, begann einer der Lakaien heftige Peitschenhiebe auszuteilen, die wahllos die Leute der Gegenpartei und die Pferde des Gespanns trafen. Die Tiere bäumten sich, der Wagen schwankte, und Angélique hatte das Gefühl, in den Abgrund gerissen zu werden. Sie stieß einen Schrei aus.

Inzwischen war Joffrey de Peyrac auf dem Schauplatz erschienen. Mit zorniger Miene ritt er auf den Mann mit der Peitsche zu und schlug ihm mit seiner Reitgerte mitten ins Gesicht. In diesem Augenblick kam der zweite Wagen an und blieb mit knirschender Bremse stehen. Ihm entstieg ein beleibter, apoplektischer Mann, der in ein Spitzen- und Bänderjabot gezwängt und mit ebensoviel Puder wie Staub bedeckt war. Er fuchtelte mit einem Stock durch die Luft, um den eine Seidenrosette befestigt war, und schrie:

„Man wagt es, meine Leute zu schlagen! Wißt Ihr nicht, Ihr Tölpel von einem Reiter, daß Ihr es mit dem Präsidenten des Parlaments von Toulouse zu tun habt, Baron Masseneau, Grundherrn von Pouillac und andern Besitzungen? Ich fordere Euch auf, Euch davonzumachen und uns vorbeifahren zu lassen."

Der Graf wandte sich um und grüßte den Ankömmling übertrieben ehrerbietig.

„Sehr erfreut, mein Herr. Seid Ihr verwandt mit einem Sieur Masseneau, einem Notariatsschreiber, von dem man mir erzählt hat?"

„Monsieur de Peyrac!" rief der andere ein wenig verlegen aus. Doch sein von der Mittagssonne zusätzlich angefachter Zorn legte sich deswegen noch lange nicht, und sein Gesicht verfärbte sich violett.

„Damit Ihr Bescheid wißt, möchte ich bemerken, daß mein Adel nicht minder verbrieft ist als der Eurige, Graf! Ich könnte Euch das Diplom der Königlichen Kammer zeigen, das meine Erhebung in den Adelsstand bestätigt."

„Ich vertraue Euch, Messire Masseneau. Der Staat stöhnt noch darüber, daß er Euch so hoch erhoben hat."

„Ich verlange, daß Ihr mir über diese Anspielung Rechenschaft gebt. Was habt Ihr mir vorzuwerfen?"

„Findet Ihr nicht, daß dies ein schlecht gewählter Ort für eine solche Unterhaltung ist?" fragte Joffrey de Peyrac, der alle Mühe hatte, sein Pferd zu bändigen, das durch die Hitze und den dicken, roten Mann, der da vor ihm mit einem Stock in der Hand gestikulierte, unruhig geworden war. Doch Baron Masseneau gab sich nicht geschlagen.

„Es steht Euch nicht eben wohl an, vom Staat zu reden, Herr Graf! Denn

Ihr geruht ja nicht einmal mehr zu den Versammlungen des Parlaments zu erscheinen."

„Ich interessiere mich nicht mehr für ein Parlament ohne Autorität. Ich würde dort nur Arrivierten und Emporkömmlingen begegnen, die danach gieren, von Monsieur Fouquet oder Kardinal Mazarin ihre Adelstitel zu kaufen, indem sie gleichzeitig die letzten Sonderfreiheiten des Languedoc hingeben."

„Monsieur, ich bin einer der höchsten Beamten der Justiz des Königs. Das Languedoc ist seit langem ein Bestandteil des Staats und mit der Krone verbunden. Es ist unschicklich, in meiner Gegenwart von Sonderfreiheiten zu reden."

„Es ist im Interesse des Wortes Freiheit selbst unschicklich, es in Eurer Gegenwart auszusprechen. Ihr seid unfähig, seinen Sinn zu erfassen. Ihr taugt nur dazu, von den Zuwendungen des Königs zu leben. Das ist es, was Ihr ihm dienen nennt."

„Das ist immerhin eine Weise, während Ihr . . ."

„Ich verlange nichts von ihm, aber ich schicke ihm ohne jeden Verzug die Steuern meiner Leute, und ich bezahle sie ihm in gutem, reinem Gold, das ich aus meinem Boden gezogen oder durch meinen Handel verdient habe. Wißt Ihr, Monsieur Masseneau, daß ich bei der Million Livres, die das Languedoc aufbringt, mit einem Viertel beteiligt bin? Dies den viertausendfünfhundert Edelleuten und elftausend Bürgerlichen der Provinz zur Kenntnisnahme."

Der Parlamentspräsident hatte sich nur eins gemerkt.

„Durch Handel verdienen!" rief er in entrüstetem Tone aus. „Es stimmt also, daß Ihr Handel treibt?"

„Ich treibe Handel und produziere. Und ich bin stolz darauf. Denn es liegt mir nicht, dem König die Hand hinzuhalten."

„Oh, Ihr spielt den Stolzen, Monsieur de Peyrac. Aber macht Euch das eine klar: das Bürgertum und der junge Adel sind es, die die Zukunft und die Stärke des Königreichs darstellen."

„Ich bin entzückt darüber", sagte der Graf, der wieder zu seinem ironischen Ton zurückfand. „Möge der neue Adel also zeigen, was sich gehört, indem er die Höflichkeit hat, sich zu entfernen, um die Kutsche vorbeizulassen, in der Madame de Peyrac ungeduldig wartet."

Doch der neue Baron stampfte eigensinnig in den Staub und den Pferdemist.

„Es besteht keinerlei Veranlassung, daß ich mich als erster zurückziehe. Ich wiederhole, daß mein Adel dem Euren ebenbürtig ist."

„Aber ich bin reicher als Ihr, einfältiger Affe", donnerte Joffrey. „Und da bei den Bürgerlichen einzig das Geld zählt, zieht Euch zurück, Monsieur Masseneau, laßt das Vermögen vorbei."

Er galoppierte drauflos und sprengte die Diener des Beamten auseinander. Dieser hatte eben noch Zeit, zur Seite zu weichen, um der anrollenden Kutsche mit dem Wappen des Grafen zu entrinnen. Der Kutscher, der nur auf ein Zeichen seines Herrn gewartet hatte, war glücklich, über das Bedientenpack eines gemeinen Bürgers zu triumphieren.

Im Vorbeifahren sah Angélique einen kurzen Augenblick das puterrote Gesicht des Sieur Masseneau, der, seinen bebänderten Stock schwingend, schrie:

„Ich werde einen Bericht machen ... Ich werde zwei Berichte machen ... Monseigneur d'Orléans, der Statthalter des Languedoc, wird in Kenntnis gesetzt werden ... und der Ministerrat des Königs dazu."

Eines Morgens, als Angélique mit ihrem Gatten die Bibliothek des Palastes betrat, entdeckte sie Clément Tonnel, den Haushofmeister, der damit beschäftigt war, auf Wachstafeln Büchertitel zu notieren. Er schien verlegen und suchte Tafeln und Stift zu verbergen.

„Naseweiser Bursche, Ihr scheint Euch wahrhaftig für das Latein zu interessieren!" rief der Graf mehr überrascht als verärgert aus.

„Ich habe immer etwas für die Gelehrsamkeit übrig gehabt, Herr Graf. Mein Ehrgeiz war es Notariatsschreiber zu werden, und es bedeutet eine große Freude für mich, dem Hause nicht nur eines großen Herrn, sondern auch eines ausgezeichneten Gelehrten anzugehören."

„Es sind wohl kaum meine alchimistischen Bücher, die Euch über rechtliche Dinge zu belehren vermögen", sagte Joffrey stirnrunzelnd, denn die verschlagene Art des Bedienten hatte ihm nie gefallen. Als einzigen von allen seinen Leuten duzte er ihn nicht.

Nachdem Tonnel sich entfernt hatte, sagte Angélique nachdenklich:

„Ich kann mich über die Dienste dieses Clément nicht beklagen, aber ich weiß nicht, weshalb mich seine Anwesenheit zunehmend bedrückt. Wenn ich ihn anschaue, habe ich das Gefühl, daß er mich an etwas Unangenehmes erinnert; und doch habe ich ihn aus dem Poitou mitgebracht."

„Pah!" machte Joffrey, indem er mit den Schultern zuckte. „Es fehlt ihm ein wenig an Diskretion, aber solange ihn seine Wißbegierde nicht dazu verführt, in meinem Laboratorium herumzuschnüffeln ... Im übrigen wird mein Mohr schon aufpassen. Clément muß der Sohn von Bauern oder sehr kleinen Handwerkern und mit der Absicht in Dienst gegangen sein, voranzukommen und sich zu bilden. Für einen beweglichen und aufgeschlossenen Geist gibt es kein besseres Mittel, die Umgangsformen der Großen kennenzulernen."

Trotz dieser Worte fühlte sich Angélique auch weiterhin unerklärlich beunruhigt. Oftmals im Lauf des Tages drängte sich das pockennarbige Gesicht des Haushofmeisters in ihre Gedanken. Und doch war dieser Mann das einzige Stück „Heimat" in Languedoc, ein vorzüglich geschulter

Diener, der sich nie einen Tadel zugezogen hatte. Er war zurückhaltend und ziemlich still, aber das Hausgesinde fürchtete ihn. Man erkannte seine Erfahrung und seine Fähigkeiten an, und immer gab es einen Schwarm junger Burschen, die als Küchenjungen in das Palais des Grafen Peyrac aufgenommen werden wollten, um unter der Leitung Clément Tonnels ihre Lehrzeit durchzumachen. Indessen mochte man ihn nicht, und das war verständlich, denn er stammte aus einer andern Gegend und hatte ein steifes Wesen.

Kurze Zeit danach erbat er Urlaub, um zur Regelung von Erbschaftsangelegenheiten nach Niort zurückzukehren. „Er hört offenbar nie auf zu erben", dachte Angélique. Sie erinnerte sich, daß er schon einmal aus dem gleichen Grunde eine Stelle hatte verlassen müssen. Meister Clément versprach, im kommenden Monat zurück zu sein, aber als sie ihn sorgfältig das Gepäck auf seinem Pferd verschnüren sah, überkam Angélique eine Ahnung, daß sie ihn nicht so bald wiedersehen würde. Ihre Absicht, ihm einen Brief für ihre Familie anzuvertrauen, gab sie im letzten Augenblick auf.

Als er abgereist war, wurde sie plötzlich von dem unerklärlichen Verlangen erfaßt, Monteloup und das Heimatland wiederzusehen. Dabei sehnte sie sich nicht einmal so sehr nach ihrem Vater. Obzwar sie sehr glücklich geworden war, grollte sie ihm immer noch ein wenig wegen der Art, in der er sie verheiratet hatte. Ihre Brüder und Schwestern waren in alle Winde verstreut. Der alte Wilhelm war tot, und den Briefen, die sie bekam, entnahm sie, daß die Tanten zänkisch und kindisch und die Amme immer despotischer wurden. Ihre Gedanken wanderten kurz zu Nicolas, aber Nicolas war nach ihrer Hochzeit aus der Gegend verschwunden.

Angélique ging ihrem Wunsch auf den Grund und wurde sich bewußt, daß nur der Gedanke sie in die Heimat trieb, Schloß Plessis aufzusuchen und festzustellen, ob sich das berüchtigte Giftkästchen noch in seinem Versteck befand. Eigentlich bestand kein Grund, warum es nicht mehr dort sein sollte. Es war höchstens zu entdecken, wenn man das Schloß abtrug. Wie kam es, daß diese alte Geschichte sie plötzlich so beschäftigte? Die damaligen Rivalitäten lagen weit zurück. Kardinal Mazarin, der König und sein jüngerer Bruder waren noch am Leben. Monsieur Fouquet war zu Macht und Ehren gekommen, ohne ein Verbrechen begehen zu müssen. Und wurde nicht von einer Rückkehr des Fürsten Condé in Gnaden gesprochen?

Sie schüttelte ihre Bedenken ab und gewann bald ihre Ruhe zurück.

Zwanzigstes Kapitel

Im Hause Angéliques wie im ganzen Königreich herrschte eitel Freude. Und der Erzbischof von Toulouse, der für den Augenblick wichtigere Sorgen hatte, hörte für eine Weile auf, seinen Rivalen, den Grafen Peyrac, argwöhnisch zu bespitzeln. Seine Eminenz war nämlich zugleich mit dem Erzbischof von Bayonne eingeladen worden, Mazarin auf seiner Reise nach den Pyrenäen zu begleiten.

Ganz Frankreich erzählte sich die Neuigkeit: Mit einem Aufgebot an Gefolge, als wolle er die Welt aus den Angeln heben, begab sich der Herr Kardinal auf eine Insel des Flusses Bidassoa im Baskenland, um dort mit den Spaniern den Frieden auszuhandeln. Es würde also vorbei sein mit dem ewigen Krieg, der alljährlich zusammen mit den Frühlingsblumen wiederauflebte. Doch mehr noch als diese so ersehnte Nachricht erfüllte ein unglaubliches Projekt auch den bescheidensten Handwerker des Königreichs mit Genugtuung. Als Friedenspfand bot das stolze Spanien dem jungen König von Frankreich seine Infantin als Gattin an. So warf sich, allem Groll und allen neidischen Blicken zum Trotz, beiderseits der Pyrenäen jedermann in die Brust, denn im damaligen Europa, zwischen dem im Aufruhr befindlichen England, den winzigen deutschen und italienischen Fürstentümern und jenen bürgerlichen Völkern, die man „die Seeleute" nannte: Flamen und Holländer, waren allein diese beiden Fürsten einander würdig.

Welchen anderen König konnte man schon für die Infantin aussehen, die einzige Tochter Philipps IV., das reine Idol mit der perlmutterglänzenden Haut, die im Schatten düster-prunkvoller Paläste aufgewachsen war?

Und welche andere Prinzessin bot diesem jungen, fünfzehnjährigen Prinzen, der Hoffnung einer der größten Nationen, so viele Garantien für Adel und sonstige Vorzüge?

Seit Jahren hatte Monsieur de Lionne, der Staatssekretär für Auswärtige Angelegenheiten, in wachsender Verlegenheit die Porträts sämtlicher heiratsfähiger Prinzessinnen der Christenheit geprüft. Eine Zeitlang hatte die Große Mademoiselle in Frage gestanden, die sechs Jahre ältere Kusine des Königs, das einzige wirklich reiche Mädchen der Familie. Doch durch den Kanonenschuß, den die enragierte Fronde-Anhängerin auf die königlichen Truppen abfeuern ließ, hatte dieses schöne Projekt einiges an Glanz eingebüßt.

Dann sprach man von Margarete von Savoyen, und der Hof machte sich nach Lyon auf den Weg. Doch während man dort tanzte und sich allmählich zu erwärmen begann, erschien ein anonymer Bote an einer Geheimtür; er wurde von Monsieur Colbert, dem Intendanten des Kardinals, in einem Winkel empfangen und durch dunkle Gänge in ein abgelegenes

Kabinett geführt. Dort gesellte sich der Kardinal hinzu, und es wurde lange geflüstert. Dann kehrte Mazarin zur Königin Anna von Österreich unter die funkelnden Lüster zurück und flüsterte ihr zwischen zwei Gängen zu:

„Die Infantin gehört uns. Wir haben hier nichts mehr zu suchen."

Natürlich kommentierten die Provinzhöfe diese Ereignisse mit Leidenschaft, und die Damen von Toulouse sagten, der König weine heimlich sehr viel, denn er sei unsterblich in eine kleine Kindheitsfreundin verliebt, die braune Marie Mancini, Nichte des Kardinals. Doch die Staatsraison ließ nicht mit sich spaßen. Bei dieser Gelegenheit bewies der Kardinal auf schlagende Weise, daß der Ruhm seines königlichen Zöglings und das Wohl des Königreichs vor allem anderen den Vorrang hatten.

Er wollte den Frieden als Krönung der Intrigen, die seine geschickten italienischen Hände seit Jahren spannen. Seine Familie wurde unbarmherzig beiseite geschoben. Ludwig XIV. würde die Infantin heiraten.

So näherte sich der Kardinal mit acht Kutschen für seine eigene Person, zehn Wagen für sein Gepäck, vierundzwanzig Maultieren, hundertfünfzig livrierten Dienern, hundert Reitern und zweihundert Fußsoldaten den smaragdgrünen Ufern von Saint-Jean-de-Luz. Unterwegs forderte er die Erzbischöfe von Bayonne und Toulouse mit ihrem gesamten Gefolge an, um die pompöse Wirkung der Abordnung zu steigern. Währenddessen überquerte auf der andern Seite des Gebirges Don Luis de Haro, der Vertreter Seiner Allerchristlichsten Majestät, der so großem Aufwand nur stolze Schlichtheit entgegensetzte, das Hochplateau von Kastilien; er führte in seinen Truhen lediglich Wandteppiche mit sich, deren Szenen jedermann an den Ruhm des alten Königreichs Karls V. erinnern sollten.

Niemand hatte es eilig, denn keiner der beiden wollte als erster ankommen und sich der Demütigung aussetzen, auf den andern warten zu müssen. Zuletzt trottete man Meter für Meter dahin, und durch ein wahres Wunder der Etikette erreichten der Italiener und der Spanier am selben Tage, zur selben Stunde die Ufer der Bidassoa. Darauf verging die Zeit in Unentschlossenheit. Wer würde als erster den Kahn zu Wasser lassen, um zur kleinen Fasaneninsel in der Mitte des Stroms überzusetzen, wo die Begegnung stattfinden sollte? Jeder fand die Lösung, die seinen Stolz schonte. Der Kardinal und Don Luis ließen einander gleichzeitig mitteilen, sie seien krank. Da die List infolge zu großer Übereinstimmung fehlgeschlagen war, mußte man hübsch abwarten, bis die „Krankheiten" sich ausgetobt hatten, doch fürs erste wollte keiner gesunden.

Die Welt wurde ungehalten. Würde es zum Frieden kommen? Würde es zur Heirat kommen? Die geringste Geste wurde mit ausführlichen Kommentaren gewürdigt.

In Toulouse verfolgte Angélique die Dinge nur aus der Ferne. Sie war über ein persönliches Ereignis freudig erregt, das ihr viel wichtiger erschien als die Heirat des Königs.

Da ihr Verhältnis zu Joffrey von Tag zu Tag inniger wurde, war der glühende Wunsch in ihr aufgekeimt, ein Kind zu bekommen. Erst dann, so wollte ihr scheinen, würde sie wirklich seine Frau sein. Er mochte ihr immer wieder versichern, seine Liebe sei noch nie so weit gegangen, daß er einer Frau sein Laboratorium gezeigt und ihr von Mathematik geredet habe – sie blieb skeptisch und bekam nachträgliche Eifersuchtsanfälle, die ihn zum Lachen brachten und ihn insgeheim beglückten.

Sie wußte jetzt, welche Sensibilität sich hinter diesem anscheinend so verwegenen Charakter verbarg, sie ermaß die Kraft, die er aufgeboten hatte, um mit seiner Häßlichkeit und seinem Gebrechen fertig zu werden. Es kam ihr vor, als hätte sie ihn nicht so leidenschaftlich zu lieben vermocht, wäre er schön und unverwundbar gewesen. Sie wollte ihm ein Kind schenken, um ihn glücklich zu machen. Doch die Zeit verging, und sie begann schon zu fürchten, sie könne unfruchtbar sein.

Als sie sich schließlich zu Beginn des Winters 1658 schwanger fühlte, weinte sie vor Glück.

Joffrey verbarg seine Begeisterung und seinen Stolz nicht. In jenem Winter, da man sich in die Vorbereitungen der noch gar nicht feststehenden königlichen Hochzeit stürzte, zu der alle Edelleute der Provinz zu reisen hofften, war das Leben sehr still im Palais von Toulouse. Graf Peyrac teilte seine Zeit zwischen seinen Studien und seiner jungen Frau und gab die großzügige Geselligkeit auf, die er bis dahin in seinem Heim gepflegt hatte. Nebenbei und ohne Angélique etwas davon zu sagen, nützte er die Abwesenheit des Erzbischofs, um zur großen Befriedigung eines Teils der Ratsherrn und der Bevölkerung das öffentliche Leben von Toulouse wieder in die Hand zu nehmen.

Für die Niederkunft begab sich Angélique auf ein kleines Schloß, das der Graf im Béarn besaß, auf den Ausläufern der Pyrenäen, wo es kühler war als in der Stadt.

Natürlich diskutierten die zukünftigen Eltern im voraus viel über den Vornamen, den man diesem Sohn, dem Erben der Grafen von Toulouse, geben würde. Joffrey wollte ihn Cantor nennen – nach dem berühmten Troubadour des Languedoc, Cantor de Marmont, aber da er mitten in der Festzeit auf die Welt kam, als die Blumenspiele in Toulouse stattfanden, bekam er den Namen Florimond.

Es war ein brauner, kleiner Bursche mit dichtem, schwarzem Haar. Ein paar Tage lang trug Angélique ihm die Ängste und Schmerzen der Niederkunft nach. Die Hebamme versicherte ihr jedoch, für einen Erstling sei die Sache sehr gut vonstatten gegangen. Aber Angélique war selten krank gewesen, und körperlicher Schmerz war ihr unbekannt. Im Verlauf der langen Stunden des Wartens hatte sie das Gefühl empfunden, ganz allmählich von dieser elementaren Qual überwältigt zu werden, und ihr

Stolz bäumte sich dagegen auf. Sie war allein auf einem Wege, auf dem weder Liebe noch Freundschaft ihr helfen konnte, beherrscht von dem unbekannten Kind, das sie schon völlig in Anspruch nahm. Die Gesichter, die sie umgaben, wurden ihr fremd.

Diese Stunden waren für sie der Vorgeschmack jener bitteren Einsamkeit, der sie eines Tages gegenüberstehen sollte. Sie wußte es nicht, aber ihr ganzes Wesen wurde von einer Vorahnung erfaßt, und während vierundzwanzig Stunden beunruhigte sich Joffrey über ihre Blässe, ihre Verschlossenheit und ihr gezwungenes Lächeln.

Dann, am Abend des dritten Tages, als Angélique sich neugierig über die Wiege beugte, in der ihr Sohn schlief, erblickte sie ein Gesicht mit ausgeprägten Zügen, wie es ihr zuweilen das nicht verunstaltete Profil Joffreys offenbart hatte. Sie glaubte zu sehen, wie ein grausamer Säbel auf dieses Engelsgesichtchen niederfuhr, wie der zarte Körper aus einem Fenster geschleudert wurde und im Schnee zerschellte.

Die Vision war so deutlich, daß sie vor Entsetzen aufschrie. Sie nahm das Neugeborene und preßte es krampfhaft an sich. Ihre Brüste schmerzten, denn die Milch stieg, und die Hebamme hatte sie eng geschnürt. Die vornehmen Damen stillten ihre Kinder nicht. Eine junge Amme sollte Florimond in ihre Berge mitnehmen, wo er die ersten Jahre seines Daseins verbringen würde.

Doch als die Hebamme an jenem Abend das Zimmer der Wöchnerin wieder betrat, hob sie entsetzt die Arme gen Himmel, denn Florimond lag vergnügt an der Brust seiner eigenen Mutter.

„Madame, Ihr seid nicht bei Trost! Was soll nun mit Eurer Milch geschehen? Ihr werdet Fieber bekommen und eine verhärtete Brust."

„Ich werde ihn selbst nähren", erklärte Angélique entschlossen. „Ich will nicht, daß man ihn aus einem Fenster wirft!"

Man sprach mit Entrüstung über diese Edelfrau, die sich wie eine Bäuerin benahm. Schließlich einigte man sich dahin, daß die Amme trotzdem im Hause der Gräfin Peyrac blieb, um das Stillen Florimonds, der sich als überaus gierig erwies, zu ergänzen.

Als die Milchfrage noch sämtliche Gemüter des zum Schloß gehörenden Dorfs beschäftigte, erschien plötzlich Bernard d'Andijos auf der Bildfläche. Graf Peyrac hatte ihn zum ersten Kavalier seines Hauses ernannt und nach Paris geschickt, um dort sein Palais für einen Besuch vorzubereiten, den er der Hauptstadt abzustatten gedachte.

Zurückgekehrt, war Andijos sofort nach Toulouse geeilt, um den abwesenden Grafen bei den Festlichkeiten der Blumenspiele zu vertreten. Jedenfalls erwartete man ihn nicht im Béarn.

Nun war er gekommen und schien sehr erregt. Nachdem er die Zügel seines Pferdes einem Lakaien zugeworfen hatte, sprang er, vier Stufen auf einmal nehmend, die Treppe hinauf und brach in Angéliques Zimmer ein. Diese lag in ihrem Bett, während Joffrey am Fenster saß und summend auf seiner Gitarre zupfte. Da der Abend kühl war, hatte man Feuer im Kamin gemacht. Die Amme, die auf den Fliesen neben dem Korb des Säuglings hockte, rollte Gazebinden auf, mit denen sie später den Neugeborenen so fest wie einen Dreikönigskuchen wickeln würde.

Andijos hatte für das stimmungsvolle Familiengemälde keinen Blick übrig. „Der König kommt!" rief er atemlos.

„Wohin denn?"

„Zu Euch, ins Palais, nach Toulouse ...!"

Dann ließ er sich in einen Sessel fallen und wischte sich den Schweiß von der Stirn.

„Nun", sagte Joffrey, nachdem er auf seiner Gitarre eine kleine Weise gespielt hatte, um ihn zu Atem kommen zu lassen, „laßt uns nicht den Kopf verlieren. Man hat mir wohl berichtet, der König, seine Mutter und der Hof hätten sich auf den Weg gemacht, um den Kardinal in Saint-Jean-de-Luz zu treffen, aber weshalb sollten sie über Toulouse reisen?"

„Das ist eine lange Geschichte! Es scheint, als hätten Don Luis de Haro und Mazarin vor lauter Höflichkeitsbezeigungen noch gar nicht das Thema der Heirat angeschnitten. Im übrigen wird die Atmosphäre, wie man sagt, immer gespannter. Man kann sich in der Angelegenheit des Fürsten Condé nicht einig werden. Spanien wünscht, daß man ihn mit offenen Armen empfängt und daß man nicht nur die Verrätereien der Fronde vergißt, sondern auch die Tatsache, daß dieser Fürst aus französischem Geblüt jahrelang spanischer General war. Die Pille ist bitter und schwer zu schlucken. Das Erscheinen des Königs wäre unter diesen Umständen grotesk. Mazarin hat zur Reise geraten. Man reist. Der Hof begibt sich nach Aix, wo die Gegenwart des Königs zweifellos die Revolte dämpfen wird, die kürzlich dort ausgebrochen ist. Aber diese ganze schöne Gesellschaft kommt durch Toulouse. Und Ihr seid nicht dort! Und der Erzbischof ist nicht dort! Die Ratsherrn sind völlig kopflos!"

„Es ist ja schließlich nicht das erstemal, daß sie eine hohe Persönlichkeit empfangen."

„Ihr müßt unbedingt dort sein", sagte Andijos beschwörend. „Ich bin eigens hierhergekommen, um Euch zu holen. Als der König erfuhr, daß man durch Toulouse kommen würde, soll er gesagt haben: ,Endlich werde ich diesen Großen Hinkefuß des Languedoc kennenlernen, von dem man mir bis zum Überdruß erzählt hat!' "

„Oh, ich möchte nach Toulouse reisen!" rief Angélique und richtete sich mit einem Ruck in ihrem Bett auf. Doch im nächsten Augenblick ließ sie sich mit schmerzverzerrter Miene zurücksinken. Sie war wirklich noch zu schwach, um auf den schlechten Gebirgsstraßen eine Reise zu unternehmen und die Anstrengungen eines großen Empfangs durchzuhalten. Ihre Augen füllten sich mit Tränen der Enttäuschung.

„Oh! Der König in Toulouse! Der König in unserm Palais, und ich kann nicht dabei sein!"

„Weint nicht, Liebste!" sagte Joffrey. „Ich verspreche Euch, so zuvorkommend und liebenswürdig zu sein, daß man gar nicht umhin kann, uns zur Hochzeit einzuladen. Ihr werdet den König in Saint-Jean-de-Luz sehen, nicht als staubbedeckten Reisenden, sondern in all seinem Glanz."

Während der Graf hinausging, um Anweisungen für seine Abreise in der Frühe des nächsten Morgens zu geben, ließ es sich der gute Andijos angelegen sein, sie zu trösten.

„Euer Gatte hat recht, meine Schöne. Der Hof! Der König! Pah! Was ist das alles schon! Eine einzige Mahlzeit in Eurem Palais wiegt ein Fest im Louvre reichlich auf. Glaubt mir, ich bin im Louvre gewesen, und im Vorzimmer des Rats war es dermaßen kalt, daß mir der Tropfen an der Nase zu Eis gefroren ist. Man könnte meinen, der König von Frankreich habe keine Wälder, um sich Holz zu beschaffen. Und was die Offiziere des königlichen Hauses angeht, so habe ich sie in zerrissenen Hosen herumlaufen sehen, bei deren Anblick die Damen der Königin, die ja nicht gerade schüchtern sind, die Augen niederschlagen."

„Es heißt immer, der Kardinal-Erzieher habe seinen königlichen Zögling nicht an einen Luxus gewöhnen wollen, der in keinem Verhältnis zu den Mitteln des Landes steht?"

„Ich weiß nicht, welches die Absichten des Kardinals waren, der es sich für seine Person nie versagt hat, rohe oder geschliffene Diamanten, Gemälde, Bibliotheken, Wandteppiche und Stiche zu kaufen. Aber ich glaube, daß Seine Majestät hinter einem schüchternen Gehabe die Ungeduld verbirgt, diese Vormundschaft abzuschütteln. Er hat die Bohnensuppe und die Ermahnungen seiner Mutter satt. Er hat es satt, für das ausgeplünderte Frankreich zu büßen, und das ist bei einem hübschen Burschen begreiflich – und bei einem König erst recht. Die Zeit ist nicht fern, wo er seine Löwenmähne schütteln wird."

„Wie ist er? Beschreibt ihn mir", bat Angélique neugierig.

„Nicht übel! Nicht übel! Er hat ein stattliches Aussehen, etwas Majestätisches. Aber durch das ewige Reisen von einer Stadt zur andern während der Zeit der Fronde ist er unwissend wie ein Stallknecht geblieben, und wäre er nicht König, würde ich Euch sagen, daß ich ihn für ein wenig tückisch halte. Außerdem hat er die Blattern gehabt, und sein Gesicht ist voller Narben."

„Ach, Ihr versucht nur, mich abzuschrecken!" rief Angélique aus. „Und Ihr redet wie einer dieser Narren von Gaskognern, Béarnern oder Albigensern, die sich nicht darüber beruhigen können, daß Aquitanien kein unabhängiges Königreich mehr ist. Für Euch gibt es nur Toulouse und Eure Sonne. Aber ich komme um vor Begierde, Paris kennenzulernen und den König zu sehen."

„Ihr werdet ihn bei seiner Hochzeit sehen. Vielleicht läutet diese Zeremonie die tatsächliche Mündigkeit unseres Souveräns ein. Aber wenn Ihr nach Paris geht, dann macht in Vaux Station und begrüßt Monsieur Fouquet. Das ist der wahre König der Stunde. Welcher Luxus, Freunde! Welcher Glanz!"

„So habt auch Ihr diesem wurmstichigen und ungebildeten Finanzmann hofiert?" fragte der zurückkehrende Graf Peyrac.

„Unvermeidlicherweise, mein Lieber. Weil man nämlich nur dann Aussicht hat, überall in Paris empfangen zu werden, denn die Fürsten sind ihm ergeben. Außerdem gebe ich zu, daß ich darauf brannte, den großen Finanzverwalter des Königreichs in seinem Rahmen zu sehen – er ist jetzt zweifellos die erste Persönlichkeit des Landes nach Mazarin."

„Geht getrost weiter und scheut Euch nicht zu sagen: vor Mazarin. Jedermann weiß, daß der Kardinal bei den Geldverleihern keinen Kredit hat, selbst wenn es sich um das Wohl des Landes handelt, während Fouquet das allgemeine Vertrauen genießt."

„Aber der gewiegte Italiener ist nicht eifersüchtig. Fouquet läßt das Geld in die königliche Schatzkammer fließen, um die Kriegskosten zu bezahlen, mehr verlangt er nicht von ihm – im Augenblick. Es läßt ihn kalt, daß dieses Geld von den Wucherern zu fünfundzwanzig oder gar fünfzig Prozent geborgt ist. Der Hof, der König, der Kardinal leben von diesen Machenschaften. Man wird ihm nicht so bald Einhalt gebieten können! Und er wird weiterhin sein Emblem, das Eichhörnchen, und seinen Wappenspruch ‚Quo non ascendat?' zur Schau stellen."

Joffrey und Andijos diskutierten noch eine Weile über die ungewöhnliche Karriere Fouquets, der zuerst Berichterstatter über die Bittschriften im Staatsrat, sodann Mitglied des Parlaments von Paris gewesen war, aber nichtsdestoweniger der Sohn eines gewöhnlichen bretonischen Piraten blieb. Angélique war nachdenklich geworden, denn wenn die Rede auf Fouquet kam, mußte sie an das Giftkästchen denken, und diese Erinnerung bedrückte sie jedesmal mehr.

Das Gespräch wurde durch einen Pagen unterbrochen, der auf einem Tablett einen Imbiß für den Marquis brachte.

„Au!" machte der, als er sich die Finger an kleinen heißen Brioches verbrannte, die wunderbarerweise eine Nuß aus gefrorener Gänseleber bargen. „Nur hierzulande bekommt man solche Wunderdinge zu essen. Hier und in Vaux, genau gesagt. Fouquet hat einen unerhörten Koch, einen gewissen Vatel."

Er tat einen jähen Ausruf:

„Oh, das erinnert mich an eine erstaunliche Begegnung. Ratet, wen ich ebendort bei einer ausgiebigen Unterhaltung mit Sieur Fouquet, Herrn von Belle-Isle und andern Besitzungen und quasi Vizekönig der Bretagne, überraschte! Nun, erratet Ihr es?"

„Das ist schwierig. Er kennt so viele Leute."

„Ratet gleichwohl. Es ist jemand aus Eurem Hause ... sozusagen."

Nach einigem Überlegen meinte Angélique, es müsse sich wohl um ihren Schwager, den Mann ihrer Schwester Hortense, handeln, der Gerichtsherr in Paris sei, genau wie einstmals der berühmte Oberintendant. Aber Andijos schüttelte den Kopf.

„Ach, wenn ich vor Eurem Gatten nicht solche Angst hätte, würde ich Euch die Aufklärung nur gegen einen Kuß geben, denn Ihr werdet es nie erraten."

„Nun denn, nehmt den Kuß – das gehört ja wohl zum guten Ton, wenn man eine junge Wöchnerin zum erstenmal wiedersieht – und redet endlich, denn Ihr spannt mich auf die Folter."

„Also ich habe Euren ehemaligen Haushofmeister Clément Tonnel bei einem vertraulichen Gespräch mit dem Oberintendanten überrascht."

„Ihr müßt Euch getäuscht haben. Er war nur ins Poitou gereist", sagte Angélique in plötzlicher Hast. „Und es ist höchst unwahrscheinlich, daß er mit hohen Persönlichkeiten Umgang pflegt. Wofern er nicht in Vaux eine Stellung sucht."

„Das glaubte ich ihrem Gespräch zu entnehmen. Sie unterhielten sich über Vatel, den Küchenmeister des Oberintendanten."

„Ihr seht", stellte Angélique mit einer Erleichterung fest, die sie sich nicht zu erklären vermochte, „er wollte einfach unter diesem Vatel arbeiten, der genial sein soll. Ich finde nur, er hätte uns mitteilen können, daß er nicht mehr ins Languedoc zurückzukehren gedenkt."

„Gewiß, gewiß!" sagte Andijos, der an etwas anderes zu denken schien. „Aber es war da ein Umstand, der mir bemerkenswert vorkam. Ich bin unversehens in den Raum geraten, in dem sich der Oberintendant im Gespräch mit besagtem Clément befand. Ich gehörte zu einer Gruppe mehr oder minder angeheiterter Edelleute. Wir entschuldigten uns und zogen uns wieder zurück, aber zuvor hatte ich beobachtet, daß unser Mann sich auf recht vertrauliche Art mit Fouquet unterhielt und daß er bei unserm Eintritt rasch eine servilere Haltung annahm. Er hat mich erkannt. Als wir hinausgingen, hörte ich ihn einige hastige Worte zu Fouquet sagen. Dieser richtete seinen kalten Schlangenblick auf mich und sagte dann: ‚Ich glaube, daß es bedeutungslos ist.'"

„Du bist es also, den man für bedeutungslos hielt, mein Freund?" fragte Peyrac, der lässig auf seiner Gitarre klimperte.

„So kam's mir vor."

„Welch kluges Urteil!"

Andijos tat, als wolle er seinen Degen ziehen, und die Unterhaltung endete in Gelächter.

Einundzwanzigstes Kapitel

„Ich muß mich unbedingt auf diese Sache besinnen", sagte Angélique zu sich. „Es ruht irgendwo auf dem Grunde meines Gedächtnisses, aber ich weiß, daß es sehr wichtig ist. Ich muß es herausbekommen!"

Sie legte ihr Gesicht in beide Hände, schloß die Augen und konzentrierte sich. Die Sache lag weit zurück. Sie hatte sich auf Schloß Plessis ereignet; das wußte sie noch genau, aber dann verwirrte sich alles.

Die Kaminflamme erhitzte ihre Stirn. Sie schob einen Schirm aus bemalter Seide schützend davor und bewegte automatisch ihren Fächer. Draußen in der Nacht tobte das Unwetter, ein Frühlings- und Gebirgsunwetter ohne Blitze, das aber ganze Wolken von Hagelkörnern prasselnd gegen die Scheiben jagte. Da sie nicht schlafen konnte, hatte sich Angélique vor den Kamin gesetzt. Ihr Rücken schmerzte sie ein wenig, und sie ärgerte sich, daß sie nicht rascher wieder zu Kräften kam. Die Hebamme erklärte ihr immer wieder, diese Schwäche sei die Folge ihres Eigensinns, selbst stillen zu wollen, aber Angélique stellte sich taub; jedesmal, wenn sie ihr Kindchen aufnahm und ihm beim Trinken zuschaute, wuchs ihre Freude. Sie blühte auf. Das Bild des Kindes an ihrer Brust rührte sie tief. Sie sah sich schon als würdige, nachgiebige, von einer quengelnden Enkelschar umgebene Matrone. Warum mußte sie so oft an ihre Kindheit denken, da doch in ihrem Innern die kleine Angélique langsam dahinschwand? Es war keine dumpfe, unerklärliche Beklemmung mehr. Ganz allmählich nahm die Frage eine klare Form an: Da war etwas, auf das sie sich unbedingt besinnen mußte!

An diesem Abend erwartete sie die Rückkehr ihres Gatten. Er hatte einen Boten vorausgeschickt, ihn anzumelden, aber vermutlich war er durch das Unwetter aufgehalten worden und kam erst morgen.

Sie war darüber bis zu Tränen enttäuscht: so ungeduldig erwartete sie den Bericht über den Empfang des Königs. Es hieß, das Mahl und das Fest seien großartig gewesen. Welch ein Jammer, daß sie nicht hatte dabei sein können, sondern dasaß und sich den Kopf zermarterte, um einen Fetzen Erinnerung an die Oberfläche zu zerren, eine Einzelheit, die ganz gewiß keine Bedeutung hatte.

„Es war auf Schloß Plessis. Im Zimmer des Fürsten Condé ... Während ich durch das Fenster schaute. Ich muß mir alles von jenem Augenblick an vergegenwärtigen, Punkt für Punkt ..."

Eine Tür ging, und man hörte Stimmengewirr in der Halle des kleinen Schlosses. Angélique sprang auf und stürzte aus dem Zimmer. Sie erkannte Joffreys Stimme.

„O Liebling, endlich! Wie bin ich froh!"

Sie lief die Treppe hinunter, und er schloß sie in seine Arme.

„Ihr seid ja beflügelt wie eine Elfe, schöne Fee."
„Ihr seid ganz durchnäßt. Ihr hättet im letzten Dorf Station machen sollen."
„Ich hatte Euch meine Rückkehr für heute abend versprochen."
„Und ich habe mich so nach Euch gesehnt."
Sie führte ihn in das angenehm warme Zimmer, rief einen Diener, der ihm die nassen Stiefel ausziehen sollte, während Kouassi-Ba die Reisekiste heraufbrachte.
Der Graf wechselte rasch seine Kleidung, trank ein Glas roten Bordeaux, erklärte jedoch, er habe unterwegs gegessen, und man habe im übrigen seit acht Tagen dermaßen geschlemmt, daß er entschlossen sei, sich künftig nach gesunder Béarnischer Sitte nur von Brotkanten und Knoblauchzehen zu nähren.
„Und Florimond? Weiß er die Knoblauchzehen und den Wein von Jurançon gleich dem guten König Heinrich IV. zu schätzen?"
„Ich habe versucht, ihm die Lippen einzureiben, wie es der Großvater König Heinrichs bei dessen Geburt getan hat, aber das behagte ihm nicht."
„Ist er immer noch so schön, unser Florimond?"
„Er wird von Tag zu Tag schöner!"
Sie saß auf einem Kissen zu seinen Füßen und schmiegte sich lachend an ihn. Als die Dienstboten hinausgegangen waren, bat sie ungeduldig: „Erzählt."
„Nun, es ging sehr gut", sagte Joffrey und naschte ein paar Weinbeeren. „Die Stadt hat sich tüchtig angestrengt, aber ohne mich zu brüsten, kann ich sagen, daß der Empfang in unserm Palais alles andere übertroffen hat. Ich konnte rechtzeitig einen Mechaniker aus Lyon kommen lassen, der uns etwas sehr Hübsches für die Festtafel konstruierte: ein Schiff aus Zuckerwerk und Konfekt und einen Felsen von der gleichen Masse, aus dem Wein und Riechwasser hervorsprudelten. Dann barsten Schiff und Felsen, und ein riesiger Blumenkorb kam zum Vorschein, aus dem lebendige Vögel von allen Farben flatterten. Die Leute wußten sich vor Bewunderung nicht zu fassen."
„Und der König? Der König?"
„Nun ja, der König ist ein hübscher junger Mann, der die Ehren zu genießen scheint, die man ihm erweist. Er hat volle Wangen, zärtliche braune Augen und sehr viel Würde. Ich glaube ihm sein wehes Herz. Die kleine Mancini hat ihm eine Liebeswunde beigebracht, die sich nicht so bald schließen wird, aber da er eine hohe Auffassung von seiner Königspflicht besitzt, beugt er sich vor der Staatsräson. Ich habe die Königin-Mutter gesehen, schön, traurig und ein bißchen wichtigtuerisch. Ich habe die Grande Mademoiselle und den kleinen Monsieur über Fragen der Etikette disputieren hören. Was soll ich Euch noch sagen? Ich habe zu viele schöne Namen und häßliche Gesichter gesehen...! Eigentlich kam nichts dem Vergnügen gleich, dem kleinen Péguillin wiederzubegegnen, Ihr wißt

doch, dem Chevalier de Lauzun, Neffen des Herzogs von Gramont, des Statthalters von Béarn? Ich habe ihn als kleinen Pagen in Toulouse gehabt, bevor er nach Paris ging. Ich sehe ihn noch mit seinem Katzengesicht, damals, als ich Madame de Vérant beauftragte, ihn aufzuklären."

„Joffrey!"

„Aber er hat gehalten, was er versprach, und die Lehren unserer Kollegs über die Liebe in die Praxis umgesetzt. Denn ich konnte feststellen, daß er der Liebling aller Damen war. Und sein Witz bringt ihm die Freundschaft des Königs ein, der seine Scherze nicht missen mag."

„Und der König? Erzählt mir vom König! Hat er Euch seine Befriedigung über den Empfang ausgedrückt, den Ihr ihm bereitet habt?"

„Auf überaus huldvolle Weise. Und zu wiederholten Malen hat er Eure Abwesenheit bedauert. Ja, der König war befriedigt ... allzu befriedigt."

„Wieso allzu befriedigt? Weshalb sagt Ihr das mit Eurem bissigen, kleinen Lächeln?"

„Weil man mir die folgende Betrachtung hinterbrachte: Während der König wieder in die Karosse gestiegen sei, habe ein Höfling ihm gegenüber die Bemerkung fallen lassen, unser Fest könne es mit dem Glanz derjenigen Fouquets aufnehmen. Worauf Seine Majestät geantwortet habe: ‚Jawohl, tatsächlich, und ich frage mich, ob es nicht allmählich an der Zeit ist, diese Leute hier zum Ausspucken ihrer Reichtümer zu bringen!' Darauf sei die arme Königin recht empört gewesen: ‚Was für ein Gedanke, mein Sohn, inmitten einer Euch zu Gefallen veranstalteten Lustbarkeit!' ‚Ich bin es satt', habe ihr der König erwidert, ‚daß meine eigenen Untertanen mich mit ihrem Prunk erdrücken.'"

„Das ist ja unerhört! So ein neidischer Bursche!" rief Angélique empört aus. „Ich kann es gar nicht glauben. Seid Ihr ganz sicher, daß solche Worte gefallen sind?"

„Mein getreuer Alphonso, der den Wagenschlag öffnete, hat sie mir hinterbracht."

„Der König kann nicht von sich aus solche erbärmlichen Gefühle hegen. Gewiß sind es seine Höflinge, die ihn gegen uns aufgestachelt haben. Seid Ihr ganz sicher, daß Ihr Euch ihnen gegenüber nicht allzu herausfordernd verhalten habt?"

„Ich war zuckersüß, das versichere ich Euch, mißtrauische Gemahlin! Ich habe sie mit größtmöglicher Zuvorkommenheit behandelt, einer Zuvorkommenheit, die so weit ging, daß ich ins Zimmer eines jeden der Edelleute, die im Schloß logierten, eine Börse mit Goldstücken legte. Und ich schwöre Euch, keiner der Herren hat sie mitzunehmen vergessen."

„Ihr schmeichelt ihnen, aber Ihr verachtet sie, und sie spüren es", sagte Angélique und schüttelte nachdenklich den Kopf.

Sie erhob sich, setzte sich auf die Knie ihres Gatten und lehnte sich an ihn. Draußen tobte noch immer das Unwetter.

„Jedesmal, wenn der Name dieses Fouquet fällt, erschaure ich", mur-

melte Angélique. „Ich sehe das Giftkästchen wieder vor mir, das ich so lange vergessen hatte und das nun zu einem wahren Alpdruck wird."
„Ihr seid gar sehr empfindlich, Liebste! Werde ich in Zukunft eine Gattin haben, die bei jedem Windhauch zittert?"
„Ich muß mich auf etwas besinnen", seufzte die junge Frau, schloß die Augen und rieb ihre Wange an den warmen, duftenden Haaren ihres Mannes, deren feuchtes Gelock sich kräuselte.
„Wenn Ihr mir doch helfen könntet, mich zu erinnern ... Aber das ist unmöglich. Ich glaube, wenn ich mich entsinnen könnte, wüßte ich, woher die Gefahr kommt."
„Es gibt keine Gefahr, meine Schöne. Die Geburt Florimonds hat Euch ein wenig aus dem Gleichgewicht gebracht."
„Ich sehe das Zimmer ...", fuhr Angélique mit geschlossenen Augen fort. „Der Fürst Condé ist aus dem Bett gesprungen, weil jemand an die Tür geklopft hatte ... Aber ich hatte das Klopfen nicht gehört. Der Fürst hüllte sich in seinen Schlafrock und rief: ,Ich bin in Gesellschaft der Herzogin von Beaufort ...!' Doch im Hintergrund des Raums öffnete der Diener die Tür und ließ den Mönch mit der Kapuze herein ... Dieser Mönch hieß Exili ..."
Sie hielt inne und schaute plötzlich so starr vor sich hin, daß der Graf erschrak.
„Angélique!" rief er aus.
„Jetzt erinnere ich mich", sagte sie dumpf. „Joffrey, ich erinnere mich ... Der Diener des Fürsten Condé war ... Clément Tonnel."
„Ihr seid nicht bei Sinnen, Liebste", sagte er lachend. „Jahrelang ist dieser Mann in unserm Dienst gewesen, und Ihr solltet jetzt erst diese Ähnlichkeit feststellen?"
„Ich habe ihn damals nur einen Augenblick im Halbdunkel gesehen. Aber dieses pockennarbige Gesicht, diese verschlagene Art ... Doch, Joffrey, ich bin sicher, daß er es war. Jetzt kann ich mir auch erklären, warum er mir, während er in Toulouse bei uns war, immer Widerwillen einflößte. Erinnert Ihr Euch dessen, was Ihr eines Tages sagtet: ,Der gefährlichste Spion ist der, den man nicht in Verdacht hat.' Und Ihr hattet schon gespürt, wie er ums Haus schlich. Der unbekannte Spion – er war es."
„Für eine Frau, die sich für die Wissenschaften interessiert, seid Ihr recht romantisch."
Er strich über ihre Stirn. „Habt Ihr nicht ein wenig Fieber?"
Sie schüttelte den Kopf.
„Spottet nicht. Der Gedanke quält mich, daß dieser Mensch mir seit Jahren nachspürt. In wessen Auftrag handelt er? Des Fürsten Condé? Fouquets?"
„Ihr habt nie zu jemandem von dieser Sache gesprochen?"
„Zu Euch ... einmal, und er hat uns gehört."

„Das alles liegt so weit zurück. Beruhigt Euch, Liebste, ich meine, das sind abwegige Gedanken."

Er redete ihr lange in diesem Tone zu, und allmählich löste sich ihre Spannung unter seinen Liebkosungen und zärtlichen Worten. Da die Tage ohne Zwischenfälle verrannen und ihre Kräfte zurückkehrten, schwanden ihre Besorgnisse. Sie lächelte zuweilen darüber.

Einige Monate danach, als sie eben Florimond entwöhnt hatte, sagte jedoch eines Morgens ihr Gatte beiläufig zu ihr:

„Ich möchte Euch nicht zwingen, aber es wäre mir lieb zu wissen, daß Ihr jeden Morgen dies hier bei Euerm Frühstück einnehmt."

Er öffnete die Hand, und sie sah darin eine kleine, weiße Pastille glänzen.

„Was ist denn das?"

„Gift... In einer winzigen Dosis."

Angélique sah ihn an.

„Was befürchtet Ihr, Joffrey?"

„Nichts. Aber es ist eine Gewohnheit, mit der ich immer gut gefahren bin. Der Körper gewöhnt sich allmählich an das Gift."

„Ihr glaubt, jemand könne darauf ausgehen, mich zu vergiften?"

„Ich glaube gar nichts, meine Liebe... Jedenfalls nicht an die Wirkung des Horns vom Einhorn."

Im nächsten Mai wurden Graf Peyrac und seine Frau zur Königshochzeit geladen. Sie sollte in Saint-Jean-de-Luz am Ufer der Bidassoa stattfinden. König Philipp IV. von Spanien führte seine Tochter, die Infantin Maria-Theresia, selbst dem jungen König Ludwig XIV. zu. Der Friede war unterzeichnet... oder doch beinahe. Der französische Adel machte sich auf den Weg nach der kleinen baskischen Stadt.

Zwei Kutschen und drei Fuhrwerke, dazu ein paar beladene Maultiere fand Angélique ein bißchen wenig für das riesige Reisegepäck. Joffrey hatte einen berühmten Kaufmann aus Lyon kommen lassen, der mit einer förmlichen kleinen Karawane erschienen war. Die schönsten Stoffe der Seidenstadt waren für die Toiletten der jungen Gräfin verarbeitet worden. Man mußte sich nicht nur auf die zahlreichen Hochzeitszeremonien einrichten, sondern auch auf den triumphalen Einzug des Herrscherpaars in Paris. Angélique und ihr Gatte wollten mit dem Hof bis nach Paris zurückreisen.

Man brach von Toulouse am frühen Morgen vor den heißen Stunden auf. Natürlich war Florimond mit von der Partie, zusamt seiner Amme, seiner Wiege und dem Negerknaben, der den Auftrag hatte, ihn zum Lachen zu bringen. Er war jetzt ein Knirps von blühender Gesundheit, freilich ein bißchen zu gut gepolstert, mit einem reizenden, spanischen Christusgesicht: schwarzen Augäpfeln und Locken.

Die unentbehrliche Zofe Marguerite bewachte in einem der Fuhrwerke die Kleidertruhe ihrer Herrin. Kouassi-Ba, für den man drei Livreen hatte anfertigen lassen, eine prächtiger als die andere, saß in der Haltung eines Großwesirs auf einem Pferd, das genau so schwarz wie seine Haut war. Dann waren da noch Alphonso, der Spion des Erzbischofs, nach wie vor treu, vier Spielleute, darunter ein kleiner Violinist, Giovanni, für den Angélique eine Vorliebe hatte, und ein gewisser François Binet, ein Barbier und Perückenmacher, ohne den Joffrey de Peyrac nie reiste. Diener, Mägde und Lakaien vervollständigten das Gefolge, dem die Trupps Bernard d'Andijos' und Cerbalands vorauszogen.

Noch ganz in der Aufregung und den Sorgen des Aufbruchs befangen, bemerkte Angélique kaum, daß man die Bannmeile von Toulouse verließ. Als die Kutsche über eine Garonnebrücke holperte, stieß sie einen kleinen Schrei aus und drückte die Nase an die Scheibe.

„Was habt Ihr, Liebe?" fragte Joffrey.

„Ich möchte Toulouse noch einmal sehen", antwortete Angélique.

Sie betrachtete die an den Ufern des Flusses hingebreitete Stadt mit ihren Kirchen und ihren ragenden Türmen, und ein plötzliches Gefühl der Angst preßte ihr das Herz zusammen.

„Oh, Toulouse", murmelte sie, „oh, unser Palais!"

Eine Vorahnung sagte ihr, daß sie nie mehr zurückkehren würde.

3

Die Gänge des Louvre

Zweiundzwanzigstes Kapitel

„Nein! In meinem tiefen Weh muß ich auch noch von einfältigen Menschen umgeben sein! Wäre ich nicht meines Standes bewußt, nichts könnte mich zurückhalten, mich von diesem Balkon hinunterzustürzen, um endlich diesem Leben ein Ende zu machen."

Die von einer jammervollen Stimme ausgerufenen bitteren Worte veranlaßten Angélique, auf den Balkon ihres eigenen Zimmers zu eilen. Sie entdeckte auf einem benachbarten Altan eine große Frau im Nachtgewand, die ihr Gesicht in einem Taschentuch barg.

Eine Dame trat zu der schluchzenden Person, die sich bei deren Annäherung wie eine Windmühle gebärdete.

„Laßt mich, sage ich Euch! Dank Eurer Ungeschicklichkeit werde ich nie fertig werden. Im übrigen ist das ja auch ganz gleichgültig. Ich bin in Trauer und habe mich in meinen Schmerz zu vergraben. Was macht es schon aus, wenn ich wie eine Vogelscheuche frisiert bin!"

Sie zerzauste ihr reiches Haar und zeigte ihr tränenüberströmtes Gesicht. Es war eine Frau mit edlen, aristokratischen, aber schon ein wenig altersschlaffen Zügen.

„Wer wird mich frisieren, wenn Madame de Valbonne krank ist?" fuhr sie in dramatischem Ton fort. „Ihr habt ja alle plumpere Pfoten als ein Bär auf dem Jahrmarkt von Saint-Germain!"

„Madame...", mischte sich Angélique ein.

Die beiden Balkons berührten sich fast in dieser engen Straße von Saint-Jean-de-Luz mit den von Höflingen überfüllten schmalen Häusern. Jeder nahm an dem teil, was beim Nachbarn vorging, und obwohl der Morgen eben erst dämmerte, summte die Stadt bereits wie ein Bienenkorb.

„Madame", setzte Angélique abermals an, „kann ich mich Euch nützlich erweisen? Ich höre, daß Ihr wegen Eures Haarputzes in Verlegenheit seid. Ich habe einen geschickten Friseur mit seinen Eisen und verschiedenen Pudersorten hier. Er steht zu Eurer Verfügung."

Die Dame betupfte ihre lange, rote Nase und stieß einen tiefen Seufzer aus.

„Ihr seid sehr gütig, meine Liebe. Meiner Treu, ich nehme Euer Angebot an. Meine Leute sind heute morgen nicht zu gebrauchen. Die Ankunft der Spanier bringt sie völlig außer Rand und Band. Und dabei frage ich Euch, was ist schon der König von Spanien?"

„Eben der König von Spanien", sagte Angélique lachend.

„Pah! Genau besehen, kommt seine Familie an Adel der unsrigen nicht gleich. Schön, sie haben Gold die Fülle, aber sie sind Rübenesser, langweiliger als Krähen."

„O Madame, nehmt mir nicht meine Freude! Ich bin so beglückt, all diese Fürstlichkeiten kennenzulernen. König Philipp IV. und seine Tochter, die Infantin, sollen ja heute am spanischen Ufer eintreffen."

„Mag sein. Jedenfalls werde ich sie nicht begrüßen können, denn bis dahin bin ich niemals mit meiner Toilette fertig."

„Geduldet Euch, Madame, bis ich mich schicklich angekleidet habe, dann werde ich Euch meinen Friseur bringen."

Eilends kehrte sie ins Innere ihres Zimmers zurück, wo ein unbeschreibliches Durcheinander herrschte. Margot und die Mägde legten die letzte Hand an das prächtige Kleid, das Angélique später anziehen sollte. Die Truhen standen offen wie auch die Schmuckkästchen, und Florimond kroch mit nackten Hinterbäckchen auf allen vieren zwischen den Köstlichkeiten herum.

„Joffrey muß mir sagen, welchen Schmuck ich zu diesem Kleid aus golddurchwirktem Stoff tragen soll", dachte Angélique, während sie ihren Morgenrock ablegte und in ein schlichtes Kleid samt einem Umhang schlüpfte.

Sie traf Meister François Binet im Erdgeschoß ihrer Unterkunft an, wo er die Nacht damit verbracht hatte, toulousanischen Damen, den Freundinnen Angéliques, ja sogar den Zofen, die auch schön sein wollten, die Haare zu kräuseln. Er nahm sein Kupferbecken – für den Fall, daß irgendein Edelmann rasiert zu werden wünsche –, seinen von Kämmen, Eisen, Salben und falschen Zöpfen überquellenden Kasten und betrat in Begleitung eines Gehilfen, der das Kohlenbecken trug, hinter Angélique her das Nachbargebäude, das noch überfüllter schien als das Haus, in dem Graf Peyrac von einer weitläufigen Verwandten aufgenommen worden war.

Angélique bemerkte die schöne Livree der Diener und stellte für sich fest, die in Tränen aufgelöste Dame müsse eine Person von hohem Stand sein. Zur Sicherheit verneigte sie sich tief, als sie ihr gegenübertrat.

„Das ist reizend von Euch", sagte die Dame in schmerzlichem Ton, während Meister Binet seine Utensilien auf einem Schemel ausbreitete. „Ohne Euch hätte ich mir das Gesicht verweint."

„Das ist kein Tag zum Weinen", protestierte Angélique.

„Was wollt Ihr, meine Liebe, ich bin nicht in der Stimmung für solche Lustbarkeiten. Habt Ihr mein schwarzes Kleid nicht bemerkt? Ich habe kürzlich meinen Vater verloren."

„Oh, das tut mir leid..."

„Wir haben einander so verabscheut und uns so oft gestritten, daß ich seinen Tod doppelt beklage. Wie ärgerlich, sich bei einem solchen Fest in Trauer zu befinden! Da ich den bösartigen Charakter meines Vaters kenne, habe ich ihn im Verdacht..."

Sie hielt inne, um ihr Gesicht in die Tüte zu tauchen, die Binet ihr hinhielt, während er das Haar seiner Klientin ausgiebig mit parfümiertem Puder bestreute. Angélique mußte niesen.

„... habe ich ihn im Verdacht, daß er es absichtlich getan hat", fuhr die Dame fort, nachdem sie den Inhalt der Tüte geprüft hatte.

„Absichtlich getan? Was denn, Madame?"

„Zu sterben, natürlich! Aber gleichviel. Ich vergesse alles. Ich bin immer großmütig gewesen, was man auch reden mag. Und mein Vater ist auf christliche Art gestorben. Das ist ein großer Trost für mich. Aber was mich ärgert, ist, daß man seinen Leichnam nur von ein paar Gardisten und Geistlichen nach Saint-Denis hat begleiten lassen, ohne Pomp und ohne Aufwand... Findet Ihr das schicklich?"

„Gewiß nicht", versicherte Angélique, der es allmählich dämmerte, daß sie fast eine Unschicklichkeit begangen hatte. Dieser Edelmann, der in Saint-Denis beigesetzt worden war, mußte ein Mitglied der königlichen Familie gewesen sein. Wofern sie sich nicht verhört hatte ...

„Wäre ich dabei gewesen, so wäre die Sache anders vonstatten gegangen, das könnt Ihr mir glauben", schloß die Dame mit einer stolzen Kopfbewegung. Sie schwieg, um sich im Spiegel zu betrachten, den François Binet ihr kniend vorhielt, und ihr Gesicht strahlte.

„Aber das ist ja ausgezeichnet!" rief sie. „Euer Friseur ist ein wahrer Künstler, meine Gute. Dabei weiß ich sehr wohl, daß ich recht widerspenstiges Haar habe."

„Eure Hoheit haben feines, aber schmiegsames und reiches Haar", sagte der Friseur in fachmännischem Ton, „und gerade mit einem solchen lassen sich die schönsten Frisuren formen."

„Wirklich? Ihr schmeichelt mir. Ich werde Euch hundert Silberstücke geben lassen. Meine Damen!... Meine Damen! Dieser Mann muß unbedingt den Kleinen die Haare kräuseln."

Mit Mühe zerrte man aus einem anstoßenden Raum, in dem Kammerzofen und Mägde schwatzten, die „Kleinen", zwei junge Mädchen im Backfischalter,

„Das sind gewiß Eure Töchter, Madame?" erkundigte sich Angélique.

„Nein, das sind meine kleinen Schwestern. Sie sind unerträglich. Schaut Euch die jüngere an: das einzig Schöne an ihr ist der Teint, und sie hat es fertiggebracht, sich von einer tückischen Mückenart stechen zu lassen. Nun ist sie völlig verschwollen; zudem heult sie in einem fort."

„Sicher ist sie auch über den Tod ihres Vaters traurig."

„Keine Spur. Aber man hat ihr zu oft gesagt, sie würde den König heiraten; man nannte sie nur die ‚kleine Königin'. Jetzt ist sie verstört, weil er eine andere nimmt."

Während Meister Binet sich mit den Mädchen beschäftigte, ließ sich ein Geräusch auf der engen Treppe vernehmen, und ein junger Edelmann erschien auf der Türschwelle. Er war von sehr kleinem Wuchs und hatte ein Puppengesicht, das aus einem Spitzenjabot herausragte. Auch an den Ärmeln und Knien trug er mehrere Spitzenbesätze. Trotz der frühen Morgenstunde war er höchst gepflegt gekleidet.

„Kusine", sagte er in geziertem Ton, „ich habe gehört, hier sei ein Friseur, der wahre Wunder verrichte."

„O Philippe, Ihr seid hellhöriger als eine eitle Frau. Sagt mir wenigstens, daß Ihr mich schön findet."

Der junge Mann kräuselte seine allzu roten und fleischigen Lippen und prüfte mit halbgeschlossenen Augen die Frisur.

„Ich muß zugeben, daß dieser Künstler Eurem Gesicht einen Vorteil abgewonnen hat, den man nicht erhoffen konnte", sagte er schließlich mit durch ein kokettes Lächeln kaum gemilderter Unverschämtheit.

Er kehrte in den Vorplatz zurück und beugte sich über das Treppengeländer.

„De Guiche, Liebster, kommt nur herauf. Wir sind hier richtig."

In dem eintretenden Edelmann – einem hübschen, schlanken und sehr brünetten Jüngling – erkannte Angélique den Grafen de Guiche, den ältesten Sohn des Herzogs von Gramont. Der besagte Philippe nahm de Guiche beim Arm und lehnte sich zärtlich an seine Schulter.

„Oh, wie bin ich glücklich! Wir werden bestimmt die bestfrisierten Leute des Hofs sein. Péguillin und der Marquis d'Humières werden vor Neid erblassen. Ich habe gesehen, wie sie sich verzweifelt auf die Suche nach ihrem Barbier machten, den de Vardes ihnen dank seiner gewichtigeren Geldbörse abspenstig gemacht hatte."

Er brach in ein etwas zu hohes Gelächter aus, strich sich mit der Hand über das frischrasierte Kinn und streichelte dann mit graziöser Geste die Wange des Grafen de Guiche. Ganz hingegeben lehnte er sich an den jungen Mann und schaute ihn schmachtend an. Graf de Guiche lächelte geckenhaft und ließ sich die Huldigung ungeniert gefallen.

Angélique hatte noch nie zwei Männer sich in solcher Weise gebärden sehen, und sie geriet darüber fast in Verlegenheit. Auch der Herrin des Hauses schien es zu mißfallen, denn sie rief plötzlich:

„Ach, Philippe, ich mag dieses Getue hier bei mir nicht. Eure Mutter würde mich wieder einmal beschuldigen, ich begünstige Eure perversen Instinkte. Seit jenem Fest in Lyon, wo wir – Ihr, ich und Mademoiselle de Villeroy – uns als bretonische Bauernmädchen verkleideten, verfolgt sie mich mit solchen Vorwürfen. Und erzählt mir nicht, daß der kleine Péguillin in Verlegenheit ist, sonst schicke ich jemanden auf die Suche nach ihm und lasse ihn hierherbringen. Ich will doch schauen, ob ich ihn nicht entdecke. Er ist der bemerkenswerteste junge Mann, den ich kenne, und ich bete ihn an."

Auf ihre lärmende und impulsive Art stürzte sie neuerdings zum Balkon, wich jedoch sofort zurück und preßte die Hand auf ihren ausladenden Busen.

„O mein Gott, da ist er!"

„Péguillin?" erkundigte sich der kleine Herr.

„Nein, dieser Edelmann aus Toulouse, der mir so große Angst einflößt."

Angélique trat ihrerseits auf den Balkon und erblickte ihren Gatten, der in Begleitung Kouassi-Bas die Straße herunterkam.

„Aber das ist doch der Große Hinkefuß aus dem Languedoc!" rief der kleine Herr aus, der sich zu ihnen gesellt hatte. „Warum fürchtet Ihr Euch vor ihm, Kusine? Er hat die sanftesten Augen, eine zärtliche Hand und einen funkelnden Geist."

„Ihr redet wie eine Frau", sagte die Dame mit Abscheu. „Es heißt, alle Frauen seien hinter ihm her."

„Außer Euch."

„Ich habe mich nie in Sentimentalitäten verloren. Ich sehe, was ich sehe. Findet Ihr nicht, daß dieser düstere und hinkende Mann mit dem Mohren, der so schwarz wie die Hölle ist, etwas Beängstigendes hat?"

Graf de Guiche warf bestürzte Blicke auf Angélique, und zweimal machte er den Mund auf, um etwas zu sagen. Doch sie bedeutete ihm zu schweigen. Die Unterhaltung belustigte sie höchlichst.

„Deutlich heraus gesagt: Ihr wißt die Männer nicht mit weiblichen Augen zu betrachten", erklärte der junge Philippe. „Ihr erinnert Euch, daß dieser Edelmann sich geweigert hat, vor Monsieur d'Orléans das Knie zu beugen, und das genügt, um Euch zu erbosen."

„Er hat allerdings früher eine seltene Unverfrorenheit an den Tag gelegt..."

In diesem Augenblick sah Joffrey zum Balkon auf. Er blieb stehen, nahm seinen Federhut ab und grüßte mehrmals höchst ehrerbietig.

„Seht Ihr, wie unrecht die bösen Zungen haben!" sagte der junge Edelmann. „Man behauptet, dieser Mann sei voller Dünkel, und dabei... Kann man mit größerem Anstand grüßen? Was meint Ihr, Liebster?"

„Gewiß, Graf Peyrac de Morens besitzt ausnehmend höfliche Umgangsformen", beeilte sich de Guiche zu antworten, der nicht wußte, wie er die peinliche Situation retten sollte. „Und erinnert Euch des wunderbaren Empfangs, der uns in Toulouse zuteil wurde."

„Nun, der König selbst denkt mit recht gemischten Gefühlen daran zurück. Was nicht hindert, daß Seine Majestät darauf brennt festzustellen, ob die Frau dieses Hinkenden wirklich so schön ist, wie behauptet wird. Es kommt ihm unbegreiflich vor, daß man ihn lieben könne..."

Angélique zog sich leise zurück, nahm François Binet beiseite und flüsterte ihm ins Ohr: „Dein Herr ist zurück und wird nach dir rufen. Laß dich nicht durch die Silberstücke all dieser Leute verführen, sonst bekommst du eine Tracht Prügel."

„Seid beruhigt, Madame. Ich frisiere diese junge Dame fertig und schlüpfe hinaus."

Sie stieg eilig hinunter und lief in ihr Haus hinüber. Dabei gestand sie sich ein, daß sie diesen Binet gern mochte, nicht nur seines Geschmacks und seiner Geschicklichkeit, sondern auch seiner Schlauheit und seiner Untergebenenphilosophie wegen. Er hatte ihr einmal anvertraut, daß er alle Adligen mit „Hoheit" anrede, um sicher zu gehen, niemanden zu kränken.

Im Schlafzimmer, wo die Unordnung noch schlimmer geworden war, fand Angélique ihren Gatten mit umgebundenem Handtuch in Erwartung des Barbiers vor.

„Nun, schöne Dame, Ihr nützt ja Eure Zeit!" meinte er. „Ich lasse Euch in tiefem Schlaf zurück, um mich nach Neuigkeiten und dem Programm der Zeremonien zu erkundigen. Und eine Stunde später finde ich Euch in vertrautem Gespräch mit der Herzogin von Montpensier und Monsieur, dem Bruder des Königs, wieder."

„Die Herzogin von Montpensier! Die Grande Mademoiselle!" rief Angélique aus. „Mein Gott! Ich hätte es mir denken können, als sie von ihrem Vater sprach, den man in Saint-Denis beigesetzt hat."

Während Angélique sich rasch entkleidete, erzählte sie, auf welche Weise sie zufällig die Bekanntschaft der berühmten Parteigängerin der Fronde gemacht hatte, der alten Jungfer des Regimes, die nun, nach dem Tode ihres Vaters Gaston d'Orléans, die reichste Erbin Frankreichs war.

„Ihre jüngeren Schwestern, Mesdemoiselles de Valois und d'Alençon, die bei der Trauung die Schleppe der Königin halten werden, sind also nur ihre Halbschwestern. Binet hat sie auch frisiert."

Der Barbier kam atemlos angestürzt und begann, das Kinn seines Herrn einzuseifen. Angélique stand im Hemd da, aber das machte ihr im Augenblick nichts aus. Es ging darum, sich schleunigst zum König zu begeben, der an diesem Vormittag alle Adligen des Hofs zur Begrüßung zu sich beschieden hatte.

Marguerite, den Mund voller Stecknadeln, warf Angélique einen ersten Rock aus schwerem, golddurchwirktem Stoff über, dann einen zweiten aus hauchzarter Goldspitze, deren Muster durch Edelsteine betont wurde.

„Und Ihr sagt, dieser weibische junge Mann sei der Bruder des Königs?" fragte Angélique. „Er benahm sich dem Grafen de Guiche gegenüber höchst merkwürdig. Man hätte meinen können, er sei verliebt in ihn. O Joffrey, glaubt Ihr wirklich, daß ... daß sie ...?"

„Man nennt das auf italienische Art lieben", sagte der Graf lachend. „Wir verdanken unsern Nachbarn von jenseits der Alpen die Wiedergeburt der Literatur und der Künste, aber auch die Einführung absonderlicher Sitten. Schade, daß ausgerechnet der einzige Bruder des Königs sie sich zueigen macht."

François Binet, geschwätzig wie alle Leute seines Berufs, ergriff das Wort.

„Ich habe mir sagen lassen, daß der Kardinal Mazarin die Neigungen des kleinen Monsieur unterstützt habe, damit er im Schatten seines Bruders bleibe. Er soll Anweisungen gegeben haben, ihn in Mädchenkleider zu stecken und auch seine kleinen Freunde so zu verkleiden. Man befürchtet immer, als Bruder des Königs könne er nach dem Vorbild des seligen Monsieur d'Orléans, der reichlich unerträglich war, Komplotte schmieden."

„Du urteilst recht hart über deine Fürsten, Barbier", sagte Joffrey.

„Das ist das einzige Gut, das ich besitze, Herr Graf: meine Zunge und das Recht, sie in Bewegung zu setzen."

„Lügner! Du bist durch mich reicher geworden als der Perückenmacher des Königs."

„Das ist richtig, Herr Graf, aber ich brüste mich damit nicht. Es ist nicht klug, Neid zu erwecken."

Joffrey tauchte sein Gesicht in ein mit Rosenwasser gefülltes Becken, um die nach dem Rasieren brennende Haut zu kühlen. Dann begann er sich mit seines Kammerdieners und Alphonsos Unterstützung anzukleiden.

Indessen hatte Angélique ein Mieder aus Goldstoff übergestreift und stand unbeweglich da, während Marguerite den Brusteinsatz befestigte, ein wahres Kunstwerk aus Filigrangold mit Seide untermischt. Eine Goldspitze legte sich wie gleißendes Moos um ihre bloßen Schultern und verlieh ihrer Haut schimmernde Blässe. Sie betrachtete sich im Spiegel und kam sich mit ihren sanft rosigen Wangen, ihren dunklen Wimpern und Brauen, ihrem welligen Haar, das den gleichen Glanz wie ihr Kleid aufwies, der eigentümlichen Klarheit ihrer grünen Augen wie ein seltsames Idol vor, das wie aus den edelsten Stoffen geschaffen wirkte: aus Gold, Marmor, Smaragd.

Als sie sich umwandte, befestigte Graf Peyrac eben seinen Degen am diamantbesetzten Gehänge. Er war völlig in Schwarz und Silber gekleidet. Über dem Mantel aus schwarzem Moiré lag eine durch Diamantennadeln festgehaltene Silberspitze. Das Wams aus Silberbrokat war mit schwarzen, sehr feinen Spitzen verziert, die Schuhe mit Diamantenschnallen. Die Halsbinde war nicht zu einem Kragen, sondern zu einem dicken Knoten geschlungen und ebenfalls mit sehr kleinen Diamanten besetzt. Auch an den Fingern trug er eine Menge Diamanten und einen einzigen, sehr großen Rubin.

Sie betrachtete ihn lange, und ein wunderlicher Schauer überlief sie.

„Ich glaube, die Grande Mademoiselle hat nicht ganz unrecht, wenn sie sagt, Ihr sähet furchterregend aus."

„Es wäre vergebliche Mühe, mein unerfreuliches Äußere zu tarnen", sagte der Graf. „Würde ich versuchen, mich wie ein Laffe zu kleiden, wäre ich lächerlich und erbarmenswert. So passe ich eben meine Kleidung meinem Gesicht an."

Sie betrachtete dieses Gesicht. Es gehörte ihr, dachte sie zärtlich; sie hatte es gestreichelt, sie kannte seine kleinsten Fältchen. Sie lächelte und murmelte: „Mein Liebster!"

Draußen vor der Tür war Kouassi-Ba in seinem Wams aus kirschfarbenem Samt, seiner weiten türkischen Hose und seinem Turban, beide aus weißer Seide, Gegenstand der Bewunderung aller Gaffer. Man machte einander auf seinen gekrümmten Säbel aufmerksam. Auf einem Kissen hielt er einen goldbeschlagenen Kasten aus sehr schönem rotem Saffian.

Zwei Sänften erwarteten den Grafen und Angélique.

Sehr rasch erreichte man das Haus, in dem der König, seine Mutter und der Kardinal abgestiegen waren. Wie alle vornehmen Häuser von Saint-Jean-de-Luz war es ein schmales Gebäude in spanischem Stil mit vorgesetzten Balustraden und winzigen Balkons aus vergoldetem Holz. Die Hofleute drängten sich auf dem Platz, wo der Seewind die Federn der Hüte wehen ließ.

Angélique fühlte ihr Herz bis zum Halse schlagen, als sie die Stufen zum Hause emporstieg. „Ich werde den König sehen", dachte sie, „die Königin-Mutter! Den Kardinal!"

Wie nahe er ihr immer gewesen war, dieser junge König, von dem die Amme erzählt hatte, überfallen vom aufrührerischen Pariser Volk, auf der Flucht durch das von der Fronde verheerte Frankreich, nach der Willkür der Fürstenparteien von Stadt zu Stadt, von Schloß zu Schloß gejagt, verraten, verlassen, schließlich siegreich. Jetzt erntete er die Früchte seiner Kämpfe. Und mehr noch als der König genoß die Frau, die Angélique im Hintergrund des Saales erblickte, die Königin-Mutter in ihren schwarzen Schleiern mit ihrem stumpfen spanischen Teint, in ihrer zugleich unnahbaren und anmutigen Haltung, die Stunde des Triumphs.

Der Zeremonienmeister kündigte an:

„Graf Peyrac de Morens d'Irristru."

Angélique machte ihren Hofknicks. Das Herz klopfte ihr zum Zerspringen. Vor ihr ragten eine schwarze und eine rote Gestalt auf: die Königin-Mutter und der Kardinal.

Sie dachte: „Joffrey müßte sich tiefer verbeugen. Vorhin hat er die Grande Mademoiselle so schön gegrüßt. Aber vor dem Allergrößten macht er nur einen kleinen Kratzfuß... Binet hat recht... Binet hat recht..."

Es war dumm, in diesem Zusammenhang an den guten Binet zu denken und sich immer wieder zu sagen, er habe recht. Weshalb tat sie das eigentlich?

Eine Stimme sagte:

„Wir sind erfreut, Euch wiederzusehen, Graf, und Madame zu begrüßen... zu bewundern, über die man Uns schon soviel Erfreuliches berichtet hat. Aber Wir müssen feststellen, daß die Wirklichkeit alles Lob übertrifft."

Angélique hob die Augen. Sie begegnete einem leuchtenden Blick, der sehr aufmerksam auf ihr ruhte: dem Blick des Königs.

Prächtig gekleidet, war der König von mittlerem Wuchs, aber er hielt sich so gerade, daß er alle seine Hofleute zu überragen schien. Angélique stellte fest, daß seine Haut leicht pockennarbig war, Überbleibsel der Blattern, an denen er in seiner Kindheit gelitten hatte. Seine Nase war zu lang, sein Mund aber kräftig und sinnlich unter dem dünnen, schmalen Schnurrbärtchen. Das kastanienbraune, quellende Haar fiel in welligen Kaskaden herab. Er hatte schöne Beine und wohlgeformte Hände. Unter den Spitzen und Bändern ahnte man einen geschmeidigen, kräftigen, durch Jagd und Gymnastik gestählten Körper.

„Meine Amme würde sagen: Er ist eine schöne Mannsperson und taugt zum Heiraten", dachte Angélique und ärgerte sich alsbald über solch unfeine Gedanken in einem so feierlichen Augenblick ihres Lebens.

Die Königin-Mutter verlangte den Inhalt des Kästchens zu sehen, das Kouassi-Ba eben kniend in der Haltung eines der Heiligen Drei Könige dargeboten hatte.

Man geriet in Begeisterung angesichts des kleinen Handtäschchens mit seinen Döschen und Kämmen, Scheren, Spangen, Petschaften aus purem Gold und Schildpatt. Doch der Reisealtar bezauberte die frommen Damen des Hofstaats der Königin-Mutter noch mehr. Diese lächelte und bekreuzigte sich. Das Kruzifix und die beiden Statuetten spanischer Heiliger sowie die ewige Lampe und das kleine Weihrauchgefäß waren aus Gold und Silber. Und Joffrey de Peyrac hatte von einem italienischen Maler auf vergoldetem Holz ein Triptychon malen lassen, das Szenen der Passion darstellte. Die Miniaturen waren äußerst zart und von großer Farbenfrische. Anna von Österreich erklärte, die Infantin stehe im Ruf strenger Frömmigkeit und werde über ein solches Geschenk zweifellos entzückt sein.

Sie wandte sich dem Kardinal zu, um ihn die Malereien bewundern zu lassen; der aber nahm eines der Instrumente des Täschchens nach dem andern in die Hand und ließ sie durch die Finger gleiten.

„Man sagt, Euch fließe das Gold aus der hohlen Hand, Monsieur de Peyrac, wie die Quelle aus dem Felsen?"

„Euer Bild ist treffend, Eminenz", erwiderte der Graf zurückhaltend. „Wie die Quelle aus dem Felsen ... aber aus einem Felsen, den man zuvor mit einem großen Aufgebot an Zündschnüren und Pulver unterminiert, den man bis zu ungeahnten Tiefen ausgegraben, dann gewälzt und zerstoßen hat. Dann allerdings kann dank der Mühe und des Schweißes Wasser aus ihm quellen, und das sogar im Überfluß."

„Das nenne ich eine hübsche Parabel über die Arbeit, die Früchte trägt. Wir sind es nicht gewohnt, Leute Eures Standes eine solche Sprache führen zu hören, aber ich gestehe, daß es mir nicht mißfällt."

Mazarin lächelte noch immer. Er hielt einen Spiegel aus dem Täschchen vor sein Gesicht und warf einen flüchtigen Blick hinein. Trotz Schminke und Puder, unter denen er seinen krankhaft gelben Teint zu verbergen suchte, glänzte es feucht vor Schwäche an seinen Schläfen, und die Locken seiner Haare waren verklebt unter seinem roten Kardinalskäppchen.

Seit Monaten zehrte die Krankheit an ihm; er zumindest hatte nicht gelogen, als er seine Blasensteine zum Vorwand nahm, um sich nicht als erster dem spanischen Bevollmächtigten Don Luis de Haro vorstellen zu müssen. Angélique fing einen Blick der Königin-Mutter auf den Kardinal auf, den Blick einer besorgten Frau. Vermutlich hätte sie ihm gar zu gern gesagt: Redet nicht soviel, Ihr strengt Euch zu sehr an. Das ist die Stunde für Euren Kräutertee.

War es wahr, daß sie ihren Italiener geliebt hatte, die so lange von einem allzu keuschen Gatten verschmähte Königin? Alle Welt behauptete es, aber niemand wußte es genau. Ein einziges Wesen kannte vielleicht das Geheimnis, und das war der streng behütete Sohn, der König. Nannten ihn der Kardinal und die Königin in den Briefen, die sie austauschten, nicht den „Mitwisser"? Mitwisser wessen?

„Bei Gelegenheit würde ich mich gerne mit Euch über Eure Arbeiten unterhalten", sagte der Kardinal.

Der junge König erklärte seinerseits mit einer gewissen Lebhaftigkeit: „Ich ebenfalls. Was ich erfahren habe, hat meine Neugier geweckt."

„Ich stehe Eurer Majestät und Eurer Eminenz zur Verfügung."

Die Audienz war beendet.

Angélique und ihr Gatte begrüßten Monseigneur de Fontenac, den sie in der unmittelbaren Umgebung des Kardinals bemerkten. Danach machten sie bei allen hohen Persönlichkeiten und deren Anhang die Runde. Angélique war so angeregt, daß sie keine Müdigkeit verspürte. Die Komplimente, die sie empfing, ließen keinen Zweifel an ihrem Erfolg zu. Es war offenkundig, daß das Paar große Aufmerksamkeit erregte.

Während ihr Gatte sich mit dem Marschall Gramont unterhielt, trat ein junger Mann von kleinem Wuchs, aber angenehmem Gesicht auf Angélique zu. „Erkennt Ihr mich, o Göttin, die Ihr eben dem Wagen des Sonnengotts entstiegen seid?"

„Natürlich!" rief sie erfreut. „Ihr seid Péguillin." Um gleich darauf entschuldigend fortzufahren: „Ich bin recht formlos, Monsieur de Lauzun, aber was wollt Ihr, ich höre überall von Péguillin reden. Péguillin da, Péguillin dort! Alle Welt hegt soviel Zuneigung für Euch, daß ich mich, ohne Euch inzwischen wiedergesehen zu haben, einfach anpaßte."

„Ihr seid anbetungswürdig und beglückt nicht nur meine Augen, sondern auch mein Herz. Wißt Ihr, daß Ihr die auffallendste Erscheinung in dieser Versammlung seid? Ich kenne Damen, die im Begriff sind, ihre Fächer kurz und klein zu zerbrechen und ihre Taschentücher zu zerreißen, so neidisch hat sie Euer Kleid gemacht. Wie werdet Ihr erst am Tage der Hochzeit geschmückt sein, wenn Ihr so beginnt?"

„Oh, vermutlich werde ich dann im Prunk der Aufzüge verschwinden. Aber heute hat man mich dem König vorgestellt. Ich bin noch ganz benommen."

„Habt Ihr ihn liebenswert gefunden?"

„Wie kann man den König nicht liebenswert finden?" sagte Angélique lachend.

„Ich sehe, daß Ihr schon darüber im Bilde seid, was man bei Hofe sagen darf und was nicht. Was mich betrifft, ist es ein wahres Wunder, daß ich noch dazugehöre. Denn der König ist zwar ein reizender Freund, aber Vorsicht! Man darf ihn nicht zu fest anpacken, wenn man mit ihm spielt."

Er beugte sich zu ihrem Ohr.

„Wißt Ihr, daß ich um ein Haar in die Bastille gesperrt worden wäre?"

„Was hattet Ihr getan?"

„Ich erinnere mich nicht mehr. Ich glaube, ich hatte der kleinen Marie Mancini, in die der König so unsterblich verliebt war, ein bißchen zu sehr den Hof gemacht. Der Verhaftbefehl war bereits unterzeichnet. Ich wurde rechtzeitig gewarnt, warf mich weinend dem König zu Füßen und brachte ihn so zum Lachen, daß er mir verzieh und mich, statt mich ins dunkle Gefängnis zu werfen, zum Hauptmann befördert hat. Ihr seht, er ist ein liebenswerter Freund . . . wenn er nicht Euer Feind ist."

„Weshalb sagt Ihr mir das?" fragte Angélique sofort.

Péguillin de Lauzun machte große, unschuldsvolle Augen, worauf er sich trefflich verstand. „Ach, nur so, meine Teuerste."

Er nahm sie ungezwungen beim Arm und zog sie fort.

„Kommt, ich muß Euch Freunden vorstellen, die darauf brennen, Euch kennenzulernen."

Diese Freunde waren junge Leute aus dem Gefolge des Königs. Sie fand es herrlich, sich so auf gleichem Fuße mit den oberen Rängen des Hofes zu bewegen. Saint-Thierry, Brienne, Cavois, Ondedeï, der Marquis d'Humières, den Lauzun als seinen geschworenen Feind vorstellte, Louvigny, der zweite Sohn des Herzogs von Gramont – sie alle wirkten sehr lustig und galant und waren prächtig gekleidet. Sie sah auch de Guiche, an den sich noch immer der Bruder des Königs klammerte. Philippe streifte sie mit einem feindseligen Blick.

„Oh, ich erkenne sie wieder", sagte er und kehrte ihr den Rücken zu.

„Ärgert Euch nicht über solches Benehmen", flüsterte Péguillin. „Für den kleinen Monsieur sind alle Frauen Rivalen, und de Guiche war so unbesonnen, Euch einen freundschaftlichen Blick zuzuwerfen."

„Ihr wißt, daß er nicht mehr der kleine Monsieur genannt sein will", erklärte der Marquis d'Humières. „Seit dem Tode seines Onkels Gaston d'Orléans muß man kurzweg Monsieur sagen."

Eine Bewegung entstand in der Menge, der ein Gedränge folgte, und mehrere diensteifrige Hände streckten sich aus, um Angélique zu beschützen.

„Ihr Herren, seht Euch vor!" rief Lauzun und hob warnend den Finger wie ein Magister. „Seid eines im Languedoc berühmten Degens eingedenk!"

Aber das Geschiebe wurde so groß, daß Angélique lachend und ein wenig bestürzt sich unversehens gegen kostbare, bebänderte und nach Iris- und Ambrapuder duftende Wämser gedrückt fühlte.

Die Aufseher vom Tafeldienst des Königlichen Hauses forderten Durchlaß für eine Prozession von Lakaien, die silberne Platten und Schüsseln trugen. Es hieß, Ihre Majestäten und der Kardinal hätten sich soeben für eine Weile zurückgezogen, um einen Imbiß zu sich zu nehmen und sich von den ununterbrochenen Vorstellungen zu erholen. Worauf Lauzun und seine Freunde sich entfernten, da ihr Dienst sie rief.

Angélique hielt Ausschau nach ihren toulousanischen Bekannten. Sie hatte sich vor einem Zusammentreffen mit der impulsiven Carmencita gefürchtet, aber nun erfuhr sie, daß Monsieur de Mérecourt sich plötzlich auf seine Würde besonnen und seine Frau endlich ins Kloster geschickt hatte.

Während sie sich zwischen den Gruppen hindurchwand, verspürte sie unversehens tüchtigen Hunger. Der Vormittag mußte schon weit vorgeschritten sein, und sie beschloß, nach Hause zu gehen und sich Schinken und Wein servieren zu lassen, falls sie nicht bald auf Joffrey stieß.

Die Leute aus ihrer Provinz hatten sich offenbar irgendwo in der Stadt zum Mittagessen versammelt. Überall sah sie nur unbekannte Gesichter. Diese Stimmen ohne jede Dialektfärbung verursachten ihr ein Gefühl der Fremdheit. Vielleicht hatte auch sie nach so vielen im Languedoc verbrachten Jahren diese singende und rasche Sprechweise angenommen? Sie fühlte sich ein wenig bedrückt.

Sie fand einen stillen Winkel unter der Treppe und setzte sich auf ein Bänkchen, um Atem zu schöpfen. Es war offensichtlich schwierig, aus diesen nach spanischer Art gebauten Häusern mit ihren dunklen Gängen und blinden Türen ins Freie zu gelangen.

Nur wenige Schritte entfernt ließ die mit Teppichen verkleidete Wand eine Spalte erkennen. Ein Hund, der mit einem Knochen im Maul aus dem Nebenraum kam, vergrößerte die Öffnung.

Angélique warf einen Blick hinein und erkannte die königliche Familie, die in Gesellschaft des Kardinals, der beiden Erzbischöfe von Bayonne und Toulouse und des Monsieur de Lionne um einen Tisch versammelt war. Die die Fürstlichkeiten bedienenden Lakaien kamen und gingen durch eine andere Tür.

Der König warf zu wiederholten Malen sein Haar zurück und fächelte sich mit seiner Serviette.

„Die Hitze dieses Landes verdirbt einem die schönsten Feste."

„Auf der Fasaneninsel ist das Wetter günstiger. Dort weht ein angenehmer Seewind", sagte Monsieur de Lionne.

„Ich werde es mir ein wenig zunutze machen, da ich der spanischen Etikette gemäß meine Braut erst am Tage der Hochzeit sehen darf."

„Aber Ihr werdet Euch auf die Fasaneninsel begeben, um dort mit dem König von Spanien, Eurem Oheim, zusammenzutreffen, der Euer Schwiegervater werden wird", stellte die Königin fest. „Dabei soll auch der Frieden unterzeichnet werden."

Sie wandte sich an Madame de Motteville, ihre Hofdame.

„Ich bin sehr bewegt. Ich habe meinen Bruder sehr geliebt und regelmäßig mit ihm korrespondiert. Aber bedenkt, daß ich zwölf Jahre alt war, als ich mich an eben jenem Ufer von ihm trennte, und daß ich ihn seitdem nie wiedergesehen habe."

Man war allgemein gerührt. Niemand schien sich daran zu erinnern, daß dieser selbe Bruder, Philipp IV., der größte Feind Frankreichs gewesen war, und daß seine Korrespondenz mit Anna von Österreich diese bei Kardinal Richelieu in den Verdacht des Komplotteschmiedens und des Verrats gebracht hatte. Diese Geschehnisse lagen jetzt weit zurück. Man war im gleichen Maße von Hoffnung erfüllt wie fünfzig Jahre zuvor, als an eben diesem Flusse Bidassoa kleine Prinzessinnen mit runden, in breite, röhrenförmig gefaltete Halskrausen gezwängten Wangen zwischen den beiden Ländern ausgetauscht worden waren: Anna von Österreich, die den jungen Ludwig XIII., und Elisabeth von Frankreich, die den kleinen Philipp IV. ehelichte. Die Infantin Maria-Theresia, die man jetzt erwartete, war die Tochter jener Elisabeth.

Angélique betrachtete in leidenschaftlicher Neugier diese Großen der Welt in ihrem Privatleben.

Der König langte herzhaft, aber mit Würde zu; er trank wenig und ließ mehrmals Wasser in seinen Wein mischen.

„Bei meiner Ehre", rief er unvermittelt aus, „das Beachtlichste, was ich am heutigen Vormittag sah, war dieses schwarz-goldene Paar aus Toulouse. Was für eine Frau, meine Freunde! Welcher Glanz! Man hatte es mir gesagt, aber ich konnte nicht daran glauben. Und sie scheint ehrlich in ihn verliebt zu sein. Wirklich, aus diesem Hinkefuß werde ich nicht schlau."

„Keiner, der ihm begegnet, wird schlau aus ihm", sagte der Erzbischof von Toulouse in bissigem Ton. „Ich, der ich ihn seit mehreren Jahren kenne, gebe es auf, ihn zu durchschauen. Es steckt etwas Teuflisches in ihm."

„Da fängt er wieder an zu faseln", dachte Angélique bekümmert. Ihr Herz hatte bei den Worten des Königs freudig geklopft, aber die Einmischung des Erzbischofs weckte ihre Besorgnis. Der Kirchenfürst dachte noch nicht daran, die Waffen zu strecken.

Einer der Edelleute aus dem Gefolge des Monarchen sagte mit höhnischem Lächeln:

„In den eigenen Gatten verliebt zu sein – ist das nicht einfach lächerlich?

Diese junge Person sollte einmal eine Weile an den Hof kommen. Da würde man ihr die dummen Gefühle schon austreiben."

„Ihr scheint zu glauben, Monsieur, der Hof sei ein Ort, an dem der Ehebruch das einzige Gesetz ist", protestierte Anna von Österreich streng. „Es ist jedenfalls gut und natürlich, daß Ehegatten einander in Liebe zugetan sind. An der Liebe ist nichts Lächerliches zu finden."

„Aber sie ist so selten", seufzte Madame de Motteville.

„Aus dem einfachen Grunde, weil es selten geschieht, daß man sich unter dem Zeichen der Liebe ehelicht", sagte der König in schmerzlichem Ton.

Es trat ein etwas verlegenes Schweigen ein. Die Königin-Mutter wechselte mit dem Kardinal einen verzweifelten Blick. Monseigneur de Fontenac hob salbungsvoll die Hand.

„Sire, laßt es Euch nicht verdrießen. Wenn die Wege der Vorsehung unerforschlich sind, so sind es die des kleinen Gottes Eros nicht minder. Und da Ihr ein Beispiel aufgreift, das Euch beeindruckt zu haben scheint, so kann ich Euch versichern, daß dieser Edelmann und seine Frau einander vor dem Tage ihrer Trauung, die ich in der Kathedrale von Toulouse vollzog, nie gesehen hatten. Und nun, nach mehreren, durch die Geburt eines Sohnes gekrönten Jahren der Ehe ist die Liebe, die sie einander entgegenbringen, auch für die minder Eingeweihten augenfällig."

Anna von Österreich sah ihn dankbar an, und Monseigneur warf sich in die Brust.

„Scheinheilig oder ehrlich?" fragte sich Angélique.

Die ein wenig lispelnde Stimme des Kardinals ließ sich vernehmen:

„Ich hatte heute morgen den Eindruck, im Theater zu sein. Dieser Mann ist häßlich, verunstaltet, kränklich, und trotzdem – als er an der Seite seiner strahlenden Frau erschien, gefolgt von jenem großen Mohren in weißer Seide, sagte ich mir: Wie schön sie sind!"

„In jedem Falle bringt er Abwechslung in die Galerie so vieler langweiliger Gesichter, die heute an uns vorbeizog", sagte der König. „Stimmt es, daß er eine prachtvolle Stimme hat?"

„Es wird immer wieder versichert."

Der Edelmann, der schon einmal gesprochen hatte, lachte spöttisch.

„Das ist ja eine äußerst rührende Geschichte, fast ein Märchen. Man muß schon in den Süden kommen, um dergleichen zu hören."

„Oh, Ihr seid unerträglich mit Euren ewigen Spötteleien!" protestierte abermals die Königin-Mutter. „Euer Zynismus mißfällt mir, Monsieur."

Der Höfling senkte den Kopf, und als die Unterhaltung wieder aufgenommen wurde, tat er, als interessiere er sich für das Treiben des Hundes, der im Türrahmen an seinem Knochen nagte. Da Angélique sah, daß er auf ihren Schlupfwinkel zukam, stand sie hastig auf, um sich zu entfernen. Sie tat ein paar Schritte in den Vorplatz, aber ihr Mantel verfing sich in den Verzierungen eines Pfeilertischchens.

Während sie sich niederbeugte, um sich freizumachen, stieß der junge

Mann den Hund mit dem Fuß beiseite, trat heraus und schloß die kleine, hinter dem Wandteppich verborgene Tür. Da er sich bei der Königin-Mutter mißliebig gemacht hatte, hielt er es für klug, fürs erste aus ihrem Gesichtskreis zu verschwinden.

Unbekümmert passierte er Angélique, wandte sich dann aber noch einmal um, um sie zu mustern.

„Oh, das ist ja die Frau in Gold!"

Sie sah ihn hochmütig an und wollte weitergehen, aber er versperrte ihr den Weg.

„Nicht so hastig! Laßt mich das Phänomen betrachten. Ihr seid also die Dame, die in ihren Gatten verliebt ist? Und in was für einen Gatten! Einen Adonis!"

Sie fixierte ihn mit stummer Verachtung. Er war größer als sie, schlank und kräftig. Seinem Gesicht fehlte es nicht an Schönheit, aber sein schmaler Mund hatte einen bösen Ausdruck, und seine mandelförmigen Augen waren gelb mit kleinen braunen Tupfen. Die unbestimmte, ziemlich vulgäre Farbe entstellte ihn ein wenig. Er war mit Geschmack und Sorgfalt gekleidet. Seine Perücke von nahezu weißem Blond stand in apartem Gegensatz zur Jugendlichkeit seiner Züge.

Obwohl Angélique seine äußere Erscheinung nicht unsympathisch fand, sagte sie kühl:

„Ihr könnt freilich dem Vergleich schwerlich standhalten. In meiner Gegend nennt man Augen wie die Eurigen ‚wurmstichige Äpfel'. Ihr versteht, was ich meine? Und was die Haare betrifft: die meines Gatten sind jedenfalls echt."

Ein Ausdruck von verletztem Stolz verdüsterte die Physiognomie des Edelmanns.

„Das ist nicht wahr", rief er. „Er trägt eine Perücke."

„Ihr könnt an ihnen ziehen, wenn Ihr den Mut dazu aufbringt."

Sie hatte ihn sichtlich an einer empfindlichen Stelle getroffen und vermutete, daß er eine Perücke trug, weil er kahl zu werden begann. Aber er gewann rasch seine Kaltblütigkeit zurück.

„Man versucht also zu beißen? Das sind wahrhaftig zu viele Talente für eine kleine Provinzlerin."

Er schaute sich um, dann packte er sie an den Handgelenken und stieß sie in den Winkel der Treppe.

„Laßt mich!" sagte Angélique.

„Sofort, meine Schöne. Aber vorher müssen wir miteinander eine kleine Rechnung begleichen."

Bevor sie seiner Geste zuvorkommen konnte, hatte er ihren Kopf nach hinten gebogen und biß heftig in ihre Lippen. Angélique stieß einen Schrei aus. Ihre Hand hob sich unwillkürlich und landete auf der Wange ihres Bedrängers. Die vielen den guten Umgangsformen gewidmeten Jahre hatten einen mit gesunder Kraft verbundenen Rest von bäuerlicher Heftigkeit nicht zu tilgen vermocht. Die Ohrfeige klatschte prächtig, und er schien die Engel im Himmel singen zu hören, denn er wich zurück und preßte eine Hand an die Wange.

„Meiner Treu, eine richtige Waschfrauenohrfeige!"

„Laßt mich vorbei", wiederholte Angélique, „oder ich richte Euch so zu, daß Ihr nicht mehr vor dem König erscheinen könnt."

Er spürte, daß sie gewillt war, ihre Drohung in die Tat umzusetzen, und trat einen weiteren Schritt zurück.

„Oh, ich möchte Euch eine ganze Nacht lang in meiner Gewalt haben", murmelte er mit zusammengebissenen Zähnen. „Ich wette mit Euch, daß Ihr am Morgen mürbe wärt!"

„Gut so", sagte sie lachend, „meditiert über Eure Rache und reibt indessen Eure Wange."

Ungehindert entfernte sie sich und gelangte bis zur Tür. Das Gewühl hatte nachgelassen, denn viele Leute waren gegangen, um sich zu erfrischen.

Zornerfüllt und gedemütigt betupfte Angélique mit dem Taschentuch ihre zerschundene Lippe.

„Hoffentlich sieht man es nicht zu sehr ... Was soll ich antworten, wenn Joffrey mir eine Frage stellt? Man muß verhindern, daß er diesen Flegel aufspießt. Vielleicht lacht er nur darüber ... Er ist gewiß der letzte, der sich über diese sauberen Edelleute aus dem Norden Illusionen macht..."

Als sie eben im Gedränge des Platzes ihre Sänfte und ihre Diener zu entdecken versuchte, schob sich unversehens ein Arm unter den ihren.

„Meine Gute, ich habe Euch gesucht", sagte die Grande Mademoiselle, deren gewichtige Erscheinung neben ihr aufgetaucht war. „Ich mache mir die schlimmsten Gewissensbisse, wenn ich an all die Dummheiten denke, die ich heute früh in Eurer Anwesenheit gesagt habe, ohne zu wissen, wer Ihr seid. Ach, wenn man an einem solchen Festtag nicht die gewohnten Bequemlichkeiten zur Verfügung hat, lassen einen die Nerven im Stich, und die Zunge läuft davon, ohne daß man es sich recht versieht."

„Eure Hoheit möge sich keine Gedanken machen. Ihr habt nichts gesagt, was nicht wahr oder gar schmeichelhaft wäre. Ich entsinne mich nur der letzten Äußerungen."

„Ihr seid die Güte selbst. Ich bin beglückt, Euch zur Nachbarin zu haben ... Ihr werdet mir doch noch einmal Euern Friseur ausborgen, nicht wahr? Könnt Ihr über Eure Zeit verfügen? Wollen wir zusammen im Schatten ein paar Trauben stibitzen? Was denkt Ihr darüber? Diese Spanier lassen ja ewig auf sich warten..."

„Ich stehe Eurer Hoheit zu Diensten", erwiderte Angélique mit einem Knicks.

Am folgenden Morgen mußte man zur Fasaneninsel fahren, um den König von Spanien speisen zu sehen. Der ganze Hof drängte sich auf den Barken und machte sich die schönen Schuhe naß. Die Damen stießen kleine Schreie aus, während sie ihre Röcke rafften.

Angélique, in Grün und silberbestickte weiße Seide gekleidet, war von Péguillin mitgenommen worden und saß zwischen einer Prinzessin mit klugem Gesicht und dem Marquis d'Humières. Der kleine Monsieur, ebenfalls mit von der Partie, lachte viel und machte sich über die sauertöpfische Miene seines Bruders lustig, der gezwungen war, auf dem französischen Ufer zu bleiben, da er die Infantin nicht sehen durfte, bevor sie durch Hochzeit in Stellvertretung auf dem spanischen Ufer Königin geworden war. Dann erst würde er auf der Fasaneninsel erscheinen, den Frieden besiegeln und seine märchenhafte Eroberung mitnehmen. Die eigentliche Trauung sollte in Saint-Jean-de-Luz durch den Bischof von Bayonne erfolgen.

Die Barken glitten über das ruhige Wasser dahin, beladen mit ihrer buntschillernden Besatzung, und landeten sanft. Während Angélique wartete, bis sie an der Reihe war auszusteigen, stellte einer der Edelleute den Fuß auf die Bank, auf der sie saß, und quetschte ihr mit seinem hohen, hölzernen Absatz die Finger. Sie unterdrückte einen Aufschrei. Als sie den Blick hob, erkannte sie den Edelmann vom Vortag, der sie so übel belästigt hatte.

„Das ist der Marquis de Vardes", sagte neben ihr die Prinzessin. „Natürlich hat er es absichtlich getan."

„Ein rechter Rohling", beklagte sich Angélique. „Wie kann man einen so ungehobelten Menschen in der Umgebung des Königs dulden?"

„Er amüsiert den König durch seine Keckheit, im übrigen zieht er Seiner Majestät gegenüber die Krallen ein. Aber er ist berüchtigt bei Hofe."

Angélique mußte in ihrem Zorn an Joffrey denken. Wo war er? Seit gestern hatte sie ihn nicht mehr gesehen. Er war nach Hause gekommen, um sich umzuziehen und sich rasieren zu lassen, während sie bei der Grande Mademoiselle festgehalten worden war. Sie selbst hatte sich drei- oder viermal in Hast und Erschöpfung umkleiden müssen. Sie hatte kaum ein paar Stunden geschlafen, aber der gute Wein, der bei jeder Gelegenheit gereicht wurde, hielt sie wach.

Endlich entdeckte sie Joffrey in der Menge, die sich im Innern des in der Mitte der Insel gelegenen Hauses drängte.

Sie bahnte sich einen Weg bis zu ihm und berührte ihn mit dem Fächer. Er warf ihr einen zerstreuten Blick zu.

„Ah, da seid Ihr ja!"

„Ich sehne mich so schrecklich nach Euch, Joffrey. Aber Ihr scheint wenig beglückt, mich wiederzusehen. Findet Ihr es etwa auch lächerlich, wenn Ehegatten einander in Liebe zugetan sind?"

Er lächelte auf seine herzliche Art und legte den Arm um sie.

„Nein, Liebste. Aber ich sah Euch in so fürstlicher und angenehmer Gesellschaft..."

„Oh, angenehm!" wiederholte Angélique und strich sich über die gequetschte Hand. „Man läuft dabei Gefahr, zum Krüppel zu werden. Was habt Ihr seid gestern getan?"

„Ich habe Freunde getroffen, über dieses und jenes geschwatzt. Habt Ihr den spanischen König gesehen?"

„Nein, noch nicht."

„Gehen wir in jenen Saal. Gerade wird sein Gedeck aufgelegt. Der spanischen Etikette gemäß muß er allein speisen, unter Beobachtung eines höchst komplizierten Zeremoniells."

Der Saal war bis zur Decke mit Wandteppichen bespannt, die in gedämpften Farben die Geschichte des Königreichs Spanien erzählten. Es herrschte ein fürchterliches Gedränge.

Die beiden Höfe überboten einander an Luxus und Pracht. Die Spanier waren den Franzosen an Gold und Edelsteinen überlegen, aber diese taten sich durch den Schnitt und die Eleganz ihrer Kleidung hervor. Die jungen Leute aus dem Gefolge Ludwigs XIV. trugen an diesem Tage Mäntel aus grauem, mit goldener Spitze bedecktem Moiré; das Futter bestand aus Goldleinen, das Wams aus Goldbrokat. Die mit weißen Federn garnierten Hüte waren an der Seite mit Diamantnadeln hochgesteckt.

Lachend machte man einander auf die langausgezogenen, altmodischen Schnurrbärte der spanischen Granden und ihre mit schweren, altertümlichen Stickereien besetzten Gewänder aufmerksam.

„Habt Ihr diese flachen Hüte mit den kümmerlichen kleinen Federn gesehen?" flüsterte Péguillin kichernd.

„Und die Damen? Eine Galerie alter Hopfenstangen, bei denen man die Knochen unter den Mantillen erkennen kann."

„In diesem Lande halten sich die Ehefrauen im Hause hinter Gittern verborgen."

„Die Infantin soll noch Hüftpolster tragen und so große eiserne Reifen, daß sie sich seitwärts drehen muß, wenn sie durch eine Tür geht."

„Ihr Schnürleib zwängt sie dermaßen ein, daß sie gar keinen Busen zu haben scheint, während sie in Wirklichkeit einen sehr schönen haben soll", steuerte Madame de Motteville bei und bauschte ein paar Spitzen auf, die ihre magere Brust einrahmten.

Joffrey wandte ihr seinen boshaftesten Blick zu.

„Die Madrider Schneider müssen wirklich wenig geschickt sein", sagte er, „wenn sie das Schöne dermaßen verunstalten, während die Pariser sich doch so glänzend darauf verstehen, das vorzutäuschen, was nicht mehr da ist."

Angélique kniff ihn in den Samtärmel. Er lachte und küßte mit verständnisinnigem Augenzwinkern ihre Hand. Sie hatte das Gefühl, daß er etwas Unangenehmes vor ihr verbarg, wurde aber abgelenkt und dachte bald nicht mehr daran. Plötzlich trat Stille ein. Der König von Spanien war eingetreten. Angélique, die nicht sehr groß war, gelang es, rasch auf einen Schemel zu klettern.

„Wie eine Mumie", flüsterte Péguillin.

Der Teint Philipps IV. war tatsächlich pergamentfarben. Mit automatenhaften Schritten begab er sich zu seinem Tisch. Seine großen düsteren Augen blickten starr. Das vorspringende Kinn stützte ein rote Lippe, die zusammen mit dem spärlichen kupferblonden Haar sein kränkliches Aussehen noch unterstrich. Durchdrungen von seiner geradezu göttlichen Größe als Souverän machte er keine Geste, die nicht der strengen Verpflichtung der Etikette entsprach. Gelähmt durch die Fesseln seiner Macht, einsam an seinem kleinen Tisch, speiste er, als hielte er Gottesdienst.

„Wer würde glauben, daß dieses Gespenst mit der Unbekümmertheit eines Hahnes zeugt?" ließ sich der unverbesserliche Péguillin de Lauzun vernehmen, als die Mahlzeit beendet war und man sich draußen wiederfand. „Seine Bastarde greinen auf den Gängen seines Palasts, und seine zweite Frau bringt unaufhörlich schwächliche Kinder zur Welt, die alsbald von ihrer Wiege in die Abdeckerei des Eskorials wandern."

„Das letzte ist während der Botschaftertätigkeit meines Vaters in Madrid gestorben, als er um die Hand der Infantin bat", erklärte Louvigny, der zweite Sohn des Herzogs von Gramont. „Ein weiteres ist inzwischen geboren worden, und sein Leben hängt nur an einem Faden."

Der Marquis d'Humières rief mit Emphase aus: „Es wird sterben, und wer wird damit Erbin des Throns Karls V. werden? Die Infantin, unsere Königin!"

„Das sind wohl allzu kühne Gedankengänge, Marquis", meinte der Herzog von Bouillon pessimistisch.

„Wer sagt Euch, daß dergleichen nicht von Seiner Eminenz dem Kardinal und sogar von Seiner Majestät vorausbedacht worden ist?"

„Gewiß, aber ein allzu großer Ehrgeiz ist dem Frieden nicht zuträglich."

„Der Frieden! Der Frieden!" knurrte der Herzog von Bouillon. „In längstens zehn Jahren wackelt er."

Er tat es nach knapp zwei Stunden. Plötzlich war alles aus, und man flüsterte, die Hochzeit fände nicht statt.

Don Luis de Haro und Kardinal Mazarin hatten zu lange gezögert, die letzten Einzelheiten des Friedensschlusses zu klären und sich über die neuralgischen Punkte zu einigen, die gewisse Dörfer, Straßen und Grenzlinien darstellten. Niemand wollte nachgeben. Der Krieg ging weiter. Ein halber Tag angstvollen Zauderns folgte. Man ließ den Gott der Liebe zwischen den beiden Verlobten, die einander nie gesehen hatten, intervenieren, und Ondedeï gelang es, der Infantin eine Botschaft zuzustecken, in der er ihr zu wissen tat, wie ungeduldig der König sei, sie kennenzulernen. Eine Tochter ist allmächtig über das Herz ihres Vaters. Bei all ihrer Fügsamkeit hatte die Infantin keine Lust, nach Madrid zurückzukehren, nachdem sie der Sonne so nahe gewesen war ...

Sie gab Philipp IV. zu verstehen, daß sie ihren Gatten haben wolle, und die für einen Augenblick in Verwirrung geratenen Zeremonien nahmen ihren Fortgang.

Die in Stellvertretung vorzunehmende Hochzeit fand auf dem spanischen Ufer in San Sebastian statt, und die Grande Mademoiselle nahm Angélique dorthin mit. Die Tochter des Gaston d'Orléans, in Trauer um ihren Vater, durfte nach der Sitte an der Feierlichkeit nicht teilnehmen, doch beschloß sie, „inkognito" zu erscheinen, das heißt, sie schlang ein Seidentuch um ihr Haar und legte keinen Puder auf.

Die Prozession durch die Straßen der Stadt schien den Franzosen wie ein seltsames Bacchanal. Hundert weißgekleidete Tänzer mit Schellen an den Beinen zogen degenschwingend voraus, dann folgten drei riesige, bis zum ersten Stockwerk der Häuser reichende Figuren aus Weidengeflecht, die man als Mohrenkönige ausstaffiert hatte, ein ebenso riesiger heiliger Christophorus, ein schrecklicher Drache, umfänglicher als sechs Walfische, fünfzig maskierte junge Burschen, die auf ihre baskischen Trommeln schlugen, und schließlich, unter einem Baldachin, das Allerheiligste in einer gigantischen goldenen Monstranz, vor der die Menge in die Knie sank.

In der Kirche stieg hinter dem Tabernakel eine mit einer Million Kerzen bestedkte Treppe bis hoch ins Gewölbe auf.

Angélique betrachtete geblendet diesen brennenden Wald. Der schwere Weihrauchgeruch verstärkte die ungewöhnliche, morgenländische Atmosphäre der Kathedrale. Im Dunkel der Gewölbe und Seitenschiffe sah man die vergoldeten Balustraden dreier übereinanderliegender Podestreihen schimmern, wo zusammengepfercht auf der einen Seite die Herren, auf der anderen die Damen saßen.

Man mußte lange warten. Die unbeschäftigten Priester unterhielten sich mit den Französinnen, und Madame de Motteville entrüstete sich wieder einmal über die Bemerkungen, die man im Schutze des Halbdunkels an sie richtete.

„*Perdone. Dejeme pasar!*"* sagte plötzlich eine rauhe spanische Stimme neben Angélique.

Sie schaute sich um und erblickte ein bizarres Geschöpf. Es war eine Zwergin, ebenso breit wie hoch, mit einem Gesicht von drolliger Häßlichkeit. Ihre fleischige Hand stützte sich auf den Hals eines großen, schwarzen Hetzhundes. Ein Zwerg folgte ihr, ebenfalls in verbrämtem Gewand

---

* Verzeihung. Laßt uns vorbei.

und weiter Halskrause, aber er hatte einen verschmitzten Ausdruck, und wenn man ihn anschaute, mußte man lachen.

Die Menge machte Platz, um die kleinen Geschöpfe und den Hund vorbeizulassen.

„Das ist die Zwergin der Infantin und ihr Narr Tomasini", erklärte jemand. „Offenbar nimmt sie sie mit nach Frankreich."

„Wozu braucht sie diese Knirpse? In Frankreich wird sie genug zum Lachen haben."

„Sie sagt, nur die Zwergin könne ihr ihre Zimtschokolade zubereiten." Über Angélique reckte sich eine bleiche, imposante Gestalt auf. Monseigneur de Fontenac, in malvenfarbener Seide und hermelinbesetzter Mozetta, strebte einer der Estraden aus vergoldetem Holz zu. Er beugte sich über das Geländer. In seinen Augen brannte ein zerstörerisches Feuer. Er redete mit jemandem, den Angélique nicht sah.

In plötzlicher Unruhe bahnte sie sich einen Weg in seiner Richtung. Am Fuß der Treppe hob Joffrey de Peyrac sein ironisches Gesicht zum Erzbischof auf.

„Erinnert Euch des ‚Goldes von Toulouse'", sagte der letztere mit gedämpfter Stimme. „Als Servilius Cepion die Tempel von Toulouse ausgeraubt hatte, wurde er zur Strafe für seine Gottlosigkeit besiegt. Deshalb wendet man den sprichwörtlichen Ausdruck ‚das Gold von Toulouse' auf das Unglück an, das auf unredliche Weise erworbene Reichtümer bringen." Graf Peyrac lächelte noch immer.

„Ich liebe Euch", murmelte er, „ich bewundere Euch. Ihr besitzt die Milde und die Grausamkeit der Reinen. Ich sehe in Euren Augen die Flammen der Inquisition brennen. So werdet Ihr mich also nicht verschonen?"

„Adieu, Monsieur", sagte der Erzbischof mit zusammengepreßten Lippen.

„Adieu, Foulques de Neuilly." Die Kerzen warfen ihren Schimmer auf Joffreys Gesicht. Er sah in die Ferne.

„Was geht da wieder vor?" flüsterte Angélique.

„Nichts, meine Schöne. Unser alter Streit ..."

Bleich wie der Tod schritt der König von Spanien durch das Kirchenschiff und führte die Infantin an der linken Hand.

Sie hatte eine weiße, vom Halbdunkel der Madrider Paläste gebleichte Haut, blaue Augen, seidiges, durch unechte Zutaten aufgebauschtes Haar, eine ergebene und ruhige Haltung. Sie wirkte eher flämisch als spanisch. Man fand ihr wollenes, kaum besticktes Kleid unmöglich.

Der König führte seine Tochter zum Altar, wo sie niederkniete. Don Luis de Haro, der im Namen des Königs freite, hielt sich in gleicher Höhe mit ihr, doch ziemlich entfernt.

Als der Augenblick für die Gelöbnisse gekommen war, streckten die Infantin und Don Luis einander den Arm entgegen, ohne sich jedoch zu berühren. Mit derselben Bewegung legte die Infantin ihre Hand in die ihres Vaters und küßte ihn. Tränen rannen über die elfenbeinfarbenen Wangen des Monarchen. Die Grande Mademoiselle schneuzte sich geräuschvoll.

Dreiundzwanzigstes Kapitel

„Werdet Ihr für uns singen?" fragte der König.

Joffrey de Peyrac zuckte zusammen. Er warf einen stolzen Blick auf Ludwig XIV. und fixierte ihn, als sei er irgendein Unbekannter, der ihm nicht vorgestellt worden war. Angélique zitterte; sie griff nach seiner Hand. „Sing für mich!" flüsterte sie.

Der Graf lächelte und gab Bernard d'Andijos ein Zeichen, woraufhin dieser hinauseilte.

Das Fest näherte sich seinem Ende. Neben der Königin-Mutter, dem Kardinal, dem König und seinem Bruder saß die Infantin in starrer Haltung und schlug die Augen vor dem Manne nieder, mit dem die Zeremonien des folgenden Tages sie verbinden würden. Ihre Trennung von Spanien war vollzogen. Philipp IV. und seine Hidalgos kehrten wehen Herzens nach Madrid zurück und hinterließen die stolze und reine Infantin als Pfand des neugewonnenen Friedens ...

Der kleine Violinist Giovanni drängte sich zwischen den Höflingen hindurch und reichte dem Grafen Peyrac seine Gitarre und die Samtmaske.

„Weshalb maskiert Ihr Euch?" fragte der König.

„Die Stimme der Liebe hat kein Gesicht", erwiderte Peyrac, „und wenn die schönen Augen der Damen träumen, darf nichts Häßliches sie stören."

Er präludierte und begann zu singen, indem er die alten Weisen in der *langue d'oc* mit modischen Liebesliedern mischte.

Schließlich ließ er sich neben der Infantin nieder und stimmte einen verwegenen spanischen Refrain an, den rauhe arabische Schreie unterbrachen und in dem die ganze Leidenschaftlichkeit und das Feuer der iberischen Halbinsel brannten.

Das ausdruckslose perlmutterfarbene Gesicht begann aufzublühen; die Lider der Infantin hoben sich, und man sah ihre Augen leuchten. Vielleicht erlebte sie ein letztes Mal das eingeschlossene Dasein einer kleinen Gottheit, wie sie es kannte, zwischen ihren Frauen und ihren Zwergen, die sie lachen machten; ein düsteres, schales, aber geruhsames Dasein: man spielte Karten, empfing weissagende Nonnen, veranstaltete Nachmittagseinladungen mit Konfekt, Orangenblüten- und Veilchenkuchen.

Ihre Miene nahm einen verstörten Ausdruck an, als sie sich plötzlich unter all den französischen Gesichtern wiederfand.

„Ihr habt uns bezaubert", sagte der König zu dem Sänger. „Ich wünsche mir nur das eine, daß wir noch oft Gelegenheit haben werden, Euch zu hören."

Joffreys Blick funkelte seltsam hinter seiner Maske.

„Niemand hofft das so sehr wie ich, Sire. Aber alles hängt von Eurer Majestät ab. Ist es nicht so?"

Angélique glaubte zu bemerken, daß der Monarch leicht die Stirn runzelte.

„So ist es. Ich freue mich, Euch das sagen zu hören, Monsieur de Peyrac", bemerkte er ein wenig trocken.

Nachdem Angélique zu vorgerückter Stunde in ihr Quartier zurückgekehrt war, streifte sie hastig ihre Kleider ab, ohne auf die Hilfe der gähnenden Zofe zu warten, und warf sich mit einem Seufzer auf das Bett.

„Ich fühle mich völlig zerschlagen, Joffrey. Ich glaube, ich bin dem Hofleben noch nicht gewachsen. Wie machen es nur diese Leute, daß sie sich in so viele Vergnügungen stürzen und doch die Zeit finden, in der Nacht einander zu betrügen?"

Der Graf streckte sich neben ihr aus, ohne zu antworten. Es war so heiß im Raum, daß schon die Berührung eines Leintuchs lästig wurde. Durch das offene Fenster fiel zuweilen der rötliche Schein von Fackeln bis auf das Bett, dessen Vorhänge sie nicht zugezogen hatten. Saint-Jean-de-Luz war noch eifrig mit den Vorbereitungen für den kommenden Tag beschäftigt.

„Wenn ich nicht ein wenig schlafe, werde ich morgen bei der Zeremonie zusammenbrechen", meinte Angélique gähnend. Sie streckte sich, dann schmiegte sie sich an den braunen, trockenen Körper ihres Gatten.

Er streichelte die runde Hüfte, die im Halbdunkel wie Alabaster leuchtete, folgte der sanften Krümmung der Taille und fand die kleine, feste Brust. Seine Finger bebten, wurden drängender, kehrten zum geschmeidigen Leib zurück. Als er eine kühnere Liebkosung wagte, wehrte Angélique im Halbschlaf ab: „O Joffrey, ich bin so müde!"

Er ließ ab, und sie warf ihm zwischen halbgeschlossenen Lidern einen Blick zu, um zu sehen, ob er ärgerlich war. Auf seinen Ellbogen gestützt, betrachtete er sie lächelnd.

„Schlaf, Liebes", flüsterte er.

Als sie wieder aufwachte, hätte sie meinen können, er habe sich nicht gerührt, denn er betrachtete sie noch immer. Sie lächelte ihn an.

Es war kühl, und der Morgen begann eben zu dämmern. Schlaftrunken drängte sie sich an ihn, und sie umschlangen einander mit ihren Armen.

Er hatte sie den kunstvollen Genuß gelehrt, den raffinierten Kampf mit seinen Finten, seinen Verzögerungen, seinen Verwegenheiten, das geduldige Werk, bei dem die beiden Körper sich gegenseitig dem Paroxysmus der Wollust entgegenführen. Als sie endlich voneinander ließen, erschöpft, gesättigt, stand die Sonne schon hoch am Himmel.

„Sollte man meinen, daß wir einen anstrengenden Tag vor uns haben?" fragte Angélique lachend.

Margot klopfte an die Tür.

„Madame, Madame, es ist Zeit! Die Kutschen fahren bereits zur Kathedrale, und Ihr werdet keinen Platz mehr finden, um den Aufzug zu sehen."

Der Aufzug war klein. Sechs Personen bewegten sich zu Fuß durch die mit Teppichen belegte Straße. Aber was für Personen! Ihre Namen waren bereits im Buche der Geschichte vermerkt.

An der Spitze schritt der Kardinal Fürst Gondy, strahlend und feurig, der einstige Held der Fronde, dessen Anwesenheit an diesem schönen Tage den beiderseitigen Willen kundtat, jene traurigen Erinnerungen zu vergessen.

Dann kam Kardinal Mazarin in seinem fließenden Purpur.

In einigem Abstand folgte der König in einem Gewand aus Goldbrokat, dessen Glanz reiche schwarze Spitzen dämpften. Er wurde vom Marquis d'Humières und Péguillin de Lauzun begleitet.

Danach die Infantin, die neue Königin, unter einer von zwei Damen getragenen Krone, zur Rechten geführt von Monsieur, dem Bruder des Königs, zur Linken von ihrem Ehrenkavalier, Monsieur de Bernonville. Ihr Kleid war aus Silberbrokat, ihr Mantel aus violettem Samt mit aufgestickten goldenen Lilien. Der Mantel war an den Seiten sehr kurz gehalten, seine Schleppe jedoch maß zehn Ellen. Sie wurde von den jungen Kusinen des Königs getragen, Mesdemoiselles de Valois und d'Alençon, sowie der Fürstin Carignan.

Nur mühsam kam die funkelnde Gruppe in der engen Straße vorwärts, die Schweizergarden, französische Leibgardisten und Musketiere säumten.

Die Königin-Mutter, in ihre silberbestickten schwarzen Schleier gehüllt, folgte dem Paar, umgeben von ihren Damen. Den Abschluß bildete Mademoiselle de Montpensier, das große *enfant terrible* der Familie, in Schwarz gekleidet, aber mit zwanzig Perlenreihen behängt, was ein reichlich kokettes Trauergewand ergab.

Dank ihrer Protektion konnte Angélique alle noch folgenden Festlichkeiten aus der Nähe beobachten: die Trauung, das Festgelage, den Ball. Am Abend befand sie sich in dem langen Zug von Höflingen und Edelleuten, die sich nacheinander vor dem großen Bett verneigten, in dem der König und seine junge Gemahlin ruhten.

Unbeweglich wie Puppen lagen die beiden jungen Leute da, den Blicken der Menge ausgesetzt.

Wie nur würden diese Ehegatten, die sich bis gestern nicht gekannt hatten und die nun in all ihrer Pracht und steifen Würde wie aufgebahrt wirkten, wie würden sie sich einander zuwenden, einander umschlingen können, nachdem die Königin-Mutter dem Brauch gemäß die Vorhänge über das Prunkbett hatte fallen lassen? Angélique verspürte Mitleid mit der regungslosen Infantin, die angesichts der neugierigen Blicke ihre Jungmädchenverwirrung verbergen mußte. Vielleicht war sie aber auch von Kindheit an so sehr an den Zwang des Repräsentierens gewöhnt, daß sie gar nichts empfand. Dies hier bedeutete nichts anderes als einen weiteren Ritus. Man konnte sich getrost auf das bourbonische Blut Ludwigs XIV. verlassen. Während sie die Treppe wieder hinabstiegen, tauschten Edelleute und Damen gewagte Scherze.

Angélique dachte an Joffrey, der sich ihr gegenüber so zart und geduldig verhalten hatte. Wo war er? Sie hatte ihn den ganzen Tag über nicht gesehen ...

In der Halle des Königshauses trat Péguillin de Lauzun auf sie zu. Er schien ein wenig atemlos.

„Wo ist der Graf, Euer Gatte?"

„Mein Gott, ich suche ihn auch."

„Wann habt Ihr ihn zum letztenmal gesehen?"

„Ich habe ihn heute früh verlassen, um mit Mademoiselle zur Kathedrale zu gehen. Er selbst hat Monsieur de Gramont begleitet."

„Ihr seid ihm seither nicht begegnet?"

„Aber nein, ich sagte es schon. Ihr seht so erregt aus. Was wollt Ihr von ihm?"

Der kleine Mann nahm ihre Hand und zog sie mit sich fort.

„Gehen wir in die Wohnung des Herzogs von Gramont."

„Was geht denn vor?"

Er gab keine Antwort. Er trug noch immer seine Prunkuniform, aber die gewohnte Fröhlichkeit war aus seinem Gesicht geschwunden.

Der Herzog von Gramont, der inmitten einer Gruppe von Freunden bei Tisch saß, sagte ihnen, Graf Peyrac habe ihn morgens nach der Messe verlassen.

„War er allein?" fragte Lauzun.

„Allein? Allein?" polterte der Herzog. „Was wollt Ihr damit sagen, mein Kleiner? Gibt es einen einzigen Menschen in Saint-Jean-de-Luz, der sich rühmen kann, heute allein zu sein? Peyrac hat mir seine Absichten nicht anvertraut, aber ich kann Euch sagen, daß sein Mohr ihn begleitete."

„Gut. Das beruhigt mich", sagte Lauzun.

„Er wird wohl mit den Gaskognern zusammen sein; die Gesellschaft amüsiert sich in einer Schenke am Hafen. Falls er nicht einer Aufforderung der Prinzessin Henriette von England gefolgt ist, die ihn bitten wollte, für sie und ihre Damen zu singen."

„Kommt, Angélique!" sagte Lauzun.

Die englische Prinzessin war jenes sympathische junge Mädchen, neben dem Angélique bei der Überfahrt zur Fasaneninsel gesessen hatte. Auf Péguillins Frage schüttelte sie verneinend den Kopf.

„Er ist nicht hier. Ich habe einen meiner Edelleute nach ihm ausgesandt, aber er hat ihn nirgends gefunden."

„Sein Mohr Kouassi-Ba ist doch eine Erscheinung, die man nicht übersehen kann."

„Auch der Mohr ist nicht gesehen worden."

In der Schenke zum „Goldenen Walfisch" erhob sich Bernard d'Andijos mühsam vom Tisch, um den die Blüte der Gascogne und des Languedoc versammelt war. Nein, niemand hatte Monsieur de Peyrac gesehen. Und dabei hatte man lange genug nach ihm Ausschau gehalten, ihn gerufen, ja sogar Kieselsteine an die Fenster seines Quartiers in der Rue de la Rivière geworfen. Aber von Peyrac keine Spur.

Lauzun faßte sich ans Kinn, um zu überlegen.

„Suchen wir de Guiche. Der kleine Monsieur hat Euerm Gatten schmachtende Blicke zugeworfen. Vielleicht hat er ihn zu einer aparten Gesellschaft bei seinem Busenfreund mitgenommen."

Angélique folgte dem Herzog durch die überfüllten, von Fackeln und bunten Laternen erleuchteten Gassen. Sie traten ein, fragten, gingen wieder hinaus. Die Leute saßen bei Tisch, im Dunst der Speisen, im Rauch der abertausend Kerzen, im muffigen Odeur der Dienstboten, die den ganzen Tag aus den Weinfontänen getrunken hatten.

Man tanzte auf den Plätzen nach dem Klang der Tamburine und Kastagnetten. Die Pferde wieherten im Halbdunkel der Höfe.

Graf Peyrac war verschwunden.

Angélique packte Péguillin plötzlich beim Arm.

„Nun ist es genug, Péguillin, redet! Weshalb seid Ihr so besorgt um meinen Gatten? Wißt Ihr etwas?"

Er seufzte, nahm diskret seine Perücke ab und wischte sich die Stirn.

„Ich weiß nichts. Ein Edelmann aus dem Gefolge des Königs weiß nie etwas, es könnte ihn zu teuer zu stehen kommen. Aber ich habe schon eine ganze Weile den Verdacht, daß ein Komplott gegen Euren Gatten im Gange ist."

Er flüsterte ihr ins Ohr:

„Ich fürchte, man hat versucht, ihn zu verhaften."

„Ihn zu verhaften?" wiederholte Angélique. „Aber weshalb denn?"

Er zuckte die Schultern.

„Ihr seid verrückt", sagte Angélique. „Wer kann den Befehl geben, ihn zu verhaften?"

„Der König natürlich."

„Der König hat anderes zu tun, als an einem solchen Tage Leute verhaften zu lassen. Das ist ja Unsinn, was Ihr da erzählt."

„Ich hoffe es. Ich habe ihm gestern abend eine Warnung zukommen lassen. Er hatte noch genügend Zeit, um sich auf sein Pferd zu schwingen. Madame, seid Ihr Euch ganz sicher, daß er die Nacht bei Euch verbracht hat?"

„O ja, ganz sicher!" sagte sie und errötete ein wenig.

„Also hat er nicht begriffen, hat weitergespielt, mit dem Schicksal jongliert."

„Péguillin, Ihr macht mich wahnsinnig!" rief Angélique und schüttelte ihn. „Ich glaube, Ihr seid im Begriff, Euch einen üblen Scherz mit mir zu erlauben."

„Ssst!"

Er zog sie an sich wie ein Mann, der mit den Frauen umzugehen weiß, und drückte ihre Wange an die seine, um sie zu beruhigen.

„Ich bin ein ziemlich verworfener Bursche, meine Liebe, aber Euer kleines Herz zu martern, das ist etwas, dessen ich nie fähig wäre. Und außerdem gibt es nach dem König keinen Menschen, dem ich so zugetan bin wie dem Grafen Peyrac. Wir wollen uns keine unnötigen Sorgen machen, Kindchen. Vielleicht ist er rechtzeitig entwischt."

„Ja, aber...", rief Angélique aus.

Er machte eine beschwörende Geste.

„Ja, aber", wiederholte sie leiser, „warum sollte der König gesonnen sein, ihn zu verhaften? Seine Majestät hat noch gestern abend sehr huldvoll mit ihm gesprochen, und ich selbst habe Worte belauscht, mit denen er der Sympathie Ausdruck gab, die Joffrey ihm eingeflößt hat."

„Ach, Sympathie! Staatsraison ... Einflüsse ...! Es steht uns armen Höflingen nicht zu, die Beweggründe des Königs zu werten. Denkt daran, daß er Schüler Mazarins war und daß der Kardinal folgendes über ihn sagte: ,Er wird sich spät auf den Weg machen, aber er wird es weiter bringen als die andern.'"

„Glaubt Ihr nicht, daß eine Intrige des Erzbischofs von Toulouse dahintersteckt?"

„Ich weiß nichts . . . ich weiß gar nichts", wiederholte Péguillin.

Er begleitete sie bis zu ihrem Haus und versprach, weiter nachzuforschen und sie am Morgen aufzusuchen.

Als Angélique eintrat, hoffte sie verzweifelt, ihr Mann werde da sein und sie erwarten, aber sie fand nur Margot vor, die den schlafenden Florimond hütete, und die alte Tante, die man über dem Festtrubel völlig vergessen hatte. Die übrigen Dienstboten waren zum Tanz in die Stadt gegangen.

Angélique warf sich in ihren Kleidern aufs Bett, nachdem sie lediglich Schuhe und Strümpfe abgelegt hatte. Ihre Füße waren geschwollen von dem irrsinnigen Gang, den sie mit dem Herzog von Lauzun durch die Stadt gemacht hatte. Ihr Hirn lief leer.

„Ich will morgen nachdenken", sagte sie zu sich. Und sie fiel in tiefen Schlaf.

Sie wurde durch einen Ruf geweckt, der von der Straße heraufdrang.

„Médême! Médême . . .!"

Der Mond wanderte über die flachen Dächer der kleinen Stadt. Vom Hafen und vom Hauptplatz tönten noch Lärm und Gesang herüber, aber in der nächsten Umgebung war alles still. Fast alle Menschen schliefen, zutiefst erschöpft.

Angélique hastete auf den Balkon und erkannte den schwarzen Kouassi-Ba, der drunten im Mondlicht stand.

„Médême! Médême . . .!"

„Warte, ich mach' dir auf."

Ohne sich die Zeit zu nehmen, ihre Schuhe anzuziehen, lief sie hinunter, zündete im Flur eine Kerze an und schloß die Haustür auf.

Der Schwarze glitt mit einem geschmeidigen Raubtiersprung ins Innere. Seine Augen funkelten seltsam; sie sah, daß er bebte, als befände er sich in einem Trancezustand.

„Woher kommst du?"

„Von dort drüben", sagte er mit einer unbestimmten Armbewegung. „Ich brauche ein Pferd. Sofort ein Pferd!"

Seine Zähne entblößten sich in einer wilden Grimasse.

„Mein Herr ist angegriffen worden", flüsterte er, „und ich hatte meinen großen Säbel nicht bei mir. Oh, warum hatte ich ausgerechnet heute meinen großen Säbel nicht bei mir?"

„Angegriffen, Kouassi-Ba? Von wem?"

„Ich weiß nicht, Herrin. Wie soll ich es wissen, ich, ein armer Sklave? Ein Page brachte ihm ein Briefchen. Der Herr ist hingegangen. Ich bin ihm gefolgt. Es waren keine Leute im Hof jenes Hauses; nur eine Kutsche mit dunklen Vorhängen. Männer kamen heraus und umzingelten ihn. Der Herr zog seinen Degen. Weitere Männer kamen dazu und zerrten ihn in die Kutsche. Ich habe geschrien und mich an die Kutsche geklammert. Zwei Diener waren hinten aufgestiegen. Sie schlugen auf mich ein, bis ich zu Boden stürzte. Aber ich habe einen von ihnen mitgerissen und erdrosselt."

„Du hast ihn erdrosselt?"

„Mit meinen Händen. So", sagte der Schwarze, wobei er seine rosigen Handflächen wie eine Zange öffnete und schloß. „Die Sonne brannte zu sehr, und meine Zunge ist dicker als mein Kopf, so durstig bin ich."

„Trink erst etwas, nachher wirst du reden."

Sie folgte ihm in den Stall, wo er einen Eimer ergriff und lange trank.

„Jetzt", sagte er, indem er sich die wulstigen Lippen wischte, „werde ich ein Pferd nehmen und ihnen nachsetzen. Ich werde sie alle mit meinem großen Säbel umbringen."

Er schob das Stroh beiseite und holte seine wenigen Habseligkeiten hervor. Während er sein zerrissenes und beschmutztes Seidengewand auszog, um es mit einer einfacheren Dienerlivree zu vertauschen, machte Angélique das Pferd des Negers los. Die Strohhalme stachen in ihre nackten Füße, aber sie achtete nicht darauf. Es war ihr, als sei sie in einem quälenden Traum befangen, in dem alles zu langsam ging, viel zu langsam ... Sie lief ihrem Gatten entgegen, sie breitete die Arme nach ihm aus, aber nie mehr würde sie ihn umfangen können, nie mehr ...

Sie beobachtete, wie der schwarze Reiter davonstob. Die Hufe des Pferdes schlugen Funken auf den Pflastersteinen der Straße. Das Geräusch des Galopps verklang, während ein anderes Geräusch dem klaren Morgen entsproß: das der Glocken, die einen Dankgottesdienst einläuteten.

Die königliche Hochzeitsnacht ging zu Ende. Die Infantin Maria-Theresia war Königin von Frankreich.

Vierundzwanzigstes Kapitel

Durch das blühende Land reiste der Hof nach Paris zurück.

Es war eine lange Karawane, die da mit ihren sechsspännigen Kutschen, ihren Gepäckwagen, ihren Lasttieren, ihren berittenen Lakaien und Leibwachen zwischen dem jungen Korn ihres Weges zog. An den Stadttoren warteten Abordnungen der Bürgerschaft und traten demütig an die Karosse des Königs heran, um ihm auf silberner Schale oder auf einem Samtkissen die Schlüssel darzureichen.

So zogen Bordeaux, Saintes und Poitiers vorüber, das die in diesem Trubel wie verlorene Angélique kaum erkannte.

Auch sie reiste mit dem Hof nach Paris.

„Da man Euch nichts sagt, tut so, als ob nichts wäre", hatte Péguillin geraten. „Euer Gatte wollte nach Paris gehen, so geht auch Ihr dorthin. Alles wird sich dort klären. Vielleicht handelt es sich nur um ein Mißverständnis."

„Aber was wißt Ihr, Péguillin?"

„Nichts, nichts ... ich weiß nichts."

Er entfernte sich mit sorgenvoller Miene, um vor dem König den Hanswurst zu spielen.

Schließlich schickte Angélique, nachdem sie Andijos und Cerbaland gebeten hatte, sie zu begleiten, einen Teil ihres Trosses nach Toulouse zurück. Sie behielt nur eine Kutsche und einen Gepäckwagen, außerdem Margot, eine kleine Kindsmagd bei Florimond, drei Lakaien und die beiden Kutscher. Im letzten Augenblick baten der Perückenmacher Binet und der kleine Violinist Giovanni inständig, mitgenommen zu werden.

„Wenn der Herr Graf uns in Paris erwartet und ich nicht komme, wird er sehr ungehalten sein, das versichere ich Euch", sagte François Binet.

„Paris kennenlernen, oh, Paris kennenlernen!" wiederholte der junge Musikus. „Wenn es mir gelingt, dort dem Hofkomponisten des Königs, Baptiste Lully, zu begegnen, von dem man soviel redet, dann wird er mich gewiß beraten, und ich werde ein großer Künstler."

„Also gut, steig ein, großer Künstler!" gab Angélique am Ende nach.

Sie bewahrte ihr Lächeln und beherrschte sich, indem sie sich an die Worte Péguillins klammerte: „Vielleicht ist es nur ein Mißverständnis." Abgesehen von der Tatsache, daß Graf Peyrac spurlos verschwunden war, schien sich tatsächlich nichts geändert zu haben; nichts verlautete, daß er in Ungnade gefallen war.

Die Grande Mademoiselle ließ keine Gelegenheit zu einem freundschaftlichen Gespräch mit der jungen Frau ungenutzt. Sie, die ein völlig naiver Mensch ohne jede Verstellung war, hätte nicht zu heucheln vermocht.

Hie und da erkundigte sich jemand auf ungezwungene Weise nach Monsieur de Peyrac. Angélique erklärte schließlich, er sei nach Paris vorausgefahren, um ihre Ankunft vorzubereiten.

Bevor sie jedoch Saint-Jean-de-Luz verließ, bemühte sie sich vergeblich, Monseigneur de Fontenac zu begegnen. Er war nach Toulouse zurückgekehrt.

In manchen Augenblicken glaubte sie, geträumt zu haben, und schalt sich eine Närrin. Vielleicht war Joffrey ganz einfach in Toulouse ...?

Aber in der Gegend von Dax, als man die sandige und heiße Provinz des Landes durchquerte, brachte sie ein schauerlicher Zwischenfall in die tragische Wirklichkeit zurück. Die Bewohner eines Dorfs meldeten sich und fragten, ob ein paar Leute der Leibwache ihnen bei einer Treibjagd helfen könnten, die sie auf ein schwarzes blutrünstiges Ungeheuer veranstalten wollten.

Andijos galoppierte zu Angélique und flüsterte ihr zu, es handele sich zweifellos um Kouassi-Ba.

Sie verlangte die Leute zu sehen. Diese bestärkten die junge Frau in ihren Befürchtungen. Ja, vor zwei Tagen hätten sie Schreie und Schüsse auf der Straße gehört. Als sie an Ort und Stelle angelangt seien, hätten sie gesehen, wie ein Reiter mit schwarzem Gesicht, der einen gekrümmten Säbel schwang, wie die Türken sie tragen, eine Kutsche attackierte. Glücklicherweise hätten die Leute von der Kutsche eine Pistole besessen. Der schwarze Mann müsse verwundet worden sein und sei davongelaufen.

„Wer waren die Leute dieser Kutsche?" fragt Angélique.

„Wir wissen es nicht", erwiderte sie. „Die Vorhänge waren zugezogen. Wir sahen nur zwei Männer, die die Eskorte bildeten. Sie gaben uns ein Geldstück, damit wir den begraben sollten, dem das Ungeheuer den Kopf abgehauen hatte."

„Den Kopf abgehauen?" wiederholte Andijos entsetzt.

„Jawohl, Herr, und mit einem solchen Schwung, daß wir ihn im Graben suchen mußten, in den er gerollt war."

In der folgenden Nacht, in der die Insassen der meisten Equipagen sich gezwungen sahen, in den Dörfern der Umgebung von Bordeaux zu kampieren, hörte Angélique im Schlaf abermals den düsteren Ruf:

„*Médême! Médême!*"

Sie wurde unruhig und wachte endlich auf. Ihr Bett war im einzigen Raum eines Bauernhauses aufgestellt worden, dessen Bewohner im Stall schliefen. Florimonds Wiege stand vor dem Herd. Margot und die kleine Magd hatten sich auf einem Strohsack ausgestreckt.

Angélique sah, daß Margot aufgestanden war und sich nun eilig einen Rock überstreifte.

„Wohin gehst du?"

„Es ist Kouassi-Ba, ich bin dessen ganz sicher", flüsterte die Zofe. Und schon war Angélique aus dem Bett gesprungen.

Vorsichtig öffneten die beiden Frauen die wacklige Tür. Glücklicherweise war die Nacht sehr finster.

„Kouassi-Ba, komm!" flüsterten sie.

Ein mächtiger, schwankender Körper stolperte über die Schwelle. Sie hießen ihn, sich auf eine Bank setzen. Seine Kleider waren blutbespritzt. Seit drei Tagen irrte er verwundet durch die Gegend.

Margot wühlte in den Truhen und ließ ihn einen Schluck Branntwein trinken. Darauf begann er zu reden.

„Einen einzigen Kopf, Herrin, ich habe nur einen einzigen Kopf abhauen können."

„Das genügt vollkommen, ich versichere es dir", sagte Angélique lächelnd.

„Ich habe meinen langen Säbel und mein Pferd verloren."

„Du bekommst neue. Reg dich nicht auf ... Du hast uns wiedergefunden, das ist die Hauptsache. Wenn der Herr dich sieht, wird er sagen: ‚Gut so, Kouassi-Ba.'"

„Werden wir den Herrn wiedersehen?"

„Wir werden ihn wiedersehen, verlaß dich drauf."

Im Reden hatte sie ein Leintuch zerrissen, um Scharpie daraus zu machen. Sie fürchtete, die Pistolenkugel könne unter dem Schlüsselbein steckengeblieben sein; aber sie entdeckte eine zweite Wunde unter der Achsel, die bewies, daß das Geschoß wieder ausgetreten war. Umsichtig goß sie Branntwein auf beide Stellen und legte einen festen Verband an.

„Was sollen wir mit ihm machen, Madame?" fragte Margot ängstlich.

„Ihn behalten, natürlich! Er wird wieder seinen Platz auf dem Gepäckwagen einnehmen."

„Aber was wird man sagen?"

„Wer ‚man'? Glaubst du, all die Leute unserer Umgebung kümmern sich um das Tun und Lassen meines Negers? Gut essen, gute Pferde auf den Umspannstationen bekommen, bequem nächtigen, das sind ihre einzigen Sorgen. Er bleibt unter der Wagenplane, und wenn wir in Paris zwischen unseren eigenen vier Wänden sind, werden sich die Dinge von allein klären."

Um sich selbst Mut einzuflößen, wiederholte sie nachdrücklich: „Du weißt ja, Margot, all das ist ein Mißverständnis."

Am Abend des fünften Tages machte der Hof auf Schloß Vaux-le-Vicomte Station, bei Monsieur Nicolas Fouquet, dem Oberintendanten der Finanzen.

Angélique wäre eigentlich lieber weitergefahren, aber ihre Neugier war doch zu groß. Hier bot sich die seltene Gelegenheit, dem berühmten Fouquet zu begegnen, dessen Namen sie das erstemal unter so eigenartigen Umständen gehört hatte. Vielleicht würde ihr auch Clément Tonnel auf den Gängen des Schlosses über den Weg laufen?

Sie schickte Andijos voraus, um für die nächste Etappe in Rambouillet Vorbereitungen zu treffen, und behielt nur Cerbaland bei sich, der dank seiner sanften Augen und Seele noch immer der junge Cerbaland genannt wurde. Er tat sein möglichstes, um eine passende Unterkunft für sie aufzutreiben, aber jedermann hatte bei Fouquet wohnen wollen. Angélique fand nur ein ziemlich unbequemes Quartier über den Ställen, an dem sie jedoch keinen Anstoß nahm. Sie hatte ja nicht die Absicht, sich in den Vordergrund zu drängen oder sich vorstellen zu lassen.

In der Menge der Hofdamen und Edelleute verborgen, bewunderte sie das weiße Gebäude mit der harmonischen Fassade, durchquerte das viereckige, mit einer dorischen Säulenreihe und antiken Statuen ausgestattete Vestibül und betrat den großen, ovalen Salon, der unter der Hauptkuppel lag. Sechs Hermen stützten sie, die auf ihren Häuptern Körbe mit Blumen und Obst trugen. Die Fresken der Kuppel waren noch unvollendet. Ein Maler, dem viel Gutes nachgesagt wurde, der Sieur Charles Le Brun, befaßte sich, unterstützt von zehn Handwerkern, mit ihrer Ausführung.

Der Hof reckte die Nasen hoch und konnte erkennen, daß der Künstler im Begriff war, eine Art himmlischen Sonnentempel darzustellen. Inmitten eines leuchtenden Himmels war das Gestirn in Form eines Eichhörnchens, des Fouquetschen Emblems, abgebildet. Die Götter und Göttinnen des Olymp, die Jahreszeiten, die Monate, die Wochen, die Tage, die Stunden huldigten ihm und reichten die Gaben der Erde und des Himmels dar.

Die Leute gerieten in Ekstase, und selbst der König verbarg seine Bewunderung nicht, aber manche schauten einander schweigend an. Wußte denn Fouquet nicht, daß der junge König bereits die Sonne zum Emblem genommen hatte? War es nicht eine Vermessenheit sondergleichen, das mutwillige Eichhörnchen mit ihr in Verbindung zu bringen, auf dessen allegorische Darstellung man hier überall stieß, begleitet von dem anmaßenden Wahlspruch des Hausherrn:

‚Quo non ascendat?'

Danach besichtigte der König den vom Gartenkünstler Le Nôtre entworfenen Park, und während auch Angélique die großartige Perspektive der parallel angelegten Gehölze bewunderte, die Gartenbeete, auf denen die Blumen schillernde Stickereimuster bildeten, mußte sie mit einem Male an ihre Mutter denken. Welche Freude hätte Madame de Sancé an der harmonischen Anordnung der Gebüsche, Gewässer und Pflanzen gehabt!

In einer Kalesche sah Angélique Nicolas Fouquet und den König vorüberfahren. Sie betrachtete ihn neugierig. Wer hätte wohl für möglich gehalten, daß hinter diesem ausgemergelten Gesicht mit den großen, melancholischen Augen, in denen sich Schüchternheit mit Tücke mischte, soviel Ehrgeiz loderte?

„Er sieht wirklich nicht furchterregend aus, dieser Fouquet", dachte sie.

Aufs neue rollte die Kutsche durch den Wald. Angélique war eingenickt, denn die Hitze war drückend. Florimond schlief auf Margots Knien. Plötzlich ließ das Geräusch einer trockenen Detonation alle in die Höhe fahren. Es gab einen Stoß. Angélique hatte die Vision einer sich jäh öffnenden tiefen Schlucht. In einer Staubwolke kippte die Kutsche mit fürchterlichem Krachen um. Florimond heulte, halb erdrückt von der Dienerin. Man vernahm das trompetenartige Wiehern der Pferde, die Schreie des Postillons, das Knallen der Peitsche.

Das gleiche kurze, trockene Geräusch erscholl abermals, und in der Scheibe der Kutsche entdeckte Angélique einen merkwürdigen Stern, ähnlich den Eisblumen im Winter, mit einem kleinen Loch in der Mitte. Sie versuchte, sich im Innern des umgestürzten Wagens aufzurichten und

Florimond in die Arme zu nehmen, als der Schlag aufgerissen wurde und das Gesicht Péguillin de Lauzuns sich über die Öffnung beugte.

„Nichts Schlimmes passiert, hoffentlich?"

„Alles schreit. Also nehme ich an, daß alles lebt", erwiderte Angélique.

Sie reichte dem Herzog das Kind und ließ sich sodann von Louvigny beim Herausklettern helfen. Auf der Straße nahm sie Florimond sofort wieder an sich und bemühte sich, ihn zu beruhigen. Das Geschrei des Kleinen übertönte allen Lärm, und es war unmöglich, dabei Worte zu wechseln.

„Was ist denn nun eigentlich geschehen?" fragte sie, sobald Florimond sich wieder einigermaßen beruhigt hatte.

Der Kutscher sah verstört aus. Er war nicht sehr zuverlässig, ziemlich großtuerisch und geschwätzig, und er hatte vor allem eine ausgesprochene Schwäche für den Alkohol.

„Du hattest getrunken und bist eingeschlafen?"

„Nein, Madame, auf Ehre. Es war mir heiß, das gebe ich zu, aber ich hatte meine Tiere fest am Zügel. Plötzlich sind zwei Männer aus dem Schatten der Bäume aufgetaucht. Der eine hatte eine Pistole. Er schoß in die Luft, und die Pferde scheuten. Sie gingen hoch und wichen zurück. In diesem Augenblick stürzte die Kutsche um. Einer der Männer hatte die Pferde beim Gebiß gepackt. Ich schlug mit meiner Peitsche auf ihn ein. Der andere lud die Pistole von neuem, kam heran und schoß in den Wagen. Dann ist der Gepäckwagen erschienen, und dann diese berittenen Herren ... Die beiden Kerle haben sich aus dem Staub gemacht."

„Das ist eine merkwürdige Geschichte", sagte Lauzun. „Der Wald ist wegen des königlichen Zuges von allen fragwürdigen Elementen gesäubert worden. Wie sahen die Burschen denn aus?"

„Ich weiß nicht, Herr Herzog. Es waren bestimmt keine Wegelagerer. Sie waren gut angezogen und wohlrasiert. Ich kann nur sagen, daß sie wie Hausbediente wirkten."

„Zwei hinausgeworfene Diener, die einen üblen Streich ausgeheckt haben", vermutete de Guiche.

Eine schwere Kutsche fuhr langsam an der Kolonne vorbei und hielt dann an.

Mademoiselle de Montpensier streckte den Kopf aus dem Fenster.

„Sind das schon wieder die Gaskogner, die einen solchen Spektakel machen? Wollt Ihr die Vögel der Ile-de-France mit Euren Trompetenstimmen erschrecken?"

Lauzun näherte sich ihr grüßend. Er schilderte den Unfall, den Madame de Peyrac erlitten hatte, und erklärte, es werde noch ein Weilchen dauern, bis man ihre Kutsche aufgerichtet und wieder in Ordnung gebracht habe.

„Aber so soll sie doch bei uns einsteigen!" rief die Grande Mademoiselle.

„Mein kleiner Péguillin, holt sie schleunigst. Kommt, meine Liebe, wir

haben noch eine ganze Bank frei. Da werdet Ihr es mit Eurem Kindchen sehr bequem haben. Das arme Engelchen! Das arme Schätzchen!"
Sie war selbst Angélique beim Einsteigen und Platznehmen behilflich.
„Ihr seid verletzt, meine arme Freundin. Sobald wir wieder haltmachen, werde ich Euch meinen Arzt schicken."
Mit Entsetzen stellte die junge Frau fest, daß die Person, die im Fond neben Mademoiselle saß, niemand anders als die Königin-Mutter war.
„Eure Majestät mögen mir verzeihen", murmelte sie.
„Ihr braucht nicht um Verzeihung zu bitten, Madame", erwiderte Anna von Österreich huldvoll. „Mademoiselle hatte hundertmal recht, Euch aufzufordern, unsern Wagen zu teilen. Die Bank ist bequem, und Ihr werdet Euch hier rascher von Eurer Aufregung erholen. Was mich verdrießt, ist die Sache mit den bewaffneten Männern, die Euch überfallen haben."
„Mein Gott! Womöglich hatten es die Männer auf die Person des Königs oder der Königin abgesehen", rief Mademoiselle mit gerungenen Händen.
„Ihre Wagen werden von Wachen beschützt, und ich glaube, wir brauchen uns um sie nicht zu sorgen. Gleichwohl werde ich mit dem Polizeileutnant reden."
Angélique spürte jetzt die Wirkung des erlittenen Schocks. Sie merkte, daß sie sehr blaß wurde, schloß die Augen und stützte den Kopf auf die gutgepolsterte Lehne der Bank. Der Mann hatte aus nächster Nähe auf die Fensterscheibe gezielt. Wie durch ein Wunder war keiner der Insassen verletzt worden. Sie drückte Florimond an sich. Durch die dünnen Kleider des Kindes spürte sie, daß es abgemagert war, und sie machte sich Vorwürfe. Es war erschöpft vom dauernden Reisen. Seitdem man es von seiner Amme und dem kleinen Negerknaben getrennt hatte, jammerte es und verweigerte die Milch, die Margot sich in den Dörfern verschaffte. Es wimmerte im Schlaf, und Tränen hingen in den langen, schwarzen Wimpern, die seine blaßgewordenen Wangen beschatteten. Es hatte einen winzigen Mund, rund und rot wie eine Kirsche.
Sanft betupfte Angélique mit ihrem Taschentuch die weiße, gewölbte Stirn, auf der der Schweiß perlte. Und plötzlich mußte sie zwischen den beiden versöhnten Gegnerinnen von einst an die Briefe denken, die der kleine, vergessene Kasten im Türmchen des Schlosses Plessis barg. Würde deren Wiederauftauchen nicht genügen, um von neuem die große Feuersbrunst ausbrechen zu lassen, deren Flammen nur darauf warteten, emporlodern zu können . . .?
Es schien Angélique, als habe sie das Kästchen in ihrem eigenen Innern aufbewahrt und als laste es jetzt wie Blei auf ihrem Leben. Sie ließ ihre Augen geschlossen. Sie fürchtete, man könne seltsame Bilder in ihnen vorbeiziehen sehen: den Fürsten Condé, der sich über das Giftfläschchen beugte oder den Brief las, den er eben unterschrieben hatte: „An Monsieur Fouquet . . . Ich verpflichte mich, einzig ihm ergeben zu sein, nur ihm zu dienen . . ."

Angélique fühlte sich einsam. Sie konnte sich niemandem anvertrauen. Die angenehmen Hofbekanntschaften erwiesen sich nun als wertlos. Jeder gierte nach Protektion, nach Vorteilen und würde sich beim geringsten Anzeichen von Ungnade von ihr abwenden. Bernard d'Andijos war ergeben, aber oberflächlich! Kaum vor den Toren von Paris angekommen, würde man ihn nicht mehr zu sehen bekommen, denn er würde am Arm seiner Mätresse, Mademoiselle de Mortemart, zu den Hofbällen gehen und in Gesellschaft von Gaskognern sich nächtelang in den Schenken und Spielhäusern herumtreiben.

Im Grunde war es gleichgültig. Es kam vor allem darauf an, Paris zu erreichen. Dort würde man wieder Boden unter die Füße bekommen. Angélique würde das schöne Palais beziehen, das Graf Peyrac im Stadtteil Saint-Paul besaß. Dann würde sie Nachforschungen anstellen und die nötigen Schritte tun, um herauszubekommen, was aus ihrem Gatten geworden war.

„Wir werden vor Mittag in Paris sein", informierte sie Andijos, als sie am nächsten Morgen mit Florimond wieder in ihrer Kutsche Platz nahm, deren durch den Unfall hervorgerufene Schäden inzwischen behoben worden waren. Der Gedanke, daß Paris bald erreicht sein würde, versetzte sie in angeregte Stimmung. Der Morgen war so klar, ein richtiger frischer und würziger Ile-de-France-Morgen. Schon herrschte reges Leben auf den Straßen und ließ die Nähe der großen Stadt ahnen. Die Schlösser und Lusthäuser, beschützt von Gittertoren am Ende kurzer Alleen, wurden zahlreicher. Gemüse- und Obstgärten drängten sich um Gebäude, um einen Bauernhof oder ein kleines Wohnhaus – die letzteren wurden zunehmend häufiger und schlossen sich zu Weilern, zu Dörfern zusammen, die bald ohne Unterbrechung einander folgten.

Angélique glaubte sich bereits in Paris, als man noch die Vororte durchquerte. Und als sie endlich die Porte Saint-Honoré hinter sich gelassen hatte, war sie enttäuscht über die engen und schmutzigen Straßen. Die Rufe der Händler und vor allem der Kutscher, der Lakaien, die den Equipagen und Sänftenträgern vorauszogen, hoben sich vom dumpfen Grollen des allgemeinen Lärms ab, das ihr wie das erste Donnerrollen eines noch fernen Gewitters vorkam. Die Luft war glühend und mit Gestank erfüllt.

Angéliques Kutsche, von Bernard d'Andijos zu Pferde eskortiert und dem Gepäckwagen mit den Lakaien gefolgt, brauchte über eine Stunde bis Saint-Paul. Schließlich bog man in die Rue de la Tournelle ein.

Die Müßiggänger gafften die vorbeifahrende Equipage an und spähten nach dem Wappen, das auf den Wagenschlag gemalt war. Einige wichen wie von Entsetzen gepackt zurück. Kinder rannten davon, liefen schreiend in die Kaufläden, kamen wieder heraus und deuteten auf Wagen und Reiter.

Angélique, aufs höchste gespannt, bemühte sich, zwischen den neuen Häusern das ihrige zu entdecken, und achtete nicht auf das, was da vorging. Doch als die Kutsche durch einen Heuwagen aufgehalten wurde und vor dem Laden eines Kurzwarenkrämers stehenblieb, hörte sie den Mann von der Schwelle aus rufen:
„Der Teufel hat es mit diesem Wappen!"
Dann verschwand er hastig in seinem Laden und verschloß geräuschvoll die Tür.
„Die Leute dieser Straße scheinen uns für Zigeuner zu halten", bemerkte die Zofe Margot mit zusammengekniffenen Lippen. „Ich bedaure, daß der Herr Graf sein Palais nicht im neuen Stadtteil Luxembourg hat errichten lassen, wo ich früher bei einer inzwischen verstorbenen Tante des Grafen in Stellung war."
„Hält sich Kouassi-Ba noch unter seiner Plane versteckt? Vielleicht ist es sein Barbarenkopf, der die Leute erschreckt?"
„Das beweist, daß sie selber Barbaren sind, wenn sie noch nie einen Mohren gesehen haben."

Die Equipage hatte vor einem großen Tor aus hellem Holz mit Türklopfer und Schlössern aus Schmiedeeisen gehalten. Hinter der weißen Steinmauer des Vorhofs erhob sich das Palais, das in modernem Stil aus großen, behauenen Quadern errichtet war, mit hohen, blinkenden Fenstern und einem Dach aus neuen, in der Sonne matt schimmernden Schieferplatten. Ein Lakai öffnete den Wagenschlag.
„Hier ist es, Madame", sagte der Marquis d'Andijos. Er blieb zu Pferde und starrte wie versteinert auf das Tor.
Angélique stieg aus und lief auf das Häuschen zu, das vermutlich dem Pförtner als Wohnung diente. Zornig zog sie an der Glocke. Es war unerhört, daß noch niemand es für nötig befunden hatte, das Haupttor zu öffnen. Die Glocke schien in der Öde zu verhallen. Die Fenster der Pförtnerwohnung waren schmutzig. Alles wirkte wie ausgestorben.
Nun erst fiel Angélique das merkwürdige Aussehen des Portals auf, das Andijos noch immer wie vom Blitz getroffen anstarrte.
Sie trat näher. Ein Geflecht roter Schnüre hing querüber an dicken Siegeln aus verschiedenfarbigem Wachs. Ein gleichfalls an Siegeln befestigtes Blatt Papier bildete einen weißen Fleck.
Sie las:

Königliches Kammergericht
Paris
1. Juli 1660

Mit offenem Mund starrte sie auf die Schrift, ohne zu begreifen. In diesem Augenblick öffnete sich das Türchen des Pförtnerhauses um eine

Spaltbreite, und das ängstliche Gesicht eines Dieners in abgenutzter Livree wurde sichtbar. Beim Anblick der Kutsche zog er sich hastig wieder zurück, dann öffnete er, sich eines Bessern besinnend, von neuem und kam zögernd heraus.

„Seid Ihr der Pförtner hier?" fragte die junge Frau.

„Ja ... ja, Madame, das bin ich. Baptiste ... und ich erkenne wohl die ... die Kutsche von ... von ... meinem ... meinem Herrn."

„Hör auf zu stottern, Tölpel", schrie sie und stampfte mit dem Fuße auf. „Und sag mir rasch, wo Monsieur de Peyrac ist?"

Der Bediente spähte ängstlich um sich. Da niemand von den Nachbarn sich zeigte, schien er sicherer zu werden. Er trat einen Schritt näher, hob die Augen zu Angélique auf und fiel plötzlich vor ihr in die Knie, nicht ohne sich auch noch weiterhin besorgt umzublicken.

„O meine arme junge Herrin!" rief er aus. „Mein armer Herr ... o welch furchtbares Unglück!"

„Aber so sprich doch! Was ist denn?"

Sie schüttelte ihn in wilder Angst an der Schulter.

„Steh auf, Dummkopf! Ich verstehe nichts von all dem, was du sagst. Wo ist mein Gatte? Ist er tot?"

Der Mann richtete sich mühsam auf und murmelte:

„Es heißt, er sei in der Bastille. Das Palais ist versiegelt. Ich hafte mit meinem Leben. Und Ihr, Madame, seht zu, daß Ihr so rasch wie möglich von hier wegkommt, solange es noch Zeit ist."

Nach der furchtbaren Angst, die sie befallen hatte, wirkte das Wort Bastille fast beruhigend auf Angélique. Aus einem Gefängnis konnte man entlassen werden. Sie wußte, daß in Paris das gefürchtetste Gefängnis das des Erzbischöflichen Palastes war – es lag unter dem Niveau der Seine, und im Winter konnte man da leicht ertrinken – und daß in den beiden nächsten, im Châtelet und im Hôpital Général, nur Bürgerliche verwahrt wurden. Die Bastille war das Gefängnis für Aristokraten. Trotz gewisser finsterer Legenden, die über die Zellen ihrer sechs dicken Türme umliefen, war es allgemein bekannt, daß ein Aufenthalt zwischen ihren Mauern niemand entehrte.

Angélique stieß einen Seufzer aus und bemühte sich, der Situation ins Auge zu sehen.

„Ich glaube, es ist besser, ich bleibe nicht hier", sagte sie zu Andijos.

„Ja, ja, Madame, geht so rasch wie möglich", sagte der Diener beschwörend.

„Zuerst muß ich wissen, wohin. Aber ich habe ja eine Schwester hier in Paris. Ich kenne ihre Adresse nicht, ich weiß nur, daß ihr Gatte Staatsanwalt ist, ein gewisser Maître Fallot. Ich glaube sogar, daß er sich seit seiner Vermählung Fallot de Sancé nennt."

„Wenn wir zum Justizpalast fahren, wird man uns sicher Auskunft geben können."

Die Kutsche und ihr Gefolge bewegten sich wieder durch Paris. Angélique sah nicht aus dem Fenster. Diese Stadt, die sie so feindselig empfing, übte keinen Reiz mehr auf sie aus. Florimond weinte. Er zahnte, und vergeblich rieb ihm Margot die Kiefer mit einer Tinktur aus Honig und zerstoßenem Fenchel ein.

Schließlich bekam man die Adresse des Staatsanwalts, der wie viele Beamte nicht weit vom Justizpalast auf der Ile de la Cité wohnte. Die Straße hieß Rue de l'Enfer*, was Angélique als ein düsteres Vorzeichen erschien. Die Häuser waren dort noch grau und mittelalterlich, mit spitzen Giebeln, spärlichen Fensteröffnungen, Skulpturen und Wasserspeiern.

Das, vor dem die Kutsche schließlich hielt, wirkte kaum minder düster als die anderen, obwohl es drei ziemlich hohe Fenster in jedem Stockwerk aufwies.

Im Erdgeschoß befand sich die Kanzlei, an deren Tür ein Schild befestigt war mit der Aufschrift:

„Maître Fallot de Sancé. Staatsanwalt."

Zwei Gehilfen, die sich auf der Schwelle rekelten, stürzten auf Angélique zu, kaum daß sie den Fuß auf die Erde gesetzt hatte, und überschütteten sie mit einem Schwall von Worten in einem unverständlichen Kauderwelsch. Schließlich erfaßte sie, daß die Burschen ihr die Kanzlei Maître de Sancés als den einzigen Ort in Paris priesen, wo auf das Gewinnen ihres Prozesses erpichte Leute gut beraten würden.

„Ich komme nicht wegen eines Prozesses", sagte Angélique. „Ich möchte Madame Fallot besuchen."

Enttäuscht deuteten sie auf eine Tür zur Linken, die zur Privatwohnung des Anwalts führte.

Angélique betätigte den Türklopfer. Ohne das Verschwinden ihres Gatten hätte sie Hortense gewiß nicht aufgesucht. Sie hatte zu dieser Schwester, deren Wesen von dem ihrigen so verschieden war, nie ein herzliches Verhältnis gehabt. Nun wurde sie sich bewußt, daß sie im Grunde eine gewisse Freude empfand, sie wiederzusehen. Die Erinnerung an die kleine Madelon wob ein unsichtbares Band zwischen ihnen. Sie gedachte der Nächte, in denen sie, alle drei in ihrem großen Bett eng aneinandergedrängt, die Ohren gespitzt hatten, um etwa die flüchtigen Schritte des Gespensts von Monteloup zu erlauschen, jener alten, weißen Dame, die mit tastender Hand von Raum zu Raum wanderte. Sie waren sogar fest überzeugt gewesen, in einer bestimmten Winternacht gesehen zu haben, wie sie durch ihr Schlafzimmer schritt ...

So wartete sie in einer gewissen Spannung, daß man ihr öffnen kam.

Eine säuberlich gekleidete, dicke Magd in weißem Häubchen führte sie ins Vestibül, und fast zu gleicher Zeit schon erschien Hortense auf der Höhe der Treppe. Sie hatte die Kutsche vom Fenster aus gesehen.

* Höllenstraße.

Angélique hatte den Eindruck, daß ihre Schwester im Begriff gewesen war, ihr um den Hals zu fallen; doch alsbald besann sie sich eines anderen und nahm ein zurückhaltendes Wesen an. Im übrigen war es im Vorraum so dunkel, daß man einander kaum sehen konnte. Sie umarmten sich kühl.

Hortense wirkte noch dürrer und größer als früher.

„Meine arme Schwester!" sagte sie.

„Warum nennst du mich ‚meine arme Schwester'?" fragte Angélique.

Madame Fallot machte eine auf die Magd bezügliche Geste und zog Angélique in ihr Schlafzimmer. Es war ein großer Raum, der zugleich als Salon diente, denn um das Bett mit seinen schönen Vorhängen und der gelben Damastdecke waren zahlreiche Sessel und Schemel sowie Stühle und Bänke gruppiert. Angélique fragte sich, ob ihre Schwester wohl die Angewohnheit hatte, ihre Freunde auf dem Bett liegend zu empfangen, wie es die Preziösen taten. Freilich hatte Hortense früher als geistreich gegolten und sich einer gewählten Sprache befleißigt.

Auch hier war es infolge der farbigen Fenster dunkel, aber bei der herrschenden Hitze war das nicht unangenehm. Die Fliesen wurden durch hier und dort ausgestreute grüne Grasbüschel kühl gehalten. Angélique sog ihren guten, ländlichen Geruch ein.

„Es ist gemütlich bei dir", sagte sie zu Hortense.

Ihre Schwester verzog keine Miene.

„Versuche nicht, mich durch dein harmloses Gehabe hinters Licht zu führen. Ich weiß über alles Bescheid."

„Dann hast du Glück, denn ich muß gestehen, daß ich selber nicht im geringsten weiß, was eigentlich vorgeht."

„Welche Unvorsichtigkeit, dich hier mitten in Paris zu zeigen!" sagte Hortense, indem sie die Augen zum Himmel aufschlug.

„Hör mal, Hortense, fang nicht wieder an, deine Augen zu verdrehen. Ich weiß nicht, ob dein Mann wie ich ist, aber ich entsinne mich, daß ich diese Grimasse nie mitansehen konnte, ohne dir eine Ohrfeige zu verabfolgen. Jetzt werde ich dir sagen, was ich weiß, und danach wirst du mir sagen, was du weißt."

Sie erzählte ihr, wie Graf Peyrac plötzlich verschwunden war, während sie sich wegen der Hochzeit des Königs in Saint-Jean-de-Luz befanden. Da die Mutmaßungen gewisser Freunde sie zu der Ansicht gebracht hätten, er sei entführt und nach Paris gebracht worden, sei sie ebenfalls in die Hauptstadt gereist. Hier habe sie ihr Palais versiegelt vorgefunden und erfahren, ihr Gatte sei höchstwahrscheinlich in der Bastille.

Hortense sagte streng: „Da konntest du ja wohl ermessen, wie kompromittierend dein Erscheinen am hellichten Tage für einen hohen Beamten des Königs sein mußte. Und dennoch bist du hierhergekommen!"

„Ja, das war freilich gewagt", erwiderte Angélique, „aber mein erster Gedanke war, daß die Leute meiner Familie mir helfen könnten."

„Das erstemal, daß du dich deiner Familie erinnerst, wie mir scheint. Ich bin sicher, du wärest niemals zu mir gekommen, wenn du in deinem schönen, neuen Haus in Saint-Paul wie ein Pfau hättest herumstolzieren können. Warum hast du nicht die prächtigen Freunde deines so reichen und schönen Herrn Gemahls um Gastfreundschaft gebeten, all jene Fürsten, Herzöge und Grafen, statt uns durch deine Gegenwart in Unannehmlichkeiten zu bringen?"

Angélique war nahe daran, aufzustehen und türknallend das Haus zu verlassen, aber sie glaubte, von der Straße her das Weinen Florimonds zu hören, und beherrschte sich.

„Hortense, ich mache mir keine Illusionen. Als liebevolle und ergebene Schwester setzt du mich vor die Tür. Aber ich habe ein vierzehn Monate altes Kind bei mir, das gebadet, genährt und frisch gekleidet werden muß. Es ist spät. Wenn ich mich jetzt noch auf die Suche nach einer Unterkunft mache, kann es mir passieren, daß ich an einer Straßenecke nächtigen muß. Nimm mich für diese eine Nacht auf."

„Das ist für die Sicherheit meines Heims eine Nacht zuviel."

„Man könnte meinen, ich stände im Ruf, ein lasterhaftes Leben zu führen!"

Madame Fallot kniff die Lippen zusammen, und ihre braunen, lebhaften, wenn auch ziemlich kleinen Augen funkelten.

„Dein Ruf ist nicht fleckenlos. Was den deines Gatten betrifft – der ist grauenvoll."

Angélique konnte sich angesichts dieser pathetischen Redeweise eines Lächelns nicht erwehren.

„Ich versichere dir, daß mein Gatte der beste aller Männer ist. Du würdest es sofort merken, wenn du ihn kennenlerntest..."

„Gott behüte mich davor! Ich würde vor Angst sterben. Wenn es stimmt, was man mir gesagt hat, dann begreife ich nicht, wie du mehrere Jahre in seinem Hause leben konntest. Er muß dich behext haben."

Nach kurzer Überlegung fügte sie hinzu:

„Freilich hast du schon als Kind eine ausgesprochene Vorliebe für alle möglichen Laster gehabt."

„Du bist ja wirklich von seltener Liebenswürdigkeit, meine Teure! Freilich hattest du deinerseits schon als Kind eine ausgesprochene Vorliebe für Verleumdung und Boshaftigkeit."

„Das wird ja immer schöner! Jetzt beschimpfst du mich auch noch unter meinem eigenen Dach."

„Weshalb weigerst du dich, mir zu glauben? Ich sage dir, daß mein Mann nur infolge eines Mißverständnisses in der Bastille ist."

„Wenn er in der Bastille ist, dann deshalb, weil es eine Gerechtigkeit gibt."

„Wenn es eine Gerechtigkeit gibt, wird er alsbald freigelassen werden."

„Verstattet mir, mich einzumischen, meine Damen, die Ihr so trefflich über die Gerechtigkeit zu reden wißt", ließ sich hinter ihnen eine ernste Stimme vernehmen.

Ein Mann hatte den Raum betreten. Er mußte in den Dreißigern sein, wirkte jedoch schon sehr gesetzt. Unter der braunen Perücke trug sein volles, sorgfältig rasiertes Gesicht eine zugleich ernste und aufmerksame Miene zur Schau, die etwas Priesterliches hatte. Er hielt den Kopf leicht zur Seite geneigt wie jemand, der durch seinen Beruf daran gewöhnt ist, vertrauliche Mitteilungen zu empfangen.

An seinem vornehmen, aber nur durch eine schwarze Litze und Hornknöpfe belebten Gewand aus schwarzem Tuch und dem makellosen, jedoch schlichten Kragen erkannte Angélique, daß sie ihren Schwager, den Staatsanwalt, vor sich hatte. Um ihn durch Schmeichelei zu gewinnen, verneigte sie sich vor ihm, aber er trat auf sie zu und küßte sie feierlich auf die Wangen, wie es sich zwischen Familienmitgliedern geziemte.

„Gebraucht nicht die bedingte Form, Madame. Es *gibt* eine Gerechtigkeit. Und in ihrem Namen heiße ich Euch in meinem Hause willkommen."

Hortense fuhr wie von der Tarantel gestochen hoch.

„Aber Gaston, Ihr seid wohl nicht bei Trost! Seit ich verheiratet bin, erklärt Ihr mir bis zum Überdruß, daß Eure Karriere vor allem andern den Vorrang hat und daß sie einzig vom König abhängt..."

„Und von der Gerechtigkeit, meine Liebe", unterbrach ihr Gatte sanft.

„Was nicht hindert, daß Ihr seit einigen Tagen unaufhörlich die Befürchtung äußert, meine Schwester könne bei uns Zuflucht suchen. In Anbetracht dessen, was Ihr über die Verhaftung ihres Mannes wißt, würde eine solche Möglichkeit, wie Ihr sagtet, unserm sicheren Ruin gleichkommen."

„Schweigt, Madame, Ihr laßt mich bereuen, in gewissem Maße das Berufsgeheimnis verletzt zu haben, indem ich Euch mitteilte, was ich zufällig erfuhr."

Angélique beschloß, all ihren Stolz preiszugeben.

„Ihr habt etwas erfahren? O Monsieur, um Gottes willen, laßt es mich wissen! Ich befinde mich seit einigen Tagen in völliger Ungewißheit."

„Ach, Madame, ich will mich nicht hinter einer falschen Diskretion verschanzen, noch mich in tröstlichen Worten ergeben. Ich gestehe es Euch gleich, ich weiß sehr wenig. Ich habe nur dank einer vertraulichen Mitteilung – mit Entsetzen, wie ich zugeben muß – von der Verhaftung des Grafen Peyrac gehört. Und ich bitte Euch in Eurem wie auch im Interesse Eures Gatten, vorläufig keinen Gebrauch von dem zu machen, was ich Euch anvertrauen werde. Es ist im übrigen, ich wiederhole es, eine recht magere Auskunft. Nämlich: Euer Gatte ist auf Grund eines geheimen Verhaftbefehls dritter Ordnung festgenommen worden, das heißt ‚im Namen des Königs'. Der betreffende Offizier oder Edelmann wird darin vom König aufgefordert, sich insgeheim, jedoch frei, wenn auch in Begleitung eines königlichen Kommissars, an einen Ort zu begeben, den man ihm bezeichnet. Und was Euren Gatten betrifft, so hat man ihn zuerst nach Fort-Lévêque gebracht und von dort gemäß einer mit Séguier gezeichneten Anweisung in die Bastille."

„Ich danke Euch, Maître, für Eure im Grunde beruhigenden Nachrichten. Viele Leute sind in der Bastille gewesen und rehabilitiert wieder herausgekommen, nachdem die Verleumdungen für nichtig erklärt worden waren, die sie dorthin gebracht hatten."

„Ich sehe, daß Ihr kaltes Blut bewahrt", sagte Maître Fallot, indem er beifällig nickte, „aber ich möchte Euch nicht die Illusion vermitteln, daß sich die Dinge auf einfache Weise erledigen werden, denn ich habe außerdem erfahren, daß der vom König unterzeichnete Verhaftbefehl die Anweisung enthielt, in die Gefangenenliste weder den Namen noch das Vergehen des Beschuldigten einzutragen."

„Sicher wünscht der König nicht, einem seiner treuen Untertanen einen Schimpf zuzufügen, bevor er selbst die Dinge untersucht hat, die man ihm vorwirft. Er möchte ihn für unschuldig erklären können, ohne viel Aufhebens zu machen."

„Oder ihn vergessen."

„Wieso das, ihn vergessen?" wiederholte Angélique, während sie ein jäher Schauer überkam.

„Es gibt viele Menschen, die man in den Gefängnissen vergißt", sagte Maître Fallot, indem er die Augen halb schloß und in die Ferne blickte, „so sicher wie im Grunde eines Grabes. Gewiß ist es an sich nicht entehrend, in der Bastille eingesperrt zu sein, denn sie ist das Gefängnis für hervorragende Persönlichkeiten, in das viele Fürsten von Geblüt gelangt sind, ohne daß es ihrer Würde Abbruch getan hätte. Dennoch muß ich nachdrücklich betonen, daß der Umstand, ein anonymer Gefangener zu sein, ein Anzeichen für den außerordentlichen Ernst der Angelegenheit ist."

Angélique blieb eine Weile stumm. Mit einem Male wurde sie sich ihrer Erschöpfung bewußt, und der Hunger plagte ihren Magen. Oder war es die Angst...? Sie blickte zu dem Manne auf, den sie als Bundesgenossen zu gewinnen hoffte.

„Da Ihr so gütig seid, mich aufzuklären, Monsieur, sagt mir, was soll ich tun?"

„Noch einmal, Madame, es geht hier nicht um Güte, sondern um Gerechtigkeit. Es ist das Gerechtigkeitsgefühl, das mich dazu treibt, Euch unter meinem Dach aufzunehmen, und da Ihr mich um Rat fragt, werde ich Euch einem andern Anwalt zuweisen. Denn ich fürchte, man wird mich in dieser Angelegenheit als parteiisch und befangen bezeichnen, wenn auch unsere familiären Beziehungen bisher nicht eben eng waren."

Hortense, die ihren Zorn verbissen hatte, rief mit der scharfen Stimme ihrer frühen Jugend aus:

„Das kann man allerdings sagen. Solange sie ihre Schlösser und das Geld ihres Hinkefußes hatte, hat sie sich nicht um uns gekümmert. Findet

Ihr nicht, Graf Peyrac, der dem Parlament von Toulouse angehörte, hätte Euch gewisse Vorteile verschaffen können, indem er Euch hohen Pariser Beamten empfahl?"
„Joffrey hatte kaum Beziehungen zu den Leuten der Hauptstadt."
„Natürlich! Natürlich!" erklärte die Schwester, indem sie sie nachäffte.
„Nur ein paar ganz kleine Beziehungen zum Statthalter des Languedoc und des Béarn, zum Kardinal Mazarin, zur Königin-Mutter und zum König."
„Du übertreibst..."
„Bitte: Seid Ihr zur Hochzeit des Königs eingeladen worden oder nicht...?"
Angélique gab keine Antwort und verließ den Salon. Es hatte keinen Sinn, dieses fruchtlose Gerede fortzuführen. Sie wollte lieber Florimond holen, da der Schwager ja einverstanden war. Während sie die Treppe hinunterging, ertappte sie sich bei einem Lächeln. Wie rasch sie doch zu dem altvertrauten zänkischen Ton zurückgefunden hatten, Hortense und sie...! Monteloup war also noch nicht tot. Es war immer noch besser, sich gegenseitig an den Haaren zu zerren, als einander fremd gegenüberzustehen.
Die Lakaien und die beiden Kutscher saßen im Schatten des Gepäckwagens, tranken Rotwein und aßen saure Heringe, denn es war Freitag.
Angélique betrachtete ihr staubbedecktes Kleid und den bis zu den Wimpern mit Nasenschleim und Honig verschmierten Florimond, den Binet auf dem Arm trug. Welch kläglicher Aufzug!
Doch sie schien gleichwohl auf die Frau des in bescheidenen Verhältnissen lebenden Staatsanwalts höchst luxuriös zu wirken, denn Hortense, die ihr gefolgt war, lachte höhnisch:
„Nun, meine Liebe, für eine Frau, die sich beklagt, an einer Straßenecke nächtigen zu müssen, bist du nicht grade übel dran: eine Kutsche, ein Packwagen, insgesamt sechs Pferde, vier oder fünf Lakaien und zwei Dienerinnen!"
„Ich habe ein Bett", erklärte Angélique. „Soll ich es hinaufschaffen lassen?"
„Das ist unnötig. Wir haben genügend Schlafgelegenheiten, um dich aufzunehmen. Hingegen ist es mir unmöglich, dieses ganze Bedientenvolk unterzubringen."
„Du hast doch sicher eine Mansarde für Margot und die Kindermagd? Was die Männer betrifft, so werde ich ihnen Geld geben, damit sie in der Herberge übernachten können."
Mit zusammengekniffenem Mund und angewiderter Miene starrte Hortense auf diese Männer aus dem Süden, die es für unter ihrer Würde erachteten, sich durch die Frau eines Staatsanwalts stören zu lassen, und unbekümmert weiteraßen, während sie sie mit ihren glühenden Augen herausfordernd anstierten.

„Die Leute deines Gefolges sehen entschieden wie Banditen aus", erklärte sie mit gedämpfter Stimme.

„Du tust ihnen unrecht. Alles was man ihnen vorwerfen kann, ist eine Vorliebe für das Schlafen in der Sonne."

Sanft nahm Angélique Florimond aus François Binets Armen, der eben dem Kleinen zur Linderung seiner Schmerzen eine selbstbereitete Arznei aus Opium und zerstoßener Minze eingeflößt hatte. Nun vollführte der junge Barbier eine ehrerbietige Verbeugung vor Madame Fallot, was diese ein wenig besänftigte. Resignation heuchelnd, stieß sie einen Seufzer aus.

„Schön, ich werde die Mädchen und vielleicht auch diesen Burschen unterbringen, der mir manierlich zu sein scheint. Hingegen weiß ich nicht, was mit deinen Wagen und Pferden geschehen soll. Du siehst, woraus unsere Ställe bestehen."

Mit sarkastischer Miene deutete sie auf einen Winkel, in dem einer jener zweirädrigen Wagen stand, die man Halbkutsche nannte.

„Das ist mein ganzer Wagenpark! Mein Hausbursche, der für die Leuchter und das Holz sorgt, zwängt mich dahinein, wenn ich mich zu weit entfernt wohnenden Freunden begeben muß. Was Bertrand betrifft, so ist sein Pferd in einem Stall in der Nachbarschaft untergebracht, wo die Beamten monatsweise einen Verschlag mieten können."

Schließlich lud man zwei Kasten vom Gepäckwagen ab und rief einen Kanzleiangestellten, um die Kutscher und ihre Fahrzeuge zum öffentlichen Stall zu geleiten.

In dem großen Zimmer, das ihr im zweiten Stock angewiesen worden war, konnte sich Angélique endlich ein wenig entspannen und erfrischen, indem sie in einen Kübel stieg und sich mit kühlem Wasser besprengte. Sie wusch sogar ihr Haar, dann frisierte sie sich schlecht und recht vor einem über dem Kamin aufgehängten Spiegel aus Stahl. Der Raum war dunkel, die Ausstattung sehr häßlich, aber ausreichend. In einem kleinen, sauber bezogenen Bett schlief Florimond friedlich weiter.

Nachdem Angélique sich sehr zurückhaltend geschminkt hatte – sie vermutete, daß ihr Schwager es nicht schätzte, wenn Frauen allzuviel Rot auflegten –, geriet sie bei der Auswahl ihres Kleides in Verlegenheit. Selbst das einfachste mußte neben den Toiletten der armen Hortense, die höchstens ein paar Samtborten am Mieder trug, noch zu prunkvoll wirken.

Schließlich entschloß sie sich für ein kaffeebraunes Hauskleid mit ziemlich diskreten Goldstickereien und ersetzte die zarte Spitzenkrause durch einen Kragen aus schwarzer Seide. Sie war eben mit ihrer Toilette fertig, als Margot erschien. Wie alle Hugenotten, hatte das Mädchen eine erklärte Vorliebe für Wasser, und so war sie schnurstracks in eins der öffentlichen Bäder gegangen. Sie entschuldigte sich ob ihrer Verspätung und fügte verachtungsvoll hinzu, die Leute von Paris kämen ihr ausgesprochen hinterwäldlerisch vor. Die Sainte-Jeanne-Badestuben hatten sie erschauern lassen. Sie hielten keinen Vergleich mit den römischen Bädern von Toulouse aus, wo selbst das niedere Volk seine Gesundheit durch Schwitzen fördern konnte. In Sainte-Jeanne war zwar das Wasser schön heiß, die Badelaken aber waren von höchst zweifelhafter Sauberkeit, und alle Augenblicke schaute jemand durch die Kabinentür herein, die zum Raume des Baders führte, der zugleich Wundarzt war und bald einen Kunden rasierte, bald ein Karbunkel aufschnitt. Danach hatte sie auf die Kindsmagd warten und sie abkanzeln müssen, weil sie natürlich die günstige Gelegenheit benützt hatte, sich auf den Straßen herumzutreiben.

Mit geübter Hand brachte Margot das Haar ihrer Herrin wieder in die gewohnte graziöse Form und konnte der Versuchung nicht widerstehen, es zu parfümieren.

„Gib acht, ich darf nicht zu elegant aussehen! Ich muß meinem Schwager, dem Staatsanwalt, Vertrauen einflößen."

„Ach, da mache ich Euch nun schön, damit Ihr einen Staatsanwalt verführt, nachdem Ihr so viele vornehme Edelleute zu Euren Füßen gesehen habt!"

„Das ist viel schwieriger, als man denkt. Schau mich genau an. Wirke ich einigermaßen schlicht und zugleich anmutig?"

„Solange Ihr Augen von solcher Farbe habt, werdet Ihr nie schlicht aussehen", erklärte die Zofe. „Selbst damals, als ich Euch in Eurem Schloß im Poitou zum erstenmal sah und Ihr noch ein unbändiges junges Mädchen wart, schautet Ihr die Männer auf eine Art an, als wolltet Ihr zu ihnen sagen: ‚Ich bin dein, wenn du dich ein bißchen bemühst.' "

„Ich? O Margot!" rief Angélique entrüstet aus.

Streng fügte sie hinzu: „Wie kommst du auf solche Ideen? Du hattest mehr als jede andere Gelegenheit festzustellen, was für ein sittenstrenges Leben ich führte."

„Weil Ihr einen eifersüchtigen und wachsamen Gatten hattet – obwohl er es sich nicht anmerken ließ –, den alle Welt fürchtete", erwiderte die Zofe schlagfertig. „Aber ich, die ich so viele vornehme Damen kennengelernt und beobachtet habe, ich sage Euch, daß Ihr bestimmt zur gefährlichsten Art gehört."

„Ich?" wiederholte Angélique, unsicher geworden.

Sie ließ sich immer noch leicht von dieser großen Frau bestimmen, die sie um Haupteslänge überragte, und deren Gebaren sie an die selbstbewußte Art ihrer Amme erinnerte.

„Jawohl, Madame. Weil Ihr bei den Männern nicht eine flüchtige Neigung erregt, sondern die große Liebe, die Liebe, auf die sie ihr ganzes Leben lang gewartet haben, und es ist ärgerlich, wenn das mehreren Männern zu gleicher Zeit passiert. Wißt Ihr, daß ein junger Mann aus Toulouse sich Euretwegen in die Garonne gestürzt hat?"

„Nein, das habe ich nicht gewußt."

„Ich werde Euch seinen Namen nicht sagen, da Ihr nie Notiz von ihm genommen habt. Eben deshalb hat er sich ertränkt."

Ein markerschütterndes Geheul, das aus dem Erdgeschoß heraufdrang, unterbrach sie, und sie eilten auf den Flur.

Es waren Angstschreie einer Frau, die durch das Treppenhaus schallten. Angélique lief hinunter und fand ihre Dienerschaft mit verwunderten Mienen im Vestibül versammelt. Die Schreie dauerten an, klangen aber jetzt gedämpfter und schienen aus einer hohen Truhe zu kommen, die den Vorraum zierte.

Hortense war gleichfalls herbeigeeilt, schlug die Truhe auf und zog mit einiger Mühe die dicke Magd heraus, die Angélique die Tür geöffnet hatte, sowie zwei Kinder von acht und zwölf Jahren, die sich an deren Röcke klammerten.

Madame Fallot verabfolgte dem Mädchen eine Ohrfeige und fragte sie dann, was eigentlich mit ihr los sei.

„Dort! Dort!" stammelte die Unglückselige mit ausgestrecktem Finger.

Angélique wandte sich in die betreffende Richtung und bemerkte den guten Kouassi-Ba, der verschüchtert hinter den Dienstboten stand.

Hortense fuhr unwillkürlich zusammen, beherrschte sich aber und sagte trocken:

„Nun ja, das ist ein Schwarzer, ein Mohr, deshalb braucht man doch nicht so zu schreien. Habt Ihr noch nie einen Mohren gesehen?"

„N ... nein, nein, Madame."

„Es gibt niemanden in Paris, der noch keinen Mohren gesehen hat. Da merkt man, daß Ihr vom Lande kommt. Ihr seid eine alberne Person."

Sie trat zu Angélique und flüsterte ihr zu:

„Alle Achtung, meine Liebe! Du verstehst es, mein Heim auf den Kopf zu stellen. Sogar einen Wilden schleppst du mir ins Haus! Vermutlich wird mich dieses Mädchen stehenden Fußes verlassen, nachdem ich solche Mühe hatte, es zu bekommen!"

„Kouassi-Ba!" rief Angélique. „Diese kleinen Kinder und dieses Fräulein fürchten sich vor dir. Zeig Ihnen deine Kunststücke!"

„Gern, *Médême*."

Mit einem Satz sprang der Neger vor. Die Magd schrie auf und lehnte sich an die Truhe, als ob sie wieder in ihr verschwinden wolle. Aber Kouassi-Ba zog, nachdem er ein paar Purzelbäume geschlagen hatte, bunte Bälle aus seinen Taschen und begann mit einer verblüffenden Geschicklichkeit zu jonglieren. Er schien durch seine kürzlich empfangene Wunde keineswegs behindert zu sein. Schließlich, als er die Kinder lächeln sah, ergriff er die Gitarre des kleinen Giovanni, hockte sich mit gekreuzten Beinen auf die Erde und begann mit seiner weichen und gedämpften Stimme zu singen.

Angélique trat zu den übrigen Dienstboten.

„Ich werde Euch etwas geben, damit ihr in der Herberge nächtigen und essen könnt", sagte sie.

Der Kutscher der Equipage trat vor und drehte verlegen den Filzhut mit der roten Feder, der zu der stattlichen Livree der Leute des Grafen Peyrac gehörte.

„Vergebung, Madame, wir möchten Euch bitten, uns auch den restlichen Lohn zu geben. Wir sind in Paris, und das ist eine Stadt, wo man viel ausgibt."

Nach kurzem Zögern stimmte die junge Frau dem Verlangen zu. Sie bat Margot, ihr die Kassette zu bringen, und zahlte jedem aus, was ihm zustand. Die Männer dankten und verneigten sich. Der kleine Giovanni sagte, er käme morgen wieder und stände der Frau Gräfin zu Diensten. Die andern zogen sich stumm zurück. Als sie über die Türschwelle traten, rief ihnen Margot von der Treppe aus etwas im Languedoc-Dialekt zu, aber sie antworteten nicht.

„Was hast du ihnen gesagt?" fragte Angélique nachdenklich.

„Daß der Herr sie behexen werde, wenn sie morgen nicht zum Dienst kämen."

„Du glaubst, sie kommen nicht mehr?"

„Ich fürchte sehr."

Angélique fuhr sich müde über die Stirn.

„Du hättest nicht sagen sollen, daß der Herr sie behexen wird, Margot. Solche Worte fügen ihm mehr Schaden zu, als sie ihm Macht verleihen. Komm, bring die Kassette wieder in mein Zimmer und richte den Brei für Florimond, damit er essen kann, wenn er aufwacht."

„Madame", ließ sich eine zarte Stimme neben Angélique vernehmen, „mein Herr Vater hat mich beauftragt, Euch mitzuteilen, daß die Mahlzeit aufgetragen ist und daß wir Euch im Speisezimmer zum Tischgebet erwarten."

Es war der achtjährige Junge, den sie vorhin in der Truhe gesehen hatte.

„Du fürchtest dich doch nicht mehr vor Kouassi-Ba?" fragte sie ihn.

„Nein, Madame, ich bin sehr froh, daß ich jetzt einen schwarzen Mann kenne. Alle meine Kameraden werden mich beneiden."

„Wie heißt du?"

„Martin."

Im Speisezimmer hatte man die Fenster geöffnet, um mehr Licht zu haben und die Leuchter nicht anzünden zu müssen. Denn die Abenddämmerung senkte sich bereits rosafarben und rein über die Dächer. Es war die Stunde, da die Glocken der Gemeindekirchen das Angelus einläuteten. Dunkle und volle Klänge aus einiger Nähe übertönten die andern und schienen das Gebet der Stadt selbst in die Ferne zu tragen.

„Ihr habt sehr schöne Glocken auf Eurer Pfarrkirche", bemerkte Angélique, um über die anfängliche Beklemmung hinwegzukommen, nachdem man sich gesetzt und das Tischgebet gesprochen hatte.

„Das sind die Glocken von Notre-Dame", berichtigte Maître Fallot. „Unsere Gemeindekirche ist Saint-Landry, aber die Kathedrale liegt ganz in der Nähe. Wenn Ihr Euch aus dem Fenster beugt, könnt Ihr die beiden großen Türme und die Spitze des Vierungsturms sehen."

Der kleine Martin reichte ein mit aromatischem Wasser gefülltes Becken und ein Handtuch. Jeder wusch sich die Finger. Der Junge tat seinen Dienst mit ernster Miene. Er hatte ein mageres Gesicht und sah Hortense sehr ähnlich. Es waren noch ein etwa sechsjähriges Bübchen, ein wenig untersetzt wie sein Vater, und ein kleines Mädchen von vier Jahren da, von dem man nur das über den braunen Locken sitzende runde Häubchen sah, weil es hartnäckig den Kopf senkte.

Hortense bemerkte, sie habe noch zwei weitere Kinder gehabt, die früh gestorben seien. Die Kleine käme gerade von der Amme zurück, zu der sie sie gleich nach ihrer Geburt gegeben habe, in ein Holzhauerdorf namens Chaillot in der Nähe von Paris. Deshalb zeige sie sich so scheu und verlange dauernd nach der Bäuerin, die sie aufgezogen habe, sowie nach ihrem Milchbruder.

In diesem Moment hob das Mädelchen ein wenig den Kopf, und Angélique sah seinen klaren Blick.

„Oh, sie hat grüne Augen!" rief sie aus.

„Ja, leider", seufzte Hortense gereizt.

„Fürchtest du, daß neben dir eine zweite Angélique aufwachsen könnte?"

„Ich weiß nicht. Es ist eine Farbe, die mir kein Vertrauen einflößt."

Am anderen Ende des Tisches saß weise und stumm ein Greis, der Onkel Maître Fallots, ein ehemaliger Beamter.

Zu Beginn der Mahlzeit ließen er und sein Neffe mit der gleichen heimlichen Geste ein Stückchen Horn vom Einhorn in ihre Gläser gleiten. Das erinnerte Angélique daran, daß sie am Morgen unterlassen hatte, die Giftpastille einzunehmen, an die sie sich nach Joffreys Wunsch gewöhnen sollte.

Die Bedienerin reichte die Suppe. Das gestärkte weiße Tischtuch zeigte noch die Falten vom Plätten in regelmäßiger Viereckform.

Das Silber war recht schön, aber die Familie Fallot benützte keine Gabeln, deren Gebrauch noch nicht allgemein verbreitet war. Joffrey war es gewesen, der Angélique gelehrt hatte, sich ihrer zu bedienen, und sie erinnerte sich, daß sie sich am Tage ihrer Hochzeit in Toulouse mit diesem Instrument in der Hand reichlich ungeschickt vorgekommen war. Es gab mehrere aus Fisch, Eiern und Milchspeise bestehende Gänge. Angélique vermutete, daß ihre Schwester zwei oder drei Gerichte aus einer benachbarten Bratküche hatte kommen lassen, um das Menü zu vervollständigen.

„Du darfst meinetwegen aber keine Umstände machen, Hortense."
„Bildest du dir ein, die Familie eines Staatsanwalts ißt nur Haferbrei und Kohlsuppe?" erwiderte die Schwester scharf.

Am Abend konnte Angélique trotz ihrer Müdigkeit lange nicht einschlafen. Sie lauschte den Rufen, die aus den stickigen Gassen der unbekannten Stadt heraufdrangen.
Das Glöckchen eines Totenausrufers erklang.

> „Betet zu Gott, ihr Schläfer allzumal,
> daß er die Toten aufnehm' in seinen Himmelssaal."

Angélique erschauerte und barg ihr Gesicht im Kopfkissen. Sie tastete nach dem langen, warmen Körper Joffreys. Wie sehr sehnte sie sich nach seiner Heiterkeit, seiner Lebhaftigkeit, seiner wunderbaren, stets gütigen Stimme, seinen liebkosenden Händen!
Wann würden sie einander wiederfinden? Wie glücklich würden sie dann sein! Sie würde sich in seine Arme schmiegen und ihn bitten, sie an sich zu drücken, sie ganz fest an sich zu pressen...!
Sie schlief ein, das Kopfkissen aus grobem, nach Lavendel duftendem Leinen im Arm.

Fünfundzwanzigstes Kapitel

Angélique schob den hölzernen Ladenflügel zurück, dann rüttelte sie an dem bunten Butzenscheibenfenster. Schließlich gelang es ihr, es zu öffnen. Man mußte Pariser sein, um bei solcher Hitze bei geschlossenem Fenster schlafen zu können. Sie atmete die frische Morgenluft ein, dann hielt sie verblüfft und staunend inne.
Ihr Zimmer lag nicht nach der Rue de l'Enfer, sondern nach der Hinterseite des Hauses hinaus. Es hing über einem Wasserlauf, der in der aufsteigenden Sonne golden glitzerte und von Kähnen und schwerbeladenen Zillen durchpflügt wurde.
Auf dem gegenüberliegenden Ufer bildete das mit Leinen überdachte Verdeck eines Waschboots einen leuchtend weißen Fleck in der von leichtem Dunst verschleierten Landschaft. Das Gekreisch der Frauen, das Schlaggeräusch ihrer Waschbleuel drangen bis zu Angélique, vermischt mit den Rufen der Flußschiffer und dem Wiehern der Pferde, die von Knechten zur Tränke geführt wurden.
Zur Rechten, an der Spitze der Insel, befand sich ein kleiner, von Zillen

erfüllter Hafen. Dort wurden Körbe mit Apfelsinen, Kirschen, Trauben und Birnen ausgeladen. Zerlumpte junge Burschen, die am äußersten Ende ihrer Kähne standen, bissen herzhaft in Apfelsinen und warfen die Reste in die Fluten, die sie träge an den Häusern vorbeitrieben; dann legten sie ihre Lumpen ab und tauchten ins fahle Wasser. Ein grellrot bemalter hölzerner Steg verband, vom Hafen ausgehend, die Stadt mit einer kleinen Insel.

Gegenüber, kurz hinter dem Waschboot, erstreckte sich eine weitere, von Frachtschiffen wimmelnde Hafenanlage. Dort wurden Fässer und Säcke aufgestapelt und Berge von Heu für die Ställe ausgeladen. Mit Bootshaken bewaffnete Flußschiffer hielten Holzflöße auf, die mit der Strömung herunterkamen, und zogen sie ans Ufer, wo Tagelöhner die Stämme aufschichteten.

Über all dieser Geschäftigkeit lag ein duftiges, gelbliches Licht von der Farbe der Schlüsselblume und verwandelte jede Szene in ein köstliches, traumartiges Gemälde, das durch den Reflex eines Lakens oder einer weißen Haube, einer dicht über den Wasserspiegel hinwegstreichenden Möwe plötzlich belebt wurde.

„Die Seine", murmelte Angélique.

Die Seine, das war Paris. Stellte das Wappen der Stadt nicht ein silbernes Schiff dar, das die Verdienste der Kaufleute versinnbildlichte, denen sie ihren Reichtum verdankte?

Am Tage zuvor hatte Angélique nur düstere und übelriechende Straßen gesehen. Doch dieses andere Bild der Stadt versöhnte sie ein wenig mit Paris. Sie dachte mit größerem Optimismus an die Schritte, die sie gleich heute unternehmen mußte. Zuallererst würde sie in die Tuilerien gehen und die Grande Mademoiselle um Audienz bitten. Sie würde ihr ganz offen ihre Situation schildern: das Verschwinden des Gatten, der versiegelte Besitz, die in absolutes Schweigen gehüllte Angelegenheit. Man hatte keine Erklärung gegeben. Niemand außer den direkt Interessierten wußte Bescheid. Von ihrer erlauchten Freundin hoffte Angélique etwas über die Intrigen zu erfahren, die zu Joffreys Verhaftung geführt hatten. Wer weiß, vielleicht würde sie bis zum König vordringen? Der König, der den Verhaftbefehl unterschrieben hatte, mußte ja schließlich einen Grund gehabt haben. Er sollte ihn nennen. Auch jetzt noch fragte sich Angélique, ob all das nicht eine Ausgeburt ihrer Phantasie war. Sie vergegenwärtigte sich noch einmal die Atmosphäre der Festlichkeiten von Saint-Jean-de-Luz, die Fröhlichkeit, den Glanz; jedermann dachte nur an seine Juwelen, an seinen Platz in der Kathedrale und daran, daß man ja nichts versäume.

Und dann war mit einem Male die Stimme Joffreys für Angélique verstummt. Nichts mehr. Sie war plötzlich allein gewesen.

Jemand klopfte an die Tür, und Hortenses Magd trat mit einem Milchtopf ein.

„Ich bringe Milch für den Kleinen, Madame. Es ist besonders gute. Ich habe sie selbst zu früher Stunde geholt. Die Frauen aus den Dörfern waren gerade erst gekommen. Die Milch in ihren Kannen war noch kuhwarm."

„Das ist sehr lieb, mein Kind, daß Ihr Euch solche Mühe macht. Aber Ihr hättet die Kleine schicken sollen, die ich bei mir habe, um mir die Milch heraufzubringen."

„Ich wollte doch sehen, ob das Kerlchen aufgewacht ist. Ich habe die kleinen Kinder so gern, Madame. Es ist schade, daß Madame Hortense die ihrigen in Pflege gibt. Vor sechs Monaten hat sie eins bekommen, das ich ins Dorf Chaillot zur Amme brachte. Ach, jeden Tag hab' ich Angst, jemand könnte kommen und mir sagen, daß es gestorben ist; denn die gute Frau hatte kaum Milch, und ich glaube, daß sie es mit in Wasser und Wein getauchtem Brot nährt."

„Das kleine Mädchen, das man jetzt zurückgebracht hat, scheint hübsch zu sein."

„Wenn eins mal durchkommt – wie viele müssen sterben!" sagte die Magd seufzend.

Sie hatte runde Apfelbäckchen und blaue, kindliche Augen. Angélique empfand eine plötzliche Zuneigung für sie.

„Wie heißt du, Mädchen?"

„Zu dienen, Madame, ich heiße Barbe."

„Weißt du, Barbe, ich habe mein Kind in der ersten Zeit selbst gestillt. Ich hoffe, es wird kräftig werden."

„Nichts ersetzt die Pflege einer Mutter", sagte Barbe tendenziös.

Florimond erwachte. Er klammerte sich mit beiden Händen an das Gitter seines Bettchens, setzte sich auf und betrachtete mit seinen dunklen, leuchtenden Augen das neue Gesicht.

„Das goldige Schätzchen, das süße Engelchen! Guten Morgen, mein Herzchen", koste Barbe, nahm den schlaftrunkenen Kleinen in ihre Arme und trug ihn ans Fenster, um ihm die Kähne, die Möwen und die Apfelsinenkörbe zu zeigen.

„Wie heißt der kleine Hafen?" fragte Angélique.

„Das ist der Saint-Landry-Hafen, der Fruchthafen, und das dort hinten ist die Rote Brücke, die zur Insel Saint-Louis führt. Gegenüber wird auch viel ausgeladen: es gibt da einen Heuhafen, einen Holzhafen, einen Getreidehafen und einen Weinhafen. Diese Güter gehen vor allem die Herren vom Stadthaus an, jenem schönen Gebäude, das Ihr dort drüben am Ufer seht."

„Und der große Platz, der davor liegt?"

„Das ist die Place de Grève."

Barbe kniff die Augen zusammen, um besser sehen zu können.

„Heute morgen sind eine Menge Leute dort. Sicher wird da wieder einer gehängt."

„Gehängt?" rief Angélique entsetzt aus.

„Freilich! Auf der Place de Grève finden die Hinrichtungen statt. Von meiner Dachstube aus, die genau hier drüber liegt, entgeht mir keine einzige, wenn es auch ein bißchen weit entfernt ist. Das Hängen ist mir noch das liebste, weil ich ein empfindsames Herz habe. Und es ist das Übliche, aber ich habe auch zwei Köpfe mit dem Beil abhauen sehen und einen Scheiterhaufen für einen Hexenmeister."

Angélique erschauerte und wandte sich ab. Der Ausblick aus ihrem Fenster kam ihr mit einem Male weniger lieblich vor.

Nachdem Angélique sich einigermaßen elegant gekleidet hatte, da sie in die Tuilerien zu gehen gedachte, bat sie Margot, ihren Umhang zu nehmen und sie zu begleiten. Die Kindsmagd würde Florimond hüten, und Barbe sollte auf beide ein wachsames Auge haben. Angélique war froh, das Hausmädchen zur Verbündeten zu haben, denn das war Hortenses wegen sehr wichtig, die wenig Hilfe hatte. Außer Barbe gab es nur ein Küchenmädchen und einen Hausburschen, der das Wasser und das Holz für die Feuer im Winter besorgte, sich um die Kerzen kümmerte und die Böden aufwusch.

„Eure Dienerschaft wird bald nicht mehr sehr stattlich sein", bemerkte die große Margot mit verächtlich verzogenem Mund. „Was ich befürchtete, ist eingetreten, Madame. Euer Diener- und Kutscherpack hat sich davongemacht, und es ist niemand mehr da, um Eure Kutsche zu fahren und Eure Pferde zu versorgen."

Nach der ersten Verblüffung heiterte sich Angéliques Miene auf.

„Eigentlich ist das ganz gut so. Ich habe nur viertausend Livres bei mir. Ich will zwar Monsieur d'Andijos nach Toulouse schicken, damit er mir Geld bringt, aber inzwischen und da man nicht weiß, was die Zukunft bringt, ist es mir lieb, daß ich diese Leute nicht zu bezahlen brauche. Ich werde meine Pferde und meine Kutsche an den Besitzer des öffentlichen Stalls verkaufen, und wir gehen eben zu Fuß. Ich habe große Lust, mir die Kaufläden anzuschauen."

„Madame macht sich keine Vorstellung von dem Schmutz auf den Straßen. An manchen Stellen versinkt man bis zum Knöchel im Morast."

„Meine Schwester hat mir gesagt, daß man sehr bequem geht, wenn man Schuhe mit Holzsohlen anzieht. Komm, Margot, Liebe, brumme nicht, wir wollen uns Paris anschauen. Ist das nicht herrlich?"

Im Vestibül fand Angélique François Binet, Kouassi-Ba und den kleinen Musikanten vor.

„Ich danke Euch für Eure Treue", sagte sie bewegt zu dem Barbier und Giovanni, „aber ich glaube, wir müssen uns trennen, denn ich kann Euch künftig nicht mehr in meinem Dienst behalten. Binet, soll ich dich Mademoiselle de Montpensier empfehlen? In Anbetracht des Erfolgs, den du in Saint-Jean-de-Luz bei ihr hattest, bin ich sicher, daß sie eine Beschäftigung für dich finden oder dich an einen Edelmann weiterempfehlen wird."

Zu ihrer großen Verwunderung lehnte der junge Mann das Angebot ab.

„Ich danke Euch für Eure Güte, Madame, aber ich glaube, ich werde mich ganz bescheiden einem Barbiermeister verdingen."

„Du", protestierte Angélique, „der du bereits der größte Barbier und Perückenmacher von Toulouse warst?"

„Ich kann leider keine bessere Stelle in dieser Stadt finden, in der die Zünfte keinen Fremden zulassen."

„Aber am Hof . . ."

„Um die Gunst der Großen zu gewinnen, braucht man einen langen Atem, Madame. Es ist nicht gut, wenn man mit einem Schlag im vollen Licht steht, zumal wenn es sich um einen bescheidenen Handwerker wie mich handelt. Es bedarf nur einer Geringfügigkeit, eines Worts, einer giftigen Anspielung, und man stürzt vom höchsten Gipfel in ein größeres Elend, als man es je erfahren hätte, wäre man bescheiden im Schatten geblieben. Die Gunst der Fürsten ist so trügerisch, daß ein Ruhmestitel zugleich auch Euren Untergang bedeuten kann."

Sie sah ihn prüfend an. „Du willst ihnen Zeit lassen zu vergessen, daß du der Barbier des Grafen Peyrac warst?"

Er schlug die Augen nieder.

„Ich selbst werde das nie vergessen, Madame. Sobald mein Herr über seine Feinde triumphiert hat, wird es für mich nur noch ein Ziel geben, nämlich ihm aufs neue zu dienen. Aber ich bin nur ein einfacher Barbier."

„Du hast recht, Binet", sagte Angélique lächelnd. „Deine Offenheit gefällt mir. Es hat keinen Sinn, dich in unser Mißgeschick zu verwickeln. Hier sind hundert Silberstücke, und ich wünsche dir viel Glück."

Der junge Mann dankte, nahm seinen Barbierkasten und verließ unter vielen Bücklingen das Haus.

„Und du, Giovanni, soll ich versuchen, dich mit Monsieur Lully bekannt zu machen?"

„O ja, Herrin, o ja!"

„Und du, Kouassi-Ba, was willst du tun?"

„Ich will mit dir spazierengehen, *Médême*."

Angélique lächelte.

„Gut denn, so kommt beide mit. Wir gehen in die Tuilerien."

In diesem Augenblick öffnete sich eine Tür, und Maître Fallot streckte seine schöne, braune Perücke durch die Spalte.

„Ich höre Eure Stimme, Madame, und ich war gerade auf der Suche nach Euch, um Euch um eine kurze Unterredung zu bitten."

Angélique bedeutete den drei Dienstboten, auf sie zu warten.

„Ich stehe zu Eurer Verfügung, Monsieur."

Sie folgte ihm in die Kanzlei, wo Schreiber und Aktuare bei der Arbeit waren. Der fade Tintengeruch, das Kratzen der Gänsekiele, das gedämpfte Licht, die schwarze Kleidung dieser geschäftigen Leute machten aus diesem Raum keine ausgesprochen freundliche Stätte. An den Wänden hing eine Menge schwarzer Beutel, die die Akten der einzelnen Fälle enthielten. Maître Fallot führte Angélique in ein anstoßendes kleines Büro, in dem sich jemand erhob. Der Staatsanwalt stellte vor:

„Monsieur Desgray, Advokat. Monsieur Desgray wäre bereit, Euch in der schwierigen Angelegenheit Eures Gatten zu beraten."

Angélique musterte bestürzt ihr Gegenüber. Das sollte der Advokat des Grafen Peyrac werden? Ein fadenscheinigerer Rock, ein verschlisseneres Hemd, ein kläglicherer Filzhut hätte sich kaum auftreiben lassen. Der Staatsanwalt, der gleichwohl in ehrerbietigem Ton mit ihm redete, wirkte neben ihm geradezu luxuriös gekleidet. Der arme Mann trug nicht einmal eine Perücke, und seine langen Haare schienen aus der gleichen braunen und rauhen Wolle wie sein Gewand zu bestehen. Trotz seiner in die Augen fallenden Armut war ihm dennoch eine starke Selbstsicherheit eigen.

„Madame", erklärte er sofort, „wir wollen weder in der Zukunft noch in der bedingten Form reden; ich stehe zu Eurer Verfügung. Nun vertraut mir ohne Scheu an, was Ihr wißt."

„Mein Gott, Herr Advokat", erwiderte Angélique einigermaßen kühl, „ich weiß nichts oder fast nichts."

„Um so besser, dann gehen wir jedenfalls nicht von falschen Vermutungen aus."

„Immerhin gibt es eine sichere Tatsache", mischte sich Maître Fallot ein. „Den vom König unterzeichneten Verhaftbefehl."

„Sehr richtig, Maître. Der König. Vom König müssen wir ausgehen."

Der junge Advokat faßte sich ans Kinn und runzelte die Stirn.

„Nicht eben günstig. Als Anhaltspunkt einer Fährte kann man kaum höher greifen."

„Ich habe die Absicht, Mademoiselle de Montpensier aufzusuchen, die Base des Königs", sagte Angélique. „Vielleicht kann ich von ihr genauere Auskünfte bekommen, besonders wenn es sich um eine Hofkabale handelt, wie ich vermute. Und über sie kann ich möglicherweise bis zu Seiner Majestät vordringen."

„Mademoiselle de Montpensier, pah!" machte der andere mit verächtlicher Miene. „Diese lange Hopfenstange ist eine ungeschickte Person, die alles verdirbt. Vergeßt nicht, Madame, daß sie eine Anhängerin der Fronde war und auf die Truppen ihres königlichen Vetters schießen ließ. Aus diesem Grunde wird sie bei Hofe immer verdächtig bleiben. Im übrigen ist der König neidisch auf ihren ungeheuren Reichtum. Sie wird bald einsehen, daß es nicht in ihrem Interesse liegt, sich den Anschein zu geben, einen in Ungnade gefallenen Edelmann zu stützen."

„Ich glaube, und ich habe es auch immer sagen hören, daß die Grande Mademoiselle ein gutes Herz hat."

„Gebe der Himmel, daß sie es Euch beweist, Madame. Als Pariser Kind setze ich kein allzu festes Vertrauen in die Herzen der Großen, die das Volk mit den Früchten ihrer Zwistigkeiten nähren. Aber unternehmt ruhig diesen Schritt, Madame, wenn Ihr ihn für nützlich haltet. Ich empfehle Euch jedoch, Euch Mademoiselle wie auch allen anderen hohen Persönlichkeiten gegenüber eines sachlichen Tons zu befleißigen, ohne auf die Ungerechtigkeit Nachdruck zu legen, die Euch zugefügt worden ist."

„Habe ich es nötig, mir von einem kleinen Advokaten mit durchgetretenen Schuhen sagen zu lassen, wie man mit den Leuten vom Hof redet?" sagte sich Angélique ärgerlich.

Trotzdem zog sie ihre Geldbörse hervor und entnahm ihr einige Silberstücke.

„Hier ist ein Vorschuß auf die Unkosten, die Euch durch Eure Nachforschungen entstehen könnten."

„Ich danke Euch, Madame", erwiderte der Advokat und steckte die Geldstücke, nachdem er einen Blick auf sie geworfen hatte, befriedigt in einen Lederbeutel, den er an seinem Gürtel trug und der sehr flach wirkte.

Darauf verbeugte er sich sehr höflich und ging hinaus.

Sofort sprang eine große Dogge mit weißem, braungesprenkeltem Fell auf, die geduldig an der Hausecke gewartet hatte, und heftete sich an die Fersen des Advokaten. Dieser, die Hände in den Taschen, entfernte sich lustig pfeifend.

„Dieser Mann flößt mir wenig Vertrauen ein", sagte Angélique zu ihrem Schwager. „Ich halte ihn für einen Schwätzer und zugleich für einen unfähigen Großtuer."

„Er ist ein überaus tüchtiger Bursche", versicherte der Staatsanwalt, „aber er ist arm ... wie viele seinesgleichen. Es gibt in Paris unzählige Advokaten ohne Mandanten. Dieser da muß seine Praxis von seinem Vater geerbt haben, denn er hätte sie nicht kaufen können. Aber ich habe ihn Euch empfohlen, weil ich einerseits seine Intelligenz schätze und weil er andererseits nicht viel von Euch verlangen wird. Mit der kleinen Summe, die Ihr ihm gegeben habt, wird er Wunder ausrichten."

„Die Geldfrage darf keine Rolle spielen. Wenn es nötig ist, werden die berühmtesten Advokaten meinem Manne Beistand leisten."

Maître Fallot warf einen zugleich hochmütigen und listigen Blick auf Angélique.

„Habt Ihr ein unerschöpfliches Vermögen zu Eurer Verfügung?"

„Hier nicht, aber ich werde den Marquis d'Andijos nach Toulouse schicken. Er wird unseren Bankier aufsuchen und ihn beauftragen, falls ich sofort flüssiges Geld brauche, ein paar Ländereien zu verkaufen."

„Fürchtet Ihr nicht, Euer toulousanischer Besitz könne beschlagnahmt und versiegelt sein wie Euer Palais in Paris?"

Angélique starrte ihn entsetzt an; daran hatte sie noch nicht gedacht.

„Das ist unmöglich", stammelte sie. „Weshalb sollte man das getan haben? Warum sollte man uns so hartnäckig verfolgen? Wir haben niemandem ein Unrecht zugefügt."

Der Staatsanwalt machte eine salbungsvolle Gebärde.

„Ach, Madame! Gar viele Leute, die in diese Kanzlei kommen, äußern die gleichen Worte. Wenn man ihnen so zuhört, könnte man meinen, niemand füge je einem andern ein Unrecht zu. Und dennoch gibt es immer wieder Prozesse ..."

„Und Arbeit für die Staatsanwälte", dachte Angélique.

Mit dieser neuerlichen Unruhe im Herzen hatte sie wenig Sinn für den Spaziergang, der sie durch die Rue de la Colombe, die Rue des Marmousets und die Rue de la Lanterne vor den Justizpalast führte. Sie folgten dem Quai de l'Horloge und erreichten den Pont-Neuf am äußersten Ende der Insel. Seine Belebtheit begeisterte die Dienstboten. Kleine fliegende Kramläden drängten sich um die Bronzestatue des guten Königs Heinrich IV., und tausend Rufe priesen eine Unmenge der verschiedenartigsten Waren an. Hier war es ein wunderwirkendes Pflaster, dort zog man schmerzlos Zähne, dort wurden Bücher verkauft, dort Spielzeug, dort Halsketten aus Schildkrot gegen Leibschmerzen. Man hörte Trompeten blöken und Spieldosen schnarren. Eine abgezehrte, in ein vertragenes Kostüm gekleidete Gestalt schob Angélique ein Stück Papier in die Hand und verlangte zehn Sols dafür. Sie gab sie ihr mechanisch und steckte das Blatt in die Tasche. Dann forderte sie ihre Trabanten auf, sich etwas mehr zu beeilen.

Sie war nicht in der Stimmung, dieses lärmende Treiben zu genießen. Überdies wurde sie bei jedem Schritt von Bettlern aufgehalten, die plötzlich vor ihr auftauchten und auf eine eitrige Wunde deuteten, oder von zerlumpten Weibern, die Kinder auf dem Arm trugen, deren schorfige Gesichter von Fliegen bedeckt waren. Sie traten aus dem Schatten der Toreinfahrt, aus dem Winkel eines Kaufladens, tauchten über den Uferböschungen auf und stießen jammernde Rufe aus, die alsbald einen drohenden Ton annahmen.

Schließlich fühlte sich Angélique angeekelt, und da sie auch keine Münzen mehr hatte, wies sie Kouassi-Ba an, das Bettelvolk zu verjagen. Sofort fletschte der Schwarze seine Kannibalenzähne und drohte einem an Krükken humpelnden Manne, der eben auf sie zukam, worauf dieser sich mit erstaunlicher Behendigkeit aus dem Staube machte.

„Das hat man davon, wenn man wie ein armer Schlucker zu Fuß geht", bemerkte die große Margot in beleidigtem Ton.

Der kleine Trupp durchschritt die endlose Galerie des Louvre, die das Königsschloß mit der Tuilerien-Residenz verbindet.

Eben erst vollendet und aus scharfkantigen Steinen von zartem Grau gefügt, das mit dem Pariser Himmel übereinstimmt, entfaltete die große, an der Wasserseite gelegene Galerie ihre abwechselnd dreieckigen und runden Giebel, ihre regelmäßige, schlichte, nur von griechischen Pilastern mit Akanthusblättern belebte Fassade.

Angélique, die für so strenge Reize nicht recht empfänglich war, fand vor allem, daß dieses lange Gemäuer kein Ende nahm. Es kam ihr düster vor. Es hieß, die lange Galerie sei von Karl IX. erbaut worden, dem verbrecherischen König, der darauf bedacht gewesen war, im Falle eines Aufruhrs aus Paris fliehen zu können, ohne seinen Palast verlassen zu müssen. Tatsächlich konnte er über die große Galerie vom Louvre in den Stall der Tuilerien gelangen, sich dort aufs Pferd schwingen und durch die Pforte Saint-Honoré sofort das freie Feld erreichen.

Angélique stieß einen Seufzer der Erleichterung aus, als sie endlich den Tour du Bois erblickte, den zerfallenden und von Efeu bedeckten Überrest der Stadtmauer des alten Paris. Kurz danach tauchte der Pavillon de Flore auf, der die Galerie abschloß und sie in rechtem Winkel mit dem Tuilerien-Schloß verband.

Die Luft wurde kühler. Ein leichter Wind erhob sich von der Seine und verwehte die übelriechenden Ausdünstungen der Stadt.

Endlich betrat man die Tuilerien, den mit tausend Ornamenten verzierten, mit einer mächtigen Kuppel und kleinen Hauben versehenen Palast, eine Sommerresidenz von weiblicher Grazie, denn sie war für eine Frau erbaut worden, für Katharina von Medici, die prunkliebende Italienerin.

Hier hieß man sie warten. Die Grande Mademoiselle war zum Luxembourg gefahren, um ihren Einzug vorzubereiten, denn Monsieur, der Bruder des Königs, war entschlossen, sie aus den Tuilerien zu vertreiben, in denen sie doch schon seit Jahren wohnte. Er hatte sich mit seinem gesamten Gefolge in einem Flügel des Palastes niedergelassen. Mademoiselle hatte ihn freimütig einen infamen Intriganten genannt, worauf es zu einem großen Gezeter gekommen war. Schließlich gab Mademoiselle wie immer nach. Sie war eben wirklich zu gutmütig.

Monsieur de Préfontaines, ihr Kammerherr, der Angélique all dies anvertraute, schlug die Augen zum Himmel auf und bat die junge Frau, in einem kleinen Salon Platz zu nehmen, dessen Fenster nach den Tuileriengärten gingen; dann fuhr er mit seinen Klagen fort. Ach, das war ja noch nicht alles! Mademoiselle wünschte sich durch Augenschein von der Vermögenslage ihres verstorbenen Vaters zu überzeugen. Vor drei Tagen war man zurückgekehrt, und seitdem lief sie mit einem Schwarm von Advokaten und Aktuaren herum und vertiefte sich in alte Aktenstücke, als habe sie den Ehrgeiz, Kanzleiangestellte eines Anwalts zu werden.

Und auch damit noch nicht genug, Gott sei's geklagt! Denn da wartete ein Abgesandter des Königs von Portugal, der den Auftrag hatte, über die Heirat seines Monarchen mit der reichen Erbin zu verhandeln.

„Aber das ist doch großartig", sagte Angélique. „Mademoiselle ist bezaubernd, und ich bin überzeugt, daß sie schon viele schmeichelhafte Anträge europäischer Fürstlichkeiten bekommen hat."

„O ja, das hat sie allerdings", stimmte der gute Monsieur de Préfontaines zu, „bis zu einem Prinzen in der Wiege, der ihr erst vor sechs Monaten angetragen wurde. Aber Mademoiselle ist schwierig. Ich weiß tatsächlich nicht, ob sie sich überhaupt einmal entscheiden wird. Sie fühlt sich in Paris so wohl, daß sie nie den Mut aufbringen wird, an einem langweiligen kleinen Hof in Deutschland oder Italien zu leben. Was Seine Majestät Alphons IV. von Portugal betrifft, so hat sie mich gebeten, den Jesuiten, den er mit der Überbringung seiner Botschaft beauftragt hat, noch hinsichtlich einiger Einzelheiten auszuhorchen. Ja, nun muß ich mich zurückziehen, Madame. Vergebt mir."

Allein geblieben, setzte sich Angélique ans Fenster und betrachtete den wunderbaren Garten. Jenseits der mosaikartigen Blumenbeete sah man die weißen Flocken einer großen Mandelbaum-Anpflanzung schimmern und etwas weiter entfernt die grüne Masse des Parks.

Angélique genoß die ländliche Luft und schaute den sich drehenden kleinen Windmühlen auf den fernen Anhöhen von Chaillot, Passy und Roule zu.

Gegen Mittag entstand endlich Bewegung im Schloß, und Mademoiselle de Montpensier erschien, schwitzend und sich fächelnd.

„Meine kleine Freundin", sagte sie zu Angélique, „Ihr kommt immer im richtigen Augenblick. Wenn ich von lauter albernen Ohrfeigengesichtern umgeben bin, hat Euer reizendes Gesichtchen mit den klugen und klaren Augen etwas ... ja, etwas geradezu Erfrischendes für mich. Wird man uns nun endlich Limonade und Eis bringen oder nicht?"

Sie ließ sich in einen Sessel sinken und kam allmählich zu Atem.

„Daß Ihr's nur wißt: Ich hätte heute morgen den kleinen Monsieur am liebsten erdrosselt, und das wäre mir nicht schwergefallen. Er verjagt mich aus diesem Palast, in dem ich seit meiner Kindheit gelebt, ja, ich möchte sogar sagen: geherrscht habe. Von hier aus habe ich meine Diener und meine Wachen auf die Leute Mazarins gehetzt. Der Kardinal wollte sich dem Volkszorn durch die Flucht entziehen, aber unversehens konnte er nicht mehr aus Paris heraus. Um ein Haar hätte man ihn ermordet und seine Leiche in den Fluß geworfen."

„Seine Eminenz scheint es Euch nicht nachzutragen."

„Oh, er ist äußerst liebenswürdig. Was wollt Ihr? Die Fronde ist vorbei. Aber es war höchste Zeit. Wenn ich durch Paris galoppierte, jubelte mir das Volk zu und ließ die Ketten fallen, mit denen es die Straßen verbarrikadiert hatte. Jetzt langweile ich mich. Ich müsse heiraten, sagt man. Was haltet Ihr von diesem Alphonso von Portugal?"

„Ich gestehe Eurer Hoheit, daß ich noch nie etwas von ihm gehört habe."

„Préfontaines hat mir da gerade einiges mitgeteilt, was mich kaum ermuntert. Er scheint ein kleiner Dickwanst mit unangenehmem Körpergeruch zu sein, der dauernd Geschwüre zwischen seinen Speckfalten hat..."

„Ich verstehe, daß Eure Hoheit sich nicht für ihn begeistern kann..."

Angélique fragte sich, ob sie angesichts dieses Wortschwalls das Thema würde anschlagen können, das ihr am Herzen lag. Sie mußte an die Skepsis des jungen Advokaten hinsichtlich der Hochherzigkeit der Großen denken. Schließlich nahm sie all ihren Mut zusammen und sagte:

„Eure Hoheit möge mir verzeihen, aber ich weiß, daß Ihr über alle Vorgänge bei Hofe auf dem laufenden seid. Ist es Euch nicht zu Ohren gekommen, daß mein Gatte in der Bastille ist?"

Die Prinzessin schien ehrlich überrascht und bewegt.

„In der Bastille? Ja, was für ein Verbrechen hat er denn begangen?"

„Eben das weiß ich nicht, und ich setze große Hoffnungen auf Euch, Hoheit, daß Ihr mir bei der Lösung dieses Rätsels behilflich seid."

Sie berichtete von den Ereignissen in Saint-Jean-de-Luz und dem mysteriösen Verschwinden des Grafen Peyrac. Die am Palais in Saint-Paul angebrachten Siegel bewiesen deutlich, daß seine Entführung auf eine Verfügung der Justizbehörden zurückgehe, aber das Geheimnis werde streng gehütet.

„Laßt uns ein wenig überlegen", sagte Mademoiselle de Montpensier. „Euer Gatte hatte Feinde – wie jedermann. Wer könnte wohl nach Eurer Ansicht darauf aus sein, ihm zu schaden?"

„Mein Gatte stand sich mit dem Erzbischof von Toulouse nicht sonderlich gut. Aber ich glaube nicht, daß Seine Eminenz etwas gegen ihn vorbringen konnte, was das Eingreifen des Königs gerechtfertigt hätte."

„Vielleicht hat Graf Peyrac jemanden vor den Kopf gestoßen, der einen starken Einfluß auf Seine Majestät ausübt? Ich erinnere mich da an einen gewissen Vorfall, meine Liebe. Monsieur de Peyrac hat einmal meinem Vater gegenüber eine ungewöhnliche Halsstarrigkeit an den Tag gelegt, als dieser sich in Toulouse als Statthalter des Languedoc vorstellte. Oh, mein Vater hat es ihm nicht nachgetragen, und außerdem ist er tot. Mein Vater war nicht neidisch, wenn er auch seine Zeit mit dem Aushecken von Komplotten verbrachte. Ich habe diese Leidenschaft geerbt, das gebe ich zu, und deshalb bin ich beim König nicht eben gut angeschrieben. Er ist ein so argwöhnischer junger Mann... Ach, da fällt mir ein, könnte Monsieur de Peyrac am Ende nicht den König selbst vor den Kopf gestoßen haben?"

„Mein Gatte ist kein Mensch, der sich in Schmeicheleien ergeht. Gleichwohl empfand er Achtung vor dem König. Hat er sich nicht bemüht, ihm gefällig zu sein, als er ihn in sein Haus in Toulouse einlud?"

„Oh, welch ein herrliches Fest", erinnerte sich Mademoiselle begeistert und schlug die Hände zusammen. „Die kleinen Vögelchen, die von einem mächtigen Felsen aus Zuckerwerk aufflogen . . . ! Aber ich habe mir auch sagen lassen, daß der König über das alles ein wenig gereizt war. Genau wie damals bei diesem Monsieur Fouquet in Vaux-le-Vicomte. All diese großen Herren sind sich nicht bewußt, daß der König, mag er auch lächeln, sich insgeheim darüber ärgert, wenn seine eigenen Untertanen ihn mit ihrem Prunk zu überstrahlen versuchen."

„Ich kann nicht glauben, daß Seine Majestät von so kleinlicher Gesinnung ist."

„Der König wirkt gutmütig und ehrenhaft, ich gebe es zu. Aber wie dem auch sei, er erinnert sich immer der Zeit, als die Fürsten ihn noch bekriegten. Ich habe es auch getan, ich weiß eigentlich nicht mehr, weshalb. Kurzum, Seine Majestät mißtraut all denen, die den Kopf ein wenig zu hoch erheben."

„Mein Gatte hat niemals versucht, gegen den König zu intrigieren. Er ist stets ein ergebener Untertan gewesen und hat allein ein Viertel der gesamten Steuern des Languedoc gezahlt."

Mademoiselle de Montpensier versetzte ihr einen freundschaftlichen kleinen Schlag mit dem Fächer.

„Wie feurig Ihr ihn verteidigt! Ich gestehe, daß sein Anblick mich ein wenig erschreckte, aber als ich mich in Saint-Jean-de-Luz mit ihm unterhielt, begann ich zu begreifen, warum er solchen Erfolg bei den Frauen hat. Weint nicht, Liebe, man wird Euch Euren verführerischen großen Hinkefuß zurückgeben, und müßte ich den Kardinal selbst ins Gebet nehmen und mich dabei wie üblich in die Nesseln setzen!"

Sechsundzwanzigstes Kapitel

Ein wenig aufgemuntert, trennte sich Angélique von der Grande Mademoiselle. Man war übereingekommen, daß diese sie benachrichtigen würde, sobald sie verläßliche Auskünfte bekommen hätte. Um sich ihrer Freundin gefällig zu erweisen, willigte die Prinzessin ein, sich um den kleinen Giovanni zu kümmern und ihn in ihre Kapelle aufzunehmen, bis sich die Gelegenheit ergeben würde, ihn Baptiste Lully, dem Hofkomponisten des Königs, vorzustellen.

„Jedenfalls kann ich erst etwas unternehmen, wenn der König Einzug in Paris gehalten hat", schloß sie. „Alles ist bis nach den Festlichkeiten zurückgestellt. Die Königin-Mutter befindet sich im Louvre, der König und die Königin müssen jedoch bis dahin in Vincennes bleiben. Das verzögert die Sache. Aber werdet nicht ungeduldig. Ich vergesse Euch nicht und werde Euch holen lassen, sobald es angebracht erscheint."

Nachdem Angélique sich verabschiedet hatte, irrte sie eine Weile durch die Gänge des Schlosses, in der Hoffnung, Péguilin de Lauzun zu begegnen, der, wie sie wußte, Mademoiselle sehr ergeben war. Sie sah ihn nicht, traf jedoch Cerbaland, der ein langes Gesicht machte. Auch er wußte nicht, was er über die Verhaftung des Grafen Peyrac denken sollte; alles, was er sagen konnte, war, daß niemand von ihm redete oder einen Verdacht zu hegen schien.

„Man wird es bald erfahren", versicherte Angélique im Vertrauen auf die Grande Mademoiselle.

Nichts schien ihr jetzt schrecklicher als die Mauer des Schweigens, die das Verschwinden Joffreys umgab. Wenn man der Sache jetzt wirklich nachging, mußte sie ja ans Licht kommen.

Sie erkundigte sich nach dem Marquis d'Andijos. Cerbaland sagte, er habe sich gerade nach dem Pré-aux-Clercs zu einem Duell begeben.

„Er schlägt sich in einem Duell?" rief Angélique entsetzt aus.

„Er nicht. Lauzun und d'Humières tragen irgendeine Ehrenangelegenheit aus."

„Begleitet mich, ich möchte sie aufsuchen."

Als sie die Marmortreppe hinunterging, wurde sie von einer Frau mit großen, schwarzen Augen angesprochen. Sie erkannte die Herzogin von Soissons, eine der Mancini-Schwestern: Olympia, die Nichte des Kardinals.

„Madame de Peyrac, ich bin erfreut, Euch wiederzusehen", erklärte die schöne Dame. „Aber mehr noch als Ihr selbst entzückt mich Euer ebenholzschwarzer Leibgardist. Ich bin schon in Saint-Jean-de-Luz mit dem Gedanken umgegangen, Euch seinetwegen anzugehen. Wollt Ihr ihn mir abtreten? Ich zahle Euch einen guten Preis."

„Kouassi-Ba ist nicht verkäuflich", protestierte Angélique. „Wohl hat ihn mein Gatte in Narbonne gekauft, als er noch ganz klein war, aber er hat ihn nie wie einen Sklaven behandelt, und er zahlt ihm Lohn wie einem Bedienten."

„Ich werde ihm gleichfalls Lohn zahlen, einen sehr guten sogar."

„Ich bedaure, Madame, aber ich kann Euren Wunsch nicht erfüllen. Kouassi-Ba ist mir nützlich, und mein Gatte wäre untröstlich, würde er ihn bei seiner Rückkehr nicht vorfinden."

„Nun, dann eben nicht", erklärte Madame de Soissons mit enttäuschtem Achselzucken.

Sie warf noch einen neidischen Blick auf den bronzenen Riesen, der regungslos hinter Angélique stand.

„Es ist schier unglaublich, wie ein solcher Hintergrund die Schönheit, die

Zartheit und die weiße Hautfarbe einer Frau hervortreten läßt. Seid Ihr nicht auch dieser Ansicht, meine Teure?"

Angélique bemerkte den Marquis de Vardes, der auf die kleine Gruppe zusteuerte. Da sie keine Lust hatte, diesem Edelmann zu begegnen, der sich gegen sie so brutal und widerwärtig benommen hatte, verabschiedete sie sich eilig und stieg zu den Gärten hinunter.

„Ich habe den Eindruck, daß die schöne Olympia lüsterne Blicke auf Euern Neger wirft", sagte Cerbaland. „De Vardes, ihr derzeitiger Liebhaber, scheint ihr nicht zu genügen. Sie brennt darauf festzustellen, wie ein Mohr sich im Bett benimmt."

„Oh, beeilt Euch lieber, anstatt so schreckliche Dinge zu reden", erklärte Angélique ungeduldig. „Ich meinerseits möchte vor allem wissen, ob Lauzun und d'Humières nicht im Begriff sind, sich gegenseitig aufzuspießen."

Wie überdrüssig sie dieser oberflächlichen Leute mit ihren hohlen Köpfen und egoistischen Herzen war! Sie hatte das Gefühl, wie in einem Traum hinter etwas Dunklem, Ungreifbarem herzulaufen und sich vergeblich zu mühen, verstreute Elemente zusammenzufügen. Doch alles entglitt ihr und löste sich auf.

Sie befanden sich schon auf dem Uferdamm, als eine Stimme sie anrief und abermals aufhielt. Ein hochgewachsener Edelmann, den Angélique nicht kannte, bat sie um eine kurze Unterredung.

„Ja, aber beeilt Euch."

Er zog sie zur Seite.

„Madame, mich schickt seine Königliche Hoheit, Philippe d'Orléans, der Bruder des Königs. Monsieur wünscht Euch zu sprechen. Es handelt sich um Monsieur de Peyrac."

„Mein Gott!" murmelte Angélique, deren Herz wild zu klopfen begann. Würde sie endlich etwas Genaues erfahren? Sie mochte zwar den Bruder des Königs, diesen kleinen Mann mit den düsteren und kalten Augen, nicht sehr, doch erinnerte sie sich der bewundernden, wenn auch recht zweideutigen Worte, die er über den Grafen Peyrac geäußert hatte. Was mochte er über den Gefangenen der Bastille erfahren haben?

„Seine Hoheit erwartet Euch heute nachmittag gegen fünf Uhr", fuhr der Edelmann mit gedämpfer Stimme fort. „Ihr werdet durch die Tuileriengärten gehen und Euch zum Pavillon de Flore begeben, wo Monsieur seine Gemächer hat. Redet zu niemandem von alldem."

„Ich werde mich von meiner Zofe begleiten lassen."

„Dem steht nichts im Wege." Er grüßte und entfernte sich sporenklirrend.

„Wer ist dieser Edelmann?" erkundigte sich Angélique bei Cerbaland.

„Der Chevalier de Lorraine, der neue Günstling Monsieurs. Ja, de Guiche hat enttäuscht: er brachte nicht genügend Begeisterung für die perversen Liebschaften auf und interessierte sich zu sehr für das schöne Geschlecht.

Aber auch der kleine Monsieur ist kein eingeschworener Frauenverächter. Es heißt, man werde ihn nach dem Einzug des Königs vermählen, und wißt Ihr, wen er heiratet? Die Prinzessin Henriette von England, die Tochter des armen Karls I., den die Engländer enthauptet haben ..."

Angélique hörte nur mit halbem Ohr zu. Sie begann hungrig zu werden und sah sich um, in der Hoffnung, einen Waffelhändler zu entdecken.

Ihr neuerlicher Gang durch die Stadt hatte sie auf die andere Seite der Seine geführt, zur alten, von ihrem Turm flankierten Porte de Nesle. Lange schon existierte der Pré-aux-Clercs nicht mehr, wo sich einstmals die Studenten vergnügt hatten. Geblieben aber war zwischen der Abtei Saint-Germain-des-Prés und den alten Gräben ein freies, mit Gesträuch bepflanztes Gelände, wo die empfindlichen jungen Leute, vor neugierigen Blicken sicher, ihre Ehre reinwaschen konnten.

Im Näherkommen hörten sie Rufe und erkannten Lauzun und den Marquis d'Humières, die sich eben noch in Duellstellung befunden hatten und sich nun anschickten, auf Andijos loszustürzen. Beide erzählten, sie hätten vorher Andijos heimlich gebeten, sie im Namen der Freundschaft zu trennen, sobald sie auf dem Felde angekommen sein würden. Aber der Verräter hatte sich hinter einem Gebüsch versteckt und höchst erheitert das ängstliche Gebaren der beiden „Gegner" verfolgt, die ihre Auseinandersetzung krampfhaft hinauszögerten, indem sie fanden, der eine Degen sei kürzer als der andere, die Fechtschuhe seien zu eng und so weiter ...

Schließlich protestierten sie, als der Vermittler erschien.

„Wären wir nicht so gefühlvolle Menschen, hätten wir einander hundertmal die Kehle durchgeschnitten", schrie der kleine Péguillin. Und auch Angélique machte ihrem Ärger Luft.

„Bildet Ihr Euch ein, mein Gatte habe Euch fünfzehn Jahre lang ernährt, damit Ihr alberne Possen treibt, während er im Gefängnis ist?" fuhr sie ihn an. „Ach, diese Leute aus dem Süden ...!"

Sie packte ihn am Arm, zog ihn beiseite und befahl ihm, unverzüglich nach Toulouse aufzubrechen und ihr in kürzester Frist Geld zu bringen. Ziemlich kleinlaut gestand er ihr darauf, er habe am Abend zuvor bei der Prinzessin Henriette gespielt und dabei alles verloren, was er besaß. Sie gab ihm fünfhundert Livres mit und Kouassi-Ba zu seiner Begleitung.

Als sie gegangen waren, stellte Angélique fest, daß Lauzun und d'Humières sowie ihre Sekundanten sich gleichfalls davongemacht hatten.

Sie fuhr sich müde über die Stirn.

„Ich muß gegen fünf Uhr in die Tuilerien zurückkehren", sagte sie zu Margot. „Gehen wir solange in eine Schenke, wo man uns zu trinken und zu essen geben wird."

„Eine Schenke?" wiederholte die Zofe entrüstet. „Madame, das ist kein Ort für Euch."

„Findest du, daß das Gefängnis ein Ort für meinen Gatten ist? Ich bin hungrig und durstig. Du bist es ganz gewiß auch. Mach keine Geschichten, wir wollen uns ausruhen."

Sie nahm sie vertraulich beim Arm und lehnte sich an sie. Sie war kleiner als Margot, und daher kam es wohl, daß sie sich lange Zeit hindurch von der Kammerfrau hatte bestimmen lassen. Jetzt kannte sie sie genau. Lebhaft, heftig und empfindlich, wie sie war, bewahrte Marguerite, genannt Margot, eine unerschütterliche Anhänglichkeit zur Familie de Peyrac.

„Vielleicht möchtest auch du mich verlassen?" sagte Angélique unvermittelt. „Ich weiß absolut nicht, wie das alles ausgehen wird. Du hast ja gesehen, wie schnell die Diener es mit der Angst zu tun bekamen, und sie haben vielleicht nicht unrecht."

„Ich habe nie daran gedacht, dem Beispiel der Diener zu folgen", erklärte Margot, deren Augen wie glühende Kohlen funkelten, verächtlich. Nach kurzem Überlegen fügte sie hinzu:

„Mein ganzes Leben wird von einer einzigen Erinnerung beherrscht. Ich bin zu ihm in die Kiepe des katholischen Bauern gesteckt worden, der ihn zu seinen Eltern nach Toulouse zurückbrachte. Es war nach dem Massaker der Leute meines Dorfs, bei dem auch meine Mutter, seine Amme, den Tod fand. Ich war knapp vier Jahre alt, aber ich erinnere mich an jede Einzelheit. Er war völlig erschöpft und stöhnte. Ich wischte sein blutendes Gesichtchen ungeschickt ab, und da er vor Durst umkam, stopfte ich ihm ein wenig Schnee zwischen die Lippen. Genau so wenig wie damals werde ich ihn heute im Stich lassen, und sollte ich auf dem Stroh einer Gefängniszelle sterben ..."

Angélique erwiderte nichts, aber sie schmiegte sich noch enger an sie und legte einen Augenblick ihre Wange an die Schulter der Zofe.

Nicht viel später fanden sie in der Nähe der Porte de Nesle vor der kleinen Brücke, die den alten Stadtgraben überquerte, eine Schenke. Die Wirtin bereitete ihnen ein Frikassee auf dem Herd, während sie Rotwein tranken und runde Brötchen verzehrten.

Es waren kaum Leute im Raum, nur ein paar Soldaten, die neugierig die vornehm gekleidete Dame musterten, die da an einem derben Tisch saß.

Durch die offenstehende Tür betrachtete Angélique die finstere Tour de Nesle mit ihrem kleinen Anbau. Von ihr waren einstmals die Liebhaber der mannstollen Marguerite de Bourgogne, Königin von Frankreich, die maskiert durch die Gassen gegangen war und sich Studenten mit frischen Gesichtern gegriffen hatte, in den Fluß gestürzt worden.

Jetzt war der verfallene Turm von der Stadt an Wäscherinnen vermietet worden, die ihre Wäsche über die Zinnen und Schießscharten hängten.

Der Ort war still und fast menschenleer. Flußschiffer zogen ihre Kähne in den Morast der Ufer. Kinder angelten in den Gräben ...

Als es zu dunkeln begann, überquerte Angélique abermals den Fluß, um sich in die Tuilerien zu begeben.

Am Pavillon de Flore kam ihnen der Chevalier de Lorraine persönlich entgegen und führte sie zu einer Bank im Vorzimmer. Seine Hoheit werde bald erscheinen, erklärte er und ließ sie allein.

Der Durchgang, der die Verbindung zwischen den Tuilerien und dem Louvre herstellte, war sehr belebt. Wiederholt bemerkte Angélique Gesichter, die ihr schon in Saint-Jean-de-Luz begegnet waren. Man begab sich zum Souper bei Mademoiselle. Man kam bei Madame Henriette zum Kartenspiel zusammen. Manche bedauerten, daß sie ins Schloß Vincennes zurückkehren mußten, das dem König bis zu seinem Einzug in Paris als Unterkunft zu dienen hatte, obwohl es so ungemütlich war.

Allmählich wurde es auf den Gängen dunkel. Lakaien erschienen mit Leuchtern, die sie auf die Konsolen zwischen den hohen Fenstern stellten.

„Madame", sagte Margot unversehens, „wir müssen gehen. Es wird Nacht. Wenn wir jetzt nicht aufbrechen, werden wir nicht heimfinden oder von irgendeinem Räuber ermordet werden."

„Ich rühre mich nicht von der Stelle, bevor ich Monsieur gesprochen habe", erklärte Angélique trotzig. „Und wenn ich die Nacht auf dieser Bank verbringen muß."

Die Zofe schwieg. Doch nach einer Weile begann sie mit gedämpfter Stimme von neuem:

„Madame, ich fürchte, man hat es auf Euer Leben abgesehen!"

Angélique fuhr auf.

„Du bist verrückt. Wie kommst du auf solche Ideen?"

„Das ist nicht so abwegig. Man hat ja erst vor vier Tagen versucht, Euch umzubringen."

„Wie meinst du das?"

„Im Wald von Rambouillet. Man hatte es nicht auf den König und die Königin abgesehen, Madame, sondern auf Euch. Und wäre der Wagen nicht ins Schwanken geraten, so hätte Euch der Schuß, den man aus nächster Nähe auf die Fensterscheibe abgab, ganz zweifellos in den Kopf getroffen."

„Wie kommst du nur auf so unsinnige Gedanken! Die Diener, die auf einen üblen Streich aus waren, hätten jeden beliebigen Wagen angegriffen . . ."

„So! Wie kommt es dann, daß der, der auf Euch schoß, ausgerechnet Euer ehemaliger Haushofmeister Clément Tonnel war?"

Angélique sah sich in dem jetzt verlassenen Vorzimmer um, an dessen Wände die steilen Flammen der Wachskerzen regungslose Schatten warfen.

„Bist du dessen gewiß, was du da sagst?"

„Ich verbürge mich mit meinem Leben dafür. Ich habe ihn ganz deutlich erkannt, trotz des in die Stirn gezogenen Huts. Vermutlich hat man ihn ausgesucht, weil er Euch gut kennt und man die Gewißheit hatte, daß er sich nicht in der Person irren würde."

„Wer ist das: ‚man'?"

„Wie soll ich das wissen?" fragte die Kammerfrau achselzuckend. „Aber ich habe noch eine weitere Vermutung: daß nämlich dieser Mann ein Spitzel war. Er hat mir nie Vertrauen eingeflößt. Erstens stammte er nicht aus unserer Gegend. Dann konnte er nicht lachen. Schließlich schien er immer auf irgend etwas zu lauern, und selbst bei der Arbeit schnüffelte er noch überall herum ... Warum er Euch hat umbringen wollen, ist mir allerdings genau so unerklärlich wie die Tatsache, daß Euer Gatte sich im Gefängnis befindet, aber man müßte blind sein und taub und blöde obendrein, um nicht zu erkennen, daß Ihr Feinde habt, die Euren Untergang beschlossen haben."

Angélique fröstelte und hüllte sich enger in ihren weiten Umhang aus brauner Seide.

„Ich weiß nicht, wer einen Grund dazu haben könnte. Und weshalb sollte man gerade mich umbringen wollen?"

Blitzartig erschien die Vision des Giftkästchens vor ihren Augen. In dieses Geheimnis hatte sie nur Joffrey eingeweiht. War es möglich, daß diese alte Geschichte immer noch spukte?

„Gehen wir, Madame", wiederholte Margot in drängendem Ton.

In diesem Augenblick hallten Schritte in der Galerie. Angélique begann zu zittern. Jemand näherte sich. Sie erkannten den Chevalier de Lorraine, der einen Leuchter mit drei Kerzen trug. Die Flammen beleuchteten sein kantiges, ein wenig verfettetes Gesicht, dessen leutseliger Ausdruck kaum über die brutalen Züge hinwegtäuschte.

„Seine Königliche Hoheit bedauert unendlich", sagte er mit einer Verbeugung. „Sie ist aufgehalten worden und kann zu der für heute abend mit Euch vereinbarten Verabredung nicht erscheinen. Seid Ihr mit einer Verschiebung auf morgen zur gleichen Stunde einverstanden?"

Angélique war grenzenlos enttäuscht. Gleichwohl stimmte sie der neuen Verabredung zu.

Der Chevalier de Lorraine sagte ihr, die Tore der Tuilerien seien geschlossen; er werde sie zum andern Ende der Großen Galerie geleiten. Wenn sie von dort aus einen kleinen Garten durchqueren, den sogenannten Garten der Infantin, würden sie mit wenigen Schritten den Pont-Neuf erreichen.

Der Chevalier schritt voraus und hielt seinen Leuchter in die Höhe. Seine hölzernen Absätze erzeugten auf den Fliesen des Flurs ein unheimlich hallendes Geräusch. Von Zeit zu Zeit begegnete man einer Wache, oder eine Tür öffnete sich, und ein lachendes Paar erschien. An ihm vorbei konnte man einen Blick in einen festlich erleuchteten Salon werfen, in dem eine Gesellschaft beim Kartenspiel saß. Irgendwo hinter Wandteppichen spielten Violinen eine zierliche, sanfte Weise.

Endlich schien der Weg ein Ende zu nehmen. Der Chevalier de Lorraine blieb stehen.

„Hier ist die Treppe, über die Ihr zu den Gärten gelangt. Ihr werdet alsbald zu Eurer Rechten eine kleine Pforte finden, die ins Freie führt."

Angélique wagte nicht zu sagen, daß sie keinen Wagen hatte, und er erkundigte sich auch nicht danach. Er verbeugte sich mit der Korrektheit eines Mannes, der seinen Auftrag ausgeführt hat, und entfernte sich.

Abermals nahm Angélique die Kammerfrau beim Arm.

„Beeilen wir uns, Margot, Liebe. Ich bin nicht ängstlich, aber dieser nächtliche Spaziergang ist mir ganz und gar nicht sympathisch."

Rasch stiegen sie die steinernen Stufen hinunter.

Ihr kleiner Schuh war es, der Angélique rettete. Sie war den ganzen Tag über so viel gegangen, daß das brüchig gewordene Lederband plötzlich riß. Während Margot erkundend zum Fuß der Treppe vorausging, beugte sie sich nieder, um zu versuchen, den Schaden notdürftig zu beheben.

Mit einem Male erklang ein markerschütternder Schrei in der Finsternis, der Schrei einer in Todesnot befindlichen Frau.

„Zu Hilfe, Madame, man ermordet mich ...! Flieht! Flieht!"

Dann verstummte die Stimme.

Ein grausiges Stöhnen ließ sich vernehmen, das allmählich schwächer wurde.

Starr vor Entsetzen tastete Angélique vergeblich in dem finsteren Treppenschacht umher, dessen Stufen sich nicht erkennen ließen. Sie rief:

„Margot! Margot!"

Ihre Stimme verhallte in tiefer Stille. Die kühle, vom Duft der Orangenbäume im Garten erfüllte Nachtluft drang bis zu ihr, aber kein Laut war mehr zu hören.

Von Panik erfaßt, lief Angélique wieder die Treppe hinauf und gelangte in die erleuchtete Große Galerie. Ein Offizier kam ihr entgegen. Sie stürzte auf ihn zu.

„Monsieur! Monsieur! Zu Hilfe! Man hat meine Dienerin ermordet."

Um einiges zu spät erkannte sie den Marquis de Vardes, aber in ihrem Entsetzen schien er ihr von der Vorsehung gesandt.

„Nanu, da haben wir ja die Frau in Gold!" sagte er in seinem spöttischen Ton. „Die Frau mit den flinken Fingern!"

„Monsieur, Eure Scherze sind übel angebracht. Ich wiederhole: man hat meine Dienerin ermordet."

„Na und? Soll ich vielleicht darüber weinen?"

Angélique rang die Hände.

„Aber es muß doch etwas geschehen. Man muß die Räuber verjagen, die sich unter jener Treppe verbergen. Margot ist vielleicht nur verletzt?"

Er lächelte immer noch, während er sie betrachtete.

„Immerhin kommt Ihr mir weniger arrogant vor als bei unserer ersten Begegnung. Und die Erregung steht Euch nicht schlecht zu Gesicht."

Sie war nahe daran, ihn zu ohrfeigen. Aber sie hörte, wie er den Degen zog, während er gelassen sagte:

„Wir wollen mal nachsehen."

Bemüht, nicht zu zittern, folgte sie ihm und stieg an seiner Seite die ersten Stufen hinab.

Der Marquis beugte sich über das Geländer.

„Man sieht nichts, aber man riecht. Die Witterung des Gesindels trügt selten: Zwiebel, Tabak und dunkler Wein der Schenken. Es müssen vier oder fünf sein, die da drunten rumoren."

Er faßte sie am Handgelenk: „Horcht!"

Das Geräusch eines ins Wasser stürzenden Körpers zerriß die düstere Stille.

„Aha. Sie haben die Leiche in die Seine geworfen."

Er schaute sie mit halbgeschlossenen Augen an wie ein Reptil, das seine Beute belauert, und fuhr fort:

„Oh, der Ort ist geradezu klassisch! Da drunten ist eine kleine Pforte, die man häufig abzuschließen vergißt, zuweilen absichtlich. Es ist ein leichtes, dort ein paar gedungene Mörder zu postieren. Die Seine ist zwei Schritte entfernt. Die Sache ist rasch erledigt. Spitzt Euer Ohr ein wenig, Ihr werdet sie flüstern hören. Sie sind sich vermutlich klargeworden, daß sie nicht die Person erwischt haben, die man ihnen bezeichnet hatte. Ihr müßt ja beachtliche Feinde haben, meine Teuerste?"

Angélique biß die Zähne zusammen.

Mühsam brachte sie endlich heraus:

„Was werdet Ihr tun?"

„Im Augenblick nichts. Ich verspüre keine Lust, meinen Degen mit den rostigen Rapieren dieser Banditen zu kreuzen. Aber in einer Stunde werden Schweizer die Wache in diesem Winkel übernehmen. Die Mörder werden sich aus dem Staube machen, um sich nicht ertappen zu lassen. Jedenfalls könnt Ihr dann unbesorgt vorbeigehen. Inzwischen ..."

Er hielt sie noch immer am Handgelenk fest und führte sie in die Galerie zurück. Sie folgte ihm willenlos und wie betäubt. Immer die gleiche Gedankenfolge ging ihr im Kopf herum:

„Margot ist tot ... Man hat mich umbringen wollen ... Es ist das zweitemal ... Und ich weiß nichts, gar nichts ... Margot ist tot ..."

Vardes hatte sie in eine Art Nische geleitet, die offenbar als Vorraum für eine angrenzende Zimmerflucht diente. Geruhsam schob er seinen Degen in die Scheide, schnallte sein Wehrgehänge ab und legte es zusammen mit der Waffe auf die Konsole. Dann trat er auf Angélique zu.

Sie erfaßte plötzlich, was er wollte, und stieß ihn mit Abscheu zurück.

„Ich habe gerade erleben müssen, Monsieur, daß man ein Mädchen ermordete, dem ich zugetan war, und Ihr glaubt, ich würde mich bereit finden . . .?"

„Es ist mir völlig gleichgültig, ob Ihr Euch bereit findet oder nicht. Was die Frauen im Kopf haben, kümmert mich nicht. Ich interessiere mich für sie nur vom Gürtel an abwärts. Die Liebe ist eine Formalität. Wißt Ihr nicht, daß die schönen Damen auf diese Weise ihren Wegezoll auf den Gängen des Louvre entrichten? Also seid vernünftig."

Im Dunkeln sah sie ihn nicht, aber sie erriet das süffisante und ein wenig brutale Lächeln auf seinem hübschen Gesicht. Ein matter Schimmer fiel von der Galerie her auf seine hellblonde Perücke.

„Ihr werdet mich nicht anrühren", sagte sie keuchend, „sonst rufe ich."

„Rufen würde nichts nützen. In diesen Winkel kommt selten jemand. Ihr würdet mit Euerm Geschrei höchstens die Herren mit den rostigen Rapieren anlocken. Macht keinen Skandal, meine Liebe. Ich will Euch haben, und ich werde Euch haben. Das ist längst beschlossene Sache, und das Schicksal ist mir zu Hilfe gekommen. Wollt Ihr lieber allein nach Hause gehen?"

„Ich werde mir schon Schutz suchen."

„Wer soll Euch in diesem Palast beschützen, in dem sich alles gegen Euch verschworen zu haben scheint? Wer hat Euch zu jener berüchtigten Treppe geleitet?"

„Der Chevalier de Lorraine."

„Sieh an! Da steckt also der kleine Monsieur dahinter. Nun, es wäre nicht das erstemal, daß er eine hinderliche ‚Rivalin' aus dem Wege räumt. Ihr seht also, daß es in Eurem Interesse liegt, zu schweigen . . ."

Sie blieb stumm, und als er sich ihr von neuem näherte, rührte sie sich nicht mehr.

Ohne jede Hast, in schamloser Gelassenheit, hob er ihre langen Taftröcke, und sie spürte, wie seine warmen Hände genießerisch über ihre Hüften und Schenkel strichen.

„Bezaubernd", sagte er mit gedämpfter Stimme. „Ein Genuß ohnegleichen."

Angélique war außer sich vor Scham und Angst. In ihrem verwirrten Geist jagten sich die absurdesten Bilder: der Chevalier de Lorraine mit seinem Leuchter, die finstere Bastille, Margots Schrei, das Giftkästchen. Dann erlosch alles, und sie wurde von der Angst überwältigt, von der physischen Panik der Frau, die nur einen einzigen Mann gehabt hat. Diese neue Berührung beunruhigte sie und stieß sie ab. Sie wand sich und versuchte, sich der Umschlingung zu entziehen. Sie wollte schreien, aber kein Laut kam aus ihrer Kehle. Gelähmt, zitternd ließ sie sich nehmen und erfaßte kaum, was mit ihr geschah . . .

Ein Lichtschein fiel plötzlich ins Innere des Raums. Dann zog ein vorbeikommender Edelmann rasch seinen Leuchter zurück und entfernte sich lachend, indem er rief: „Ich habe nichts gesehen." Die Bewohner des Louvre schienen an solche Szenen gewöhnt zu sein.

Der Marquis de Vardes hatte sich durch diesen kleinen Zwischenfall nicht stören lassen. Erschöpft und halb ohnmächtig überließ sich Angélique den männlichen Armen, die sie umklammerten. Doch ganz allmählich versetzte sie die Neuartigkeit dieses Liebesspiels in eine Erregung, die sie nicht zu bekämpfen versuchte. Als sie sich dessen bewußt wurde, war es zu spät. Der Funke der Wollust entzündete ein vertrautes Verlangen in ihr, das sich bald zu einem verzehrenden Feuer steigerte.

Der junge Mann durchschaute sie. Er lachte spöttisch und bot all seine Liebeskünste auf.

Noch einmal lehnte sie sich innerlich auf, wandte den Kopf ab und seufzte ganz leise: „Nein, nein!" Aber der Widerstand beschleunigte nur ihre Niederlage. Bald gab sie ihre Passivität auf und drängte sich hemmungslos an ihn, überwältigt vom Strom der Lust. Im Gefühl seines Triumphs erließ er ihr nichts, und sie gab sich ihm hin, willenlos, mit halbgeöffneten Lippen und jenen röchelnden Lauten in der Kehle, die den Groll und die Dankbarkeit des besiegten Weibes ausdrücken.

Kaum hatten sie sich gelöst, als sich Angélique auch schon von einem furchtbaren Schamgefühl überwältigt fühlte. Sie barg das Gesicht in den Händen. Am liebsten wäre sie im Erdboden versunken, um nie wieder das Licht sehen zu müssen.

Wortlos schnallte der Offizier seinen Degen um.

„Die Wachen müssen jetzt da sein", sagte er. „Komm."

Da sie sich nicht rührte, nahm er sie beim Arm und zog sie aus der Nische. Sie machte sich los, folgte ihm jedoch stumm. Das Schamgefühl brannte noch immer wie glühendes Eisen. Nie mehr würde sie Joffrey ins Gesicht sehen, nie mehr Florimond in die Arme nehmen können. Vardes hatte alles zerstört, alles geschändet. Sie hatte das einzige verloren, was ihr blieb: das Wissen um ihre Liebe.

Am Fuße der Treppe stand, auf seine Hellebarde gestützt, ein Schweizer in weißer Halskrause und einem Wams mit gelben und roten Ärmeln; er hatte eine Laterne neben sich gestellt und pfiff vor sich hin. Als er seinen Hauptmann erkannte, nahm er Haltung an.

„Keine Spitzbuben in der Gegend?" fragte der Marquis.

„Ich habe niemanden gesehen, Monsieur. Aber bevor ich kam, muß hier allerhand los gewesen sein."

Er hob seine Laterne auf und deutete auf eine große Blutlache.

„Die Pforte nach dem Uferdamm stand offen. Ich habe die Blutspur bis dorthin verfolgt. Vermutlich haben sie den Burschen ins Wasser geschmissen."

„Es ist gut, Schweizer. Sei wachsam."

Die Nacht war mondlos. Vom Uferhang stieg ein mulmiger Geruch auf. Man hörte die Mücken summen und das schläfrige Murmeln des Flusses. Angélique blieb am Uferrand stehen und rief ganz leise: „Margot!"

Sie verspürte den Drang, sich in dieses murmelnde Dunkel zu stürzen, ihrerseits in den Schoß der feuchten Nacht zu tauchen.

„Wo bleibst du?" fragte die Stimme des Marquis de Vardes sachlich.

„Ich verbiete Euch, mich zu duzen", fuhr sie ihn an, während sie von neuem der Zorn überkam.

„Ich duze alle Frauen, die ich mir genommen habe."

„Ich schere mich nicht um Eure Angewohnheiten. Laßt mich."

„Hoppla! Vorhin warst du weniger stolz. Ich hatte nicht das Gefühl, dir übermäßig zu mißfallen."

„Vorhin war vorhin. Jetzt hasse ich Euch."

Sie wiederholte mehrmals mit zusammengebissenen Zähnen: „Ich hasse Euch!" und spuckte ihn an. Dann setzte sie sich mit unsicheren Schritten in Bewegung.

Es war stockfinster. Nur hie und da beleuchtete eine Laterne das Schild eines Kaufladens, den Torbogen eines Bürgerhauses.

Angélique wußte, daß der Pont-Neuf sich zu ihrer Rechten befand. Sie konnte unschwer die weiße Brüstung erkennen, aber als sie sich in ihre Richtung wenden wollte, schob sich ihr plötzlich eine menschliche Gestalt in den Weg. An ihrem übelkeiterregenden Geruch merkte sie, daß es einer jener Bettler war, die sie am Tage so erschreckt hatten. Sie wich zurück und stieß einen durchdringenden Schrei aus. Hinter ihr erklangen eilige Schritte, und die Stimme des Marquis de Vardes ließ sich vernehmen:

„Zurück, Strolch, oder ich spieße dich auf!"

Der andere blieb mitten im Wege stehen.

„Habt Erbarmen, edler Herr! Ich bin ein armer Blinder."

„Aber nicht so blind, daß dir meine Börse entgangen wäre!"

Vardes setzte die Spitze seines Degens gegen den Bauch des mißgestalteten Wesens, das zusammenzuckte und stöhnend davonlief.

„Vielleicht verratet Ihr mir jetzt, wo Ihr wohnt!" sagte der Offizier hart.

Widerstrebend nannte Angélique die Adresse ihres Schwagers, des Staatsanwalts. Dieses nächtliche Paris beängstigte sie. Man glaubte, das Raunen unsichtbarer Wesen zu vernehmen, ein unterirdisches Leben, dem der Kellerasseln vergleichbar. Stimmen kamen aus den Mauern, Geflüster, höhnisches Gelächter. Hin und wieder drang ein Lichtschein durch die offene Tür einer Schenke oder eines Bordells, und man sah im Pfeifenqualm Musketiere an Tischen sitzen, nackte Mädchen auf dem Schoß. Im nächsten Augenblick schlug das Dunkel der nächtlichen Gassen wieder über ihnen zusammen.

De Vardes sah sich des öfteren um. Von einer zur Seite eines Brunnens versammelten Gruppe hatte sich ein Individuum gelöst und folgte ihnen leisen und geschmeidigen Schrittes.

„Ist es noch weit?"

„Wir sind schon da", sagte Angélique, die die Wasserspeier und mittelalterlichen Giebel der Häuser der Rue de l'Enfer wiedererkannte.

„Gottlob, denn ich glaube, daß ich genötigt sein werde, ein paar Wänste zu durchbohren. Laßt Euch sagen, meine Kleine, geht nie wieder in den Louvre. Verbergt Euch, bringt Euch in Vergessenheit."

„Wenn ich mich verberge, werde ich meinen Gatten nie freibekommen."

Er lachte spöttisch:

„Wie es Euch beliebt, o getreue und tugendhafte Gattin!"

Angélique spürte, wie ihr das Blut ins Gesicht drang. Sie hätte ihn beißen, ihn erwürgen mögen.

Doch in diesem Augenblick tauchte eine zweite Gestalt mit einem Satz aus dem Dunkel der Gasse auf. Der Marquis drängte die junge Frau an die Mauer und stellte sich mit gezogenem Degen vor sie.

Mit vor Entsetzen aufgerissenen Augen starrte Angélique die in Lumpen gehüllten Männer an, die im Lichtkreis der vor dem Hause Maître Fallots aufgehängten großen Laterne auftauchten. Der eine von ihnen trug einen Stock in der Hand, der andere ein Küchenmesser.

„Wir wollen Eure Börsen", sagte der erstere mit heiserer Stimme.

„Ihr werdet zweifellos etwas bekommen, Messires, nämlich ein paar saftige Degenhiebe."

Angélique bewegte den bronzenen Türhammer mit verdoppelter Kraft. Endlich öffnete sich die Tür um Spaltbreite. Sie schlüpfte ins Haus, während hinter ihr der Marquis de Vardes zurückblieb und sich mit seinem Degen die beiden gierigen Räuber vom Leibe hielt.

Siebenundzwanzigstes Kapitel

Hortense war es, die ihr die Tür geöffnet hatte. In einem Nachthemd aus grober Leinwand, eine Kerze in der Hand, stieg sie, in scharfem Tone flüsternd, hinter ihrer Schwester die Treppe hinauf.

Sie habe es ja immer gesagt. Eine Herumtreiberin, das sei Angélique schon seit ihrer frühen Kindheit gewesen. Eine Intrigantin. Eine ehrgeizige Person, die nur auf das Vermögen ihres Mannes aus gewesen sei und obendrein noch vorgebe, ihn zu lieben, während sie sich nicht entblöde, sich mit Wüstlingen in den verrufensten Gegenden von Paris herumzutreiben.

Angélique hatte kein Ohr für sie. Sie horchte angespannt auf die Straße hinaus und vernahm ganz deutlich Waffengeklirr, dann einen dumpfen Schrei und eilig sich entfernende Schritte.

„Hör doch", murmelte sie und packte Hortense ängstlich beim Arm.

„Was denn?"
„Dieser Schrei! Sicher ist jemand verwundet worden."
„Na und? Die Nacht gehört den Räubern und Raufbolden. Keine anständige Frau würde auf den Gedanken kommen, sich nach Sonnenuntergang in Paris herumzutreiben. Außer meiner leiblichen Schwester!"
Sie hob die Kerze hoch, um Angéliques Gesicht zu beleuchten.
„Du solltest dich nur im Spiegel betrachten. Puh! Du siehst aus wie eine Dirne, die eine geschäftige Nacht hinter sich hat."
Angélique riß ihr den Leuchter aus den Händen.
„Und du siehst wie eine alte Jungfer aus, deren Nächte zu ruhig sind. Leg dich doch wieder zu deinem eheherrlichen Staatsanwalt, der nichts Besseres zu tun weiß als zu schnarchen."

Sie blieb lange am Fenster sitzen und konnte sich nicht entschließen, sich hinzulegen und zu schlafen. Sie weinte nicht. Sie erlebte ein zweites Mal die verschiedenen Etappen dieses furchtbaren Tages. Es kam ihr vor, als sei ein Jahrhundert seit jenem Augenblick vergangen, da Barbe mit den Worten ins Zimmer getreten war: „Hier ist gute Milch für den Kleinen." Inzwischen war Margot ums Leben gekommen, und sie selbst hatte Joffrey betrogen.
„Wenn es mir nur nicht solches Vergnügen gemacht hätte!" sagte sie sich immer wieder; und aufs neue überkam sie ein Schauer der Wollust und des Grausens.
Die Begierde ihres Körpers entsetzte sie. Solange sie an Joffreys Seite gewesen war, hatte sie nicht gewußt, in welchem Maße sein häufig wiederholter Ausspruch zutraf: „Ihr seid für die Liebe geschaffen."
Zuweilen hatte sich Joffrey über ihre von ihm selbst geweckte Sinnlichkeit ein wenig beunruhigt gezeigt. Sie erinnerte sich eines Sommernachmittags, als sie, seinen Liebkosungen wollüstig hingegeben, auf dem Bett gelegen hatte. Plötzlich hatte er innegehalten und unvermittelt zu ihr gesagt: „Wirst du mich betrügen?"
„Nein, niemals. Ich liebe nur dich."
„Wenn du mich betrügst, werde ich dich töten!"
„Nun, so soll er mich töten!" dachte Angélique, sich jäh aufrichtend. „Es wird schön sein, von seiner Hand zu sterben. Ihn ganz allein liebe ich."
In der Stille des Raums waren die regelmäßigen Atemzüge des Kindes vernehmbar. Schließlich gelang es Angélique, eine Stunde zu schlafen, aber schon im Morgengrauen war sie wieder auf den Beinen. Nachdem sie ein Tuch um ihr Haar geschlungen hatte, schlich sie auf Zehenspitzen hinunter und verließ das Haus.
Sie mischte sich unter die Mägde, unter die Handwerker- und Kaufmannsfrauen und machte sich auf den Weg nach Notre-Dame, um die Frühmesse zu hören.

In den Gassen, über denen die Nebel der Seine im Licht der ersten Sonnenstrahlen wie Zauberschleier golden erglänzten, atmete man noch die muffige Nachtluft ein. Vagabunden und Langfinger suchten ihre Schlupfwinkel auf, während Bettler, Stelzfüße, Musikanten sich an den Straßenecken zu ihrem Broterwerb niederließen. Scheele Blicke verfolgten die sittsamen Frauen, die zu ihrem Herrn beten gingen, bevor sie ihr Tagewerk begannen. Die Handwerker schlossen ihre Ladengitter auf. Die Lehrlinge der Perückenmacher liefen, Pudersäckchen und Kamm in der Hand, zu ihrer Kundschaft, um die Perücke des Herrn Rats oder des Herrn Staatsanwalts in Ordnung zu bringen.

Angélique schritt durch das düstere Hauptschiff der Kathedrale, in der die farbigen Fenster aufzuglühen begannen. In ihren Filzpantoffeln schlurfend, richteten die Küster die Monstranzen und Meßkännchen auf den Altären, füllten die Weihwasserkessel auf und reinigten die Leuchter.

Im ersten besten Beichtstuhl kniete sie nieder und bezichtigte sich mit pochenden Schläfen, Ehebruch begangen zu haben. Nachdem sie Absolution empfangen hatte, wohnte sie der Messe bei, dann bestellte sie drei Seelenämter für ihre Zofe Marguerite.

Als sie wieder auf dem Vorhof stand, fühlte sie sich erleichtert. Sie empfand keine Gewissensbisse mehr. Jetzt würde sie all ihren Mut darauf verwenden, zu kämpfen und Joffrey aus dem Gefängnis zu befreien.

Bei einem kleinen Händler kaufte sie noch ofenheiße Waffeln und schaute in die Runde. Es herrschte bereits reger Verkehr auf dem Platz vor der Kathedrale. Karossen brachten vornehme Damen zur Messe. Goldglänzend und mit Federbüschen geschmückt, bogen sie unter mächtigem Gelärm der Räder und Scheibengeklirr zur Auffahrt ein, während junge Burschen, Bettler und Straßenverkäufer hastig zur Seite wichen.

Obwohl der Platz durch eine kleine Mauer abgeschlossen war, herrschte auf ihm noch immer das malerische Durcheinander, das ihn einstens zum beliebtesten Platz von Paris gemacht hatte. Noch immer kamen die Bäcker hierher, um ihr altbackenes Brot zu ermäßigtem Preis an die Armen zu verkaufen. Noch immer versammelten sich die Müßiggänger vor dem Großen Faster, jener riesigen, mit Blei überzogenen Gipsstatue, die seit Jahrhunderten hier stand.

Niemand wußte, wen dieses Denkmal darstellte: ein Mann, der in der einen Hand ein Buch, in der andern einen Stab hielt, um den sich Schlangen wanden.

Es war die berühmteste Figur von Paris. Man schrieb ihr die Fähigkeit zu, sich in Zeiten des Aufruhrs als Stimme des Volks vernehmen zu lassen.

Und unzählige Spottverse gingen damals um mit der Unterschrift: „Der Große Faster von Notre-Dame" . . .

281

„Lauschet dem Mahner auf seinem Postament,
den für gewöhnlich den Faster man nennt.
Weil, wie die Geschichte zu melden weiß,
tausend Jahr' er schon lebt ohne Trank und Speis'."

Und auf eben diesen Platz waren im Lauf der Jahrhunderte alle Verbrecher im Hemd und mit der Fünfzehn-Livres-Kerze in der Hand gekommen, um Notre-Dame um Vergebung zu bitten, bevor sie verbrannt oder gehenkt wurden.
Angélique erschauerte bei dem Gedanken an den Zug der gespenstischen Gestalten. Diebe, Gotteslästerer, Geldfälscher, Juden, Ketzer, Mörder, Unschuldige und Schuldige – wie viele waren hier in die Knie gesunken, inmitten des wilden Geschreis der Menge, im blinden Angesicht der alten, steinernen Heiligen!
Sie schüttelte den Kopf, um diese düsteren Gedanken zu verjagen, und schickte sich eben an, zum Staatsanwalt zurückzukehren, als ein Geistlicher in städtischer Kleidung sie anredete.
„Madame de Peyrac, ich begrüße Euch. Ich wollte mich soeben zu Maître Fallot begeben, um mit Euch zu sprechen."
„Ich stehe zu Eurer Verfügung, Herr Abbé, aber ich kann mich nicht an Euern Namen erinnern."
„Wirklich nicht?"
Der Abbé lüftete seinen breitrandigen Hut und nahm mit der gleichen Bewegung eine kurze, graue Roßhaarperücke ab. Verblüfft erkannte Angélique den Advokaten Desgray.
„Ihr seid es! Aber weshalb diese Verkleidung?"
Der junge Mann hatte sich wieder bedeckt. Mit gedämpfter Stimme sagte er:
„Weil man gestern in der Bastille einen Anstaltsgeistlichen brauchte."
Er zog aus den Schößen seines Ordenskleides eine kleine Tabaksdose aus Horn hervor, nahm eine Prise, nieste, schneuzte sich und fragte sodann Angélique:
„Was sagt Ihr dazu? Wirkt es nicht echt?"
„Gewiß. Ich habe mich selbst täuschen lassen. Aber ... sagt mir, Ihr habt Euch in die Bastille einschmuggeln können?"
„Pst! Gehn wir zum Herrn Staatsanwalt. Dort werden wir ungestört reden."
Unterwegs beherrschte Angélique mühsam ihre Ungeduld. Ob der Advokat endlich etwas wußte? Ob er Joffrey gesehen hatte?
Er schritt höchst gemessen an ihrer Seite dahin, in der würdevollen und bescheidenen Haltung eines gottesfürchtigen Vikars.
„Veranlaßt Euch Euer Beruf häufig zu derartigen Verkleidungen?" fragte Angélique.
„Nein, mein Beruf nicht. Meiner Advokatenehre widersprechen sogar

solche Maskeraden. Aber man muß ja leben. Wenn ich es satt habe, auf den Stufen des Justizpalastes Prozesse zu angeln, die mir lumpige drei Livres einbringen, biete ich der Polizei meine Dienste an. Das würde mir schaden, wenn man's erführe, aber ich kann immer vorgeben, daß ich für meine Klienten Nachforschungen anstelle."

„Ist es nicht allzu gewagt, sich als Geistlicher zu verkleiden?" erkundigte sich Angélique. „Ihr könntet doch in die Zwangslage versetzt werden, etwas wie Religionsfrevel zu begehen."

„Ich stelle mich nicht ein, um das Sakrament zu spenden, sondern als Beichtiger. Das Priestergewand flößt Vertrauen ein. Niemand wirkt in seiner Erscheinung harmloser als ein Vikar, der eben aus dem Seminar kommt. Man vertraut ihm alles an. Gewiß, dergleichen ist nicht sehr rühmlich, ich gebe es zu. Mit Eurem Schwager Fallot, der mein Mitschüler an der Sorbonne war, kann ich mich nicht vergleichen. Er ist ein Mann, der von sich reden machen wird! Während ich, zum Beispiel, den armseligen kleinen Abbé neben einer liebreizenden jungen Dame spiele, verbringt dieser gewissenhafte Beamte den ganzen Vormittag kniend im Justizpalast, um eine Verteidigungsrede Maître Talons in einem Erbschaftsprozeß anzuhören."

„Weshalb kniend?"

„Das ist seit Heinrich IV. Tradition bei Gericht. Der Advokat hat Vorrang vor dem Staatsanwalt. Dieser muß knien, während der andere redet. Aber der Advokat hat einen hohlen Bauch, wohingegen der Staatsanwalt sich mästet. Verdammt, er hat nach den zwölf Stationen des Verfahrens einiges zusammengescheffelt!"

„Das kommt mir reichlich kompliziert vor."

„Versucht gleichwohl, Euch diese Einzelheiten zu merken. Sie können von Wichtigkeit sein, falls es je zu einem Prozeß gegen Euren Gatten kommen sollte."

„Glaubt Ihr, daß es dazu kommen wird?" rief Angélique angsterfüllt aus.

„Es muß dazu kommen", versicherte der Advokat ernst. „Das ist seine einzige Chance."

In Maître Fallots kleinem Büro nahm er die Perücke ab und fuhr sich durch sein struppiges Haar. Sein Gesicht, das für gewöhnlich heiter und lebendig wirkte, zeigte mit einem Male einen sorgenvollen Ausdruck. Angélique setzte sich neben den kleinen Tisch und begann mechanisch mit einem der Gänsekiele des Staatsanwalts zu spielen. Eine Frage an Desgray zu stellen, wagte sie nicht.

Schließlich hielt es sie nicht länger.

„Habt Ihr ihn gesehen?"

„Wen?"

„Meinen Gatten?"

„O nein, davon ist gar keine Rede. Er ist streng isoliert. Der Gouverneur der Bastille haftet mit seinem Kopf dafür, daß er mit niemandem in Verbindung tritt."

„Wird er gut behandelt?"

„Im Augenblick ja. Er hat sogar ein Bett und zwei Stühle, und er bekommt das gleiche Essen wie der Gouverneur. Ich habe mir auch sagen lassen, daß er häufig singt, daß er mit Hilfe jedes kleinsten Gipsbröckchens mathematische Formeln an die Wände seiner Zelle malt und daß er sich nebenbei damit beschäftigt, zwei riesige Spinnen zu dressieren."

„O Joffrey", murmelte Angélique lächelnd. Aber ihre Augen füllten sich mit Tränen. So lebte er also noch, er war zu keinem blinden und tauben Gespenst geworden, und die Mauern der Bastille waren noch nicht dick genug, um die Äußerungen seiner Vitalität zu ersticken.

Sie hob den Blick zu Desgray auf.

„Danke, Maître."

Der Advokat wandte sich ärgerlich ab.

„Ihr sollt mir nicht danken. Die Sache ist ungemein heikel. Ich muß Euch gestehen, daß mich diese geringfügigen Auskünfte bereits den ganzen Vorschuß gekostet haben, den Ihr mir gabt."

„Das Geld spielt keine Rolle. Sagt mir, was Ihr braucht, um Eure Nachforschungen weiterzubetreiben."

Aber der junge Mann starrte weiterhin mit abgewandtem Gesicht vor sich hin, als sei er trotz seiner Redefertigkeit äußerst verlegen.

„Offen gesagt", erklärte er in brüskem Ton, „ich frage mich sogar, ob ich nicht versuchen sollte, Euch dieses Geld zurückzugeben. Ich glaube, es war unklug von mir, diesen Fall zu übernehmen, der mir sehr verwickelt scheint."

„Ihr lehnt es ab, meinen Gatten zu verteidigen?" rief Angélique aus.

Gestern noch hatte sie sich diesem Juristen gegenüber, der trotz aller glänzenden Diplome zweifellos ein armer Schlucker war und sich nicht alle Tage satt essen konnte, eines leisen Mißtrauens nicht erwehren können. Doch jetzt, da er davon redete, sie im Stich zu lassen, wurde sie von panischer Angst erfaßt.

Kopfschüttelnd sagte er:

„Um ihn zu verteidigen, müßte er erst einmal angegriffen werden."

„Wessen klagt man ihn an?"

„Offiziell klagt man ihn überhaupt nicht an. Er existiert gar nicht."

„Aber dann kann man ihm doch nichts tun."

„Man kann ihn auf ewig vergessen, Madame. In den Kerkerlöchern der Bastille gibt es Leute, die schon dreißig oder vierzig Jahre dort sind und die sich weder auf ihren Namen besinnen können noch auf das, was sie verbrochen haben. Eben deshalb sage ich: Seine einzige Chance ist, daß man einen Prozeß erzwingt. Aber selbst dann wird dieser Prozeß zweifel-

los im Geheimen und ohne Beistand eines Advokaten stattfinden. So würde dieses Geld, das Ihr für mich ausgeben wollt, vergeudet sein!"
Sie richtete sich auf und fixierte ihn.
„Habt Ihr Angst?"
„Nein, aber ich gehe mit mir zu Rate. Wäre es zum Beispiel für mich nicht vernünftiger, ein Advokat ohne Mandant zu bleiben, statt einen Skandal zu riskieren? Und für Euch, Euch mit dem Kind und dem Euch verbliebenen Geld irgendwo tief in der Provinz zu verbergen, statt das Leben zu verlieren? Für Euren Gatten, ein paar Jahre im Gefängnis zu verbringen, statt sich in einen Prozeß wegen ... Hexerei und Gotteslästerung zerren zu lassen?"
Angélique stieß einen tiefen Seufzer der Erleichterung aus.
„Hexerei und Gotteslästerung? Das ist es also, wessen man ihn anklagt?"
„Jedenfalls hat man das zum Vorwand für seine Verhaftung genommen."
„Aber dann brauchen wir uns doch keine Sorgen zu machen. Alles geht auf eine Dummheit des Erzbischofs von Toulouse zurück."
Sie erzählte Desgray in aller Ausführlichkeit, was zwischen dem Erzbischof und dem Grafen Peyrac vorgefallen war, wie der letztere ein Verfahren zur Ausscheidung von Gold aus Felsgestein vervollkommnet und wie der Erzbischof, neidisch auf dessen Reichtum, beschlossen hatte, ihm das Geheimnis zu entreißen, das im Grunde nichts anderes als eine technische Formel war.
„Es handelt sich absolut nicht um Zauberwerk, vielmehr um wissenschaftliche Forschungen."
Der Advokat verzog das Gesicht.
„Madame, ich persönlich fühle mich in diesen Dingen nicht kompetent. Wenn diese Arbeiten die Grundlage der Anklage bilden, wird es erforderlich sein, Zeugen beizubringen, das Verfahren vor den Richtern zu demonstrieren und ihnen zu beweisen, daß weder Magie noch Hexerei dabei im Spiel ist."
„Mein Gatte ist kein Frömmler, aber er besucht jeden Sonntag die Messe, er fastet und geht an den hohen Feiertagen zur Kommunion. Er spendet beträchtliche Summen für die Kirche. Aber Seine Eminenz fürchtete seinen Einfluß, und sie befehdeten sich seit Jahren."
„Unglücklicherweise ist mit dem Titel des Erzbischofs von Toulouse beträchtliche Autorität verbunden. In gewisser Hinsicht hat dieser Kirchenfürst mehr Macht als der Erzbischof von Paris, vielleicht sogar mehr als der Kardinal. Aber im Grunde ist es gar nicht so sehr seine Unerbittlichkeit, die ich in diesem speziellen Falle fürchte. Hier, lest Euch das einmal durch."
Aus einem abgenutzten Plüschsäckchen zog er ein Blatt Papier hervor, das in einer Ecke den Vermerk „Kopie" trug.
Angélique las:

Verfügung:

Durch Philibert Vénot, Generalanwalt der Angelegenheiten des Bischöflichen Stuhls von Toulouse, Ankläger wegen Verbrechens der Magie und Hexerei gegen den Sieur Joffrey de Peyrac, Grafen Morens, Beklagten.
In Ansehung, daß genannter Joffrey de Peyrac hinreichend überführt ist, Gott verleugnet und sich dem Teufel ergeben zu haben, auch zu wiederholten Malen die Höllengeister angerufen und sich mit ihnen besprochen zu haben, schließlich wiederholt und auf verschiedene Weise Hexenkünste getrieben zu haben, wird er für diese und andere Fälle dem weltlichen Richter übergeben, um für seine Verbrechen abgeurteilt zu werden.
Am 26. Juni 1660 durch P. Vénot gegeben, hat genannter de Peyrac weder Klage noch Widerspruch erhoben, vielmehr gesagt: ‚Gottes Wille geschehe!'

Desgray erklärte:
„In weniger sibyllinischen Worten heißt das, daß das Kirchengericht Euren Gatten, nachdem es ihn *in contumaciam*, das heißt in Abwesenheit des Angeklagten, verurteilte und im voraus seine Schuld feststellte, der weltlichen Gerichtsbarkeit des Königs überliefert hat."
„Und Ihr glaubt, der König werde solchen Flausen Glauben schenken? Sie entspringen einzig der Eifersucht eines Bischofs, der über seine Provinz unbeschränkt herrschen möchte und der sich von den Hirngespinsten eines falschen Wissenschaften ergebenen Mönchs wie dieses Becher beeinflussen läßt."
„Ich kann nur die Tatsachen beurteilen", fiel der Advokat ein. „Nun, das Papier hier beweist, daß der Erzbischof sorgsam darauf bedacht ist, bei dieser Angelegenheit im Hintergrund zu bleiben: Ihr seht, sein Name erscheint gar nicht auf diesem Aktenstück, und dennoch besteht kein Zweifel, daß er es war, der die erste Verurteilung hinter verschlossenen Türen veranlaßt hat. Wohingegen der Verhaftbefehl die Unterschrift des Königs wie auch die Séguiers, des Gerichtspräsidenten, trug. Séguier ist ein untadeliger, aber schwacher Mensch, für den die Befehle des Königs den Vorrang vor allem andern haben."
„Aber wenn der Prozeß eröffnet ist, kommt es doch auf die Meinung der Geschworenen an?"
„Ja", gab Desgray zögernd zu. „Aber wer wird die Geschworenen bestimmen?"
„Und was riskiert mein Gatte nach Eurer Ansicht bei einem solchen Prozeß?"
„Die Folterung peinlichen und hochnotpeinlichen Grades zunächst, sodann den Scheiterhaufen, Madame!"
Angélique fühlte sich erbleichen, und ein Übelkeitsgefühl stieg ihr in die Kehle.

„Aber man kann doch einen Mann seines Standes auf alberne Gerüchte hin nicht einfach verurteilen!" wiederholte sie.

„Sie dienen ja nur als Vorwand. Wollt Ihr meine Ansicht wissen, Madame? Der Erzbischof von Toulouse hat nie die Absicht gehegt, Euren Gatten einem weltlichen Gericht zu überliefern. Er hoffte zweifellos, eine Verurteilung von seiten der Kirche werde genügen, um seinen Hochmut zu brechen und ihn sich gefügig zu machen. Aber Seine Eminenz hat falsch spekuliert, und wißt Ihr, weshalb?"

„Nein."

„Weil da noch etwas anderes im Spiele ist", sagte François Desgray, indem er den Finger hob. „Sicher hat Euer Gatte an sehr hoher Stelle Neider gehabt, eine Gruppe von Feinden, die sich geschworen hatten, ihn aus dem Weg zu räumen. Die Intrige des Erzbischofs von Toulouse bot ihnen ein treffliches Sprungbrett. Früher pflegte man seine Feinde in aller Stille zu vergiften. Heutzutage macht man sich ein Vergnügen daraus, unter Wahrung aller Formen vorzugehen: man klagt an, richtet, verurteilt. So hat man ein ruhiges Gewissen. Wenn der Prozeß Eures Gatten zustande kommt, wird er sich auf die Beschuldigung der Hexerei stützen, aber das wirkliche Motiv seiner Verdammung wird man nie erfahren."

Wieder einmal erschien Angélique blitzartig die Vision des Giftkästchens. Sollte sie Desgray etwas sagen? Sie zögerte. Davon reden hieß, einem unbegründeten Verdacht Gestalt geben, vielleicht auch die ohnehin vagen Spuren verwirren.

Sie fragte mit unsicherer Stimme:

„Von welcher Art könnte die Sache sein, die Ihr andeutet?"

„Davon habe ich nicht die leiseste Vorstellung. Ich kann Euch nur versichern, daß ich, je nachhaltiger ich meine lange Nase in diese Geschichte steckte, desto entsetzter zurückgeprallt bin angesichts der hohen Persönlichkeiten, die in sie verwickelt scheinen. Kurz, ich möchte wiederholen, was ich Euch letzthin gesagt habe: Die Spur beginnt beim König. Wenn er diesen Verhaftbefehl unterzeichnet hat, so bedeutet das, daß er ihn billigte."

„Wenn ich daran denke", murmelte Angélique, „daß er ihn bat, vor ihm zu singen, und ihn mit liebenswürdigen Worten überschüttete, während er schon wußte, daß man ihn verhaften würde."

Desgray nickte.

„Unser König ist in einer guten Schule gewesen, was das Heucheln betrifft. Es bleibt die Tatsache, daß nur er einen solchen speziellen und geheimen Verhaftbefehl widerrufen kann. Weder Tellier noch vor allem Séguier oder andere Gerichtsbeamte sind dazu imstande. Infolgedessen muß man versuchen, an die Königin-Mutter heranzukommen, die einen starken Einfluß auf ihren Sohn ausübt, oder an dessen Jesuiten-Beichtvater oder sogar an den Kardinal."

„Ich habe die Grande Mademoiselle aufgesucht", sagte Angélique. „Sie hat versprochen, in ihrer Umgebung Erkundigungen einzuziehen und mich zu benachrichtigen. Aber sie sagt, ich dürfe mir vor den Einzugsfeierlichkeiten des Königs ... in Paris ... nichts versprechen ..."

Angélique brachte ihren Satz nur mit Mühe zu Ende. Seit einer Weile, seitdem der Advokat vom Scheiterhaufen gesprochen hatte, verspürte sie eine zunehmende Übelkeit. Sie fühlte den Schweiß an ihren Schläfen perlen und fürchtete, ohnmächtig zu werden. Sie hörte Desgray zustimmen:

„Ich teile ihre Ansicht. Vor dem Fest ist nichts zu machen. Ihr tut am besten, ganz ruhig hier abzuwarten. Ich meinerseits werde mich bemühen, mit meinen Nachforschungen weiterzukommen."

Wie in einem Nebel stand Angélique auf und streckte die Hände aus. Ihre kalte Wange berührte den steifen Stoff eines Priestergewands.

„Ihr weigert Euch also nicht, ihn zu verteidigen?"

Der junge Mann schwieg einen Augenblick, dann sagte er mürrisch:

„Schließlich bin ich noch nie um meine Haut in Sorge gewesen. Ich habe sie unzählige Male bei albernen Schenkenprügeleien aufs Spiel gesetzt. Da kann ich sie ruhig noch einmal um einer gerechten Sache willen riskieren. Nur müßt Ihr mir Geld geben, denn ich bin arm wie eine Kirchenmaus, und der jüdische Trödler, der mir Kostüme leiht, ist ein Erzgauner."

Die kräftigen Worte wirkten belebend auf Angélique. Dieser Bursche war sehr viel ernster zu nehmen, als sie im Anfang geglaubt hatte. Hinter seinem ungenierten Gehaben verbarg er eine profunde Kenntnis aller einschlägigen Rechtskniffe, und er schien sich tüchtig ins Zeug zu legen, wenn man ihm eine Aufgabe anvertraute.

Angélique gewann ihre Ruhe zurück und zählte ihm hundert Livres vor. Nach kurzer Verabschiedung entfernte sich François Desgray, nicht ohne einen besorgten Blick auf das blasse, müde Gesicht geworfen zu haben, dessen grüne Augen im düsteren Licht dieses nach Tinte und Siegellack riechenden Büros wie Edelsteine funkelten.

Angélique stieg langsam zu ihrem Zimmer hinauf, wobei sie sich an das Geländer klammerte. Zweifellos war dieser Schwächeanfall den Aufregungen der vergangenen Nacht zuzuschreiben. Sie wollte sich niederlegen und ein wenig zu schlafen versuchen, ohne sich den Bissigkeiten ihrer Schwester auszusetzen. Doch kaum hatte sie ihr Zimmer betreten, als sie abermals von Übelkeit befallen wurde; sie konnte eben noch ihr Waschbecken erreichen.

„Was habe ich nur?" fragte sie sich entsetzt.

Und wenn Margot recht gehabt hatte? Ob man tatsächlich darauf ausging, sie umzubringen? War der Zwischenfall mit der Kutsche und das Attentat im Louvre ein zufälliges Zusammentreffen? Wollte man sie am Ende vergiften?

Doch mit einem Male entspannten sich ihre Züge, und ein Lächeln erhellte ihr Gesicht.

„Wie dumm ich mich anstelle! Ich bin eben ganz einfach schwanger!"

Sie erinnerte sich, daß ihr schon bei der Abreise von Toulouse die Vermutung gekommen war, sie erwarte ein zweites Kind. Jetzt bestätigte sich ihre Annahme, und es gab gar keinen Zweifel mehr.

„Wie wird sich Joffrey freuen, wenn er aus dem Gefängnis kommt", sagte sie sich.

Diese Entdeckung vor allem löste den Alpdruck der vergangenen Nacht. Es war wie eine Antwort des Himmels auf ihre Verzweiflung. Trotz tödlicher Schläge ging das Leben der Familie weiter.

Sie hatte das brennende Bedürfnis, ihr schönes Geheimnis jemandem mitzuteilen, aber Hortense würde es sicher nicht unterlassen, eine spitze Bemerkung über die zweifelhafte Vaterschaft gewisser Kinder zu machen. Was ihren Schwager, den Staatsanwalt, betraf, der zu dieser Stunde vermutlich noch mit immer steifer werdenden Gliedern vor dem Advokaten Talon kniete, so würde den die Neuigkeit kalt lassen.

Schließlich ging Angélique in die Küche hinunter, wo sie Florimond auf den Arm nahm und ihm wie auch der Magd Barbe das frohe Ereignis zu wissen tat.

Achtundzwanzigstes Kapitel

Während der folgenden Tage war Angélique bemüht, sich in Geduld zu fassen. Man mußte den triumphalen Einzug des Königs in Paris abwarten. Es hieß, er werde Ende Juli erfolgen, aber die umfangreichen Vorbereitungen für die Feierlichkeiten machten immer wieder eine Verlegung des Termins erforderlich. Die Menge der zu dem großen Ereignis nach Paris geströmten Provinzler begann schon ungeduldig zu werden.

Angélique nutzte die Zeit, um ihre Kutsche, ihre Pferde und einige Schmuckstücke zu verkaufen. Sie teilte das bescheidene Leben des bürgerlichen Stadtviertels, in dem sie hauste. Sie machte sich in der Küche nützlich, spielte mit Florimond, der unermüdlich durch das Haus trippelte, wobei er über sein langes Kleid stolperte. Seine kleinen Vettern liebten ihn innig. Von ihnen, von Barbe, von der kleinen Magd aus Béarn verwöhnt, schien er glücklich zu sein; er hatte auch wieder rote Backen bekommen. In dem von Angélique gestickten roten Häubchen und mit seinem reizenden, von schwarzen Locken umrahmten Gesichtchen bildete er das Entzücken der ganzen Familie. Sogar Hortense entrunzelte zuweilen ihre Stirn und bemerkte, ein Kind in diesem Alter sei zweifellos sehr reizvoll. Sie selbst habe leider nie die Mittel gehabt, eine Amme ins Haus zu nehmen, so daß sie ihre Kinder immer erst kennenlerne, wenn sie vier Jahre alt seien. Nun ja, nicht jedermann könne einen lahmen und mißgestalteten, durch den Umgang mit dem Satan reich gewordenen Edelmann heiraten, und es sei immer noch besser, die Frau eines Staatsanwalts zu sein, als des ewigen Seelenheils verlustig zu gehen.

Angélique stellte sich taub. Um ihren guten Willen zu beweisen, ging sie allmorgendlich in der wenig unterhaltsamen Gesellschaft ihres Schwagers und ihrer Schwester zur Messe. Allmählich lernte sie die besondere Eigenart der Cité-Insel kennen, die in zunehmendem Maße von Robenträgern bevölkert wurde.

Die meisten von ihnen führten ein würdiges und sittenstrenges Dasein. Am Morgen beeilten sie sich, eine Messe zu hören, bevor sie zu den Gerichtssitzungen stürzten. Am Nachmittag kehrten sie in ihre Kanzleien zurück, wo neue Mandanten und neue Pflichten ihrer harrten. Sie lernten die Welt nur von der Seite des Neides, des Betrugs und des Hasses kennen, wurden dadurch nur um so scharfsichtiger und gerissener und schlugen Kapital aus dieser Anhäufung von Schandtaten, aus diesem Abschaum der Menschheit. Zu ihrer Entspannung spielten sie auf den Uferdämmen Boule – unter den verdutzten Blicken der Müßiggänger, die ihr Berufsjargon einschüchterte.

Am Sonntag zwängten sie sich mit ihren Freunden in gemietete Kutschen und fuhren in die Vororte, wo jeder Beamte ein kleines Landhaus und ein Rebstück besaß.

Genau besehen, teilten die Beamten die Souveränität über die Ile de la Cité mit den Domherren von Notre-Dame und den Dirnen der Rue de Glatigny. Das einstige „Tal der Liebe" hatte sich ja in nächster Nähe des Pont-aux-Meuniers* befunden, so daß das Geräusch der Mühlenräder das der Küsse und minder harmlosen Belustigungen übertönte.

Am anderen Ende der Insel, auf dem rötlichgelben, lärmerfüllten Pont-Neuf, trugen sich Dinge zu, die den Herren von der Justiz recht wenig genehm waren. Wenn man einen Lakaien auf einen Botengang in diese Gegend schickte und ihn fragte, wann er zurück sein werde, pflegte er zu antworten: „Das hängt von den Liedern ab, die man heute auf dem Pont-Neuf zu hören bekommt."

Zusammen mit den Liedern entquoll dem unaufhörlichen Gewoge um die kleinen Krambuden ein Schwarm von Gedichten, Libellen und Pamphleten. Auf dem Pont-Neuf wußte man alles. Und die Großen hatten die angeschmutzten fliegenden Blätter zu fürchten gelernt, die der Seinewind davontrug und die man die „Ponts-neufs" nannte.

Eines Abends, als man bei Maître Fallot vom Tische aufstand und der eine oder andere sich bei einem Gläschen Quitten- oder Himbeerwein gütlich tat, zog Angélique mechanisch einen Zettel aus der Tasche. Sie

* Müllerbrücke.

betrachtete ihn verwundert, dann erinnerte sie sich, daß sie ihn am Morgen ihres Ganges zu den Tuilerien einem armen Schlucker auf dem Pont-Neuf abgekauft hatte.

Halblaut las sie:

> „Und nun gehn wir ins Justizpalais,
> und da merken wir, daß Rabelais
> nicht so viele Spötterein konnt' schreiben,
> als man hier sieht Schurkereien treiben.
> Hier begeht den abgefeimtesten Betrug
> der Erlauchte, der den Schwachen schlug.
> Laßt uns sehn, wie man die Unschuld preßt..."

Zwei empörte Ausrufe unterbrachen sie. Der alte Onkel und Maître Fallot verschluckten sich fast an ihrem Wein. Mit einer Heftigkeit, die sie in ihrem gemessenen Schwager nicht vermutet hätte, riß dieser ihr das Blatt aus den Händen, zerknitterte es zu einer Kugel und warf es aus dem Fenster.

„Welche Schande, Schwester!" rief er aus. „Wie könnt Ihr es wagen, solchen Unflat in unser Haus zu bringen! Ich wette, Ihr habt ihn bei einem jener heruntergekommenen Zeitungsverkäufer des Pont-Neuf gekauft."

„Allerdings. Man drückte mir das Blatt in die Hand und verlangte zehn Sols dafür. Ich habe es nicht zurückzuweisen gewagt."

„Die Schamlosigkeit dieser Leute übersteigt jedes Maß. Ihre Feder verschont nicht einmal die Gerichtsbeamten. Und da sperrt man sie in der Bastille ein, als wären sie Leute von Stand, während doch das finsterste Verlies des Châtelet noch viel zu gut für sie wäre."

Hortenses Gatte schnaubte wie ein Stier. Nie hätte sie ihn für fähig gehalten, dermaßen in Wut zu geraten.

„Man überschüttet uns mit Pamphleten, Libellen und Spottversen. Die Kerle verschonen niemand, weder den König noch den Hof, und ergehen sich in den gottlosesten Schmähungen."

„Zu meiner Zeit", sagte der alte Onkel, „fing das Journalistenvolk eben an, sich auszubreiten. Jetzt ist es eine wahre Seuche, der Schandfleck unserer Hauptstadt."

Er redete selten und tat den Mund nur auf, um ein Gläschen Quittenwein oder seine Tabaksdose zu verlangen. Dieser lange Satz verriet, wie sehr ihn das Vorlesen des Pamphlets erregt hatte.

„Keine anständige Frau wagt sich zu Fuß auf den Pont-Neuf", erklärte Hortense.

Maître Fallot war zum Fenster gegangen.

„Der Fluß hat dieses schmähliche Machwerk davongetragen. Aber ich hätte gern gewußt, ob es vom ‚Schmutzpoeten' unterzeichnet war."

„Zweifellos. Kein andrer verspritzt soviel Gift."

„Der Schmutzpoet", murmelte Maître Fallot dumpf, „der Mann, der die Gesellschaft in ihrer Gesamtheit kritisiert, der geborene Aufwiegler, der berufsmäßige Parasit! Ich habe ihn einmal von einem Podest aus ich weiß nicht welches zersetzende Elaborat an die Menge verteilen sehen. Es ist ein gewisser Claude Le Petit. Wenn ich daran denke, daß diese Hopfenstange mit dem wachsbleichen Gesicht es fertigbringt, Fürsten und sogar den König in ohnmächtige Wut zu versetzen, dann sage ich mir, daß es ein Jammer ist, in einer solchen Zeit leben zu müssen. Wann wird uns die Polizei endlich von solchen Gesellen befreien?"

Man gab noch ein paar Seufzer von sich, dann wurde der Zwischenfall abgeschlossen.

Ganz Paris lebte in Gedanken an den Einzug des Königs. Bei dieser Gelegenheit kamen Angélique und ihre Schwester einander näher. Eines Tages trat Hortense in Angéliques Zimmer, wobei sie die lieblichste Miene aufsetzte, die ihr zur Verfügung stand.

„Stell dir vor, was passiert ist", rief sie. „Du erinnerst dich doch meiner alten Pensionsfreundin Athénaïs de Rochechouart, der ich in Poitiers innig verbunden war?"

„Nein, absolut nicht."

„Das tut nichts. Sie ist nach Paris gekommen, und da sie von jeher eine Intrigantin war, hat sie es bereits fertiggebracht, sich an verschiedene hochgestellte Persönlichkeiten heranzumachen. Kurz, am Einzugstag kann sie ins Hôtel de Beauvais gehen, das in der Rue Saint-Antoine liegt, wo der Festzug beginnen wird. Wir werden also von den Dachfenstern aus zuschauen, womit nicht gesagt ist, daß wir schlechte Aussicht haben, im Gegenteil."

„Warum sagst du ‚wir'?"

„Weil sie uns aufgefordert hat mitzukommen. Ihre Schwester, ihr Bruder und eine andere Freundin, die gleichfalls aus Poitiers stammt, werden auch dabei sein. Das gibt eine ganze Kutsche voller Poitou-Leute. Ist das nicht nett?"

„Wenn es meine Kutsche ist, auf die du rechnest, muß ich dir leider mitteilen, daß ich sie verkauft habe."

„Ich weiß, ich weiß. Aber das macht nichts. Athénaïs kommt mit der ihrigen. Sie ist ein bißchen klapprig, denn die Familie nagt am Hungertuch, vor allem weil Athénaïs sehr verschwenderisch ist. Ihre Mutter hat sie mit einer Frau, einem Lakaien, der alten Kalesche und der strikten Weisung nach Paris expediert, in kürzester Frist einen Mann zu finden. Oh, sie wird es schaffen, sie strengt sich gehörig an! Was nun aber den Einzug des Königs betrifft, hat sie mir zu verstehen gegeben, daß sie ein wenig knapp an Kleidern ist. Weißt du, diese Madame de Beauvais, die uns eins ihrer Dachfenster zur Verfügung stellt, ist nicht irgendwer. Es heißt sogar, die Königin-Mutter, der Kardinal und alle möglichen hohen Persönlichkeiten würden während des Festzuges bei ihr speisen. Wir werden uns also in vornehmster Gesellschaft befinden. Da können wir natürlich nicht so auftreten, daß man uns für Kammerfrauen oder Bettelweiber hält und die Lakaien uns womöglich verjagen."

Schweigend öffnete Angélique einen ihrer großen Koffer.

„Schau nach, ob du etwas Passendes für sie findest und auch für dich selbst. Du bist größer als ich, aber es dürfte keine Schwierigkeiten bereiten, einen Rock durch eine Spitze oder ein Volant zu verlängern."

Mit leuchtenden Augen trat Hortense herzu. Sie konnte ihr Staunen nicht verbergen, während Angélique die prächtigen Toiletten auf dem Bett ausbreitete. Angesichts des Kleides aus Goldstoff stieß sie einen bewundernden Schrei aus.

„Ich glaube, das wäre für unser Dachfenster nicht ganz passend", erklärte Angélique.

„Na ja, du bist bei der Hochzeit des Königs gewesen. Da steht es dir natürlich an, die Hochnäsige zu spielen."

„Ich versichere dir, daß ich vollkommen zufrieden bin. Niemand erwartet mit größerer Ungeduld den Einzug des Königs als ich. Aber dieses Kleid möchte ich behalten, um es später verkaufen zu können, falls Andijos mir kein Geld mitbringt, wie ich allmählich fürchte. Über die andern kannst du nach Gutdünken verfügen. Es ist nur billig, daß du dich für die Kosten schadlos hältst, die mein Aufenthalt dir verursacht."

Nach langem Zögern entschloß sich Hortense endlich zu einem Kleid aus himmelblauem Satin für ihre Freundin. Für sich selbst wählte sie ein apfelgrünes, das ihren ein wenig verwaschenen brünetten Typ betonte.

Als Angélique am Morgen des 26. August die magere, durch die Polster der Mantille ein wenig ausgestopfte Gestalt ihrer Schwester musterte, den matten, durch das kräftige Grün hervorgehobenen Teint, das etwas spärliche, aber weiche und feine kastanienbraune Haar, stellte sie kopfschüttelnd fest:

„Wirklich, Hortense, du wärest geradezu hübsch, wenn du nicht eine so gallige Art hättest."

Zu ihrer großen Überraschung wurde Hortense nicht zornig. Sie seufzte, während sie fortfuhr, sich im großen Stahlspiegel zu betrachten.

„Ich glaube es auch", sagte sie. „Weißt du, ich habe nie etwas für Mittelmäßigkeit übrig gehabt und doch nichts anderes kennengelernt. Es macht mir Freude zu reden, mit geistreichen und gut gekleideten Leuten zusammen zu sein, ich liebe das Theater. Aber es ist so schwer, sich von den häuslichen Pflichten freizumachen. Im vergangenen Winter konnte ich zu den Leseabenden eines satirischen Schriftstellers gehen, des Dichters Scarron. Ein gräßlicher Mensch, verkrüppelt, böse, aber was für ein Geist, meine Liebe! Diese Abende sind mir eine kostbare Erinnerung. Leider ist

Scarron kürzlich gestorben. Da muß ich eben wieder mit der Mittelmäßigkeit vorliebnehmen."

„Im Augenblick flößt du mir kein Mitleid ein. Ich versichere dir, du wirkst ungemein vornehm."

„Natürlich hätte ein solches Kleid bei einer ‚richtigen' Staatsanwaltsgattin nicht die gleiche Wirkung. Man kann die Vornehmheit nicht kaufen. Man hat sie im Blut."

Während sie sich auswählend über die Schmuckkästchen beugten, gewannen sie den Stolz ihres Standes zurück. Sie vergaßen das düstere Zimmer, die geschmacklosen Möbel und die faden bergamaskischen Wandteppiche, die in der Normandie für die Kleinbürger gewebt wurden.

Im Morgengrauen des großen Tages brach der Herr Staatsanwalt zu Pferd nach Vincennes auf, wo die Vertreter des Staats sich zur Begrüßung des Königs versammeln mußten.

Die Kanonen antworteten donnernd den Kirchenglocken. Die Bürgerwehr in Galauniform, von Lanzen, Hellebarden und Musketen starrend, belegte die Straßen mit Beschlag, die die Ausrufer mit ohrenbetäubendem Geschrei erfüllten, während sie Heftchen verteilten, die das Festprogramm, die Beschreibung der Triumphbögen und der Route des königlichen Geleitzugs enthielten.

Gegen acht Uhr hielt die durch die Zeit längst ihres Goldglanzes beraubte Kutsche Mademoiselle Athénaïs de Rochechouarts vor dem Haus. Es war ein bildhübsches Mädchen mit frischen Farben: goldblondem Haar, rosigen Wangen, einer perlmutterglänzenden, durch ein Schönheitspflästerchen belebten Stirn. Das blaue Kleid paßte wundervoll zu ihren saphirfarbenen, lebhaften und klugen Augen.

Sie fand für Angélique kaum ein Wort des Dankes, obwohl sie außer dem Kleid einen sehr schönen Diamantenschmuck von ihr trug. Ihrer Überzeugung nach war es eine Ehre, Mademoiselle de Rochechouart dienen zu dürfen, und trotz der heiklen Situation ihrer Familie war sie der Ansicht, daß ihr alter Adel ein Vermögen aufwog. Ihre Schwester und ihr Bruder schienen die gleiche Einstellung zu haben. Allen dreien war übersprudelnde Vitalität, beißender Witz, seltene Begeisterungsfähigkeit und hemmungsloser Ehrgeiz eigen, so daß der Umgang mit ihnen eine ebenso amüsante wie beängstigende Angelegenheit war.

Es war ein lustiges Völkchen, das die knarrende, altersmüde Kutsche durch die verstopften Straßen führte.

Inmitten der immer dichter werdenden Volksmenge sah man Reiter und endlose Wagenkolonnen der Porte Saint-Antoine zustreben, wo der Festzug sich aufstellen sollte.

„Wir werden einen Umweg machen müssen, um die arme Françoise abzuholen", sagte Athénaïs. „Das wird nicht einfach sein."

„Gott behüte uns vor Madame Scarron, der Witwe des beinlosen Krüppels!" rief ihr Bruder aus.

Er saß neben Angélique und drückte sie ungeniert an sich, obwohl sie ihn mehrmals aufforderte abzurücken, weil er ihr den Atem benahm.

„Ich habe Françoise versprochen, sie mitzunehmen", erklärte Athénaïs. „Sie ist ein tapferes Mädchen und hat wenig Zerstreuung, seitdem ihr Krüppel von Mann tot ist. Ich glaube fast, sie vermißt ihn noch immer."

„Nun, so abstoßend er auch gewesen sein mag – jedenfalls hat er Geld ins Haus gebracht. Die Königin-Mutter hatte ihm eine Rente ausgesetzt."

„War er denn schon verkrüppelt, als sie ihn heiratete?" fragte Hortense. „Über dieses Paar habe ich mir immer Gedanken gemacht."

„Freilich war er ein Krüppel. Er nahm die Kleine zu sich, um Pflege zu haben. Da sie Waise war, willigte sie ein: sie war fünfzehn Jahre alt."

„Glaubt Ihr, daß sie eine richtige Ehe geführt haben?" fragte die junge Schwester.

„Wer kann das wissen? Scarron erklärte jedem, der es hören wollte, daß sein Leiden ihn impotent gemacht habe. Aber er war nichtsdestoweniger reichlich lasterhaft. Er hat ihr sicher allerlei beigebracht. Im übrigen kamen eine Menge Leute zu ihnen ins Haus, so daß sich vermutlich der eine oder andere junge Mann ihrer angenommen hat."

„Man muß anerkennen", sagte Hortense, „daß Madame Scarron hübsch ist und stets ein bescheidenes Wesen an den Tag gelegt hat. Sie ist nicht vom Rollstuhl ihres Mannes gewichen, hat ihm beim Aufrichten geholfen, ihm seinen Kräutertee gereicht. Auf diese Weise hat sie sich mancherlei Wissen und große Redegewandtheit angeeignet."

Die Witwe wartete schon auf dem Trottoir vor einem unscheinbaren Hause.

„Mein Gott, dieses Kleid!" flüsterte Athénaïs und fuhr sich mit der Hand an den Mund. „Ihr Rock ist ja ganz fadenscheinig."

„Warum habt ihr mir nichts gesagt?" fragte Angélique. „Ich hätte doch etwas für sie herausgeben können."

„Meiner Treu, ich habe nicht daran gedacht. Steigt doch ein, Françoise!"

Die junge Frau drückte sich in eine Ecke, nachdem sie die Gesellschaft anmutig nickend begrüßt hatte. Sie besaß schöne braune Augen, die sie häufig mit ihren langen Wimpern verschleierte. In Niort geboren, hatte sie in Amerika gelebt und war als Waise nach Frankreich zurückgekehrt.

Mit einiger Mühe gelangten sie schließlich in die nicht allzu verkehrsreiche Rue Saint-Antoine. Die Kutschen stauten sich in den benachbarten Gassen. Vor dem Palais Beauvais herrschte jedoch ein geschäftiges Treiben. Ein Baldachin aus dunkelrotem Samt mit goldenen Borten und Fransen zierte den Mittelbalkon. Teppiche verschönten die Fassade.

Von der Türschwelle aus dirigierte eine alte, einäugige, wie ein Reliquienschrein mit Juwelen geschmückte Dame mit beträchtlichem Stimmaufwand die Dekorateure.

„Was macht denn diese schreckliche Megäre da?" fragte Angélique, während die Gruppe auf das Palais zuschritt.

Hortense bedeutete ihr zu schweigen, aber Athénaïs prustete hinter ihrem Fächer.

„Es ist die Hausherrin, meine Liebe, Catherine de Beauvais. Sie war Kammerzofe bei Anna von Österreich, die ihr den Auftrag erteilte, unsern jungen König aufzuklären, als er fünfzehn wurde. Das ist das Geheimnis ihres Reichtums."

Angélique mußte lachen.

„Vermutlich hat ihre Erfahrung den fehlenden Charme ersetzt ..."

„Das Sprichwort sagt, daß es für Jünglinge und Mönche keine häßlichen Frauen gibt", versetzte der junge Rochechouart.

Ihre ironische Stimmung hinderte sie nicht, sich vor der ehemaligen Kammerzofe tief zu verbeugen, die ihnen aus ihrem einzigen Auge einen strengen Blick zuwarf.

„Aha, die Leutchen aus dem Poitou. Kinder, haltet mich nicht auf. Macht, daß Ihr hinaufkommt, bevor sich meine Dienstboten die guten Plätze weggeschnappt haben. Aber die da, wer ist das?" fragte sie und deutete mit dem gekrümmten Zeigefinger auf Angélique.

Mademoiselle de Rochechouart stellte vor: „Eine Freundin, die Gräfin Peyrac de Morens."

„Sieh einer an! Hähä!" kicherte die alte Dame spöttisch.

„Ich bin überzeugt, sie weiß etwas über dich", flüsterte Hortense auf der Treppe. „Es wäre naiv zu glauben, daß es nicht über kurz oder lang zum Skandal kommen wird. Ich hätte dich niemals mitnehmen dürfen. Am besten, du gehst sofort nach Hause."

„Schön, aber dann gib mir das Kleid zurück", sagte Angélique und griff nach dem Mieder ihrer Schwester.

„Laß das sein, dumme Gans!" zischte Hortense, indem sie sich losriß.

Kurz entschlossen hatte Athénaïs de Rochechouart das Fenster eines Mägdezimmers mit Beschlag belegt und ließ sich in Gesellschaft ihrer Freunde häuslich nieder.

„Man sieht wunderbar", rief sie aus. „Schaut, dort ist die Porte Saint-Antoine, durch die der König einziehen wird!"

Angélique beugte sich gleichfalls hinaus und fühlte, wie ihr das Blut aus dem Gesicht wich. Was sie da unter dem weiten Himmel erblickte, war nicht die endlose Avenue, in der sich die Menge aufstellte, war nicht die Porte Saint-Antoine mit ihrem Triumphbogen aus weißem Stein, sondern etwas weiter zur rechten die wuchtige Masse einer Festung, die sich wie ein düsterer Felsen aufreckte.

Halblaut fragte sie ihre Schwester, was für ein Kastell das sei.

„Die Bastille", flüsterte Hortense hinter ihrem Fächer zurück.

Angélique konnte den Blick nicht von dem düsteren Bilde lösen. Acht massive, von Wachttürmchen gekrönte Bastionen, blinde Fassaden, Mauern, Fallgatter, Zugbrücken, Gräben: eine Insel des Jammers, wie verloren im Meer einer gleichgültigen Stadt, eine abgeschlossene Welt, in welche nicht einmal an diesem Tage die Jubelrufe drangen: die Bastille!

Die Geduld der kleinen Gesellschaft wurde auf eine harte Probe gestellt. Endlich ließen die Rufe der Menge erkennen, daß der Festzug sich in Bewegung gesetzt hatte. Aus dem Dunkel der Porte Saint-Antoine tauchten die ersten Gruppen auf, aber erst gegen zwei Uhr nachmittags war es soweit, daß der König und die Königin nahten.

Weit aus dem Fenster gelehnt, ließen sich die jungen Frauen nicht die geringste Kleinigkeit des Schauspiels entgehen. Sie drängten sich eng zusammen, um Platz für alle zu schaffen. Angélique hatte ihre Arme um die Schultern Madame Scarrons und Athénaïs de Rochechouarts gelegt. Hortense, der junge Rochechouart und seine Schwester hatten an einem andern Dachfenster Platz gefunden.

Es war der Zug Seiner Eminenz Monseigneur Mazarins, der den lange erwarteten Höhepunkt der Ereignisse ankündigte.

Nie hatte man einen Kardinal-Minister solche Pracht entfalten sehen. Zweiundsiebzig Maultiere eröffneten einzeln hintereinandergehend das Geleit, über der Stirn im Rhythmus der Schritte schwankende weiße Federn, den Rücken mit goldbesticktem Samt bedeckt. Die Mundstücke, Beschläge und Maulkörbe bestanden aus massivem Silber.

In Seide gekleidete Pagen, Maultiertreiber und Pferdeknechte begleiteten die störrischen Tiere, denen zwölf lebhafte spanische Pferde folgten, deren vergoldete Steigbügel in der Sonne funkelten.

Rossewiehern, Hufgeklapper, Glöckchengeklingel, das Rauschen der prächtigen Gewänder vermischten sich mit dem Geräusch der heranrollenden elf Kutschen, die jeweils von sechs Pferden gezogen wurden.

Die mit wundervollen Goldschmiedearbeiten verzierte Karosse des Kardinals hielt vor dem Palais Beauvais, und man sah die Hausherrin sich in tiefem Knicks vor der roten Robe verneigen. Der Kardinal begab sich auf den Balkon zur Königin-Mutter und deren Schwägerin, der Exkönigin von England, Gattin des enthaupteten Königs Karls I., und nahm an ihrer Seite Platz. Indessen defilierte die Eskorte Seiner Eminenz vor den staunenden Augen der Menge: zuerst vierzig Diener zu Fuß, darauf die Edelleute und Offiziere; hundert Gardisten in schönen roten Kasacken mit goldenen und silbernen Aufschlägen beschlossen die herausfordernde Karawane.

Doch alle Welt applaudierte aus vollem Herzen. Mazarin hatte den

Pyrenäenfrieden unterzeichnet. Man liebte ihn nicht mehr als zur Zeit der „Mazarinaden", aber im Grunde war ihm jeder dankbar, daß er das französische Volk vor der Dummheit bewahrt hatte, seinen König zu verbannen, diesen König, den man jetzt in einem Paroxysmus der Bewunderung und Verehrung erwartete.

Musketiere in blauer Uniform, die leichte Reiterei, der Generalprofoß und seine Stellvertreter kündigten endlich den königlichen Trupp an. In ihm erkannte Angélique manche Gesichter. Sie zeigte ihren Gefährtinnen den Marquis d'Humières und den Herzog von Lauzun an der Spitze ihrer hundert Edelleute. Lauzun, schalkhaft wie immer, warf den Damen ungeniert Küsse zu. Die Menge antwortete mit gerührtem Gelächter.

Wie beliebt sie waren, diese so tapferen und glänzenden jungen Herren! Um ihrer kriegerischen und galanten Heldentaten willen sah man über ihre Verschwendungssucht, ihren Dünkel und ihre schamlosen Ausschweifungen in den Schenken hinweg.

Plötzlich wich Angélique ein wenig zurück und preßte die Lippen aufeinander: unten zog der Marquis de Vardes vor seinen hundert Schweizern dahin, das von der blonden Perücke umrahmte harte Gesicht herausfordernd erhoben.

Dann schwoll der Sturm des Jubels zu ohrenbetäubender Gewalt: der König nahte, er war da, schön und gewaltig wie das Tagesgestirn!

Wie groß er war, der König von Frankreich! Ein richtiger König endlich! Weder verächtlich wie Karl IX., wie Heinrich III., noch zu schlicht wie Heinrich IV., noch zu streng wie Ludwig XIII.

Ein leutseliger und majestätischer Monarch, dessen Joch man mit Vergnügen tragen würde, um dieses Pompes willen, den das glückselige kleine Volk mit seinem Schweiß bezahlt hatte, um seine Augen zu erfreuen. Ludwig, der von Gott Gegebene, das vierundzwanzig Jahre lang unter den Gebeten und Tränen des Volkes erwartete Kind, das Wunderkind, das nicht enttäuschte.

Auf einem braunroten Pferd ritt Ludwig XIV. langsam daher, in einigem Abstand eskortiert von seinem ersten Kammerherrn, seinem Oberstallmeister, seinem Schloßhauptmann.

Er hatte den Baldachin zurückgewiesen, den die Stadt für ihn hatte sticken lassen. Er wollte, daß das Volk ihn sah, in seinem silberdurchwirkten Gewand, das die vorteilhafte Linie seines kräftigen Oberkörpers betonte. Ein Hut, dessen Reiherfedern durch Brillantennadeln befestigt waren, schützte sein lächelndes Gesicht vor der Sonne.

Er grüßte winkend.

Vor dem Palais Beauvais angelangt, neigte er sich zu einer graziösen Verbeugung, die jeder der Adressaten auf seine Weise auslegte. Anna von Österreich erblickte in ihr die Zärtlichkeit des Sohnes, der ihr größtes Glück und ihre größte Sorge gewesen war; die bekümmerte Witwe des Königs von England den Ausdruck des Mitgefühls und der Bewunderung angesichts versunkener Größe und würdig getragenen Unglücks; der Kardinal die Dankbarkeit eines Schülers, dem er die Krone bewahrt hatte. Bewegt, gierig und mit einer Träne im einzigen Auge, gedachte Catherine de Beauvais des schönen, glühenden Jünglings, den sie einmal in ihren kundigen Armen gehalten hatte.

Der Monarch kam nicht auf den Gedanken, die kastanienbraunen Augen bis zu den Fenstern des Dachstocks zu erheben. Dort hätten sie drei auf ihn herabgebeugte Köpfe erblickt, einen blonden, einen braunen und einen goldkäferfarbenen, deren dank dem seltsamsten aller Zufälle vereinigte Besitzerinnen in seinem Leben eine Rolle spielen sollten: Athénaïs de Rochechouart, Angélique de Peyrac, Françoise Scarron, geborene d'Aubigné.

Unter ihrer Hand spürte Angélique die golden glänzende Haut Françoises erschauern.

„Wie schön er ist!" flüsterte die Witwe.

Ob der Anblick des göttergleichen Mannes, der sich unter brausenden Jubelrufen entfernte, in ihr den Gedanken an den lüsternen Krüppel auslöste, dessen Dienerin und Spielzeug sie acht lange Jahre gewesen war?

Athénaïs murmelte mit vor Begeisterung glänzenden Augen:

„Gewiß ist er schön in seinem silbernen Rock. Aber ich möchte annehmen, daß er auch ohne Rock nicht übel aussieht, und erst recht ohne Hemd. Die Königin kann froh sein, einen solchen Mann im Bett zu haben."

Angélique schwieg.

„Das ist ER", dachte sie, „er, der unser Schicksal in Händen hält. Gott sei uns gnädig, er ist zu groß, er ist zu erhaben!"

Jubelrufe der Menge lenkten ihren Blick wieder nach unten.

„Monsieur le Prince! Vive Monsieur le Prince!"

Hager, ausgemergelt, verächtlich dreinblickend, das Gesicht mit den feurigen Augen und der Adlernase hochmütig geradeaus gerichtet, zog der Fürst Condé wieder in Paris ein. Er kam aus Flandern, wohin ihn seine Erhebung gegen die königliche Autorität geführt hatte. Er empfand weder Skrupel noch Reue, und das Volk von Paris seinerseits trug ihm nichts nach. Man vergaß den Verräter, man jubelte dem Sieger von Rocroi und Lens zu.

Neben ihm ritt Monsieur, der Bruder des Königs, in eine Wolke von Spitzen gehüllt und mehr denn je einem verkleideten Mädchen gleichend.

Schließlich erschien die junge Königin in einem von sechs Pferden gezogenen Wagen, deren Schabracken mit goldenen Lilien und Edelsteinen besetzt waren.

Die scharfzüngigen Neuigkeitskrämer des Pont-Neuf hatten das Gerücht verbreitet, die neue Königin sei linkisch, häßlich und dumm. Um so erfreuter war man, nun feststellen zu können, daß sie, wenn auch nicht ausgesprochen hübsch, so doch mit ihrem Perlmutterteint, ihren großen blauen Augen, ihrem feinen, blaßgoldnen Haar jedenfalls recht reizvoll war. Man bewunderte ihre Haltung, ihre wahrhaft königliche Würde, die Ausdauer, mit der diese zarte junge Frau die Last ihres mit Diamanten, Perlen und Rubinen besetzten Goldbrokatkleides trug. Nachdem sie vorübergezogen war, wurden die Absperrungen aufgehoben. Man hatte bis zur Erschöpfung bestaunt und bewundert.

Im Palais Beauvais aber ließen sich die fürstlichen Gäste an einer Tafel nieder, auf der zur Stillung von Hunger und Durst alles aufs prächtigste vorbereitet war.

Die Hausherrin stand am Fuße der Treppe und schien nach jemandem zu spähen. Als die kleine Gruppe der Poitou-Leute, der Angélique angehörte, herunterkam, rief sie ihnen mit ihrer rauhen Stimme zu:

„Nun, habt ihr alles bequem beaugenscheinigen können?"

Sie bejahten leidenschaftlich mit vor Erregung geröteten Wangen und bedankten sich.

„Gut so. Geht dort hinein und eßt ein Stück Kuchen."

Sie faltete ihren großen Fächer und schlug damit Angélique leicht auf die Schulter.

„Ihr, meine Schöne, kommt einmal mit mir."

Verwundert folgte die junge Frau Madame de Beauvais durch die von Gästen erfüllten Säle. Schließlich langten sie in einem kleinen, verlassenen Boudoir an.

„Hu!" machte die alte Dame, während sie sich fächelte. „Es ist nicht einfach, sich abzusondern."

Aufmerksam musterte sie Angélique. Das über die leere Augenhöhle halb herabhängende Lid gab ihrer Physiognomie einen tückischen Ausdruck, den die Spuren roter Schminke, die sich in den Runzeln verkrustet hatte, und das Lächeln des zahnlosen Mundes noch verstärkten.

„Ich glaube, es wird gehen", äußerte sie als Ergebnis ihrer Prüfung. „Meine Schöne, was würdet Ihr zu einem großen Schloß in der Umgebung von Paris sagen, mit einem Haushofmeister, Dienern, Lakaien, Zofen, sechs Kutschen, Pferden und hunderttausend Livres Rente?"

„Mir bietet man das alles an?" fragte Angélique lachend.

„Euch."

„Und wer, wenn ich fragen darf?"

„Jemand, der es gut mit Euch meint."

„Es scheint so. Wer ist es?"

Die andere kam näher und sagte in vertraulichem Ton:

„Ein reicher Edelmann, der sich in Eure schönen Augen verliebt hat."

„Hört zu, Madame", sagte Angélique, die sich alle Mühe gab, ernst zu bleiben, um die gute Dame nicht zu verletzen, „ich bin diesem Herrn sehr dankbar, wer er auch sein mag, aber ich fürchte, man versucht meine Naivität zu mißbrauchen, indem man mir solche fürstlichen Angebote macht. Dieser Herr kennt mich sehr schlecht, wenn er meint, daß allein die Schilderung solchen Glanzes mich bestimmen könnte, ihm anzugehören."

„Lebt Ihr denn in Paris in so bequemen Verhältnissen, daß Ihr es Euch erlauben könnt, die Stolze zu spielen? Ich habe mir sagen lassen, daß Euer Besitz versiegelt sei und Ihr Eure Equipagen verkauft."

Ihr böses Elsternauge wich nicht von dem Gesicht der jungen Frau.

„Ich sehe, daß Ihr gut informiert seid, Madame. Ich habe jedoch noch nicht die Absicht, meinen Körper zu verkaufen."

„Wer redet denn davon, kleine Törin?" stieß Madame de Beauvais zwischen ihren schadhaften Zähnen hervor.

„Ich glaubte zu verstehen..."

„Pah! Ihr nehmt einen Liebhaber oder Ihr laßt es bleiben. Ihr könnt meinetwegen als Nonne leben, wenn Euch das Spaß macht. Alles, was man von Euch verlangt, ist, daß Ihr auf dieses Angebot eingeht."

„Aber... was soll die Gegenleistung sein?" erkundigte sich Angélique verblüfft.

„Das ist doch ganz einfach", erklärte sie in gütig-großmütterlichem Ton. ,Ihr laßt Euch in jenem wunderbaren Schloß nieder. Ihr geht zum Hof. Ihr geht nach Saint-Germain, nach Fontainebleau. Nicht wahr, das wird Euch sicher Freude machen, an den Festen des Hofs teilzunehmen, umschwärmt, verwöhnt, verehrt zu werden? Natürlich, wenn Ihr großen Wert darauf legt, könnt Ihr Euch weiterhin Madame de Peyrac nennen... Aber vielleicht zieht ihr es vor, den Namen zu wechseln. Beispielsweise in Madame de Sancé. Das klingt sehr hübsch. Es wird heißen: ‚Oh, da geht die schöne Madame de Sancé vorbei!'... Na? Na? Ist das nicht nett?"

Angélique wurde ungeduldig.

„Ja, aber... Ihr glaubt doch nicht etwa, daß ich so dumm bin, mir einzubilden, ein Edelmann würde mich mit Reichtümern überschütten, ohne eine Gegenleistung zu fordern?"

„Tja, gleichwohl trifft das beinahe zu. Alles, was man von Euch verlangt, ist, daß Ihr nur noch an Eure Toiletten, Euren Schmuck, Eure Vergnügungen denkt. Ist denn das so schwer für ein hübsches Mädchen? Ihr versteht doch?" sagte sie mit einigem Nachdruck und schüttelte Angélique dabei ein wenig. „Ihr versteht mich doch?"

Angélique starrte auf das Gesicht, das dem einer bösen Fee glich und an dessen haarigem Kinn weißer Puder haftete.

„Ihr versteht mich! An nichts mehr denken! Vergessen...!"

„Ich soll Joffrey vergessen", sagte sich Angélique. „Ich soll vergessen, daß ich seine Frau bin, soll die Erinnerung an ihn auslöschen, jegliche Erinnerung in mir auslöschen. Ich soll schweigen, vergessen..."

Die Vision des Giftkästchens tauchte vor ihr auf. Hier lag, das wußte sie jetzt genau, der Ursprung des Dramas. Wer konnte an ihrem Schweigen interessiert sein? An höchster Stelle stehende Persönlichkeiten: Fouquet,

Fürst Condé, all jene Adligen, deren sorgfältig ausgeklügelte Verräterei seit Jahren in dem Kästchen aus Sandelholz beschlossen lag.

Angélique schüttelte gelassen den Kopf.

„Ich bedaure unendlich, Madame, aber ich bin offenbar schwer von Begriff, denn ich verstehe kein einziges Wort von alldem, was Ihr mir da auseinandergesetzt habt."

„Nun, Ihr werdet es Euch überlegen, Teuerste, Ihr werdet es Euch überlegen. Aber nicht gar zu lange. Ein paar Tage, nicht wahr? Sagt doch selbst, mein Kind, ist es genau besehen nicht immer noch besser . . ."

Sie näherte sich Angéliques Ohr und flüsterte:

„. . . als das Leben zu verlieren?"

Neunundzwanzigstes Kapitel

„Könnt Ihr Euch denken, Monsieur Desgray, mit welcher Absicht ein anonymer Edelmann mir ein Schloß und hunderttausend Livres Rente anbietet?"

„Meiner Treu", sagte der Advokat, „ich vermute, es geschieht mit der gleichen Absicht, die ich ins Auge fassen würde, wenn ich Euch hunderttausend Livres Rente anbieten könnte."

Angélique starrte ihn verständnislos an, dann errötete sie ein wenig unter dem kühnen Blick des jungen Mannes. Sie war noch nie darauf verfallen, ihren Advokaten von diesem speziellen Blickwinkel aus zu betrachten. In leiser Unruhe stellte sie fest, daß seine abgetragene Kleidung einen kräftigen, wohlproportionierten Körper verhüllen mußte. Mit seiner großen Nase und seinen unregelmäßigen Zähnen war er nicht hübsch, aber er hatte eine ausdrucksvolle Physiognomie. Maître Fallot behauptete, abgesehen von Talent und Bildung fehlten ihm alle Voraussetzungen für einen ehrenwerten Beamten. Er pflege keinen Umgang mit seinen Kollegen und treibe sich noch immer wie in seiner Studentenzeit in den verrufensten Kneipen herum. Das war auch der Grund, weshalb man ihm gewisse Fälle anvertraute, die Nachforschungen an Stätten erforderlich machten, wohin sich jene Herren aus der Rue Saint-Landry aus Angst um ihr Seelenheil nicht trauten.

„Nun, es ist absolut nicht so, wie Ihr denkt", sagte Angélique. „Ich will die Frage anders stellen: Weshalb hat man zweimal versucht, mich zu ermorden, was eine viel zuverlässigere Art ist, mich zum Schweigen zu bringen?"

Das Gesicht des Advokaten verfinsterte sich jäh.

„Aha, hab' ich mir's doch gedacht!" sagte er.

Er gab die ungezwungene Haltung auf, in der er auf dem Tischrand in

Maître Fallots kleinem Büro gehockt hatte, und ließ sich mit ernster Miene Angélique gegenüber nieder.

„Madame", fuhr er fort, „ich flöße Euch als Rechtsberater vielleicht nicht allzu viel Vertrauen ein. Trotzdem dürfte, wie die Dinge nun einmal liegen, Euer Herr Schwager keine schlechte Wahl getroffen haben, indem er Euch an mich verwies, denn die Angelegenheit Eures Gatten erfordert eher die Fähigkeiten eines Privatdetektivs, der ich zwangsläufig geworden bin, als die Kenntnis der Paragraphen und der Prozeßordnung. Ich kann dieses Imbroglio aber nur entwirren, wenn Ihr mich über all seine einzelnen Elemente aufklärt. Zunächst eine Frage, die mir ganz besonders wichtig erscheint . . ."

Er stand auf, schaute hinter die Tür, hob einen Vorhang hoch, der einen Aktenschrank verbarg, kehrte zu der jungen Frau zurück und fragte mit gedämpfter Stimme:

„Von welchem Geheimnis wißt Ihr, Ihr und Euer Gatte, das imstande ist, einer der höchsten Persönlichkeiten des Königreichs Furcht einzujagen? Ich will sie nennen: Fouquet."

Angélique erbleichte bis in die Lippen. Sie starrte den Advokaten entgeistert an.

„Ich habe mich also nicht getäuscht, wie ich sehe", fuhr Desgray fort. „Ich erwarte täglich den Bericht eines Spitzels, den ich in Mazarins Umgebung eingeschmuggelt habe. Inzwischen hat mich ein anderer auf die Spur eines Bedienten namens Clément Tonnel gesetzt, der früher einmal im Dienste des Fürsten Condé stand . . ."

„Er war auch Haushofmeister bei uns in Toulouse."

„Richtig. Dieser Bursche steht außerdem in enger Verbindung mit Fouquet. Tatsächlich arbeitet er ausschließlich für ihn, während er von Zeit zu Zeit beträchtliche Zuwendungen von seinem ehemaligen Herrn, dem Fürsten, bezieht, die er sich vermutlich durch Erpressung ergaunert. Nun eine andere Frage: Durch welche Mittelsperson hat man Euch jenen Vorschlag gemacht, Euch in solch fürstliche Verhältnisse zu begeben?"

„Durch Madame de Beauvais."

„Aha! Diesmal ist die Sache klar. Dahinter steckt Fouquet. Er zahlt dieser alten Megäre riesige Summen, um alle Hofgeheimnisse zu erfahren. Früher stand sie im Sold Mazarins, der sich jedoch weniger großzügig zeigte als der Oberintendant. Ich füge hinzu, daß ich einer weiteren hohen Persönlichkeit auf die Spur gekommen bin, die Eures Gatten Untergang und auch den Eurigen beschlossen hat."

„Und das wäre?"

„Monsieur, der Bruder des Königs."

Angélique stieß einen Schrei aus. „Ihr seid verrückt!"

Der junge Mann verzog sein Gesicht zu einer hämischen Grimasse:

„Glaubt Ihr, ich habe Euch um Eure fünfzehnhundert Livres geprellt? Ich mag Euch als Hanswurst erscheinen, Madame, aber wenn die Auskünfte, die ich einhole, viel Geld kosten, so deshalb, weil sie immer stimmen. Der Bruder des Königs ist es, der Euch im Louvre eine Falle stellte und versuchte, Euch ermorden zu lassen. Ich weiß es von dem Burschen selbst, der Eure Dienerin Margot erdolchte, und es hat mich nicht weniger als zehn Pinten Wein im ‚Roten Hahn' gekostet, um ihm dieses Geständnis zu entreißen."

Angélique legte die Hand an die Stirn. In abgerissenen Sätzen berichtete sie Desgray den seltsamen Zwischenfall, dessen Zeuge sie einige Jahre zuvor im Schloß Plessis-Bellière gewesen war.

„Wißt Ihr, was aus Eurem Verwandten, dem Marquis du Plessis, geworden ist?"

„Nein. Vielleicht ist er in Paris oder bei der Armee."

„Die Fronde liegt weit zurück", murmelte der Advokat nachdenklich, „aber es bedarf nur eines Funkens, um die noch rauchende Strohfackel wieder aufflammen zu lassen. Zweifellos gibt es viele Leute, die davor bangen, daß ein solches Zeugnis ihres Verrats ans Tageslicht kommt."

Mit einer einzigen Bewegung schob er die auf dem Tisch aufgehäuften Schriftstücke und Gänsekiele beiseite.

„Fassen wir kurz zusammen. Da haben wir also Euch, Mademoiselle Angélique de Sancé, ein kleines Mädchen, das man jedoch verdächtigt, im Besitz eines furchtbaren Geheimnisses zu sein. Der Fürst beauftragt seinen Diener Clément, Euch zu bespitzeln. Lange Jahre hindurch hat dieser ein Auge auf Euch. Endlich wird ihm zur Gewißheit, was bis dahin nur ein Verdacht war: Ihr seid es, die das Kästchen hatte verschwinden lassen, Ihr allein samt Eurem Gatten wißt um das Geheimnis seiner Aufbewahrung. Diesmal sucht unser Diener Fouquet auf und läßt sich seine Auskunft mit Gold bezahlen. Von diesem Augenblick an ist Euer Untergang beschlossene Sache. Alle diejenigen, die auf Kosten des Oberintendanten leben, alle diejenigen, die fürchten, ihre Pension und die Gunst des Hofs zu verlieren, verbünden sich insgeheim gegen den toulousanischen Edelmann, der eines schönen Tages vor dem König erscheinen und sagen könnte: ‚Hört an, was ich weiß!' Wären wir in Italien, hätte man zu Dolch oder Gift gegriffen. Aber man weiß, daß Graf Peyrac gegen Gift gefeit ist, und im übrigen gibt man in Frankreich den Dingen gern einen legalen Anstrich. So kommt also die von Monsieur de Fontenac eingefädelte Kabale höchst gelegen. Man wird den kompromittierenden Mann als Hexenmeister verhaften. Der König ist für die Sache gewonnen. Man schürt seine Eifersucht auf den allzu reichen Edelmann. Und siehe da, die Tore der Bastille schließen sich hinter dem Grafen Peyrac! Alle Welt kann aufatmen."

„Nein", sagte Angélique heftig. „Ich werde sie nicht aufatmen lassen. Ich werde Himmel und Hölle in Bewegung setzen, bis uns Gerechtigkeit widerfährt. Ich gehe selbst zum König und sage ihm, *warum* wir so viele Feinde haben."

„Pst!" machte Desgray. „Laßt Euch nicht fortreißen. Ihr tragt eine Pulverladung in Euren Händen, aber gebt acht, daß Ihr nicht als erste von ihr in Stücke gerissen werdet. Wer garantiert Euch, daß der König oder Mazarin über diese Geschichte nicht bereits im Bilde ist?"

„Aber sie sollten doch die Opfer des damaligen Komplotts sein: Man wollte den Kardinal und, wenn möglich, auch den König und seinen Bruder ermorden."

„Ich verstehe, meine Schöne, ich verstehe sehr wohl", sagte der Advokat. „Ich erkenne die Logik Eurer Argumentation durchaus an, Madame. Aber seht, die Intrigen der Großen gleichen einem Rattenkönig. Man riskiert das Leben, wenn man ihre Gefühle entwirren will. Es ist sehr wohl möglich, daß Monsieur de Mazarin durch einen seiner Spitzel in Kenntnis gesetzt worden ist. Aber was kümmert Mazarin eine Vergangenheit, aus der er als unbestrittener Sieger hervorging? Der Kardinal war im Begriff, mit den Spaniern die Rückkehr des Fürsten Condé auszuhandeln. War das der Moment, dem düsteren Bild, das man eben mit dem Schwamm aufhellen wollte, ein weiteres Verbrechen hinzuzufügen? Er stellte sich taub. Man will diesen Edelmann aus Toulouse verhaften – nun gut, soll man ihn verhaften. Ein vorzüglicher Gedanke. Der König tut immer, was der Kardinal sagt, und im übrigen hat der Reichtum Eures Gatten seinen Neid erregt. Es wird ein Kinderspiel sein, ihn den Verhaftbefehl für die Bastille unterschreiben zu lassen."

„Aber der Bruder des Königs?"

„Der Bruder des Königs? Nun, auch den kümmert es kaum mehr, daß Fouquet ihn hatte umbringen lassen wollen, als er noch klein war. Nur das Heute interessiert ihn, und heute ist es Fouquet, der ihn erhält. Fouquet überschüttet ihn mit Gold, verschafft ihm Günstlinge. Der kleine Monsieur ist weder von seiner Mutter noch von seinem Bruder verwöhnt worden: er zittert davor, daß man seinen Beschützer kompromittieren könnte. – Kurz und gut, diese Geschichte wäre bestens verlaufen, wenn Ihr nicht auf der Bildfläche erschienen wäret. Man hoffte, Ihr würdet, des Beistands Eures Gatten beraubt, geräuschlos verschwinden . . . irgendwohin. Man will es gar nicht wissen. Das Schicksal der Ehefrauen bleibt immer unbekannt, wenn ein Edelmann in Ungnade fällt. Sie sind so taktvoll, sich in Rauch aufzulösen. Vielleicht gehen sie ins Kloster. Vielleicht wechseln sie den Namen. Nur Ihr paßt Euch dem herrschenden Gesetz nicht an. Ihr verlangt Gerechtigkeit! Das ist höchst vermessen – hab' ich nicht recht? Zweimal versucht man, Euch umzubringen. Als es mißlingt, spielt Fouquet den Versucher . . ."

Angélique stieß einen tiefen Seufzer aus.

„Es ist grauenhaft", murmelte sie. „Wohin man auch schaut, man sieht nur Feinde, haßerfüllte, neidische, verächtliche, drohende Blicke . . ."

„Seid vernünftig, Madame, noch ist es Zeit", sagte Desgray. „Fouquet bietet Euch die Möglichkeit, Euch auf anständige Weise aus der Affäre zu ziehen. Zwar gibt man Euch nicht das Vermögen Eures Gatten zurück, aber man verhilft Euch zu einem sorgenlosen Leben. Was wollt Ihr mehr?"

„Ich will meinen Mann!" schrie Angélique und sprang wütend auf.

Der Advokat musterte sie mit einem ironischen Blick.

„Ihr seid wirklich eine wunderliche Frau."

„Und Ihr seid ein elender Feigling. In Wahrheit zittert Ihr um Euer Leben wie alle andern."

„Freilich, in den Augen jener hohen Persönlichkeiten ist das Leben eines kümmerlichen Kanzlisten keinen Deut wert."

„Schön, dann behütet es doch, Euer armseliges Leben! Behütet es für die Krämer, die sich von ihren Lehrlingen bestehlen lassen, und für die neidischen Erben. Ich brauche Euch nicht."

Der Advokat erhob sich wortlos und entfaltete umständlich ein Blatt Papier.

„Hier ist die Aufstellung meiner Auslagen. Ihr werdet daraus ersehen, daß ich nichts für mich selbst einbehalten habe."

„Ob Ihr ehrlich seid oder ein Gauner, ist mir gleichgültig."

„Einen Ratschlag noch."

„Ich bedarf Eurer Ratschläge nicht mehr. Ich werde mich von meinem Schwager beraten lassen."

„Euer Schwager hat keineswegs die Absicht, in dieser Angelegenheit Partei zu ergreifen. Er hat Euch aufgenommen und an mich verwiesen, weil er, wenn die Dinge günstig verlaufen, Ruhm zu ernten hofft, andernfalls seine Hände in Unschuld waschen wird und sich in jedem Fall hinter seiner Verpflichtung dem König gegenüber verschanzen kann. Und deshalb sage ich Euch abermals: Versucht, bis zum König vorzudringen."

Er verneigte sich ehrerbietig, setzte seinen abgetragenen Hut auf und wandte sich in der Tür noch einmal um.

„Wenn Ihr mich braucht, könnt Ihr mich in den ‚Drei Mohren' rufen lassen, wo ich mich jeden Abend aufhalte."

Als er gegangen war, verspürte Angélique plötzlich das Bedürfnis zu weinen. Nun fühlte sie sich völlig allein. Es war ihr, als laste ein Gewitterhimmel über ihr, ein bedrohliches Wolkengebilde, das sich aus allen Richtungen zusammengezogen hatte: der Ehrgeiz des Erzbischofs von Toulouse, die Angst Fouquets und Condés, die Charakterlosigkeit des Kardinals und in ihrer nächsten Umgebung die mißtrauische Wachsamkeit ihres Schwagers und ihrer Schwester, die bereit waren, sie beim ersten beunruhigenden Anzeichen aus dem Hause zu jagen ...

Im Vestibül begegnete sie Hortense, die eine weiße Schürze um ihre magere Taille gebunden hatte. Das Haus duftete nach Himbeeren und Apfelsinen. Im September pflegen die guten Hausfrauen ihre Marmelade zu bereiten. Es war ein gewichtiges Unternehmen, das da zwischen großen

Kupferkesseln, zerstoßenen Zuckerhüten und Barbes Tränen abrollte. Der Haushalt stand drei Tage lang auf dem Kopf.

Hortense trug einen der kostbaren Zuckerhüte in den Händen und stieß gegen Florimond, der, seine silberne Rassel schwingend, eben aus der Küche schoß. Das genügte, um das Gewitter losbrechen zu lassen.

„Man ist nicht nur eingeengt und kompromittiert", kreischte sie, „nein, ich kann nicht einmal meinen Pflichten nachgehen, ohne daß man mich stößt und taub macht. Der Kopf zerspringt mir schier vor Migräne. Und während ich mich abschufte, empfängt Madame ihren Advokaten und treibt sich unter dem Vorwand, einen gräßlichen Gatten befreien zu wollen, nach dessen Vermögen sie giert, auf den Straßen herum."

„Schrei nicht so", sagte Angélique. „Ich helfe dir gerne beim Einmachen. Ich kenne sehr gute Rezepte aus dem Süden."

Hortense, den Zuckerhut in der Hand, richtete sich auf, als umwoge sie das Faltengewand der antiken Tragödin.

„Niemals", erklärte sie empört, „niemals werde ich zulassen, daß du die Nahrung berührst, die ich für meinen Gatten und meine Kinder zubereite. Ich vergesse nicht, daß du einen Gehilfen des Teufels zum Manne hast, einen Hexenmeister und Giftmischer. Es wäre durchaus möglich, daß seine Seele in dich gefahren ist. Gaston hat sich verändert, seitdem du hier bist."

„Dein Mann? Ich schaue ihn ja überhaupt nicht an."

„Aber er schaut dich an . . . viel häufiger, als es sich geziemt. Du solltest dir bewußt sein, daß dein Aufenthalt hier sich ungebührlich in die Länge zieht. Du hattest von einer einzigen Nacht gesprochen . . ."

„Ich versichere dir, daß ich mir alle erdenkliche Mühe gebe, die Situation zu klären."

„Du wirst dadurch nur auffallen, und man wird dich gleichfalls verhaften."

„In meiner augenblicklichen Lage frage ich mich tatsächlich, ob ich im Gefängnis nicht besser aufgehoben wäre. Jedenfalls würde ich dort umsonst und ohne Scherereien wohnen."

„Du weißt nicht, was du redest, meine Liebe", sagte Hortense, höhnisch lachend. „Man muß zehn Sols pro Tag bezahlen, und zweifellos wird man sie von mir als deiner einzigen Anverwandten fordern."

„Das ist nicht übermäßig viel. Weniger als das, was ich dir gebe. Ohne die Kleider und Schmuckstücke zu rechnen, die ich dir überlassen habe."

„Mit zwei Kindern wird es dreißig Sols täglich ausmachen . . ."

Angélique stieß einen Seufzer des Überdrusses aus.

„Komm, Florimond", sagte sie zu dem Kleinen. „Du siehst ja, daß du Tante Hortense im Wege bist. Ihre Marmeladendämpfe steigen ihr in den Kopf, und sie redet irre."

Das Kind lief davon und schüttelte von neuem seine hübsche, schimmernde Klapper. Das brachte Hortense zur Weißglut.

„Allein schon diese Klapper", schrie sie. „Nie haben meine Kinder dergleichen besessen. Du beklagst dich, kein Geld mehr zu haben, und kaufst ein so teures Spielzeug für deinen Sohn!"

„Er hat es sich so sehr gewünscht. Und außerdem ist es gar nicht teuer. Das Kind des Seifenhändlers an der Ecke hat ein ähnliches."

„Es ist eine bekannte Tatsache, daß die einfachen Leute nicht sparsam zu leben verstehen. Sie verwöhnen ihre Kinder und erziehen sie nicht, wie es sich gehört. Denk daran, daß du in der Armut lebst, bevor du überflüssige Dinge kaufst, und daß ich durchaus nicht gesonnen bin, dich zu erhalten."

„Das verlange ich auch gar nicht von dir", erwiderte Angélique scharf. „Sobald Andijos zurück ist, werde ich in die Herberge ziehen."

Hortense zuckte mit einem mitleidigen Lächeln die Schultern.

„Du bist wirklich noch dümmer, als ich dachte. Du kennst das Gesetz und die Taktik der Gerichtsbehörden nicht. Er wird dir nichts mitbringen, dein Marquis d'Andijos."

Hortenses trübe Prophezeiung erwies sich als nur zu richtig. Als endlich der Marquis d'Andijos in Begleitung des getreuen Kouassi-Ba erschien, mußte sie hören, daß der gesamte Besitz des Grafen in Toulouse versiegelt worden war. Es war dem Marquis lediglich geglückt, tausend Livres mitzubringen, die er leihweise und unter dem Siegel der Verschwiegenheit von zwei begüterten Pachtbauern bekommen hatte.

Der größte Teil von Angéliques Schmuck, das Service aus Gold und Silber und fast alle wertvollen Gegenstände, die das Palais enthielt, waren einschließlich der Gold- und Silberbarren beschlagnahmt und in die Statthalterei von Toulouse, teilweise auch nach Montpellier gebracht worden.

Andijos benahm sich seltsam gezwungen. Er hatte seine gewohnte Redseligkeit und Umgänglichkeit verloren und warf scheue Blicke auf seine Umgebung. Er erzählte noch, Toulouse sei auf die Verhaftung des Grafen Peyrac hin in große Erregung geraten, und da sich das Gerücht verbreitete, daß der Erzbischof dafür verantwortlich sei, hatten vor dem Bischofspalast Demonstrationen stattgefunden. Ratsherren hatten Andijos aufgesucht und ihn aufgefordert, sich an ihrer Spitze gegen die königliche Autorität zu empören.

Dem Marquis war es nur unter größten Schwierigkeiten gelungen, die Stadt zu verlassen und nach Paris zurückzukehren.

„Und was gedenkt Ihr jetzt zu tun?"

„Eine Weile in Paris zu bleiben. Meine Geldmittel sind leider wie die Eurigen sehr begrenzt. Ich habe einen alten Bauernhof und ein kleines Häuschen verkauft. Vielleicht kann ich bei Hof ein Amt bekommen..."

Auch seine sonst so sprudelnde Redeweise hatte ihre übermütigen Akzente eingebüßt. Der ganze Mann wirkte wie eine Fahne auf Halbmast.

„O diese Leute aus dem Süden", dachte Angélique. „Großer Mund, viel Gelächter, und wenn ein Unglück kommt, erlischt das Feuerwerk."
„Ich möchte Euch nicht kompromittieren", sagte sie mit fester Stimme. „Ich danke Euch für all Eure Dienste, Monsieur d'Andijos, und wünsche Euch viel Glück bei Hofe."
Er küßte ihr wortlos die Hand und machte sich verlegen davon.
Angélique starrte auf die bunt bemalte Haustür. Wie viele Dienstboten hatten sie bereits durch diese Tür verlassen, gesenkten Blicks, aber erleichtert, der in Ungnade gefallenen Herrschaft entronnen zu sein.
Kouassi-Ba kauerte zu ihren Füßen. Sie streichelte den mächtigen, krausen Kopf, und der Riese lächelte kindlich.

In der folgenden Nacht beschloß Angélique, das Haus ihrer Schwester zu verlassen, dessen Atmosphäre allmählich unerträglich geworden war. Die kleine bearnische Magd und Kouassi-Ba wollte sie mitnehmen. Man würde schon irgendeine bescheidene Herberge finden. Es blieben ihr noch ein paar Schmuckstücke und das Kleid aus golddurchwirktem Stoff. Was würde sie dafür bekommen?
Das Kindchen, das sie erwartete, hatte sich in ihr zu regen begonnen, aber sie dachte kaum daran, und es bewegte sie nicht im gleichen Maße wie damals bei Florimond. Nachdem die erste freudige Aufwallung vorüber war, wurde sie sich klar, daß die Ankunft eines zweiten Kindes in einem solchen Augenblick geradezu einer Katastrophe gleichkam. Aber man durfte nicht zu weit in die Zukunft schauen und mußte all seinen Lebensmut zusammenhalten.
Der nächste Morgen brachte einen Hoffnungsschimmer in Gestalt eines Pagen aus dem Haushalt Mademoiselle de Montpensiers, der in seiner gemsfarbenen Livree mit goldenen und schwarzen Samtbesätzen gar prächtig anzuschauen war. Selbst Hortense war beeindruckt.
Die Grande Mademoiselle forderte Angélique auf, sie am Nachmittag im Louvre zu besuchen. Der Page betonte ausdrücklich, daß Mademoiselle nicht mehr in den Tuilerien, sondern schon im Louvre wohne.
Zitternd vor Ungeduld, überschritt Angélique zur genannten Stunde den Pont Notre-Dame, zur größten Enttäuschung von Kouassi-Ba, der nach dem Pont-Neuf schielte. Doch Angélique wollte sich nicht von den Händlern und Bettlern belästigen lassen.
Sie hatte sich ursprünglich überlegt, ob sie Hortense um die fahrbare Sänfte bitten sollte, um ihr letztes halbwegs luxuriöses Kleid zu schonen. Angesichts der verkniffenen Miene ihrer Schwester hatte sie dann aber davon Abstand genommen.
Schließlich langte sie vor dem massigen Palaste an, dessen mit hohen Kaminen bespickte Dächer und Kuppeln in den grau verhangenen Himmel ragten, und erreichte über den Innenhof und ausladende Marmortreppen

den Flügel, den man ihr als derzeitige Wohnung Mademoiselles bezeichnet hatte. Sie erschauerte leise, als sie sich in den langen Gängen wiederfand, die trotz ihrer vergoldeten Kassettendecken, ihrer blumenverzierten Täfelungen und kostbaren Wandteppiche düster wirkten. Blut- und grauenerfüllte Geschichte wurde bei jedem Schritt in diesem alten Königsschloß lebendig, in dem gleichwohl der Hof eines sehr jungen Königs ein wenig Fröhlichkeit zu wecken suchte.

Monsieur de Préfontaines, der sie bei Mademoiselle de Montpensier empfing, machte sich unbewußt zum Echo von Angéliques düsteren Gedanken. Da Mademoiselle bei ihrem Maler in der Großen Galerie war, geleitete er die junge Frau dorthin.

Zerknirscht schritt er an ihrer Seite einher. Er war ein Mann in mittlerem Alter, verständig und klug, dessen Ratschlägen die Grande Mademoiselle so viel Wert beimaß, daß die Königin-Mutter, um sie zu ärgern, bereits zweimal die Verbannung des armen Mannes verlangt hatte.

Obwohl ihr nicht danach zumute war, bemühte sich Angélique, ihn zu unterhalten, und erkundigte sich nach den Plänen Mademoiselles. Ob sich denn die Prinzessin nicht bald im Luxembourg-Palais niederlassen werde, wie es vorgesehen sei?

Monsieur de Préfontaines seufzte. Mademoiselle habe sich's in den Kopf gesetzt, ihre Wohnung im Luxembourg-Palais neu richten zu lassen, obwohl sie doch sehr schön und fast neu sei. In der Zwischenzeit habe sie sich im Louvre einquartiert, da sie das Zusammenwohnen mit Monsieur, dem Bruder des Königs, in den Tuilerien nicht ertrage. Andererseits hoffe Mademoiselle immer noch, in die Tuilerien zurückkehren zu können, da ja viel von der ehelichen Verbindung zwischen Monsieur und der jungen Henriette von England und von der Übersiedlung des jungen Paars in das Palais Royal geredet werde.

„Ich für meine Person, Madame", schloß Monsieur de Préfontaines, „bin der Ansicht: ob Luxembourg oder Tuilerien, alles andere ist besser, als im Louvre zu wohnen."

Sie waren im dunklen und feuchten Tunnel der unteren Galerie angelangt, im Erdgeschoß der Großen Galerie. Seit den Zeiten Heinrichs IV. waren hier Künstlern und Handwerkern Räume vorbehalten. Bildhauer, Maler, Uhrmacher, Edelsteingraveure, Waffenschmiede, die geschicktesten Vergolder, Damaszierer, Instrumentenmacher, Tapezierer, Buchdrucker wohnten hier mit ihren Familien auf Kosten des Königs. Hinter den Türen aus massivem, lackiertem Holz hörte man das Klopfen der Hämmer, das Klappern der Webstühle, den dumpfen Stoß der Druckerpressen.

Der Maler, von dem Mademoiselle de Montpensier sich porträtieren ließ, war ein blondbärtiger, hochgewachsener Holländer, mit frischen, blauen Augen in einem rosigen Gesicht. Als bescheidener und begabter Künstler setzte van Ossel den Launen der Damen des Hofes die Festung eines friedlichen Wesens und eines mangelhaften Französisch entgegen. Wenn die Mehrzahl der Großen ihn duzte, wie es einem Diener oder Handwerker gegenüber üblich war, so ließ er nichtsdestoweniger seine Klienten nach seiner Pfeife tanzen.

So hatte er gewünscht, Mademoiselle mit einer entblößten Brust zu malen, und im Grunde hatte er gar nicht so unrecht, denn eben dies war das vollkommenste, was die robuste Junggesellin aufzuweisen hatte. Wenn, wie zu vermuten stand, das Gemälde für irgendeinen neuen Bewerber bestimmt war, würde die Beredtheit dieser runden, weißen, verführerischen Fülle den Wert ihrer Mitgift und ihrer Adelstitel um ein bedeutendes steigern.

Mademoiselle, mit einem üppigen, faltenreichen dunkelblauen Samtstoff drapiert und von Perlen und Geschmeide starrend, lächelte Angélique zu.

„Einen Augenblick noch, mein Kind. Van Ossel, entschließe dich endlich, meiner Marter ein Ende zu bereiten!"

Der Maler brummelte etwas in seinen Bart und setzte um der Form willen der einzigartigen Brust, dem Hauptobjekt seiner Sorgfalt, noch einige Glanzlichter auf.

Während eine Kammerzofe Mademoiselle de Montpensier beim Ankleiden behilflich war, überließ der Maler seine Pinsel einem kleinen Jungen, der sein Sohn zu sein schien und ihm als Gehilfe diente. Er betrachtete Angélique und ihren Gefolgsmann Kouassi-Ba mit großem Interesse. Schließlich zog er seinen Hut und vollführte eine tiefe Verbeugung vor Angélique.

„Madame, wollt Ihr, daß ich Euch male? Oh, sehr schön! Die helle Frau und der kohlschwarze Mohr. Die Sonne und die Nacht..."

Angélique lehnte das Anerbieten mit einem Lächeln ab. Es war nicht der geeignete Moment. Vielleicht später einmal...

Sie stellte sich das große Gemälde vor, das in einem der Salons des Palastes im Stadtviertel Saint-Paul aufgehängt werden sollte, wenn sie sich erst nach dem Sieg mit Joffrey dort niederlassen würde.

Auf dem Weg zu ihrem Appartement nahm die Grande Mademoiselle Angélique beim Arm und schnitt alsbald in ihrer gewohnten ungestümen Art das Thema an.

„Mein liebes Kind, ich hoffte, Euch nach einigen Nachforschungen bestätigen zu können, daß es sich bei der Angelegenheit Eures Gatten um ein Mißverständnis handelt, bewirkt durch einen gekränkten Höfling, der sich beim König wichtig tun wollte, oder durch Verleumdungen eines von Monsieur de Peyrac abgewiesenen Bittstellers, der sich zu rächen suchte. Aber ich fürchte jetzt, daß die Sache ziemlich langwierig und kompliziert ist."

„Um Gottes willen, Hoheit, was habt Ihr in Erfahrung gebracht?"

„Wartet, bis wir bei mir sind und keine Lauscher zu befürchten haben."

Als sie auf einem bequemen Ruhebett nebeneinander Platz genommen hatten, fuhr Mademoiselle fort:

„Offen gesagt, ich habe sehr wenig erfahren, und wenn man bedenkt, wieviel sonst bei jeder Gelegenheit am Hofe geklatscht wird, muß ich gestehen, daß eben dieses Schweigen mich beunruhigt. Die Leute wissen nichts oder tun so, als ob sie nichts wüßten." Sie fügte zögernd und mit gedämpfter Stimme hinzu: „Euer Gatte ist der Hexerei angeklagt."

Um die gute Prinzessin nicht zu verstimmen, unterdrückte Angélique die Bemerkung, daß sie es bereits wisse.

„Das ist nicht schlimm", fuhr Mademoiselle de Montpensier fort, „und die Sache hätte sich mühelos erledigt, wäre Euer Gatte einem Kirchengericht übergeben worden, wie es der Gegenstand der Anklage eigentlich vorschreibt. Ich will Euch nicht verheimlichen, daß ich die Leute von der Kirche zuweilen einigermaßen empfindlich und rücksichtslos finde, aber man muß anerkennen, daß ihre Rechtsprechung, wenn sie sich mit Dingen befaßt, die innerhalb ihres Kompetenzbereichs liegen, meistens gerecht und klug ist. Aber das Entscheidende ist die Tatsache, daß man Euern Gatten trotz dieser speziellen Anschuldigung der weltlichen Gerichtsbarkeit unterstellt hat. Und da mache ich mir keine Illusionen. Wenn es zu einem Verfahren kommt, was keineswegs sicher ist, wird der Ausgang einzig von der Persönlichkeit der Geschworenen abhängen."

„Wollt Ihr damit sagen, Hoheit, daß die weltlichen Richter voreingenommen sein könnten?"

„Das hängt davon ab, wen man dazu bestimmt."

„Und wer bestimmt sie?"

„Der König."

Angesichts der verängstigten Miene der jungen Frau erhob sich die Prinzessin, legte die Hand auf Angéliques Schulter und bemühte sich, sie aufzuheitern. Alles würde gut enden, dessen war sie gewiß. Aber man mußte auf den Grund der Sache vorstoßen. Ohne Anlaß sperrte man einen Mann von der Stellung und dem Range eines Monsieur de Peyrac nicht unter solchen Geheimhaltungsmaßregeln ein. Sie war bei ihren Nachforschungen bis zum Erzbischof von Paris vorgedrungen, dem Kardinal de Gondi, einem ehemaligen Anhänger der Fronde, der mit Monseigneur de Fontenac auf gespanntem Fuß stand.

Durch diesen Kardinal, von dem kaum anzunehmen war, daß er die Handlungen seines mächtigen toulousanischen Rivalen billigte, hatte sie erfahren, daß zwar der Erzbischof von Toulouse tatsächlich die erste Anklage wegen Hexerei veranlaßt zu haben schien, dann aber auf undurchsichtige Weise gezwungen worden war, zugunsten der königlichen Gerichtsbarkeit auf seinen Angeklagten zu verzichten.

„Die Eminenz von Toulouse hatte in Wirklichkeit nicht die Absicht, die Dinge so weit zu treiben, und da sie zumindest im Fall Eures Gatten nicht an Hexerei glaubte, hätte sie sich damit begnügt, ihm entweder vor dem

Kirchentribunal oder vor dem Parlament von Toulouse einen Verweis zu erteilen. Aber man hat ihr den Angeklagten durch einen speziellen und von langer Hand vorbereiteten Verhaftbefehl aus den Händen gerissen."

Mademoiselle erklärte dann, sie sei, während sie ihre Nachforschungen auf ihre hohe Verwandtschaft ausgedehnt habe, immer mehr zur Überzeugung gekommen, daß man Joffrey de Peyrac der geplanten Aktion des Parlamentstribunals von Toulouse gewaltsam entzogen habe.

„Ich weiß es aus dem Munde von Monsieur Massenau selbst, einem ehrenwerten Parlamentarier des Languedoc, der soeben aus mysteriösen Gründen nach Paris beordert wurde und vermutet, daß es sich dabei um die Angelegenheit Eures Gatten handelt."

„Massenau?" sagte Angélique nachdenklich.

Plötzlich sah sie den bändergeschmückten kleinen Mann mit dem roten Gesicht vor sich, der auf der staubigen Landstraße von Salsigne dem unverschämten Grafen Peyrac mit dem Stock gedroht und ihm nachgerufen hatte: „Ich werde dem Statthalter des Languedoc schreiben . . . dem Ministerrat des Königs . . .!"

„O mein Gott", murmelte sie, „das ist ein Feind meines Gatten."

„Ich habe persönlich mit diesem Beamten gesprochen", sagte die Herzogin von Montpensier, „und obwohl er bürgerlicher Herkunft ist, hat er einen recht ehrlichen und würdigen Eindruck auf mich gemacht. Tatsächlich fürchtet er sehr, in der Angelegenheit des Grafen Peyrac zum Geschworenen bestimmt zu werden, zumal bekannt ist, daß er eine Auseinandersetzung mit ihm hatte. Er sagte, daß Beleidigungen, die man in der Mittagshitze einander an den Kopf werfe, keinen Einfluß auf den Lauf der Gerechtigkeit hätten und daß es ihm sehr peinlich wäre, sich zu einem Scheinprozeß hergeben zu müssen."

Angélique hatte sich nur ein einziges Wort eingeprägt: Prozeß!

„Man denkt also daran, einen Prozeß zu eröffnen? Ein Advokat, von dem ich mich beraten ließ, sagte mir, es sei schon viel gewonnen, wenn man das erreichte, vor allem, wenn er sich vor einem Tribunal des Parlaments von Paris abspielte. Die Anwesenheit dieses Massenau, der selbst Parlamentsmitglied ist, beweist ja eigentlich, daß es dazu kommen wird."

Mademoiselle de Montpensier verzog ihr Gesicht zu einer Grimasse, die sie nicht eben verschönte.

„Ihr wißt ja, meine Liebe, daß ich mich in den Kniffen und Rechtsverdrehungen der Leute vom Gericht ganz gut auskenne. Nun, Ihr könnt mir glauben, daß ein aus Parlamentariern zusammengesetztes Tribunal Eurem Gatten nichts nutzen würde, weil fast alle Parlamentarier Fouquet, dem derzeitigen Oberintendanten der Finanzen, verpflichtet sind und sich nach seinen Anweisungen richten würden, um so mehr, als dieser ein ehemaliger Präsident des Parlaments von Paris ist."

Angélique erschrak zutiefst. Fouquet! Da zeigte also das unheimliche Eichhörnchen wieder einmal seine scharfen Zähne.

„Weshalb sprecht Ihr mir von Monsieur Fouquet?" fragte Angélique mit unsicherer Stimme. „Ich schwöre Euch, daß mein Gatte nichts getan hat, was ihm dessen Zorn zugezogen haben könnte. Im übrigen hat er ihn nie gesehen!"

Mademoiselle zuckte die Schultern.

„Ich persönlich habe keine Spione in Fouquets Umgebung. Dergleichen ist nicht meine Sache, wenn ich es auch diesmal im Interesse Eures Gatten bedaure. Aber durch den Bruder des Königs, der, wie ich vermute, ebenfalls in Fouquets Sold steht, habe ich erfahren, daß Ihr beide, Ihr und Euer Gatte, ein Fouquet betreffendes Geheimnis bewahrt."

Angélique blieb das Herz stehen. Sollte sie sich ihrer großen Beschützerin rückhaltlos anvertrauen? Sie war nahe daran, es zu tun, erinnerte sich aber noch rechtzeitig, wie unbedacht diese war und wie unfähig dazu, den Mund zu halten.

Die junge Frau seufzte und sagte mit abgewandtem Blick:

„Was kann ich über diesen mächtigen Herrn wissen, dem ich nie begegnet bin? Freilich erinnere ich mich, daß man, als ich noch klein war, von einer angeblichen Verschwörung der Edelleute sprach, in die Fouquet, der Fürst Condé und andere große Namen verwickelt waren. Bald darauf kam es zur Fronde."

Es war recht gewagt, der Grande Mademoiselle gegenüber solche Äußerungen zu machen, aber diese nahm keinen Anstoß an ihnen und versicherte, ihr Vater habe sein Leben auch mit dem Anstiften von Verschwörungen verbracht.

„Das war sein Hauptlaster. Im übrigen war er zu gut und zu weich, um die Zügel des Königreichs in die Hand zu nehmen. Jedenfalls hat er nicht konspiriert, um sich zu bereichern."

„Wohingegen mein Gatte reich geworden ist, ohne zu konspirieren", sagte Angélique mit einem matten Lächeln. „Vielleicht ist es das, was ihn verdächtig macht."

Mademoiselle stimmte zu und gab außerdem zu bedenken, daß die mangelnde Fähigkeit des Schmeichelns bei Hofe als ein schwerwiegender Fehler gewertet werde. Aber das allein rechtfertige noch nicht einen vom König unterschriebenen geheimen Verhaftbefehl.

„Da muß noch etwas anderes im Spiel sein", versicherte die Grande Mademoiselle und wiederholte damit unbewußt den Ausspruch des Advokaten Desgray. „Jedenfalls kann einzig und allein der König einschreiten. Oh, er ist nicht leicht zu beeinflussen! Mazarin hat ihn auf die florentinische Diplomatie dressiert. Man kann ihn lächeln und sogar mit einer Träne im Auge sehen, denn er ist zartfühlend ... während er gleichzeitig den Dolch zückt, um einen Freund ins Jenseits zu befördern."

Da sie sah, daß Angélique erblaßte, legte sie den Arm um ihre Schulter und sagte in jovialem Ton:

„Ich rede dummes Zeug, wie immer. Man darf mich nicht ernst nehmen.

Niemand nimmt mich mehr ernst in diesem Königreich. Deshalb komme ich zum Ende: Wollt Ihr den König sprechen?"

Und als Angélique sich unter der Einwirkung der unaufhörlichen kalten Duschen der Grande Mademoiselle zu Füßen warf, brachen beide in Tränen aus. Worauf Mademoiselle de Montpensier ihr mitteilte, die hochnotpeinliche Audienz sei bereits anberaumt und der König werde Madame de Peyrac in zwei Stunden empfangen.

Weit davon entfernt, außer Fassung zu geraten, fühlte sich Angélique von einer merkwürdigen Ruhe durchdrungen. Dieser Tag würde, das wußte sie nun, von entscheidender Bedeutung für sie sein.

Da ihr keine Zeit blieb, nach Saint-Landry zurückzukehren, bat sie Mademoiselle um die Erlaubnis, sich deren Puder und Schminken bedienen zu dürfen, um einigermaßen präsentabel zu sein. Mademoiselle lieh ihr bereitwillig eine ihrer Kammerfrauen dazu.

Vor dem Spiegel des Frisiertischs fragte sich Angélique, ob sie wohl noch hübsch genug sei, um den König günstig zu stimmen. Ihre Taille war stärker geworden, ihr einstmals kindlich-rundes Gesicht jedoch wesentlich schmaler. Zarte Ringe umgaben ihre Augen, und ihr Teint war blaß. Nach strenger Prüfung fand sie, daß das länglichere Gesicht und die durch die bläulichen Schatten größer wirkenden Augen ihr gar nicht übel standen. Es verlieh ihr einen pathetischen, rührenden Ausdruck, der nicht ohne Reiz war.

Sie legte ganz wenig Schminke auf, befestigte ein schwarzes Schönheitspflästerchen in der Schläfengegend und überließ sich den geschickten Händen der Friseuse.

Das Kleid sah noch sehr schön aus, nur sein Saum war durch den zähen Pariser Straßenschmutz verdorben. Doch sagte sie sich, daß der König ja schließlich wußte, daß man ihren gesamten Besitz versiegelt hatte, und sich nicht darüber wundern würde, daß sie in Bedrängnis war.

Sie bedauerte, keine Zeit zu haben, sich vorher mit Desgray zu besprechen. Sollte sie sich dem König gegenüber in plumpen, höfischen Schmeicheleien ergehen? Solche Worte würden in ihrem Munde unecht klingen! Sie beschloß, eine vertrauensvolle Haltung einzunehmen, ihrem festen Glauben an den Gerechtigkeitssinn des Monarchen Ausdruck zu geben. Sie würde ihm die Schuldlosigkeit ihres Gatten darlegen, ihm begreiflich machen, daß es einem König wie Ludwig XIV. übel anstünde, wenn er sich weigerte, Milde walten zu lassen.

Angélique betrachtete sich noch immer im Spiegel, und sie sah ihre grünen Augen funkeln wie die einer Katze in der Nacht.

„Das bin nicht mehr ich", sagte sie zu sich. „Aber es ist gleichwohl eine verführerisch schöne Frau. Oh, der König kann unmöglich unbeeindruckt bleiben. Nur empfinde ich nicht genug Demut vor ihm. O mein Gott, mach, daß ich demütig bin!"

Dreißigstes Kapitel

Angélique richtete sich klopfenden Herzens aus ihrem tiefen Knicks auf. Der König stand vor ihr. Seine hohen, lackierten Holzabsätze verursachten kein Geräusch auf dem dicken Wollteppich.

Angélique bemerkte, daß die Tür des kleinen Kabinetts sich wieder geschlossen hatte und daß sie mit dem Monarchen allein war. Sie empfand ein Gefühl der Befangenheit, ja geradezu der Panik. Bisher hatte sie den König immer nur inmitten einer dichten Menschenmenge gesehen. So war er ihr nicht eigentlich echt und lebendig erschienen; er hatte wie ein Schauspieler auf der Bühne gewirkt.

Jetzt spürte sie die ein wenig massige Gegenwart des Menschen, sie roch das diskrete Parfüm des Irispuders, mit dem er sein üppiges braunes Haar bleichte. Und dieser Mensch war der König.

Sie zwang sich, den Blick zu ihm zu erheben. Ludwig XIV. war ernst und ungerührt. Man hätte meinen mögen, er suche sich des Namens dieser jungen Frau zu erinnern, obgleich die Grande Mademoiselle sie kurz zuvor angemeldet hatte. Angélique fühlte sich unter seinem kalten Blick wie gelähmt.

Sie wußte nicht, daß Ludwig XIV. zwar nicht die Schlichtheit seines Vaters, wohl aber dessen Schüchternheit geerbt hatte. Empfänglich für Prunk und Ehrerbietung wie er war, beherrschte er nach bestem Vermögen dieses Minderwertigkeitsgefühl, das mit der Erhabenheit seines Titels so wenig in Einklang stand. Aber obwohl verheiratet und bereits höchst galant, verlor er noch immer die Fassung, wenn er einer schönen Frau gegenübertrat.

Nun, Angélique war schön. Sie hatte vor allem, was sie nicht wußte, eine stolze Kopfhaltung und in ihrem Blick einen zugleich zurückhaltenden und kühnen Ausdruck, den man zuweilen als Herausforderung auslegen konnte, aber auch als die Unschuld eines unberührten, lauteren Wesens. Ihr Lächeln verwandelte sie und offenbarte ihre Aufgeschlossenheit dem Leben gegenüber.

Doch in diesem Augenblick lächelte Angélique nicht. Sie mußte warten, bis der König das Wort an sie richtete, und angesichts des langen Schweigens wuchs ihre Beklommenheit.

Endlich ließ sich der König vernehmen:

„Ich erkenne Euch kaum wieder, Madame. Habt Ihr das wundervolle Goldkleid nicht mehr, das Ihr in Saint-Jean-de-Luz trugt?"

„Ich schäme mich wirklich, Sire, in einem so schlichten und abgetragenen Kleid vor Euch erscheinen zu müssen. Aber es ist das einzige, das ich noch besitze. Euer Majestät ist gewiß bekannt, daß mein gesamter Besitz versiegelt ist."

Das Gesicht des Königs nahm einen kühlen Ausdruck an, dann entschloß er sich plötzlich zu einem Lächeln.

„Ihr kommt sehr rasch auf Euer Thema zu sprechen, Madame. Aber eigentlich habt Ihr ganz recht. Ihr erinnert mich daran, daß die Zeit eines Königs kostbar ist und daß er sie nicht mit albernen Umschweifen vertrödeln sollte. Ihr seid ein wenig streng, Madame."

Zarte Röte stieg in die blassen Wangen der jungen Frau, und sie lächelte verlegen.

„Nichts liegt mir ferner, als Euch an die ernsten Pflichten zu erinnern, die auf Euch lasten, Sire. Ich habe nur in aller Bescheidenheit Eure Frage beantworten wollen und möchte nicht, daß Eure Majestät mich für nachlässig hält, weil ich in so abgetragener Kleidung und mit allzu schlichtem Schmuck vor Euch erscheine."

„Ich habe keinen Befehl erlassen, Euren persönlichen Besitz zu beschlagnahmen. Und ich habe sogar ausdrücklich Anweisung gegeben, Madame de Peyrac volle Bewegungsfreiheit zu lassen und sie in keiner Weise zu belästigen."

„Ich bin Eurer Majestät für die mir erwiesene Aufmerksamkeit unendlich dankbar", sagte Angélique mit einer Verneigung. „Aber ich habe nichts, was mir persönlich gehört, und da ich so rasch wie möglich in Erfahrung bringen wollte, was mit meinem Gatten geschehen war, bin ich mit nichts anderem als meinem Reisebedarf und einigen Schmuckstücken nach Paris gefahren. Aber ich komme nicht zu Euch, um zu klagen, Sire. Meine einzige Sorge ist das Schicksal meines Gatten."

Sie verstummte und unterdrückte die Flut von Fragen, die ihr auf der Zunge lagen: Weshalb habt Ihr ihn verhaftet? Was werft Ihr ihm vor? Wann gebt Ihr ihn mir zurück?

Ludwig XIV. betrachtete sie mit unverhohlener Neugier.

„Es ist mir unbegreiflich, Madame, wie eine so schöne Frau in einen so abstoßenden Gatten vernarrt sein kann!"

Der verächtliche Ton des Monarchen wirkte auf Angélique wie ein Dolchstoß. Sie verspürte quälenden Schmerz. Empörung funkelte in ihren Augen.

„Wie könnt Ihr so reden", rief sie hitzig aus. „Ihr habt ihn doch gehört, Sire! Ihr habt die Goldene Stimme Frankreichs gehört!"

„Sie hatte allerdings einen Reiz, dem man sich schwerlich verschließen konnte."

Er näherte sich ihr und fuhr mit einschmeichelnder Stimme fort:

„Es trifft doch wohl zu, daß Euer Gatte die Macht besaß, alle Frauen, selbst die kühlsten, zu behexen. Man hat mir berichtet, er sei auf diese Gabe so stolz gewesen, daß er daraus so etwas wie eine Lehre entwickelte und Feste gab, bei denen die schamloseste Zügellosigkeit Brauch war."

„Weniger schamlos als das, was bei Euch im Louvre vorgeht", verlangte es Angélique zu sagen.

Sie beherrschte sich nach bestem Vermögen.

„Man hat Eurer Majestät gegenüber den Sinn dieser Zusammenkünfte falsch ausgelegt. Meinem Gatten machte es Freude, in seinem Palais die mittelalterlichen Traditionen der Troubadours aus dem Süden wiederaufleben zu lassen, die die Galanterie gegenüber den Frauen zur Höhe eines Kults erhoben. Gewiß waren die Unterhaltungen ungezwungen, da man ja über die Liebe sprach, aber der Anstand blieb gewahrt."

„Wart Ihr nicht eifersüchtig, Madame, als Ihr saht, wie dieser Gatte, den Ihr so angebetet habt, sich Ausschweifungen hingab?"

„Ich habe nie erlebt, daß er sich Ausschweifungen in dem Sinne hingab, in dem Ihr es meint, Sire. Jene Lehren schreiben die Treue zu einer einzigen Frau vor, der legitimen Gattin oder der Geliebten. Und ich war diejenige, die er erwählt hatte."

„Immerhin habt Ihr lange gezögert, bis Ihr Euch dieser Wahl beugtet. Wie kam es, daß Eure anfängliche Abneigung sich plötzlich in verzehrende Liebe verwandelte?"

„Ich sehe, daß Eure Majestät sich für die intimsten Einzelheiten im Leben seiner Untertanen interessiert", sagte Angélique, die sich diesmal der Ironie nicht enthalten konnte. Der Zorn kochte in ihr. Sie brannte danach, ihm die bissigen Erwiderungen ins Gesicht zu schleudern, die ihr auf der Zunge lagen. Doch beherrschte sie sich mühsam und senkte den Kopf in der Befürchtung, man könne ihr die Gefühle vom Gesicht ablesen.

„Ihr habt meine Frage nicht beantwortet, Madame", sagte der König in eisigem Ton.

Angélique fuhr sich mit der Hand über die Stirn.

„Weshalb habe ich begonnen, diesen Mann zu lieben?" murmelte sie. „Wahrscheinlich, weil er alle Eigenschaften besitzt, die bewirken, daß eine Frau sich glücklich schätzt, Sklavin eines solchen Mannes zu sein."

„Ihr gebt also zu, daß Euer Gatte Euch behext hat?"

„Ich habe fünf Jahre an seiner Seite gelebt, Sire. Ich bin bereit, auf das Evangelium zu schwören, daß er weder Hexenmeister noch Magier war."

„Ihr wißt, daß man ihn der Hexerei anklagt?"

Sie nickte stumm.

„Es handelt sich nicht allein um den seltsamen Einfluß, den er auf die Frauen ausübt, sondern auch um die verdächtige Herkunft seines riesigen Vermögens. Es heißt, er habe das Geheimnis der Transmutation unedler Metalle in Gold durch den Umgang mit dem Satan empfangen."

„Sire, man stelle meinen Gatten vor ein Tribunal. Er wird mühelos beweisen, daß er das Opfer falscher Vorstellungen in überwundenen Traditionen befangener Alchimisten geworden ist, Traditionen, die in unserer Zeit mehr Schaden als Nutzen stiften."

Der König wurde ein wenig umgänglicher.

„Ihr werdet zugeben, Madame, daß wir, Ihr und ich, von der Alchimie nicht allzu viel verstehen. Dennoch muß ich gestehen, daß die Schilderungen, die man mir von den teuflischen Praktiken des Monsieur de

Peyrac gemacht hat, reichlich unbestimmt sind und der Präzisierung bedürfen."

Angélique unterdrückte einen Seufzer der Erleichterung.

„Wie bin ich glücklich, Sire, daß Ihr ein so mildes und verständnisvolles Urteil fällt!"

Auf dem Gesicht des Königs erschien ein winziges Lächeln, in das sich leise Verärgerung mischte.

„Wir wollen nichts vorwegnehmen, Madame. Ich habe nur gesagt, daß ich nähere Einzelheiten über diese Transmutationsgeschichte verlange."

„Sire, eine Transmutation hat es nie gegeben. Mein Gatte hat lediglich ein Verfahren ausgearbeitet, durch das man mit Hilfe geschmolzenen Bleis sehr feines Gold ausscheiden kann, das in einem bestimmten Gestein enthalten ist. Durch Anwendung dieses Verfahrens hat er sein Vermögen erworben."

„Wäre es ein unantastbares und lauteres Verfahren gewesen, hätte er dessen Ausnützung normalerweise seinem König angeboten, während er in Wirklichkeit zu niemand darüber gesprochen hat."

„Sire, ich bin Zeuge, daß er sein Verfahren vor einigen Edelleuten und dem Abgesandten des Erzbischofs von Toulouse demonstrierte, aber das Verfahren ist nur auf ein bestimmtes Gestein anwendbar, das man die unsichtbaren Goldadern der Pyrenäen nennt, und man braucht ausländische Spezialisten, um es durchzuführen. Es ist also keine kabalistische Formel, die er verraten könnte, sondern etwas, das ein Spezialwissen und ein beträchtliches Kapital erfordert."

„Zweifellos zog er es vor, sich die Ausnutzung eines solchen Verfahrens vorzubehalten, das ihn nicht nur reich machte, sondern ihm auch den Vorwand lieferte, Ausländer bei sich zu empfangen, Spanier, Deutsche, Engländer und aus der Schweiz kommende Ketzer. So konnte er in aller Bequemlichkeit die autonomistische Revolte des Languedoc vorbereiten."

„Mein Gatte hat niemals Komplotte gegen Eure Majestät geschmiedet."

„Immerhin hat er beachtliche Arroganz und Selbstbewußtheit an den Tag gelegt. Ihr müßt zugeben, Madame, daß es wider die Üblichkeit ist, wenn ein Edelmann vom König nichts verlangt. Wenn er sich aber auch noch rühmt, ihn nicht zu brauchen, überschreitet das jedes Maß."

Angélique fühlte sich wie vom Fieber geschüttelt. Sie tat bescheiden, gab zu, daß Joffrey ein Sonderling sei, der, infolge seiner physischen Defekte von seinesgleichen isoliert, alles ans Werk gesetzt habe, um mittels seiner Philosophie und seines Wissens über sie zu triumphieren.

„Euer Gatte wollte einen Staat im Staate schaffen", sagte der König hart. „Ob Schwarzkünstler oder nicht – er wollte mittels seines Reichtums herrschen. Seit seiner Verhaftung brodelt es in Toulouse, und das Languedoc befindet sich in Unruhe. Glaubt nicht, Madame, daß ich jenen Verhaftbefehl aus keinem stichhaltigeren Grunde als wegen des Verdachts der Hexerei unterschrieben habe, der zwar beunruhigend ist, aber gegen die schwerwiegenderen Vergehen in seinem Gefolge wenig zu bedeuten hat. Ich habe schlagende Beweise für seinen Verrat bekommen."

„Die Verräter wittern überall Verrat", sagte Angélique ruhig, und ihre grünen Augen schossen Blitze. „Wenn Eure Majestät mir diejenigen nennen würden, die in solcher Weise den Grafen Peyrac verleumden, würde ich unter ihnen zweifellos Persönlichkeiten finden, die sich in nicht allzu ferner Vergangenheit tatsächlich gegen die Macht und sogar das Leben Eurer Majestät verschworen haben."

Ludwig XIV. blieb gelassen, nur sein Gesicht färbte sich ein wenig dunkler.

„Ihr seid recht kühn, Madame, daß Ihr Euch zu bestimmen anmaßt, in wen ich mein Vertrauen setzen soll. Die gezähmten und angeketteten Raubtiere sind mir nützlicher als der stolze und freie Vasall, der gar leicht zum Rivalen werden kann. Möge der Fall Eures Gatten anderen Edelleuten als Beispiel dienen, die gerne das Haupt erheben möchten. Man wird ja sehen, ob er mit all seinem Geld seine Richter kaufen kann und ob der Satan ihm zu Hilfe kommt. Meine Pflicht ist es, das Volk vor den verderblichen Einflüssen jener großen Adligen zu schützen, die sich zu Beherrschern der Körper und der Seelen und des Königs selbst erheben möchten."

„Ich müßte mich ihm weinend zu Füßen werfen", dachte Angélique, aber sie war dessen nicht fähig. Die Gloriole des Königs verflüchtigte sich vor ihren Augen. Sie sah nur noch einen jungen Mann ihres Alters – zweiundzwanzigjährig –, den sie am liebsten an seinem Spitzenkragen gepackt und wie einen Pflaumenbaum geschüttelt hätte.

„Das also ist die Gerechtigkeit des Königs", sagte sie in einem harten Ton, der ihr fremd vorkam. „Ihr seid von gepuderten Mördern umgeben, von federgeschmückten Banditen, von Bettlern, die sich in den elendesten Schmeicheleien ergehen. Einem Fouquet, einem Condé, den Conti, Longueville, Beaufort ... Der Mann, den ich liebe, hat nie Verrat begangen. Er hat die schlimmsten Schicksalsschläge überwunden, hat die königliche Schatzkammer um einen Teil seines Vermögens bereichert, das er sich durch seine Genialität, sein unermüdliches Arbeiten erworben hatte. Er hat von niemandem etwas gefordert, und das wird man ihm nie verzeihen ..."

„Das wird man ihm nie verzeihen", wiederholte der König.

Er trat auf Angélique zu und packte sie mit einer Heftigkeit am Arm, die den Zorn verriet, den das Gesicht zu verbergen suchte.

„Madame, Ihr werdet diesen Raum ungehindert verlassen, obwohl ich Euch verhaften lassen könnte. Erinnert Euch daran, falls Ihr in Zukunft einmal an der Hochherzigkeit des Königs zweifeln solltet. Aber seht Euch vor! Ich will nie mehr etwas von Euch hören, sonst wäre ich unbarmherzig. Euer Gatte ist mein Vasall. Laßt die Gerechtigkeit des Staates ihren Lauf nehmen. Adieu, Madame!"

Einunddreißigstes Kapitel

„Alles ist verloren! Durch meine Schuld! Ich habe Joffrey verloren", sagte sich Angélique immer wieder.

Verstört suchte sie in den Gängen des Louvre nach Kouassi-Ba! Sie wollte zur Grande Mademoiselle. Vergebens rief ihr angstbeklommenes Herz nach einer mitfühlenden Seele. Die Gestalten, denen sie in diesem düsteren Labyrinth begegnete, waren taub und blind, marklose Marionetten, die aus einer anderen Welt kamen.

Die Nacht brach herein und brachte ein Oktoberunwetter mit, das an die Fenster peitschte, die Kerzenflammen niederdrückte, durch die Türritzen pfiff, die Wandteppiche bewegte.

In der Hoffnung, Kouassi-Ba zu finden, stieg sie eine Treppe hinunter und erreichte einen der Höfe. Angesichts des Platzregens, der mit großem Getöse aus den Dachrinnen herabstürzte, mußte sie jedoch ins Innere zurücktreten.

Unter der Treppe hatte eine Gruppe italienischer Komödianten, die am Abend vor dem König tanzen sollte, an einem Kohlenbecken Zuflucht gesucht. Der rote Schein des Herds erhellte das bunte Farbengemisch der Harlekinkostüme, die schwarzen Masken, die weißen Vermummungen Pantalons und seiner Hanswurste.

Nachdem sie wieder ins obere Stockwerk hinaufgestiegen war, entdeckte sie endlich ein bekanntes Gesicht: Brienne. Er sagte ihr, er habe Monsieur de Préfontaines bei der jungen Prinzessin Henriette von England gesehen; vielleicht könne er ihr Auskunft geben, wo Mademoiselle de Montpensier sich befinde.

Bei der Prinzessin Henriette saß man in der traulichen Wärme der Wachskerzen, die den großen Salon freundlich erleuchteten, beim Kartenspiel. Angélique entdeckte Andijos, Péguillin, d'Humières und de Guiche. Sie schienen völlig vom Spiel absorbiert oder taten vielleicht nur so, als sähen sie sie nicht.

Monsieur de Préfontaines, der beim Kamin an einem Gläschen Likör nippte, berichtete ihr, Mademoiselle de Montpensier habe sich mit der jungen Königin zum Kartenspiel ins Appartement Anna von Österreichs begeben. Ihre Majestät die Königin Maria Theresia fühle sich unsicher, da sie die französische Sprache nicht beherrsche, und mische sich deshalb nicht gern unter die wenig duldsame Jugend des Hofs. Mademoiselle spiele allabendlich eine Partie mit ihr, doch da die kleine Königin früh zu Bett gehe, sei es leicht möglich, daß Mademoiselle noch auf einen Sprung bei ihrer Kusine Henriette erscheine. Auf jeden Fall werde sie Monsieur de

Préfontaines rufen lassen, denn sie schlafe nie ein, bevor sie mit ihm abgerechnet habe.

Angélique beschloß, auf sie zu warten. Sie trat zu einem Tisch, auf dem die Diener ein kaltes Souper und Backwerk bereitgestellt hatten. Sie schämte sich stets des Heißhungers, den sie just in den heikelsten Lebenslagen zu verspüren pflegte. Von Monsieur de Préfontaines ermuntert, setzte sie sich und verzehrte ein Hühnerbein, zwei Sülzeier und verschiedenerlei Konfekt. Nachdem sie sodann von einem Pagen die silberne Kanne erbeten hatte, um sich die Finger zu spülen, gesellte sie sich einer Gruppe von Spielern zu und nahm Karten auf. Sie hatte ein wenig Geld bei sich. Bald wurde sie vom Glück begünstigt und begann zu gewinnen. Der Erfolg tröstete sie. Wenn sie wenigstens ihre Börse füllen konnte, würde dieser Tag nicht restlos verloren sein.

Sie vertiefte sich in das Spiel. Die Goldstücke häuften sich vor ihr. Einer der Verlierer an ihrem Tisch sagte mit süßsaurer Miene:

„Kein Wunder, das ist ja die kleine Hexe."

Mit flinker Hand raffte sie seinen Einsatz zusammen und erfaßte die Anspielung erst ein paar Sekunden später. Joffreys Mißgeschick begann also bekannt zu werden. Man flüsterte einander ins Ohr, daß er der Hexerei beschuldigt sei.

Dennoch blieb Angélique unbeirrt auf ihrem Platz.

„Ich werde das Spiel erst aufgeben, wenn ich anfange zu verlieren. Oh, wenn ich sie nur alle ruinieren könnte und genug Geld gewänne, um seine Richter zu bestechen..."

Während sie abermals drei Asse auslegte, glitt eine Hand um ihre Taille.

„Warum seid Ihr in den Louvre zurückgekommen?" flüsterte der Marquis de Vardes an ihrem Ohr.

„Gewiß nicht, um Euch wiederzusehen", erwiderte sie, ohne aufzublicken, und machte sich mit einer heftigen Bewegung los.

Auch er nahm Karten und ordnete sie mechanisch, während er im gleichen Ton fortfuhr:

„Ihr seid von Sinnen! Wollt Ihr Euch unbedingt ermorden lassen?"

„Was ich tun will, geht Euch nichts an."

Er spielte, verlor und warf einen neuen Einsatz auf den Tisch.

„Hört zu, noch ist es Zeit. Folgt mir. Ich werde Euch von ein paar Schweizern nach Hause geleiten lassen."

Diesmal warf sie ihm einen verächtlichen Blick zu.

„Ich habe keinerlei Vertrauen zu Euerm Beistand, Monsieur de Vardes, und Ihr wißt, weshalb."

Er warf seine Karten in verhaltenem Zorn auf den Tisch.

„Es ist lächerlich von mir, mich um Euch zu sorgen."

Einen Augenblick zögerte er, bevor er mit einer bösen Grimasse fortfuhr:

„Ihr zwingt mich in eine alberne Rolle, aber da es offenbar kein anderes Mittel gibt, Euch zur Vernunft zu bringen, sage ich Euch: denkt an Euren

Sohn. Verlaßt augenblicklich den Louvre und vermeidet vor allem, dem Bruder des Königs zu begegnen!"

„Ich werde mich nicht von diesem Tisch rühren, solange Ihr in der Nähe seid", erwiderte Angélique ruhig.

Die Hände des Edelmannes verkrampften sich, aber er wandte sich brüsk vom Spieltisch ab.

„Gut, ich gehe. Tut möglichst bald desgleichen. Ihr spielt mit Eurem Leben."

Sie sah, wie er sich, nach rechts und links grüßend, entfernte und hinausging.

Angélique blieb verwirrt zurück. Sie konnte sich eines wachsenden Angstgefühls nicht erwehren. Ob Vardes ihr abermals eine Falle stellte? Er war zu allem fähig. Gleichwohl hatte die Stimme des zynischen Edelmanns einen ungewohnten Klang besessen. Sein Hinweis auf Florimond bestürzte sie mit einem Male. Sie sah den herzigen kleinen Kerl plötzlich vor sich: im roten Häubchen, über sein langes, besticktes Kleidchen stolpernd, die silberne Rassel in der Hand. Was sollte aus ihm werden, wenn sie verschwand?

Die junge Frau legte ihre Karten nieder und ließ die Goldstücke in ihre Börse gleiten. Sie hatte fünfzehnhundert Livres gewonnen. Ihren Mantel von der Stuhllehne nehmend, grüßte sie die Prinzessin Henriette, die mit einem gleichgültigen Nicken erwiderte.

Ungern verließ Angélique den Salon, die helle und warme Zuflucht. Ein Luftzug ließ die Tür hinter ihr ins Schloß fallen. Der pfeifende Wind duckte die zuckenden Kerzenflammen, die von einer irren Panik ergriffen zu sein schienen. Schatten und Flammen regten sich wie in Todesangst. Dann trat wieder Stille ein, während der Wind sich keifend entfernte und in der stummen Weite der Gänge sich nichts mehr bewegte.

Nachdem Angélique den vor dem Appartement der Prinzessin postierten Schweizer nach dem Weg gefragt hatte, schritt sie rasch dahin, ihren Mantel eng um sich zusammenziehend. Sie gab sich Mühe, keine Angst zu haben, aber es war ihr, als verberge sich in jedem Winkel eine verdächtige Gestalt. Als sie an der Biegung eines Ganges anlangte, verlangsamte sie die Schritte. Ein unüberwindliches Grausen lähmte sie.

„Sie sind da", sagte sie sich.

Sie sah niemand, aber ein Schatten glitt über den Boden. Diesmal gab es keinen Zweifel: dort lauerte ein Mann.

Angélique blieb stehen. Etwas bewegte sich an der Mauerecke, eine in einen dunklen Mantel gehüllte Gestalt, den Hut tief in die Stirn gedrückt, tauchte langsam auf und versperrte ihr den Weg. Angélique biß sich in die Lippen, um einen Schrei zu unterdrücken, und kehrte um.

Sie warf einen Blick über die Schulter. Jetzt waren es drei, und sie folgten ihr. Die junge Frau beschleunigte ihre Schritte, doch die drei Gestalten kamen näher. Da begann sie mit der Leichtfüßigkeit eines Rehs zu laufen.

Auch ohne sich umzuwenden wußte sie, daß sie verfolgt wurde. Hinter sich hörte sie die gedämpften Schritte der Männer, die auf Zehenspitzen liefen, um möglichst wenig Lärm zu machen. Es war eine lautlose, unwirkliche Verfolgung, ein gespenstisches Rennen durch die Öde des riesigen Palastes.

Plötzlich bemerkte Angélique zu ihrer Rechten eine halbgeöffnete Tür. Sie war eben um die Ecke eines Ganges gebogen. Die Verfolger waren außer Sicht.

Rasch schlüpfte sie in den Raum, schloß die Tür, schob den Riegel vor. An die Klinke gelehnt, mehr tot als lebendig, hörte sie gleich darauf die hastigen Schritte der Männer und ihren keuchenden Atem. Dann wurde es wieder still.

Vor Erregung zitternd, machte Angélique ein paar Schritte durch das Zimmer und lehnte sich ans Bett. Es war niemand anwesend, aber es mußte bald jemand kommen, denn die Laken waren für die Nacht gerichtet. Im Kamin brannte ein Feuer und erhellte samt einer auf dem Nachttisch stehenden kleinen Öllampe den Raum.

Angélique legte die Hand auf ihre Brust und schöpfte Atem.

„Ich muß unbedingt sehen, daß ich aus diesem Wespennest herauskomme", sagte sie sich.

Die Tatsache, daß es ihr nach dem ersten Attentat in den Gängen des Louvre gelungen war zu entkommen, gab ihr Hoffnung, daß es auch ein zweites Mal gelingen werde.

Sicher wußte die Grande Mademoiselle nichts von den Gefahren, denen sie ausgesetzt war; und auch der König ahnte wohl nicht, was da im Innern seines Palastes angezettelt wurde. Doch im Louvre war Fouquet insgeheim allgegenwärtig. In der Angst, Angéliques Geheimnis könne sein erstaunliches Vermögen ruinieren, hatte der Oberintendant den ihm ergebenen Philippe d'Orléans auf den Plan gerufen und all denen Furcht eingeimpft, die von ihm lebten. Die Verhaftung des Grafen Peyrac war eine Etappe. Die Beseitigung Angéliques vervollständigte das kluge Manöver. Nur die Toten redeten nicht.

Die junge Frau biß die Zähne zusammen. Ein zäher Lebenswille überkam sie. Sie würde dem Tod entrinnen.

Unverzüglich sah sie sich nach einem Ausgang um, durch den sie zu entkommen versuchen wollte, ohne Aufmerksamkeit zu wecken. Plötzlich erstarrte ihr Blick.

Vor ihr bewegte sich der Wandteppich. Sie vernahm das Geräusch eines sich drehenden Türknaufs. Eine Tapetentür ging langsam auf, und in der Öffnung erschienen die drei Männer, die sie verfolgt hatten.

Sofort erkannte sie in demjenigen, der zuerst eintrat, Monsieur, den Bruder des Königs.

Er schlug seinen Verschwörerumhang zurück und schob mit einer eitlen Kopfbewegung seinen Spitzenkragen zurecht. Er ließ sie nicht aus den Augen, während ein kaltes Lächeln die roten Lippen seines kleinen Mundes kräuselte.

„Großartig!" rief er mit seiner Fistelstimme. „Das Reh ist kopfüber in die Fanggrube gestürzt. War ein tüchtiges Wettrennen! Ihr könnt Euch rühmen, Madame, einen flinken Fuß zu haben."

Angélique blieb kaltblütig, und obwohl ihre Knie zu zittern begannen, verneigte sie sich.

„Ihr seid es also, Monseigneur, der mich so sehr erschreckt hat. Ich glaubte schon, es mit Räubern oder Beutelschneidern vom Pont-Neuf zu tun zu haben, die sich auf der Suche nach einem Opfer in den Palast geschlichen hätten."

„Oh, es wäre nicht das erstemal, daß ich nächtlicherweile auf dem Pont-Neuf den Wegelagerer spiele", sagte der kleine Monsieur mit süffisanter Miene. „Und niemand versteht sich besser darauf als ich, Beutel zu schneiden oder den Wanst eines Spießbürgers zu durchbohren. Ist es nicht so, Liebster?"

Er wandte sich zu einem seiner Genossen um. Dieser lüftete den Hut, und Angélique erkannte die brutalen Gesichtszüge des Chevaliers de Lorraine. Ohne etwas zu erwidern, trat der Günstling herzu und zog seinen Degen.

Angélique musterte den dritten, der ein wenig abseits stand.

„Clément Tonnel", sagte sie schließlich, „was tut Ihr hier, mein Freund?"

Der Mann verneigte sich tief.

„Ich stehe im Dienste Monseigneurs", erwiderte er.

Und dank der Macht der Gewohnheit setzte er hinzu: „Wenn Frau Gräfin vergeben wollen."

„Ich vergebe Euch gern", sagte Angélique, die plötzlich einen nervösen Lachreiz verspürte, „aber weshalb haltet Ihr eine Pistole in der Hand?"

Der Haushofmeister sah verlegen auf seine Waffe, trat jedoch zum Bett, an das Angélique sich noch immer lehnte.

Philippe d'Orléans hatte die Schublade des Nachttischchens herausgezogen und entnahm ihr ein zur Hälfte mit einer schwärzlichen Flüssigkeit gefülltes Glas.

„Madame", sagte er feierlich, „Ihr werdet sterben."

„Wirklich?" antwortete Angélique.

Sie betrachtete die drei, die da vor ihr standen. Es war ihr, als teile sich ihr Wesen. Tief drinnen in ihr rang eine zur Verzweiflung getriebene Frau die Hände und rief: „Erbarmen, ich will nicht sterben!" Eine andere, überlegenere dachte: „Wie lächerlich sie sind! All das ist ein übler Scherz."

„Madame, Ihr habt uns zum Narren gehalten", erklärte der kleine Monsieur, in dessen Gesicht es ungeduldig zuckte. „Ihr werdet sterben, aber wir sind großmütig: Ihr dürft zwischen Gift, Stahl und Feuer wählen."

Ein Windstoß rüttelte heftig an der Tür und drückte aus dem Kamin beizenden Rauch ins Innere des Raums. Angélique hatte hoffnungsvoll den Kopf gehoben.

„O nein, es wird niemand kommen!" lachte der Bruder des Königs höhnisch. „Dieses Bett ist Euer Sterbebett, Madame. Man hat es für Euch gerichtet."

„Aber was habe ich denn getan?" rief Angélique, der der Angstschweiß auszubrechen begann. „Ihr redet von meinem Tode wie von einer natürlichen, unumgänglichen Sache. Erlaubt mir, anderer Meinung zu sein. Der größte Verbrecher hat das Recht zu erfahren, wessen man ihn beschuldigt, und sich zu verteidigen."

„Die geschickteste Verteidigung wird auf den Urteilsspruch keinen Einfluß haben, Madame."

„Nun, wenn ich sterben muß, sagt mir wenigstens weshalb", erwiderte die junge Frau heftig. Es kam darauf an, Zeit zu gewinnen.

Der junge Prinz warf einen fragenden Blick auf seine Genossen.

„Da ohnehin Eure letzte Stunde geschlagen hat, sehe ich nicht ein, warum wir unnötig unmenschlich sein sollten", sagte er in zuckersüßem Ton. „Madame, Ihr seid nicht so ahnungslos, wie Ihr tut. Ihr wißt doch, in wessen Auftrag wir hier sind?"

„Des Königs?" fragte Angélique, Respekt heuchelnd.

Philippe d'Orléans hob seine schwächlichen Schultern.

„Der König taugt gerade noch dazu, Leute ins Gefängnis zu schicken, auf die man ihn eifersüchtig macht. Nein, Madame, es handelt sich nicht um Seine Majestät."

„Von wem sonst läßt sich der Bruder des Königs Aufträge erteilen?"

Der Prinz zuckte zusammen.

„Ich finde Eure Sprache reichlich kühn, Madame. Ihr macht mich ärgerlich."

„Und ich finde, daß Ihr und Eure Familie reichlich empfindliche Leute seid", gab Angélique zurück, deren Zorn die Angst besiegte. „Ob man Euch feiert oder hätschelt, Ihr ärgert Euch, weil der Edelmann, der Euch bei sich empfängt, reicher zu sein scheint als Ihr. Wenn man Euch Geschenke darbringt, so ist das eine Unverschämtheit; wenn man Euch nicht ehrerbietig genug grüßt, desgleichen. Wenn man nicht wie ein Bettler lebt und nicht so lange die Hand hinhält, bis der Staat ruiniert ist, wie das so üblich ist, dann ist das verletzende Arroganz. Wenn man seine Steuern auf Heller und Pfennig bezahlt, so ist das eine Herausforderung ... Eine Bande von Zänkern, das ist es, was Ihr seid, Ihr, Euer Bruder, Eure Mutter und Eure ganze heimtückische Vetternschaft: Condé, Montpensier, Soissons, Guise, Lorraine, Vendôme ..."

Sie hielt, völlig außer Atem gekommen, inne.

Philippe d'Orléans spreizte sich auf seinen hohen Holzhacken wie ein junger Hahn und warf einen empörten Blick auf seinen Günstling.

„Habt Ihr jemals auf so unverschämte Weise über die königliche Familie reden hören?"

Der Chevalier de Lorraine lächelte grausam.

„Beleidigungen töten nicht, Monseigneur. Machen wir Schluß, Madame."

„Ich will wissen, warum ich sterbe", sagte Angélique hartnäckig. Zu allem entschlossen, um ein paar Minuten zu gewinnen, setzte sie überstürzt hinzu:

„Ist es wegen Monsieur Fouquet?"

Der Bruder des Königs konnte ein befriedigtes Lächeln nicht unterdrücken.

„Euer Gedächtnis läßt Euch also doch nicht ganz im Stich? Ihr wißt, weshalb Monsieur Fouquet soviel an Eurem Schweigen liegt?"

„Ich weiß nur eines, nämlich daß ich vor Jahren den Giftanschlag zum Scheitern brachte, der Euch aus dem Wege räumen sollte, Euch, Monsieur, sowie den König und den Kardinal, und daß ich heute zutiefst bedauere, daß der von Monsieur Fouquet und dem Fürsten Condé eingefädelte Anschlag nicht geglückt ist."

„Ihr gesteht also?"

„Ich habe nichts zu gestehen. Der Verrat dieses Bedienten hat Euch weitgehend darüber informiert, was ich wußte und was ich meinem Gatten anvertraute. Ich habe Euch einmal das Leben gerettet, Monseigneur, und das ist nun der Dank!"

Einen Augenblick lang schien es, als sei der junge Mann von Angéliques Worten beeindruckt. Sein egozentrisches Wesen machte ihn für alles empfänglich, was ihn betraf.

„Was vergangen ist, ist vergangen", sagte er zögernd. „Seitdem hat mich Monsieur Fouquet mit Wohltaten überhäuft. Es ist nur gerecht, wenn ich die Drohung beseitige, die auf ihm lastet. Wirklich, Madame, mir blutet das Herz, aber es ist zu spät. Warum seid Ihr nicht auf den vernünftigen Vorschlag eingegangen, den Monsieur Fouquet Euch durch Vermittlung von Madame de Beauvais gemacht hat?"

„Ich glaubte zu verstehen, daß ich dann meinen Gatten seinem traurigen Schicksal überlassen müßte."

„Allerdings. Man kann einen Grafen Peyrac nur dadurch zum Schweigen bringen, daß man ihn zwischen Gefängnismauern einschließt. Aber eine Frau, die von Luxus und Ruhm umgeben ist, vergißt rasch die Erinnerungen, die sie vergessen soll. Doch es ist zu spät. Also, Madame ..."

„Und wenn ich Euch sagte, wo jenes Kästchen sich befindet?" schlug Angélique vor, indem sie ihn an den Schultern packte. „Ihr, Monseigneur, Ihr ganz allein hieltet die Macht in Händen, Monsieur Fouquet in Schrecken zu setzen, zu beherrschen, und dazu den Beweis des Verrats so vieler großer Herren, die Euch über die Schulter ansehen und nicht ernst nehmen ..."

Ein Funke des Ehrgeizes blitzte in den Augen des jungen Prinzen auf, und er fuhr sich mit der Zunge über die Lippen. Doch nun packte ihn der Chevalier de Lorraine und zog ihn zu sich, als wolle er ihn Angéliques unheilvoller Umklammerung entreißen.

„Seht Euch vor, Monseigneur. Laßt Euch von dieser Frau nicht erweichen. Sie sucht sich uns durch lügnerische Versprechungen zu entwinden. Es ist besser, sie nimmt ihr Geheimnis mit ins Grab. Besäßet Ihr es, so würdet Ihr zweifellos sehr mächtig sein, aber Eure Tage wären gezählt."

An die Brust seines Günstlings geschmiegt, beglückt über diesen männlichen Schutz, dachte Philippe d'Orléans nach.

„Ihr habt recht wie immer, Liebster", seufzte er. „Nun, so laßt uns unsre Pflicht tun. Madame, wofür entscheidet Ihr Euch: das Gift, den Degen oder die Pistole?"

„Entschließt Euch rasch", fiel der Chevalier de Lorraine drohend ein. „Andernfalls werden wir für Euch wählen."

Der Augenblick der Hoffnung war für Angélique vorüber. Ihre Lage war nicht weniger grausig und ausweglos als zuvor.

Die drei Männer standen vor ihr. Sie hätte sich nicht von der Stelle zu rühren vermocht, ohne vom Degen des Chevaliers oder von Cléments Pistole aufgehalten zu werden. Kein Klingelzug war in Reichweite. Kein Laut kam von draußen. Einzig das Knistern der Holzscheite im Kamin und das Prasseln der Regentropfen an den Fensterscheiben unterbrachen die erdrückende Stille. In ein paar Sekunden würden ihre Mörder sich auf sie stürzen. Angéliques Augen hefteten sich auf die Waffen. Durch die Pistole oder den Degen würde sie zuverlässig sterben. Aber vielleicht konnte das Gift ihr nichts anhaben? Seit über einem Jahr nahm sie täglich die winzige Dosis toxischer Produkte zu sich, die Joffrey ihr zubereitet hatte.

Sie streckte die Hand aus und bemühte sich, sie ruhig zu halten.

„Gebt!" flüsterte sie.

Als sie das Glas an die Lippen führte, bemerkte sie, daß sich auf dem Grund ein metallisch schimmernder Satz gebildet hatte. Sie bemühte sich, während des Trinkens die Flüssigkeit nicht aufzurühren. Sie schmeckte scharf und bitter.

„Und nun laßt mich allein", sagte sie, nachdem sie das Glas auf das Tischchen zurückgestellt hatte.

Doch der Prinz hatte den Satz bemerkt, der auf dem Grund zurückgeblieben war. Er nahm eine silberne Zange, scharrte die Reste zu einer kleinen Kugel zusammen und hielt sie der Unglücklichen hin.

„Ihr werdet dies schlucken", befahl er böse.

Der Chevalier packte Angélique an beiden Händen und hielt sie fest, während Monsieur versuchte, das konzentrierte Gift gewaltsam zwischen ihre Lippen zu schieben. Schließlich gab sie nach, warf sich in gespielter

Verzweiflung aufs Bett, und es gelang ihr, die tödliche Pille zwischen die Falten des Lakens zu spucken. Sie verspürte keinerlei Schmerz. Zweifellos schützte die Nahrung, die sie bei der Prinzessin Henriette zu sich genommen hatte, vorläufig noch ihre Magenwände vor der ätzenden Wirkung des Giftstoffes. Auch jetzt verlor Angélique noch nicht alle Hoffnung, ihren Peinigern und einem grausigen Tod zu entrinnen.

Sie glitt vor dem Prinzen auf die Knie.

„Monseigneur, erbarmt Euch meiner Seele. Schickt mir einen Priester. Ich werde sterben. Ich habe schon nicht mehr die Kraft, mich fortzuschleppen. Ihr habt jetzt die Gewißheit, daß ich Euch nicht mehr entkommen kann. Laßt mich nicht ohne Beichte sterben. Gott würde Euch die Schändlichkeit nicht vergeben, mich des Trostes der Religion beraubt zu haben."

Mit gellender Stimme schrie sie:

„Einen Priester! Einen Priester! Gott wird Euch nicht vergeben."

Sie sah, daß Clément Tonnel sich erblassend bekreuzigte.

„Sie hat recht", sagte der Prinz mit bewegter Stimme. „Wir gewinnen nichts, wenn wir sie der Tröstungen der Religion berauben. Madame, beruhigt Euch. Ich habe Eure Bitte vorhergesehen. Ich werde Euch einen Geistlichen schicken, der in einem Nachbarraum wartet."

„Meine Herren, zieht Euch zurück", bat Angélique beschwörend, indem sie die Schwäche ihrer Stimme übertrieb und die Hand auf den Magen hielt, als sei sie von Krämpfen befallen, „ich will nur noch mein Gewissen befrieden. Ich spüre deutlich, daß ich, wenn auch nur einer von Euch vor meinen Augen bleibt, nicht fähig sein werde, meinen Feinden zu vergeben. O diese Schmerzen! Mein Gott, hab Erbarmen!"

Mit einem fürchterlichen Schrei ließ sie sich zurückfallen. Philippe d'Orléans zog den Chevalier hinaus.

„Gehn wir rasch. Sie macht es nur noch ein paar Augenblicke."

Der Haushofmeister hatte den Raum schon vor ihnen verlassen.

Doch kaum waren sie verschwunden, als Angélique auch schon aufsprang und zum Fenster lief. Es gelang ihr, es zu öffnen; der Regen schlug ihr ins Gesicht, und sie beugte sich über den dunklen Abgrund.

Sie sah absolut nichts und konnte nicht berechnen, wie weit es bis zum Boden war, aber ohne zu zögern kletterte sie auf das Fenstersims.

In diesem Augenblick betrat der Priester den Raum. Als er sah, daß die junge Frau im Begriff war hinauszuspringen, stürzte er hinzu und packte sie am Rockschoß, aber der Stoff zerriß. Angélique war bereits ins Leere gesprungen.

Der Fall kam ihr endlos vor. Sie landete unsanft in einer Art Kloake, in der sie einsank und der sie es zu danken hatte, daß sie sich nicht ernstlich verletzte. Sie verspürte zwar einen Schmerz am Knöchel und glaubte im ersten Augenblick, sich den Fuß gebrochen zu haben, aber es war lediglich eine Verstauchung.

Als sie aufstand, streifte sie ein schwerer Gegenstand, der splitternd und spritzend neben ihr zerbarst. Offenbar war es der auf die Rufe des Geistlichen hinzugeeilte Chevalier, der sie mit dem vollen Wasserkrug vom Waschtisch zu treffen versucht hatte.

Dicht an der Mauer entlangstreifend, tat Angélique ein paar Schritte, dann steckte sie den Finger in den Hals, und es gelang ihr, sich einige Male zu erbrechen.

Sie wußte nicht, wo sie sich befand, tastete sich an den Mauern entlang und stellte mit Entsetzen fest, daß sie in einen mit Unrat und Abfällen angefüllten kleinen Innenhof gesprungen war, aus dem es keinen Ausgang zu geben schien.

Glücklicherweise begegneten ihre Finger einer Tür, die sich öffnen ließ. Dahinter war es dunkel und feucht. Ein Geruch nach Wein und Nahrungsmitteln strömte ihr entgegen. Sie mußte sich in einem Nebengebäude des Louvre befinden, in der Nähe der Keller.

Sie beschloß, in die oberen Stockwerke hinaufzuflüchten und bei der ersten Wache Schutz zu suchen, der sie begegnen würde ... Aber der König würde sie verhaften und ins Gefängnis werfen lassen. Ach, wie sollte sie nur aus dieser Mausefalle entkommen?

Gleichwohl stieß sie einen Seufzer der Erleichterung aus, als sie in die bewohnten Galerien gelangte. Einige Schritte entfernt erkannte sie den vor der Tür der Prinzessin Henriette postierten Schweizer wieder, den sie vorhin nach dem Weg gefragt hatte. Im gleichen Augenblick verließen sie die Nerven, und sie stieß einen Schrei des Entsetzens aus, denn am andern Ende des Ganges sah sie den Chevalier de Lorraine und Philippe d'Orléans auftauchen. Sie kannten den einzigen Ausgang des Höfchens, in das ihr Opfer gesprungen war, und sie versuchten, ihr den Rückweg abzuschneiden.

Angélique stieß den Posten beiseite, stürmte in den Salon und warf sich der Prinzessin Henriette zu Füßen.

„Erbarmen, Madame, Erbarmen! Man will mich ermorden!"

Ein Kanonenschlag hätte die glänzende Versammlung nicht mehr verblüffen können. Die Spieler waren aufgesprungen und starrten entgeistert auf die zerzauste, durchnäßte junge Frau im beschmutzten und zerrissenen Kleid, die da mitten zwischen ihnen zu Boden gestürzt war.

Am Ende ihrer Kräfte warf Angélique gehetzte Blicke um sich und erkannte die verlegenen Gesichter von Andijos und Péguillin de Lauzun.

„Ihr Herren, steht mir bei!" rief sie beschwörend. „Man hat versucht, mich zu vergiften. Man verfolgt mich, um mich umzubringen."

„Aber wo sind sie denn, Eure Mörder, mein armes Kind?" fragte die sanfte Stimme Henriettens von England.

„Dort!"

Unfähig, mehr zu sagen, deutete Angélique auf die Tür. Man wandte sich um. Der kleine Monsieur, der Bruder des Königs, und sein Günstling, der Chevalier de Lorraine, standen auf der Schwelle.

„Liebste Henriette", sagte Philippe d'Orléans heuchlerisch, während er sich mit zierlichen Schritten seiner Kusine näherte, „ich bin untröstlich über diesen Zwischenfall. Diese Unglückliche ist närrisch."
„Ich bin nicht närrisch. Ich sage Euch, sie wollen mich umbringen."
„Aber meine Liebe, was redet Ihr für törichte Dinge", versuchte die Prinzessin sie zu beruhigen. „Derjenige, den Ihr als Euren Mörder bezeichnet, ist kein anderer als Monseigneur d'Orléans. Schaut ihn doch richtig an!"
„Ich habe ihn nur zu genau angeschaut", rief Angélique. „Nie in meinem Leben werde ich sein Gesicht vergessen. Ich sage Euch, er hat mich vergiften wollen. Monsieur de Préfontaines, Ihr, der Ihr ein ehrbarer Mann seid, bringt mir eine Medizin, Milch, was weiß ich, damit ich die Wirkung dieses entsetzlichen Gifts bekämpfen kann. Ich beschwöre Euch ... Monsieur de Préfontaines!"
Stammelnd, völlig verdutzt, stürzte der gute Mann zu einem Schränkchen und brachte der jungen Frau eine Schachtel mit Orvietan, von dem sie rasch einige Stückchen aß.
Die allgemeine Bestürzung hatte den Höhepunkt erreicht. Mit ärgerlich verkniffenem Mund versuchte Monsieur abermals, sich Gehör zu verschaffen.
„Ich versichere Euch, meine Freunde, daß diese Frau den Verstand verloren hat. Jeder von Euch weiß, daß ihr Gatte derzeitig eines entsetzlichen Verbrechens wegen in der Bastille ist. Die Unglückliche, von dem verrufenen Edelmann umgarnt, macht nun den hoffnungslosen Versuch, seine Unschuld darzutun. Vergeblich hat Seine Majestät sich heute im Verlaufe einer Unterhaltung in aller Güte bemüht, sie zu überzeugen ..."
„Oh, die Güte des Königs! Die Güte des Königs ...!" rief Angélique verzweifelt.
Sie spürte, daß sie im Begriff stand, törichte Dinge zu reden, in welchem Falle es um sie geschehen gewesen wäre! So verbarg sie ihr Gesicht in den Händen und bemühte sich, ihre Ruhe zurückzugewinnen.
Wie von fern hörte sie die treuherzige Jünglingsstimme des kleinen Monsieur:
„Plötzlich wurde sie von einer wahrhaft teuflischen Nervenkrise befallen. Sie ist vom Teufel besessen. Der König schickte sofort nach dem Abt des Augustinerklosters, um sie wegzubringen und durch Gebete beruhigen zu lassen. Aber es ist ihr gelungen, zu entkommen. Um den Skandal zu vermeiden, sie von der Wache in Gewahrsam nehmen zu lassen, hat Seine Majestät mich beauftragt, sie abzufangen und bis zum Eintreffen der Ordensgeistlichen festzuhalten. Ich bin wahrhaftig untröstlich, Henriette, daß sie Eure Abendgesellschaft gestört hat. Ich glaube, es ist am vernünftigsten, Ihr zieht Euch alle mit Euren Spielen in einen Nachbarraum zurück, während ich mich hier des Auftrags meines Bruders entledige."

Wie in einem Nebel sah Angélique, wie sich rings um sie her die dichtgedrängten Reihen der Damen und Edelleute auflösten. Tief bewegt und ängstlich darauf bedacht, dem Bruder des Königs nicht zu mißfallen, zog sich die Gesellschaft zurück.

Angélique hob die Hände und berührte den Stoff eines Kleides, an dem ihre kraftlosen Finger sich nicht festklammern konnten.

„Madame", sagte sie mit tonloser Stimme, „wollt Ihr mich denn sterben lassen?"

Die Prinzessin zögerte. Sie warf einen ängstlichen Blick auf ihren Vetter.

„Wie, Henriette", protestierte dieser schmerzlich, „Ihr zweifelt an meinen Worten, obwohl wir uns gegenseitig Vertrauen gelobten und heilige Bande uns in Kürze vereinigen werden?"

Henriette senkte ihren blonden Kopf.

„Habt Vertrauen zu Monseigneur, meine Freundin", sagte sie zu Angélique. „Ich bin überzeugt, daß man es gut mit Euch meint."

Sie entfernte sich eilig.

In einer Art Delirium, in dem ihr die Zunge versagte, wandte sich Angélique, noch immer auf dem Teppich kniend, der Tür zu, durch welche die Höflinge so rasch verschwunden waren. Sie entdeckte Bernard d'Andijos und Péguillin de Lauzun, die leichenblaß bei ihr verhielten und sich nicht entschließen konnten, den Raum zu verlassen.

„Nun, Ihr Herren", sagte Monseigneur d'Orléans mit keifender Stimme, „meine Anweisungen erstrecken sich auch auf Euch. Muß ich dem König melden, daß Ihr dem Geschwätz einer Irren mehr Glauben schenkt als den Worten seines eigenen Bruders?"

Die beiden Männer senkten den Kopf und zogen sich ebenfalls zögernd zurück. Ihre beschämende Treulosigkeit weckte Angéliques Kampflust von neuem.

„Feiglinge! Feiglinge! O ihr Feiglinge!" rief sie, raffte sich unversehens auf und suchte hinter einem Sessel Schutz.

Mit knapper Not entging sie dem Degenhieb des Chevaliers de Lorraine. Ein zweiter Hieb verletzte ihre Schulter. Aus der Wunde quoll Blut.

„Andijos! Péguillin! Zu mir die Gaskogner!" schrie sie, völlig außer sich, auf. „Rettet mich vor den Männern des Nordens!"

Die Tür des zweiten Salons wurde aufgerissen. Lauzun und der Marquis d'Andijos stürzten mit gezogenen Degen herein. Sie hatten hinter dem angelehnten Türflügel die Szene beobachtet und konnten nun an den grausigen Absichten Monsieurs und seines Günstlings nicht mehr zweifeln.

Mit einem Degenhieb schlug Andijos Philippe d'Orléans die Waffe aus der Faust und verletzte ihn am Handgelenk. Lauzun kreuzte die Klinge mit dem Chevalier de Lorraine.

Andijos packte Angélique bei der Hand.

„Laßt uns fliehen! Rasch!"

Er zog sie in den Gang, stieß gegen Clément Tonnel, dem nicht genügend

Zeit blieb, die Pistole zu zücken, die er unter seinem Mantel verborgen hielt. Andijos bohrte ihm den Degen in die Kehle, und blutüberströmt brach der Mann zusammen. Dann stürzten der Marquis und die junge Frau in wilder Flucht davon.

Hinter ihnen zeterte die Fistelstimme des kleinen Monsieurs den Schweizern zu:

„Wachen! Wachen! Haltet sie fest!"

Und schon folgten ihnen schwere, eilige Schritte und das Klirren der Hellebarden.

„Die Große Galerie...", keuchte Andijos, „... bis zu den Tuilerien... Die Ställe, die Pferde. Dann das freie Feld... Gerettet..."

Trotz seiner Beleibtheit lief der Gaskogner mit einer Ausdauer, die Angélique ihm nie zugetraut hätte.

Aber sie konnte nicht mehr. Ihr Knöchel verursachte ihr wilde Schmerzen, und ihre Schulter brannte.

„Es ist aus mit mir", keuchte sie. „Ich kann nicht mehr!"

Vor ihnen öffnete sich eine der großen Treppen, die zu den Höfen führten.

„Hier hinunter", flüsterte Andijos. „Und verbergt Euch, so gut Ihr könnt. Ich werde sie ablenken."

Fast fliegend glitt Angélique die Steinstufen hinunter. Der rötliche Schein eines Kohlenbeckens ließ sie innehalten. Plötzlich brach sie zusammen.

Harlekin, Colombine, der Hanswurst fingen sie auf, zogen sie in ihren Schlupfwinkel und verbargen sie vor dem Blick der Übelwollenden. Die grünen und roten Rauten ihrer Kostüme flimmerten lange vor ihren Augen, bis sie in eine tiefe Ohnmacht versank.

Zweiunddreißigstes Kapitel

Angélique hatte das Gefühl, in einem grünen und milden Licht zu schwimmen, als sie die Augen aufschlug. Sie war in Monteloup, unter dem schattigen Laub der Erlen am Bach, durch das nur grünlich verfärbte Sonnenstrahlen drangen.

Sie hörte, wie ihr Bruder zu ihr sagte:

„Nie werde ich das Grün der Pflanzen herausbekommen. Wenn man Galmei mit persischem Kobaltsalz behandelt, erhält man allenfalls den ungefähren Ton, aber es ist ein dunkles, undurchsichtiges Grün, das nichts von der leuchtenden Smaragdfarbe der Blätter über dem Fluß hat..."

Gontran hatte eine derbe, heisere Stimme, die neu war und dennoch irgendwie vertraut, einen verdrossenen Tonfall, den er nur annahm, wenn er über seine Farben und Bilder redete. Wie oft hatte er, wenn er Angéliques Augen mit einem gewissen Groll betrachtete, gemurmelt: „Nie werde ich das Grün der Pflanzen herausbekommen."

Ein brennender Stich in der Magengrube ließ Angélique erschauern. Sie erinnerte sich, daß etwas Schreckliches geschehen war.

„Mein Gott", dachte sie, „mein Kindchen ist tot!"

Sicher war es tot! So viele Schrecken hatte es nicht überleben können. Es war bei dem Sprung aus dem Fenster gestorben. Oder bei der atemlosen Flucht durch die Gänge des Louvre ... Noch steckte ihr das Grauen dieses irren Laufs in den Gliedern, und ihr bis zum letzten beanspruchtes Herz schmerzte dumpf.

Unter Aufbietung aller Kräfte gelang es ihr, eine Hand auf ihren Leib zu legen. Eine sanfte Regung beantwortete ihren Druck.

„Oh, es ist noch da, es lebt! Was für ein tapferer kleiner Kamerad!" dachte sie stolz und zärtlich.

Sie spürte die Rundung des Köpfchens unter ihren Fingern, und diese Wahrnehmung belebte Angéliques erstarrten und zerschlagenen Körper. Sie gewann ihre ganze Klarheit zurück und stellte fest, daß sie in Wirklichkeit in einem großen Bett mit gewundenen Säulen lag, dessen grünliche Seidenvorhänge jenes seltsame Licht durchschimmern ließen, das sie an die Ufer des Bachs von Monteloup erinnert hatte.

Sie war nicht in der Rue de l'Enfer bei Hortense. Wo war sie? Ihre Erinnerungen blieben undeutlich; sie hatte lediglich das Gefühl, etwas wie eine riesige und finstere Masse hinter sich her zu schleppen, irgendein wüstes Drama, das sich aus schwarzem Gift, blitzenden Säbeln, Angst, klebrigem Schmutz zusammensetzte.

Und wieder erklang Gontrans Stimme:

„Nie, nie wird man dieses Grün des Wassers unter den Blättern herausbekommen."

Diesmal hätte Angélique beinahe einen Schrei ausgestoßen. War ihr Geist tatsächlich gestört? Oder war sie schwer krank ...?

Sie richtete sich auf und schob die Bettvorhänge zur Seite. Das Schauspiel, das sich ihrem Blick darbot, brachte sie vollends zur Überzeugung, daß sie den Verstand verloren hatte.

Auf einer Art Estrade sah sie eine halbnackte, blonde und rosige Göttin ausgestreckt liegen, die einen Strohkorb mit üppigen, golden schimmernden Weintrauben hielt, deren Blattwerk sich über die Samtkissen des Lagers ausbreitete. Ein völlig nackter kleiner Liebesgott, der auf seinem blonden Haar ein Blumenkrone trug, naschte genießerisch an den Trauben. Plötzlich begann der kleine Gott mehrmals zu niesen. Die Göttin sah ihn beunruhigt an und sagte ein paar Worte in einer fremden Sprache, die zweifellos die Sprache des Olymps war.

Jemand bewegte sich im Raum, und ein rothaariger, bärtiger, jedoch ganz unauffällig wie ein Handwerker des Jahrhunderts gekleideter Riese trat auf Eros zu, nahm ihn auf den Arm und hüllte ihn in einen wollenen Mantel.

Im gleichen Augenblick erkannte Angélique die Staffelei des Malers van Ossel, neben der ein Geselle in der Lederschürze stand und zwei Paletten mit leuchtenden Farben in den Händen hielt.

Der Geselle neigte den Kopf leicht zur Seite und betrachtete das unvollendete Bild des Meisters. Ein fahles Licht fiel auf sein Gesicht. Er war ein lustiger Bursche von mittlerer Größe und gewöhnlichem Aussehen, mit seinem Hemd aus grobem Leinen, das den braunen Hals freiließ, und den kastanienbraunen Haaren, deren wirre Strähnen die dunklen Augen zur Hälfte verdeckten. Doch Angélique hätte unter Tausenden diese schmollende Unterlippe, diese gerümpfte Nase wiedererkannt, und auch das gutmütige, ein wenig schwere Kinn, das sie an ihren Vater, den Baron Armand erinnerte.

Sie rief: „Gontran!"

„Die Dame ist aufgewacht", verkündete die Göttin.

Sogleich drängte sich die ganze Gruppe, der sich fünf oder sechs Kinder beigesellten, zum Bett.

Der Geselle schien verblüfft. Er starrte Angélique an, die ihm zulächelte. Plötzlich errötete er heftig und ergriff mit seinen farbenverschmierten Händen die ihrigen. Er murmelte:

„Meine Schwester!"

Die üppige Göttin, die niemand anders als die Frau des Malers van Ossel war, rief ihrer Tochter zu, die Hühnermilch zu bringen, die sie in der Küche bereitet hatte.

„Ich freue mich", sagte der Niederländer, „ich freue mich, daß ich nicht nur einer in Not befindlichen Dame, sondern zugleich der Schwester meines Gesellen einen Dienst erweisen konnte."

„Aber wie komme ich hierher?" fragte Angélique.

In seiner unbeholfenen Sprache erzählte der Maler, wie sie am Abend des vorigen Tages durch ein Klopfen an der Tür geweckt worden waren. Im Schein der Kerzen hatten ihnen italienische Komödianten in seidenem Flitterwerk eine ohnmächtige, blutende, halbtote Frau übergeben. Die temperamentvollen Italiener hatten inständig gebeten, man möge der Unglücklichen Hilfe leisten. Hinter ihren Masken hatten sie mit den Augen gerollt, den Finger geheimnisvoll auf die Lippen gelegt und mit angsterfüllten Gesten nach oben gedeutet. Die gemessenen Holländer hatten erwidert: „Sie sei uns willkommen!"

Man hatte die junge Dame auf das Bett des Saals gelegt, in dem der Maler arbeitete. Harlekin hatte, in seinen Tanzschuhen von Pfütze zu Pfütze hüpfend, irgendwoher einen stotternden, verängstigten Apotheker geholt, der bereit gewesen war, ein Kräuterpflaster auf die Wunde der

Unbekannten zu legen. Dann hatte Mariedje gesagt: „Laßt sie schlafen. Ihr Körper ist so robust wie der einer Flamin. Morgen wird alles wieder in Ordnung sein."

Sie verstand sich darauf, diese Mariedje, sie hatte schon sechs Kinder gehabt. Und diese Dame war also die Schwester des Gehilfen? Welch ein Zufall...!

Der große Maler lachte, während er am langen Rohr seiner Pfeife zog.

Nachdem man seine Glückwünsche ausgesprochen hatte, kehrte van Ossel zu seiner Staffelei zurück; Mariedje, seine Frau, nahm ihre Pose auf den blauen Samtkissen wieder ein, und die älteste Tochter setzte den kleinen Eros in ein hohes Kinderstühlchen und gab ihm seinen Brei.

Mit einer Handbewegung hatte van Ossel Gontran bedeutet, am Bett zu bleiben.

„Unterhalte dich mit deiner Schwester, Junge... der kleine Jan kann meine Palette halten."

Gontran und Angélique musterten sich ein wenig verlegen. Waren doch acht Jahre vergangen, seitdem sie sich bei der Ankunft in Poitiers getrennt hatten! Angélique sah Raymond und Gontran vor sich, wie sie, die steilen Gassen hinaufreitend, verschwanden. Ob Gontran der alten Kutsche gedachte, in der drei staubbedeckte junge Mädchen enggedrängt nebeneinander gesessen hatten?

„Als ich dich das letzte Mal sah", sagte er, „warst du mit Hortense und Madelon zusammen, und du gingst ins Kloster der Ursulinerinnen von Poitiers."

„Ja. Madelon ist tot, weißt du das?"

„Ja, ich weiß."

„Erinnerst du dich, Gontran? Du hast doch einmal den alten Wilhelm porträtiert."

„Der alte Wilhelm ist tot."

„Ja, ich weiß."

„Ich habe immer noch sein Porträt. Ich hab' sogar noch ein viel besseres gemacht... aus der Erinnerung. Ich werd's dir zeigen."

„Wie bist du eigentlich zu diesem Handwerk gekommen?" fragte Angélique mit einem mitleidigen Unterton.

Er rümpfte seine sensible Sancé-Nase und runzelte die Stirn.

„Törin!" rief er aus. „Wenn ich dazu gekommen bin, wie du sagst, so deshalb, weil ich es gewollt habe. Oh, mein Latein läßt nichts zu wünschen übrig, und die Jesuiten haben sich alle Mühe gegeben, aus mir einen jungen Adligen zu machen, der fähig ist, die Tradition seiner Familie fortzuführen, da Josselin nach Amerika ausgerückt und Raymond in die berühmte Societas Jesu eingetreten ist. Aber auch ich habe schon zu lange meine eigenen Ideen im Kopf. Ich überwarf mich mit unserm Vater, der mich zum Eintritt ins Heer zwingen wollte. Er sagte mir, er werde mir keinen Sol geben. Ich habe mich wie ein Bettler zu Fuß aufgemacht und bin Malergehilfe in Paris geworden. Bald sind meine Lehrjahre zu Ende. Dann mache ich mich auf die Wanderschaft durch Frankreich. Von Stadt zu Stadt werde ich gehen und mir alles aneignen, was man auf dem Gebiet der Malerei und der Gravierkunst lernen kann. Um leben zu können, werde ich mich bei Malern verdingen, oder ich werde Porträts für Bürgersleute machen. Und später kaufe ich mir einen Meisterbrief. Ich werde einmal ein großer Maler sein, das weiß ich ganz genau, Angélique! Vielleicht bekomme ich sogar den Auftrag, die Decken des Louvre auszumalen..."

„Wirst du die Hölle, Flammen und grinsende Teufel draufmalen?"

„Nein, den blauen Himmel, sonnenbestrahlte Wolken, zwischen denen der König in seinem Glanz erscheinen wird."

„Der König in seinem Glanz...", wiederholte Angélique mit müder Stimme.

Sie schloß die Augen. Sie fühlte sich mit einem Male viel älter als dieser Jüngling, der ihr doch in Wirklichkeit an Jahren voraus war, der sich aber den Schwung seiner kindlichen Leidenschaften bewahrt hatte. Gewiß, er hatte gefroren und gehungert, er war gedemütigt worden, aber er hatte nie sein Ziel aus den Augen verloren.

„Und mich fragst du nicht", sagte sie, „wie ich in diese Situation gekommen bin?"

„Ich wage es nicht, dir Fragen zu stellen", meinte er verlegen. „Ich weiß ja, daß du wider deinen Willen einen furchtbaren und gefährlichen Mann geheiratet hast. Mein Vater war glücklich über diese Heirat, aber wir, deine Geschwister, bedauern dich, meine arme Angélique. Du bist wohl sehr unglücklich gewesen?"

„Nein. Unglücklich bin ich erst jetzt."

Es widerstrebte ihr, sich ihm mitzuteilen. Wozu diesen Jungen beunruhigen, der so völlig in seiner beglückenden Arbeit aufging? Wie oft hatte er wohl im Lauf dieser Jahre an seine kleine Schwester Angélique gedacht? Sicher sehr selten, höchstens dann, wenn es ihn bekümmerte, daß er das Grün der Blätter nicht traf. Er hatte nie die andern gebraucht, wenn er auch der Familie aufs engste verhaftet gewesen war.

„In Paris habe ich bei Hortense gewohnt", sagte sie, aus dem Bedürfnis heraus, in seinem ferngerückten Herzen geschwisterliche Gefühle zu wecken.

„Hortense? Das ist eine Hochnäsige! Als ich hier ankam, wollte ich sie gern aufsuchen, aber was gab das für ein Theater! Sie schämte sich fast zu Tode, als ich mit meinen derben Schuhen bei ihr eintrat. Ich trüge ja nicht einmal mehr den Degen, zeterte sie, nichts unterschiede mich mehr von ordinären Handwerkern. Da hat sie schon recht. Aber soll ich vielleicht unter meiner Lederschürze den Degen tragen? Wenn mir als Adligem aber das Malen Freude macht – warum sollte ich mich durch alberne Vorurteile davon abhalten lassen? Ich stoße sie mit einem Fußtritt beiseite."

„Ich glaube, das Aufbegehren liegt uns allen im Blut", sagte Angélique mit einem Seufzer und nahm liebevoll die schwielige Hand ihres Bruders. „Du hast es wohl sehr schwer gehabt?"

„Nicht schwerer, als ich es bei der Armee mit einem Degen an der Seite, mit Schulden bis über die Ohren und mit Wucherern auf den Fersen gehabt hätte. Ich weiß, was ich verdienen kann. Ich habe zwar keine Rente von der guten Laune eines Großen zu erhoffen, aber mein Meister kann mich nicht betrügen, denn die Zunft schützt mich. Wenn ich mal gar nicht ein noch aus weiß, mache ich rasch einen Sprung nach dem Temple, zu unserm Bruder, dem Jesuiten, und bitte ihn um ein paar Silberstücke. Er hält mir eine kleine Predigt über die Würde des Adels, die man in jeder Lebenslage wahren solle. Ich erwidere ihm, daß ich weder ein Freigeist noch ein Trinker sei, und er gewährt mir bereitwillig ein Darlehen, das ich ihm später zurückzuzahlen verspreche."

„Raymond ist in Paris?" rief Angélique aus.

„Ja. Er wohnt im Temple, aber er betreut ich weiß nicht wie viele Klöster, und es sollte mich gar nicht wundern, wenn er es noch zum Beichtvater einiger hoher Persönlichkeiten vom Hofe brächte."

Angélique überlegte. Raymonds Hilfe war es, die ihr not tat. Eine kirchliche Autorität, die vielleicht obendrein die Sache zu ihrer eigenen machen würde, da es sich ja um die Familie handelte.

Trotz der noch so frischen Erinnerung an die Gefahren, denen sie sich ausgesetzt hatte, und trotz der Worte des Königs dachte Angélique keinen Augenblick daran, die Partie aufzugeben. Sie war sich nur darüber klar, daß sie sehr vorsichtig zu Werke gehen mußte. Zunächst einmal konnte sie nicht im Louvre bleiben. Die friedliche und würdige Zuflucht der niederländischen Künstler würde sie nicht lange schützen. Sie mußte dem Louvre entrinnen. Dann zu Desgray, später zu Raymond gehen. Kouassi-Ba suchen. Wie konnte sie sich hier verhätscheln lassen, während Joffrey noch immer im Gefängnis saß!

„Gontran", sagte sie in bestimmtem Ton, „du wirst mich zu den ,Drei Mohren' geleiten."

Van Ossel riet, die Nacht oder zumindest den Abend abzuwarten, der die Gesichtszüge verwischt. Was für Erfahrungen mochte er inmitten all der Dramen und Intrigen dieses Palastes gesammelt haben, deren Echo zugleich mit seinen adligen Modellen seine Staffelei umschwirrte?

Mariedje lieh Angélique eines ihrer Kleider mit einem Mieder aus gewöhnlichem Leinen und schlang ihr ein schwarzes Seidentuch um den Kopf, wie es die einfachen Frauen aus dem Volke trugen. Angélique machte der kurze Rock, der knapp bis zu den Knöcheln reichte, ordentlich Spaß. Wie bequem würde sie sich in ihm in den Straßen von Paris bewegen können.

Der seidene Mantel wurde zusammengefaltet in einen Korb gelegt. Angélique überließ Mariedje das Kleid aus grünem Satin, das die Holländerin trotz seines kläglichen Zustands begeisterte. Sie übergab ihr auch ihre beiden Diamantohrringe und bat, man möge sie den Komödianten aushändigen, die sie gerettet hatten.

Als sie in Begleitung Gontrans den Louvre durch die kleine Tür verließ, die man die Wäscherinnenpforte nannte, weil den ganzen Tag über die Wäscherinnen der fürstlichen Häuser durch sie auf dem Weg von der Seine zum Palast ein und aus gingen, glich sie eher einer am Arm ihres Ehemanns hängenden adretten kleinen Handwerkersfrau als einer großen Dame, die noch am Tag zuvor mit dem König gesprochen hatte.

Jenseits des Pont-Neuf schillerte die Seine im matten Glanz der letzten Sonnenstrahlen. Die Pferde, die zur Tränke geführt wurden, schritten bis zur Brust ins Wasser und schüttelten sich wiehernd. Mit duftendem Heu beladene Kähne reihten sich in langer Kette längs dem Ufer auf. Ein aus Rouen kommendes Marktschiff lud seine aus Soldaten, Mönchen und Ammen bestehenden Fahrgäste aus.

Die Glocken läuteten das Angelus. Die Oblaten- und Strudelverkäufer liefen mit ihren von weißen Tüchern bedeckten Körben durch die Straßen und ermunterten die Spieler in den Schenken zum Kauf.

> „Heda! Kommt zum Oblatenmann,
> wenn euch beim Spiel das Geld zerrann!
> Oblaten! Oblaten! Kosten keinen Dukaten!"

Eine Kutsche rollte vorüber, der Läufer und Hunde vorauszogen.

Der Louvre, massig und unheildrohend, vom nahenden Abend veilchenblau angehaucht, streckte unter dem roten Himmel seine endlose Galerie aus.

4

Der Büßer von Notre-Dame

Dreiunddreißigstes Kapitel

Ein wüstes Grölen drang aus der Schenke, deren über dem Eingang hängendes Schild drei Mohren zeigte.

Angélique und ihr Bruder Gontran stiegen die Stufen hinunter und betraten den von Tabaksrauch und Bratendunst erfüllten Raum. Im Hintergrund gewährte eine offenstehende Tür Einblick in die Küche, in der sich vor einem rotglühenden Feuer mit Geflügel bespickte Spieße langsam drehten.

Die beiden jungen Leute setzten sich an einen abseits stehenden Tisch unter einem Fenster, und Gontran bestellte Wein.

„Such dir eine gute Flasche aus", sagte Angélique und zwang sich zu einem Lächeln. „Ich bin's, die bezahlt."

Und sie zeigte ihre Börse, in der sie die beim Spiel gewonnenen fünfzehnhundert Livres sorgfältig hütete.

Gontran erklärte, er sei kein Feinschmecker. Im allgemeinen begnüge er sich mit einem einfachen Landwein. Sonntags gehe er in die Vororte hinaus und lasse sich etwas Besseres vorsetzen, denn dort seien die Bordeaux- und Bourgogneweine billiger, weil der städtische Zollaufschlag wegfiele. Dieser Ausflug bilde seine einzige Zerstreuung.

Angélique fragte ihn, ob er mit Freunden dorthin ginge. Er verneinte es. Er habe keine Freunde, aber es mache ihm Spaß, unter einer Laube zu sitzen und die Gesichter der Arbeiter und ihrer Familien zu betrachten. Er fand die Menschheit erfreulich und sympathisch.

„Du hast es gut", murmelte Angélique, die plötzlich den bittern Geschmack des Gifts auf der Zunge spürte. Sie fühlte sich nicht krank, aber müde und zugleich überreizt.

Eng in den von Mariedje entliehenen Mantel aus grober Wolle gehüllt, betrachtete sie mit großen Augen das ihr ungewohnte Bild einer hauptstädtischen Kneipe.

In den an der Place de Montorgueil, nahe dem Palais Royal gelegenen „Drei Mohren" sah man viele Komödianten, die mit noch geschminkten Gesichtern und falschen Nasen nach der Vorstellung hierherkamen, um sich „die Eingeweide anzufeuchten" und die von den Leidenschaftsausbrüchen heiser gewordenen Kehlen zu erfrischen. Italienische Possenspieler in grellbuntem Flitterzeug, Jahrmarktsgaukler und zuweilen sogar unheimliche Zigeuner mit dunkelglühenden Augen mischten sich unter die Stammgäste aus der Nachbarschaft.

An diesem Abend führte ein Greis, offenbar ein Italiener, dessen Gesicht sich hinter einer roten Samtmaske verbarg und dessen weißer Bart bis zum Gürtel reichte, den Anwesenden einen kleinen, höchst possierlichen Affen vor. Nachdem das Tier kurze Zeit einen der Gäste beobachtet

hatte, begann es ihn auf drollige Weise nachzuahmen: wie er seine Pfeife rauchte, seinen Hut trug oder sein Glas zum Munde führte.
Die Wänste der Zuschauer schütterten vor Lachen.
Gontran verfolgte die Szene mit leuchtenden Augen. „Schau doch, ist das nicht wunderbar: die rote Maske und der schimmernde Bart!"
Angélique wurde allmählich unruhiger. Sie fragte sich, wie lange ihre Geduld wohl noch auf die Probe gestellt werden würde.
Endlich, als wieder einmal die Tür aufging, erschien die riesige Dogge des Advokaten Desgray. Mit einem einzigen Satz sprang sie auf das Äffchen zu und hätte es zerfleischt, wäre sie nicht durch einen gebieterischen Ruf ihres Herrn, der ihr unmittelbar folgte, zurückgehalten worden. Ein bis unter die Nase in einen weiten mausgrauen Mantel gehüllter Mann begleitete den Advokaten. Verwundert erkannte Angélique den jungen Cerbaland, der sein blasses Gesicht unter einem tief in die Stirn gedrückten Hut verbarg.
Sie bat Gontran, den Neuankömmlingen entgegenzugehen und sie unauffällig an ihren Tisch zu führen.
„Mein Gott, Madame", seufzte der Advokat, während er sich neben sie auf die Bank setzte, „seit heute früh habe ich euch zehnmal erdrosselt, zwanzigmal ertränkt und hundertmal verscharrt gesehen."
„Ein einziges Mal würde genügen, Maître", sagte sie lachend. Aber es befriedigte sie doch ein wenig, ihn so besorgt zu sehen.
„Habt Ihr tatsächlich um eine Mandantin gebangt, die Euch so schlecht bezahlt und darüber hinaus noch in so gefährlicher Weise kompromittiert?"
Er schnitt eine verdrießliche Grimasse.
„Die Gefühlsduselei ist ein Leiden, das man nicht so leicht los wird; wenn dann noch Abenteuerlust hinzukommt, ist einem das böse Ende gewiß. Kurz, je mehr sich Eure Angelegenheit kompliziert, desto mehr fesselt sie mich. Wie steht es mit Eurer Verletzung?"
„Ihr wißt schon davon?"
„Wie es sich für ein Mittelding zwischen einem Polizisten und einem Advokaten gehört. Aber dieser Herr hier hat mir wertvolle Dienste geleistet, das muß ich gestehen."
Cerbaland, dessen malvenfarbene Augen übernächtigt aus seinem wachsbleichen Gesicht hervorstachen, berichtete das Ende der Tragödie im Louvre, in die er durch einen seltsamen Zufall verwickelt worden war.
Er war nämlich in jener Nacht in den Ställen der Tuilerien auf Wache gewesen, als ein keuchender Mann, der seine Perücke verloren hatte, aus den Gärten auftauchte: Bernard d'Andijos. Der Marquis war zuvor gestreckten Laufs durch die Große Galerie gerannt, hatte mit seinen klappernden Holzabsätzen das Echo des Louvre und der Tuilerien geweckt und unterwegs die Posten beiseite gestoßen, die ihn aufzuhalten versuchten.

Während er in größter Hast ein Pferd sattelte, hatte er erklärt, Madame de Peyrac sei mit knapper Not der Ermordung entgangen, und er selbst, Andijos, habe sich soeben mit Monsieur d'Orléans geschlagen. Ein paar Augenblicke danach war er wie der Teufel in Richtung der Porte Saint-Honoré davongaloppiert, nachdem er ihm zugeschrien hatte, er werde das Languedoc gegen den König aufwiegeln.

"Oh, der gute Marquis d'Andijos!" sagte Angélique lachend. "Der und das Languedoc gegen den König aufwiegeln ...!"

"So? Glaubt Ihr, daß er das nicht fertigbringt?" fragte Cerbaland, dessen Stimme plötzlich einen aufbegehrenden Akzent bekam. Bedeutungsvoll hob er den Finger:

"Madame, Ihr scheint die Seele der Gaskogner nicht zu kennen: Lachen und Zorn folgen rasch aufeinander, aber man weiß nie, was von beiden siegt. Und wenn es der Zorn ist, dann gnade Gott!"

"Es ist wahr, daß ich den Gaskognern mein Leben verdanke. Wißt Ihr, was dem Herzog von Lauzun geschehen ist?"

"Er ist in der Bastille."

"Mein Gott!" murmelte Angélique. "Wenn man ihn dort nur nicht vierzig Jahre lang vergißt!"

"Er wird sich nicht vergessen lassen, seid unbesorgt. Ich habe auch gesehen, wie die Leiche Eures ehemaligen Haushofmeisters von zwei Lakaien weggeschafft wurde."

"Der Teufel möge seine Seele holen!"

"Als ich dann nicht mehr an Eurem Tod zweifeln konnte, begab ich mich zu Eurem Schwager, dem Staatsanwalt. Dort fand ich Monsieur Desgray vor, Euren Advokaten. Mit ihm gingen wir ins Châtelet und sahen uns alle Leichen von Ertrunkenen oder Ermordeten an, die man heute morgen in Paris gefunden hat. Ein böses Geschäft, von dem mir jetzt noch übel ist. Und hier bin ich nun, Madame – was werdet Ihr tun? Ihr müßt so rasch wie möglich fliehen."

Angélique betrachtete ihre auf der braunen, rissigen Tischplatte neben dem Glase liegenden Hände. Der Wein im Glas, den sie noch nicht angerührt hatte, leuchtete wie ein dunkler Rubin.

Ihre Hände kamen ihr ungewöhnlich klein, weiß und zerbrechlich vor. Unwillkürlich verglich sie sie mit den männlichen Händen ihrer Gefährten. Sie fühlte sich einsam und sehr schwach.

Gontran sagte unvermittelt:

"Wenn ich recht verstanden habe, bist du in eine üble Geschichte verwickelt, bei der du dein Leben aufs Spiel setzt. Eigentlich überrascht es mich nicht, denn das sind wir seit jeher von dir gewohnt!"

"Monsieur de Peyrac ist in der Bastille und der Hexerei beschuldigt", klärte Desgray ihn auf, der eine Dose aus Horn vor sich hingelegt hatte und sich eine Pfeife stopfte.

"Das verwundert mich nicht", wiederholte Gontran. "Aber du kannst dich noch aus der Affäre ziehen. Wenn du kein Geld hast, werde ich dir welches leihen. Ich habe für meine Wanderschaft einiges zurückgelegt, und Raymond, unser Jesuitenbruder, wird dir bestimmt auch helfen. Pack deine Sachen zusammen und nimm die Postkutsche nach Poitiers. Von dort aus fährst du nach Monteloup. Bei uns hast du nichts zu befürchten!"

Einen Augenblick lang tauchten vor Angélique die Silhouette des Schlosses Monteloup, die stillen Moore und Wälder auf. Florimond würde mit den Truthähnen an der Zugbrücke spielen ...

„Und Joffrey?" fragte sie. „Wer wird dafür sorgen, daß ihm Gerechtigkeit widerfährt?"

Ein lastendes Schweigen trat ein, in das sich das Grölen einer Gruppe Betrunkener und die ungeduldigen Rufe der wartenden Speisegäste senkten, die mit den Messern auf ihre Teller klopften. Als Meister Corbasson, der Garkoch, erschien und in hocherhobenen Händen eine braungebratene, noch brotzelnde Gans hereintrug, verstummten die Rufe. Der Lärm ebbte ab, und auf dem Untergrund befriedigter Brummlaute hörte man den Würfelbecher eines Spielerquartetts klappern.

Desgray rauchte derweilen gleichmütig seine lange holländische Pfeife.

„Hängst du denn so an deinem Mann?" fragte Gontran.

Angélique preßte die Zähne zusammen.

„Eine Unze seines Hirns ist mehr wert als Eure drei Hirne zusammen", erklärte sie unverblümt. „Ich weiß wohl, daß es lächerlich klingt, aber ich liebe ihn, obwohl er mein Gatte ist, obwohl er lahm und entstellt ist."

Ein trockener Schluchzer schüttelte sie.

„Und gerade ich bin es, die seinen Untergang verursacht hat. Durch diese üble Giftgeschichte. Und gestern, als ich mit dem König sprach, habe ich sein Todesurteil unterschrieben, ich habe ..."

Plötzlich erstarrte Angéliques Blick. Eine grausige Vision war hinter der Fensterscheibe aufgetaucht, ein gespenstisches Gesicht, über das lange, fettige Haarsträhnen fielen. Die leichenblasse Wange war von einer violetten Geschwulst gezeichnet. Eine schwarze Binde verdeckte das eine Auge; das andere funkelte wie das eines Wolfs, und die grauenhafte Erscheinung starrte Angélique grinsend an.

„Was ist denn?" fragte Gontran, der mit dem Rücken zum Fenster saß.

Desgray folgte dem verstörten Blick der jungen Frau, sprang jäh auf, pfiff seinem Hund und lief zur Tür.

Das Gesicht am Fenster verschwand. Ein paar Augenblicke später kehrte der Advokat unverrichteterdinge zurück.

„Er ist wie eine Ratte in ihrem Loch verschwunden."

„Ihr kennt diese traurige Gestalt?" erkundigte sich Cerbaland.

„Ich kenne sie alle. Dieser da ist Calembredaine, ein berüchtigter Liederjan, König der Taschendiebe vom Pont-Neuf und einer der größten Bandenführer der Hauptstadt."

„Er scheint eine hübsche Portion Dreistigkeit zu besitzen, wenn er sich einfach dorthin stellt und anständigen Leuten beim Nachtessen zuschaut."

„Vielleicht hatte er einen Komplicen im Lokal, dem er ein Zeichen geben wollte..."

„Mich hat er angestarrt", sagte Angélique, deren Hände zitterten.

Desgray warf ihr einen flüchtigen Blick zu.

„Pah! Ihr braucht Euch nicht zu ängstigen. Hier sind wir ganz in der Nähe der Rue de la Truanderie und der Vorstadt Saint-Denis. Das ist das Hauptquartier der Bettler und ihres Fürsten, des großen Coesre, Königs der Rotwelschen."

Während des Redens hatte er seine Hand um die Taille der jungen Frau geschoben und drückte sie fest an sich. Angélique spürte die Wärme und die Kraft dieser männlichen Hand. Ihre überreizten Nerven entspannten sich. Ohne Scham zu empfinden, schmiegte sie sich an ihn. Was brauchte es sie zu kümmern, daß er ein bürgerlicher und noch dazu armer Advokat war? War sie nicht auf bestem Wege, eine Ausgestoßene, eine Geächtete zu werden, ohne Dach und Schutz, ohne Namen vielleicht?

„Potztausend!" rief Desgray fröhlich aus. „Man setzt sich doch nicht in eine Schenke, um Trübsal zu blasen. Wir wollen uns erst einmal stärken; hinterher werden wir Pläne schmieden. Heda, Corbasson, Bratkoch des Teufels! Wollt Ihr uns hier Hungers sterben lassen?"

Der Wirt eilte herbei.

„Was hast du drei hohen Herren zu bieten, die in den letzten vierundzwanzig Stunden nichts anderes als Aufregungen genossen haben, und einer zarten jungen Dame, deren Appetit der Anregung bedarf?"

Corbasson griff sich ans Kinn und setzte eine bedeutende Miene auf:

„Nun, für Euch, meine Herren, würde ich ein großes, rosiges Rinderfilet vorschlagen, mit Pfeffergurken gewürzt, sowie drei kleine Brathühner und ein Schälchen Crème. Was Madame betrifft, wäre ein etwas leichteres Menü zu empfehlen: Kalbfleisch mit Salat, Kartoffelpüree, eine kandierte Birne und ein Blätterteighörnchen? Zum Abschluß einen Löffel Fenchelzucker, und ich bin überzeugt, es wird sich alsbald wieder ein rosiger Hauch über ihren Lilienteint legen."

„Corbasson, du bist der unentbehrlichste und liebenswürdigste Mensch, den Gott erschaffen hat. Außerdem bist du ein ganz großer Künstler, nicht nur was deine Soßen, sondern auch was die Anmut deiner Rede betrifft."

„Ich danke Euch, Monsieur", erwiderte der Wirt, indem er seine Mütze abnahm und sich verbeugte. „Ihr werdet raschestens bedient sein."

Und er stürzte zur Küche.

Wohl zum erstenmal in ihrem Leben verspürte Angélique keinen Hunger. Sie nippte nur an den kulinarischen Kunstwerken Meister Corbassons.

Ihr Körper kämpfte mit den Resten des Gifts, das sie im Verlauf des düsteren Abenteuers der vergangenen Nacht zu sich genommen hatte.

Jahrhunderte schienen seitdem vergangen. Erschlafft von der Übelkeit und vielleicht auch von dem ungewohnten Kneipendunst, überkam sie Müdigkeit. Die Augen fielen ihr zu, und sie sagte sich, daß es keine Angélique de Peyrac mehr gab.

Als sie erwachte, herrschte morgendliches Dämmerlicht in der verräucherten Schenke.

Sie bewegte sich und bemerkte, daß ihre Wange auf einem harten Kopfkissen ruhte und daß dieses Kissen nichts anderes war als ein Knie des Advokaten Desgray. Sie lag ausgestreckt auf der Bank. Über sich sah sie das Gesicht Desgrays, der mit halbgeschlossenen Augen und in versonnener Haltung noch immer rauchte.

Hastig richtete sie sich auf, wobei sie vor Schmerzen das Gesicht verzog.

„Oh, verzeiht mir!" stammelte sie. „Ich ... es muß furchtbar unbequem für Euch gewesen sein."

„Habt Ihr gut geschlafen?" erkundigte er sich mit schleppender Stimme, in der sich Müdigkeit und ein wenig Trunkenheit mischten. Der Krug vor ihm war nahezu leer.

Cerbaland und Gontran schnarchten, die Ellbogen auf den Tisch gestützt. Die junge Frau warf einen Blick zum Fenster. Sie erinnerte sich vage an etwas Schreckliches. Aber sie sah nur den Widerschein eines fahlen und regnerischen Morgens, der die Scheiben näßte.

Aus dem rückwärtigen Raum waren die Stimme Meister Corbassons und das dumpfe Geräusch über Fliesen rollender Fässer zu hören. Ein Mann stieß mit einem Fußtritt die Tür auf und kam, den Hut im Nacken, herein. Er hielt eine Glocke in der Hand und trug über seinem Gewand eine Art Kittel aus verschossenem blauem Leinen, auf dem ein Gewinde von Lilien und das Emblem des heiligen Christophorus zu erkennen waren.

„Hier ist Picard, der Weinausrufer. Brauchst du mich, Wirt?"

„Du kommst wie gerufen, Freund. Man hat mir gerade von der Place de Grève sechs Fässer Loirewein gebracht. Ich will für heute anstechen."

Cerbaland war ruckartig aufgefahren und zog unversehens seinen Degen.

„Beim Henker, ihr Herrn, hört mich alle an: Ich erkläre dem König den Krieg!"

„Schweigt, Cerbaland!" beschwor ihn Angélique erschrocken.

Wie ein Trunkenbold torkelnd, der seinen Weinrausch noch nicht ausgeschlafen hat, warf er einen argwöhnischen Blick auf sie.

„Glaubt Ihr, ich werde es nicht tun? Ihr kennt die Gaskogner schlecht, Madame. Krieg dem König! Ich fordere Euch alle dazu auf! Krieg dem König! Ein Hoch den Rebellen des Languedoc!"

Mit gezücktem Degen stolperte er die Stufen hinauf und verschwand.

Ohne sich um sein Geschrei zu kümmern, schnarchten die andern Schläfer weiter, und auch Wirt und Weinausrufer ließen sich in ihrem Consilium vor den Fässern nicht stören, wo sie schmatzend den neuen Wein probierten, bevor sie seinen Preis festsetzten. Ein frischer und berauschender Duft verjagte den muffigen Geruch nach kalten Pfeifen, Branntwein und ranzigen Soßen.

Gontran rieb sich die Augen.

„Bei Gott", sagte er gähnend, „ich habe schon lange nicht mehr so gut gegessen, genau besehen seit dem Bankett der Bruderschaft von Saint-Luc, das leider nur einmal im Jahr stattfindet. Ist das nicht das Angelus, was ich da läuten höre?"

„Schon möglich", meinte Desgray.

Gontran stand auf und reckte sich.

„Ich muß aufbrechen, Angélique, sonst zieht mein Meister ein schiefes Gesicht. Hör zu, geh mit Maître Desgray zu Raymond in den Temple. Ich werde heute abend Hortense aufsuchen, auf die Gefahr hin, daß unsere charmante Schwester mich weidlich beschimpft. Ich sag' dir's noch einmal: verlaß Paris. Aber ich weiß wohl, daß du die störrischste aller Mauleselinnen bist, die unser Vater je großgezogen hat..."

„Und du bist der störrischste seiner Maulesel", gab Angélique zurück.

Zusammen traten sie hinaus, von der Dogge begleitet, die auf den Namen Sorbonne hörte. Der Bach, der in der Mitte der Straße floß, führte schlammiges Wasser. Es hatte geregnet. Die Luft war mit Feuchtigkeit getränkt, und ein warmer Wind ließ die eisernen Schilder über den Kaufläden an ihren Haken knarren.

Gontran hielt einen Branntweinverkäufer an und goß sich einen kleinen Becher Schnaps hinter die Binde. Dann wischte er sich mit dem Handrücken die Lippen ab, bezahlte, nahm Abschied von Desgray und Angélique und verlor sich in der Menge, ohne sich von den Handwerkern abzuheben, die zu dieser Stunde an ihre Arbeitsplätze eilten.

„Das also ist aus uns beiden geworden", dachte Angélique, während sie ihm nachschaute. „Schöne Erben des stolzen Namens de Sancé! Ich bin zwangsläufig in diese Situation geraten, aber er, warum ist er freiwillig so tief hinabgestiegen?"

Ihres Bruders wegen ein wenig verlegen, warf sie Desgray einen Seitenblick zu.

„Er ist immer ein Sonderling gewesen", sagte sie. „Er hätte Offizier werden können wie alle jungen Adligen, aber er hat sich immer nur für seine Farben interessiert. Meine Mutter sagte, während sie ihn erwartete, habe sie eine Woche damit verbracht, alle Kleidungsstücke der Familie wegen der Trauer um meine Großeltern schwarz zu färben. Vielleicht kommt es daher?"

Desgray lächelte. „Ich bin begierig auf den Jesuitenbruder", sagte er, „das vierte Exemplar dieser seltsamen Familie."

„Oh, Raymond ist ein feiner und guter Mensch!"

„Ich hoffe es für Euch, Madame."

„Ihr sollt mich nicht mehr Madame nennen", sagte Angélique. „Seht mich an, Maître Desgray."

Sie hob ihr rührendes, kleines, wachsbleiches Gesicht zu ihm auf. Die Müdigkeit verklärte ihre grünen Augen und gab ihnen eine kaum definierbare Tönung: die der ersten Frühlingsblätter.

„Der König hat gesagt: ,Ich möchte nichts mehr von Euch hören.' Begreift Ihr, was ein solcher Befehl bedeutet? Daß es keine Madame de Peyrac mehr gibt. Ich soll nicht mehr existieren. Ich existiere nicht mehr. Begreift Ihr?"

„Ich begreife vor allem, daß Ihr krank seid", sagte Desgray. „Bleibt Ihr bei Eurer Feststellung von neulich?"

„Bei welcher Feststellung?"

„Daß Ihr kein Vertrauen zu mir habt?"

„In diesem Augenblick gibt es nur Euch, zu dem ich Vertrauen haben kann."

„So kommt. Ich führe Euch an einen Ort, wo man Euch pflegen wird. Ihr könnt nicht vor einen gestrengen Jesuiten treten, ohne im Vollbesitz aller Eurer Kräfte zu sein."

Er nahm sie beim Arm und zog sie durch das Gewühl der morgendlichen Stadt. Der Lärm ringsum war ohrenbetäubend. Alle Händler straßauf und straßab priesen zu gleicher Zeit unter gewaltigem Stimmaufwand ihre Waren an.

Angélique hatte große Mühe, ihre verletzte Schulter vor Püffen zu schützen, und sie biß mehr als einmal die Zähne zusammen, um vor Schmerz nicht aufzuschreien.

Vierunddreißigstes Kapitel

In der Rue Saint-Nicolas machte Desgray vor einem riesigen Schilde halt, auf dem auf königsblauem Grund ein kupfernes Schälchen zu sehen war. Dampfwolken entquollen den Fenstern des ersten Stockwerks. Angélique begriff, daß sie sich bei einem Badstübner befand, und es wurde ihr im voraus wohlig zumute bei dem Gedanken, in eine Wanne mit heißem Wasser zu steigen.

Meister Georges, der Inhaber, forderte sie auf, vorläufig erst einmal Platz zu nehmen. Er werde ihnen in wenigen Minuten zur Verfügung stehen. Er rasierte gerade einen Musketier und erging sich dabei in langen Reden über das Elend des Friedens, des größten Mißgeschicks, das einem tapferen Krieger zustoßen könne.

Endlich überließ er den „tapferen Krieger" seinem Lehrling mit dem

Auftrag, ihm den Kopf zu waschen, was kein leichtes Geschäft war, und trat, während er die Klinge des Rasiermessers an seiner Schürze abtrocknete, dienstfertig lächelnd zu Angélique.

„Aha, ich sehe schon, was los ist! Wieder ein Opfer der galanten Krankheiten. Ich soll sie dir wohl instand setzen, bevor du sie gebrauchst, unverbesserlicher Schürzenjäger? Eine Vorsichtsmaßnahme, die ich durchaus billige. Vertrau dich mir ruhig an, mein hübsches Kind. Zuerst ein gutes Bad, das kann keinem schaden, was auch die Herren Ärzte sagen mögen. Dann drei Schröpfköpfe, um das schlechte Blut herauszuziehen, und schließlich ein Pflaster aus verschiedenen Kräutern, das wir auf die bewußte Stelle legen werden, auf jenen lieblichen Altar der Venus, auf dem Maître Desgray hernach unbesorgt sein Opfer darbringen kann."

„Darum geht es nicht", sagte der Advokat ganz ruhig. „Diese junge Frau hat sich eine Verletzung zugezogen, und ich möchte, daß Ihr ihr ein wenig Linderung verschafft. Dann soll sie ein Bad bekommen."

Angélique, die bei den Reden des Barbiers trotz ihrer Blässe errötet war, geriet bei dem Gedanken, sich vor den beiden Männern entkleiden zu müssen, in tiefste Verlegenheit. Sie hatte sich immer nur von Frauen behandeln lassen, und da sie nie krank gewesen war, kannte sie die Untersuchungsmethoden der Ärzte nicht, geschweige denn die der Bader.

Aber noch bevor sie sich dagegen zur Wehr setzen konnte, hatte Desgray auf die selbstverständlichste Weise der Welt und mit der Geschicklichkeit eines Mannes, für den weibliche Kleidungsstücke nichts Geheimnisvolles haben, ihr Mieder aufgehakt und das Band ihres Hemdes gelöst, das ihr daraufhin über die Arme bis zur Taille hinabglitt.

Meister Georges beugte sich über sie und nahm vorsichtig das Salbenpflaster ab, das Mariedje auf die lange, vom Degen des Chevaliers de Lorraine verursachte Hiebwunde gelegt hatte.

„Hm, hm", brummte der Barbier, „ich sehe schon, um was es sich handelt. Ein galanter Edelmann, dem die Geschichte zu kostspielig war und der deshalb mit ‚eiserner Münze' zahlte, wie wir zu sagen pflegen. Weißt du nicht, mein Herzchen, wie man dafür sorgt, daß ihr Degen hübsch unter dem Bett bleibt, bis sie zur Börse greifen?"

„Und was haltet Ihr von der Wunde?" fragte Desgray, ohne auf das Geschwätz zu achten, während Angélique vor Scham verging.

„Tja, sie schaut weder gut noch schlecht aus. Ein unwissender Apotheker hat sie mit seiner ranzigen Salbe verschmiert. Wir werden das beseitigen und durch eine heilende und erfrischende Mixtur ersetzen."

Er entfernte sich, um von einem Gestell eine Dose zu holen.

Angélique fand es unerträglich, halbnackt in diesem jedermann zugänglichen Raum sitzen zu müssen, in dem sich der verdächtige Geruch der Drogen mit dem scharfen Duft der Seifen mischte.

Ein Kunde kam herein, um sich rasieren zu lassen. Bei ihrem Anblick rief er:

„O welch hübsche Nestchen! Schade, daß ich sie nicht zur Hand habe, wenn der Mond aufgeht!"

Auf ein unmerkliches Zeichen Desgrays sprang der Hund Sorbonne den Schwätzer an und verbiß sich in dessen Kniehose.

„Au weh, verdammt noch mal!" rief der Mann aus. „Der Mann mit dem Hund! Du also, Desgray, du Tausendsasa, bist der Besitzer dieser beiden göttlichen Liebesäpfel?"

„Wenn Ihr nichts dagegen habt, Messire", sagte Desgray ungerührt.

„Dann will ich nichts gesagt und nichts gesehen haben. O Messire, vergebt und bedeutet Eurem Untier, meine armen, fadenscheinigen Hosen loszulassen."

Mit einem leisen Pfiff rief Desgray den Hund zurück.

„Ich möchte fort von hier", flüsterte Angélique mit bebenden Lippen und versuchte, sich wieder anzuziehen. Der junge Mann zwang sie, sich hinzusetzen.

Mit barscher, wenn auch gedämpfter Stimme sagte er:

„Spielt nicht die Prüde, kleine Törin! Muß ich Euch an die Redensart der Soldaten erinnern: Krieg ist Krieg? Ihr habt Euch auf einen Kampf eingelassen, bei dem nicht nur das Leben Eures Gatten, sondern auch Euer eigenes auf dem Spiel steht. Ihr müßt alles tun, um ihn zu bestehen, und Ziererei könnt Ihr Euch dabei nicht leisten. Schaut einmal mich an", setzte er gebieterisch hinzu.

Sie zwang sich, die Augen zu diesem Männergesicht zu erheben: einem jener Gesichter, denen man in belebten Straßen auf Schritt und Tritt begegnet. Weder schön noch häßlich, Lippen, die sich in spöttischem Lächeln über unregelmäßigen Zähnen kräuselten, buschige Augenbrauen, die den Glanz der wachsamen Augen verbargen, ein stoppelbedecktes Kinn. Ein Mann, der wie die andern zu sein schien und der dennoch dank irgendeiner geheimnisvollen Gabe mehrere Leben zu leben vermochte.

„Ich bin ein armseliger Kanzlist", fuhr er leise fort, „und alle, die uns umgeben, sind arme Leute aus dem Volk. Sie sind plump, aber weniger lasterhaft als so mancher Edelmann, der seinen Blick auf Eurer Brust ruhen ließ, ohne dadurch Euer Mißfallen zu erregen. Ihr habt mir vorhin gesagt: ,Es gibt keine Madame de Peyrac mehr.' Nun, dann müßt Ihr lernen, eine andere Frau zu werden, sonst..."

Er machte eine fegende Armbewegung.

„Ich glaube, ich werde einen Einschnitt ins Fleisch machen müssen", verkündete Meister Georges, der mit einem funkelnden Messer in der Hand herzutrat. „Ich bemerke unter der Haut eine weißliche Flüssigkeit, die heraus muß. Du brauchst dich nicht zu fürchten, Herzchen", setzte er hinzu, als rede er mit einem Kind, „niemand hat eine leichtere Hand als Meister Georges."

Trotz ihrer Angst mußte Angélique feststellen, daß er recht hatte, denn er ging sehr geschickt zu Werke. Nachdem er eine Flüssigkeit auf die

Wunde gegossen hatte, die sie zusammenzucken ließ und die nichts anderes als Branntwein war, schickte er sie in die Badestuben hinauf. Er werde sie hinterher verbinden.

Die Badestuben Meister Georges' stellten eines der letzten Etablissements dar, wie sie noch zahlreich im Mittelalter bestanden hatten, als die Kreuzfahrer zurückgekehrt waren, die im Orient nicht nur an den türkischen Bädern Geschmack gefunden hatten, sondern auch daran, sich zu waschen. In ihnen schwitzte und reinigte man sich nicht nur, sondern ließ sich auch „enthaaren", womit das Ausrupfen der Haare am ganzen Körper gemeint war. Oft konnte man sich dort auch schröpfen lassen. Sie waren rasch in üblen Ruf geraten, denn zu ihren mannigfaltigen Spezialitäten gehörten auch solche, für die sich hauptsächlich die verrufenen Häuser der Rue du Val d'amour interessierten. Besorgte Priester, strenge Hugenotten, Ärzte, die in diesen Bädern eine Brutstätte der Hautkrankheiten erblickten, hatten sich verbündet, um ihre Auflösung durchzusetzen. Und von da an gab es in Paris, abgesehen von den schmutzigen Lokalen einiger Barbiere, kaum mehr eine Möglichkeit, sich gründlich zu reinigen.

Selbst Meister Georges sprach zuweilen davon, seine Badestuben zu schließen, die den Argwohn der Frömmler des Stadtviertels auf ihn lenkten. Sie brächten ihm mehr Ärger als Geld ein, behauptete er.

Trotz seiner Klagen bestand kein Zweifel, daß es ihm nicht an Kunden fehlte, und als Angélique im Vorbeigehen durch eine Türspalte ein auf einem Ruhebett liegendes Pärchen erblickte, wurde ihr klar, daß der Argwohn vermutlich nicht ganz unbegründet war.

Die Badestuben bestanden aus zwei großen, mit Fliesen ausgelegten Räumen, die durch Holzwände in kleine Kabinen unterteilt waren. Im Hintergrunde jedes der beiden Säle erhitzte ein Junge Steinkugeln in einem Ofen.

Angélique wurde von einer der Wärterinnen, die im Frauensaal Dienst taten, völlig entkleidet. Man schloß sie in eine der Kabinen ein, in der sich eine Bank und eine kleine Wanne befanden, in die man gerade glühende Steinkugeln geworfen hatte. Das Wasser zischte und entwickelte kochend heißen Dampf.

Sie war schweißüberströmt und glaubte, ersticken zu müssen, als man sie endlich herausholte und ihr gebot, in einen Kübel mit kaltem Wasser zu tauchen. Dann hüllte die Wärterin sie in ein Laken und brachte sie in einen anstoßenden Raum, in dem sich bereits andere halbnackte Frauen befanden. Wärterinnen, die zumeist alt und von ziemlich abstoßendem Äußeren waren, rasierten sie oder kämmten ihnen die langen Haare, wobei sie wie eine Schar Hühner gackerten. Dem Tonfall und den Themen der Unterhaltungen entnahm Angélique, daß die Mehrzahl der Badegäste einfache Frauen waren, Mägde oder Marktweiber, die nach der Messe in die Bäder gingen, um hier die neuesten Klatschgeschichten zu erfahren, bevor sie zu ihrer Arbeit eilten.

Man hieß sie, sich auf eine Bank zu legen. Nach einer Weile erschien Meister Georges, ohne daß die Versammlung im geringsten daran Anstoß zu nehmen schien. Ein spitzes Messer funkelte in seiner Hand, und ein kleines Mädchen, das einen Korb mit Schröpfköpfen trug, folgte ihm.

Angélique protestierte erbittert:

„Ihr werdet mir kein Blut abzapfen! Ich habe schon genug verloren. Seht Ihr denn nicht, daß ich schwanger bin? Ihr tötet mir mein Kind!"

Ungerührt machte ihr der Bader ein Zeichen, sich umzudrehen.

„Halt still, sonst lass' ich deinen Freund holen, damit er dir was auf dein Hinterteil gibt."

Erschreckt durch die Vorstellung, daß der Advokat sie in dieser Lage sehen könne, blieb sie steif liegen.

Der Barbier ritzte ihren Rücken an drei Stellen mit seinem Messer und setzte die Schröpfköpfe an.

„Schaut Euch das schwarze Blut an, das da herausläuft", sagte er begeistert. „Solch schwarzes Blut in einem so weißen Mädchen, wie ist das nur möglich?"

„Laßt mir um Gottes willen ein paar Tropfen", beschwor ihn Angélique.

„Ich hab' die größte Lust, dich völlig aussaugen zu lassen", sagte der Barbier mit wild rollenden Augen. „Hinterher verrat' ich dir das Rezept, nach dem du dir deine Adern wieder mit frischem und edlem Blut füllen kannst. Hier ist es: ein gutes Glas Rotwein und eine Liebesnacht."

Er gab sie endlich frei, nachdem er ihr einen festen Verband angelegt hatte. Zwei Mädchen halfen ihr, sich zu frisieren und wieder anzuziehen. Sie gab ihnen ein Trinkgeld, das sie verblüfft in Empfang nahmen.

„He, Marquise", rief die Jüngere aus, „ist es etwa gar dein Prinz vom Federkiel im fadenscheinigen Wams, der dir so schöne Geschenke macht?"

Eine der alten Frauen stieß sie an, und nachdem sie Angélique nachgeschaut hatte, die mit zitternden Knien die Holztreppe hinunterstieg, flüsterte sie:

„Hast du nicht gemerkt, daß sie eine große Dame ist, die in der Hoffnung hierherkommt, sich nach den faden kleinen Edelleuten mal mit etwas Leckerem zu verlustieren?"

„Für gewöhnlich verkleiden sie sich nicht", meinte die andere. „Sie setzen eine Maske auf, und Meister Georges läßt sie durch eine Hintertür ein."

Im Laden fand Angélique Desgray frisch rasiert und mit geröteter Haut vor.

„Sie ist soweit", sagte der Barbier mit verständnisinnigem Augenblinzeln zu Desgray, „aber seid nicht so brutal wie gewöhnlich, solange die Wunde an ihrer Schulter nicht vernarbt ist."

Diesmal mußte die junge Frau lachen. Sie fühlte sich zu jeglicher Gegenwehr unfähig.

„Wie fühlt Ihr Euch?" fragte Desgray, als sie wieder auf der Straße waren.

„Ich fühle mich schwach wie ein kleines Kätzchen", erwiderte Angélique, „aber eigentlich ist das gar nicht unangenehm. Ich habe den Eindruck, als stände ich über den Dingen. Ich weiß nicht, ob die Pferdekur, der ich mich eben unterzogen habe, der Gesundheit zuträglich ist, aber jedenfalls beruhigt sie die Nerven. Ihr braucht Euch keine Sorgen zu machen – einerlei, was für eine Haltung mein Bruder Raymond mir gegenüber einnimmt, er wird eine demütige und fügsame Schwester vor sich haben."

„Gut so. Ich habe immer ein wenig Angst vor Eurem rebellischen Geist. Werdet Ihr wieder ins Bad gehen, bevor Ihr das nächste Mal dem König gegenübertretet?"

„Ach, hätte ich es doch getan!" seufzte Angélique. „Es wird kein nächstes Mal geben. Nie mehr werde ich dem König gegenübertreten."

„Man soll nicht sagen: nie mehr. Das Leben ist veränderlich, das Rad dreht sich unentwegt."

Ein Windstoß löste das Tuch, das die junge Frau um ihr Haar geschlungen hatte. Desgray blieb stehen und knüpfte es wieder fest. Bewegt nahm Angélique die beiden braunen und warmen Hände mit den langen, edelgeformten Fingern zwischen die ihren.

„Ihr seid sehr gut, Desgray", flüsterte sie und hob ihre müden Augen zu ihm.

„Ihr täuscht Euch sehr, Madame. Seht Euch diesen Hund an."

Er deutete auf Sorbonne, der mutwillig um sie herumsprang. Er hielt ihn auf, packte ihn beim Kopf und entblößte das kräftige Gebiß der Dogge.

„Was haltet Ihr von diesen Fangzähnen?"

„Sie sind fürchterlich!"

„Wißt Ihr, worauf ich diesen Hund dressiert habe? Wenn der Abend sich über Paris herabsenkt, gehen wir beide auf die Jagd. Ich lasse ihn an einem alten Tuchfetzen schnüffeln, an einem Gegenstand, der dem Strolch gehört, hinter dem ich her bin. Und wir ziehen los; wir gehen zu den Uferböschungen der Seine, wir streichen unter den Brücken und Pfahlmauern umher, wir irren durch die Vorstädte und die alten Befestigungsanlagen, wir schauen in die Höfe, wir steigen in die Kloaken hinunter, wo es von Bettlern und Banditen wimmelt. Und plötzlich stürmt Sorbonne davon. Wenn ich ihn eingeholt habe, hält er meinen Mann an der Gurgel fest – oh, ganz zart, nur eben so, daß der andere sich nicht rühren kann. Ich sage zu meinem Hund auf deutsch: ‚Warte!', denn ich habe ihn von einem deutschen Söldner gekauft. Ich trete auf den Mann zu, verhöre ihn und fälle das Urteil. Manchmal lasse ich Gnade walten, manchmal hole ich Polizisten, die ihn ins Châtelet bringen, und manchmal sage ich mir: ‚Wozu die Gefängnisse und die Herren von der Justiz bemühen?' Und ich sage zu Sorbonne: ‚Faß an!' Und es gibt einen Strolch weniger in Paris."

„Und ... Ihr macht das oft?" fragte Angélique, der ein Schauer über den Rücken lief.

„Ziemlich oft, ja. Ihr seht also, daß ich keineswegs gut bin."

Nach kurzem Schweigen murmelte sie: „In einem Menschen sind so viele verschiedene Dinge vereinigt. Man kann sehr böse und zugleich sehr gut sein. Weshalb betreibt Ihr dieses schreckliche Handwerk?"

„Ich habe es Euch bereits gesagt: ich bin zu arm. Mein Vater hat mir nur seine Advokatenzulassung und seine Schulden vererbt. Er hat sich Tag und Nacht in den Spielhäusern herumgetrieben. Ich selbst habe immer nur die Armut gekannt. Ich habe in einem jener Kollegien des Universitätsviertels Latein gelernt, in denen sich einem im Winter vor Kälte die Haut abschält. Dort ist meine Vorliebe für die Schenken gewachsen, denn glaubt mir, es gibt für einen armen Studenten nichts Herrlicheres, als sich die Hände aufzuwärmen, indem man einen safttriefenden Braten am Spieße dreht. Meine Liebschaften sind die ein wenig reiferen Freudenmädchen gewesen, die meine Füße zwischen ihre dicken Schenkel nahmen, um sie aufzuwärmen, und die keinen Sol von mir verlangten, weil ich jung und stürmisch war. Meine Domäne sind die Gassen von Paris und ihr Leben bei Nacht. Möglich, daß ich ein gewitzter Advokat werde, falls ich einen großen Prozeß gewinne. Aber wie die Dinge liegen, sieht's viel eher so aus, als würde ich als verruchter Bösewicht, als ‚Schleicher' von der schlimmsten Sorte enden."

„Was ist denn das?"

„Der Name, den die Untertanen Seiner Majestät des Großen Coesre, Fürsten der Bettler, den Leuten von der Polizei geben."

„Kennen sie Euch schon?"

„Sie kennen vor allem meinen Hund."

Die Rue du Temple öffnete sich vor ihnen, von Schlammlöchern unterbrochen, über die man Bretter gelegt hatte. Noch vor wenigen Jahren hatte dieses Viertel lediglich aus Gemüsegärten bestanden, und jetzt noch sah man zwischen den neuen Häusern Kohlfelder und kleine Ziegenherden.

Die vom finsteren Wartturm der einstigen Tempelherrn überragte Umfassungsmauer tauchte auf.

Desgray bat Angélique, einen Augenblick zu warten, und betrat den Laden eines Krämers. Gleich darauf kam er wieder zum Vorschein, mit einem sauberen, aber spitzenlosen Kragen und einem violetten Leibstrick versehen. Weiße Manschetten zierten seine Handgelenke. Die Tasche seines Rocks wölbte sich auf seltsame Weise. Er entnahm ihr ein Taschentuch und hätte dabei fast einen dicken Rosenkranz fallen lassen. Ohne daß er die Kleidung gewechselt hatte, wirkten sein Rock und seine abgetragene Kniehose jetzt beinahe vornehm. Der Gesichtsausdruck tat offenbar das Seinige hinzu, denn Angélique widerstrebte es mit einem Male, den gewohnten vertraulichen Ton beizubehalten.

„Ihr seht aus wie ein frommer Beamter", sagte sie einigermaßen verblüfft.

„Muß ein Advokat nicht so aussehen, der eine junge Dame zu ihrem Jesuitenbruder begleitet?" erkundigte sich Desgray, indem er respektvoll den Hut lüftete.

Fünfunddreißigstes Kapitel

Als Angélique sich der mit Zinnen versehenen Mauer des Temple näherte, ahnte sie nicht, daß dies derjenige Stadtteil von Paris war, in dem man am freiesten lebte.

Dieser befestigte Bezirk hatte ursprünglich den kriegerischen Mönchen gehört, die sich Tempelritter und später Malteserritter nannten. Noch jetzt besaß der Orden uralte Privilegien, die selbst der König anerkannte: hier bezahlte man keine Steuern, hier hatten weder die verwaltungsmäßigen noch die polizeilichen Vorschriften Geltung, hier waren die zahlungsunfähigen Schuldner vor der Verfolgung sicher. Seit mehreren Generationen war der Temple das Leibgedinge der großen Bastarde von Frankreich. Der gegenwärtige Großprior, der Herzog von Vendôme, stammte in direkter Linie von Heinrich IV. und seiner Mätresse, der berühmten Gabrielle d'Estrées, ab.

Angélique, der die besonderen rechtlichen Verhältnisse dieser inmitten der Hauptstadt ihre Selbständigkeit bewahrenden kleinen Gemeinde unbekannt waren, empfand eine gewisse Beklemmung, während sie die Zugbrücke überschritt. Doch auf der anderen Seite des Torgewölbes umfing sie eine ebenso überraschende wie beruhigende Stille.

Der Temple hatte sich seit langem seiner militärischen Traditionen begeben. Er war nur noch so etwas wie ein friedlicher Zufluchtsort, der seinen glücklichen Bewohnern alle Annehmlichkeiten eines zugleich zurückgezogenen und mondänen Lebens bot.

Im Schutz des massiven Cäsarturms besaßen die Jesuiten ein behagliches Haus, in dem insbesondere diejenigen Mitglieder ihres Ordens lebten, die bei hohen Persönlichkeiten des Hofs das Amt des Hausgeistlichen versahen.

Desgray bat den Seminaristen, der sie einließ, den R. P. de Sancé zu benachrichtigen, daß ein Rechtskonsulent ihn in der Angelegenheit des Grafen Peyrac zu sprechen wünsche.

Sie wurden in ein kleines Besuchszimmer geführt und brauchten nur wenige Minuten zu warten, bis Pater de Sancé lebhaften Schrittes über die Schwelle trat. Er erkannte Angélique auf den ersten Blick.

„Meine liebe Schwester!" sagte er und küßte sie brüderlich.

„O Raymond!" flüsterte sie, gestärkt durch diese Begrüßung.

Er bedeutete ihnen, Platz zu nehmen.

„Wie steht die unerfreuliche Angelegenheit?"

Desgray ergriff das Wort und gab eine knappe Darstellung der Situation. Graf Peyrac befinde sich unter der geheimen Anklage der Hexerei in der Bastille. Als erschwerend komme hinzu, daß er das Mißfallen des Königs und den Argwohn einflußreicher Persönlichkeiten erregt habe.

„Ich weiß, ich weiß!" murmelte der Jesuit.

Er sagte nicht, von wem er so genau informiert worden war, aber nachdem er einen prüfenden Blick auf Desgray gerichtet hatte, stellte er ihm die direkte Frage:

„Welchen Weg müssen wir nach Eurer Meinung einschlagen, um meinen unglückseligen Schwager zu retten?"

„Ich meine, daß auch in diesem Fall das Bessere des Guten Feind ist. Graf Peyrac ist zweifellos das Opfer einer Hofintrige, von der der König keine Ahnung hat, die jedoch eine mächtige Persönlichkeit lenkt. Ich möchte keinen Namen nennen."

„Ihr tut gut daran", fiel Pater de Sancé rasch ein, während Angélique das verschlagene Gesicht des unheimlichen Eichhörnchens vor Augen sah.

„Es wäre ungeschickt zu versuchen, den Machenschaften von Personen entgegenzuwirken, die Geld und Einfluß auf ihrer Seite haben. Dreimal war Madame de Peyrac nahe daran, ihr Opfer zu werden. Diese Erfahrungen genügen. Beschränken wir uns und gehen wir von dem aus, was wir ans Tageslicht zu ziehen vermögen. Monsieur de Peyrac ist der Hexerei beschuldigt. Nun, so stelle man ihn vor ein Kirchengericht! Und dabei könnte Eure Mithilfe, Pater, von großem Nutzen sein, denn ich gestehe, daß ich als unbekannter Advokat in diesem Falle keinen Einfluß habe."

„Ihr scheint mir gleichwohl auf dem Gebiet des kanonischen Rechts beschlagen zu sein."

„Oh, ich bin mit Diplomen so gespickt wie das Marzipan Meister Ragueneaus, des Konditors, mit Mandeln", sagte Desgray, der sich zum erstenmal während der Unterhaltung seines steifen Gehabens begab.

Raymond lächelte, und Angélique war verwundert über das spontane Einverständnis, das zwischen den beiden Männern herrschte.

„Indessen zweifle ich nicht", fuhr der Advokat fort, „daß eine Intervention meinerseits im gegenwärtigen Augenblick nicht nur nutzlos, sondern sogar schädlich wäre. Damit ich als Advokat des Grafen Peyrac meine Einwendungen anbringen kann, müßte erst einmal das Verfahren beschlossen und ein Verteidiger zugelassen werden. Ursprünglich dachte wohl kein Mensch daran. Doch die verschiedenen Interventionen, die

Madame de Peyrac bei Hof veranlaßte, haben das Gewissen des Monarchen beunruhigt. Ich zweifle jetzt nicht mehr daran, daß es zu einem Prozeß kommen wird. Bei Euch, Pater, liegt es, zu erreichen, daß er in der einzig möglichen Form stattfindet, nämlich so, daß jede Möglichkeit der Verfälschung und des Betrugs von seiten der Herren der zivilen Justiz ausgeschaltet ist."

„Ich sehe, Maître, daß Ihr Euch hinsichtlich Eurer Gilde keine Illusionen macht."

„Ich mache mir über niemand Illusionen, Pater."

„Daran tut Ihr gut", meinte Raymond de Sancé. Worauf er versprach, einige Persönlichkeiten aufzusuchen, deren Namen er nicht erwähnte, und den Advokaten und seine Schwester über seine Schritte auf dem laufenden zu halten.

„Du bist bei Hortense abgestiegen, glaube ich?"

„Ja", seufzte Angélique.

„Mir kommt da übrigens ein Gedanke", unterbrach Desgray. „Könntet Ihr nicht kraft Eurer Beziehungen für Eure Frau Schwester im Bezirk eine bescheidene Unterkunft ausfindig machen? Ihr wißt ja, daß ihr Leben bedroht ist, aber im Temple würde es niemand wagen, ein Verbrechen zu begehen. Man ist sich sehr wohl bewußt, daß der Herzog von Vendôme, der Großprior von Frankreich, keine Strolche innerhalb der Grenzmauer duldet. Er prüft jeden auf Herz und Nieren, der ihn um Asyl bittet. Ein in seinem Gewaltbereich begangenes Verbrechen würde unerwünschtes Aufsehen erregen. Schließlich könnte sich Madame de Sancé unter einem falschen Namen registrieren lassen, was ihre Spur verwischen würde. Das verschaffte ihr zu gleicher Zeit ein wenig Ruhe, deren ihre mitgenommene Gesundheit nur zu sehr bedarf."

„Euer Plan scheint mir durchaus vernünftig", stimmte Raymond zu. Er überlegte einen Augenblick, ging dann hinaus und kehrte mit einem kleinen Zettel zurück, auf den er eine Adresse geschrieben hatte: ‚Madame Cordeau, Witwe, wohnhaft am Carreau du Temple.'

„Das Quartier ist bescheiden", sagte er, „beinahe schon ärmlich. Aber du wirst ein großes Zimmer haben und kannst deine Mahlzeiten bei dieser Madame Cordeau einnehmen, die den Auftrag hat, das Häuschen zu betreuen und drei oder vier Räume zu vermieten. Du bist natürlich an mehr Bequemlichkeit gewöhnt, aber ich glaube, du kannst dort so untertauchen, wie Maître Desgray es für zweckmäßig hält."

„Gut, Raymond", willigte Angélique fügsam ein. Und in wärmerem Ton fügte sie hinzu: „Ich danke dir, daß du an die Schuldlosigkeit meines Gatten glaubst und mit uns gegen die Ungerechtigkeit ankämpfen willst, deren Opfer er ist."

„Angélique, ich wollte dich nicht noch mehr bekümmern, denn dein vergrämtes Gesicht und dein Äußeres haben mir Mitleid eingeflößt. Aber glaube nicht, daß ich auch nur das leiseste Verständnis für das skandalöse

Leben deines Gatten habe, in das er dich mit hineingerissen hat und das du heute bitter büßen mußt. Gleichwohl ist es natürlich, daß ich einem Mitglied meiner Familie zu Hilfe komme."

Die junge Frau öffnete den Mund zu einer heftigen Entgegnung, unterdrückte sie aber. Zuviel war auf sie eingestürmt.

Dennoch konnte sie sich nicht bis zum Schluß beherrschen. Während Raymond die beiden ins Vestibül zurückgeleitete, teilte er Angélique mit, ihre jüngste Schwester Marie-Agnès habe dank seiner Fürsprache die vielbegehrte Stelle einer Hofdame der Königin bekommen.

„Was für ein Glück!" rief die junge Frau ironisch aus. „Marie-Agnès im Louvre! Ich zweifle keinen Augenblick, daß sie sich rasch und gründlich anpassen wird."

„Madame de Navailles nimmt sich ganz besonders der jungen Hofdamen an. Sie ist eine liebenswürdige Person, und überdies klug und vernünftig. Ich habe mich auch mit dem Beichtvater der Königin unterhalten, der mir versicherte, daß Ihre Majestät großen Wert auf den einwandfreien Lebenswandel ihrer Hofdamen legt."

„Wie naiv du bist!"

„Das ist eine Eigenheit, die unsere Vorgesetzten nicht dulden."

„Dann heuchle nicht!" schloß Angélique.

Das freundliche Lächeln wich nicht von Raymonds Gesicht.

„Ich stelle zu meiner Befriedigung fest, daß du dich nicht verändert hast, liebe Schwester. Ich wünsche dir, daß du in der Unterkunft, die ich dir nannte, zur Ruhe kommst. Geh nun, ich werde für dich beten."

„Diese Jesuiten sind wirklich beachtliche Leute", erklärte Desgray ein wenig später. „Warum bin ich eigentlich kein Jesuit geworden?"

Diese Frage beschäftigte ihn bis zur Rue Saint-Landry, wo Hortense die beiden mit höhnisch verkniffener Miene empfing.

„Großartig! Großartig!" sagte sie und tat, als beherrsche sie sich nur mühsam. „Ich stelle fest, daß du von jeder deiner fragwürdigen Unternehmungen in kläglicherem Zustand zurückkehrst. Und natürlich in Begleitung – wie immer."

„Hortense, das ist Maître Desgray!"

Hortense wandte dem Advokaten den Rücken zu, da sie ihn seiner abgetragenen Kleidung und seines üblen Rufs wegen nicht ausstehen konnte.

„Gaston", rief sie, „schaut Euch nur Eure Schwägerin an. Ich hoffe, Ihr seid dann fürs ganze Leben geheilt!"

Maître Fallot de Sancé erschien, reichlich verdrossen über die Aufforderung seiner Frau, aber Angéliques Anblick verschlug ihm dann doch fast die Sprache.

„Mein armes Kind, in was für einem Zustand . . ."

In diesem Augenblick ging die Glocke, und Barbe führte Gontran herein, worüber Hortense vollends in Harnisch geriet und in Verwünschungen ausbrach.

„Was habe ich nur meinem Herrgott zuleide getan, daß er mich mit einem solchen Bruder und einer solchen Schwester straft? Wer glaubt mir jetzt noch, daß meine Familie von altem Adel ist? Eine Schwester, die wie ein Bettelweib nach Haus kommt! Ein Bruder, der immer tiefer gesunken und schließlich ein Handlanger geworden ist, den Adlige wie Bürger duzen und mit dem Stock prügeln können! Man hätte euch beide zusammen mit jenem gräßlichen, hinkenden Hexenmeister in die Bastille sperren müssen...!"

Angélique kümmerte sich nicht um ihr Gezeter; sie rief nach ihrer kleinen bearnischen Magd, die ihr beim Packen helfen sollte.

Hortense hielt inne und schöpfte Atem.

„Du kannst lange nach ihr rufen! Sie ist fort."

„Wieso fort?"

„Mein Gott, wie die Herrin, so die Magd! Gestern ist sie mit einem langen Kerl auf und davon gegangen, der sie abholen kam und einen grauenhaften Dialekt redete."

Angélique war völlig entgeistert, denn sie fühlte sich für das junge Mädchen verantwortlich, das sie aus ihrer Heimat herausgerissen hatte. Sie wandte sich zu Barbe. „Barbe, man hätte sie nicht weglassen dürfen."

„Was sollte ich denn tun, Madame?" schluchzte das Mädchen. „Die Kleine hatte ja den Teufel im Leib. Sie schwor mir hoch und heilig, der Mann, der sie abholen wolle, sei ihr Bruder."

„Pah! Ihr Bruder auf gaskognische Weise. Dort drunten gibt es einen Ausdruck: ‚Bruder meines Landes', den die Leute aus derselben Provinz untereinander anwenden. In Gottes Namen, schließlich brauche ich auf diese Weise nicht für ihren Lebensunterhalt zu sorgen..."

Am selben Abend bezogen Angélique und ihr Söhnchen das bescheidene Logis der Witwe Cordeau am Carreau du Temple.

So hieß der Marktplatz, zu dem die Händler strömten, die Geflügel, Fische, frisches Fleisch, Knoblauch, Honig und Kresse feilboten, denn jeder hatte das Recht, sich gegen ein geringes Standgeld dort niederzulassen und zu beliebigen Preisen zu verkaufen, ohne Steuern und ohne Kontrolle. Die Gegend war darum sehr belebt.

Die Witwe Cordeau war eine alte Frau von eher bäurischem als städtischem Wesen, die vor ihrem kümmerlichen Feuer Unmengen Wolle spann und in ihrem Äußeren etwas von einer Hexe hatte.

Doch Angélique fand ein sauberes, nach Seife duftendes Zimmer vor, ein bequemes Bett, und auf dem Fußboden eine tüchtige Lage Stroh, die man ausgebreitet hatte, um an diesen ersten Wintertagen die von den Fliesen aufsteigende Kälte abzuhalten.

Madame Cordeau hatte ein Kinderbettchen für Florimond heraufbringen lassen, einen Stapel Holz und eine Schüssel mit Brei.

Nachdem Desgray und Gontran gegangen waren, fütterte die junge Frau den Kleinen und legte ihn schlafen. Florimond quengelte und verlangte nach Barbe und seinen kleinen Vettern. Um ihn auf andere Gedanken zu bringen, summte sie ein Lied: das von der grünen Mühle, das er besonders gern mochte. Die Wunde schmerzte sie kaum mehr, und die Versorgung des Kindes bedeutete eine willkommene Ablenkung. Wenn sie sich auch daran gewöhnt hatte, zahllose Dienstboten zur Verfügung zu haben, war doch andererseits ihre Kindheit so hart gewesen, daß das Verschwinden der letzten Dienerin ihr nicht allzu viel ausmachte.

Im übrigen — hatten die Nonnen sie damals in Poitiers nicht an grobe Arbeiten gewöhnt, ‚im Hinblick auf die Prüfungen, die der Himmel uns senden kann'?

Als daher das Kind eingeschlafen war und sie selbst sich zwischen den groben, aber sauberen Laken ausstreckte und als der Nachtwächter unter ihrem Fenster vorbeiging mit dem Ruf: „Die Uhr hat zehn geschlagen. Das Tor ist verschlossen. Ihr Leut' im Temple, schlaft in Frieden..." — da überkam sie schließlich ein Gefühl des Wohlbehagens und der Entspannung, und während draußen der Regen fiel, schlief sie friedlich ein.

Auf der Ballei hatte sie sich unter dem unverfänglichen Namen Madame Martin eintragen lassen. Niemand stellte ihr Fragen. Die folgenden Tage verbrachte sie in dem ungewohnten, aber angenehmen Gefühl, eine junge Mutter aus dem einfachen Volke zu sein, die sich unter ihre Nachbarn mischt und keine anderen Pflichten kennt, als ihr Kind zu versorgen. Sie aß gemeinsam mit Madame Cordeau, deren fünfzehnjährigem Sohn, der Lehrling in der Stadt war, und einem ruinierten Kaufmann, der sich im Temple vor seinen Gläubigern verbarg.

Der Knabe Florimond heimste viele Komplimente ein, und Angélique war sehr stolz darauf. Sie nützte den kleinsten Sonnenstrahl aus, um zwischen den Ständen des Platzes mit ihm spazierenzugehen, wo alle Marktfrauen ihn entzückt mit dem Jesuskind in der Krippe verglichen.

Einer der Schmuckwarenhändler, der seinen Stand dicht bei dem Hause hatte, in dem Angélique wohnte, bot ihr ein kleines Kreuz mit imitierten Rubinen für ihn an. In Erinnerung an bessere Zeiten konnte sie nicht widerstehen und befestigte es am Halse des Kleinen.

Die Hersteller von unechten Edelsteinen gehörten zu den Handwerkern jeglicher Art, die sich im Temple-Bezirk niederließen, um sich den tyrannischen Vorschriften der Zünfte zu entziehen, und da die Goldschmiede von Paris die Fabrikation von Imitationen untersagten, bot nur der Temple die Möglichkeit, all jenen Tand zu kaufen, an dem die Mädchen aus dem Volke soviel Freude hatten. Aus allen Ecken der Hauptstadt kamen sie hierher, munter und hübsch anzusehen in ihren billigen Kleidern, die zumeist aus düsteren, grauen Stoffen geschneidert waren und ihnen den Spitznamen Grisetten einbrachten.

Angélique, die die buntschillernden Farben des Hofs kennengelernt hatte, verwunderte und betrübte sich über das gleichförmige Aussehen der einfachen Leute. Nicht wenige waren noch nach der Mode des vergangenen Jahrhunderts gekleidet. Sie selbst hatte ihre letzten Taft- und Seidenröcke mit einem Kleid aus derber brauner Wolle vertauscht. Für Florimond hatte sie einen Kittel von der gleichen Farbe und einen Kapuzenmantel gekauft.

Auf ihren Spaziergängen mied sie die Straßen des Temple-Bezirks, in denen sich teils aus Neigung, teils aus Sparsamkeit reiche und vornehme Leute niedergelassen hatten. Sie befürchtete, von den Besuchern erkannt zu werden, deren Kutschen mit großem Gepolter über die Brücke fuhren, und vor allem wollte sie sich sehnsüchtige Gedanken ersparen. Ein vollständiger Bruch mit der Vergangenheit schien in jeder Hinsicht ratsam, und im übrigen – war sie nicht die Frau eines armen, von allen verlassenen Gefangenen . . .?

Sechsunddreißigstes Kapitel

Als sie indessen eines Tages mit Florimond auf dem Arm die Treppe hinunterstieg, begegnete sie ihrer Zimmernachbarin, deren Gesicht ihr irgendwie vertraut vorkam. Madame Cordeau hatte ihr gesagt, sie beherberge auch eine sehr arme, aber ziemlich zurückhaltende junge Witwe, die es vorzöge, sich gegen einen kleinen Zuschlag die Mahlzeiten auf ihr Zimmer bringen zu lassen. Im Vorbeigehen blickte Angélique flüchtig in ein reizvolles, brünettes Gesicht mit sehnsuchtsvollen, rasch gesenkten Augen, das sie nicht mit einem Namen verbinden konnte, obwohl sie sicher war, ihm schon einmal begegnet zu sein.

Bei der Rückkehr vom Spaziergang schien die junge Witwe auf sie zu warten.

„Seid Ihr nicht Madame de Peyrac?" fragte sie.

Ärgerlich und ein wenig beunruhigt bedeutete ihr Angélique, in ihr Zimmer zu treten.

„Ihr saßet an jenem Tag, als der König in Paris einzog, zusammen mit mir in der Kutsche meiner Freundin Athénaïs de Rochechouart. Ich bin Madame Scarron."

Jetzt erkannte Angélique die ebenso schöne wie unscheinbare junge Frau wieder, die damals in ihrem dürftigen Kleid mit von der Partie gewesen war und deren sie sich alle ein wenig geschämt hatten.

Sie hatte sich inzwischen kaum verändert, außer daß ihr Kleid noch abgenutzter und geflickter war. Aber sie trug einen schneeweißen Kragen und wahrte eine Dezenz, die etwas Rührendes hatte.

Trotz allem beglückt, sich mit einem Menschen aus dem Poitou unterhalten zu können, bot Angélique ihr vor dem Kamin Platz an, und sie verzehrten mit Florimond zusammen ein wenig Gebäck.

Françoise d'Aubigné gestand ihr, sie habe sich im Temple eingemietet, weil man hier drei Monate lang wohnen könne, ohne Miete zu bezahlen. Nun ja, sie sei mit ihren Mitteln völlig am Ende und stehe vor der Aussicht, von ihren Gläubigern auf die Straße gesetzt zu werden. Doch hoffe sie, im Verlaufe dieser drei Monate beim König oder bei der Königin-Mutter durchsetzen zu können, daß man die Rente von zweitausend Livres, die Seine Majestät ihrem Gatten zu dessen Lebzeiten gewährt hatte, auf sie übertrage.

„Ich gehe fast jede Woche in den Louvre und stelle mich an den Weg zur Kapelle. Ihr wißt doch, daß Seine Majestät, wenn sie ihre Gemächer verläßt, um die Messe zu hören, eine Galerie durchquert, in der die Bittsteller sie anreden dürfen. Es gibt dort immer eine Unmenge von Mönchen, Kriegswaisen und ausgedienten Soldaten ohne Pension. Wir müssen manchmal sehr lange warten. Endlich erscheint der König. Ich muß gestehen, jedesmal, wenn ich meine Bittschrift in die königliche Hand lege, klopft mein Herz so heftig, daß ich fürchte, der König könnte es hören."

„Bisher hat er nicht einmal Eure Bitte gehört!"

„Allerdings, aber ich gebe die Hoffnung noch nicht auf, daß er eines Tages einen Blick darauf wirft."

Die junge Witwe war über alles orientiert, was bei Hofe vorging. Sie erzählte von Mademoiselle de Montpensier, die wieder einmal in Ungnade gefallen und vom König aus unerfindlichen Gründen auf ihre Besitzung Saint-Fargeau verbannt worden sei, von der in aller Stille gefeierten Hochzeit Monsieurs mit Henriette von England, bei der die beiden Ehegatten nach übereinstimmender Ansicht recht sauere Gesichter gezogen hätten. Philippe d'Orléans habe heimlich bei dem Gedanken an die Pflichten geseufzt, denen er seiner reizenden und jungen Gattin gegenüber würde nachkommen müssen. Henriette von England habe dagegen ihren königlichen Schwager mit Blicken verfolgt, die unzweideutig erkennen ließen, auf wen sich ihre Enttäuschung bezogen habe und daß ihr lange gehegter Wunsch, Schwiegertochter Anna von Österreichs zu werden, auf nicht eben beglückende Weise in Erfüllung gegangen sei. Indessen habe am anderen Morgen der ganze Louvre zugegeben, daß der zuvor von seinem Bruder gehörig ins Gebet genommene kleine Monsieur sein Bestes getan zu haben scheine und daß die junge Gattin offenbar nicht ausgesprochen enttäuscht gewesen sei. Zur Belohnung habe Ludwig XIV. die Rückkehr des anläßlich des Ereignisses entfernten Chevaliers de Lorraine erlaubt.

Angélique amüsierte sich höchlichst. Françoise d'Aubigné plauderte mit sehr viel Witz und Geist, und wenn sie sich ihrer Zurückhaltung begab, strahlte sie ungewöhnlichen Charme aus. Es schien sie nicht zu überraschen, die prunkgewohnte Madame de Peyrac in einem solch kümmerlichen Milieu wiederzusehen, und sie schwatzte, als befände sie sich in einem Salon.

Um jeglicher Indiskretion vorzubeugen, klärte Angélique sie mit einigen Worten über ihre Situation auf: Sie warte unter einem angenommenen Namen auf den Prozeß und die Rehabilitierung ihres Gatten, um erst dann wieder unter die Menschen zu treten. Sie vermied es, ihr zu sagen, wessen der Graf Peyrac beschuldigt wurde, denn trotz der ein wenig schlüpfrigen Geschichten, die sie erzählte, schien Françoise Scarron sehr fromm zu sein. Sie war eine konvertierte Protestantin, die in ihren Prüfungen Trost bei der Religion suchte.

Angélique schloß:

„Ihr seht, daß meine Situation noch schwieriger ist als die Eurige, Madame. Deshalb habe ich leider keine Möglichkeit, Euch bei Euren Bemühungen behilflich zu sein. Denn so mancher Mensch, der noch vor wenigen Monaten tief unter mir stand, hat jetzt das Recht, auf mich herabzublicken."

„Man könnte die Leute in zwei Kategorien einteilen", erwiderte die Witwe des geistreichen Krüppels: „Solche, die sich einem nützlich erweisen können, und solche, die einem nutzlos sind. Mit den ersteren verkehrt man, um sich Protektion zu verschaffen, mit den letzteren zu vergnüglichem Zeitvertreib."

Beide brachen in fröhliches Gelächter aus.

„Weshalb sieht man Euch so selten?" fragte Angélique. „Ihr könnt doch mit uns zusammen essen?"

„Oh, ich bringe es einfach nicht über mich!" sagte die Witwe erschauernd. „Ich muß gestehen, daß mir beim Anblick dieser Mutter Cordeau und ihres Sohnes himmelangst wird . . .!"

Angélique wollte sich eben über diesen Ausspruch verwundern, als sie durch ein merkwürdiges Geräusch, etwas wie ein animalisches Grunzen, das von der Treppe kam, abgelenkt wurde.

Madame Scarron öffnete die Tür und prallte entgeistert zurück.

„Mein Gott, da drunten ist ein Teufel!"

„Was wollt Ihr damit sagen?"

„Jedenfalls ist es ein ganz schwarzer Mann."

Angélique stieß einen Schrei aus und stürzte zum Treppengeländer.

„Kouassi-Ba!" rief sie.

„*Médême*", antwortete Kouassi-Ba von unten.

Wie ein düsteres Gespenst erschien er auf der dunklen, engen Treppe.

Er war in jämmerliche, durch Schnüre zusammengehaltene Lumpen gekleidet. Seine Haut war grau und schlaff. Doch als er Florimond erblickte, stieß er wilde Freudenrufe aus und stürzte zu ihm.

Françoise Scarron verließ mit allen Zeichen des Entsetzens das Zimmer und flüchtete in das ihrige. Angélique hatte ihr Gesicht in den Händen vergraben, um nachzudenken. Wann eigentlich ... ja, wann eigentlich war Kouassi-Ba verschwunden? Sie konnte sich nicht mehr erinnern. Alles verwirrte sich. Endlich fiel ihr ein, daß er sie am Morgen jenes schrecklichen Tages, an dem sie vom König empfangen worden und beinahe durch die Hand des Herzogs von Orléans ums Leben gekommen war, in den Louvre begleitet hatte. Von diesem Augenblick an hatte sie, wie sie sich eingestehen mußte, Kouassi-Ba völlig vergessen!

Sie warf ein Reisigbündel ins Feuer, damit er seine regendurchnäßten Lumpen trocknen konnte, und tischte ihm auf, was sie nur aufzutreiben vermochte. Während er alles heißhungrig in sich hineinschlang, berichtete er ihr seine Odyssee.

In jenem großen Schloß, in dem der König von Frankreich wohnt, hatte Kouassi-Ba lange, lange auf *Médême* gewartet. Schrecklich lange! Die vorbeikommenden Mägde hatten sich über ihn lustig gemacht.

Dann war es Nacht geworden. Dann hatte er viele, viele Stockhiebe bekommen. Er war im Wasser aufgewacht, jawohl im Wasser, das an dem großen Schloß vorbeifließt.

„Man hat ihn niedergeschlagen und in die Seine geworfen", sagte sich Angélique.

Kouassi-Ba war geschwommen; dann hatte er das Ufer erreicht. Beim Aufwachen hatte er geglaubt, in seine Heimat zurückgekehrt zu sein. Drei Mohren hatten sich über ihn gebeugt. Männer wie er, keine von den kleinen Negerknaben, die den vornehmen Damen als Pagen dienten.

„Bist du sicher, nicht geträumt zu haben?" fragte Angélique verwundert. „Mohren in Paris! Ich habe hier noch nie ausgewachsene gesehen."

Durch vieles Fragen brachte sie schließlich heraus, daß er von Schwarzen aufgelesen worden war, die auf dem Jahrmarkt von Saint-Germain als Wunder gezeigt wurden und mit dressierten Bären umherzogen. Kouassi-Ba war nicht zu überreden gewesen, bei ihnen zu bleiben. Er hatte Angst vor den Bären gehabt.

Nachdem er seinen Bericht beendet hatte, zog er aus seinen Lumpen ein Körbchen hervor, kniete vor Florimond nieder und bot ihm zwei Milchbrötchen an, deren Kruste mit Eigelb vergoldet und mit Getreidekörnern bestreut war. Sie verbreiteten einen köstlichen Duft.

„Wie hast du das kaufen können?"

„Oh, ich habe nicht gekauft. Ich bin in einen Bäckerladen gegangen und habe so gemacht" – er schnitt eine grausige Grimasse –, „die Frau und das Fräulein haben sich unter dem Ladentisch versteckt, und ich habe die Kuchen genommen, um sie meinem kleinen Herrn zu bringen."

„Mein Gott!" seufzte Angélique entsetzt.

„Wenn ich meinen langen, krummen Säbel hätte . . ."

„Ich habe ihn beim Trödler verkauft", sagte die junge Frau hastig.

Sie hielt es nicht für ausgeschlossen, daß die Häscher Kouassi-Ba auf der Spur waren. Draußen war schon Stimmengewirr zu hören, und als sie ans Fenster trat, bemerkte sie einen Menschenauflauf vor dem Haus. Ein dunkel gekleideter Herr von respektablem Aussehen sprach streng auf Mutter Cordeau ein. Angélique öffnete das Fenster, um zu erfahren, worum es gehe. Mutter Cordeau rief ihr zu:

„Bei euch soll angeblich ein ganz schwarzer Mann sein?"

Angélique ging eilends hinunter.

„Das ist richtig, Madame Cordeau. Es handelt sich um einen Mohren, um . . . um einen ehemaligen Diener. Er ist ein sehr ordentlicher Bursche."

Der respektable Herr stellte sich daraufhin als Amtmann des Temple vor, dessen Aufgabe es war, im Namen des Großpriors innerhalb des Bezirks die Befolgung der Verordnungen zu überwachen. Er erklärte, es ginge nicht an, daß ein Mohr sich hier aufhalte, zumal dieser, wie man ihm berichtet habe, wie ein Bettler gekleidet sei.

Nachdem man eine gute Weile hin und her geredet hatte, verbürgte sich Angélique dafür, daß Kouassi-Ba vor Einbruch der Dunkelheit den Bezirk verlassen werde. Bekümmert stieg sie wieder hinauf.

„Was soll ich nur mit dir anfangen, mein guter Kouassi-Ba? Deine Anwesenheit verursacht einen richtigen Aufruhr. Und ich habe nicht mehr genügend Geld, um dich zu ernähren und zu erhalten. Und du bist an ein üppiges, sorgloses Leben gewöhnt . . .!"

„Verkauf mich, *Médême!*"

Und als sie ihn verblüfft anschaute, setzte er hinzu:

„Der Graf hat mich sehr teuer gekauft, und dabei war ich damals noch klein. Jetzt bin ich mindestens tausend Livres wert. Dann hast du eine Menge Geld, um meinen Herrn aus dem Gefängnis zu befreien."

Angélique sagte sich, daß der Schwarze recht hatte. Genau besehen, war Kouassi-Ba alles, was ihr von ihrem einstigen Besitz blieb. Die Sache widerstrebte ihr, aber war es nicht wirklich der beste Weg, um eine Zuflucht für den armen Burschen zu finden, der Gefahr lief, den Lastern der zivilisierten Welt anheimzufallen?

„Komm morgen wieder", sagte sie zu ihm. „Bis dahin werde ich eine Lösung gefunden haben. Und sieh dich vor, daß du dich nicht von den Häschern erwischen läßt."

„Oh, ich weiß schon, wie ich mich verberge. Ich habe viele Freunde in dieser Stadt. Ich mache so, und dann sagen die Freunde: ‚Du bist einer der Unsrigen', und sie nehmen mich in ihre Häuser mit."

Er zeigte ihr, wie man auf eine bestimmte Art die Finger kreuzen mußte, um sich den besagten Freunden gegenüber auszuweisen.

Sie gab ihm eine Decke und schaute lange der dunklen, einsamen Gestalt nach, die sich im rieselnden Regen entfernte. Nach einigem Überlegen beschloß sie, zu ihrem Bruder zu gehen und ihn um Rat zu fragen. Doch der R. P. de Sancé war abwesend.

Gedankenverloren machte sie sich auf den Rückweg, als ein junger Mann mit einem Geigenkasten unterm Arm sie, von Pfütze zu Pfütze springend, überholte.

„Giovanni!"

Das war wirklich ein Tag des Wiedersehens! Sie zog den kleinen Musikanten unter die Vorhalle der alten Kirche und fragte ihn, was er treibe.

„Ich bin noch nicht im Orchester Monsieur Lullys", sagte er, „aber Mademoiselle de Montpensier hat mich, als sie nach Saint-Fargeau zog, an Madame de Soissons abgetreten, die zur Verwalterin des Hauses der Königin ernannt worden ist. Ich habe also glänzende Beziehungen", schloß er mit gewichtiger Miene, „dank denen ich meine Nebeneinkünfte vermehren kann, indem ich jungen Damen aus guter Familie Musik- und Tanzunterricht gebe. Ich komme gerade von Mademoiselle de Sévigné, die im Palais Boufflers wohnt."

Nach einem scheuen Blick auf die bescheidene Kleidung seiner einstigen Herrin setzte er verlegen hinzu:

„Und Ihr, Madame? Darf ich fragen, wie Eure Angelegenheiten stehen? Wann werden wir den Herrn Grafen wiedersehen?"

„Bald. Es ist nur eine Frage von Tagen", erwiderte Angélique, die an etwas anderes dachte. „Giovanni", fuhr sie fort, indem sie den Jungen bei den Schultern faßte, „ich habe mich entschlossen, Kouassi-Ba zu verkaufen. Ich erinnere mich, daß die Herzogin von Soissons ihn zu erwerben wünschte, aber ich kann den Temple-Bezirk nicht verlassen, geschweige denn, mich in die Tuilerien begeben. Willst du die Sache vermitteln?"

„Ich stehe immer zu Euren Diensten, Madame", sagte der kleine Musikant artig.

Er schien sich beeilt zu haben, denn kaum zwei Stunden danach, als Angélique eben Florimonds Mahlzeit richtete, klopfte jemand an ihre Tür. Sie machte auf und stand einer großen, rothaarigen Frau mit arroganter Miene und einem Lakaien gegenüber, der die kirschrote Livree des herzoglichen Hauses Soissons trug.

„Wir kommen auf Veranlassung Giovannis", sagte die Frau, unter deren Umhang ein höchst kokettes Kammermädchenkleid hervorschaute. Sie hatte den zugleich gerissenen und kecken Gesichtsausdruck der bevorzugten Zofe einer großen Dame.

„Meine Herrin ist bereit, der Sache näherzutreten", fuhr sie fort, nachdem sie Angélique und das Zimmer abschätzend gemustert hatte, „aber erst wollen wir wissen, was für uns dabei abfällt."

„Vielleicht bemühst du dich um einen anständigen Ton, mein Kind", versetzte Angélique mit einer Kühle, die sofort die geziemende Distanz herstellte.

Sie setzte sich und ließ die beiden vor ihr stehen.

„Wie heißt du?" fragte sie den Lakaien.

„La Jacinthe, Frau Gräfin."

„Schön. Immerhin hast du scharfe Augen und ein waches Gedächtnis. Warum soll ich zwei Leute bezahlen?"

„Nun ja, bei Vermittlungsgeschäften arbeiten wir immer zusammen."

„Ein beachtliches Gespann. Ein Glück, daß nicht das ganze Haus des Herrn Herzogs sich daran beteiligt! Folgendes sollt ihr tun: der Frau Herzogin sagen, daß ich ihr meinen Mohren Kouassi-Ba verkaufen möchte. Aber ich kann mich nicht in die Tuilerien begeben. Eure Herrin muß mir also irgendein Haus im Temple nennen, wo wir uns zu einer Besprechung treffen können. Aber ich bestehe darauf, daß die Sache mit größter Diskretion behandelt und daß auch mein Name nicht genannt wird."

„Das wird sich schon deichseln lassen", sagte die Zofe nach einem Blick auf ihren Spießgesellen.

„Ihr bekommt zwei Livres auf zehn Livres. Das bedeutet also, daß ihr um so besser fahrt, je höher der Preis ist. Und Madame de Soissons muß dermaßen darauf erpicht sein, diesen Mohren zu bekommen, daß sie vor keiner Zahl zurückschreckt."

„Wird gemacht", versprach die Zofe. „Übrigens hat die Frau Herzogin erst neulich bedauert, als ich sie frisierte, diesen scheußlichen Teufel nicht in ihrem Gefolge zu haben! Wohl bekomm er ihr! Viel Vergnügen!" schloß sie, indem sie die Augen zum Himmel aufschlug.

Angélique und Kouassi-Ba warteten in einem kleinen Kabinett des Palais Boufflers.

Gelächter und lebhaftes Stimmengewirr drangen aus den Salons herein, in denen Madame de Sévigné heute empfing. Wenn Angélique es sich auch nicht eingestehen wollte, schmerzte es sie doch, sich ausgeschlossen zu wissen, während wenige Schritte entfernt die Frauen ihrer Welt sorglos ihr unbeschwertes Leben weiterführten.

Neben ihr rollte Kouassi-Ba seine großen, angsterfüllten Augen. Sie hatte für ihn bei einem der Trödler des Temple eine alte Livree mit verblichenem Goldbesatz ausgeliehen, in der er eine reichlich unglückliche Figur machte.

Endlich wurde die Tür von der Zofe Madame de Soissons' geöffnet, und die letztere rauschte lebhaft herein.

„Aha, das ist die Frau, von der du mir gesprochen hast, Bertille..."

Sie hielt inne, um Angélique aufmerksam zu betrachten.

„Großer Gott!" rief sie aus. „Ihr seid das, meine Liebe?"

„Ich bin's", sagte Angélique lachend, „aber, bitte, verwundert Euch nicht. Ihr wißt, daß mein Gatte in der Bastille ist. Da fällt es mir schwer, in besseren Verhältnissen zu leben als er."

„Ja, natürlich", stimmte Olympe de Soissons zu, bemüht, die Situation zu meistern. „Ist uns nicht allen irgendwann einmal ein Mißgeschick widerfahren? Damals, als mein Onkel, der Kardinal Mazarin, aus Frankreich fliehen mußte, trugen wir, meine Schwestern und ich, geflickte Röcke, und das Volk auf der Straße warf mit Steinen nach unserer Kutsche und nannte uns die ‚Mancini-Dirnen'. Nun, jetzt, da der arme Kardinal im Sterben liegt, sind die Leute von der Straße bestimmt gerührter als ich. Ihr seht, wie das Rad sich dreht! Aber ist dies hier Euer Mohr, meine Liebe? Ich hatte ihn viel schöner in Erinnerung! Ja, dicker und schwärzer."

„Das kommt daher, weil er friert und hungert", warf Angélique rasch ein. „Aber Ihr werdet sehen – sobald er gegessen hat, ist er wieder kohlrabenschwarz."

Die schöne Frau machte ein enttäuschtes Gesicht. Mit einer raubtierartigen Bewegung richtete sich Kouassi-Ba auf.

„Ich bin noch stark. Schau!"

Er riß die alte Livree auf, und seine breite, mit seltsamen Tätowierungen bedeckte Brust wurde sichtbar. Er stemmte die Schultern zurück, ließ die Muskeln spielen und hob die Arme wie die Ringkämpfer auf dem Jahrmarkt. Lichtreflexe glitten über seine bronzene Haut.

Dann senkten sich die langen Lider über seine elfenbeinfarbenen Augäpfel. Nur ein ganz schmaler Spalt blieb, aus dem er die Herzogin fixierte. Ein leichtes, zugleich arrogantes und zärtliches Lächeln begann um die dicken Lippen des Mohren zu spielen.

Noch nie hatte Angélique Kouassi-Ba so schön gesehen und noch nie, noch niemals so ... angsterregend.

Das Männliche in seiner ganzen primitiven Kraft fixierte seine Beute. Der Schwarze hatte instinktiv erfaßt, was diese weiße, nach neuen Wonnen lüsterne Frau wollte.

Mit halbgeöffneten Lippen stand Olympe de Soissons wie bezwungen da. In ihren dunklen Augen lohte eine seltsame Flamme. Das leise Wogen ihres schönen Busens, die Lüsternheit ihres Mundes verrieten die Begierde in solcher Schamlosigkeit, daß sogar die Zofe trotz all ihrer Dreistigkeit die Augen niederschlug und Angélique am liebsten davongelaufen wäre.

Endlich schien die Herzogin sich zu fassen. Sie öffnete ihren Fächer und bewegte ihn mechanisch.

„Wieviel ... wieviel wollt Ihr haben?"

„Zweitausendfünfhundert Livres."

Die Augen der Zofe leuchteten auf.

Olympe de Soissons, plötzlich ernüchtert, zuckte zusammen.

„Ihr seid wahnsinnig!"

„Zweitausendfünfhundert Livres, oder ich behalte ihn", erklärte Angélique kühl.

„Meine Liebe ..."

„O Madame!" rief Bertille aus, die zaghaft einen Finger auf Kouassi-Bas

Arm gelegt hatte. „Wie zart seine Haut ist! Man sollte nicht glauben, daß ein Mann eine so zarte Haut haben kann. Wie ein Blütenblatt."

Die Herzogin strich ihrerseits mit dem Finger über den glatten, geschmeidigen Arm. Ein wollüstiger Schauer überlief sie. Beherzt berührte sie die Tätowierungen der Brust und brach in Lachen aus.

„Gut, ich kaufe ihn. Es ist eine Torheit, aber ich merke schon, daß ich nicht ohne ihn sein kann. Bertille, sag La Jacinthe, er soll mir meine Kassette bringen."

Wie auf Verabredung trat der Lakai mit einem ledernen Kästchen ein.

Während der Mann, der bei der Herzogin die Rolle des Haushofmeisters für ihre heimlichen Vergnügungen zu spielen schien, die Summe vorzählte, gab die Zofe auf Weisung ihrer Herrin Kouassi-Ba ein Zeichen, ihr zu folgen.

„Auf Wiedersehen, *Médême*, auf Wiedersehen", sagte der Mohr, indem er sich Angélique näherte. „Und meinem kleinen Herrn Florimond sollst du sagen . . ."

„Es ist gut, geh!" versetzte sie hart.

Der Blick, den er ihr zuwarf, bevor er den Raum verließ, der Blick eines geprügelten Hundes, traf sie wie ein Dolchstoß ins Herz . . .

Nervös zählte sie die Geldstücke und ließ sie in ihre Börse gleiten. Sie hatte jetzt nur einen Wunsch: so rasch wie möglich von hier wegzukommen.

„O meine Liebe, all das ist sehr hart, ich ahne es", seufzte die Herzogin von Soissons, „aber verliert nicht den Mut, das Rad dreht sich unaufhörlich. Gewiß, man kommt leicht in die Bastille, aber man kommt auch wieder heraus. Wißt Ihr, daß Péguillin de Lauzun wieder vom König in Gnaden aufgenommen worden ist?"

„Péguillin!" rief Angélique aus, die dieser Name und diese Nachricht plötzlich aufheiterten. „Oh, wie freue ich mich! Wie ist das zugegangen?"

„Kommt, setzt Euch, ich werde Euch ein wenig unterhalten", sagte die andere huldvoll. „Die Geschichte ist unbezahlbar, und da Ihr Péguillin kennt, wird sie Euch im übrigen nicht verwundern. – Ihr wißt, daß dieser dreiste Edelmann, der nie ein Blatt vor den Mund nimmt, dem König so viele Frechheiten gesagt haben soll, daß dieser ihn in die Bastille schickte. Andere behaupten, es sei geschehen, weil Lauzun sich mit Philippe d'Orléans geschlagen habe. Wie dem auch sein mag, Lauzun fehlte Seiner Majestät, die nur nach einem Vorwand suchte, um ihn zurückzurufen. In der vergangenen Woche nun erzählte beim Petit Lever einer der Höflinge Seiner Majestät von dem Kapuzinerbart, den sich der Gefangene habe wachsen lassen. ‚Oh, das muß ich sehen!' sagte der König, ‚man soll ihn schleunigst zu mir führen.' Vier Stunden später stand unser bärtiger Péguillin vor dem König. Dieser lachte so schallend, daß die griesgrämigsten Höflinge und sogar Monsieur de Préfontaines sich verpflichtet fühlten, desgleichen zu tun.

‚Sire', sagte Péguillin todernst, ‚man muß schon mein Herr sein, um ungestraft über meinen Bart lachen zu dürfen.'

‚Oh, aber dieser Bart ist köstlich!' bemerkte der König.

‚Eure Majestät sehen, daß nicht viel dazu gehört, um aus einem Manne von guter Familie einen Ziegenbock zu machen, zumal an einem galanten Hofe.'

‚Herzog, Ihr treibt es immer zu weit mit Euren Scherzen. Wann werdet Ihr Euch endlich bessern?'

‚Meiner Treu, Sire, so wie ich bin – vom Bart abgesehen –, habe ich mir die Ehre verdient, Eurer Güte teilhaftig zu werden. Wenn ich mich ändern soll, bitte ich Euch, es mich wissen zu lassen. Eure Majestät und ich, wir werden uns dann gemeinsam bessern.'

‚Gut denn, Unbesonnener, ich begnadige Euch. Ihr seid frei.'

‚Habt Dank, mein erlauchter Gebieter, aber wollet geruhen, Euch zu erklären: Wird die Gnade dem Nichtsnutz gewährt, der ich war, oder dem vernünftigen Menschen, der ich sein soll?'

‚Auf jeden Fall ist es der komische Kerl, der Ihr seid, der daraus Nutzen ziehen wird.'

Worauf der Teufelsbursche von Lauzun die Knie des Königs umschlang, denn niemand versteht besser als er, die Kühnheit eines verwöhnten Günstlings mit der Unterwürfigkeit eines Höflings zu vereinen. Der König hat für ihn die Stelle des Obersten der Dragoner von Frankreich geschaffen, und Péguillin hat sich den Bart abschneiden lassen."

„Ich freue mich sehr für Lauzun", seufzte Angélique.

Die Herzogin von Soissons betrachtete sie neugierig.

„Es ist sogar behauptet worden, Lauzun habe sich Euretwegen mit Monsieur geschlagen..."

Angélique durchschauerte es in der Erinnerung an die furchtbare Szene. Noch einmal beschwor sie Madame de Soissons, strengstes Stillschweigen zu bewahren und ihren Zufluchtsort nicht zu verraten. Die Herzogin, die lange Erfahrung gelehrt hatte, daß in Ungnade Gefallene zu schonen waren, solange der Gebieter sie nicht endgültig verworfen hatte, sagte alles zu und verabschiedete sie mit einer Umarmung.

Siebenunddreißigstes Kapitel

Dem Verkauf Kouassi-Bas und die Vorbereitungen dazu hatten Angélique von der unmittelbaren Sorge um ihren Gatten abgelenkt. Jetzt, da dessen Schicksal nicht mehr von ihren kümmerlichen Bemühungen abhing, fühlte sie sich von einem gewissen Fatalismus überkommen, zu dem ihr Zustand das seinige beitrug. Gleichwohl verlief ihre Schwangerschaft normal, allen Befürchtungen zum Trotz. Das Kind, das sie trug, schien sogar recht lebhaft, und es gedieh zweifellos, obwohl die junge Frau eine noch immer schlanke Figur hatte. Madame Cordeau versicherte, es würde ein Mädchen werden, und zwar ein etwas scheinheiliges, weil es doch so tat, als ob es gar nicht da sei.

Gontran machte ihr einen Abschiedsbesuch. Er war im Begriff, auf Wanderschaft zu gehen. Er hatte einen Maulesel gekauft. „Keinen so schönen wie die bei uns daheim", sagte er. In den Städten würden die geheimen Bruderschaften der Gesellen ihn aufnehmen. Ob er wohl unter dem Bruch mit seiner Welt litt? Es schien nicht so. Mit melancholischen Gefühlen sah sie ihm nach, bis er verschwand.

Eines Vormittags kam Angélique mit Florimond von einem kleinen Spaziergang in der Gegend des mächtigen Festungsturms zurück, als sie ein Geschrei vernahm.

Gleich darauf sah sie den Sohn ihrer Wirtin hastig über den Markt laufen. Er versuchte dabei, seinen Kopf vor dem Steinhagel zu schützen, mit dem ihn eine Rotte Straßenjungen verfolgte.

„Cordeau! Corde-au-cou!* Streck die Zunge heraus, Galgenstrick!"

Der Junge schlüpfte wortlos ins Haus.

Wenig später, als es Mittagessenszeit geworden war, fand Angélique ihn in der Küche vor, wo er friedlich seine Portion Erbsensuppe löffelte.

Für den Sohn Mutter Cordeaus hatte Angélique kein sonderliches Interesse. Er war ein kräftiger Bursche von fünfzehn Jahren, stämmig und wortkarg, dessen niedere Stirn mangelhafte Intelligenz verriet, aber er benahm sich seiner Mutter und den Mietern gegenüber zuvorkommend. Seine offensichtlich einzige Unterhaltung bestand darin, am Sonntag mit Florimond zu spielen, dem er in allem zu Willen war.

„Was ist denn da vorhin passiert, mein armer kleiner Cordeau?" fragte die junge Frau, während sie sich vor die derbe Terrine setzte, aus der die Wirtin eben Erbsen und Walfischspeck schöpfte. „Warum hast du dich mit deinen dicken Fäusten nicht gegen die groben Jungen zur Wehr gesetzt, die dich mit Steinen bewarfen?"

---

* Unübersetzbares Wortspiel: corde = Strang; Corde-au-cou = Strang um den Hals. Anmerkung des Übersetzers.

Der Knabe zuckte die Schultern, ohne sich beim Essen stören zu lassen, und seine Mutter sagte:

„Wißt Ihr, er ist von klein auf daran gewöhnt. Ich selbst ruf' ihn manchmal Corde-au-cou, ohne mir dabei was zu denken. Und das mit den Steinen ist auch nichts Neues für ihn. Wichtig ist nur, daß es ihm gelingt, Meister zu werden. Hinterher wird man ihn schon respektieren, da hab' ich keine Bange!"

Die Alte ließ ein höhnisches Kichern vernehmen, was das Hexenartige ihrer Erscheinung noch unterstrich. Angélique erinnerte sich des Widerwillens, den Madame Scarron gegen den Sohn und die Mutter empfand, und sie betrachtete die beiden verwundert.

„Ach, es stimmt also doch? Ihr wißt nicht Bescheid?" sagte Madame Cordeau und stellte die Schüssel wieder auf den Herd zurück. „Nun ja, ich hab' nicht nötig, es zu verheimlichen – mein Junge arbeitet bei Meister Aubin." Und da Angélique noch immer nicht begriff, erklärte sie: „Bei Meister Aubin, dem Scharfrichter!"

Die junge Frau spürte, wie ihr ein Schauer vom Nacken über den Rücken lief. Wortlos begann sie das derbe Gericht zu essen. Es war die Fastenzeit vor Weihnachten, und jeden Tag erschien das unvermeidliche Stückchen Walfischfleisch mit Erbsen, das Fastengericht der Armen, auf dem Tisch.

„Ja, er ist Scharfrichter-Lehrling", fuhr die Alte fort und setzte sich Angélique gegenüber. „Was wollt Ihr, schließlich gehört das auch zum Leben. Meister Aubin ist der leibliche Bruder meines verstorbenen Mannes, und er hat nur Töchter. Als mein Mann starb, schrieb mir Meister Aubin in den kleinen Ort, wo wir wohnten, und ließ mich wissen, er werde sich meines Sohnes annehmen, ihm das Handwerk beibringen und später vielleicht sein Amt übertragen. Und wißt Ihr, Scharfrichter von Paris zu sein, das will schon was bedeuten! Ich möcht' es gern noch erleben, daß mein Sohn die roten Hosen und das rote Trikot trägt..."

Sie warf einen geradezu zärtlichen Blick auf den dicken, runden Kopf ihres abstoßenden Sprößlings, der seelenruhig seine Erbsen auslöffelte.

„Wenn man sich vorstellt, daß er womöglich heute morgen einem Verurteilten den Strang um den Hals gelegt hat!" dachte Angélique voller Grausen. „Die Straßenjungen haben gar nicht so unrecht: Man darf nicht so heißen, wenn man ein solches Handwerk ausübt!"

Die Witwe, die ihr Schweigen als aufmerksame Teilnahme an ihren Geschichten auslegte, sprach weiter:

„Mein Mann war auch Scharfrichter, aber auf dem Land ist das nicht ganz dasselbe, denn die Kapitalverbrecher werden in der Provinzhauptstadt hingerichtet. In der Hauptsache war er Schinder und Abdecker..."

Sie fuhr pausenlos fort, beglückt, endlich einmal jemanden vor sich zu haben, der sie nicht durch entsetzte Proteste unterbrach.

Man solle sich ja nicht einbilden, das Scharfrichteramt sei einfach. Die Vielfältigkeit der angewandten Mittel, um den Delinquenten Geständnisse zu entreißen, habe ein kompliziertes Handwerk aus ihm gemacht. Dem Knaben Cordaucou fehle es, weiß Gott, nicht an Arbeit! Er müsse lernen, einen Kopf mit einem Schwert- oder Beilhieb abzuschlagen, mit dem glühenden Eisen umzugehen, Zungen zu durchstechen, zu hängen, zu ertränken, zu rädern und schließlich die verschiedenen Arten der Folterung anzuwenden.

An diesem Tage rührte Angélique ihren Teller kaum an und beeilte sich, wieder in ihr Zimmer zu kommen.

Ob Raymond über den Beruf des Sohnes der Mutter Cordeau orientiert gewesen war, als er sie an diese verwiesen hatte? Sicherlich nicht, denn die Situation war allzu peinlich. Dennoch kam Angélique keinen Augenblick auf den Gedanken, ihr Gatte könne, wenn er auch zur Zeit ein Gefangener war, eines Tages in die Hände des Scharfrichters geraten. Joffrey de Peyrac war Edelmann! Zweifellos gab es ein Gesetz, das die Folterung Adliger untersagte. Sie mußte doch bei nächster Gelegenheit Desgray danach fragen... Der Henker war für die armen Leute da, für diejenigen, die man an den Pranger der Place des Halles stellte, die man an den Straßenecken nackt auspeitschte oder auf der Place de Grève hängte. Aber nicht für Joffrey de Peyrac, den letzten Nachfahren der Grafen von Toulouse.

In der Folgezeit suchte Angélique die Küche Madame Cordeaus weniger häufig auf. Sie schloß sich Françoise Scarron an, und da sie seit dem Verkauf Kouassi-Bas über einige Geldmittel verfügte, kaufte sie Holz, um ordentlich einheizen zu können, und lud die junge Witwe in ihr Zimmer ein.

Madame Scarron hoffte noch immer, der König werde eines Tages ihre Bittschriften lesen. Voller Hoffnung machte sie sich an bestimmten Vormittagen zum Louvre auf, um enttäuscht, aber gespickt mit Hofgeschichten zurückzukehren, die den beiden Frauen einen Tag lang Zerstreuung boten.

Sie verließ den Temple für sechs Tage, da sie eine Stelle als Gouvernante bei einer vornehmen Dame gefunden hatte, dann kehrte sie ohne Begründung zurück und nahm ihr verborgenes, kümmerliches Leben von neuem auf.

Hin und wieder suchten sie einige der hochgestellten Persönlichkeiten auf, die in ihrem Hause verkehrt hatten, als der satirische Schriftsteller Scarron noch Mittelpunkt einer kleinen Gruppe von Schöngeistern gewesen war.

Einmal erkannte Angélique durch die Trennungswand die grelle Stimme Athénaïs de Rochechouarts. Sie wußte, daß das hübsche Mädchen aus dem Poitou in der Pariser Welt ein recht bewegtes Leben führte, daß sie sich aber noch keinen standesgemäßen und vermögenden Ehemann geangelt hatte.

Ein andermal war es eine blonde, lebhafte und, obwohl nahe den Vierzig, noch sehr schöne Frau. Als sie aufbrach, hörte Angélique sie sagen:
„Was wollt Ihr, meine Liebe, man muß sich eben sein Leben so leicht wie möglich machen. Es tut mir ordentlich weh, Euch hier in diesem ungeheizten Zimmer und in Euren abgetragenen Kleidern zu sehen. Wenn man so schöne Augen hat, sollte man nicht in solcher Ärmlichkeit leben."
Françoise flüsterte etwas, was Angélique nicht verstand.
„Das gebe ich zu", fuhr die klangvolle und heitere Stimme fort, „aber es liegt einzig an uns, eine Abhängigkeit, die nicht demütigender ist, als wenn man eine Rente erbettelt, nicht zur Versklavung werden zu lassen. So gibt sich der ‚Zahler', der mir zur Zeit die Möglichkeit verschafft, Pferde und Wagen zu halten, mit zwei kleinen Besuchen im Monat völlig zufrieden. ‚Für fünfhundert Livres', habe ich ihm gesagt, ‚bin ich nicht in der Lage, mehr zu geben.' Er ergibt sich drein, weil er weiß, daß er sonst überhaupt nichts bekommt. Außerdem habe ich ihm klargemacht, daß es keinen Sinn hätte, eifersüchtig zu sein, denn ich gedächte meine kleinen Liebeleien nicht aufzugeben. Ihr seid schockiert, meine Liebe? Ich merke es an der Art, wie Ihr Eure hübschen Lippen verzieht. Laßt Euch sagen: es gibt nichts Abwechslungsreicheres in der Natur als die Freuden der Liebe, wenn sie auch im Grunde immer die gleichen sind."

Als sie ihre Freundin wiedersah, konnte sich Angélique nicht enthalten zu fragen, wer jene Dame gewesen sei.
„Glaubt nicht, daß mir diese Art Frauen liegt", erwiderte Françoise verlegen, „aber man muß immerhin zugeben, daß Ninon de Lenclos die charmanteste und geistreichste Freundin ist. Sie hat mir sehr geholfen und tut ihr möglichstes, um mir Beziehungen zu verschaffen, aber ich frage mich manchmal, ob ihre Empfehlungen mir nicht mehr schaden als nützen. Ihr wißt doch, was man von ihr sagt: ‚Ninon de Lenclos hat mit dem Regime Ludwigs XIII. geschlafen und schickt sich an, mit dem Ludwigs XIV. ein gleiches zu tun.' Was mich im übrigen nicht wundern würde, denn ihre Jugend scheint unvergänglich."
Madame Scarrons zurückhaltendes Wesen hinderte Angélique nicht, gewisse Zweifel an ihrer Tugendhaftigkeit zu hegen. In dieser sanften und spröden Frau schwelte eine Sinnlichkeit, die die Dürftigkeit ihrer Aufmachung und die Schlichtheit ihrer Äußerungen nicht zu verschleiern vermochten. Gleichwohl bot der Lebenswandel ihrer Nachbarin keinen Anlaß zu übler Nachrede. Jeden Morgen ging sie zur Messe und am Abend zur Andacht. Wenn Angélique unvermutet bei ihr eintrat, pflegte sie in einem dicken, abgegriffenen Gebetbuch zu lesen.
Aber als Angélique eines Tages über den Flur ging, glaubte sie, ein unterdrücktes Stöhnen zu vernehmen, das aus dem Zimmer ihrer Freundin drang. Im Begriff, anzuklopfen und zu fragen, ob ihr etwas fehle,

kam es ihr plötzlich vor, als seien diese Seufzer das Echo eines männlichen Geflüsters. Ungeniert schaute Angélique durchs Schlüsselloch und stellte fest, daß die unbescholtene Witwe sich in nicht mißzuverstehender Weise in die Arme eines Mannes drängte, der seinerseits durchaus entschlossen schien, ihr Verlangen zu stillen. In dem Mann erkannte sie den Haushofmeister einer vornehmen Dame, der zuweilen in deren Auftrag Madame Scarron aufsuchte, um ihr eine kleine Beihilfe zu bringen. Nun, er fügte eben noch einen persönlichen Beitrag hinzu.

Still vor sich hinlachend, kehrte Angélique in ihr Zimmer zurück und nahm sich vor, ihre Freundin durch mehr oder minder deutliche Anspielungen ein wenig in Verlegenheit zu bringen. Doch dann besann sie sich eines Besseren. Was ging es sie an, wenn es Françoise d'Aubigné beliebte, zugleich fromm und leidenschaftlich zu sein? Bemühen wir uns nicht unser Leben lang, unser Ideal mit unseren Schwächen in Einklang zu bringen?

Man mußte schon ein Joffrey de Peyrac sein, um sich mit Gott und den Menschen und mit sich selbst eins zu fühlen. Aber Joffrey paßte nicht in seine Zeit. Er sprach nicht dieselbe Sprache wie diese Männer und Frauen, die unter Skrupeln liederlich waren und mit heimlichem Widerwillen fromm. Er glich nicht den andern, und vielleicht würde man ihn eben deshalb verurteilen.

Seufzend setzte sich Angélique vor ihr Feuer. Sie griff zur Nadel, um ein Jäckchen zu häkeln, und vergaß die Liebschaften der Witwe Scarron.

Als sie zum zweitenmal das kleine Sprechzimmer der Jesuiten betrat, erwartete Angélique, ihren Bruder vorzufinden, der sie hatte rufen lassen, und den Advokaten Desgray, dem sie lange nicht mehr begegnet war.

Aber im Raum befand sich nur ein kleiner, schwarzgekleideter Mann mittleren Alters, der eine jener „Kanzlistenperücken" aus Roßhaar trug, an denen ein Käppchen aus schwarzem Leder festgenäht ist.

Er stand auf und grüßte linkisch auf altmodische Art, dann stellte er sich umständlich als Gerichtsaktuar vor, der von Maître Desgray in der Angelegenheit des Sieur Peyrac zugezogen worden sei.

„Ich befasse mich erst seit drei Tagen damit, aber ich stehe schon lange mit Maître Desgray und Maître Fallot in Verbindung, die mich über den Fall informiert und mit der Abfassung der üblichen Schriftstücke und der Einleitung Eures Prozesses betraut haben."

Angélique stieß einen Seufzer der Erleichterung aus.

„Endlich ist es also soweit!" rief sie aus.

Der kleine Biedermann betrachtete die Klientin, die von den juristischen Formalitäten offensichtlich keine Ahnung hatte, mit ärgerlicher Miene.

„Wenn Maître Desgray mir die außerordentliche Ehre zuteil werden ließ, mich um meinen Beistand zu bitten, so geschah es deshalb, weil dieser junge Mann sich klargeworden ist, daß er trotz der vorzüglichen Schriftsätze, die er dank seiner hervorragenden Intelligenz anfertigt, eines mit dem Prozeßwesen eng vertrauten Fachmannes bedurfte. Nun, Madame, dieser Fachmann bin ich."

Mit selbstgefälliger Miene betrachtete er den Staub, der in einem einfallenden Lichtstrahl tanzte. Angélique wurde leicht ungehalten.

„Aber Ihr habt mir doch zu verstehen gegeben, daß der Prozeß bereits eingeleitet sei?"

„Gemach, meine schöne Dame. Ich habe lediglich gesagt, daß ich die Einleitung dieses Prozesses betreibe."

„Das ist doch dasselbe!"

„Ich bitte tausendmal um Vergebung, Madame. Ich habe nur gesagt, daß dank meiner die Dinge sich endlich auf dem normalen und regulären Verfahrenswege befinden."

„Genau das wünsche ich mir", sagte Angélique.

Ein wenig verwirrt ließ sie sich auf einer der Polsterbänke nieder, die den Sprechraum zierten. Das Männchen blieb vor ihr stehen und schien noch einiges mehr zur näheren Erläuterung dazu sagen zu wollen, wurde aber durch das Erscheinen des Advokaten und des Jesuiten unterbrochen.

„Was ist denn das für ein seltsamer Vogel, den Ihr da aufgestöbert habt?" flüsterte Angélique Desgray zu.

„Ihr könnt beruhigt sein, er ist harmlos. Und er ist ein richtiges kleines Insekt, das von beschriebenem Papier lebt, aber ein kleiner Gott auf seinem Gebiet."

„Was er sagt, ließ mich fürchten, daß er meinen Gatten zwanzig Jahre lang im Gefängnis verkommen lassen will."

„Monsieur Clopot, Ihr redet zuviel und seid Madame lästig gefallen", sagte der Advokat in hartem Ton.

Der kleine Mann schrumpfte noch mehr zusammen, drückte sich in eine Ecke und bekam fast etwas von einer Küchenschabe.

Angélique mußte sich beherrschen, um nicht zu lachen.

„Ihr behandelt ihn aber schlecht, Euren kleinen Aktenkönig."

„Darin besteht meine ganze Überlegenheit ihm gegenüber. Tatsächlich ist er hundertmal reicher als ich... Und nun setzen wir uns und vergegenwärtigen wir uns die Situation."

„Der Prozeß steht fest?"

„Ja."

Die junge Frau betrachtete die Gesichter ihres Bruders und ihres Advokaten, aus denen eine gewisse Reserve zu lesen war.

„Die Anwesenheit Monsieur Clopots hat es dich wohl schon erkennen lassen", sagte Raymond endlich: „Wir haben es nicht erreicht, daß dein Gatte vor ein Kirchentribunal gestellt wird."

„Obwohl es sich um die Beschuldigung der Hexerei handelt?"

„Wir haben alle Gegenargumente ins Treffen geführt und unsern ganzen

Einfluß spielen lassen, das kannst du mir glauben. Aber der König hat offenbar den Wunsch, sich päpstlicher als der Papst zu zeigen. Es ist wohl so: je mehr Mazarin sich dem Grab nähert, desto mehr erhebt der junge Monarch den Anspruch, alle Angelegenheiten des Königreichs einschließlich der kirchlichen in die Hand zu nehmen. Kurz und gut, wir haben nichts anderes erreichen können als die Eröffnung eines Zivilprozesses."

„Dieser Beschluß ist doch wohl immer noch besser, als wenn die Sache in Vergessenheit geriete, nicht wahr?" fragte Angélique und mühte sich vergeblich, von Desgrays Augen eine Bestätigung abzulesen.

„Eine klare Entscheidung ist immer besser als jahrelange Ungewißheit."

„Wir wollen diesem Fehlschlag keine allzu große Bedeutung beimessen", versetzte Raymond. „Jetzt handelt es sich um die Frage, wie man die Richtung dieses Prozesses beeinflussen kann. Der König wird selbst die Geschworenen bestimmen. Unsere Rolle muß es sein, ihm begreiflich zu machen, daß er es sich schuldig ist, Unparteilichkeit und Gerechtigkeit walten zu lassen. Wahrlich eine heikle Rolle, das Gewissen eines Königs wachzurütteln!"

Diese Worte erinnerten Angélique an einen Ausspruch, den der Marquis du Plessis-Bellière vor langer Zeit über Monsieur Vincent de Paul getan hatte: „Er ist das Gewissen des Königreichs."

„Oh", rief sie aus, „warum habe ich nur nicht früher daran gedacht? Wenn Monsieur Vincent mit der Königin oder mit dem König über Joffrey reden könnte, würde er sie sicher erweichen."

„Leider ist Monsieur Vincent im vergangenen Monat in seinem Haus in Saint-Lazare gestorben."

„Mein Gott!" seufzte Angélique, und ihre Augen füllten sich mit Tränen der Enttäuschung. „Warum habe ich nur nicht an ihn gedacht, als er noch lebte! Er hätte mit ihnen zu reden gewußt. Er hätte erreicht, daß Joffrey vor ein Kirchengericht gekommen wäre..."

„Glaubst du denn, wir hätten nicht alles unternommen, um das zu erwirken?" fragte der Jesuit leicht verärgert.

Angéliques Augen leuchteten auf.

„Doch", flüsterte sie, „aber Monsieur Vincent war ein Heiliger."

Es entstand eine Pause, dann seufzte Pater de Sancé.

„Du hast recht. Nur ein Heiliger könnte den Stolz des Königs beugen. Selbst seine engste Umgebung kennt die Seele dieses jungen Mannes nicht, hinter dessen zurückhaltendem Gebaren sich eine furchtbare Machtgier verbirgt. Ich bestreite nicht, daß er ein großer König ist, aber..."

Er hielt inne, vielleicht weil er fand, daß es gefährlich war, dergleichen zu äußern.

„Wir haben es erfahren", fuhr er fort, „daß einige Gelehrte, die in Rom leben und deren zwei unserer Kongregation angehören, über die Verhaftung des Grafen Peyrac ungehalten sind und dagegen protestiert haben – heimlich natürlich, denn die Sache ist ja bisher geheimgehalten worden. Man könnte ihre Aussagen sammeln und den Papst um eine schriftliche Intervention beim König bitten. Diese erlauchte Stimme wird ihn vielleicht zur Nachgiebigkeit veranlassen, indem sie an sein Verantwortungsbewußtsein appelliert und ihn mahnt, den Fall eines Angeklagten genau zu prüfen, den die größten Geister des Delikts der Hexerei nicht für schuldig befunden haben."

„Glaubst du, ein solcher Brief ließe sich erreichen?" fragte Angélique zweifelnd. „Die Kirche schätzt die Gelehrten nicht."

„Mir scheint, daß es einer Frau deiner Lebensweise nicht zusteht, über die Verfehlungen oder Irrtümer der Kirche zu urteilen", erwiderte Raymond.

„Ich habe den Eindruck, daß da zwischen Raymond und mir irgend etwas nicht in Ordnung war", sagte Angélique, als sie kurz danach den Advokaten bis zum Torturm zurückbegleitete. „Warum sprach er so hart über meinen Lebenswandel? Mir scheint, ich führe ein mindestens ebenso einwandfreies Leben wie die Henkersfrau, bei der ich wohne."

Desgray lächelte.

„Ich vermute, Euer Bruder hat bereits einige der Zettel unter die Augen bekommen, die seit heute früh in Paris zirkulieren. Claude Le Petit, der berühmte Reimschmied vom Pont-Neuf, der nun schon bald sechs Jahre lang die Verdauung der großen Herren beeinträchtigt, hat von dem Prozeß Eures Gatten Wind bekommen und ihn zum willkommenen Anlaß genommen, seine Feder in Vitriol zu tauchen."

„Was konnte er erzählen? Habt Ihr diese Pamphlete gesehen?"

Der Advokat bedeutete Monsieur Clopot, der in einigem Abstand folgte, näher zu kommen und ihm die Tasche zu geben, die er unter dem Arm trug. Er entnahm ihr ein Päckchen Blätter, auf denen sich, grob gedruckt, kleine, gereimte Gedichte befanden. Mit einem Schwung, der aus dem Herzen zu kommen schien, sich jedoch der niedrigsten Beschimpfungen und vulgärsten Ausdrücke bediente, präsentierte der Verfasser den Grafen Joffrey de Peyrac als „den großen Hinkenden, den Langhaarigen, den großen Hahnrei des Languedoc ..."

Er hatte es ja leicht, Glossen über das Äußere des Angeklagten zu machen. Eines dieser Spottgedichte schloß mit den Versen:

> „Doch Madame de Peyrac – sollt' man's glauben? –
> läßt sich dadurch nicht die Stimmung rauben.
> Hoffend, daß noch lang in der Bastille er möge bleiben,
> geht flugs sie in den Louvre, um es dort zu treiben."

Angélique glaubte zu erröten, doch in Wirklichkeit wurde sie leichenblaß.

„Oh, dieser verdammte Schmutzpoet!" rief sie aus und warf die Blätter in den Straßenkot. „Es stimmt schon: Der Dreck ist noch zu sauber für ihn!"

„Pst, Madame, nicht fluchen!" protestierte Desgray und tat entrüstet, während der Kanzlist sich bekreuzigte. „Monsieur Clopot, hebt bitte diese Blätter auf und steckt sie wieder in die Tasche."

„Ich möchte nur wissen, warum man statt der ehrlichen Leute nicht diese Schmierfinken ins Gefängnis sperrt", meinte Angélique empört. „Wenn man es wirklich einmal tut, steckt man sie auch noch in die Bastille, als müsse man ihnen Ehre erweisen. Weshalb nicht ins Châtelet wie richtige Banditen, die sie doch sind?"

„Es ist nicht einfach, eines Pasquillenschreibers habhaft zu werden. Sie sind überall und nirgends. Claude Le Petit ist sechsmal mit knapper Not dem Galgen entronnen, und dennoch taucht er immer wieder auf und schießt seine Pfeile in einem Augenblick ab, in dem man am wenigsten darauf gefaßt ist. Er ist das Auge von Paris. Er sieht alles, er weiß alles, und niemals begegnet man ihm. Ich selbst habe ihn noch nie gesehen, aber ich vermute, daß seine Ohren größer als ein Waschfaß sind, denn der ganze Klatsch der Hauptstadt findet in ihnen eine Freistätte. Man sollte ihn als Spitzel bezahlen, statt ihn zu verfolgen."

„Man sollte ihn lieber endlich hängen!"

„Zwar rangieren die Zeitungsschreiber bei unserer lieben und unfähigen Polizei unter den ‚Übelgesinnten'. Aber sie wird den kleinen Schreiberling vom Pont-Neuf nie erwischen, wenn wir ihn nicht aufs Korn nehmen, mein Hund und ich."

„Tut es, ich beschwöre Euch", rief Angélique und faßte Desgray mit beiden Händen an seinem Kragen aus grobem Leinen. „Sorbonne soll ihn mir in seinem Maul bringen, tot oder lebendig."

„Ich zöge es vor, ihn Monsieur de Mazarin zu übergeben, denn glaubt mir, der ist sein allerschlimmster Feind."

„Wie konnte man nur dulden, daß ein Lügner so lange ungestraft sein Unwesen trieb?"

„Leider besteht die beängstigende Stärke Le Petits darin, daß er nie lügt und sich selten irrt."

Angélique wollte protestieren, dann erinnerte sie sich des Marquis de Vardes und schwieg, von Wut und Scham erfüllt.

Achtunddreißigstes Kapitel

Einige Tage vor Weihnachten begann es zu schneien. Die Stadt legte ihren Festschmuck an. In den Kirchen wurden die Krippen aus dicker Pappe oder Gips aufgebaut, vor denen die Figuren der Weihnachtsgeschichte ihren Platz fanden, das Jesuskind zwischen dem Ochsen und dem Esel. Die Fahnen der Zünfte zogen in langer, von Gesang begleiteter Prozession durch die schnee- und schlammbedeckten Straßen.

Wie der alljährlich geübte Brauch es verlangte, machten sich die Augustiner des Spitals an die Herstellung tausender mit Zitronensaft beträufelter Krapfen, die von Kindern in der ganzen Stadt feilgeboten wurden. Nur für diese Krapfen durfte das Fasten durchbrochen werden, und der erzielte Gewinn sollte dazu beitragen, armen Kranken das Weihnachtsfest zu verschönen.

Zur gleichen Zeit überstürzten sich für Angélique die Ereignisse. Ihre Gedanken waren so ausschließlich auf den bevorstehenden Prozeß gerichtet, daß sie Weihnachten und Neujahr darüber vergaß.

Zunächst suchte Desgray sie eines Morgens im Temple auf und teilte ihr mit, was er hinsichtlich der Bestellung der Richter hatte in Erfahrung bringen können.

„Der Auswahl ist ein langwieriger Aussiebungsprozeß vorausgegangen. Wir dürfen uns keine Illusionen machen, denn es sieht so aus, als habe man sie nicht ihres Gerechtigkeitssinns wegen ausgesucht, sondern unter dem Gesichtspunkt des Grades ihrer Verbundenheit mit der Sache des Königs. Überdies hat man mit Bedacht Beamte ausgeschieden, von denen einige zwar zweifellos dem König ergeben, wiederum aber auch beherzt genug sind, sich gegebenenfalls dem königlichen Druck zu widersetzen. Beispielsweise Maître Gallemand, einen der berühmtesten Advokaten unserer Zeit, dessen Einstellung durchaus eindeutig zu sein scheint, denn während der Fronde hat er ganz offen für die Sache des Königs Partei ergriffen, selbst auf die Gefahr hin, eingesperrt zu werden. Aber er ist eine Kämpfernatur, die sich vor niemand fürchtet, und seine unerwarteten Ausfälle lassen stets das Gericht erzittern. Ich hoffte lange, er würde gewählt werden, aber offenbar will man nur ganz sichere Leute haben."

„Das war vorauszusehen, nach dem, was ich kürzlich erfahren habe", sagte Angélique gefaßt. „Wißt Ihr, wer schon designiert worden ist?"

„Der Oberpräsident Séguier wird persönlich das Verhör führen, um die Form zu wahren und dem Prozeß einen exemplarischen Charakter zu verleihen."

„Der Präsident Séguier! Das ist ja mehr, als ich zu hoffen wagte!"

„Machen wir uns nichts vor", sagte der Advokat. „Der Präsident Séguier bezahlt seine hohen Ämter mit seiner moralischen Unabhängigkeit. Ich hörte überdies, daß er den Häftling aufgesucht hat und daß die Unterhaltung recht stürmisch verlaufen ist. Der Graf hat sich geweigert, einen Eid zu leisten, denn das Kammergericht sei nach seiner Ansicht nicht berechtigt, ein Mitglied des Parlaments von Toulouse abzuurteilen. Nur die Große Kammer des Parlaments von Paris könne einen ehemaligen Berichterstatter über die Bittschriften eines Provinzialparlaments zur Verantwortung ziehen."

„Sagtet Ihr nicht, die Aburteilung durch das Parlamentsgericht sei wegen dessen Ergebenheit Monsieur Fouquet gegenüber ebenso wenig wünschenswert?"

„Gewiß, Madame, und ich habe versucht, Euren Gatten das wissen zu lassen. Aber entweder hat ihn meine Botschaft nicht erreicht, oder er ist zu stolz, Ratschläge anzunehmen, jedenfalls kenne ich nur die Antwort, die er dem obersten Beamten der königlichen Justiz gegeben hat."

„Und was hat sie zur Folge gehabt?" fragte die junge Frau ängstlich.

„Ich vermute, der König hat verfügt, wie üblich zu verfahren und ihn, wenn nötig, ‚stumm' zu verurteilen."

„Was heißt das?"

„Das bedeutet, daß er wie ein Abwesender *in contumaciam* gerichtet wird, was seine Angelegenheit sehr viel heikler machen würde. Denn in Frankreich gilt ein Angeklagter zunächst immer als schuldig, während beispielsweise in England der anklagende Staatsanwalt den Beweis für die Schuld einer verhafteten Person erbringen muß, die im übrigen freigelassen wird, wenn nicht binnen vierundzwanzig Stunden eine förmliche Anklageschrift vorliegt."

„Weiß man, wer bei dem Prozeß der Anklagevertreter sein wird?"

„Es werden deren zwei sein. Einmal Denis Talon, der Generalstaatsanwalt des Königs selbst, und, wie erwartet, Euer Schwager Fallot de Sancé. Der letztere wollte ablehnen, indem er auf seine Verwandtschaft mit Euch verwies, aber er scheint von Talon oder anderen überredet worden zu sein, denn in den Kulissen des Justizpalastes flüstert man sich jetzt zu, man fände es sehr schlau, daß er zwischen der Familienpflicht und der Treue zum König, dem er alles verdankt, seine Wahl getroffen habe."

Angélique verzog das Gesicht, aber sie beherrschte sich und wollte noch mehr wissen.

„Außerdem spricht man von de Masseneau, einem Parlamentarier aus Toulouse, und dem Präsidenten Mesmon, was mich verwundert, denn er ist ein Greis, dessen Leben nur noch an einem Faden hängt. Ich kann ihn mir schlecht als Präsidenten einer Verhandlung vorstellen, bei der es vermutlich stürmisch zugehen wird. Vielleicht hat man ihn gerade wegen seiner körperlichen Schwäche gewählt, denn man weiß, daß er ein gerechter und gewissenhafter Mann ist. Wenn er für diesen Prozeß seine Kräfte zusammennimmt, gehört er zu denen, auf die wir unsere Hoffnungen setzen können."

Dann fuhr Desgray fort:

„Schließlich sind noch Bourié zu nennen, der Sekretär des Gerichtshofs, der unter den Juristen im Rufe eines legalen Urkundenfälschers steht, und ein gewisser Delmas, ein höchst obskurer Richter, den man vielleicht ausgesucht hat, weil er der Onkel Colberts ist, eines Beamten Mazarins, vielleicht aber auch ganz einfach deswegen, weil er Protestant ist und der König Wert darauf legt, daß seine Rechtsprechung den Anschein der Legalität wahrt und daß auch die reformierte Kirche bei der weltlichen Justiz des Königreichs vertreten ist..."

„Ich vermute", sagte Angélique, „daß dieser Hugenotte recht überrascht sein wird, in einem Prozeß mitreden zu müssen, bei dem es um Teufelsbeschwörung und Besessensein geht. Aber schließlich kann es uns nur von Nutzen sein, unter den Geschworenen einen möglicherweise etwas aufgeklärteren Geist zu haben, der von vornherein gegen jeglichen Aberglauben eingenommen ist."

„Sicher", sagte der Advokat achselzuckend. Sein Gesicht hatte einen sorgenvollen Ausdruck angenommen.

„Übrigens, da Ihr von Teufelsbeschwörung und Besessensein sprecht, kennt Ihr einen Mönch namens Becher und eine Nonne, die, bevor sie den Schleier nahm, Carmencita de Mérecourt hieß?"

„Und ob ich sie kenne!" rief Angélique aus. „Mein Gott, ja! Dieser Mönch Becher ist ein halbverrückter Alchimist, der sich geschworen hat, meinem Gatten das Geheimnis des Steins der Weisen zu entreißen. Was Carmencita de Mérecourt betrifft, so ist das eine höchst exzentrische Dame, die früher einmal meines Gatten... Mätresse war und ihm nicht verzeihen kann, daß sie es nicht mehr ist. Aber was haben sie mit dieser Angelegenheit zu tun?"

„Es soll sich um einen Fall von Teufelsbeschwörung handeln, bei der Becher und jene Dame anwesend waren. Eine völlig unklare Sache. Das betreffende Schriftstück ist den Anklageakten beigefügt worden und stellt, wie es scheint, eines der ausschlaggebenden Dokumente dar."

„Ihr habt es wohl nicht gelesen?"

„Ich habe keine der unzähligen Akten gelesen, an deren Zusammenstellung der Gerichtsrat Bourié emsig arbeitet. Niemand hindert ihn offenbar daran, von seiner Fälschergabe ausgiebigen Gebrauch zu machen."

„Aber da der Prozeß nahe bevorsteht, müßt Ihr doch als Verteidiger des Angeklagten über die Einzelheiten der übrigen Anklagepunkte informiert sein!"

„Eben nicht! Und es ist mir bereits wiederholt mitgeteilt worden, daß Eurem Gatten der Beistand eines Advokaten verwehrt werden wird. So daß ich mich im Augenblick vor allem darum bemühe, eine schriftliche Bestätigung dieser Verweigerung zu bekommen."

„Aber Ihr seid ja wahnsinnig!"

„Ganz und gar nicht. Die Bestimmungen lauten dahin, daß man nur einem der Majestätsbeleidigung angeklagten Menschen den Beistand eines Advokaten verweigern kann. In unserem Falle dürfte der Nachweis eines solchen Vergehens schwerlich zu erbringen sein. Wenn ich also im Besitz dieser schriftlichen Erklärung bin, erhebe ich Anfechtungsklage, was mir sofort eine starke moralische Position verschaffen wird. Ich glaube, daß ich sie durch diesen Winkelzug schließlich dazu zwingen werde, mich als Verteidiger zu benennen."

Als Desgray am übernächsten Tag wiederkam, trug er zum erstenmal eine befriedigte Miene zur Schau.
„Die Sache ist geglückt", sagte er frohlockend. „Der erste Präsident des Kammergerichts, Séguier, hat mich soeben zum Verteidiger des der Hexerei angeklagten Sieur Peyrac bestimmt. Das ist ein eindeutiger Sieg über die Heimtücke der Verfahrensweise, aber in ihrem blinden Bestreben, dem König zu Willen zu sein, haben sich die hohen Lakaien der Justiz allzu sehr in Widerspruch zu ihren eigenen Prinzipien gesetzt. Kurz, sie haben sich gezwungen gesehen, einen Verteidiger zu bestimmen. Aber ich mache Euch darauf aufmerksam, Madame, daß Ihr noch genügend Zeit habt, Euch nach einem berühmteren Advokaten umzusehen, um ihm den Fall Eures Gatten zu übertragen."
Angélique sah durchs Fenster hinaus. Der Temple-Bezirk wirkte verlassen und wie eingeschlafen unter seinem Schneeteppich. Madame Scarron ging unten in ihrem schäbigen Mantel vorüber, um sich zum Gottesdienst in die Kapelle des Großpriors zu begeben. Das Geläut einer kleinen Glocke erstickte unter dem niedrigen grauen Himmel. Angélique warf einen verstohlenen Blick auf den Advokaten, der sich ernst und abweisend gab.
„Ich wüßte wirklich keinen fähigeren Mann zu nennen, dem ich diese Sache anvertrauen könnte, die mir am Herzen liegt", sagte sie. „Ihr erfüllt alle wünschenswerten Voraussetzungen. Und als mein Schwager Fallot Euch mir empfahl, meinte er: ‚Er ist einer der schlauesten Köpfe der Anwaltschaft, und außerdem wird er Euch nicht viel kosten!'"
„Ich danke Euch für die gute Meinung, die Ihr von mir habt, Madame", sagte Desgray, der sich keineswegs zu ärgern schien.
Die junge Frau malte gedankenverloren mit dem Finger auf die beschlagene Fensterscheibe. ‚Wenn ich wieder mit Joffrey in Toulouse sein werde', dachte sie, ‚werde ich mich dann noch des Advokaten Desgray erinnern? Zuweilen werde ich daran denken, daß wir zusammen in der Badeanstalt waren, und das wird mir unwahrscheinlich vorkommen ...!'
Plötzlich wandte sie sich mit verklärten Augen zu ihm um.
„Oh, Ihr habt ja jetzt die Möglichkeit, ihn täglich aufzusuchen! Könntet Ihr mich nicht mitnehmen?"
Doch Desgray riet ihr ab, die strengen Weisungen hinsichtlich der völligen Isolierung des Häftlings zu mißachten. Es stand auch noch nicht fest,

ob er selbst die Erlaubnis bekommen würde, ihn zu sprechen, aber er war entschlossen, sie durch die Vermittlung der Advokatenkammer zu erwirken. Es mußte jetzt rasch gehandelt werden, denn da seine Bestellung als Verteidiger der königlichen Justizbehörde nur durch List entrissen worden war, bestand die Möglichkeit, daß ihm die Anklageschrift erst kurz vor dem Termin zugestellt würde und vielleicht auch nur teilweise.

„Ich weiß, daß bei derartigen Prozessen die Aktenstücke oft aus fliegenden Blättern bestehen und daß der Siegelbewahrer, der Kardinal Mazarin oder der König selbst sich zu jeder Zeit das Recht vorbehalten, sie zu prüfen oder einzelne an sich zu nehmen, beziehungsweise sie zu ergänzen. Gewiß geschieht das nicht gerade häufig, aber zieht man die besonderen Verhältnisse in Betracht, unter denen sich alles abspielt ..."

Trotz dieser letzten bedenklichen Worte summte Angélique an diesem Abend vor sich hin, während sie Florimonds Brei kochte, und sie gewann schließlich sogar dem unvermeidlichen Stück Walfischfleisch der Mutter Cordeau einigen Geschmack ab. Die Kinder vom Spital waren an diesem Tag in den Temple-Bezirk gekommen. Sie hatte ihnen ein paar der köstlichen Krapfen abgekauft, und der gestillte Appetit verhalf ihr dazu, die Zukunft in freundlicheren Farben zu sehen.
Ihre Zuversicht wurde belohnt, denn schon am folgenden Abend kehrte der Advokat mit zwei aufregenden Nachrichten zurück: Man hatte ihm einen Teil der Akten zugestellt und ihm überdies erlaubt, den Gefangenen zu sprechen.
Bei dieser Mitteilung stürzte Angélique auf Desgray zu, schlang die Arme um seinen Hals und küßte ihn herzhaft. Einen Augenblick spürte sie den Druck zweier kräftiger Arme und empfand ein intensives wohliges Gefühl. Doch schon zog sie sich verwirrt wieder zurück und stammelte, während sie über ihre Augen wischte, in denen Tränen perlten, sie wisse schon gar nicht mehr, was sie tue.
Taktvoll ging Desgray über diesen Zwischenfall hinweg. Er berichtete, daß der Besuch in der Bastille am nächsten Tag um die Mittagszeit stattfinden werde. Er werde den Häftling zwar nur in Gegenwart des Gouverneurs sehen können, hoffe aber zuversichtlich, daß es ihm späterhin gelingen würde, mit dem Grafen Peyrac unter vier Augen zu sprechen.
„Ich gehe mit Euch", erklärte Angélique. „Ich werde vor dem Gefängnis warten, aber ich fühle, daß ich es nicht über mich bringen könnte, währenddessen still zu Hause zu sitzen."
Der Advokat sprach sodann über die Prozeßakten, von denen er Kenntnis bekommen hatte. Einer abgegriffenen Plüschtasche entnahm er ein paar Blätter, auf denen er die Hauptanklagepunkte notiert hatte.
„Er ist in erster Linie der Hexerei angeklagt. Wird als Hersteller von Giften und anderen Drogen bezeichnet. Ist im Besitz magischer Kräfte,

kann die Zukunft voraussagen und kennt Mittel, um das Gift im Körper unschädlich zu machen. Er soll die Kunst entdeckt haben, sich Menschen von Ruf und Bildung durch Teufelskunststücke gefügig zu machen ... Die Anklage stellt fest, daß eine seiner ... ehemaligen Mätressen gestorben ist und daß man im Mund der exhumierten Leiche das Medaillon des Grafen Peyrac gefunden hat ..."

„Aber was soll denn dieses Sammelsurium von Unsinnigkeiten?" rief Angélique bestürzt aus. „Ihr wollt doch nicht behaupten, daß vernünftige Richter sich damit in öffentlicher Sitzung befassen werden?"

„Vermutlich ja, und ich für mein Teil beglückwünsche mich sogar zu diesem Übermaß von Dummheiten, denn ich werde sie um so leichter abtun können. Des weiteren umfaßt die Anklageschrift das Verbrechen der Alchimie, die Suche nach Schätzen, die Transmutation von Gold und – haltet Euch fest! – ‚die ketzerische Behauptung, Leben geschaffen zu haben'. Könnt Ihr Euch denken, Madame, was das bedeuten soll?"

Ratlos überlegte Angélique eine Weile. Schließlich legte sie die Hand auf die Stelle, wo ihr zweites Kind sich rührte.

„Glaubt Ihr, daß es das ist, worauf sie anspielen?" fragte sie lachend.

Der Advokat machte eine zweifelnde und resignierte Geste. Er las weiter: „... ‚hat seinen Besitz durch Zaubermittel vermehrt, ohne die Transmutation et cetera außer acht zu lassen ...' Ganz am Schluß sehe ich folgendes: ‚Nahm Rechte in Anspruch, die ihm nicht zustanden. Rühmte sich offen, von König und Fürsten unabhängig zu sein. Empfing ketzerische und verdächtige Ausländer und bediente sich verbotener, aus dem Auslande stammender Bücher.'

Jetzt", fuhr Desgray mit einem gewissen Zögern fort, „komme ich zu dem Schriftstück, das mir das beunruhigendste und verwunderlichste des ganzen Faszikels zu sein scheint. Es handelt sich um einen von drei Geistlichen verfaßten Bericht über einen Fall von Exorzismus, in dem erklärt wird, Euer Gatte sei der Besessenheit und des Umgangs mit dem Teufel überführt."

„Das ist doch nicht möglich!" rief Angélique aus, der ein kalter Schauer über den Rücken lief. „Wer sind diese Priester?"

„Der eine ist jener Mönch Becher, den ich neulich schon erwähnte. Ich weiß nicht, ob er als Offizial die Bastille betreten konnte, jedenfalls steht fest, daß diese Zeremonie tatsächlich stattgefunden hat. Und die Zeugen versichern, daß alle Reaktionen des Grafen auf schlagende Weise sein Bündnis mit dem Teufel beweisen."

„Das kann nicht sein", wiederholte Angélique. „Ihr selber glaubt doch nicht etwa daran?"

„Ich bin ein Freigeist, Madame. Ich glaube weder an Gott noch an den Teufel."

„Schweigt", stammelte sie und bekreuzigte sich hastig. Darauf lief sie zu Florimond und drückte ihn an sich.

„Hast du gehört, was er gesagt hat, mein Engelchen?" flüsterte sie. „Oh, die Männer sind verrückt."

Nach einer kurzen Stille trat Desgray zu ihr.

„Macht Euch keine unnützen Sorgen", meinte er. „Ganz bestimmt steckt da ein Schwindel dahinter, und wir müssen zusehen, daß wir ihm zur rechten Zeit auf die Sprünge kommen. Aber die Tatsache bleibt bestehen, daß dieses Schriftstück höchst beunruhigend ist, denn es wird die Richter vermutlich ganz besonders beeindrucken. Die Teufelsbeschwörung ist nach den Riten des Kirchengerichts in Rom durchgeführt worden, und die Reaktionen des Angeklagten sind belastend für ihn. Ich habe mir im besonderen die Reaktionen im Zusammenhang mit den Teufelsflecken und der Behexung anderer notiert."

„Was bedeutet das?"

„Bezüglich der Teufelsflecken erklären die Dämonologen, daß gewisse Stellen des Körpers eines Besessenen gegen die Berührung mit einem vorher exorzisierten silbernen Stift empfindlich sind. Nun, im Verlauf dieser Probe haben die Zeugen furchtbare und ‚wahrhaft infernalische' Schreie vernommen, die der Angeschuldigte immer wieder ausstieß, während ein gewöhnlicher Mensch das leichte Betupfen mit diesem harmlosen Instrument kaum empfindet. Was die Behexung anderer betrifft, so ist eine Person vor ihn geführt worden, die alle bekannten Anzeichen der Besessenheit zeigte."

„Wenn es sich dabei um Carmencita handelt, traue ich ihr zu, daß sie ihre Komödiantenrolle aufs trefflichste gespielt hat", sagte Angélique sarkastisch.

„Vermutlich handelt es sich um jene Nonne, aber ihr Name wird nicht erwähnt. Auf jeden Fall steckt dahinter irgendein Betrug, wie ich schon sagte, aber da ich sicher bin, daß die Geschworenen dieser Sache große Bedeutung beimessen werden, muß ich sie Punkt für Punkt widerlegen können. Und vorläufig weiß ich noch nicht, wie."

„Vielleicht kann Euch mein Gatte selbst Aufklärung geben?"

„Hoffen wir es", seufzte der Advokat.

Neununddreißigstes Kapitel

In seiner Schneeverbrämung wirkte der riesige Block der Bastille noch düsterer und trübseliger als sonst. Von den Plattformen der Wehrtürme stiegen winzige graue Rauchfahnen zum verhangenen Himmel auf. Wahrscheinlich hatte man beim Gouverneur und in der Wachstube eingeheizt, aber Angélique konnte sich unschwer die eisige Feuchtigkeit der Zellen vorstellen, in denen die ‚vergessenen' Gefangenen sich auf ihren schimmelnden Strohsäcken zusammenkauerten.

Desgray hatte sie in eine kleine Schenke der Vorstadt Saint-Antoine geführt, wo sie auf ihn warten sollte. Der Wirt und noch mehr dessen Tochter schienen ihm wohlbekannt zu sein.

Von ihrem Ausguck neben dem Fenster konnte Angélique alles beobachten, ohne bemerkt zu werden. Das Gefängnis ragte genau ihr gegenüber auf. Sie sah deutlich die Posten des Außenwerks, die in die Hände bliesen und durch Stampfen ihre Füße zu wärmen suchten. Zuweilen rief ihnen einer ihrer Kameraden von der Höhe der Zinnen ein Wort zu, und ihre hallenden Stimmen durchschnitten die eisige Luft.

Die Schenke lag an der morastigen Rue de la Contrescarpe, die am Zeughauskanal und den Gräben der Bastille entlangführte. Trotz der Kälte war die Luft durch den faden Geruch der fauligen Gewässer verpestet.

Reiter und Kaufleute, die die Stadtgrenze an der Porte Saint-Antoine erreichten, machten halt, um den Zoll zu entrichten. Eine Weile wurde Angélique durch die Ankunft eines Zigeunertrupps abgelenkt, auf dessen mageren Kleppern Frauen und Kinder mit dunklen, glühenden Augen saßen.

Die Männer, die mit arroganter Miene Rapiere und Federhüte trugen, stritten sich lange mit dem Zöllner. Schließlich ließen sie zwei Äffchen vor ihm tanzen, und da der Mann seinen Spaß daran hatte, brauchten sie nichts zu bezahlen.

Gleich darauf fuhr, von Läufern begleitet, eine Kutsche vorüber, und Angélique erkannte im Innern die Gesichter Madame Fouquets und ihrer Tochter. Es fiel ihr ein, daß der Oberintendant zur Zeit im Zeughaus wohnte, wo er glänzende Gesellschaften gab.

„Ich wünschte", dachte Angélique, „ich wünschte von ganzem Herzen, dieser Mann würde eines Tags den Lohn für all seine Schurkereien ernten. Schließlich ist das Zeughaus nicht allzu weit von der Bastille entfernt."

Endlich erkannte sie Desgray, der von der Zugbrücke her zwischen den Pfützen der Straße auf die Schenke zuschritt. Ihr Herz begann in unerklärlicher Beklommenheit zu klopfen.

Sein Verhalten und sein Gesichtsausdruck kamen ihr merkwürdig vor. Er bemühte sich zu lächeln, dann sprach er überstürzt und in einem Ton, der Angélique unecht erschien. Er sagte, es sei ihm ohne sonderliche Mühe gelungen, Monsieur de Peyrac zu sprechen, und der Gouverneur habe sie sogar eine Weile allein gelassen. Sie waren übereingekommen, daß Desgray die Verteidigung übernehmen sollte.

Zuerst hatte der Graf keinen Advokaten haben wollen und behauptete, wenn er darauf eingehe, bedeute das zugleich seine Zustimmung, vor ein gewöhnliches Gericht gestellt zu werden und nicht, wie er es verlange, vor den Gerichtshof des Parlaments. Er wolle sich selbst verteidigen. Aber nach kurzer Unterhaltung mit dem Advokaten hatte er dessen Mitwirkung zugestimmt.

„Ich wundere mich, daß ein so argwöhnischer Mensch wie er so rasch nachgegeben hat", meinte Angélique. „Eigentlich hatte ich erwartet, Ihr würdet einen richtigen Kampf mit ihm ausfechten müssen."

Der Advokat zog die Stirn in Falten, als litte er an heftigen Kopfschmerzen, und bat die Tochter des Wirts, ihm einen Schoppen Bier zu bringen.

Endlich sagte er in wunderlichem Ton:

„Euer Gatte hat allein beim Anblick Eurer Schriftzüge nachgegeben."

„Er hat meinen Brief gelesen? Hat er sich über ihn gefreut?"

„Ich habe ihn ihm vorgelesen."

„Warum hat er ..."

Sie hielt inne und sagte dann mit tonloser Stimme:

„War er denn nicht fähig, selbst zu lesen? Weshalb? Ist er krank? Redet doch! Ich habe das Recht, es zu erfahren!"

Unbewußt hatte sie den jungen Mann beim Handgelenk gepackt und bohrte ihm die Nägel ins Fleisch.

Desgray wartete, bis das Mädchen, das ihm das Bier brachte, sich wieder entfernt hatte.

„Faßt Euch", sagte er mit einem Mitgefühl, das nicht geheuchelt war, „es ist besser, Ihr erfahrt alles. Der Gouverneur der Bastille hat mir nicht verheimlicht, daß Graf Peyrac die Folter erlitten hat."

Angélique wurde leichenblaß.

„Was hat man ihm angetan? Hat man ihm die abgezehrten Glieder gebrochen?"

„Nein, wohl haben ihn die Folterung mit den spanischen Stiefeln und das Stäupen sehr geschwächt, und seitdem kann er nur liegen. Aber das ist noch nicht das Schlimmste. Er benutzte die Abwesenheit des Gouverneurs, um mir Einzelheiten über die Prüfung mitzuteilen, die der Mönch Becher mit ihm vorgenommen hat. Er versicherte, daß der Stift, dessen sich dieser dabei bediente, mit einer langen Nadel versehen war, die Becher ihm immer wieder tief ins Fleisch stieß. Von jähem Schmerz erfaßt, schrie er ein paarmal auf, was von den Zeugen ungünstig ausgelegt wurde. Was die besessene Nonne betrifft, so hat er sie nicht einwandfrei erkannt, da er halb ohnmächtig war."

„Leidet er sehr? Ist er verzweifelt?"

„Er ist sehr gefaßt, obwohl er sich nach nahezu dreißig Verhören erschöpft fühlt."

Nachdem er eine Weile nachdenklich vor sich hingestarrt hatte, setzte Desgray hinzu:

„Darf ich es Euch gestehen? Im ersten Augenblick hat mich sein Anblick abgestoßen. Ich konnte mir nicht vorstellen, daß Ihr die Frau dieses Mannes seid. Als wir aber einige Worte miteinander gewechselt hatten und ich seinen leuchtenden Augen begegnete, erkannte ich die Seelenverwandtschaft ... Oh, ich vergaß! Graf Peyrac hat mir etwas für seinen Sohn Florimond aufgetragen. Er läßt ihm sagen, daß er ihm bei seiner Rückkehr zwei kleine Spinnen mitbringen wird, die er das Tanzen gelehrt hat."

„Puh! Ich hoffe, Florimond wird sie nicht anrühren", sagte Angélique, die sich mühsam beherrschte, um nicht in Tränen auszubrechen.

„Jetzt sehen wir klarer", sagte der R. P. de Sancé nach Anhören des Berichts, den ihm der Advokat über seine letzten Schritte erstattet hatte. „Nach Eurer Ansicht, Maître, wird sich die Anklage auf den Vorwurf der Hexerei beschränken und auf das von dem Mönch Becher verfaßte Protokoll stützen?"

„Ich bin fest davon überzeugt, denn gewisse Behauptungen, die den Grafen Peyrac des Verrats am König zu beschuldigen suchten, haben sich als haltlos erwiesen. Notgedrungen kehrt man zur ursprünglichen Anschuldigung zurück: ein Hexenmeister ist es, den das Zivilgericht abzuurteilen gedenkt."

„Trefflich. Man muß also einerseits die Richter davon überzeugen, daß bei den wissenschaftlichen Arbeiten, denen sich mein Schwager widmete, nichts Übernatürliches im Spiele war, und zu diesem Zweck wollt Ihr veranlassen, daß die Arbeiter vernommen werden, die er beschäftigte. Andererseits muß man die Wertlosigkeit des Exorzismus dartun, auf dem sie zu fußen gedachten."

„Wir hätten gewonnenes Spiel, wenn die Richter, die alle sehr religiös sind, überzeugt werden könnten, daß es sich hier um einen Scheinexorzismus handelt."

„Wir werden Euch behilflich sein, das zu beweisen."

Raymond de Sancé schlug mit der Handfläche auf den Tisch des Sprechraums und wandte sein edel geformtes, blasses Gesicht dem Advokaten zu. Diese Bewegung und die halbgeschlossenen Augen – das war mit einem Male der auferstandene Großvater de Ridouët. Und Angélique spürte beglückt, wie der schützende Schatten von Monteloup sich über ihr bedrohtes Heim breitete.

„Denn da gibt es etwas, was Ihr nicht wißt, Herr Advokat", sagte der Jesuit in bestimmtem Ton, „ebenso wenig wie viele Kirchenfürsten in Frankreich, deren Wissen auf religiösem Gebiet freilich oft sehr viel geringer als das eines kleinen Landpfarrers ist. So wißt denn, daß es in Frankreich nur einen einzigen Mann gibt, der vom Papst autorisiert worden ist, die Fälle von Besessenheit und Manifestationen des Satans zu prüfen. Dieser Mann gehört dem Jesuitenorden an. Nur dank seines besonnenen Lebenswandels, seiner tiefschürfenden Studien hat er von Seiner Heiligkeit das furchtbare Privileg empfangen, mit dem Höllenfürsten von Angesicht zu Angesicht Zwiesprache zu pflegen. Maître Desgray, ich glaube, Ihr werdet die Richter weitgehend entwaffnen, wenn Ihr ihnen erklärt, daß einzig ein vom R. P. Kircher, dem Großexorzisten von Frankreich, unterzeichnetes diesbezügliches Protokoll in den Augen der Kirche Gültigkeit besitzt."

„Gewiß", rief Desgray erregt aus, „ich gestehe, daß ich etwas Ähnliches geahnt habe. Dieser Mönch Becher hat jedoch eine infernalische Geschicklichkeit bewiesen, und es ist ihm gelungen, sich beim Kardinal de Gondi, dem Erzbischof von Paris, Glauben zu verschaffen. Aber ich werde diese schändliche Prozedur anprangern, ich werde die Priester anprangern, die durch eine gotteslästerliche Scheinhandlung versucht haben, die Kirche lächerlich zu machen."

„Wollet Euch einen Augenblick gedulden", sagte der Pater de Sancé und stand auf. Gleich darauf kam er in Begleitung eines anderen Jesuiten zurück, den er als den Pater Kircher vorstellte.

Angélique war sehr beeindruckt von der Begegnung mit dem Großexorzisten von Frankreich. Sie wußte eigentlich nicht, was sie sich unter ihm vorgestellt hatte, auf jeden Fall aber keinen Mann von so bescheidenem Aussehen. Ohne die schwarze Soutane und das kupferne Kreuz auf der Brust hätte man diesen großen schweigsamen Jesuiten gut und gern für einen friedlichen Bauern gehalten und nicht für jemanden, der mit dem Teufel umzugehen pflegte.

Angélique spürte, daß auch Desgray seiner angeborenen Skepsis zum Trotz von der Persönlichkeit des Neuankömmlings gefesselt wurde.

Raymond erklärte, er habe Pater Kircher bereits über die Angelegenheit orientiert, und teilte ihm die neuesten Ereignisse mit.

Der Großexorzist hörte mit beruhigendem Lächeln zu. „Die Sache erscheint mir sehr einfach", sagte er schließlich. „Ich muß meinerseits einen vorschriftsmäßigen Exorzismus durchführen. Das Protokoll, das Ihr dann vor Gericht verlesen und durch meine Aussagen stützen werdet, dürfte das Gewissen jener Herren zweifellos in einen heiklen Konflikt bringen."

„So einfach ist es nun wieder nicht", bemerkte Desgray, während er sich nachdenklich den Kopf kratzte. „Euch Eintritt in die Bastille zu verschaffen, selbst in der Eigenschaft des Gefängnisgeistlichen, scheint mir bei diesem scharf bewachten Gefangenen ein aussichtsloses Unterfangen zu sein . . ."

„Um so mehr, als wir zu dritt sein müssen."

„Warum das?"

„Der Leibhaftige ist ein zu durchtriebenes Wesen, als daß ein einziger Mensch, und sei er auch mit Gebeten gewappnet, ihn ungefährdet herausfordern könnte. Um mit einem Manne zu reden, der Umgang mit dem Teufel pflegt, bedarf es zumindest des Beistands meiner beiden gewohnten Akoluthen."

„Aber mein Gatte pflegt gar keinen Umgang mit dem Teufel", protestierte Angélique.

Rasch bedeckte sie ihr Gesicht mit den Händen, um ein krampfhaftes Lachen zu verbergen, das sie plötzlich überkam. Bei der Behauptung, ihr Gatte verkehre mit dem Teufel, stellte sie sich Joffrey vor, wie er vor einem Ladentisch stand und vertraulich mit einem gehörnten und grinsenden Teufel plauderte. Ach, wären sie doch endlich wieder daheim in Toulouse vereinigt – wie würden sie dann über solche Torheiten lachen! Sie malte sich aus, wie sie auf Joffreys Knien sitzen und ihr Gesicht in Joffreys dichtem, duftendem Haar bergen würde, während seine wunderbaren Hände in endlosen Liebkosungen aufs neue von dem Körper Besitz nahmen, den er so liebte.

Ihr unangebrachtes Lachen endete in einem kurzen Aufschluchzen.

„Faß dich, meine liebe Schwester", sagte Raymond sanft. „Die Geburt Christi heißt uns hoffen: Friede den Menschen, die guten Willens sind."

Doch dieses Schwanken zwischen Hoffnung und Verzweiflung zermürbte die junge Frau. Wenn sie sich die letzte Weihnacht in Toulouse vergegenwärtigte, wurde sie im Gedanken an den zurückgelegten Weg mit Entsetzen gepackt.

Hätte sie es sich ein Jahr zuvor träumen lassen, daß sie diesen Heiligabend, an dem die Glocken von Paris unter dem grauen Himmel tönten, am armseligen Herd einer Mutter Cordeau verbringen würde? Neben der Alten, die ihre Wolle spann, und dem Henkerlehrling, der harmlos mit dem kleinen Florimond spielte, empfand sie kein anderes Bedürfnis, als ihre Hände zum Feuer auszustrecken. Neben ihr, auf derselben Bank, ließ die Witwe Scarron, ebenso jung, ebenso schön, ebenso arm und verlassen wie sie, auf ihrem geflickten Kleid die Perlen ihres Rosenkranzes durch die Finger gleiten, und zuweilen schob sie sanft den Arm um Angéliques Taille und schmiegte sich an sie, in dem fröstelnden Verlangen nach der körperlichen Wärme eines anderen Menschenwesens.

Der alte Modewarenhändler hatte sich gleichfalls an das einzige Feuer des ärmlichen Häuschens geflüchtet und schlummerte in seinem Polsterstuhl, den er heruntergeschafft hatte. Er murmelte im Schlaf und rechnete Zahlen zusammen, auf der hartnäckigen Suche nach den Gründen seines Bankrotts.

Als ihn das Knistern eines Holzscheits weckte, lächelte er und rief bemüht heiter aus:

„Wir wollen nicht vergessen, daß Jesus zur Welt kommen wird. Die ganze Welt ist fröhlich. Laßt uns ein kleines Weihnachtslied singen!"

Und zu Florimonds großem Vergnügen stimmte er mit zittriger Stimme ein Liedchen an. Doch schon nach den ersten Takten klopfte jemand an die Tür. Ein dunkler Schatten wurde sichtbar, der Corde-au-cou ein paar Worte zuflüsterte.

„Es ist für Madame Angélique", sagte der Junge.

Im Glauben, Desgray vorzufinden, trat sie hinaus und sah im Vorraum einen gestiefelten, in einen weiten Umhang gehüllten Reitersmann, dessen tief in die Stirn gezogener Hut das Gesicht verbarg.

„Ich komme, um Abschied von dir zu nehmen, liebe Schwester."

Es war Raymond.

„Wohin reist du?" fragte sie verwundert.

„Nach Rom ... Ich kann dir keine Einzelheiten über den Auftrag sagen, der mir erteilt worden ist, aber morgen schon wird alle Welt wissen, daß die Beziehungen zwischen der Französischen Botschaft und dem Vatikan sich verschlechtert haben. Der Botschafter hat es abgelehnt, den Anweisungen des Heiligen Vaters Folge zu leisten, die besagten, daß nur das Personal der diplomatischen Vertretungen zum Bereich der Botschaften Zugang haben sollte. Und Ludwig XIV. hat erklären lassen, er werde jeden Versuch, ihm einen fremden Willen aufzuzwingen, mit der Waffe beantworten. Wir stehen am Vorabend eines Bruchs zwischen der Kirche von Frankreich und dem Papsttum. Eine solche Katastrophe muß um jeden Preis vermieden werden. Ich muß mit verhängten Zügeln nach Rom reiten, um zu versuchen, einen Ausgleich herzustellen und die Gemüter zu besänftigen."

„Du reist!" wiederholte sie niedergeschlagen. „Auch du läßt mich im Stich? Und der Brief für Joffrey?"

„Ach, mein liebes Kind, ich fürchte sehr, unter den gegebenen Umständen wird jegliches Ersuchen des Papstes von unserm Monarchen übel aufgenommen werden. Aber du kannst dich darauf verlassen, daß ich mich während meines Aufenthalts in Rom um deine Angelegenheit kümmern werde. Komm, hier hast du etwas Geld. Und dann hör zu: ich habe Desgray vor einer knappen Stunde gesprochen. Dein Gatte ist in das Gefängnis des Justizpalasts gebracht worden."

„Was bedeutet das?"

„Daß sein Fall bald verhandelt werden wird. Aber das ist noch nicht alles. Desgray setzt alle Hebel in Bewegung, um zu bewirken, daß Pater Kircher und seine Akoluthen vorgelassen werden. Heute nacht wollen sie sich einschmuggeln und bis zu dem Gefangenen vordringen. Ich zweifle nicht, daß die Probe von entscheidender Bedeutung sein wird. Hab Vertrauen!"

Sie hörte ihm beklommenen Herzens zu, unfähig, neue Hoffnung zu schöpfen.

Der Geistliche nahm die junge Frau bei den Schultern, drückte sie an sich und küßte brüderlich ihre kalten Wangen.

„Hab Vertrauen, liebe Schwester", wiederholte er.

Dann lauschte sie den vom Schnee gedämpften Hufschlägen zweier Pferde, die sich in Richtung des Torturms entfernten. Durch die Porte Saint-Antoine würden sie die Straße nach Lyon erreichen und mit verhängten Zügeln den Alpen, dann Italien zustreben.

Ein Schauer überlief Angélique. In dieser Nacht noch, während die Weihnachtsglocken läuteten und die Orgeln von Notre-Dame und der anderen Kirchen ihre fröhlich brausenden Fluten über die Pelze vermummter Fürstlichkeiten ergossen, würden drei Männer in das grausige Dunkel eines Verlieses schleichen, um dort den Teufel herauszufordern.

Stumm befestigte sie die Börse, die Raymond ihr zugeschoben hatte, an ihrem Gürtel, kehrte auf ihren Platz neben Madame Scarron zurück und versuchte zu beten.

Der Advokat Desgray bewohnte auf dem Petit-Pont, der die Cité mit dem Universitätsviertel verbindet, eines jener schmalen, alten Häuser mit spitzem Dach, deren Fundamente seit Jahrhunderten von der Seine bespült werden und die all den Überschwemmungen zum Trotz noch immer standhalten.

Da Angélique ihre Ungeduld nicht mehr beherrschen konnte, suchte sie ihn schließlich auf, obwohl er ihr geraten hatte, den Temple-Bezirk so wenig wie möglich zu verlassen. Sie hatte seine Adresse vom Wirt der „Drei Mohren" bekommen. Seit Raymonds Abreise hatte sie den jungen Mann nicht mehr gesehen und auch keine Nachricht von ihm erhalten. Die Jesuiten empfingen sie freundlich, aber auch sie wußten nichts oder wollten nichts sagen. Pater Kircher war unauffindbar, und man gab ihr zu verstehen, daß der Großexorzist nicht dauernd belästigt werden dürfe. So machte sie sich, nachdem sie eine Maske aufgesetzt und sich in ihren Umhang gehüllt hatte, endlich auf die Suche nach dem Advokaten.

An dem Ort angekommen, den man ihr bezeichnet hatte, zögerte sie einen Augenblick. Wirklich, dieses Haus paßte zu Desgray: ärmlich, verkommen und ein ganz klein wenig arrogant.

Der Schatten der Gefängnismauern des Kleinen Châtelet, in dem die randalierenden Studenten eingesperrt zu werden pflegten, fiel auf seine verwahrloste Fassade. Im Erdgeschoß beschützte eine von alten Skulpturen umgebene Statue des heiligen Nikolas den Laden eines Wachsziehers. Bei ihm kauften die Beter der nahe gelegenen Kathedrale von Notre-Dame ihre Weihkerzen ein.

Der Wachszieher gab der jungen Frau Auskunft: der „Unglückskanzlist" wohne im obersten Stockwerk. Das sei eben gut genug für ein übles Individuum, das sich mit dem Hinweis auf seinen blutdürstigen Hund weigere, Miete zu zahlen, und für einen verkommenen Trunkenbold, der in alles seine Nase stecke und die ehrlichen Leute nicht in Frieden lasse. Ganz bestimmt werde man ihn eines Tages in der Seine wiederfinden, und – beim heiligen Nikolaus! – alle Welt werde sich geradezu darum reißen, ihn dort hineinzuwerfen.

Nicht ganz unberührt durch diese Schmähungen kletterte Angélique die Wendeltreppe hinauf, deren morsches Holzgeländer mit seltsamen grinsenden Skulpturen verziert war. Im obersten Stockwerk gab es nur eine Tür. Da sie an der Schwelle den Hund Sorbonne schnuppern hörte, klopfte sie.

Ein üppiges Frauenzimmer mit geschminktem Gesicht und einem Halstuch, das den ausladenden Busen nur mangelhaft verhüllte, öffnete ihr.

Angélique zuckte zurück. Auf dergleichen war sie nicht gefaßt gewesen.

„Was willst du?" fragte die andere.

„Wohnt hier Maître Desgray?"

Jemand rührte sich im Innern des Raums, und der Advokat erschien, einen Federkiel in der Hand.

„Tretet ein, Madame", sagte er in ungezwungenem Ton.

Ohne viel Umstände schob er das Mädchen hinaus und schloß die Tür.

„Könnt Ihr Euch denn gar nicht gedulden?" brummte er vorwurfsvoll. „Müßt Ihr mich bis in meinen Bau verfolgen, auf die Gefahr hin, einen Kopf kürzer gemacht zu werden ...?"

„Ich bin ohne Nachricht seit ..."

„Seit sechs Tagen erst."

„Was ist das Ergebnis des Exorzismus?"

„Setzt Euch dorthin", sagte Desgray erbarmungslos, „und laßt mich fertigschreiben, was ich gerade unter der Feder habe. Hinterher können wir uns unterhalten."

Sie ließ sich auf der Sitzgelegenheit nieder, die er ihr anwies und die nichts anderes war als ein vermutlich zur Aufbewahrung seiner Kleidung dienender Kasten. Angélique schaute sich um und stellte fest, daß sie noch nie ein so erbärmlich eingerichtetes Zimmer gesehen hatte. Das Tageslicht drang nur durch ein kleines Butzenscheibenfenster herein. Ein kümmerliches Kaminfeuer vermochte die vom Fluß heraufdringende Feuchtigkeit nicht zu vertreiben. In einem Winkel des Raums waren auf dem Fußboden Bücher aufgestapelt. Desgray besaß nicht einmal einen Tisch. Er hockte auf einem Schemel und benützte ein Brett, das er über seine Knie gelegt hatte, als Schreibunterlage. Sein Schreibzeug stand neben ihm auf der Erde.

Das einzige größere Möbelstück war das Bett, dessen Vorhänge aus blauem Köper ebenso wie die Decken völlig durchlöchert waren. Immerhin wies es weiße, saubere Bezüge auf. Unwillkürlich kehrte Angéliques

Blick immer wieder zu diesem zerwühlten Bett zurück, dessen Unordnung eindeutig die Szene verriet, die sich wenige Augenblicke zuvor zwischen dem Advokaten und dem so hurtig verabschiedeten Mädchen abgespielt haben mußte. Die junge Frau fühlte, wie ihr das Blut in die Wangen stieg. Die vergangene, im Wechsel von Hoffen und Bangen verbrachte Zeit der Enthaltsamkeit, die ihre Nerven zermürbt hatte, machte sie empfänglich für derlei Vorstellungen.

Sie verspürte das heftige Bedürfnis, sich an eine männliche Schulter zu schmiegen und in einer fordernden, ein wenig brutalen Umarmung alles zu vergessen, einer Umarmung, wie sie vermutlich diesem Burschen zuzutrauen war, dessen krächzende Federzüge die Stille durchbrachen.

Sie betrachtete ihn. Absorbiert runzelte er die Stirn und bewegte seine schwarzen Augenbrauen in der Bemühung des Nachdenkens.

Sie schämte sich ein bißchen, und um ihre Verwirrung zu verbergen, streichelte sie mechanisch den großen Kopf der Dogge, den diese ergeben auf ihre Knie gelegt hatte.

„Uff!" stöhnte Desgray, indem er aufstand und sich reckte. „Nie in meinem Leben habe ich soviel von Gott und der Kirche geredet. Wißt Ihr, was diese Blätter darstellen, die da auf meinem Fußboden verstreut liegen?"

„Nein."

„Die Verteidigungsrede des Advokaten Desgray, die er in dem Prozeß des der Hexerei angeklagten Seigneur de Peyrac halten wird, einem Prozeß, der im Justizpalast am 20. Januar 1661 zur Verhandlung kommt."

„Das Datum ist festgesetzt?" rief Angélique erblassend aus. „Oh, ich muß unbedingt dabei sein! Verkleidet mich als Gerichtsbeamten oder als Mönch. Freilich, ich bin in andern Umständen", meinte sie und schaute verdrießlich an sich herab, „aber es ist kaum zu sehen. Madame Cordeau versichert, ich würde ein Mädchen bekommen, weil ich das Kindchen sehr hoch trage. Nun, dann hält man mich eben für einen Kanzlisten, der gern gut ißt und trinkt..."

Desgray mußte lachen.

„Ich fürchte fast, der Betrug wird ein bißchen zu augenfällig sein. Aber ich weiß etwas Besseres. Es werden einige Nonnen als Zuhörerinnen zugelassen werden. Ihr könnt Euch mit Haube und Skapulier unkenntlich machen."

„Tja, wird da nicht durch meine Leibesfülle der gute Ruf der Nonnen beeinträchtigt werden?"

„Pah! Unter einem weiten Ordenskleid und einem Umhang ist das nicht zu erkennen. Aber ich kann mich doch darauf verlassen, daß Ihr kaltes Blut bewahrt?"

„Ich verspreche Euch, daß ich die zurückhaltendste aller Zuhörerinnen sein werde."

„Es wird nicht leicht sein", meinte Desgray. „Ich kann absolut nicht voraussehen, welchen Verlauf die Dinge nehmen werden. Jedes Tribunal hat das eine Gute, daß es für eine sensationelle Zeugenaussage empfänglich ist, die vor ihm gemacht wird. Ich halte daher die praktische Demonstration der Goldgewinnung in Reserve, um die Anschuldigung der Alchimie ad absurdum zu führen, und vor allem das Protokoll des Paters Kircher, des einzigen von der Kirche beauftragten Exorzisten, der erklären wird, daß bei Eurem Gatten keine Anzeichen von Besessenheit zu erkennen sind."

„Ich danke dir, Gott!" flüsterte Angélique. War ihre Leidenszeit nun endlich vorüber? „Wir werden doch gewinnen, nicht wahr?"

Er machte ein zweifelnde Geste.

„Ich habe diesen Fritz Hauer gesprochen, den Ihr rufen ließt", fuhr er nach einer Pause fort. „Er ist mit all seinen Kasserollen und Retorten angekommen. Höchst eindrucksvoll, dieser gute Mann! Schade. Nun ja! Ich verberge ihn im Kloster der Kartäuser in der Vorstadt Saint-Jacques. Der Unterstützung des Mohren, mit dem ich in Verbindung treten konnte, indem ich mich in der Maske eines Essighändlers in die Tuilerien schlich, sind wir ebenfalls sicher. Sprecht vor allem zu niemand von meinem Plan. Vielleicht steht dabei das Leben dieser armen Leute auf dem Spiel. Und das Gelingen hängt von den paar Demonstrationen ab."

Die Ermahnung kam der unglücklichen Angélique absolut überflüssig vor.

„Ich bringe Euch nach Hause", sagte der Advokat. „Paris ist allzu gefährlich für Euch. Verlaßt den Temple-Bezirk vor dem Morgen des Prozesses nicht mehr. Eine Nonne wird Euch Kleider bringen und Euch zum Justizpalast begleiten. Ich möchte Euch darauf vorbereiten, daß diese ehrwürdige Dame sich nicht durch Liebenswürdigkeit auszeichnet. Sie ist meine älteste Schwester. Sie hat mich aufgezogen und ist ins Kloster eingetreten, als sie sah, daß ihre kräftigen jüngferlichen Rutenschläge mich nicht daran gehindert hatten, vom rechten Wege abzuweichen. Sie betet für die Vergebung meiner Sünden. Kurz, sie würde alles für mich tun. Ihr könnt volles Vertrauen zu ihr haben."

Auf der Straße nahm Desgray Angéliques Arm. Sie ließ es geschehen und war glücklich über diese Stütze.

Als sie am Ende der Brücke anlangten, blieb Sorbonne plötzlich stehen und spitzte die Ohren. Ein paar Schritte entfernt lehnte ein großer, zerlumpter Bursche in herausfordernder Haltung und schien sie zu erwarten. Unter dem verblichenen, mit einer Feder besteckten Hut erkannte man nur undeutlich sein Gesicht, das durch eine violette Geschwulst gezeichnet war. Das eine Auge wurde von einer schwarzen Binde verdeckt. Der Mann lächelte.

Sorbonne stürzte auf ihn los. Der Bettler sprang mit akrobatischer Gelenkigkeit zur Seite und schlüpfte unter den Bogen eines der Häuser des Petit-Pont.

Der Hund hetzte hinter ihm her. Gleich darauf war ein klatschendes Geräusch zu vernehmen.

„Verdammter Calembredaine", knurrte Desgray. „Er ist trotz des Treibeises in die Seine gesprungen, und ich wette, er ist in diesem Augenblick im Begriff, sich im Pfahlwerk zu verkrümeln. Er hat richtige Rattenlöcher unter allen Brücken von Paris. Er ist einer der verwegensten Banditen der Stadt."

Sorbonnne kehrte mit hängenden Ohren zurück.

Angélique versuchte ihr Entsetzen zu beherrschen, aber sie konnte sich einer beklemmenden Ahnung nicht erwehren. Es wollte ihr scheinen, als sei dieser Halunke, der sich ihr da in den Weg gestellt hatte, das Symbol einer grauenvollen Zukunft.

Vierzigstes Kapitel

Es begann eben zu tagen, als Angélique in Begleitung der Nonne den Pont-au-Change überschritt und die Cité-Insel betrat.

Es war bitterkalt. Die Seine führte dicke Eisbrocken mit sich, die an den Pfeilern der alten Holzbrücken zerbarsten. Der Schnee bedeckte die Dächer, säumte die Gesimse der Häuser und schmückte wie ein Frühlingszweig die Turmspitze der Sainte-Chapelle, die inmitten der kompakten Masse des Justizpalastes aufragte.

Von der großen Uhr des Eckturms schlug es siebenmal. Ihr kostbares Zifferblatt auf blauem Grund war zur Zeit Heinrichs III. eine verblüffende Neuerung gewesen. Die Turmuhr war das Juwel des Palastes. Ihre Figuren aus buntem Ton, die Taube, die den Heiligen Geist darstellte und mit ihren Flügeln Frömmigkeit und Gerechtigkeit beschützte, leuchteten im grauen Morgen in all ihrer Farbenpracht.

Aber wie trüb und düster war alles andere in diesem Bezirk! Angélique betrachtete mit Grausen die mächtigen Türme, deren Helme mit den rostigen Wetterfahnen sich dunkelleuchtend vom verhangenen Himmel abhoben. Am Fuß der Mauern klebten die Buden der Wechsler, der Schreiber, der Papier- und Federkielhändler wie eine Muschelkolonie an einer Klippe.

Dem Pont-Neuf benachbart, war der Palast mit ihm durch ein Dreieck hoher Gebäude aus rotem Backstein verbunden, die die Place Dauphine einrahmten. Heinrich IV. hatte sie für gutsituierte Kläger und Beamte errichten lassen.

Der ganze Komplex war nicht nur die Hochburg der Rechtsprechung, er war auch der Tempel der Buch- und Neuigkeitenhändler. Vom Palast und seinen Geheimdruckereien ging so manches Pamphlet, so manches Spottlied aus, das das Volk von Paris dem König und seinen Fürsten in die Ohren schrie. In der Galerie des Palastes wurde das anspruchsvolle

Buch verkauft, die Blüte des französischen Geistes. Auf dem Pont-Neuf die Schurkerei und die Beleidigung.

In den Palast kamen die hübschen Herrchen, die man „Maiglöckchen" nannte, und die schönen Damen, die „Preziösen". Mit zierlichen Schritten bewegten sie sich durch die berühmte Galerie, in der sich die Rufe der Spitzen- und Fächerverkäuferinnen mit dem Geschrei der Kanzlisten und den Unterhaltungen der Advokaten mischten.

Nachdem Angélique und ihre Begleiterin den großen Hof überquert hatten und eine lange Treppe hinaufgestiegen waren, wurden sie von einem Beamten angesprochen, in dem Angélique verblüfft den Advokaten Desgray erkannte. Sie fühlte sich eingeschüchtert angesichts seiner weiten, schwarzen Robe, seines makellosen Kragens, seiner Perücke mit den weißen Rollen unter der viereckigen Mütze. Er hielt einen nagelneuen Prozeßsack in der Hand, der mit Akten vollgestopft zu sein schien. Sehr ernst berichtete er, er habe soeben den Häftling im Gefängnis des Justizpalastes besucht.

„Weiß er, daß ich im Saal sein werde?" fragte Angélique.

„Nein! Es würde ihn zu sehr erregen. Und Ihr . . .? Ihr versprecht mir, ruhiges Blut zu bewahren?"

„Ich verspreche es Euch."

„Er ist . . . er ist sehr mitgenommen", sagte Desgray in schmerzlichem Ton. „Man hat ihn grauenhaft gefoltert, was vielleicht dazu führt, daß so offenbare Übergriffe der dunklen Hintermänner dieses Prozesses doch die Richter beeindrucken. Ihr werdet stark sein, was auch geschehen mag?"

Angélique nickte beklommenen Herzens.

Am Eingang des Saales verlangten Leibgardisten des Königs die unterschriebenen Einlaßkarten zu sehen.

Angélique war kaum überrascht, als die Nonne eine solche vorzeigte, wobei sie murmelte:

„Dienst Seiner Eminenz des Kardinals Mazarin!"

Ein Gerichtsdiener nahm sich daraufhin ihrer an und führte sie in den Saal zu etwas abseits gelegenen Plätzen, von denen aus man jedoch alles sehen und hören konnte, und Angélique stellte überrascht fest, daß sie sich in Gesellschaft zahlreicher Nonnen der verschiedensten Orden befand, die ein hoher Geistlicher insgeheim zu überwachen schien. Angélique fragte sich, was diese Nonnen in einem Prozeß zu schaffen haben mochten, bei dem es um Alchimie und Hexerei ging.

Der Saal, der zu einem der ältesten Teile des Justizpalastes zu gehören schien, zeichnete sich durch hohe Spitzbogengewölbe aus, von denen reichgeschnitzter Deckenzierat herabhing. Infolge der Butzenscheibenfenster herrschte ein trübes Halbdunkel, und ein paar Leuchter trugen zu der unheimlichen Stimmung noch das ihrige bei. Zwei oder drei mächtige Kachelöfen verbreiteten ein wenig Wärme.

Angélique bedauerte, den Advokaten nicht gefragt zu haben, ob es ihm gelungen sei, Kouassi-Ba und den alten sächsischen Bergmann zu verständigen.

Vergeblich hielt sie in der Menge nach bekannten Gesichtern Ausschau. Noch waren weder der Advokat noch der Gefangene oder die Geschworenen anwesend. Gleichwohl war der Saal besetzt, und viele Leute drängten sich trotz der frühen Stunde in den Gängen. Es ließ sich erkennen, daß manche wie zu einer Theatervorstellung gekommen waren oder vielmehr zu einer Art öffentlichen juristischen Kollegs, denn der größte Teil der Zuschauer bestand aus angehenden Richtern.

Vor ihr saß eine besonders lebhafte Gruppe und gab mit gedämpfter Stimme Kommentare, die offenbar ein noch unerfahrenes Auditorium informieren sollten.

„Worauf wartet man eigentlich?" verlangte ungeduldig ein junger Beamter mit übermäßig gepudertem Haar zu wissen.

Sein Nachbar, dessen breites, finniges Gesicht in einem Pelzkragen steckte, erwiderte gähnend:

„Man wartet darauf, daß die Saaltüren geschlossen werden und der Angeklagte hereingeführt und auf das Sünderstühlchen gesetzt wird."

„Das Sünderstühlchen ist wohl die einzelstehende Bank dort drunten, die nicht einmal eine Lehne hat?"

Ein Kanzlist mit schmierigen Haaren drehte sich höhnisch lächelnd zu der Gruppe um und versetzte:

„Ihr verlangt doch wohl nicht, daß man für einen Gehilfen des Teufels einen Sessel bereitstellt?"

„Ein Hexenmeister soll ja angeblich auf einer Nadel oder einer Flamme stehen können", sagte der gepuderte Advokat.

„Soviel wird man von ihm nicht verlangen, aber er wird auf jenem Schemel unter einem Kruzifix knien müssen."

„Das ist noch viel zu luxuriös für solche Ungeheuer!" rief der Kanzlist mit den schmutzigen Haaren.

Angélique erschauerte. Wenn die allgemeine Stimmung der Menge schon so voreingenommen und feindselig war, was hatte man da erst von den vom König und seinen servilen Sbirren ausgesuchten Richtern zu erwarten?

Aber die ernste Stimme des Mannes im Pelzkragen erhob sich von neuem:

„Für mich ist das ein albernes Possenspiel. Dieser Mann ist nicht mehr Hexenmeister als Ihr oder ich. Wahrscheinlich hat er irgendeine wüste Intrige der hohen Herrn durchkreuzt, die nun einen legalen Vorwand brauchen, um ihn aus dem Wege zu räumen."

Angélique beugte sich ein wenig vor, um das Gesicht des Sprechers erkennen zu können, der so unverblümt eine gefährliche Ansicht zu äußern wagte. Sie hätte ihn gern nach seinem Namen gefragt. Ihre Gefährtin berührte jedoch leicht ihre Hand, um sie zu größerer Zurückhaltung zu mahnen.

Der Nachbar des Mannes mit dem Pelzkragen flüsterte, nachdem er sich umgeschaut hatte:

„Ich meinte, die Edelleute hätten es nicht nötig, einen Prozeß anzustrengen, wenn sie jemanden aus dem Weg räumen wollten."

„Man muß eben das Volk zufriedenstellen und von Zeit zu Zeit beweisen, daß der König auch einmal einen Mächtigen straft."

„Wenn Eure Hypothese zuträfe, Maître Gallemand, daß man nämlich das Sühneverlangen des Volks befriedigen wolle, wie Nero es einstens tat, dann hätte man eine große öffentliche Sitzung anberaumt und nicht die Öffentlichkeit ausgeschlossen", meinte der andere.

„Man merkt, daß du in diesem verdammten Handwerk noch ein blutiger Anfänger bist", versetzte der berühmte Advokat, von dem Desgray gesagt hatte, daß seine Einfälle das Gericht erzittern ließen. „Bei öffentlicher Sitzung riskiert man das Aufbegehren des Volks, das sentimental und gar nicht so dumm ist, wie man meint. Nun, der König ist in Verfahrensdingen an sich schon gewitzt und fürchtet obendrein, die Dinge könnten einen ähnlichen Verlauf wie in England nehmen, wo das Volk nicht davor zurückschreckte, den Kopf eines Königs auf den Block zu legen. Bei uns bringt man diejenigen, die eine eigene oder unbequeme Meinung haben, auf sanfte und geräuschlose Weise zum Schweigen. Danach erst wirft man ihr noch zuckendes Gerippe den niedersten Instinkten des Gesindels zum Fraß vor. Dann beschuldigt man den Pöbel der Bestialität, die Priester reden von der Notwendigkeit, seine üblen Gelüste zu zähmen, und, wohlgemerkt, vorher und nachher wird eine Messe gelesen."

„Die Kirche ist an diesen Übergriffen unschuldig", protestierte ein nahebei sitzender Geistlicher, indem er sich den Wortführern zuwandte. „Ich möchte feststellen, Ihr Herrn, daß heutzutage allzu oft Laien in Unkenntnis des kanonischen Rechts sich anmaßen, das göttliche Recht umzubiegen. Und ich glaube Euch versichern zu können, daß die Mehrzahl der hier anwesenden Mönche tief beunruhigt ist über die Eingriffe der weltlichen Macht in die kirchliche Sphäre."

„Aber die Kirche ihrerseits darf die Einheit des französischen Staats nicht untergraben, deren Verteidiger der König ist", mischte sich ein alter Herr rechthaberisch ein.

Die Leute sahen sich nach ihm um und mochten sich fragen, was er wohl hier tat. In den meisten stieg leiser Argwohn auf, und sie wandten sich ab; sie bereuten offensichtlich, sich vor einem Manne geäußert zu haben, der vielleicht ein Spitzel seiner Majestät war.

Nur Maître Gallemand versetzte, nachdem er ihn fixiert hatte:

„Nun, so verfolgt aufmerksam diesen Prozeß, Monsieur. Ihr werdet hier zweifellos ein kleines Abbild jenes großen Konflikts sehen, der bereits zwischen dem König und der römischen Kirche besteht."

Plötzlich erstarrte das Amphitheater in lautloser Stille. Angélique stockte das Herz. Sie hatte Joffrey erblickt.

Auf zwei Stöcke gestützt, kam er mühsam humpelnd herein, und bei jedem Schritt hatte man das Gefühl, er werde das Gleichgewicht verlieren. Er erschien ihr zugleich sehr groß und sehr gebeugt, grauenhaft abgemagert. Sie war zutiefst betroffen. Nach den langen Monaten der Trennung, in denen die Umrisse dieser einmaligen Gestalt sich in ihrer Erinnerung verwischt hatten, sah sie ihn jetzt mit den Augen der Menge wieder, und entsetzt erkannte sie die Veränderungen, die mit ihm vorgegangen waren. Sein üppiges schwarzes Haar, das ein verwüstetes, gespensterhaft bleiches Gesicht umrahmte, in dem die Narben rote Furchen bildeten, die abgenutzte Kleidung, die gespenstige Magerkeit, all das verfehlte seine Wirkung auf die Menge nicht.

Als er den Kopf hob und seine schwarzen, funkelnden Augen in einer Art spöttischer Überlegenheit durch das Halbrund wanderten, da schwand das Mitleid, das manche angerührt hatte, und ein feindseliges Gemurmel erhob sich im Saal. Dieser Anblick übertraf alle Erwartungen. Das war tatsächlich ein echter Hexenmeister!

Von den Wächtern eingerahmt, blieb Graf Peyrac vor dem Sünderstühlchen stehen, auf dem er nicht niederknien konnte.

In diesem Augenblick erschienen einige zwanzig bewaffnete Gardisten und verteilten sich über den riesigen Saal. Die Verhandlung sollte beginnen.

Eine Stimme verkündete:

„Ihr Herren, das hohe Gericht!"

Die Zuhörerschaft erhob sich, und aus der Tür im Hintergrund traten hellebardenbewehrte Gerichtsdiener im Kostüm des 16. Jahrhunderts mit Halskrause und Federbarett. Ihnen folgte eine Prozession von Richtern in Robe, Hermelinkragen und viereckigen Mützen.

Der die kleine Schar Anführende war ziemlich bejahrt, ganz in Schwarz gekleidet, und Angélique erkannte in ihm nur mit Mühe den Kanzler Séguier wieder, den sie in so prächtiger Aufmachung beim festlichen Einzug des Königs gesehen hatte. Der ihm Folgende war groß, hager und trug ein rotes Amtskleid. Danach kamen sechs Männer in Schwarz. Einer vor ihnen trug eine rote Mantille. Es war der Sieur Massenau, Präsident des Parlaments von Toulouse, strenger gekleidet als bei der Begegnung auf der Straße von Salsigne.

Vor ihr erläuterte Maître Gallemand mit gedämpfter Stimme:

„Der Alte in Schwarz, der vorangeht, ist der erste Präsident des Gerichtshofs, Séguier. Der Mann in Rot ist Denis Talon, Generaladvokat der Königlichen Kammer und Hauptankläger. Die rote Mantille gehört Massenau, einem Parlamentarier aus Toulouse, der für diesen Prozeß zum Vorsitzenden ernannt worden ist. Unter den übrigen befindet sich – der jüngste dort – der Staatsanwalt Fallot, der sich Baron Sancé nennt und sich bei Hofe dadurch beliebt machen möchte, daß er über den Angeklagten zu Gericht sitzt, der ein angeheirateter Verwandter von ihm sein soll."

„Wie bei Corneille", bemerkte der Gelbschnabel mit den gepuderten Haaren.

„Freund, ich sehe, daß du dich wie all die flatterhaften jungen Leute deiner Generation zu diesen Theatervorstellungen begibst, denen kein Jurist beiwohnen würde, der etwas auf sich hält. Aber glaub mir, die schönste aller Komödien wirst du heute erleben."

Im allgemeinen Lärm konnte Angélique nichts weiter verstehen. Sie hätte gern gewußt, wer die übrigen Geschworenen waren. Aber schließlich kam es darauf nicht an, denn außer Massenau und Fallot waren sie ihr alle fremd.

Wo blieb ihr Advokat?

Sie sah ihn durch dieselbe Tür in der Rückwand eintreten, die schon die Geschworenen benutzt hatten. Einige ihr unbekannte Ordensgeistliche folgten ihm, von denen die meisten der ersten Zuschauerreihe zustrebten, wo man ihnen offensichtlich Plätze reserviert hatte.

Angélique wurde unruhig, als sie Pater Kircher nicht entdeckte. Aber auch der Mönch Becher war nicht anwesend, und die junge Frau atmete erleichtert auf.

Endlich herrschte vollkommene Stille. Einer der Geistlichen sprach ein Segensgebet, dann hielt er dem Angeklagten das Kreuz entgegen, der es küßte und sich bekreuzigte.

Angesichts dieser unterwürfigen und frommen Geste durchlief eine Woge der Enttäuschung den Saal. Würde man um die erwarteten Zauberkunststücke betrogen werden und lediglich dem Aushandeln eines Streits unter Edelleuten beiwohnen?

Eine scharfe Stimme rief:

„Zeigt uns die Taten Luzifers!"

Eine Bewegung ging durch die Reihen. Die Wachen stürzten sich auf den unehrerbietigen Zuschauer, packten ihn und führten ihn samt einiger seiner Kollegen sofort hinaus.

Dann wurde es wieder still.

„Angeklagter, leistet den Eid!" sagte der Präsident Séguier und glättete dabei ein Schriftstück, das ein kleiner Kanzlist ihm kniend reichte.

Angélique schloß die Augen. Nun würde er reden. Sie erwartete, eine gebrochene, schwache Stimme zu vernehmen, und zweifellos erwartete jeder der Zuschauer das gleiche, denn als die volle und reine Stimme erklang, gab es ein verwundertes Aufhorchen.

Zutiefst bewegt, erkannte Angélique die verführerische Stimme, die ihr in den heißen toulousanischen Nächten so viele Liebesworte zugeflüstert hatte.

„Ich schwöre, die volle Wahrheit zu sagen. Indessen weiß ich, daß mir nach dem Gesetz das Recht zusteht, dieses Gericht für inkompetent zu erklären, denn als Parlamentarier unterstehe ich dem Gerichtshof des Parlaments ..."

Der Präsident schien einen Augenblick zu zögern, dann erklärte er mit einiger Hast:

„Das Gesetz läßt keinen eingeschränkten Eid zu. Schwört, und das Gericht wird sodann in der Lage sein, Euch zu richten. Schwört Ihr nicht, so wird man Euch ‚stumm' richten, nämlich *in contumaciam*, als wäret Ihr abwesend."

„Ich sehe, Herr Präsident, daß dies ein abgekartetes Spiel ist. Deshalb und um Euch Eure Aufgabe zu erleichtern, verzichte ich auf die Inanspruchnahme all der juristischen Klauseln, die mir erlauben würden, dieses Tribunal in Bausch und Bogen für inkompetent zu erklären. Ich vertraue also auf seinen Gerechtigkeitssinn und bekräftige meinen Eid."

Séguier verbarg seine Befriedigung nicht.

„Der Gerichtshof wird die eingeschränkte Ehre gebührend zu schätzen wissen, die Ihr ihm zu erweisen scheint, indem Ihr seine Kompetenz anerkennt. Vor Euch hat der König selbst geruht, seiner Justiz Vertrauen zu schenken, und das allein zählt. Was Euch betrifft, meine Herren vom Gericht, so seid Euch in jedem Augenblick des Vertrauens bewußt, das Seine Majestät in Euch gesetzt hat. Erinnert Euch, meine Herren Geschworenen, daß Ihr die hohe Ehre habt, hier die Macht über Leben und Tod zu verkörpern, die unser Monarch in seinen erhabenen Händen hält. Nun, es gibt zwei Gerechtigkeiten: diejenige, die sich auf die Handlungen der gewöhnlichen Sterblichen bezieht, und wären sie auch Leute von hoher Abkunft, und diejenige, die sich auf die Entscheidungen eines Königs bezieht, dessen Titel sich vom göttlichen Recht ableitet. Möge Euch die Bedeutung dieser Verbindung nicht entgehen, meine Herren. Indem Ihr im Namen des Königs Recht sprecht, tragt Ihr die Verantwortung für seine Größe. Und indem Ihr den König ehrt, ehrt Ihr zu gleicher Zeit den ersten Verteidiger der Religion in diesem Königreich."

Nach dieser reichlich konfusen Rede, in der sich die Qualitäten des demagogischen Parlamentariers und des Höflings verbanden, zog sich Séguier majestätischen Schrittes zurück. Als er verschwunden war, nahmen alle Platz. Die Kerzen, die ihr kümmerliches Licht noch über die Pulte gestreut hatten, wurden gelöscht. Im Saal war es jetzt so düster wie in einer Krypta, und als die bleiche Wintersonne durch die Scheiben sickerte, lag plötzlich auf einigen Gesichtern ein blauer oder roter Schimmer.

Maître Gallemand flüsterte seinen Nachbarn zu:

„Der alte Fuchs will nicht einmal die Verantwortung auf sich nehmen, die Anklagepunkte bekanntzugeben. Er macht es wie Pontius Pilatus, und im Falle der Verurteilung wird er die Schuld auf die Inquisition oder die Jesuiten schieben."

„Das kann er ja nicht, da es ein weltlicher Prozeß ist."

„Pah! Die Kurtisane Justitia muß den Befehlen ihres Meisters gehorchen und dabei auch noch dem Volk bezüglich seiner Motive Sand in die Augen streuen."

Angélique hörte die aufrührerischen Reden in einem Zustand halber Bewußtlosigkeit. Keinen Augenblick schien es ihr, als könne all dies wahr sein. Es war ein Wachtraum, vielleicht, ja, ein Theaterstück? Sie hatte nur für ihren Gatten Augen, der ein wenig gebeugt und mühsam auf seine beiden Stöcke gestützt dastand. Ein noch vager Gedanke begann sich in ihrem Kopf zu formen. „Ich werde ihn rächen. Alles, was diese Folterknechte ihn haben erleiden lassen, werde ich sie wiederum erleiden lassen. Und wenn der Teufel existiert, wie die Religion es lehrt, so möchte ich mitansehen, wie er ihre falschen Christenseelen holt."

Nun bestieg der Mann in Rot, der Generaladvokat Denis Talon, die Tribüne und erbrach die Siegel eines großen Umschlags. Mit schneidender Stimme begann er die Anklagepunkte zu verlesen:
„Der Sieur Joffrey de Peyrac, durch Sonderverfügung der Königlichen Kammer bereits seiner sämtlichen Titel und Güter für verlustig erklärt, ist unserem Gerichtshof überstellt worden, um wegen Hexerei, Zauberei und anderer Handlungen abgeurteilt zu werden, die sowohl die Religion verletzen als auch die Sicherheit von Staat und Kirche bedrohen, und zwar durch die Gesamtheit seiner Betätigungen auf dem Gebiet der alchimistischen Herstellung von Edelmetallen. Wegen all dieser und noch weiterer Vergehen, die ihm in der Anklageschrift vorgeworfen werden, fordere ich, daß er gemeinsam mit seinen etwaigen Helfershelfern auf der Place de Grève verbrannt und daß ihre Asche verstreut wird, wie es den des Umgangs mit dem Teufel überführten Schwarzkünstlern zukommt. Zuvor verlange ich, daß er der peinlichen und hochnotpeinlichen Befragung unterworfen wird, damit er seine Komplicen offenbart..."
Das Blut klopfte so heftig in Angéliques Ohren, daß sie das Ende der Verlesung nicht mehr in sich aufnahm. Sie kam erst wieder zur Besinnung, als die klangvolle Stimme des Angeklagten sich zum zweiten Male erhob:
„Ich schwöre, daß all dies unwahr und tendenziös ist und daß ich in der Lage bin, meine Behauptung allen Menschen guten Glaubens zu beweisen."
Der Staatsanwalt preßte seine dünnen Lippen zusammen und faltete seine Papiere zusammen, als ginge ihn der weitere Verlauf dieser Zeremonie nichts an. Er machte seinerseits Anstalten, sich zurückzuziehen, als der Advokat Desgray sich erhob und laut verkündete:
„Hohes Gericht, der König und Ihr habt mir die hohe Ehre verschafft, der Verteidiger des Angeklagten zu sein. So möchte ich mir erlauben, Euch vor dem Abgang des Herrn Generalstaatsanwalts eine Frage zu stellen: Wie kommt es, daß diese Anklageschrift vorher verfaßt und fix und fertig,

sogar versiegelt, überreicht wurde, während die gültige Prozeßordnung nichts dergleichen vorsieht?"

Der gestrenge Denis Talon musterte den jungen Advokaten von oben bis unten und sagte mit mitleidiger Herablassung:

„Junger Maître, ich sehe, daß Ihr Euch nicht genügend informiert habt. Wißt, daß es zuerst der Präsident de Mesmon und nicht Monsieur de Massenau war, der vom König damit beauftragt wurde, diesen Prozeß zu leiten..."

„Die Vorschrift hätte verlangt, daß der Herr Präsident Mesmon selbst seine Anklageschrift verliest!"

„Ihr wißt offenbar nicht, daß der Präsident de Mesmon gestern plötzlich gestorben ist. Indessen hat er noch die Zeit gehabt, diese Anklageschrift abzufassen, die gewissermaßen sein Testament darstellt. Ihr mögt darin, meine Herren, ein schönes Beispiel für das Pflichtgefühl eines großen Beamten des Königreichs erblicken!"

Alle Anwesenden erhoben sich zu ehrendem Gedenken Mesmons. Doch hörte man einige Rufe in der Menge:

„Ein Teufelsstreich, dieser plötzliche Tod!"

„Giftmord!"

„Das fängt gut an!"

Abermals schritten die Wachen ein. Massenau ergriff das Wort und brachte in Erinnerung, daß die Öffentlichkeit ausgeschlossen sei. Bei der geringsten Störung werde er alle nicht unmittelbar am Prozeß Beteiligten hinausweisen lassen.

Der Saal beruhigte sich.

Maître Desgray seinerseits begnügte sich mit der Erklärung, die man ihm geliefert hatte und die einen Fall von höherer Gewalt darstellte. Er fügte hinzu, er erkenne den Wortlaut dieser Anklageschrift an, unter der Voraussetzung, daß gegen seinen Mandanten unter strenger Einhaltung dieser Grundlage verhandelt werde.

Nach einigen mit Flüsterstimme gewechselten Worten fand diese Ausgangsposition des Prozesses allgemeine Billigung. Denis Talon stellte Massenau als Präsidenten des Gerichtshofes vor und verließ feierlich den Saal.

Angélique suchte ängstlich das runde Gesicht des Parlamentsmitglieds von Toulouse zu erforschen. Im Lichtbündel, das es vom Fenster her traf, wirkte es genau so rot wie damals unter der heißen Sonne des Languedoc.

Während er nun den Vorsitz bei diesem Verfahren übernahm, erinnerte er sich gewiß des arroganten Edelmanns, der ihn von seinem Pferd herab zugerufen hatte: „Zurück, Monsieur Massenau! Laßt das Vermögen vorbei!"

Zweifellos würde er ein sehr rachsüchtiger Richter sein. Deshalb hatte man ihn gewählt. Und welche Haltung würde Maître Fallot einnehmen, der sich bedenkenlos zum Richter über ein Mitglied seiner Familie erhob?

Wer hätte gedacht, daß dieser galante, offenherzige König es so glänzend verstehen würde, sich die Zwistigkeiten seiner Untertanen zunutze zu machen? War dieser Prozeß nur die Frucht seiner Eifersucht und seiner gekränkten Eitelkeit, oder glaubte er wirklich an die Gefährlichkeit des großen, allzu reichen Vasallen?

Aber Angélique wollte hoffen. Alles war nur ein furchtbares Mißverständnis. Außerdem hatte Joffrey einen Anwalt. Entgegen ihren Erwartungen und Befürchtungen zeigte sich ihr Gatte versöhnlich und sogar ehrerbietig. Das würde eine günstige Wirkung auf das Gericht haben.

Schließlich und vor allem beschränkte sich die Anklage strikt auf Hexerei. Das war sehr günstig, und Angélique begriff das Vorgehen des jungen Advokaten, der diesen einzigen Anklagepunkt als alleinige Verhandlungsbasis bestätigt hatte. Denn es war verhältnismäßig einfach, die Unsinnigkeit dieser Beschuldigung darzulegen. Die praktische Demonstration, die Joffrey mit Hilfe des alten Fritz Hauer und Kouassi-Bas bewerkstelligen würde, konnte ihren Eindruck auf Richter nicht verfehlen, die alle recht gebildet waren.

Und zuallerletzt würde der Großexorzist von Frankreich, Pater Kircher, mit seinen eigenen Worten das Zeugnis der Kirche bekräftigen und erklären, daß es sich hier keineswegs um einen Fall von Hexerei handle. Ein solches Zeugnis mußte an das schließlich doch empfindliche Gewissen der Richter rühren.

Angélique fühlte sich ruhiger. Mit Kaltblütigkeit folgte sie dem Gang der Verhandlung.

Der Präsident begann mit dem Verhör.

„Gebt Ihr die Fälle von Hexerei und Zauberei zu, die Euch zur Last gelegt werden?"

„Ich leugne sie in ihrer Gesamtheit."

„Das steht Euch nicht zu. Ihr habt auf jede einzelne Frage zu antworten, die die Anklageschrift enthält. Überdies liegt es in Eurem eigenen Interesse, denn einige von ihnen lassen sich einfach nicht abstreiten, und es ist besser, wenn Ihr Euch zu ihnen bekennt, denn Ihr habt ja geschworen, die volle Wahrheit zu sagen. Also: Gebt Ihr zu, Gift hergestellt zu haben?"

„Ich gebe zu, zuweilen chemische Produkte hergestellt zu haben, von denen einige schädlich sein könnten, wenn sie verzehrt würden. Aber ich habe sie weder zum Verzehr bestimmt noch verkauft, noch habe ich mich ihrer bedient, um jemand zu vergiften."

„Ihr gebt also zu, Gifte wie das grüne und das römische Vitriol verwandt und hergestellt zu haben?"

„Durchaus. Aber um daraus ein Verbrechen abzuleiten, müßte man beweisen, daß ich tatsächlich jemand vergiftet habe."

„Für den Augenblick genügt uns die Feststellung, daß Ihr nicht leugnet, giftige Produkte unter Zuhilfenahme der Alchimie hergestellt zu haben. Wir werden uns damit später noch genauer befassen."

Masseneau beugte sich über den vor ihm liegenden dicken Aktenstoß und begann in ihm zu blättern. Angélique zitterte vor Angst, es könnte nun eine Anklage wegen Vergiftung folgen. Sie erinnerte sich, daß Desgray ihr von einem gewissen Bourié gesprochen hatte, der für diesen Prozeß zum Richter bestimmt worden war, weil er als geschickter Fälscher galt und gewissermaßen den Auftrag hatte, bei den Akten nach Bedarf betrügerische Manipulationen vorzunehmen.

Während Angélique unter den Richtern diesen Bourié zu entdecken suchte, blätterte Masseneau noch immer. Endlich hüstelte er und schien all seinen Mut zu sammeln.

Zuerst murmelte er in seinen Bart, dann sprach er allmählich lauter und verkündete zum Schluß einigermaßen deutlich:

„... um darzutun, wenn das überhaupt nötig ist, wie gerecht und unparteiisch die Rechtsprechung des Königs ist und bevor ich mit der Aufzählung der Anklagepunkte fortfahre, die jeder der Richter vor sich liegen hat, muß ich kund und zu wissen tun, wie schwierig und behindert unsere Voruntersuchung gewesen ist."

„Und wie reich an Interventionen zugunsten eines vornehmen und hochmögenden Angeklagten!" ließ sich eine spöttische Stimme inmitten der Versammlung vernehmen.

Angeliqué erwartete, daß die Gerichtsdiener sich sofort des Störenfrieds bemächtigen würden, aber zu ihrer großen Überraschung bemerkte sie, wie einer von ihnen, der in nächster Nähe postiert war, einem Polizeioffizier einen Wink gab.

„Die Polizei muß bezahlte Leute im Saal haben, um gegen Joffrey gerichtete Zwischenfälle zu provozieren", dachte sie.

Der Präsident fuhr fort, als habe er nichts gehört.

„... um also allen zu beweisen, daß die Rechtsprechung des Königs nicht nur unparteiisch, sondern auch großzügig ist, gebe ich hiermit bekannt, daß ich von den zahllosen Beweisstücken nach reiflicher Überlegung und Zwiesprache mit mir selbst eine ganze Reihe fallenlassen mußte."

Er hielt inne, schien Atem zu schöpfen und schloß mit dumpfer Stimme:

„Genau vierunddreißig solcher Beweisstücke habe ich ausgeschieden, weil sie zweifelhaft und offensichtlich gefälscht waren, vermutlich in der Absicht, sich an dem Angeklagten zu rächen."

Die Erklärung löste nicht nur in den Zuschauerreihen, sondern auch bei den Geschworenen, die solchen Mut und solche Milde von seiten des Gerichtspräsidenten offenbar nicht erwartet hatten, Bewegung aus. Einer von ihnen, ein kleines Männchen mit verschlagenem Gesicht und einer Hakennase, konnte sich nicht beherrschen und rief:

„Die Würde des Gerichts und mehr noch seine Ermessensfreiheit wird in Frage gestellt, wenn sein eigener Präsident sich für berechtigt hält, nach seinem Gutdünken Anklagepunkte fallenzulassen, die vielleicht die schwerwiegendsten Beschuldigungen darstellen ..."

„Monsieur Bourié, in meiner Eigenschaft als Präsident rufe ich Euch zur Ordnung und fordere Euch auf, zwischen der Niederlegung Eures Amtes und der Fortführung der Verhandlung zu wählen."

Im Saal entstand beträchtliche Unruhe.

„Der Präsident ist vom Angeklagten gekauft. Es ist zur Genüge bekannt, was es mit dem Gold von Toulouse auf sich hat!" brüllte der Zuschauer, der schon einmal einen Zwischenruf gemacht hatte.

Der Kanzlist mit dem fettigen Haar, der vor Angélique saß, fügte hinzu: „Endlich wird mal einem Adligen und Reichen auf die Finger gesehen ..."

„Meine Herren, die Sitzung wird unterbrochen, und wenn nicht Ruhe eintritt, lasse ich den Saal räumen!" rief der Präsident Masseneau.

Empört stülpte er sein Barett auf die Perücke und schritt hinaus; der Gerichtshof folgte ihm. Angélique fand, daß alle diese feierlichen Richter den Marionetten des Kinderreims glichen, die hereinkamen, drei kleine Kreise beschrieben und wieder hinausgingen. Wenn sie doch nur für immer verschwänden!

Im Saal wurde es wieder ruhig, und man bemühte sich um würdiges Benehmen, um den Wiederbeginn der Verhandlung zu beschleunigen. Alles erhob sich, als die Gardisten mit ihren Hellebarden auf die Fliesen klopften und der Gerichtshof zurückkehrte. Still wie in einer Kirche war es, als Masseneau wieder seinen Platz einnahm.

„Meine Herren, der Zwischenfall ist beigelegt", erklärte er. „Die Anschuldigungen, die ich als nicht stichhaltig erachtet habe, sind den Akten beigefügt, die jeder Richter nach Belieben einsehen kann. Ich habe sie mit einem roten Kreuz bezeichnet, und man wird sich sein eigenes Urteil über meine Entscheidungen bilden können."

„Diese Punkte betreffen vor allem Versündigungen gegen die Heilige Schrift", erklärte Bourié mit unverhohlener Befriedigung. „Es ist dabei insbesondere von der Erschaffung von Kobolden und anderer diabolischer Wesen durch alchimistische Verfahren die Rede."

Die Menge trampelte vor verhaltener Freude.

„Wird man bei den Überführungsbeweisen welche zu sehen bekommen?" schrie jemand ganz hinten, aber er wurde von den Wachen hinausbefördert, und die Verhandlung ging weiter.

Der Präsident fuhr mit dem Verhör fort.

„Um zunächst die Sache mit dem Gift abzuschließen, das Ihr hergestellt zu haben zugebt, wollt Ihr mir den Widerspruch erklären, der darin liegt, daß Ihr einerseits angeblich nicht gesonnen wart, von diesem Gift anderen Personen gegenüber Gebrauch zu machen, daß Ihr Euch aber öffentlich gerühmt habt, täglich welches einzunehmen, ‚um der Gefahr des Vergiftetwerdens vorzubeugen'?"

„Das ist vollkommen richtig, und meine Antwort von damals gilt auch heute noch: Ich rühme mich, daß man mich weder mit Vitriol noch mit Arsenik vergiften kann, denn ich habe davon zuviel eingenommen, als daß ich auch nur Übelkeit verspüren würde, falls man versuchen sollte, mich auf diese Weise ins Jenseits zu befördern."

„Und Ihr haltet die Behauptung, gegen die Gifte immun zu sein, heute noch aufrecht?"

„Wenn es nur dessen bedarf, um den Gerichtshof des Königs zufriedenzustellen, bin ich als treuer Untertan gern bereit, vor Euch eine dieser Drogen zu schlucken."

„Ihr gebt damit also zu, ein Zaubermittel gegen alle Gifte zu besitzen."

„Das ist kein Zaubermittel, sondern die Basis der Wissenschaft von den Gegengiften selbst. Hingegen heißt es, an Hexen- und Zauberkünste glauben, wenn man Krötenstein und anderes wirkungsloses Zeug anwendet, wie Ihr, meine Herren, es wohl alle tut und Euch dabei einbildet, daß es Euch vor den Giften schützt."

„Angeklagter, Ihr handelt höchst unklug, wenn Ihr Euch über respektable Bräuche lustig macht. Gleichwohl werde ich mich im Interesse der Gerechtigkeit, die verlangt, daß alles aufgehellt wird, an solchen Einzelheiten nicht stoßen. Ich halte mit Eurer Erlaubnis nur die Tatsache fest, daß Ihr Euch für einen Experten auf dem Gebiet der Gifte erklärt."

„Ich bin auf dem Gebiet der Gifte nicht mehr Experte als auf irgendeinem andern. Im übrigen bin ich nur gegen gewisse landläufige Gifte immun: Arsenik und Vitriol. Aber was bedeutet schon dieses geringfügige Wissen angesichts all der Tausende von pflanzlichen und tierischen Giften, der exotischen, der florentinischen und chinesischen Gifte! Kein noch so berühmter Wundarzt würde sie zu bestimmen, geschweige denn ihnen entgegenzutreten vermögen."

„Und Ihr habt Kenntnis von einigen dieser Gifte?"

„Ich habe Giftkörner für die Pfeile der Indianer, mit denen sie Büffel jagen. Und auch Pfeilspitzen von afrikanischen Pygmäen, die selbst ein so furchtbares Tier wie den Elefanten zu Fall bringen."

„Ihr übertrumpft also noch die gegen Euch gerichtete Anschuldigung, auf dem Gebiet der Gifte bewandert zu sein?"

„Keineswegs, Herr Präsident. Ich erkläre das nur, um Euch zu beweisen, daß ich mir, falls ich je mit der Absicht umgegangen wäre, mir übelwollende Leute ins Jenseits zu befördern, nicht die Mühe genommen hätte, diese so gewöhnlichen und leicht erkennbaren Arsenik- und Vitriolpräparate herzustellen."

„Weshalb habt Ihr sie dann hergestellt?"

„Zu wissenschaftlichen Zwecken und im Verlauf chemischer Experimente mit Mineralien, die manchmal die Bildung solcher Produkte bewirken."

„Wir wollen nicht zu sehr abschweifen. Es genügt, daß Ihr zugegeben habt, mit Giften und alchimistischen Dingen vertraut zu sein. So wärt Ihr also nach Euren Worten in der Lage, jemand völlig unbemerkt verschwinden zu lassen. Wer garantiert uns überhaupt, daß Ihr dergleichen nicht schon getan habt?"

„Das müßte erst bewiesen werden!"

„Ein verdächtiger Todesfall wird Euch zur Last gelegt, der entweder auf Eure unsichtbaren Gifte oder auf Eure Hexenkünste zurückzuführen ist. Denn bei der exhumierten Leiche einer Eurer einstigen Mätressen hat man vor Zeugen dieses Medaillon gefunden, das Euer Brustbild enthält. Erkennt Ihr es wieder?"

Angélique beobachtete, wie der Präsident Masseneau einem der Gardisten einen kleinen Gegenstand übergab, den dieser dem Grafen Peyrac zeigte.

„Ich erkenne tatsächlich die Miniatur wieder, die jenes bedauernswerte, überspannte Mädchen von mir hatte anfertigen lassen."

„Jenes bedauernswerte, überspannte Mädchen, wie Ihr es nennt, das außerdem eine Eurer zahlreichen Mätressen war, Mademoiselle de..."

Joffrey hob die Hand zu einer beschwörenden Geste.

„Profaniert nicht öffentlich diesen Namen, Herr Präsident. Die Unglückselige ist tot!"

„Nach einem Siechtum, das Ihr, wie man zu vermuten beginnt, durch Eure Hexerei bewirkt habt."

„Das ist ein Irrtum, Herr Präsident."

„Warum hat man dann Euer Medaillon im Mund der Toten gefunden?"

„Ich weiß es nicht. Aber nach allem, was Ihr mir sagt, möchte ich annehmen, daß sie, die sehr abergläubisch war, versuchte, mich auf diese Weise zu behexen. So werde ich vom Hexer unversehens zum Behexten. Ist das nicht spaßig, Herr Präsident?"

Es schien kaum glaublich, war jedoch nicht zu leugnen: das lange, schlotternde Gespenst begann herzlich zu lachen.

Eine Woge der Entrüstung lief durch den Saal, aber hier und dort klang auch vereinzelt Gelächter auf.

Masseneaus Stirn glättete sich nicht.

„Wißt Ihr nicht, Angeklagter, daß das Auffinden eines Medaillons im Munde einer Toten das sicherste Zeichen für Behexung ist?"

„Wie ich feststellen muß, bin ich in Fragen des Aberglaubens sehr viel weniger beschlagen als Ihr, Herr Präsident."

Dieser ging über die Bemerkung hinweg.

„Schwört also, daß Ihr nie dergleichen geübt habt."

„Ich schwöre bei meiner Frau, meinem Kinde und dem König, daß ich mich nie mit derartigen Albernheiten befaßt habe, jedenfalls nicht damit, was man in diesem Königreich darunter versteht."

„Erläutert die Einschränkung Eures Schwurs."

„Ich will damit sagen, daß ich auf meinen vielen Reisen in China und Indien Zeuge seltsamer Phänomene gewesen bin, die beweisen, daß Magie und Hexerei tatsächlich existieren, aber nichts mit den Scharlatanerien zu tun haben, die unter diesen Namen in den Ländern Europas getrieben werden."

„Ihr gebt also zu, daß Ihr daran glaubt?"

„An die echte Hexerei, ja ... Sie weist im übrigen nicht wenige natürliche Phänomene auf, die die kommenden Jahrhunderte zweifellos aufklären werden. Aber was die Jahrmarktsschausteller und die sogenannten alchimistischen Gelehrten treiben ..."

„Ihr kommt also selbst auf die Alchimie zu sprechen. Nach Eurer Ansicht gibt es, wie bei der Hexerei, die echte und die falsche Alchimie?"

„Allerdings. Gewisse Araber und Spanier bezeichnen die echte Alchimie bereits mit einem besonderen Namen: Chemie. Die Chemie ist eine experimentelle Wissenschaft, innerhalb deren Gegebenheiten alle Vorgänge der Substanzverwandlung dargestellt werden können, wodurch sie sich als unabhängig vom jeweiligen Experimentator erweisen. Vorausgesetzt natürlich, daß dieser sein Handwerk gelernt hat. Dagegen ist ein überzeugter Alchimist schlimmer als ein Hexenmeister!"

„Ich freue mich, das zu hören, denn Ihr erleichtert damit die Aufgabe des Gerichts. Aber was könnte nach Eurer Ansicht schlimmer sein als ein Hexenmeister?"

„Ein Narr und ein Erleuchteter, Herr Präsident."

Zum erstenmal in dieser feierlichen Sitzung schien der Präsident die Beherrschung zu verlieren.

„Angeklagter, ich fordere Euch auf, Euch eines ehrerbietigen Tones zu befleißigen. Es liegt in Eurem eigenen Interesse. Es ist schon schlimm genug, daß Ihr bei Eurer eidlichen Versicherung die Unverfrorenheit besaßt, Seine Majestät erst nach Eurer Frau und Eurem Kind zu erwähnen. Wenn Ihr weiterhin solche Arroganz an den Tag legt, kann der Gerichtshof sich weigern, Euch anzuhören."

Angélique sah, wie Desgray sich ihrem Gatten zu nähern suchte, offensichtlich um ihm etwas zu sagen, und von den Wachen daran gehindert wurde. Worauf Masseneau auf der Stelle einschritt und dem Advokaten die Möglichkeit gab, in voller Freiheit seine Funktion zu erfüllen.

„Es liegt mir fern, Herr Präsident, Euch oder einem andern dieser Herren mit meinen Worten zu nahe treten zu wollen", fuhr Graf Peyrac fort, als der Lärm sich einigermaßen gelegt hatte. „Als Wissenschaftler habe ich lediglich diejenigen angegriffen, die die unheilvolle, Alchimie genannte Wissenschaft betreiben. Ich glaube nicht, daß auch nur ein einziger von Euch, die Ihr mit so wichtigen Aufgaben überhäuft seid, sich ihr insgeheim hingibt ..."

Die kleine Ansprache gefiel den Richtern, die ernst einander zunickten, und das Verhör wurde in einer etwas entspannteren Atmosphäre fortgesetzt.

„Ihr seid überführt", sagte Masseneau, nachdem er eine Weile seinen Aktenberg durchstöbert und ihm ein weiteres Blatt entnommen hatte, „bei

Euren mysteriösen Verfahren, die Ihr zu Eurer Entlastung mit dem neuen Ausdruck Chemie bezeichnet, Skelette zu verwenden. Wie rechtfertigt Ihr eine so wenig christliche Handlungsweise?"

„Man darf, Herr Präsident, keinesfalls okkulte Verfahren mit chemischen Verfahren verwechseln. Die Tierknochen dienen mir einzig dazu, Asche zu gewinnen, die die Eigenschaft besitzt, die Rückstände des geschmolzenen Bleis zu absorbieren, ohne dabei auf das darin enthaltene Gold und Silber zu wirken."

„Und haben menschliche Knochen die gleiche Eigenschaft?" fragte Masseneau hinterhältig.

„Zweifellos, Herr Präsident, aber ich gestehe, daß die tierische Asche mich völlig befriedigt und ich mich mit ihr begnüge."

„Müssen für Eure Zwecke diese Tiere lebendig verbrannt werden?"

„Keineswegs, Herr Präsident. Kocht Ihr Euer Hühnchen in lebendem Zustand?"

Masseneaus Gesicht verdüsterte sich, doch beherrschte er sich und bemerkte, daß Anklage wegen Entweihung und Gottlosigkeit erhoben worden sei, und daß sie sich nicht nur auf die Verwendung tierischer Knochen gründe und daß sie zu gegebener Zeit behandelt werden würde.

Er fuhr fort: „Hat Eure Knochenasche nicht den okkulten Zweck, die niedere Materie wie das Blei zu regenerieren, ihr Leben einzuhauchen, indem sie in edles Metall wie Gold und Silber verwandelt wird?"

„Solche Anschauung kommt der Scheindialektik der Alchimisten nah, die vorgeben, mit obskuren Symbolen zu arbeiten, während man tatsächlich keine Materie erschaffen kann."

„Angeklagter, Ihr gebt gleichwohl die Tatsache zu, Gold und Silber auf andere Weise hergestellt zu haben als durch Sieben von Flußsand?"

„Ich habe nie Gold oder Silber *hergestellt*, ich habe es nur *ausgeschieden*."

„Dennoch findet sich in dem Gestein, aus dem Ihr es angeblich ausscheidet, weder nach dem Zerschroten noch nach dem Waschen Gold oder Silber, wie Leute sagen, die sich darauf verstehen."

„Das stimmt, aber das geschmolzene Blei verbindet sich mit den vorhandenen, wenn auch unsichtbaren Edelmetallen."

„Ihr behauptet also, Gold aus jedem beliebigen Gestein gewinnen zu können?"

„Keineswegs. Die meisten Gesteinsarten enthalten keines oder jedenfalls zu wenig. Es ist überhaupt nur mittels langwieriger und komplizierter Verfahren möglich, dieses in Frankreich sehr seltene goldhaltige Gestein zu erkennen."

„Wie kommt es, wenn dieses Auffinden so schwierig ist, daß gerade Ihr als einziger in Frankreich Euch darauf versteht?"

In gereiztem Ton antwortete der Graf:

„Es ist eine Gabe, Herr Präsident, oder vielmehr eine Wissenschaft und ein mühseliges Handwerk. Ich könnte Euch ebenso gut fragen, warum Lully zur Zeit der einzige in Frankreich ist, der Opern zu komponieren versteht, und warum Ihr es nicht auch tut, da doch jedermann die Tonkunst studieren kann."

Der Präsident machte ein verärgertes Gesicht, wußte aber nichts zu erwidern. Einer der Richter – es war das kleine Männchen mit den verschlagenen Zügen – hob die Hand.

„Ihr habt das Wort, Monsieur Bourié."

„Ich möchte den Angeklagten fragen, Herr Präsident, wie es kommt, daß, falls Monsieur Peyrac tatsächlich ein Geheimverfahren entdeckt hat, um Gold und Silber zu mehren, dieser hochmögende Edelmann, der sich soviel auf seine Treue dem König gegenüber zugute tut, es nicht für nötig erachtet hat, dieses Geheimnis dem Herrn dieses Landes, Seiner Majestät dem König, zu offenbaren, was nicht nur seine Pflicht, sondern darüber hinaus ein Mittel gewesen wäre, das Volk, den dritten Stand und selbst den Adel von der erdrückenden Last der Steuern zu befreien?"

Ein zustimmendes Gemurmel lief durch die Zuschauerreihen. Jeder fühlte sich angesprochen und von einem persönlichen Groll gegen diesen hochmütigen und unverschämten Krüppel erfaßt, der seinen sagenhaften Reichtum hatte allein genießen wollen.

Angélique spürte, wie sich der Haß der Zuhörerschaft auf den von der Folterung gebrochenen Mann konzentrierte, der auf seinen beiden Stöcken vor Erschöpfung zu schwanken begann.

Zum erstenmal richtete Peyrac den Blick auf die Menge. Aber es kam der jungen Frau vor, als glitte dieser Blick in die Ferne und sähe niemand.

„Fühlt er denn nicht, daß ich da bin und mit ihm leide?" dachte sie.

Der Graf schien zu zögern. Schließlich sagte er ruhig:

„Ich habe geschworen, Euch die volle Wahrheit zu sagen. Die Wahrheit ist, daß in diesem Königreich das persönliche Verdienst nicht nur nicht anerkannt, sondern daß es von einer Bande von Höflingen ausgebeutet wird, die nichts anderes im Sinne haben als ihr persönliches Interesse, ihren Ehrgeiz oder ihre Streitigkeiten. Unter solchen Umständen ist es für jemand, der wirklich etwas schaffen möchte, am besten, im Verborgenen zu bleiben und sein Werk durch Schweigen zu schützen. Denn ‚man soll die Perlen nicht vor die Säue werfen'."

„Was Ihr da sagt, ist außerordentlich ernst und dem König wie Euch selbst abträglich", sagte Masseneau in ruhigem Ton.

Bourié fuhr auf.

„Herr Präsident, als Mitglied dieses Gerichts erhebe ich gegen die allzu nachsichtige Art Widerspruch, in der Ihr hinzunehmen scheint, was nach meiner Ansicht als erwiesene Majestätsbeleidigung festgehalten werden müßte."

„Monsieur Bourié, wenn Ihr so fortfahrt, sehe ich mich genötigt, den Vorsitz in diesem Verfahren niederzulegen. Daß unser König eine bereits geäußerte diesbezügliche Bitte abgelehnt hat, dürfte beweisen, daß ich sein volles Vertrauen genieße."

Bourié wurde rot und setzte sich wieder, während der Graf mit müder, aber beherrschter Stimme erklärte, daß jeder Mensch seine eigene Pflichtauffassung habe. Da er kein Höfling sei, fühle er sich nicht imstande, seine Ansichten bei allen und gegen alle durchzusetzen. Sei es nicht genug, daß er aus seiner entlegenen Provinz der königlichen Schatzkammer jährlich mehr als ein Viertel dessen zufließen lasse, was das Languedoc insgesamt für Frankreich aufbringe? Wenn er so für das allgemeine – und natürlich auch für das eigene – Wohl wirke, ziehe er es dennoch vor, seine Entdeckungen nicht der Öffentlichkeit preiszugeben, aus Angst, ins Ausland fliehen zu müssen wie so viele mißverstandene Gelehrte und Erfinder.

„Immerhin gebt Ihr damit zu, dem Königreich gereizte und verächtliche Gefühle entgegenzubringen", bemerkte der Präsident gelassen.

Angélique erschauerte aufs neue, und der Verteidiger hob den Arm.

„Vergebt mir, Herr Präsident. Ich weiß, dies ist noch nicht der Augenblick für mein Plädoyer, aber ich möchte Euch in Erinnerung bringen, daß mein Mandant einer der treuesten Untertanen Seiner Majestät ist, die ihn mit einem Besuch in Toulouse geehrt und ihn darauf persönlich zu seiner Hochzeit geladen hat. Ihr könnt nicht behaupten, ohne Seine Majestät selbst zu kränken, daß Graf Peyrac gegen sie und das Königreich gearbeitet habe."

„Schweigt, Maître! Ich habe Euch aussprechen lassen, und Ihr könnt versichert sein, daß wir es zur Kenntnis genommen haben. Aber ich werde nicht mehr dulden, daß Ihr in die Vernehmung eingreift, die dem Gericht einen Eindruck von der Persönlichkeit des Angeklagten und seinen Angelegenheiten vermitteln soll."

Desgray setzte sich wieder. Der Präsident erinnerte daran, daß das Gerechtigkeitsgefühl des Königs verlange, daß alles ausgesprochen werden müsse, auch gerechtfertigte Kritik, daß es aber einzig dem König zustehe, sein eigenes Verhalten zu beurteilen.

„Es liegt Majestätsbeleidigung vor...", rief Bourié abermals.

„Ich sehe keinen Fall von Majestätsbeleidigung", erklärte Masseneau kühl.

Es war nicht zu übersehen, daß der Schatten, den dieser Prozeß auf den König werfen konnte, das hauptsächlich aus Beamten zusammengesetzte Publikum weniger berührte als die allgemeine Voreingenommenheit, die der schon fast legendäre, unbefriedigend geteilte Reichtum des Angeklagten hervorrief.

Einundvierzigstes Kapitel

Masseneau setzte die Vernehmung mit der Feststellung fort, abgesehen von der Transmutation des Goldes, die vom Angeklagten nicht geleugnet würde, die nach seiner Behauptung jedoch ein natürliches und keinesfalls teuflisches Phänomen sei, versicherten zahlreiche Zeugenaussagen, er habe eine gewisse Gabe, Menschen zu behexen, insbesondere ganz junge Frauen. Bei den von ihm veranstalteten gottlosen und ausschweifenden Zusammenkünften seien auch die Frauen gewöhnlich weitaus in der Mehrzahl gewesen, ‚ein sicheres Zeichen für die Dazwischenkunft des Satans, denn beim Hexensabbath übersteige die Zahl der Frauen stets die der Männer'."

Als Peyrac stumm und wie in einem fernen Traum verloren blieb, wurde Masseneau ungeduldig.

„Was habt Ihr auf diese präzise, durch das Studium der Fälle des kirchlichen Offizialats angeregte Frage zu erwidern, die Euch sehr in Verlegenheit zu setzen scheint?"

Joffrey zuckte zusammen, als ob er erwache.

„Da Ihr darauf besteht, Herr Präsident, werde ich zweierlei antworten. Erstens bezweifle ich, daß Ihr mit der Prozeßführung des Offizialats von Rom gründlich vertraut seid, deren Einzelheiten Geheimnis der Kirchentribunale bleiben; zweitens muß ich annehmen, daß Ihr Euch Euer Wissen um diese seltsamen Dinge durch persönliche Erfahrung erworben habt, das heißt, daß Ihr zumindest einem solchen Hexensabbath beigewohnt habt – ich für mein Teil gestehe, daß ich in meinem immerhin abenteuerreichen Leben noch nie dergleichen begegnet bin."

Dem Präsidenten hatten diese Worte die Rede verschlagen. Eine gute Weile saß er mit offenem Munde da, dann äußerte er in beängstigend ruhigem Ton:

„Angeklagter, ich wäre berechtigt, das Verhör abzubrechen und Euch ‚stumm' zu richten, ja Euch sogar jeglicher Verteidigungsmöglichkeit durch einen Dritten zu berauben. Aber ich möchte verhindern, daß Ihr in den Augen irgendwelcher Übelwollenden als Märtyrer erscheint. Deshalb lasse ich andere Mitglieder dieses Gerichts dieses Verhör fortsetzen, in der Hoffnung, daß Ihr ihnen nicht auch die Lust nehmt, Euch anzuhören. Bitte, Herr Vertreter der Protestanten!"

Ein großer Mann mit strengen Gesichtszügen erhob sich. Der Präsident der Jury wies ihn zurecht.

„Ihr seid heute Richter, Monsieur Delmas. Ihr seid es der Majestät der Justiz schuldig, den Angeklagten sitzend anzuhören."

Delmas sank wieder auf seinen Platz zurück.

„Bevor ich das Verhör des Angeklagten übernehme", sagte er, „möchte ich an den hohen Gerichtshof eine Bitte richten, wobei ich mich hinsichtlich des Angeklagten nicht etwa von parteiischer Nachsicht leiten lasse, sondern einzig von allgemein menschlichen Gefühlen. Jedermann weiß, daß der Angeklagte seit seiner Kindheit verkrüppelt ist, infolge der Bruderkriege, die so lange unser Land und insbesondere die südwestlichen Provinzen, aus denen er stammt, verheerten. Da die Verhandlung sich in die Länge zu ziehen scheint, bitte ich das Gericht, dem Angeklagten zu erlauben, sich zu setzen, da er zusammenzubrechen droht."

„Das geht nicht an", versetzte der hämische Bourié. „Der Angeklagte hat der Verhandlung in kniender Haltung beizuwohnen, so verlangt es die Tradition. Man ist ihm schon genügend entgegengekommen, indem man ihm erlaubte stehenzubleiben."

„Ich wiederhole meinen Antrag", erklärte Delmas.

„Natürlich", kläffte Bourié, „jedermann weiß, daß Ihr den Angeschuldigten als so etwas wie einen Glaubensgenossen betrachtet, weil er die Milch einer hugenottischen Amme eingesogen hat und behauptet, in seiner Kindheit von Katholiken mißhandelt worden zu sein, was erst noch zu beweisen wäre."

„Ich wiederhole, daß es eine Frage der Menschlichkeit und der Vernunft ist. Die Verbrechen, deren man diesen Mann beschuldigt, erfüllen mich genau so mit Abscheu wie Euch, Monsieur Bourié, aber wenn er zusammenbricht, werden wir mit diesem Prozeß nie zu Ende kommen."

„Ich werde nicht zusammenbrechen, und ich danke Euch, Monsieur Delmas. Fahren wir fort, ich bitte darum", erklärte der Angeklagte in so gebieterischem Ton, daß das Gericht nach kurzer Unschlüssigkeit zustimmte.

„Monsieur de Peyrac", begann Delmas von neuem, „ich vertraue Eurem Eid, die Wahrheit zu sagen, und auch Eurer Versicherung, daß Ihr nicht mit dem bösen Geist in Verbindung gestanden habt. Indessen sind da noch zu viele dunkle Punkte, als daß Eure Aufrichtigkeit über jeden Zweifel erhaben wäre. Deshalb fordere ich Euch auf, mir alle Fragen zu beantworten, die ich Euch in der einzigen Absicht stellen werde, die furchtbaren Zweifel zu zerstreuen, die über Euren Handlungen schweben. Ihr behauptet, Gold aus Gestein extrahiert zu haben, in dem Fachleute keines finden können. Lassen wir das auf sich beruhen. Aber *weshalb* habt Ihr Euch einer seltsamen und mühseligen Arbeit hingegeben, für die Euch Euer Adelstitel nicht bestimmt hat?"

„In erster Linie hatte ich den Wunsch, mich durch Arbeit und Nutzung der geistigen Gaben zu bereichern, die ich mitbekommen habe. Andere fordern Renten oder leben auf Kosten des Nachbarn oder bleiben Bettler. Da keine dieser Möglichkeiten mir zusagte, bemühte ich mich, aus meinen geringen Ländereien den größtmöglichen Gewinn zu ziehen. Wobei ich, wie ich meine, nicht gegen Gottes Gebot verstoßen habe, das da besagt: ‚Du sollst dein Licht nicht unter den Scheffel stellen.' Das bedeutet, glaube ich, daß wir, falls wir eine Gabe oder ein Talent besitzen, nicht nur das Recht, sondern auch die Pflicht haben, es zu nutzen."

Das Gesicht des Richters erstarrte.

„Es steht Euch nicht zu, Monsieur, uns von göttlichen Verpflichtungen zu reden. Doch weiter ... Weshalb habt Ihr Euch mit ausschweifenden und auch absonderlichen Menschen umgeben, die aus dem Ausland kamen und, ohne der Spionage gegen unser Land überführt zu sein, immerhin keine ausgesprochenen Freunde Frankreichs oder auch nur Roms sind, wie ich höre?"

„Die nach Eurer Ansicht absonderlichen Menschen sind zumeist ausländische Gelehrte – Schweizer, Italiener oder Deutsche –, deren Arbeiten ich mit den meinigen vergleiche. Diskussionen über die Schwerkraft der Erde sind ein harmloser Zeitvertreib. Was die Ausschweifungen betrifft, die man mir vorwirft, so haben sich in meinem Palais kaum skandalösere Dinge zugetragen als in der Zeit, da die höfische Liebe nach den Worten der Gelehrten selbst ‚die Gesellschaft verfeinerte', und gewiß weniger, als heutzutage und allabendlich am Hof und in allen Schenken der Hauptstadt geschehen."

Angesichts dieser gewagten Äußerung runzelten einige der Richter die Stirn. Doch Joffrey de Peyrac hob die Hand und rief:

„Meine Herren Beamten und Juristen, die Ihr zum großen Teil diese Versammlung ausmacht, ich weiß sehr wohl, daß Ihr dank Eurer Sittenstrenge und vernünftigen Lebensführung eines der gesündesten Elemente der Gesellschaft darstellt. Laßt Euch nicht durch eine Äußerung verstimmen, die von anderen Vorstellungen ausgeht als von den Eurigen, und durch Worte, die Ihr oft selbst in Eurem Herzen geflüstert habt."

Diese geschickte, in aufrichtigem Ton geäußerte Bemerkung brachte Richter und Kanzlisten, die sich insgeheim durch die Anerkennung ihrer ehrsamen und wenig vergnüglichen Existenz geschmeichelt fühlten, ein wenig aus der Fassung.

Delmas hüstelte und blätterte angelegentlich in seinen Akten.

„Man sagt, daß Ihr acht Sprachen beherrscht."

„Pico della Mirandola im vergangenen Jahrhundert beherrschte deren achtzehn, und niemand hat ihm damals unterstellt, es sei der Teufel in Person gewesen, der sich die Mühe gemacht habe, sie ihm beizubringen."

„Außerdem ist erwiesen, daß Ihr die Frauen behext habt. Ich möchte ein von Unglück und Mißgeschick ohnehin genug verfolgtes Menschenwesen nicht unnötig demütigen, aber wenn man Euch anschaut, kann man sich schwerlich vorstellen, daß es Euer Äußeres war, das die Frauen in solchem Maße anzog, daß sie sich allein bei Eurem Anblick umbrachten oder in einen Trancezustand versetzt wurden."

„Man sollte nichts übertreiben", sagte der Graf lächelnd. „Nur diejenigen haben sich behexen lassen, wie Ihr es nennt, die dazu willens waren; daß es überspannte Mädchen gibt, wissen wir alle. Das Kloster oder besser noch das Spital ist der ihnen gemäße Aufenthaltsort, und man soll die Frauen nicht nach ein paar Närrinnen beurteilen."

Delmas setzte eine noch feierlichere Miene auf.

„Es ist allgemein bekannt, und zahlreiche Berichte bestätigen es, daß Ihr bei Euren ‚Minnehöfen' – einer an sich schon gottlosen Einrichtung, denn Gott hat gesagt: ‚Du sollst lieben, um dich fortzupflanzen' – öffentlich die körperliche Liebe verherrlicht."

„Der Herr hat nie gesagt: ‚Du sollst dich wie ein Hund oder eine Hündin fortpflanzen', und ich sehe nicht ein, weshalb das Lehren der Liebeskunst etwas Teuflisches sein soll."

„Eure Hexenkünste sind es!"

„Wenn ich in der Hexenkunst wirklich so bewandert wäre, würde ich gewiß nicht hier sein."

Eine weitere Stunde verging, in deren Verlauf verschiedene Richter dem Angeklagten überaus törichte Fragen stellten, etwa die, mit wie vielen Frauen er zu gleicher Zeit geschlechtlich verkehren könne.

Graf Peyrac reagierte auf solche Albernheiten entweder mit Verachtung oder einem ironischen Lächeln. Offensichtlich glaubte ihm niemand, als er versicherte, daß er immer nur eine Frau liebe.

Bourié, den die anderen Richter diese delikate Debatte allein führen ließen, bemerkte höhnisch:

„Eure amouröse Potenz ist so berühmt, daß wir nicht überrascht waren zu erfahren, daß Ihr Euch so schändlichen Vergnügungen hingabt."

„Wäre Eure Erfahrung ebenso groß wie meine amouröse Potenz", erwiderte Graf Peyrac mit bissigem Lächeln, „dann wüßtet Ihr, daß das Verlangen nach solchen Vergnügungen eher die Folge einer Impotenz ist, die die erwünschte Erregung in anomalen Freuden sucht. Was mich betrifft, meine Herren, so gestehe ich, daß mir das Zusammensein mit einer einzigen Frau zu verschwiegener nächtlicher Stunde genügt, um meine Begierde zu stillen. Ich möchte noch dieses hinzufügen", sagte er in ernsterem Ton: „Ich fordere die Gerüchtemacher der Stadt Toulouse und des Languedoc heraus zu beweisen, daß ich, wie sie behaupten, seit meiner Hochzeit der Liebhaber einer anderen Frau als der meinigen gewesen bin."

„Die Voruntersuchung erkennt diesen Einzelumstand tatsächlich an", stimmte der Richter Delmas zu.

„Ein sehr nebensächlicher Umstand!" sagte Joffrey ironisch.

Der Gerichtshof geriet in verlegene Unruhe. Massenau bedeutete Bourié, darüber hinwegzugehen, doch dieser, der die systematische Verwerfung der von ihm so sorgfältig gefälschten Akten nicht verwinden konnte, gab sich noch nicht geschlagen.

„Ihr habt Euch noch nicht zu der gegen Euch erhobenen Beschuldigung geäußert, erregende Drogen in die Getränke Eurer Gäste geschüttet zu haben, die sie dazu verleiteten, sich gegen das sechste Gebot zu versündigen."

„Ich weiß, daß es zu diesem Zweck bestimmte Drogen gibt, das Kantharidium beispielsweise. Aber es war nie meine Art, durch künstliche Mittel zu erzwingen, was nur die natürlichen Eingebungen des Verlangens gewähren können."

„Gleichwohl hat man uns berichtet, daß Ihr mit großer Sorgfalt die Speisen und Getränke ausgewählt habt, die Ihr Euren Gästen vorsetztet."

„War das nicht selbstverständlich? Tut das nicht jeder, der darauf bedacht ist, seine Gäste zu erfreuen?"

„Ihr habt behauptet, wenn man die Absicht habe, einen Menschen für sich zu gewinnen, sei es von großer Bedeutung, was man ihm zu essen und zu trinken vorsetze. Ihr habt Zauberformeln gelehrt..."

„Keineswegs. Ich habe gelehrt, daß man die Gaben genießen soll, die die Erde uns beschert, daß man aber in allen Dingen die Hilfsmittel beherrschen muß, die zu dem ersehnten Ziele führen."

„Nennt uns einige Eurer Lehren."

Joffrey blickte um sich, und Angélique sah das flüchtige Aufleuchten eines Lächelns.

„Ich stelle fest, daß Ihr Euch für diese Dinge ebenso brennend zu interessieren scheint, meine Herren Richter, wie weniger bejahrte Jünglinge auch. Ob Student oder Beamter – träumt man nicht immer davon, sein Liebchen zu erringen? Ach, meine Herren, ich fürchte sehr, Euch zu enttäuschen! Genau so wenig wie für das Gold besitze ich hierfür eine Zauberformel. Meine Lehre ist von der menschlichen Vernunft inspiriert. Als Ihr als angehender Richter diesen ehrwürdigen Bezirk betratet, Herr Präsident, bedeutete es da für Euch nicht eine Selbstverständlichkeit, Euch all das Wissen anzueignen, das Euch dazu befähigen würde, eines Tages das Amt zu erlangen, das Ihr heute bekleidet? Ihr hättet es als unsinnig empfunden, die Tribüne zu besteigen und das Wort zu ergreifen, ohne Euch vorher mit dem Prozeß genau vertraut gemacht zu haben. Lange Jahre hindurch habt Ihr Euer Augenmerk darauf gerichtet, den Fallstricken auszuweichen, die man auf Euren Weg legte. Warum sollten wir nicht die gleiche Sorgfalt auf die Dinge der Liebe verwenden? Auf allen Gebieten ist Unwissenheit schädlich, um nicht zu sagen strafbar. Meine Lehre hatte nichts Okkultes. Und da Monsieur Bourié von mir gern Einzelheiten wissen möchte, würde ich ihm beispielsweise empfehlen, nicht in die Schenke zum ‚Schwarzen Kopf' einzukehren und dort einen Krug hellen Biers nach dem andern zu trinken, wenn er sich in froher Stimmung und zu Zärtlichkeiten geneigt schon auf dem Nachhausewege befindet. Er würde sich bald darauf recht betrübt zwischen seinen Federbetten wiederfinden, während seine enttäuschte Gattin am nächsten Tage der Versuchung nicht widerstehen könnte, die zärtlichen Blicke schmucker Kavaliere nicht weniger zärtlich zu erwidern..."

Hier und dort klang Gelächter auf, und einzelne junge Leute applaudierten.

„Freilich gebe ich zu", fuhr Joffreys klangvolle Stimme fort, „daß solche Reden in meinem kläglichen Zustand nicht eben angebracht erscheinen. Aber da ich mich zu einer Beschuldigung äußern soll, möchte ich zum Schluß dieses wiederholen: Wenn man sich dem Dienst der Venus weihen will, gibt es, meine ich, kein besseres Reizmittel als ein schönes Mädchen, dessen gesunde Leibesbeschaffenheit dazu ermuntert, die sinnliche Liebe nicht zu verachten."

„Angeklagter", sagte Masseneau streng, „ich muß Euch abermals zum Anstand mahnen. Denkt daran, daß in diesem Saal heilige Frauen anwesend sind, die unter dem Nonnenkleid ihre Jungfräulichkeit Gott geweiht haben."

„Herr Präsident, ich darf darauf hinweisen, daß nicht ich die ... Unterhaltung, wenn ich so sagen darf, auf dieses schlüpfrige ... und reizvolle Gebiet gelenkt habe."

Wieder erklang vereinzeltes Gelächter. Delmas bemerkte, dieser Teil des Verhörs hätte in lateinischer Sprache geführt werden müssen, aber Fallot de Sancé, der zum erstenmal sprach, wandte treffend ein, jeder der sich aus Juristen, Priestern und Ordensangehörigen zusammensetzenden Zuhörerschaft verstehe Latein, und es lohne nicht, sich einzig der keuschen Ohren der Soldaten, Häscher und Hellebardiere wegen Zwang anzutun.

Mehrere Richter ergriffen alsdann das Wort, um gewisse Anschuldigungen kurz zusammenzufassen.

Angélique hatte den Eindruck, daß bei aller Wirrnis der Verhandlung die Anklage immer wieder auf den einzigen Punkt hinauslief: Hexerei, teuflische Bezauberung von Frauen und das „Echtmachen" des durch alchimistische und satanische Mittel gewonnenen Goldes.

Sie seufzte erleichtert auf: Klagte man ihren Gatten nur des Umgangs mit dem Teufel an, hatte er Aussicht, sich den Klauen der königlichen Justiz zu entwinden.

Der Verteidiger konnte die üble Prozedur des betrügerischen Exorzismus enthüllen, deren Opfer Joffrey geworden war, und schließlich würde die Demonstration des alten Sachsen Hauer zeigen, worin die „Vermehrung des Goldes" bestand. Vielleicht gelang es am Ende doch, die Richter zu überzeugen.

Angélique senkte den Blick und schloß die Augen für eine Weile.

Zweiundvierzigstes Kapitel

Als sie sie wieder aufschlug, glaubte sie eine Vision zu haben: der Mönch Becher war auf der Tribüne erschienen.

Er legte den Eid auf das Kruzifix ab, das ihm ein anderer Mönch entgegenhielt. Dann begann er abgehackt und mit dumpfer Stimme zu erzählen, wie er von dem großen Magier Joffrey de Peyrac getäuscht worden sei, der vor ihm aus flüssigem Gestein unter Zuhilfenahme eines vermutlich aus dem Lande der kimmerischen Finsternis mitgebrachten Steins der Weisen echtes Gold gewonnen habe. Dieses Land habe ihm der Graf bereitwillig als ein ödes, eisiges Gestade geschildert, über dem Tag und Nacht Donner grolle, Sturm dem Hagel folge und ein Feuerberg ununterbrochen flüssige Lava ausspeie, die sich über das ewige Eis ergösse, ohne es zum Schmelzen bringen zu können.

„Diese letzte Behauptung ist die Erfindung eines Visionärs", bemerkte Graf Peyrac.

„Unterbrecht den Zeugen nicht", gebot der Präsident.

Der Mönch versicherte, der Graf habe in seiner Gegenwart einen über zwei Pfund schweren Barren reinen Goldes hergestellt, das später von Spezialisten geprüft und als tatsächlich echt bezeichnet worden sei.

„Ihr erwähnt nicht, daß ich es Seiner Eminenz von Toulouse für seine frommen Werke geschenkt habe", mischte sich der Angeklagte abermals ein.

„Das stimmt", bestätigte der Mönch. „Dieses Gold hat sogar dreiunddreißig Exorzismen widerstanden. Was nicht hindert, daß der Schwarzkünstler die Macht behält, es unter Donnergrollen verschwinden zu lassen, wann immer es ihm beliebt. Seine Eminenz war selbst Zeuge dieses grausigen Phänomens, das ihn sehr erregte. Der Zauberer rühmte sich dessen, indem er von ‚Knallgold' sprach. Er behauptet außerdem, Quecksilber auf die gleiche Weise verwandeln zu können. Alle diese Fakten sind im übrigen in einem Gutachten niedergelegt, das sich in Eurem Besitz befindet."

Masseneau bemühte sich, einen scherzhaften Ton anzuschlagen.

„Euren Reden nach, Pater, hat der Angeklagte die Kraft, diesen großen Justizpalast zum Einsturz zu bringen, wie Samson die Säulen des Tempels zerbrach."

Becher rollte die Augen und bekreuzigte sich.

„Oh, fordert den Zauberer nicht heraus! Er ist gewiß nicht weniger stark als Samson."

Die ironische Stimme des Grafen erklang von neuem:

„Wäre ich mit soviel Macht gerüstet, wie dieser Foltermönch behauptet, hätte ich schleunigst eine Zauberformel zu Hilfe gerufen, um die größte Festung der Welt zu tilgen: die menschliche Dummheit und Leichtgläubigkeit. Descartes hatte unrecht, als er sagte, das Unendliche sei mit menschlichen Begriffen nicht zu erfassen: die Beschränktheit des Menschen liefert ein sehr schönes Beispiel dafür."

„Ich mache Euch darauf aufmerksam, Angeklagter, daß wir nicht hier sind, um philosophische Gespräche zu führen. Ihr gewinnt nichts, wenn Ihr Ausflüchte macht."

„Hören wir also weiterhin diesem würdigen Vertreter des Aberglaubens zu", sagte Peyrac.

Der Richter Bourié fragte:

„Pater Becher, Ihr habt diesen alchimistischen Prozeduren beigewohnt und seid ein anerkannter Gelehrter. Was für ein Ziel hat der Angeklagte nach Eurem Dafürhalten im Auge gehabt, als er sich dem Teufel überlieferte? Reichtum? Liebe?"

Becher reckte sich zu seiner ganzen mageren Größe auf, so daß er Angélique wie ein Höllengeist schien, der im Begriff ist, sich aufzuschwingen.

Becher schrie mit farbloser Stimme:

„Ich kenne sein Ziel. Reichtum und Liebe? Was liegt ihm schon daran! Macht und Verschwörung gegen den Staat oder den König? Ebensowenig! Aber er will es Gott gleichtun. Ich bin überzeugt, daß er Leben zu erschaffen vermag, das heißt, daß er dem Schöpfer Schach zu bieten versucht."

„Pater", sagte der Protestant Delmas bescheiden, „habt Ihr Beweise für diese furchtbare Behauptung?"

„Ich habe mit meinen eigenen Augen Homunculi seinem Laboratorium entsteigen sehen, auch Gnome, Chimären, Drachen. Zahlreiche Bauern, mir namentlich bekannt, sahen sie in gewissen Gewitternächten umherirren und in jenem unheimlichen Laboratorium aus und ein gehen, das eines Tages durch die Explosion dessen, was der Graf als Knallgold bezeichnet, ich jedoch unbeständiges oder satanisches Gold nenne, fast völlig zerstört wurde."

Die Zuhörerschaft hielt beklommen den Atem an. Eine Nonne sank in Ohnmacht und mußte hinausgetragen werden.

Der Präsident wandte sich an den Zeugen und redete ihm feierlich ins Gewissen, sich zu bedenken und seine Worte abzuwägen. Er fragte ihn als Mann der hermetischen Wissenschaften und Verfasser bekannter und von der Kirche ausdrücklich genehmigter Bücher, wie dergleichen möglich sein könne, und vor allem, ob er auf diesem Gebiet Präzedenzfälle kenne.

Becher warf sich in die Brust und schien abermals zu wachsen. Fast sah es so aus, als wolle er in seiner weiten, schwarzen Kutte wie ein Unheil verkündender Rabe davonfliegen.

In emphatischem Tone rief er aus:

„An berühmten Abhandlungen über dieses Thema fehlt es nicht. Paracelsus hat schon in *De Natura Rerum* erklärt, daß die Pygmäen, die Faune, die

Nymphen und die Satyrn von der Alchimie gezeugt worden sind! Andere Schriften besagen, daß man Homunculi oder kleine Männchen, die häufig nicht größer als ein Daumen sind, im Urin der Kinder finden kann. Der Homunculus ist zuerst unsichtbar und nährt sich von Wein und Rosenwasser: ein kleiner Schrei kündigt seine eigentliche Geburt an. Nur die fähigsten Magier vermögen ein solches Zauberwerk teuflischer Schöpfung zu erschaffen, und der hier gegenwärtige Graf Peyrac war ein solcher Magier, denn er hat selbst erklärt, er bedürfe des Steins der Weisen nicht, um die Transmutation des Goldes zu bewerkstelligen."

Der Richter Bourié stand erregt auf.

„Was habt Ihr auf eine solche Anschuldigung zu erwidern?"

Peyrac zuckte ungeduldig die Schultern und sagte voller Überdruß:

„Wie soll ich die Phantastereien eines offensichtlich geistig erkrankten Individuums widerlegen?"

„Ihr habt nicht das Recht, Angeklagter, einer Antwort auszuweichen", mischte sich Masseneau ruhig ein. „Gebt Ihr zu, diesen mißgestalteten Wesen, von denen die Rede ist, ‚das Leben gegeben' zu haben, wie dieser Priester sagt?"

„Absolut nicht, und selbst wenn dergleichen möglich wäre, würde es mich nicht im geringsten interessieren."

„Ihr haltet es also für möglich, auf künstlichem Wege Leben zu zeugen?"

„Wie kann ich das wissen? Die Wissenschaft hat noch nicht das letzte Wort gesprochen, und bietet die Natur nicht verwirrende Beispiele? Im Orient beobachtete ich die Verwandlung gewisser Fische in Wassermolche. Ich brachte sogar einige dieser Wesen nach Toulouse mit, aber die Mutation hat sich nie wiederholen wollen, was wahrscheinlich auf unser gemäßigteres Klima zurückzuführen ist."

„Mit einem Wort", sagte Masseneau mit einem dramatischen Tremolo in der Stimme, „Ihr billigt dem Herrn bei der Erschaffung der Lebewesen keine Rolle zu?"

„Das habe ich nie gesagt", erwiderte der Graf ruhig. „Ich kenne nicht nur mein Credo, sondern glaube auch, daß Gott alles geschaffen hat. Nur sehe ich nicht ein, was Ihr dagegen einzuwenden habt, daß er gewisse Übergangsformen zwischen Pflanze und Tier, zwischen Kaulquappe und Frosch vorsah. Jedenfalls habe ich persönlich niemals Wesen ‚hergestellt', die Ihr Homunculi nennt."

Nun zog Conan Becher eine kleine Phiole aus den weiten Falten seiner Kutte und reichte sie dem Präsidenten. Langsam wanderte sie durch die Hände der Geschworenen. Von ihrem Platz aus konnte Angélique ihren Inhalt nicht erkennen, sah aber, daß die meisten Mitglieder des Gerichtshofs sich bekreuzten. Einer der Richter ließ einen Gerichtsdiener rufen und schickte nach Weihwasser in die Kapelle.

Auf den Gesichtern der Gerichtspersonen malte sich Entsetzen, dann Todesangst. Der Richter Bourié rieb sich unaufhörlich die Hände, und man wußte nicht, ob vor Befriedigung oder um die Spuren schändlichen Gottesfrevels an seinen Fingern zu tilgen. Nur Peyrac schien für diese Prozedur kein Interesse aufzubringen.

Die Phiole kam zum Präsidenten Masseneau zurück, der sich, um sie zu untersuchen, eines Lorgnons mit dicker Schildpattumrandung bediente. Endlich brach er das angsterfüllte Schweigen.

„Dieses Ungeheuer ähnelt eher einer eingetrockneten Eidechse", bemerkte er in enttäuschtem Ton.

„Ich habe zwei dieser vermutlich als Zaubermittel dienenden pergamentartigen Homunculi entdeckt, nachdem ich unter Lebensgefahr in das alchimistische Laboratorium des Grafen eingedrungen war", erklärte der Mönch Becher bescheiden.

Masseneau wandte sich an den Angeklagten:

„Erkennt Ihr diesen ... dieses Ding wieder? Wache, bringt dem Angeklagten die Phiole!"

Der angesprochene Koloß in Uniform wurde von konvulsivischen Zuckungen erfaßt. Er stammelte, zögerte und ergriff schließlich beherzt die Phiole, ließ sie dann aber so unglücklich fallen, daß sie zerbrach.

Ein enttäuschtes „Oh!" lief durch die Menge, die alsbald nach vorne drängte, um die Sache aus der Nähe zu besehen. Aber die Wachen hatten sich vor der ersten Reihe aufgepflanzt und hielten die Neugierigen zurück.

Schließlich trat ein Hellebardier hinzu und spießte mit seiner Waffe einen kleinen, undefinierbaren Gegenstand auf, den er dem Grafen Peyrac vor die Nase hielt.

„Das ist zweifellos einer der Wassermolche, die ich aus China mitgebracht habe", sagte dieser gelassen. „Sie sind offenbar aus dem Aquarium entkommen, in das ich meinen Brennkolben zu tauchen pflegte, um das Wasser, in dem sie schwammen, gleichmäßig warm zu halten. Arme kleine Tiere ...!"

„Eine der letzten Fragen des Verhörs", sagte Masseneau. „Angeklagter, erkennt Ihr dieses Blatt hier wieder, auf dem ketzerische und alchimistische Werke verzeichnet sind? Diese Liste enthält, wie festgestellt wurde, die Titel derjenigen Bücher Eurer Bibliothek, die Ihr am häufigsten zu Rate gezogen habt. Ich sehe in dieser Aufzählung vor allem *De Natura Rerum* von Paracelsus, in dem die Stelle, die die teuflische Herstellung von Unholden wie dieser Homunculi betrifft, rot unterstrichen und mit einigen Worten von Eurer Hand versehen ist."

Der Graf antwortete mit einer Stimme, die vor Erschöpfung heiser wurde:

„Das stimmt. Ich erinnere mich, in solcher Weise eine Anzahl Absurditäten unterstrichen zu haben."

„Auf dieser Liste stehen außerdem Bücher, die nicht von der Alchimie handeln, die aber nichtsdestoweniger verboten sind. Ich zitiere: ‚Das

Liebesleben der Gallier', ‚Die widernatürliche Liebe in Frankreich', ‚Die galanten Intrigen am französischen Hof'. Diese Bücher wurden in Den Haag oder in Lüttich gedruckt, wohin sich, wie wir wissen, die gefährlichsten der aus dem Königreich vertriebenen Pamphletisten flüchten. Diese Bücher werden heimlich nach Frankreich eingeführt, und wer sie zu erwerben versucht, macht sich im höchsten Grade schuldig. Ich lese auf dieser Liste auch Namen wie Galilei und Kopernikus, deren wissenschaftliche Theorien die Kirche mißbilligt hat."

„Ich vermute, diese Liste stammt von einem Haushofmeister namens Clément, einem Spitzel im Solde ich weiß nicht welcher hohen Persönlichkeit, der mehrere Jahre in meinem Dienst war. Sie stimmt. Aber ich möchte darauf hinweisen, meine Herren, daß zwei Motive einen Amateur dazu bewegen können, dieses oder jenes Buch in seine Bibliothek zu stellen. Entweder man wünscht ein Zeugnis der menschlichen Klugheit zu besitzen, und das ist der Fall, wenn es sich um Werke von Kopernikus und Galilei handelt, oder aber man wünscht am Maßstab der menschlichen Dummheit die Fortschritte abzulesen, die die Wissenschaft seit den letzten Jahrhunderten gemacht hat und noch machen muß. Dieses ist der Fall, wenn man sich mit den Geistesprodukten des Paracelsus oder des Conan Becher befaßt. Glaubt mir, Ihr Herren, allein die Lektüre dieser Werke ist eine Strafe."

„Mißbilligt Ihr die ordnungsmäßige Verdammung der gottlosen Theorien des Kopernikus und des Galilei durch die römische Kirche?"

„Ja, denn die Kirche hat sich offenkundig getäuscht. Was nicht besagt, daß ich sie auch in anderer Hinsicht anklage. Es wäre mir lieber gewesen, ich hätte mich auf sie und ihr Wissen um Exorzismus und Hexerei verlassen können, als daß ich mich nun einem Prozeß ausgeliefert sehe, der sich in sophistischen Diskussionen verliert ..."

Der Präsident hob in einer theatralischen Geste die Arme, wie um darzutun, daß es unmöglich sei, einen so unzugänglichen Angeklagten zur Vernunft zu bringen. Sodann beriet er sich flüsternd mit seinen Kollegen und verkündete endlich, das Verhör sei abgeschlossen, und man werde zur Vernehmung einiger Belastungszeugen übergehen.

Auf ein Zeichen von ihm setzten sich zwei Wachen in Bewegung, und hinter der Tür, durch die bereits der Gerichtshof eingetreten war, wurden Geräusche vernehmbar. Gleich darauf erschienen zwei Mönche in Weiß im Saal, sodann vier Nonnen und schließlich zwei Rekollekten in brauner Kutte. Die Gruppe stellte sich in einer Reihe vor der Geschworenentribüne auf.

Masseneau erhob sich.

„Meine Herren, wir treten nun in den heikelsten Teil des Prozesses ein. Vom König, dem Beschützer der Kirche Gottes, berufen, einen Hexenprozeß zu führen, mußten wir Zeugnisse beibringen, die gemäß dem römischen Ritual den schlagenden Beweis liefern sollten, daß der Sieur

Peyrac mit dem Teufel im Bund steht. Vor allem bezüglich des dritten Punkts des Rituals, der besagt..."

Er beugte sich vor, um einen Text abzulesen.

„... der besagt, daß die Person, die mit dem Teufel in Verbindung steht und die man gemeinhin ‚echte Besessene' nennt, ‚übernatürliche Macht über den Geist und den Körper der andern' besitzt, liegt folgender Tatbestand vor..."

Der bittern Kälte zum Trotz, die in dem großen Saal herrschte, wischte sich Masseneau diskret die Stirn, dann las er, ein wenig stockend, weiter.

„... Es sind uns die Klagen der Äbtissin des Kloster der Jungfrauen des heiligen Leander in der Auvergne zu Ohren gekommen. Diese erklärte, eine vor kurzem in die Gemeinschaft aufgenommene Novize, die zunächst zu keinen Klagen Anlaß gegeben habe, bekunde neuerdings Zeichen eines Besessenseins, das sie dem Grafen Peyrac zur Last lege. Sie verhehle nicht, daß dieser sie früher zu sittenwidrigen Handlungen gezwungen und die Reue über diese Verfehlungen sie veranlaßt habe, sich ins Kloster zurückzuziehen. Aber sie finde dort nicht den Frieden, denn jener Mann fahre fort, sie aus der Ferne zu versuchen, und zweifellos habe er sie behext. Kurze Zeit darauf brachte sie dem Kapitel einen Rosenstrauß, der ihr, wie sie behauptete, über die Klostermauer von einem Unbekannten zugeworfen worden sei; der die Gestalt des Grafen Peyrac gehabt habe, der aber ein böser Geist gewesen sein müsse, denn es wurde nachgewiesen, daß der genannte Edelmann sich zu eben jener Zeit in Toulouse befunden hatte. Der besagte Strauß rief innerhalb der Gemeinschaft höchst seltsame Verwirrungen hervor. Andere Nonnen gerieten in merkwürdige und obszöne Verzückungszustände. Als sie wieder zur Besinnung kamen, sprachen sie von einem hinkenden Teufel, dessen Anblick sie mit übermenschlicher Wonne erfüllt und in ihrem Fleisch ein unauslöschliches Feuer entzündet habe. Begreiflicherweise verblieb die Novize infolge dieser Gemütswallungen in einem nahezu ununterbrochenen Trancezustand. Besorgt wandte sich die Äbtissin von Sankt Leander schließlich an ihre Vorgesetzten. Da zu jener Zeit gerade die Voruntersuchung im Prozeß des Sieur Peyrac begann, übersandte mir der Kardinalerzbischof von Paris die Akten. Und wir werden jetzt die Nonnen jenes Klosters vernehmen."

Masseneau beugte sich über sein Pult und wandte sich respektvoll an eine der Haubenträgerinnen.

„Schwester Carmencita de Mérecourt, erkennt Ihr in jenem Manne denjenigen wieder, der Euch aus der Ferne verfolgt und behext hat?"

Eine pathetische Altstimme erklang:

„Ich erkenne meinen alleinigen und einzigen Gebieter."

Mit Verblüffung entdeckte Angélique unter den strengen Schleiern das sinnliche Gesicht der schönen, heißblütigen Spanierin.

Masseneau räusperte sich und brachte mit sichtlicher Mühe heraus:

„Nun, Schwester, habt Ihr nicht das Ordenskleid angelegt, um Euch ausschließlich dem Herrn zu weihen?"

„Ich wollte dem Bilde des Mannes entrinnen, der mich behexte. Vergebens. Er verfolgt mich bis zum Meßamt."

„Und Ihr, Schwester Louise de Rennefonds, erkennt Ihr denjenigen, der Euch während der Zwangsvorstellungen erschienen ist, deren Opfer Ihr wart?"

Eine junge und zitternde Stimme antwortete zaghaft:

„Ja, ich . . . ich glaube. Aber derjenige, den ich sah, hatte Hörner . . ."

Eine Woge des Gelächters ging durch den Saal, und ein Kanzlist rief:

„Hoho! Schon möglich, daß ihm während seines Aufenthalts in der Bastille welche gewachsen sind."

Angélique stieg zornige Röte ins Gesicht, und ihre Gefährtin griff nach ihrer Hand, um sie an ihr Versprechen zu erinnern, sich zu beherrschen.

Masseneau fuhr fort, indem er sich an die Äbtissin wandte:

„Madame, ich bin leider genötigt, Euch zu bitten, Eure Aussagen vor diesem Gericht zu bestätigen."

Die betagte Nonne, die nicht bewegt, sondern nur unwillig zu sein schien, ließ sich nicht lange bitten und erklärte mit klarer Stimme:

„Was sich seit einigen Monaten in jenem Kloster zuträgt, dessen Äbtissin ich dreißig Jahre lang gewesen bin, ist eine wahre Schande. Man muß in den Klöstern leben, Ihr Herren, um zu wissen, zu welch grotesken Possen der Teufel fähig ist, wenn es ihm durch Vermittlung eines Hexenmeisters ermöglicht wird, sich zu offenbaren. Ich verhehle nicht, daß ich die mir heute zufallende Aufgabe als äußerst peinlich empfinde, denn ich bin gezwungen, vor einem weltlichen Gericht Geschehnisse auszubreiten, die eine Beleidigung der Kirche darstellen; doch hat mich Seine Eminenz der Kardinalerzbischof damit beauftragt. Indessen möchte ich bitten, unter Ausschluß der Öffentlichkeit vernommen zu werden."

Der Präsident gab zur Befriedigung der Äbtissin und zur Enttäuschung der Zuhörerschaft dieser Bitte statt, und der Gerichtshof zog sich alsbald mit den Nonnen in einen Raum im Hintergrund zurück, der gewöhnlich als Kanzlei diente. Nur Carmencita blieb unter dem Schutz der vier Mönche, die sie hergebracht hatten, und zweier Gardisten im Saal.

Angélique betrachtete ihre einstige Rivalin. Die Spanierin hatte nichts von ihrer Schönheit eingebüßt – im Gegenteil. Die klösterliche Zurückgezogenheit schien ihr Antlitz, in dem die großen schwarzen Augen einen überspannten Traum zu verfolgen schienen, geläutert und verfeinert zu haben.

Auch das Publikum weidete sich offenbar am Anblick der schönen Behexten. Angélique hörte Maître Gallemand spöttisch sagen:

„Verdammt noch eins, der Große Hinkefuß steigt in meiner Achtung!"

Ihr Gatte hatte, wie die junge Frau bemerkte, der letzten Szene keine Beachtung geschenkt. Jetzt, da der Gerichtshof hinausgegangen war, wollte er sich offenbar ein wenig ausruhen. Er versuchte, sich auf dem infamen Bänkchen niederzulassen, was ihm schließlich mit schmerzverzerrtem Gesicht gelang. Das lange Stehen mit seinen Krücken und vor allem die in der Bastille ertragene Tortur mit der Nadel hatten einen Märtyrer aus ihm gemacht. Eine Woge des Mitleids erfüllte fast schmerzhaft Angéliques Herz.

Schwester Carmencita tat plötzlich einige Schritte in die Richtung des Angeklagten, wurde jedoch von den Wachen zurückgetrieben. Jäh verwandelte sich das schöne Madonnengesicht. Es verzerrte sich, die Augen quollen hervor, und der Mund öffnete und schloß sich wie in einem schrecklichen Krampf. Dann führte sie blitzschnell die Hand an die Lippen. Ihre Zähne knirschten, weißer Schaum bildete sich vor dem Mund.

Desgray sprang auf.

„Seht! Da haben wir's: das ist die große Szene der Seifenblasen."

Bevor er weitersprechen konnte, wurde er gepackt und hinausgezerrt. Sein Ausruf löste bei der atemlosen Menge, die wie gebannt auf dieses Schauspiel starrte, kein Echo aus.

Ein konvulsivisches Zucken durchlief den ganzen Körper der Nonne. Sie tat ein paar schwankende Schritte auf den Angeklagten zu. Als die Mönche ihr erneut den Weg versperrten, blieb sie stehen, hob die Hände und begann ihre Haube mit ruckartigen Bewegungen herunterzureißen, wobei sie sich immer rascher um sich selbst drehte.

Die vier Ordensgeistlichen umdrängten sie und versuchten, sie zu überwältigen. Doch sei es, daß sie nicht wagten, allzu gewalttätig vorzugehen, sei es, daß sie tatsächlich nicht mit ihr fertig wurden – jedenfalls entglitt sie ihnen wie ein Aal, warf sich zu Boden und kroch mit schlangenartiger Gewandtheit zwischen die Beine und unter die Kutten der Mönche. Dort gab sie sich höchst anstößigen Bewegungen hin, versuchte die Kutten hochzuheben und gab ihre Träger dem Gelächter des Saales preis. Zwei- oder dreimal purzelten die armen Ordensbrüder in denkbar unerbaulicher Haltung übereinander.

Die völlig entgeistert auf dieses tumultuarische Gewirr von Kutten und Rosenkränzen glotzenden Wachen wagten nicht einzugreifen.

Endlich gelang es der nach allen Richtungen sich drehenden und windenden Carmencita, ihr Skapulier herunterzureißen, darauf ihr Kleid und plötzlich im fahlen Licht des Gerichtssaals ihren wundervoll blühenden, nackten Körper aufzurecken.

Der Spektakel war unbeschreiblich. Die Zuschauer schrien wild durcheinander. Eine Anzahl wollte den Saal verlassen, andere wollten keine Sekunde dieses unerhörten Schauspiels verlieren.

Ein ehrbarer Beamter, der in der ersten Reihe saß, riß schließlich seine eigene Robe herunter und verhüllte mit ihr die schamlos Rasende.

Eilends setzten sich die Angélique benachbarten Nonnen unter Führung ihrer Superiorin in Bewegung. Man ließ sie vorbei, da man die Schwestern des Armenhospitals erkannt hatte. Sie umringten Carmencita, und mit Schnüren, die sie wer weiß wo aufgetrieben hatten, banden sie sie wie eine Wurst und schleppten ihre schäumende Beute fast wie in einer Prozession hinaus.

In diesem Augenblick stieg ein greller Ruf aus der entfesselten Menge auf:

„Seht, der Teufel lacht!"

Ausgestreckte Arme wiesen auf den Angeklagten.

Und tatsächlich – Joffrey de Peyrac, in dessen unmittelbarer Nähe sich die Szene abgespielt hatte, ließ seiner Heiterkeit freien Lauf.

Eine Woge des Unwillens und des Abscheus riß die Zuschauermenge nach vorn. Ohne die Wachen, die hinzustürzten und martialisch ihre Hellebarden kreuzten, wäre der Angeklagte in Stücke gerissen worden.

„Kommt mit mir hinaus", flüsterte Angéliques Gefährtin.

Und da die bestürzte junge Frau zögerte, sagte sie nachdrücklich:

„Auf jeden Fall wird der Saal geräumt werden. Wir müssen schauen, was aus Maître Desgray geworden ist. Von ihm werden wir erfahren, ob die Verhandlung heute nachmittag fortgesetzt wird."

Dreiundvierzigstes Kapitel

Sie fanden den Advokaten im Hof des Justizpalastes vor einem kleinen Ausschank, der vom Schwiegersohn und der Tochter des Scharfrichters betrieben wurde.

Der Advokat war sehr erregt.

„Habt Ihr gesehen, wie sie mich unter Ausnutzung der Abwesenheit des Gerichts hinausbeförderten? Verlaßt Euch drauf, wäre ich anwesend gewesen, hätte ich diese Verrückte schon dazu gebracht, das Stückchen Seife auszuspucken, das sie in den Mund genommen hatte! Aber laßt gut sein. Ich werde mir die Übertreibungen dieser beiden Zeugen in meinem Plädoyer zunutze machen...! Wenn nur Pater Kircher nicht so lange auf sich warten ließe, wäre mir wohler zumute. Kommt, setzt Euch an diesen Tisch neben das Feuer, meine Damen. Ich habe bei der kleinen Henkersmaid Eier und Fleischklößchen bestellt. Du hast doch nicht etwa Brühe von Totenköpfen dazu verwendet, meine Schöne?"

„Nein, Monsieur", erwiderte die junge Frau freundlich, „man nimmt sie nur zur Suppe der Armen."

Angélique saß mit aufgestützten Armen am Tisch und bedeckte ihr Gesicht mit den Händen. Desgray betrachtete sie verdutzt. Er war der Meinung gewesen, sie weine, merkte aber, daß sie von nervösem Lachen geschüttelt wurde.

„O diese Carmencita!" stammelte sie mit tränenglitzernden Augen. „Was für eine Komödiantin! Ich habe noch nie etwas so Komisches gesehen! Glaubt Ihr, sie hat es absichtlich getan?"

„Wer kennt sich bei den Frauen aus!" brummte der Advokat.

An einem Nachbartisch erzählte ein alter Jurist vor seinen Kollegen:

„Wenn sie Komödie gespielt hat, die Nonne, nun, dann war es gute Komödie. In meiner Jugend bin ich bei dem Prozeß des Abbé Grandin dabeigewesen, der verbrannt wurde, weil er die Nonnen von Loudun behext hatte. Nun, dabei passierte genau dasselbe. Es gab im Saal gar nicht Mäntel genug, um all die hübschen Mädchen zu bedecken, die, hast du nicht gesehen, sich entkleideten, sobald sie seiner ansichtig wurden. Das heute war noch gar nichts. Bei der Loudun-Verhandlung gab es welche, die sich splitterfasernackt auf den Boden legten und ..."

Er beugte sich vor, um besonders anstößige Details zu flüstern.

Angélique faßte sich wieder.

„Vergebt mir, daß ich gelacht habe", murmelte sie. „Ich bin am Ende mit meinen Nerven."

„Nun, so lacht doch, Ärmste, lacht ruhig!" erwiderte Desgray düster. „Zum Weinen ist noch Zeit genug. Wenn nur Pater Kircher da wäre! Was zum Teufel mag mit ihm los sein?"

Da er die Rufe eines Tintenverkäufers hörte, der sich mit umgehängtem Fäßchen und einem Bündel Gänsekielen in der Hand im Hof herumtrieb, ließ er ihn kommen und kritzelte auf die Tischecke eine Botschaft, die er einem Gerichtsdiener mit dem Auftrag übergab, sie sofort dem Polizeipräfekten, Monsieur d'Aubrays, zu bringen.

„Dieser d'Aubrays ist ein Freund meines Vaters. Ich teile ihm mit, daß er, koste, was es wolle, alle seine Wachen aussenden soll, um mir den Pater Kircher freiwillig oder mit Gewalt in den Justizpalast zu bringen."

„Habt Ihr ihn im Temple suchen lassen?"

„Zweimal schon hab' ich den kleinen Corde-au-cou mit einem Briefchen losgeschickt, aber er ist unverrichteterdinge wiedergekommen. Die Jesuiten, die er aufgesucht hat, behaupten, der Pater habe sich heute früh in den Justizpalast begeben."

„Was befürchtet Ihr?" fragte Angélique beunruhigt.

„Oh, nichts. Es wäre mir eben lieber, wenn er da wäre, das ist alles. Eigentlich sollte die wissenschaftliche Demonstration der Goldextraktion diese Richter überzeugen, auch wenn sie noch so borniert sind. Aber es genügt nicht, sie zu überzeugen, man muß sie auch verblüffen. Einzig die Stimme des Paters Kircher vermag sie zu bestimmen, sich über die königlichen Wünsche hinwegzusetzen. Kommt, die Verhandlung wird wiederaufgenommen, und Ihr wollt doch sicher nicht vor verschlossenen Türen stehen."

Die Nachmittagssitzung begann mit einer Erklärung des Präsidenten de Masseneau und der Anklagerede des Generalstaatsanwalts Denis Talon, der abermals die für „Hexenmeister und Alchimisten" vorgesehene Todesstrafe unter Anwendung der peinlichen und hochnotpeinlichen Befragung forderte. Dann kündigte der Präsident an, daß die Zeugen der Verteidigung vernommen würden. Desgray machte einer der Wachen ein Zeichen, und ein munterer Bursche betrat den Saal.

Er erklärte, Robert Davesne zu heißen und Schlosserlehrling beim Meister Dasron in der Rue de la Ferronnerie zu sein. Mit klarer Stimme schwor er unter Anrufung des heiligen Eligius, Schutzpatrons der Zunft der Schlosser, die reine Wahrheit zu sagen.

Dann trat er zum Präsidenten Masseneau und übergab ihm einen kleinen Gegenstand, den dieser verwundert und mißtrauisch betrachtete.

„Was ist denn das?"

„Das ist eine Nadel mit Springfeder", antwortete der Junge ungezwungen. „Da ich geschickte Finger habe, hat mich mein Meister beauftragt, ein solches Ding zu machen, das ein Mönch bei ihm bestellt hatte."

„Was ist denn das wieder für eine Geschichte?" fragte der Richter, zu Desgray gewandt.

„Herr Präsident, die Anklage hat als belastendes Moment für meinen Mandanten dessen Reaktionen im Verlauf eines Exorzismus erwähnt, der in den Verliesen der Bastille unter Leitung von Conan Becher, dessen geistliche Titel auszusprechen ich mich aus Achtung vor der Kirche weigere, stattgefunden haben soll. Conan Becher hat erklärt, bei der Probe der ‚Teufelsflecken' habe der Angeklagte auf eine Weise reagiert, die über seinen Umgang mit dem Leibhaftigen keinen Zweifel zulasse. Bei Berührung jedes der im römischen Ritual bezeichneten neuralgischen Punkte soll der Angeklagte Schreie ausgestoßen haben, die sogar die Wärter erschauern ließen. Nun, ich möchte feststellen, daß die Nadel, mit der diese Probe durchgeführt wurde, nach ebendiesem Muster hergestellt worden ist, das Ihr in der Hand haltet. Meine Herren, dieser falsche ‚Exorzismus', auf den der Gerichtshof sein Urteil zu stützen geneigt sein könnte, ist mit einem betrügerischen Instrument vorgenommen worden. Es enthielt eine lange Nadel mit Springfeder, die durch einen unmerklichen Druck mit dem Nagel ausgelöst und im gewünschten Augenblick ins Fleisch des Opfers getrieben werden konnte. Ich möchte wetten, daß auch der Beherzteste diese Probe nicht besteht, ohne wie ein Besessener aufzuschreien. Bringt einer von Euch, Ihr Herren Richter, den Mut auf, an sich selbst die Tortur vornehmen zu lassen, der mein Mandant unterworfen wurde und hinter der man sich verschanzt, um ihn des Besessenseins zu zeihen?"

Starr und bleich erhob sich Fallot de Sancé und streckte seinen Arm aus. Doch Masseneau schritt unwillig ein:

„Genug der Komödie! Ist dieses Instrument das gleiche, mit dem der Exorzismus vorgenommen wurde?"

„Es ist seine genaue Kopie. Das Original ist von ebendiesem Lehrling vor ungefähr drei Wochen in die Bastille gebracht und Becher übergeben worden. Der Lehrling kann es bezeugen."

Im gleichen Augenblick betätigte der Junge arglistigerweise den Mechanismus, und die Nadel schoß unter der Nase Masseneaus hervor, so daß dieser zurückfuhr.

„Als Präsident des Gerichtshofs lehne ich diesen in letzter Stunde herangeholten Zeugen ab, der auf der Liste des Gerichtsschreibers nicht figuriert. Überdies handelt es sich um ein Kind. Seine Aussage ist ohnehin von fragwürdigem Wert. Endlich ist es zweifellos eine beeinflußte Aussage. Wieviel hat man dir gegeben, damit du hierherkommst?"

„Noch nichts, aber man hat mir das Doppelte dessen versprochen, was mir der Mönch bereits gegeben hatte, nämlich zwanzig Livres."

Masseneau wandte sich zornig an den Advokaten.

„Ich mache Euch darauf aufmerksam, daß ich, falls Ihr auf der Protokollierung einer solchen Zeugenaussage besteht, gezwungen sein werde, die Vernehmung Eurer übrigen Entlastungszeugen abzulehnen."

Desgray neigte den Kopf als Zeichen der Unterwerfung, und der Junge machte sich durch die kleine Kanzleitür davon, als sei ihm der Teufel auf den Fersen.

„Laßt die übrigen Zeugen herein", befahl der Präsident trocken.

Ein Lärm erhob sich, wie ihn ein Trupp Möbeltransporteure zu verursachen pflegt. Von zwei Polizisten angeführt, erschien ein sonderbarer Aufzug. Zuerst schleppten mehrere schwitzende, zerlumpte Auslader von den Markthallen unförmige Pakete herein, aus denen Eisenrohre, Blasebälge und andere seltsame Gegenstände ragten. Dann folgten zwei kleine Savoyarden, die Körbe mit Holzkohlen und Steinguttöpfe mit merkwürdigen, gemalten Aufschriften brachten.

Schließlich sah man hinter zwei Wachen einen mißgestalteten Gnom auftauchen, der den riesigen Schwarzen Kouassi-Ba vor sich herzuschieben schien. Der Mohr war über dem Gürtel nackt und hatte sich mit weißem Kaolin ein Streifenmuster auf die Brust gemalt. Angélique erinnerte sich, daß er dergleichen an Feiertagen auch in Toulouse getan hatte, aber sein Erscheinen in diesem ohnehin schon wunderlichen Zuge erfüllte die Versammlung mit ängstlichem Staunen. Angélique hingegen seufzte erleichtert auf. Ihre Augen füllten sich mit Tränen.

„Oh, die tapferen Leute", dachte sie, während sie Fritz Hauer und Kouassi-Ba betrachtete. „Obwohl sie doch wissen, was sie aufs Spiel setzen, wenn sie ihrem Herrn zu Hilfe kommen."

Sobald die Träger ihre Pakete abgelegt hatten, verschwanden sie wieder. Der alte Sachse und der Mohr machten sich ans Auspacken und Aufstellen des tragbaren Schmelzofens und der Blasebälge. Dann band der

Sachse zwei Säcke auf, aus denen er mühsam einen schweren, schwarzen Fladen von schlackenartigem Aussehen und einen offensichtlich aus Blei bestehenden Barren hervorholte.

Die Stimme von Desgray ließ sich vernehmen:

„In Erfüllung des vom Gerichtshof einmütig geäußerten Wunsches, alles zu sehen und zu hören, was die Anklage wegen Transmutation von unedlen in edle Metalle mit Hilfe der Schwarzen Kunst betrifft, erscheinen hier die Zeugen und ‚Komplicen' des angeblich magischen Vorgangs. Ich möchte ausdrücklich feststellen, daß sie vollkommen freiwillig erschienen und ihre Namen nicht etwa meinem Mandanten, dem Grafen Peyrac, durch die Folter entrissen worden sind. Herr Präsident, wollt Ihr jetzt dem Angeklagten verstatten, vor Euch und mit seinen üblichen Gehilfen das Experiment vorzuführen, das die Anklageschrift als ‚magisches Hexenwerk' bezeichnet, während er behauptet, daß es sich dabei um die Extraktion unsichtbaren Goldes auf wissenschaftlicher Grundlage handelt."

Maître Gallemand flüsterte seinem Nachbarn zu:

„Die Herren schwanken zwischen der Neugier, der Lockung der verbotenen Frucht, und den strengen Anweisungen, die von sehr hoher Stelle kommen. Wären sie wirklich bösartig, würden sie es strikt ablehnen, sich beeinflussen zu lassen."

Angélique erschauerte bei dem Gedanken, der sichtbare Beweis der Schuldlosigkeit ihres Gatten könne im letzten Augenblick unterbunden werden, doch die Neugier oder vielleicht sogar der Gerechtigkeitssinn trug den Sieg davon. Joffrey de Peyrac wurde von Massenau aufgefordert, die Demonstration zu leiten und alle sich ergebenden Fragen zu beantworten.

„Könnt Ihr uns zuvor schwören, Graf, daß bei dieser Goldgeschichte weder der Justizpalast noch die darin befindlichen Menschen in Gefahr geraten?"

Joffrey versicherte, nicht das geringste sei zu befürchten.

Darauf beantragte der Richter Bourié, man möge den Pater Becher zurückkommen lassen, um ihn während des sogenannten Experiments mit dem Angeklagten konfrontieren zu können und auf diese Weise jeden Betrug auszuschließen.

Massenau neigte gemessen seine Perücke, und Angélique konnte das nervöse Zittern nicht unterdrücken, das sie jedesmal beim Anblick dieses Mönchs befiel, der nicht nur der böse Geist dieses Prozesses war, sondern auch der Erfinder der Folternadel und vermutlich der Anstifter der Carmencita-Komödie. Er verkörperte alles, was Joffrey de Peyrac bekämpft hatte, den Zerfall, den Bodensatz einer verklungenen Welt, einer dunklen Epoche, die sich wie ein gewaltiger Ozean über Europa gebreitet hatte und während ihres Rückzugs im neuen Jahrhundert nur den nutzlosen Schaum der Sophistik und Dialektik zurückließ.

Die Hände in den weiten Ärmeln seiner Kutte verborgen, mit gerecktem Hals und starrem Blick, verfolgte der Mönch die Vorbereitungen des Sachsen und Kouassi-Bas, die das Feuer anzufachen begannen.

Hinter Angélique wisperte ein Priester vernehmlich mit einem seiner Kollegen:

„Die zarten Seelen der abergläubischen Laien dürften durch ein solches Gespann menschlicher Unholde, vor allem durch diesen wie zu einer Zauberzeremonie bemalten Mohren kaum beruhigt werden. Glücklicherweise vermag der Allmächtige die Seinen stets zu erkennen. Ich habe mir sagen lassen, ein auf Veranlassung der Diözese von Paris heimlich, aber nach den Regeln angestellter Exorzismus habe ergeben, daß die Anklage der Hexerei, die man gegen diesen Edelmann erhoben hat, völlig gegenstandslos sei. Möglicherweise wird man ihn nur wegen mangelnder Gottesfurcht bestrafen..."

Verzweiflung und Zuversicht stritten sich in Angéliques Herzen. Sicher hatte der Geistliche recht. Warum nur mußte der gute Fritz Hauer einen Buckel und dieses bläuliche Gesicht haben, warum mußte Kouassi-Ba so furchterregend aussehen? Und als Joffrey de Peyrac mühsam seinen langen, gerädeten Körper aufrichtete, um sich hinkend dem rotglühenden Schmelzofen zu nähern, vervollständigte er nur das grausige Bild.

Der Angeklagte forderte einen der Wächter auf, den porös und schwarz wirkenden Schlackebrocken aufzuheben und ihn zuerst dem Präsidenten, dann allen andern Mitgliedern des Gerichts zu zeigen. Ein anderer Wächter reichte ihnen ein starkes Vergrößerungsglas, damit sie den Stein genau untersuchen konnten.

„Dies, Ihr Herren, ist der geschmolzene ‚Rohstein', goldhaltiger Eisenkies, der im Bergwerk von Salsigne gewonnen wurde", erklärte Peyrac.

„Es ist genau die gleiche schwarze Materie", bestätigte Becher, „die ich zerstoßen und gewaschen habe, ohne eine Spur Gold zu finden."

„Nun, Pater", sagte der Angeklagte in einem ehrerbietigen Ton, den Angélique bewunderte, „Ihr werdet aufs neue Eure Goldwäschertalente unter Beweis stellen. Kouassi-Ba, reiche einen Mörser."

Der Mönch krempelte seine weiten Ärmel hoch und machte sich mit Eifer daran, das schwarze Gestein zu zerstoßen, das sich ohne sonderliche Mühe in Pulverform verwandeln ließ.

„Herr Präsident, wollet jetzt die Güte haben, einen großen Zuber mit gewöhnlichem Wasser und ein gründlich gereinigtes Zinnbecken bringen zu lassen."

Während zwei Wachen hinausgingen, um das Nötige zu holen, ließ der Gefangene den Richtern auf die gleiche Weise einen Metallbarren vorlegen.

„Das ist das Blei, wie man es für Kugeln oder für Wasserrohre benützt, vom Fachmann ‚armes Blei' genannt, denn es enthält praktisch weder Gold noch Silber."

„Wie können wir dessen sicher sein?" wollte der Protestant Delmas wissen.

„Ich kann es Euch durch die Kupellenprobe beweisen."

Der Sachse reichte seinem einstigen Herrn eine dicke Unschlittkerze und zwei kleine, weiße Würfel. Mit einem Federmesser schürfte Joffrey an der Seite eines der Würfel eine kleine Höhlung aus.

„Was ist das für eine weiße Masse? Ist es Porzellanerde?" erkundigte sich Masseneau.

„Das ist eine Kupelle aus Knochenasche, jener Asche, die Euch bereits zu Beginn dieser Verhandlung so sehr beeindruckt hat. Nun, Ihr werdet sehen, daß diese weiße Masse ganz einfach dazu dient, das Blei zu absorbieren, nachdem man es durch die Flamme dieser Unschlittkerze erhitzt hat..."

Die Kerze wurde angezündet, und Fritz Hauer brachte ein kleines, rechtwinklig gebogenes Rohr, mit dessen Hilfe der Graf die Kerzenflamme auf das in der Kupelle liegende Stück Blei blies.

Man sah die Flamme sich seitwärts krümmen und das Blei berühren, das zu schmelzen und fahlblaue Dämpfe zu entwickeln begann.

Conan Becher hob schulmeisterlich den Finger.

„Die echten Gelehrten nennen das ‚den Stein der Weisen anblasen'", erklärte er in verbissenem Ton.

Der Graf unterbrach sein Experiment für einen Augenblick.

„Ginge es nach diesem Toren, hätte jeder aus einem Kamin steigende Rauch für Teufelsodem zu gelten."

Der Mönch setzte die Miene eines Märtyrers auf, und der Präsident rief den Angeklagten zur Ordnung.

Joffrey de Peyrac blies von neuem. Im abendlichen Dämmerlicht, das den Saal zu erfüllen begann, sah man, wie das Blei rötlich brodelte, sich dann beruhigte und, nachdem der Graf das Rohr abgesetzt hatte, eine dunkle Färbung annahm. Plötzlich löste sich die kleine, beißende Rauchwolke auf, und man stellte fest, daß das geschmolzene Blei vollständig verschwunden war.

„Das ist nichts anderes als ein Trick, der absolut nichts beweist", bemerkte Masseneau.

„Er zeigt, daß die Knochenasche das gesamte oxydierte arme Blei absorbiert oder, wenn Ihr wollt, getrunken hat, und das beweist, daß dieses Blei der edlen Metalle bar ist, was ich Euch durch dieses Verfahren demonstrieren wollte. Nun bitte ich Pater Becher, mit dem Waschen jenes von mir als goldhaltig bezeichneten schwarzen Pulvers zu beginnen, und wir werden alsdann zur Extraktion des Goldes schreiten."

Die beiden Gardisten waren mit einem Wasserkübel und einem Becken zurückgekehrt.

Nachdem der Mönch das von ihm im Mörser hergestellte Pulver durch kreisende Bewegungen gewaschen hatte, zeigte er dem Gericht mit triumphierender Miene die kümmerlichen Rückstände der schweren Materie, die sich auf dem Grund der Schüssel niedergeschlagen hatten.

„Genau das, was ich behauptet habe: auch nicht die geringste Spur von Gold. Man vermag es nur mit zauberischen Mitteln herauszuziehen."

„Das Gold ist unsichtbar", wiederholte Joffrey. „Aus diesem zerstampften Gestein werden meine Gehilfen es mittels Blei und Feuer extrahieren. Ich will mich dabei nicht beteiligen. So werdet Ihr die Gewähr haben, daß ich kein neues Element hinzubringe und mich keiner kabalistischen Formeln bediene, sondern daß es sich hier um einen handwerksmäßigen Vorgang handelt, der von Arbeitern durchgeführt wird, die ebensowenig Hexenmeister sind wie jeder beliebige Schmied."

Maître Gallemand flüsterte:

„Er redet zu schlicht und zu gut. Gleich werden sie ihm vorwerfen, er behexe das Gericht und den ganzen Saal."

Von neuem machten sich Kouassi-Ba und Fritz Hauer geschäftig ans Werk. Sichtlich mißtrauisch, aber erfüllt von seiner „Mission" und der beherrschenden Rolle, die ihm in diesem Prozeß ganz allmählich zuwuchs, verfolgte Becher das Füllen des Schmelzofens mit Holzkohle.

Der Sachse ergriff einen großen Schmelztiegel aus Ton, tat das Blei und danach das schwärzliche Pulver der zerstoßenen Schlacke hinein und bedeckte alles mit einem weißen Salz – Borax, wie Angélique annahm. Schließlich wurde Holzkohle darübergelegt, und Kouassi-Ba begann die beiden Blasebälge mit dem Fuß zu betätigen.

Angélique bewunderte die Geduld, mit der ihr Gatte, der kurz zuvor noch so stolz und arrogant gewesen war, sich in diese Komödie schickte.

Absichtlich stand er ziemlich weit vom Schmelzofen entfernt, neben dem Angeklagtenbänkchen, doch der Feuerschein erhellte eben noch sein hageres, von üppigem Haar umrahmtes Gesicht. Etwas Düsteres und Bedrückendes ging von dieser seltsamen Szene aus.

Inzwischen schmolz im intensiven Feuer die Masse des Bleis und der Schlacke. Die Luft füllte sich mit Rauch und einem scharfen schwefligen Geruch. In den ersten Reihen begannen einige der Zuschauer sich zu räuspern und zu husten, und zeitweilig verschwand sogar der ganze Gerichtshof hinter den dunkel aufsteigenden Dämpfen.

Angélique fand es nun doch recht verdienstvoll von den Richtern, sich solcherweise wenn auch nicht Hexereien, so immerhin reichlich unangenehmen Experimenten auszusetzen.

Der Richter Bourié erhob sich und bat um die Erlaubnis, näher treten zu dürfen, die ihm von Masseneau auch erteilt wurde. Doch Bourié, von dem der Advokat behauptet hatte, der König habe ihm für den Fall, daß der Prozeß den gewünschten ungünstigen Ausgang nehme, große Versprechungen gemacht, blieb nur zwischen dem Schmelzofen, dem er den

Rücken zuwandte, und dem Angeklagten stehen, den er unausgesetzt beobachtete. Der Richter Fallot aber schien selbst förmlich wie auf glühenden Kohlen zu sitzen. Er wich den Blicken seiner Kollegen aus und rutschte unruhig auf seinem großen roten Polstersessel herum.

„Armer Gaston!" dachte Angélique. Doch dann verlor sie jedes Interesse an ihm.

Schon wurde der Schmelztiegel unter der Einwirkung des Feuers, das ein Gardist ständig mit Holzkohle nährte, rot und darauf fast weiß.

„Halt!" befahl der sächsische Bergmann, der, mit Ruß, Schweiß und Knochenasche bedeckt, immer mehr einem der Hölle entstiegenen Ungeheuer glich.

Einem der mitgebrachten Säcke entnahm er eine schwere Zange, faßte mit ihr den in den Flammen stehenden Schmelztiegel, stützte sich fest auf seine kurzen Beine und hob ihn ohne sichtbare Mühe an. Kouassi-Ba schob ihm eine Sandform zu. Ein silbern glänzender Strahl ergoß sich funkensprühend in die Gießflasche.

Joffrey erwachte aus seinem Versunkensein und erklärte mit müder Stimme:

„Dies war der Strom des Bleis, der die edlen Metalle des goldhaltigen Rohgesteins festhält. Wir werden die Form zerbrechen und dieses Blei sofort auf einer unten im Ofen befindlichen Aschen-‚Sohle' kupellieren."

Fritz Hauer zeigte diese „Sohle", die aus einer dicken weißen, mit einer Höhlung versehenen Feuerplatte bestand, und stellte sie über die Flammen. Um den Barren vom Schmelztiegel zu lösen, mußte er sich eines Ambosses bedienen, so daß der ehrwürdige Justizpalast eine Weile von dröhnenden Hammerschlägen widerhallte. Dann wurde das Blei vorsichtig in die Höhlung gelegt und das Feuer angefacht. Als Sohle und Blei zu glühen begannen, ließ Fritz die Blasebälge ruhen, und Kouassi-Ba räumte die noch im Ofen befindliche Holzkohle aus.

In ihm blieb nur, eingefangen in der Höhlung der rot leuchtenden „Sohle", das weißglühend brodelnde geschmolzene Blei, das allmählich klarer wurde.

Kouassi-Ba ergriff einen kleinen Handblasebalg und richtete ihn auf das Blei. Statt sie zu löschen, belebte die kalte Luft die Weißglut, und das Bad strahlte hell auf.

„Seht das Hexenwerk!" kreischte Becher. „Ohne Kohle beginnt das Höllenfeuer das Große Werk! Seht! Die drei Farben erscheinen."

Der Mohr und der Sachse bliesen abwechselnd auf das geschmolzene Bad, in dem es wie Irrlichter zuckte und tanzte. Ein feuriges Ei zeichnete sich in seiner wogenden Masse ab. Als der Schwarze schließlich mit seinem Blasebalg zurücktrat, richtete das Ei sich auf, drehte sich wie ein Kreisel, verlor an Glanz und wurde immer dunkler.

Doch plötzlich erhellte es sich von neuem, strahlte weiß auf, hüpfte, sprang aus der Höhlung und rollte über den Boden bis zu den Füßen des Grafen.

„Das Ei des Teufels kehrt zu dem zurück, der es geschaffen hat", schrie Becher. „Das ist der Blitz! Das Knallgold! Es wird vor uns zerplatzen!"

Der Saal schrie auf.

Im Halbdunkel, in das man plötzlich getaucht war, rief Masseneau nach Leuchtern. Als endlich einige hereingebracht wurden, legte sich der Tumult ein wenig.

Der Graf, der sich nicht gerührt hatte, berührte den Metallbrocken mit dem Ende seiner Krücke.

„Heb den Barren auf, Kouassi-Ba, und bring ihn dem Richter."

Ohne zu zögern sprang der Schwarze herzu, nahm das metallische Ei auf und bot es auf seiner schwarzen Handfläche dar.

„Das ist Gold!" keuchte der Richter Bourié. Er wollte gierig nach ihm greifen, aber kaum hatte er es berührt, als er einen fürchterlichen Schrei ausstieß und seine Hand verbrannt zurückzog.

„Das Höllenfeuer!"

„Wie kommt es, Graf", fragte Masseneau, indem er seiner Stimme Festigkeit zu geben versuchte, „daß die Hitze dieses Goldes Euren schwarzen Diener nicht versengt?"

„Jedermann weiß, daß Mohren Glut in der Hand zu halten vermögen – genau wie die auvergnatischen Köhler."

Ohne dazu aufgefordert zu sein, leerte Becher mit hervorquellenden Augen ein Fläschchen Weihwasser über dem bewußten Metallbrocken.

„Ihr Herren des Gerichtshofs, Ihr habt gesehen, wie vor Euch und im Widerspruch zu allen rituellen Exorzismen Teufelsgold gemacht worden ist. Nun urteilt selbst, ob Zauberkraft wirkte!"

„Glaubt Ihr, daß dieses Gold echt ist?" fragte Masseneau.

Der Mönch grinste und holte aus seiner unergründlichen Tasche ein weiteres Fläschchen hervor, das er vorsichtig entkorkte.

„Dies ist Scheidewasser, das nicht nur Messing und Bronze angreift, sondern auch die Gold-Silber-Legierung. Aber ich bin im voraus überzeugt, daß es sich um *Purum Aurum* handelt."

„Dieses in Eurer Gegenwart aus dem Gestein ausgeschiedene Gold ist keineswegs vollkommen rein", mischte sich der Graf ein. „Sonst hätte sich am Ende des Kupellierungsprozesses nicht das Phänomen des Blitzes gezeigt, der jenes andere Phänomen erzeugte, das den Barren von allein springen ließ. Vulpius ist der erste Gelehrte, der diese merkwürdige Wirkung beschrieb."

Die verdrießliche Stimme des Richters Bourié fragte:

„Ist dieser Vulpius wenigstens römisch-katholisch?"

„Zweifellos", erwiderte Peyrac sanft, „denn er war ein Schwede, der vor zwei Jahrhunderten lebte."

Bourié lachte sarkastisch.

„Der Gerichtshof wird eine so weit zurückliegende Zeugenschaft gebührend zu würdigen wissen."

Es trat nun ein Augenblick der Unschlüssigkeit ein, während dessen die Richter sich zueinander beugten und sich schlüssig zu werden versuchten, ob man die Verhandlung fortsetzen oder bis zum nächsten Morgen vertagen solle.

Es war spät geworden. Die Leute wirkten zugleich erschöpft und überreizt. Eigentlich wollte niemand gehen.

Angélique verspürte keine Müdigkeit. Sie war wie von sich selbst losgelöst. Mehr oder weniger bewußt, stellten ihre Gedanken fieberhafte Überlegungen an. Es war doch nicht möglich, daß die Demonstration der Goldausscheidung eine für den Angeklagten ungünstige Auslegung fand...? Hatte der Unfug des Mönchs Becher den Richtern nicht sichtlich mißfallen? Dieser Masseneau mochte seine Unparteilichkeit noch so sehr betonen, es schien offenkundig, daß er im Grunde seinem gaskognischen Landsmann wohlgesinnt war. Aber setzte sich sonst dieses ganze Gericht nicht aus harten, unduldsamen Leuten des Nordens zusammen? Und im Publikum gab es nur diesen verwegenen Maître Gallemand, der den Mut hatte, sich gegen die offenkundige Lenkung dieses Prozesses durch den König zu äußern. Was die Nonne betraf, die Angélique begleitete, so war sie hilfreich, soweit sie es vermochte, doch etwa in der Art eines Eiswürfels, den man auf die heiße Stirn eines Kranken legt.

Ach, wenn die Sache doch in Toulouse vonstatten gegangen wäre...!

Und dieser Advokat, auch er ein Pariser Kind, unbekannt, arm obendrein – wann würde man ihn zu Wort kommen lassen? Würde man ihm zuhören? Warum schaltete er sich nicht mehr ein? Und wo blieb der Pater Kircher? Vergeblich versuchte Angélique, unter den Zuschauern der ersten Reihe das schlaue Bauerngesicht des Großexorzisten von Frankreich zu entdecken...

Der Präsident Masseneau räusperte sich.

„Meine Herren, die Verhandlung wird fortgesetzt. Angeklagter, habt Ihr dem, was wir gesehen und gehört haben, etwas hinzuzufügen?"

Der Große Hinkefuß des Languedoc richtete sich auf seinen Stöcken auf, und seine Stimme erhob sich voll und geprägt von einem Akzent der Wahrhaftigkeit, der das Publikum erschauern ließ:

„Ich schwöre vor Gott und auf die gesegneten Häupter meines Weibes und meines Kindes, daß ich weder den Teufel noch seine Zauberkünste kenne, daß ich niemals eine Goldtransmutation vorgenommen noch nach teuflischen Anweisungen Leben gezeugt noch versucht habe, meinen Mitmenschen durch Zauberei oder Behexung Schaden zuzufügen."

Zum erstenmal in dieser endlosen Sitzung stellte Angélique eine Bewegung der Sympathie zugunsten des Angeklagten fest. Eine helle Stimme erhob sich inmitten der Menge und rief:

„Wir glauben dir."

Doch schon sprang der Richter Bourié auf und fuchtelte mit den Armen.

„Seht Euch vor! Das ist die Wirkung eines Zaubers, von dem hier noch nicht genügend gesprochen wurde. Vergeßt nicht: Die Goldene Stimme des Königreichs! Die gefürchtete Stimme, die die Frauen verführte!"

Dasselbe kindliche Organ rief:

„Er soll singen! Er soll singen!"

Diesmal stieg dem Präsidenten das südliche Blut ins Gesicht; er schlug mit der Faust auf sein Pult.

„Ruhe! Ich lasse den Saal räumen! Wachen, schafft die Störenfriede hinaus! Monsieur Bourié, setzt Euch! Schluß mit den Zwischenrufen. Kommen wir zum Ende! Maître Desgray, wo seid Ihr?"

„Hier bin ich, Herr Präsident", erwiderte der Advokat.

Masseneau kam wieder zu Atem und faßte sich mühsam. In ruhigerem Tone fuhr er fort:

„Meine Herren, obwohl dieser Prozeß unter Ausschluß der Öffentlichkeit stattfindet, wollte der König in seiner Großherzigkeit den Angeklagten nicht aller Verteidigungsmittel berauben. Dieserhalb und um Licht in die magischen Verfahren zu bringen, die anzuwenden der Angeklagte beschuldigt wird, glaubte ich jede, selbst gefährliche Demonstration gestatten zu müssen. Schließlich hat der Monarch in seiner Milde dem Angeklagten den Beistand eines Verteidigers gewährt, dem ich hiermit das Wort erteile."

Vierundvierzigstes Kapitel

Desgray erhob sich, grüßte das Gericht, dankte dem König im Namen seines Mandanten und bestieg sodann eine zwei Stufen hohe Tribüne, von der aus er sprechen sollte.

Als sie ihn sehr gerade und sehr ernst sich aufrichten sah, hatte Angélique größte Mühe, sich vorzustellen, daß dieser schwarzgekleidete, würdige Mann derselbe langaufgeschossene Bursche mit der ewig witternden Spürnase war, der, seinem Hund pfeifend, mit rundem Rücken unter dem schäbigen Mantel durch die Straßen von Paris zu schlendern pflegte.

Der alte Gerichtsbeamte Clopot trat hinzu und kniete nach dem Brauch vor ihm nieder. Nun blickte der Advokat zum Gerichtshof hinüber, dann ins Publikum. Er schien in der Menge jemand zu suchen. Kam es vom gelblichen Schein der Kerzen? Angélique erschien er leichenblaß. Doch als er sprach, klang seine Stimme klar und bestimmt.

„Meine Herren, als vorhin der Herr Generalstaatsanwalt in seiner Anklagerede unsern geliebten König sehr zu Recht mit der Sonne verglich, hat er in großartigem Gedankenflug die ganze Leuchtkraft der Gestirne erschöpft, um diesen Prozeß ins richtige Licht zu rücken. Wie vermöchte da ein unbedeutender Advokat, für den dies der erste große Fall ist, nach ihm noch ein paar winzige Strahlen zu entdecken, die ihn befähigten, die in den tiefsten Gründen des Abgrunds der grausigsten aller Beschuldigungen verborgene Wahrheit aufzuhellen?

Ach, diese Wahrheit scheint mir dermaßen fern und ihre Offenbarung so gefährlich, daß ich innerlich erzittere und innig wünschte, die kümmerliche Flamme, mit der ich sie aufzuhellen versuche, möchte erlöschen und mich im friedlichen Dunkel meines unbelasteten Gewissens lassen. Doch es ist zu spät! Ich habe gesehen, und ich muß reden. Und ich muß Euch zurufen: Seht Euch vor, Ihr Herren! Seht Euch vor, auf daß die Entscheidung, die Ihr trefft, Eurer Verantwortung gegenüber kommenden Jahrhunderten nicht widerspricht. Macht Euch nicht zu Mitschuldigen derer, über die unsere Kindeskinder sagen werden, wenn sie auf unser Jahrhundert zurückblicken: Es war ein Jahrhundert der Heuchler und Unwissenden. Denn in jener Zeit, so werden sie sagen, gab es einen großen und hochsinnigen Edelmann, der allein darum der Hexerei angeklagt wurde, weil er ein großer Gelehrter war."

Der Advokat machte eine Pause. Dann fuhr er leiser fort:

„Vergegenwärtigt Euch, Ihr Herren, eine Szene aus jenen längst vergangenen, dunklen Zeiten, da unsere Vorfahren sich nur plumper Steinwaffen bedienten. Da kommt nun ein Mann unter ihnen auf die Idee, die Schlammerde gewisser Gebiete ins Feuer zu werfen, zu bearbeiten, bis er einen bis dahin unbekannten, scharfen und harten Stoff aus ihr gewinnt. Seine Gefährten zeihen ihn der Hexerei und verurteilen ihn. Indessen werden ein paar Jahrhunderte später aus ebendiesem Stoff, dem Eisen, unsere Waffen hergestellt.

Ich gehe noch weiter. Werdet Ihr, wenn Ihr in unseren Tagen das Laboratorium eines Parfümfabrikanten betretet, entsetzt zurückweichen und von Hexerei reden angesichts der Retorten und Filter, denen Dämpfe entströmen, die man nicht immer als wohlriechend bezeichnen kann? Nein, denn Ihr kämt Euch lächerlich vor. Gleichwohl, was für Geheimnisse gehen doch im Gewölbe dieses Handwerkers vor: er materialisiert in flüssiger Form das unsichtbarste Ding, das es gibt: den Geruch.

Gehört nicht zu denen, auf die man das schreckliche Wort des Evangeliums anwenden könnte: ‚Sie haben Augen und sehen nicht. Sie haben Ohren und hören nicht.'

Ich glaube nicht, daß allein der Vorwurf der Beschäftigung mit seltsamen Dingen Euren durch das Studium vielen Perspektiven geöffneten Geist zu beunruhigen vermochte. Aber verwirrende Umstände, ein ungewöhnlicher Ruf umgeben die Persönlichkeit des Angeklagten. Laßt uns, meine

Herren, einmal untersuchen, auf welche Tatsachen dieser Ruf sich gründet und ob jede einzelne, aus ihrer Gesamtheit herausgelöst, die Anschuldigung der Hexerei rechtfertigen könnte.

Als katholisches Kind einer hugenottischen Amme anvertraut, wurde Joffrey de Peyrac mit drei Jahren von Hitzköpfen aus einem Fenster in den Hof eines Schlosses geworfen. Er wurde verkrüppelt und entstellt. Soll man, Ihr Herren, alle hinkenden und alle die, deren Anblick erschreckt, der Hexerei anklagen?

Indessen besitzt der Graf allen sonstigen Nachteilen zum Trotz eine wundervolle Stimme, die er von italienischen Meistern ausbilden ließ. Soll man, Ihr Herren, all jene Sänger, deren goldene Kehlen die vornehmen Damen und auch unsere eigenen Frauen in Ekstase versetzen, der Hexerei anklagen?

Von seinen Reisen bringt der Graf zahllose seltsame Berichte mit. Er hat unbekannte Gebräuche beobachtet und neue Theorien studiert. Soll man alle Reisenden und Philosophen verurteilen?

Oh, ich weiß! All das formt keinen schlichten Menschen. Ich komme zum merkwürdigsten Phänomen: Diesem Mann, der ein tiefgründiges Wissen erworben hat und der dank dieses Wissens reich geworden ist, diesem Mann, der so wunderbar zu reden und zu singen vermag, diesem Mann gelingt es trotz seines Äußeren, den Frauen zu gefallen. Er liebt die Frauen und verheimlicht es nicht. Er preist die Liebe und hat zahllose Abenteuer. Daß sich unter den in ihn verliebten Frauen auch überspannte und schamlose befinden, bringt ein freies Leben mit sich, das die Kirche zwar mißbilligt, das aber nichtsdestoweniger sehr verbreitet ist. Wollte man alle Edelleute verbrennen, die die Frauen lieben, diejenigen eingeschlossen, die von ihren verschmähten Liebhaberinnen verfolgt werden, dann wäre, so will mir scheinen, die Place de Grève nicht geräumig genug, um ihren Scheiterhaufen Platz zu bieten..."

Eine zustimmende Bewegung entstand. Angélique war über die Geschicklichkeit von Desgrays Verteidigungsrede verblüfft. Mit welchem Takt er es vermied, Joffreys Reichtum zu betonen, der den Neid dieser Bürgersleute geweckt hatte, und wie er es ihnen als eine bedauerliche, aber unabänderliche Tatsache darstellte, daß ein zügelloses Leben das Erbteil des Adels war.

Unmerklich verengte er die Dimensionen der Anklage und führte sie auf Provinzklatschereien zurück, was bewirkte, daß man sich mit einem Male wunderte, soviel Lärm um nichts vollführt zu haben.

„Er gefällt den Frauen", wiederholte Desgray sanft, „und angesichts seiner kläglichen Erscheinung wundern wir uns, wir übrigen Vertreter des starken Geschlechts, daß die Damen aus dem Süden soviel Leidenschaft für ihn empfinden. Nun, Ihr Herren, wir wollen nicht gar zu vermessen sein. Wer hat, seitdem die Welt steht, das Herz der Frauen und das Warum ihrer Leidenschaften zu erklären vermocht? Bleiben wir respektvoll an der Schwelle des Mysteriums stehen. Andernfalls wären wir gezwungen, alle Frauen zu verbrennen...!"

Das Eingreifen Bouriés, der von seinem Sessel aufsprang, schnitt das losbrechende Gelächter und den Beifall ab.

„Genug des Geschwätzes!" schrie er mit zornbebender Stimme. „Ihr macht Euch über das Gericht und die Kirche lustig. Habt Ihr vergessen, daß die Beschuldigung der Hexerei ursprünglich von einem Erzbischof erhoben wurde? Habt Ihr vergessen, daß der Hauptbelastungszeuge ein Ordensgeistlicher ist und daß ein ordnungsgemäßer Exorzismus bei dem Angeklagten vorgenommen wurde, der diesen als einen Gehilfen Satans erwies...?"

„Ich habe nichts vergessen, Monsieur Bourié", erwiderte Desgray ernst, „und ich werde Euch antworten. Es ist richtig, daß der Erzbischof von Toulouse die erste Anklage wegen Hexerei gegen Monsieur de Peyrac erhob, mit dem er seit langem in Rivalität stand. Hat dieser Kirchenfürst eine Geste bereut, die er sich in seinem Groll nicht reiflich genug überlegt hatte? Ich möchte es annehmen, denn ich besitze eine Reihe von Dokumenten, in denen Monseigneur de Fontenac wiederholt fordert, der Angeklagte möge wieder einem kirchlichen Gericht ausgeliefert werden, und sich von allen Entscheidungen distanziert, die hinsichtlich desselben von einem Zivilgericht getroffen werden sollten. Er distanziert sich außerdem – ich besitze den Brief, meine Herren, und ich kann ihn Euch vorlesen – von den Handlungen und Worten desjenigen, den Ihr den Hauptbelastungszeugen nennt: des Mönchs Conan Becher. Was diesen betrifft, so erinnere ich daran, daß er für den einzigen Exorzismus verantwortlich ist, auf den sich jetzt die Anklage zu stützen scheint. Einen Exorzismus, der am 4. Dezember vergangenen Jahres in der Bastille in Gegenwart der hier anwesenden Patres Frelat und Jonathan stattgefunden hat. Ich fechte die Echtheit des Exorzismus-Protokolls nicht in dem Punkte an, daß es tatsächlich von diesem Mönch und seinen Akoluthen verfaßt wurde, über die ich mich nicht äußern möchte, da ich nicht weiß, ob sie leichtgläubig, dumm oder mitschuldig sind. Aber ich fechte die Gültigkeit dieses Exorzismus überhaupt an!" rief Desgray mit donnernder Stimme. „Ich möchte mich nicht mit den Einzelheiten dieser finsteren Zeremonie befassen, aber ich will wenigstens zwei Punkte erwähnen: erstens, daß die Nonne, die schon bei dieser Gelegenheit in Gegenwart des Angeklagten Symptome der Besessenheit simulierte, eben jene Carmencita de Mérecourt war, die uns vorhin eine Probe ihres Komödiantentalents zum besten gab und von der ein Gerichtsdiener bezeugen kann, daß er sie beim Verlassen des Saals das Stück Seife ausspucken sah, mit dem sie den Schaum der Epilepsie vorgetäuscht hat. Punkt zwei: Ich komme auf jenes gefälschte Stilett zurück, auf jene teuflische Nadel, die zu Protokoll zu nehmen Ihr Euch wegen mangelnder Beweiskraft geweigert habt. Und dennoch, Ihr Herren, wenn es so wäre, wenn wirklich ein sadistischer Narr einen Mann solcher Folter unterzogen hätte, in der Absicht, Eure Urteilskraft fehlzuleiten und Euer Gewissen mit dem Tod eines Unschuldigen zu belasten? Ich habe hier die Erklärung des Arztes der Bastille, die wenige Tage nach dieser schauerlichen Prozedur abgegeben wurde."

Mit stockender Stimme verlas Desgray einen Bericht des Sieur Malinton, Arzt der Bastille, der, an das Lager eines ihm unbekannten, aber im Gesicht durch auffällige Narben gezeichneten Häftlings gerufen, festgestellt hatte, daß dessen ganzer Körper mit eitrigen Wunden bedeckt war, die durch tiefe Nadelstiche verursacht zu sein schienen.

Lautlose Stille folgte dieser Verlesung. Der Advokat fuhr ernst und gemessen fort:

„Und jetzt, meine Herren, ist die Stunde gekommen, einer grandiosen Stimme Gehör zu verschaffen, deren unwürdiger Mittler ich bin, einer Stimme, die, über alle menschliche Schändlichkeit erhaben, immer bemüht war, ihre Getreuen mit Mäßigung aufzuklären. Sie sagt Euch folgendes."

Desgray entfaltete einen großen Bogen und las:

„‚In der Nacht des 25. Dezember 1660 wurde im Gefängnis des Justizpalastes von Paris eine exorzistische Prozedur an der Person des Sieur Joffrey de Peyrac de Morens vorgenommen, welcher des Einvernehmens und des Umgangs mit dem Teufel angeklagt ist.

Da gemäß dem Ritual der Römischen Kirche die wirklich vom Teufel Besessenen über drei ungewöhnliche Kräfte verfügen müssen:
1. Kenntnis von Sprachen, die sie nicht erlernt haben;
2. das Vermögen, die geheimen Dinge zu erahnen und zu wissen;
3. übernatürliche Körperkräfte,

haben wir in dieser Nacht des 25. Dezember 1660 als einziger vom Römischen Kirchengericht beauftragter Exorzist für die gesamte Diözese von Paris, gleichwohl unter Assistenz zweier weiterer Priester unserer heiligen Kongregation, den Gefangenen Joffrey de Peyrac den im Ritual vorgesehenen Prüfungen und Verhören unterzogen.

Woraus sich ergab, daß der Exorzisierte nur von erlernten Sprachen Kenntnis hatte, daß er sehr gelehrt, aber keineswegs hellsichtig wirkte, daß er keine übernatürlichen Körperkräfte aufzuweisen hatte, vielmehr nur eitrige, durch tiefe Stiche verursachte Wunden und alte Körperschäden. Daher erklären wir, daß der geprüfte Joffrey de Peyrac keinesfalls vom Teufel besessen ist...' Es folgen die Unterschriften des R. P. Kircher von der Gesellschaft Jesu, Großexorzisten der Diözese von Paris, und diejenigen der ehrwürdigen Patres de Marsan und de Montaignat, die ihm assistierten."

Die Verblüffung und Erregung im Saale waren geradezu greifbar, obwohl niemand sich rührte oder auch nur flüsterte.

Desgray betrachtete die Richter.

„Was vermöchte ich diesen Ausführungen hinzuzufügen? Meine Herren Richter, Ihr werdet Euer Urteil fällen, und zwar im vollen Bewußtsein einer Tatsache: daß nämlich die Kirche, in deren Namen man von Euch die Verdammung dieses Mannes verlangt, ihn des Verbrechens der Hexerei, dessentwegen man ihn hierhergezerrt hat, für nicht schuldig erkennt. Meine Herren, ich überlasse Euch Eurem Gewissen."

Mit selbstsicherer Geste griff Desgray nach seinem Barett, setzte es auf und stieg die Stufen der kleinen Tribüne hinab.

Da erhob sich der Richter Bourié, und seine scharfe Stimme widerhallte in der betretenen Stille:

„So soll er kommen! So soll er persönlich kommen! Pater Kircher möge von dieser heimlichen Prozedur Zeugnis ablegen, die in mehr als einer Hinsicht verdächtig erscheint, weil sie ohne Wissen der Justiz durchgeführt wurde."

„Pater Kircher wird kommen", versicherte Desgray in ruhigem Ton. „Er müßte bereits hier sein. Ich habe ihn holen lassen."

„Nun, und ich sage Euch, daß er nicht kommen wird", schrie Bourié, „denn Ihr habt gelogen. Ihr habt diese ganze alberne Geschichte mit dem heimlichen Exorzismus frei erfunden, um die Richter zu beeindrucken. Ihr habt Euch hinter den Namen bedeutender kirchlicher Persönlichkeiten verschanzt, um den Freispruch zu erzwingen. Der Betrug wäre entdeckt worden, aber zu spät...!"

Der junge Advokat faßte sich rasch und fuhr mit gewohnter Behendigkeit auf ihn los.

„Ihr beleidigt mich, Monsieur. Ich bin kein ausgepichter Fälscher wie Ihr. Ich gedenke des Eides, den ich vor der Königlichen Anwaltskammer abgelegt habe, als ich meine Zulassung bekam."

Das Publikum bekundete aufs neue lärmend seine Meinung. Masseneau suchte sich verständlich zu machen. Doch noch immer war Desgrays Stimme beherrschend.

„Ich beantrage... ich beantrage die Vertagung der Verhandlung auf morgen. Der R. P. Kircher wird seine Erklärung bekräftigen, ich schwöre es."

In diesem Augenblick öffnete sich eine Tür. Ein kalter Luftzug, in den sich Schneeflocken mischten, drang durch einen der Eingänge des Halbrunds, der an der Hofseite lag. Alles wandte sich dieser Pforte zu, in deren Rahmen zwei schneebedeckte Polizisten erschienen waren und nun zur Seite traten, um einen kleinen, untersetzten, aufs sorgfältigste gekleideten Mann durchzulassen, dessen Perücke und Mantel ohne Schneespuren bewiesen, daß er soeben einer Kutsche entstiegen war.

„Herr Präsident", sagte er mit rauher Stimme, „ich habe erfahren, daß Ihr zu dieser späten Stunde noch Sitzung abhaltet, und ich glaubte, Euch umgehend eine Nachricht bringen zu müssen, die ich für wichtig halte."

„Bitte, Herr Polizeipräfekt", erwiderte Masseneau verwundert.

Monsieur d'Aubrays wandte sich dem Advokaten zu.

„Maître Desgray hier hatte mich gebeten, in der Stadt Nachforschungen nach einem Jesuitenpater namens Kircher anzustellen. Nachdem ich einige Beamte an die verschiedenen Orte geschickt hatte, wo er hätte sein können, jedoch nicht gesehen worden war, wurde mir mitgeteilt, daß ein im Eis der Seine gefundener Ertrunkener in das Leichenschauhaus des Châtelet gebracht worden sei. Ich begab mich in Begleitung eines Jesuitenpaters aus dem Temple dorthin. Dieser erkannte seinen Ordensbruder, den Pater Kircher, eindeutig wieder. Sein Tod ist vermutlich in den ersten Morgenstunden erfolgt..."

„So schreckt Ihr also auch nicht vor dem Verbrechen zurück!" kreischte Bourié und wies mit ausgestrecktem Arm auf den Advokaten.

Die übrigen Richter ereiferten sich und schienen Masseneau Vorwürfe zu machen. Aus der Menge stiegen Schreie auf:

„Genug! Schluß machen...!"

Mehr tot als lebendig gelang es Angélique nicht einmal mehr zu erkennen, wem diese Rufe galten. Sie sah, daß Masseneau aufstand, und gab sich Mühe, ihn zu verstehen.

„Meine Herren, die Verhandlung wird fortgesetzt. Da der vom Verteidiger in letzter Stunde angekündigte Hauptzeuge, der ehrwürdige Jesuitenpater Kircher, tot aufgefunden wurde und der hier anwesende Herr Polizeileutnant keinerlei Dokument bei ihm entdeckte, das bezeugen könnte, was Maître Desgray uns mitgeteilt hat, da im übrigen ausschließlich die Person des R. P. Kircher dem angeblich aufgesetzten heimlichen Protokoll Glaubwürdigkeit verleihen könnte, betrachtet das Gericht diese Einwendungen als null und nichtig und wird sich jetzt zur Urteilsfindung zurückziehen."

„Tut das nicht!" rief Desgray verzweifelt. „Wartet noch mit dem Urteilsspruch. Ich werde Zeugen beibringen. Pater Kircher ist ermordet worden."

„Von Euch!" warf Bourié ein.

„Maître, beruhigt Euch", sagte Masseneau. „Habt Vertrauen zur Entscheidung der Richter."

Dauerte die Beratung ein paar Minuten oder länger?

Es kam Angélique vor, als hätten sich die Richter nie von der Stelle gerührt, als seien sie immer dagewesen mit ihren viereckigen Baretten, ihren roten und schwarzen Roben, als würden sie immer dort bleiben, festgebannt an ihre Plätze, vor denen sie nun standen. Die Lippen des Präsidenten de Masseneau bewegten sich. Mit zitternder Stimme verlas er:

„Im Namen des Königs verkünde ich, daß Joffrey de Peyrac de Morens der Verführung, der Gottlosigkeit, der Magie, der Hexerei und anderer in diesem Prozeß zur Sprache gekommener Verbrechen für schuldig befunden wurde, zu deren Sühnung er den Händen des Scharfrichters übergeben und von allen zum Vorplatz von Notre-Dame geleitet werden soll, um dort barhäuptig und mit bloßen Füßen, den Strick um den Hals und eine Kerze in der Hand, die Vergebung seiner Sünden zu erbitten.

Alsdann soll er zur Place de Grève gebracht und dort lebendigen Leibes auf einem zu diesem Zweck zu errichtenden Scheiterhaufen verbrannt werden, bis daß sein Fleisch und seine Knochen zu Asche zerfallen, welch selbige man in alle Winde verstreuen wird.

Und jedes seiner Güter soll erfaßt und zugunsten des Königs eingezogen werden.

Und bevor er hingerichtet wird, soll er der peinlichen und hochnotpeinlichen Befragung unterworfen werden.

Weiterhin verkünde ich, daß der Sachse Fritz Hauer zum Mitschuldigen erklärt wurde und zur Sühne an einem auf der Place de Grève zu errichtenden Galgen gehenkt und gewürgt werden soll, bis daß der Tod eingetreten ist.

Und ich verkünde, daß der Mohr Kouassi-Ba zum Mitschuldigen erklärt und zur Sühne zu lebenslänglicher Galeere verurteilt wurde."

Neben dem Sünderbänkchen schwankte, auf zwei Stöcke gestützt, die hohe Gestalt Joffrey de Peyracs. Er erhob sein fahles Gesicht zum Tribunal.

„Ich bin unschuldig!"

Sein Schrei verklang in Totenstille.

Dann fuhr er mit ruhiger, dumpfer Stimme fort:

„Baron de Massenau de Pouillac, ich weiß, daß jetzt nicht mehr Zeit ist, meine Unschuld zu beteuern. Ich werde also schweigen. Doch bevor ich von hier weggeführt werde, möchte ich Euch öffentlich für das Bemühen um Rechtlichkeit Dank sagen, das Ihr in diesem Prozeß gezeigt habt, dessen Vorsitz und Abschluß Euch aufgezwungen wurden. Empfangt von einem Edelmann aus altem Geschlecht die Versicherung, daß Ihr würdiger seid, das Adelswappen zu führen als diejenigen, die Euch regieren."

Im roten Gesicht des toulousanischen Parlamentariers zuckte es. Einen Moment hob er die Hand vor die Augen, dann rief er in jener *langue d'oc*, die nur Angélique und der Angeklagte verstanden:

„Adieu! Adieu, ‚Bruder meines Landes'!"

Fünfundvierzigstes Kapitel

Draußen in der tiefen Nacht, die sich bereits der Morgendämmerung näherte, schneite es, und der Wind trieb große Flocken vor sich her. Im dicken, weißen Teppich stolpernd, verließen die Leute den Justizpalast. Laternen schaukelten an den Wagenschlägen.

Eine halbnärrische Frau, Carmencita de Mérecourt, klammerte sich an die Roben der nach Hause eilenden Richter. Schreiend bezichtigte sie sich, ihre einzige Liebe gemordet zu haben.

Angélique schritt im Gewühl der vor Übermüdung trunkenen Zuschauer dahin, die wie von Entsetzen gelähmt schwiegen. Sie erkannte in der zerzausten, trotz der eisigen Kälte halbentblößten Frau, deren Stimme das Heulen des Schneesturms übertönte, Carmencita nicht wieder.

„Nehmt mich doch fest ... Er ist unschuldig! Ich habe ihn verleumdet! Ich wollte mich rächen, weil er sie liebte! Er liebte sie, die ‚andere', und er hat mich nicht mehr geliebt ..."

Zehn Leuten gelang es nur mit Mühe, die Rasende loszureißen, die sich an die Rockschöße des Präsidenten de Masseneau geklammert hatte.

Die ‚andere' wanderte einsam durch die finsteren, verschneiten Straßen von Paris. Beim Verlassen des Justizpalasts hatte Angélique die Nonne im Gedränge verloren. Nun strebte sie mechanisch dem Temple-Bezirk zu. Sie dachte an nichts; sie hatte nur ein einziges Bedürfnis: ihr kleines Zimmer aufzusuchen und sich über Florimonds Bettchen zu beugen.

Als sie sich der Festungsmauer des Temple näherte, fiel ihr ein, daß die Tore geschlossen sein würden. Aber sie hörte die gedämpften Töne der Turmuhr von Notre-Dame de Nazareth und zählte fünf Schläge. In einer Stunde würde der Bailli aufschließen lassen. So überschritt sie die Zugbrücke und kauerte sich unter das Gewölbe des Torturms. Geschmolzene Schneeflocken rannen über ihr Gesicht. Glücklicherweise hatten sie das Nonnenkleid mit seinen mehrfachen Röcken, die weite Haube und der Kapuzenmantel gut geschützt. Nur ihre Füße waren eiskalt.

Das Kind regte sich in ihr. Sie legte die Hände auf ihren Leib und preßte ihn in plötzlich aufflammendem Zorn. Warum wollte dieses Kind leben, da Joffrey sterben mußte ...?

In diesem Augenblick zerriß der Schneevorhang, und etwas Dunkles sprang keuchend unter das Gewölbe. Angélique erkannte den Hund Sorbonne. Er näherte sich ihr, legte die Pfoten auf ihre Schultern und leckte mit seiner rauhen Zunge ihr Gesicht.

Angélique streichelte ihn und spähte forschend in die von Flocken durchwirbelte Finsternis: Sorbonne, das war Desgray. Desgray würde kommen, und mit ihm die Hoffnung. Sicher hatte er einen Gedanken. Er würde ihr sagen, was man jetzt noch tun konnte, um Joffrey zu retten.

Schon hörte sie den Schritt des jungen Mannes auf der Holzbrücke. Er näherte sich vorsichtig.

„Seid Ihr da?" flüsterte er.

„Ja."

Er kam näher. In der Dunkelheit unter dem Gewölbe sah sie ihn nicht, aber er neigte sich beim Sprechen so dicht zu ihr, daß der Tabakgeruch seines Atems sie schmerzlich an Joffreys Küsse erinnerte.

„Sie haben versucht, mich beim Verlassen des Justizpalastes festzunehmen. Sorbonne hat einen der Polizisten erwürgt. Ich konnte entkommen. Der Hund ist Eurer Spur gefolgt und hat mich hierhergeführt. Ihr müßt nun verschwinden. Habt Ihr verstanden? Keinen Namen, keine Versuche, nichts mehr. Andernfalls findet Ihr Euch eines Morgens in der Seine – wie der Pater Kircher –, und Euer Sohn wird Doppelwaise sein. Was mich betrifft, so habe ich den Ausgang des Prozesses vorausgesehen. Ein Pferd erwartet mich an der Porte Saint-Martin. In ein paar Stunden bin ich weit fort."

Angélique klammerte sich an das durchnäßte Wams des Advokaten. Ihre Zähne klapperten.

„Ihr werdet doch nicht fliehen? Ihr könnt mich nicht im Stich lassen!"

Er ergriff die zarten Handgelenke der jungen Frau und löste die verkrampften Finger.

„Ich habe für Euch alles aufs Spiel gesetzt und alles verloren, außer meiner Haut."

„So sagt mir doch ... sagt mir, was ich für meinen Gatten tun kann!"

„Alles, was Ihr für ihn tun könnt ..."

Er zögerte, dann fuhr er überstürzt fort:

„Sucht den Scharfrichter auf und gebt ihm dreißig Silberstücke, damit er ihn erdrosselt – ja, vor dem Feuer. So wird er wenigstens nicht leiden. Da, hier habt Ihr dreißig Silberstücke."

Sie spürte, daß er ihr eine Börse in die Hand schob. Ohne ein weiteres Wort ging er davon. Der Hund zögerte, seinem Herrn zu folgen, kehrte zu Angélique zurück und schaute sie aus warmen Augen an. Desgray pfiff. Der Hund spitzte die Ohren und verschwand in der Nacht.

Sechsundvierzigstes Kapitel

Meister Aubin, der Scharfrichter, wohnte an der Place du Pilori, bei der Fischhalle. Hier mußte er wohnen und nirgendwo sonst. Die Bestallungsurkunde der Scharfrichter von Paris bestimmte das seit undenklichen Zeiten. Alle Läden und Verkaufsstände des Platzes gehörten ihm, und er vermietete sie an kleine Krämer. Überdies stand ihm das Recht zu, sich von jedem der Marktstände eine gute Handvoll Gemüse oder Korn zu nehmen, einen Süßwasserfisch, einen Seefisch und ein Bündel Heu. Wenn die Hökerinnen die Königinnen der Markthallen waren, so war der Scharfrichter ihr heimlicher und verlästerter Herr.

Angélique begab sich bei Einbruch der Dunkelheit zu ihm. Der junge Corde-au-cou führte sie. Selbst zu dieser späten Tagesstunde war die Gegend sehr belebt. Durch die Rue de la Poterie und die Rue de la Fromagerie drang Angélique in diesen „Bauch von Paris" ein. Hier hallten die seltsamen Rufe der Marktfrauen wider, die mit ihren derben, roten Gesichtern und ihrer originellen malerischen Sprache eine berühmte und privilegierte Gilde bildeten. Die Hunde stritten sich in den Gassen um die Abfälle. Heu- und Holzkarren versperrten die Straßen. Über allem lag der scharfe Meeresgeruch, der den Ständen der Fischhalle entströmte.

Der Pranger erhob sich mitten auf dem Platz. Es war ein kleiner, achteckiger Turm mit spitzem Dach. Er bestand aus einem Erdgeschoß und einem einzigen Stockwerk mit hohen Spitzbogenfenstern, durch die man das große eiserne Rad erkennen konnte, das in der Mitte des Turms angebracht war.

Eine beträchtliche Menschenmenge drängte sich am Fuße des Prangers, weniger, um den Dieb zu betrachten, der an diesem Tage aufs Rad gebunden worden war, als um sich mit zwei Knechten zu verständigen, die im Erdgeschoß Marken ausgaben.

„Seht, Madame", sagte Corde-au-cou nicht ohne Stolz, „das sind alles Leute, die für die Hinrichtung morgen Plätze haben wollen. Sicher kriegen nicht alle welche."

Mit der seinem Beruf eigenen Gefühllosigkeit, die ihn zu einem vorzüglichen Henker prädestinierte, zeigte er ihr den Anschlagzettel, dessen Inhalt die Ausrufer an diesem Morgen an allen Straßenecken verkündet hatten:

„Der Sieur Aubin, Scharfrichter der Stadt Paris und ihrer Umgebung, macht bekannt, daß er auf seiner Tribüne zu mäßigem Preise Plätze vermietet, die es erlauben, das Feuer zu sehen, das morgen auf der Place de Grève für einen Hexenmeister entzündet wird. Die Billette sind am Pranger bei den Knechten erhältlich. Die Plätze werden durch eine Lilie bezeichnet, die Marken durch ein Andreaskreuz."

„Soll ich 'nen Platz für Euch nehmen, falls Ihr's zahlen könnt?" schlug der Scharfrichterlehrling dienstfertig vor.

„Nein, nein", wehrte Angélique entsetzt ab.

„Das solltet Ihr aber tun", meinte der Junge. „Denn ohne das bekommt Ihr bestimmt nichts zu sehen. Fürs Henken interessiert sich kaum jemand: da sind die Leute dran gewöhnt. Aber einen Scheiterhaufen gibt's nicht alle Tage. Wird ein schönes Gedränge werden, o lala! Meister Aubin sagt, daß es ihn schon im voraus graust. Er hat's nicht gern, wenn die Leute in dicken Haufen drum herumstehen und schreien. Er sagt, man kann nie wissen, was ihnen plötzlich einfällt. So, da sind wir, Madame. Geht nur hinein."

Die Wohnung, in die Corde-au-cou sie geführt hatte, war reinlich und gut gehalten. Man hatte gerade die Kerzen angezündet. Um den Tisch saßen drei kleine, blonde, sauber gekleidete Mädchen und aßen Brei aus Holznäpfen. Am Herd flickte die Scharfrichtersfrau das scharlachrote Trikot ihres Mannes.

„'n Abend, Meisterin", sagte der Lehrling. „Ich hab' die Frau da hergebracht, weil sie mit dem Meister sprechen will."

„Er ist im Justizpalast, muß aber jeden Augenblick kommen. Setzt Euch doch, junge Frau."

Angélique ließ sich auf einer Bank an der Wand nieder. Die Frau warf ihr verstohlene Blicke zu, stellte ihr aber keine Fragen, wie es jede andere Kleinbürgersfrau getan hätte. Wie viele verstörte Ehefrauen, schmerzerfüllte Mütter, verzweifelte Mädchen mochte sie schon auf dieser Bank haben sitzen sehen, die gekommen waren, um vom Scharfrichter eine letzte Fürsprache, das Abkürzen der Qualen eines geliebten Wesens oder gar das Verhelfen zur Flucht zu erflehen!

Ob aus Gleichgültigkeit, ob aus Mitgefühl, die Frau schwieg jedenfalls, und man hörte nur das unterdrückte Kichern der kleinen Mädchen, die Corde-au-cou neckten.

Ein Schritt auf der Schwelle ließ Angélique aufschrecken. Aber es war noch nicht der, den sie erwartete. Der Ankömmling war ein junger Priester, der seine verschmutzten, derben Schuhe abstrich, bevor er eintrat.

„Meister Aubin ist nicht da?"

„Er muß gleich kommen. Tretet ruhig ein, Herr Abbé, und setzt Euch ans Feuer, wenn Ihr mögt."

„Das ist sehr freundlich, Madame. Ich bin ein Priester des Missionshauses, und man hat mich dazu auserwählt, dem Verurteilten beizustehen, der morgen hingerichtet wird. Ich wollte Meister Aubin meinen vom Herrn Polizeikommissar unterzeichneten Brief vorweisen und ihn bitten, mich zu dem Unglücklichen zu lassen. Eine im Gebet verbrachte Nacht ist nicht zuviel, um sich auf den Tod vorzubereiten."

„Freilich wohl", sagte die Scharfrichtersfrau. „Setzt Euch, Herr Abbé, und trocknet Euren Mantel. Corde-au-cou, leg ein paar Scheite auf."

Sie legte das rote Trikot beiseite und holte ihren Spinnrocken.

„Ihr seid mutig", meinte sie dabei. „Habt Ihr vor einem Hexenmeister keine Angst?"

„Alle Geschöpfe Gottes, auch die schuldigsten, verdienen es, daß man sich mitleidvoll über sie neigt, wenn die Todesstunde geschlagen hat. Aber dieser Mann ist nicht schuldig. Er hat das furchtbare Verbrechen nicht begangen, dessen man ihn anklagt."

„Das sagen sie alle", erklärte die Henkersfrau tiefsinnig.

„Wäre Monsieur Vincent noch am Leben, so gäbe es morgen keinen Scheiterhaufen. Ein paar Stunden vor seinem Tode noch habe ich ihn mit Besorgnis von der Ungerechtigkeit reden hören, mit der man gegen einen Edelmann des Königreichs vorzugehen im Begriff stand. Lebte er noch, würde er neben dem Verurteilten den Scheiterhaufen besteigen und dem Volk zurufen, man möge ihn an Stelle eines Unschuldigen verbrennen."

„Ach, das ist es ja, was meinen armen Mann so quält", rief die Frau aus. „Ihr könnt Euch gar nicht vorstellen, Herr Abbé, was für Gewissensbisse er sich wegen der morgigen Hinrichtung macht. Er hat in Saint-Eustache sechs Messen lesen lassen, eine in jeder Seitenkapelle. Und er will noch eine am Hauptaltar lesen lassen, wenn alles gut geht."

„Wenn Monsieur Vincent noch da wäre . . ."

„. . . gäbe es keine Diebe und Hexenmeister mehr, und wir wären ohne Arbeit."

„Ihr würdet vor den Markthallen Heringe verkaufen oder Blumen auf dem Pont-Neuf, und es würde Euch bestimmt nicht schlechter gehen."

„Meiner Treu . . .", sagte die Frau lachend.

Angélique betrachtete den Priester. Fast wäre sie auf seine Worte hin aufgesprungen, hätte sich zu erkennen gegeben, ihn um einen Beweis seiner Nächstenliebe gebeten. Er war noch jung, aber die Flamme des Monsieur Vincent leuchtete durch ihn hindurch; er hatte derbe Hände, die bescheidene und schlichte Haltung der Leute aus dem Volk. Vor dem König hätte er keine andere angenommen. Doch Angélique rührte sich nicht. Seit zwei Tagen brannten ihre Augen von den Tränen, die sie in der Einsamkeit ihres kleinen Zimmers vergossen hatte. Nun hatte sie keine Tränen, kein Herz mehr. Kein Balsam vermochte den Schmerz der offenen Wunde zu lindern. Ihrer Verzweiflung war eine ungute Frucht entsprossen: der Haß. „Was sie ihm angetan haben, werde ich ihnen hundertfach heimzahlen." Aus diesem Entschluß hatte sie den Willen geschöpft, weiterzuleben und zu handeln. Worte des Erbarmens und Verzeihens hätten sie dieser letzten Stütze beraubt. Konnte man einem Becher verzeihen?

Sie blieb unbeweglich, wie erstarrt sitzen und hielt unter dem Umhang die Börse, die Desgray ihr gegeben, in verkrampften Händen.

„Ihr mögt es mir glauben oder nicht, Herr Abbé", sagte die Scharfrichtersfrau, „aber meine größte Sünde ist der Stolz."

„Da verblüfft Ihr mich freilich", rief der Priester aus und schlug mit den Händen auf die Knie. „Ohne mich wider die christliche Nächstenliebe vergehen zu wollen, meine Tochter, aber Ihr, die Ihr wegen des Berufs Eures Mannes von allen verachtet werdet, Ihr, deren Nachbarinnen Verwünschungen murmeln und sich abwenden, wenn Ihr vorübergeht – möchte wissen, wie Ihr da noch an Stolz und Überheblichkeit leiden könnt!"

„Na ja, ist schon richtig", seufzte die gute Frau. „Und dennoch, wenn ich meinen Alten so betrachte, wie er breitbeinig dasteht, sein großes Beil schwingt und – peng! – mit einem einzigen Hieb einen Kopf rollen läßt, dann muß ich einfach stolz auf ihn sein. So mit einem Hieb ist das nämlich gar nicht leicht, müßt Ihr wissen, Herr Abbé."

„Meine Tochter, Ihr macht mich erschauern", sagte der Priester.

Nachdenklich setzte er hinzu:

„Der Menschen Herz ist unerforschlich."

In diesem Augenblick wurde die Tür geöffnet, und ein Riese mit massigen Schultern trat schweren und ruhigen Schrittes ein. Er brummte ein Grußwort und ließ den gebieterischen Blick desjenigen in die Runde gehen, der stets und überall im Recht ist. Sein volles, von Blatternnarben gezeichnetes Gesicht zeigte derbe, strenge Züge. Er wirkte nicht böse, nur kalt und hart wie eine Maske aus Stein. Er hatte das Gesicht der Menschen, die unter gewissen Umständen weder lachen noch weinen dürfen, das Gesicht der Leichenträger ... und der Könige, dachte Angélique, die trotz des groben Handwerkerkittels eine Ähnlichkeit mit Ludwig XIV. an ihm entdeckte.

Es war der Scharfrichter.

Sie stand auf, und der Priester tat desgleichen; wortlos hielt er das Schreiben des Polizeikommissars hin. Meister Aubin trat mit einer Kerze herzu, um es zu lesen.

„Es ist gut", sagte er. „Morgen bei Tagesanbruch gehe ich mit Euch hinüber."

„Ginge es nicht schon heute abend?"

„Unmöglich. Alles ist verschlossen. Nur ich allein kann Euch zu dem Verurteilten einlassen, und offen gesagt, Herr Abbé, ich hab' einen Mordshunger. Den übrigen Arbeitern ist es untersagt, nach Feierabend zu arbeiten, aber für mich gibt es weder Tag noch Nacht. Wenn sie es sich in den Kopf gesetzt haben, diese Herren von der hohen Justiz, einen armen Sünder zum Geständnis zu zwingen, dann sind sie sogar imstande, dort drüben die Nacht zu verbringen, verbissen, wie sie sind! Heute ist wieder mal nichts ausgelassen worden: weder Wasser noch spanische Stiefel, noch das hölzerne Pferd."

Der Priester faltete die Hände.

„Der Unglückliche! Allein in der Finsternis eines Verlieses mit seinen Leiden und der Angst vor dem nahen Tod! Mein Gott, steh ihm bei!"
Der Scharfrichter warf ihm einen argwöhnischen Blick zu.
„Ihr werdet mir doch nicht auch noch Unannehmlichkeiten machen? Es langt mir grade, daß ich diesen Mönch Becher ewig auf den Fersen habe, der immer findet, ich täte nicht genug. Beim heiligen Kosmus und Eligius, es sieht mir eher danach aus, daß er selber vom Teufel besessen ist!"
Während des Redens leerte Meister Aubin die weiten Taschen seines Kittels. Er warf ein paar Gegenstände auf den Tisch, und plötzlich stießen die kleinen Mädchen einen Schrei der Bewunderung aus. Ein entsetzter Schrei antwortete ihnen.
Angélique hatte unter einigen Goldstücken das mit Perlen besetzte Etui erkannt, in dem Joffrey die Tabakstäbchen unterzubringen pflegte, die er rauchte.
Mit einer jähen Bewegung nahm sie es und preßte es an sich.
Ohne böse zu werden, öffnete der Scharfrichter ihr die Finger.
„Hübsch langsam, mein Kind. Was ich in den Taschen des Verurteilten finde, gehört rechtens mir."
„Ihr seid ein Dieb", sagte sie keuchend, „ein gemeiner Aasgeier, ein Leichenfledderer."
Seelenruhig holte der Mann vom Sims ein silbernes Kästchen herunter und legte seine Beute hinein, ohne etwas zu erwidern. Die Frau spann achselzuckend weiter. Sie murmelte in nachsichtigem Ton, während sie den Priester ansah:
„Sie sagen alle das gleiche, müßt Ihr wissen. Man darf es ihnen nicht übelnehmen. Die da sollte sich freilich klarmachen, daß einem ein Verbrannter nicht grade viel einbringt. Ich kann nicht mal die Leiche an mich nehmen, um mir mit dem Fett, das die Apotheker haben wollen, kleine Nebeneinkünfte zu verschaffen, oder mit den Knochen, die . . ."
„Oh, habt Erbarmen, meine Tochter", sagte der Priester und hielt sich die Ohren zu.
Er betrachtete Angélique mit mitfühlenden Augen, aber sie sah es nicht. Sie zitterte und zerbiß sich die Lippen. Sie hatte den Scharfrichter beschimpft; nun würde er die schauerliche Bitte ablehnen, die sie an ihn richten wollte.
Mit seinem schweren, wiegenden Schritt kehrte Meister Aubin um den Tisch herum zu ihr zurück. Die Daumen in seinem breiten Gürtel, musterte er sie gelassen.
„Davon abgesehen, was habt Ihr auf dem Herzen?"
Zitternd, unfähig, ein Wort zu äußern, hielt sie ihm die Börse hin. Er nahm sie, wog sie ab, dann starrte er sie abermals aus seinen ausdruckslosen Augen an.
„Ihr wollt, daß man ihn erdrosselt . . .?"
Sie nickte.

Der Mann öffnete die Börse, ließ ein paar Silberstücke auf seine breite Handfläche gleiten und sagte: „Gut, es wird geschehen."

Da er den bestürzten Blick des jungen Priesters bemerkte, der dem Gespräch gelauscht hatte, runzelte er die Stirn.

„Ihr laßt nichts verlauten, Pfarrer, wie? Für mich ist das nämlich 'ne gefährliche Sache. Wenn's rauskommt, krieg' ich 'ne Menge Ärger. Ich muß es im letzten Augenblick machen, wenn der Pfahl schon im Rauch verschwunden ist und die Menge es nicht mehr sehen kann. Ich tu's nur, um einen Gefallen zu erweisen, versteht Ihr?"

„Ja ... Ich werde nichts sagen", brachte der Abbé mühsam hervor. „Ich ... Ihr könnt Euch auf mich verlassen."

„Ich mach' Euch Angst, wie?" sagte der Scharfrichter. „Ist es das erstemal, daß Ihr einem Verurteilten beisteht?"

„Im Krieg habe ich gar oft die Unglücklichen, die gehenkt werden sollten, bis zum Fuße des Baums begleitet. Aber da war, wie gesagt, Krieg ... während hier ..."

Er deutete auf die blonden kleinen Mädchen, die vor ihren Näpfen saßen.

„Hier ist es die Justiz", sagte der Scharfrichter nicht ohne Würde.

Ungezwungen lehnte er sich an den Tisch wie einer, dem es Freude macht, sich zu unterhalten.

„Ihr seid mir sympathisch, Pfarrer. Ihr erinnert mich an einen Gefängnisgeistlichen, mit dem ich lange zusammengearbeitet habe. Ich kann ihm das Zeugnis ausstellen, daß alle Verurteilten, die wir gemeinsam begleiteten, im Sterben das Kruzifix küßten. Wenn es vorbei war, weinte er, als habe er sein eigenes Kind verloren, und er war so blaß, daß ich ihn zwingen mußte, einen Becher Wein zu trinken, damit er sich wieder erholte. Ich nehme immer einen Krug guten Weins mit. Man kann nie wissen, was passiert, besonders mit den Lehrlingen. Mein Vater war Knecht, als man Ravaillac, den Königsmörder, auf der Place de Grève vierteilte. Er hat mir erzählt ... Na ja, das sind für Euch keine erfreulichen Geschichten. Ich werde sie Euch später erzählen, wenn Ihr dran gewöhnt seid. Kurz, manchmal sagte ich zu dem Gefängnisgeistlichen:

,Pfarrer, glaubst du, daß ich verdammt werde?'

,Wenn du es wirst, Scharfrichter, dann werde ich Gott bitten, daß er mich mit dir verdammt', erwiderte er.

Wartet mal, Abbé, ich will Euch was zeigen, das Euch jedenfalls ein wenig beruhigen wird."

Nachdem er eine Weile in seinen vielen Taschen gewühlt hatte, zog Meister Aubin ein kleines Fläschchen hervor.

„Das ist ein Rezept, das mir mein Vater vererbt hat, der es seinerseits von seinem Onkel, dem Henker unter Heinrich IV., bekam. Ich lasse es heimlich von einem befreundeten Apotheker herstellen, dem ich dagegen menschliche Schädel liefere, aus denen er sein ‚Zauberpulver' fabriziert. Er sagt, gegen Blasengrieß und Apoplexie gebe es nichts Besseres als das

Zauberpulver, aber es sei nur wirksam, wenn man Schädel von jungen Männern verwende, die eines gewaltsamen Todes gestorben sind. Schon möglich. Das ist seine Sache. Ich liefere ihm einen oder zwei Schädel, und er braut mir insgeheim meinen Trank. Wenn ich einem Todeskandidaten ein paar Tropfen davon gebe, wird er höchst vergnügt und weniger empfindlich. Freilich, das kriegen nur diejenigen, die gut zahlende Familien haben. Immerhin, ich erweise mich dadurch gefällig, ist es nicht so, Herr Abbé?"

Angélique hörte offenen Mundes zu. Der Scharfrichter wandte sich an sie.

„Soll ich ihm auch ein bißchen davon geben, morgen früh?"

Sie brachte mit bleichen Lippen heraus:

„Ich ... ich habe kein Geld mehr."

„Das ist dabei eingeschlossen", sagte Meister Aubin, indem er die Börse in seiner Hand hüpfen ließ. Abermals holte er das silberne Kästchen herunter, um sie einzuschließen.

Angélique murmelte einen Gruß und verließ den Raum. Sie verspürte eine bohrende Übelkeit und fühlte sich am ganzen Körper wie zerschlagen. Aber der Lärm des Platzes schien ihr weniger peinigend als die düstere Atmosphäre der Scharfrichterwohnung.

Trotz der Kälte standen die Ladentüren noch offen: es war die Stunde der nachbarlichen Unterhaltungen. Polizisten führten den Dieb, den man vom Pranger heruntergeholt hatte, ins Châtelet-Gefängnis; ein Schwarm Gassenjungen verfolgte die Gruppe mit Schneebällen.

Angélique hörte hinter sich hastige Schritte. Der kleine Abbé tauchte atemlos neben ihr auf.

„Meine Schwester ... meine arme Schwester", stammelte er, „ich konnte Euch nicht so fortgehen lassen!"

Sie wich vor ihm zurück. Im kümmerlichen Licht der Laterne über einer Ladentür erblickte der Geistliche ein wachsbleiches Gesicht, in dem zwei grüne Augen von geradezu phosphoreszierender Leuchtkraft funkelten.

„Laßt mich", sagte Angélique mit metallischer Stimme. „Ihr könnt mir nicht helfen."

„Meine Schwester, betet zu Gott ..."

„Im Namen Gottes verbrennt man morgen meinen unschuldigen Gatten!"

„Macht es Euch nicht noch schwerer, meine Schwester, indem Ihr Euch gegen den Himmel auflehnt. Vergeßt nicht, daß der Heiland im Namen Gottes gekreuzigt wurde."

„Euer Geschwätz macht mich wahnsinnig!" schrie Angélique mit schriller Stimme, die ihr wie aus weiter Ferne zu kommen schien. „Ich werde keine Ruhe finden, bevor ich einen der Euren gestraft, bevor ich ihn unter den gleichen Foltern umgebracht habe."

Sie lehnte sich an die Mauer, barg ihr Gesicht in den Händen, und ein heftiges Schluchzen durchbebte sie.

„Da Ihr ihn sehen werdet... sagt ihm, daß ich ihn liebe, daß ich ihn liebe... Sagt ihm... ach, daß er mich glücklich gemacht hat! Und dann ... fragt ihn, welchen Namen ich dem Kind geben soll, das ich zur Welt bringen werde."

„Ich will es tun, meine Schwester."

Er wollte ihre Hand ergreifen, aber sie entzog sich ihm und verschwand in der Menge.

Der Priester verzichtete darauf, ihr zu folgen. Unter der Last menschlichen Jammers gebeugt, wanderte er durch Gassen, in denen der Schatten Monsieur Vincents umging.

Angélique eilte dem Temple zu. Es kam ihr vor, als summten ihre Ohren, denn mit einem Male hörte sie rings um sich her rufen:

„Peyrac! Peyrac!"

Schließlich blieb sie stehen, und diesmal träumte sie nicht.

„... der dritte, der hieß Peyrac,
der dritte, der hieß Peyrac!"

Auf einem jener Randsteine hockend, die den Reitern dazu dienten, sich in den Sattel zu schwingen, brüllte ein junger Bursche mit heiserer Stimme die letzten Verse eines Liedes, von dem er ein ganzes Bündel unter dem Arm hielt.

Angélique kehrte um und verlangte ein Blatt. Das grobe Papier roch noch nach frischer Druckerschwärze. Da sie die Buchstaben in der dunklen Gasse nicht entziffern konnte, faltete sie es und setzte ihren Weg fort. Je mehr sie sich dem Temple näherte, desto intensiver beschäftigten sich ihre Gedanken mit Florimond. Sie war immer unruhig, wenn sie ihn allein lassen mußte, zumal er immer lebhafter wurde. Man mußte ihn in seinem Bettchen geradezu festbinden, und dieses Verfahren mißfiel dem kleinen Mann aufs äußerste. Meistens weinte er während ihrer Abwesenheit, und bei ihrer Rückkehr fand sie ihn hustend und fiebernd vor. Sie wagte nicht, Madame Scarron zu bitten, ihn zu beaufsichtigen, denn seit Joffreys Verurteilung ging diese ihr aus dem Weg und bekreuzigte sich beinahe, wenn sie doch einmal einander begegneten.

Auf der Treppe hörte Angélique das Schluchzen des Kleinen, und sie verdoppelte ihre Eile.

„Da bin ich ja, mein Liebling, mein kleiner Prinz. Warum benimmst du dich nicht wie ein großer Junge?"

Rasch warf sie Reisig in den Kamin und stellte den Breitopf auf die Feuerböcke. Florimond schrie aus Leibeskräften und streckte kläglich die Arme aus. Schließlich befreite sie ihn aus seinem Gefängnis, worauf er wie durch Zauberei verstummte und sogar höchst lieblich zu lächeln geruhte.

„Du bist ein kleiner Gauner", sagte Angélique und wischte ihm die Tränen ab.

Mit einem Male schmolz ihr Herz. Sie nahm ihn auf den Arm und betrachtete ihn im wabernden Flammenschein, der die schwarzen Augen des Kindes aufleuchten ließ.

„Mein kleiner König! Du wenigstens bleibst mir. Wie schön du bist!"

Nachdem Florimond eingeschlafen war, stand sie auf und streckte ihren zerschlagenen Körper. Wirkten sich die Folterungen, durch die man Joffrey gebrochen hatte, auf sie selbst aus? Schmerzhaft kamen ihr die Worte des Scharfrichters in Erinnerung: „Heute ist wieder mal nichts ausgelassen worden: weder Wasser noch spanische Stiefel, noch das hölzerne Pferd." Sie wußte nicht, was für Schrecken diese Worte bargen, aber sie wußte, daß man ihm Qualen verursacht hatte. Ach, wenn es doch rasch zu Ende ginge!

Sie sagte laut:

„Morgen wirst du Ruhe finden, Liebster. Endlich erlöst von den unwissenden Menschen..."

Auf dem Tisch hatte sich das vorhin gekaufte Blatt mit dem Lied entfaltet. Sie stellte die Kerze neben sich und las:

> „In der Hölle tiefstem Schlund
> Satan vor dem Spiegel stund
> und fand sich gar nicht so übel geraten,
> wie droben auf Erden die Menschen taten."

Das Gedicht beschrieb im folgenden in zuweilen drolligen, häufig zotigen Ausdrücken, wie der Teufel Betrachtungen darüber anstellte, ob letzten Endes sein von den Kirchenmalern so sehr in Verruf gebrachtes Gesicht neben dem der Menschenwesen nicht doch bestehen könne. Die Hölle schlug ihm vor, mit den in nächster Zeit ankommenden Erdenkindern einen Schönheitswettbewerb zu veranstalten.

> „Grade warf man in das Feuer
> drei Hexenmeisterungeheuer.
> Der eine hatte ein blaues Gesicht,
> der andre war ein kohlschwarzer Wicht,
> der dritte, der hieß Peyrac,
> der dritte, der hieß Peyrac!
> Als diese scheußlichen Gestalten kamen,
> alle Höllengeister Reißaus nahmen.
> Nur der Teufel war voll Wonnen,
> hatt' er doch den Schönheitspreis gewonnen!"

Angélique suchte nach der Unterschrift. Dort stand sie: „Claude Le Petit, der Schmutzpoet."

Erbittert knüllte sie das Blatt zusammen.

„Auch den da werde ich umbringen", dachte sie.

Siebenundvierzigstes Kapitel

„Die Frau soll ihrem Manne folgen", sagte sich Angélique, als der Morgen dämmerte und ein Himmel von irisierender Reinheit sich über die Glockentürme der Stadt zu breiten begann.

Sie würde also gehen. Sie würde ihm bis zur letzten Station folgen. Sie mußte auf der Hut sein, um sich nicht zu verraten, denn sie lief noch immer Gefahr, verhaftet zu werden. Aber vielleicht würde er sie erkennen.

Mit dem schlafenden Florimond auf dem Arm ging sie hinunter und klopfte an die Tür Madame Cordeaus, die bereits beim Feuermachen war.

„Kann ich ihn für ein paar Stunden bei Euch lassen, Mutter Cordeau?"

Die Alte wandte ihr ihr trauriges Hexengesicht zu.

„Legt ihn in mein Bett, ich werde auf ihn aufpassen. Das ist nicht mehr als recht und billig. Der Scharfrichter nimmt sich des Vaters an, die Scharfrichtersfrau wird sich des Sohnes annehmen. Geht, mein Kind, und bittet Unsere Liebe Frau von den Sieben Schmerzen, sie möge Euch in Eurem Leid beistehen." Von der Türschwelle aus rief sie ihr noch nach:

„Und wegen Eures Imbisses macht Euch keine Sorgen. Ihr eßt einen Teller Suppe bei mir, wenn Ihr zurückkommt."

Angélique antwortete müde, das sei nicht nötig, sie werde gewiß keinen Hunger verspüren, worauf die Alte kopfschüttelnd ins Haus zurückkehrte.

Wie eine Nachtwandlerin durchschritt die junge Frau das Tor des Temple und schlug den Weg nach der Place de Grève ein. Der Seinenebel begann sich eben aufzulösen und enthüllte das schöne Gebäude der Präfektur am Rande des Platzes. Es war noch sehr kalt, aber schon versprach der blaue Himmel einen sonnigen Tag.

Im vorderen Teil des Platzes erhob sich neben einem Galgen, an dem der Leichnam eines Gehenkten schaukelte, ein hohes Kreuz auf einem Steinsockel. Das Volk begann in hellen Haufen herbeizuströmen und sich rings um den Galgen zu drängen.

„Das ist der Mohr", hieß es.

„Nicht doch, es ist der andere. Man hat ihn hingerichtet, als es noch dunkel war. Der Hexenmeister wird ihn sehen, wenn er auf seinem Karren ankommt."

„Aber er hat doch ein ganz schwarzes Gesicht."
„Das kommt davon, daß er hängt. Vorhin war sein Gesicht noch blau. Du kennst doch das Lied ...?"
Jemand begann zu trällern:

> „Der eine hatte ein blaues Gesicht,
> der andre war ein kohlschwarzer Wicht,
> der dritte, der hieß Peyrac ..."

Angélique hielt die Hand vor den Mund, um einen Schrei zu unterdrücken. In dem unförmigen Leichnam, der dort schaukelte, hatte sie den Sachsen Fritz Hauer erkannt. Erschaudernd zog sie ihren Umhang fester um sich zusammen.
Ein vierschrötiger Metzger, der in der Tür seines Ladens lehnte, sagte in gutmütigem Ton zu ihr:
„Ihr solltet Euch wegverfügen, mein Kind. Was hier vorgeht, ist kein Schauspiel für eine Frau, die kurz vor der Niederkunft steht."
Angélique schüttelte eigensinnig den Kopf, und nachdem er ihr blasses Gesicht mit den großen, verstörten Augen gemustert hatte, zuckte er die Schultern. Als Anwohner des Platzes waren ihm die kläglichen Gestalten vertraut, die bei solchen Gelegenheiten um die Galgen und Schafotte herumzustreichen pflegten.
„Findet hier die Exekution statt?" fragte Angélique mit tonloser Stimme.
„Das kommt drauf an, zu welcher Ihr wollt. Ich weiß, daß heute morgen im Châtelet ein Pasquillenschreiber gehenkt werden soll. Aber wenn es sich um den Hexenmeister handelt, dann seid Ihr hier richtig. Seht, dort drüben ist der Scheiterhaufen."
Der Scheiterhaufen war in beträchtlicher Entfernung am Flußufer errichtet worden. Es war ein riesiger Aufbau aus übereinandergeschichteten Reisigbündeln, auf dessen Gipfel man einen Pfahl erkennen konnte. Man bedurfte einer Leiter, um hinaufzusteigen.
Die Plattform des einige Meter entfernten Schafotts, das für die Enthauptungen diente, war mit Hockern ausgerüstet worden, auf denen sich die Inhaber der gemieteten Plätze bereits niederzulassen begannen. Zuweilen erhob sich ein trockener Wind und blies feinen Schneestaub um die geröteten Gesichter.
Plötzlich spürte Angélique, wie ihr der kalte Schweiß auf die Stirn trat. Sie hatte ja die erste Nummer des grausigen Programms vergessen: den Bußgang nach Notre-Dame.
Sofort setzte sie sich nach der Rue de la Coutellerie in Bewegung, aber der Menschenstrom, der sich von dort her auf den Platz ergoß, versperrte ihr den Weg und drängte sie zurück. Nie, nie würde sie rechtzeitig nach Notre-Dame kommen!
Der dicke Metzger verließ seine Tür und holte sie ein.

„Wollt Ihr nach Notre-Dame gehen?" erkundigte er sich leise in mitfühlendem Ton.

„Ja", stammelte sie, „ich habe nicht mehr daran gedacht... ich..."

„Ich will Euch sagen, wie Ihr's machen müßt. Überquert den Platz und geht bis zum Weinhafen hinunter. Dort bittet Ihr einen Flußschiffer, Euch nach Saint-Landry überzusetzen. Dann erreicht Ihr Notre-Dame in fünf Minuten."

Sie bedankte sich und lief davon. Der Metzger hatte sie gut beraten. Für ein paar Sols nahm sie ein Schiffer in seinen Kahn und brachte sie mit drei Ruderschlägen nach dem Hafen Saint-Landry. Während sie die vorüberziehenden hohen Holzhäuser betrachtete, die in Haufen fauliger Obstabfälle versanken, mußte sie einen Augenblick an den klaren Morgen denken, da Barbe zu ihr gesagt hatte: „Dort drüben vor der Präfektur, das ist die Place de Grève. Ich habe da einen Hexenmeister brennen sehen..."

Angélique rannte. Die Straße, der sie folgte, führte an den Domherrnhäusern des Chors von Notre-Dame vorüber und war fast menschenleer. Doch der tosende Lärm der Menge, in den sich die ernsten und düsteren Töne der Armsünderglocke mischten, schlug bis hierher. Angélique rannte. Sie wußte später nicht zu sagen, woher sie die übermenschliche Kraft genommen hatte, sich auf dem Vorplatz der Kathedrale durch die dichte Menge der Gaffer bis in die vordersten Reihen zu drängen.

Im gleichen Augenblick verkündete weithin hallendes Geschrei das Nahen des Verurteilten. Die Menge stand so enggedrängt, daß der kleine Zug nur mühsam vorwärtskam, obwohl die Henkersknechte die Leute mit Peitschenhieben auseinanderzutreiben versuchten.

Endlich erschien ein kleiner, zweirädriger Karren. Es war eines jener plumpen Gefährte, die ansonsten der Müllabfuhr dienten.

Mächtig, die Arme in die Hüften gestemmt, in roter Hose und rotem Trikot, stand Meister Aubin auf diesem unwürdigen Fahrzeug und ließ seinen schweren Blick über den johlenden Pöbel schweifen. Der Priester hockte unbequem auf der Karrenwand. Der Hexenmeister war nicht zu sehen.

„Er liegt wahrscheinlich auf dem Boden", sagte eine Frau neben Angélique. „Es heißt, er sei halbtot."

Indessen war der Karren neben der riesigen Statue des Fasters stehengeblieben. Berittene Büttel drängten mit ihren Hellebarden den Pöbel zurück. Von Mönchen der verschiedensten Orden umgeben, erschienen einige Polizisten auf dem Platz.

Die Menge geriet in Bewegung, und Angélique wurde zurückgedrängt. Sie schrie auf und machte wie eine Furie von ihren Nägeln Gebrauch, um ihren Platz zurückzuerobern.

Das Armsünderglöckchen läutete noch immer. Plötzlich verstummte die Menge. Eine gespenstische Erscheinung erklomm die Stufen, die zum Platz führten. Angéliques getrübte Augen erfaßten nur die fahle Gestalt, die sich näherte. Dann erkannte sie, daß der Verurteilte einen Arm um die Schultern des Scharfrichters, den andern um die des Priesters gelegt hatte und daß er in Wirklichkeit geschleppt wurde, ohne sich der Beine bedienen zu können. Sein Kopf mit den langen, schwarzen Haaren war vornübergeneigt.

Vor ihm schritt ein Mönch, der eine riesige brennende Kerze trug. Angélique erkannte Conan Becher. Sein Gesicht war ekstatisch verzerrt. Er trug ein mächtiges weißes Kruzifix um den Hals, das ihm zuweilen zwischen die Beine geriet, so daß er stolperte. Man hätte meinen können, er gebe sich vor dem Verurteilten einem grotesken, makabren Tanze hin.

Die kleine Prozession näherte sich in alptraumhafter Langsamkeit. Endlich auf dem Platz angelangt, blieb sie vor dem Portal des Jüngsten Gerichtes stehen.

Ein Strick hing um den Hals des Verurteilten. Unter dem weißen Hemd sah ein bloßer Fuß hervor, der auf dem eisigen Steinboden stand.

„Das ist nicht Joffrey", sagte Angélique bei sich.

Es war nicht der, den sie gekannt hatte, nicht der kultivierte Mensch, der an allen Freuden des Lebens teilgehabt hatte: es war eine Jammergestalt wie all die Jammergestalten, die vor ihm zu dieser Stätte gekommen waren, „barfuß, im Hemd, den Strick um den Hals..."

In diesem Augenblick hob Joffrey de Peyrac den Kopf. In dem abgehärmten, bleichen, entstellten Gesicht leuchteten nur die riesengroßen Augen in düsterem Feuer. Sie glitten langsam über die graue Front von Notre-Dame, über die Reihe der alten steinernen Heiligen. Was für ein Gebet sprach er zu ihnen? Welche Verheißung empfing er dafür? Sah er sie überhaupt?

Zu seiner Linken hatte sich ein Gerichtsbeamter aufgestellt, der nun mit näselnder Stimme das Urteil verlas. Die Armsünderglocke war verstummt. Gleichwohl vernahm man nur einzelne Worte.

„... der Verführung, der Gottlosigkeit, der Magie... den Händen des Scharfrichters übergeben... barhäuptig und barfuß... eine brennende Kerze in der Hand und kniend..."

Nur daran, daß man ihn sein Pergament zusammenrollen sah, erkannte man, daß er die Verlesung beendet hatte.

Darauf sprach Conan Becher den Wortlaut des Reuebekenntnisses vor:

„Ich bekenne mich der genannten Verbrechen für schuldig. Ich bitte Gott um Vergebung. Ich nehme meine Verurteilung zur Sühnung meiner Verfehlungen an."

Der Priester hatte die Kerze ergriffen, die der Verurteilte nicht halten konnte. Nun wartete man, daß der Übeltäter die Stimme erhebe, und die Menge wurde ungeduldig.

„Wirst du reden, Satansbruder?"
„Du willst wohl bei deinem Meister in der Hölle schmoren?"

Angélique hatte unversehens den Eindruck, daß ihr Gatte seine letzten Kräfte sammelte. Eine Woge von Leben überflutete sein fahles Gesicht. Er stützte sich auf die Schultern des Scharfrichters und des Priesters und schien in solchem Maß zu wachsen, daß er selbst Meister Aubin überragte. Eine Sekunde, bevor er den Mund öffnete, wußte Angélique, was er tun würde.

Und plötzlich erklang in der eisigen Luft seine volle, vibrierende, außerordentliche Stimme. Ein letztes Mal erhob sich die Goldene Stimme des Königreichs. In der *langue d'oc* sang Joffrey eine bearnische Schäferweise, die Angélique zärtlich vertraut war:

> „Klarer Morgen
> auf den Pyrenäen.
> Goldene Sonne
> in den Tälern.
> O Brüder meines Landes,
> laßt uns die rosige Morgenröte besingen!"

Ein scharfer körperlicher Schmerz durchzuckte Angélique, während das Geheul des Pöbels Joffreys Stimme erstickte. Rasende Wut hatte die Zuschauer ergriffen. Noch nie war es auf dem Platz von Notre-Dame zu einem solchen Skandal gekommen. Zu singen...! Wenn er wenigstens noch ein Kirchenlied gesungen hätte! Aber er sang in einer fremden Sprache, einer Teufelssprache.

Der Aufruhr der Menge riß Angélique wie eine ungeheure Welle hinweg. Sie sah eben noch, wie der Mönch Becher sein elfenbeinernes Kruzifix hob und mit ihm auf den Mund des Singenden schlug. Joffreys Kopf fiel vornüber, während ihm Blut die Lippen färbte.

Fortgerissen, zerschunden, getreten, fand sie sich unter einem Portal wieder. Sie stieß einen Türflügel auf, trat keuchend in das Dunkel der menschenleeren Kathedrale und versuchte den Schmerz zu meistern, der sie zu überwältigen drohte. Das Kind in ihr gebärdete sich wie rasend. Gedämpft drangen die Rufe von draußen in den Kirchenraum. Ein paar Minuten lang hielt sich das Geschrei noch auf einem betäubenden Höhepunkt, dann ebbte es langsam ab.

„Ich muß wieder hinaus, ich muß zur Place de Grève!" sagte sich Angélique.

Sie lief. Jenseits der Notre-Dame-Brücke holte sie die Menge ein, die den Karren begleitete, aber in der Rue de la Vannerie und in der Rue de la Coutellerie war kaum vorwärtszukommen. Angélique flehte, man möge sie durchlassen. Niemand hörte auf sie. Die Leute waren wie in einem Trancezustand. Unter der Einwirkung der Sonne löste sich der Schnee von den Dächern und fiel in dicken Fladen auf Köpfe und Schultern herab, aber niemand achtete darauf.

Schließlich gelangte Angélique an die Ecke des Platzes und sah im gleichen Augenblick eine riesige Flamme vom Scheiterhaufen emporlodern.

„Er brennt! Er brennt!" schrie sie mit schriller Stimme.

Der Gluthauch drang bis zu ihr. Vom Wind angefacht, knatterte das Feuer wie ein Hagelschlag.

Was hatten jene menschlichen Gestalten zu bedeuten, die sich dort im gelben Schein der Flammen bewegten? Wer war jener scharlachrot gekleidete Mann, der um den Scheiterhaufen herumging und die brennende Fackel in die untersten Reisigbündel stieß?

Wer war jener Mann in der schwarzen Sutane, der sich an die Leiter preßte, ein Kruzifix emporreckte und „Hoffnung! Hoffnung!" rief.

Wer war jener im feurigen Ofen eingeschlossene Mann? O Gott! Konnte es denn in dieser Glut überhaupt ein lebendes Wesen geben? Nein, kein lebendes, der Scharfrichter hatte es erdrosselt!

Plötzlich schlug der Wind die Flammen nieder. Während des Bruchteils eines Augenblicks sah Angélique den Pfahl, an den ein schwarzes, zuckendes Etwas gebunden war.

Sie verlor die Besinnung.

Achtundvierzigstes Kapitel

Im Metzgerladen der Place de Grève kam sie wieder zu sich. Eine Frau, die einen Leuchter in der Hand hielt, beugte sich über sie.

„Nun, fühlt Ihr Euch besser, kleine Frau? Ich hab' schon gedacht, Ihr wärt am Ende tot. Ein Arzt ist gekommen und hat Euch zur Ader gelassen, aber ich glaube vielmehr, wenn Ihr's wissen wollt, daß Ihr in Kindsnöten seid."

„O nein", sagte Angélique und legte die Hand auf den Leib, „ich erwarte mein Kind erst in drei Wochen. Warum ist es so dunkel?"

„Ei, es ist schon spät. Gerade hat man das Angelus geläutet."

„Und... der Scheiterhaufen?"

„Es ist vorbei", sagte die Metzgersfrau mit gedämpfter Stimme. „Aber es hat lang gedauert. Meiner Treu, was für ein Tag! Der Leichnam ist erst gegen zwei Uhr nachmittags völlig vom Feuer aufgezehrt gewesen. Und als man die Asche verstreute, hat es eine richtige Schlacht gegeben. Jeder wollte etwas davon haben. Der Scharfrichter konnte sich kaum seiner Haut erwehren."

Nach kurzem Schweigen fügte sie hinzu:

„Habt Ihr ihn gekannt, den Hexenmeister?"

„Nein", sagte Angélique mit Überwindung, „nein! Ich weiß nicht, was über mich gekommen ist. Ich habe dergleichen zum erstenmal gesehen."

„Ja, ja, es nimmt einen mit. Wir Kaufleute von der Place de Grève sehen so vielerlei, daß wir uns schon nichts mehr draus machen. Für uns ist es was Ungewöhnliches, wenn mal keiner am Galgen hängt."

Angélique hätte sich den guten Leuten gegenüber gern erkenntlich gezeigt, aber sie hatte nur ein paar Kupfermünzen bei sich. So versprach sie, wiederzukommen und ihnen das Geld für den Arzt zurückzuerstatten.

In der bläulichen Abenddämmerung läutete die Feierabendglocke der Präfektur. Mit Einbruch der Nacht nahm die Kälte zu. Am Ende des Platzes fachte der Wind eine rotglühende Rose glimmernder Holzreste an: die letzten Reste des Scheiterhaufens. Im Näherkommen hörte Angélique die Stimme Meister Aubins, der mit seinen Gehilfen die Stätte in Ordnung brachte.

Sie trat zögernd auf ihn zu, ohne recht zu wissen, was sie ihn fragen wollte.

Der Scharfrichter erkannte sie sofort.

„Ah, Ihr seid's!" sagte er. „Ich habe Euch erwartet. Hier habt Ihr Eure dreißig Silberstücke."

Ohne zu begreifen, starrte Angélique auf die Börse, die er ihr hinhielt.

„Es war nicht meine Schuld", fuhr der Mann in bedauerndem Tone fort. „Ich habe ihn nicht erdrosseln können."

Er beugte sich zu ihr und flüsterte:

„Jemand hatte einen Knoten in den Strick gemacht."

„Einen Knoten?"

„Ja. Jemand muß die Sache geahnt haben, und um sie zu verhindern, hat man einen Knoten gemacht. Unmöglich, den Strick gleiten zu lassen, versteht Ihr? Und für mich war es höchste Zeit hinunterzusteigen."

Er sah sich vorsichtig um und fuhr fort:

„Ich glaube, es war der Mönch mit dem heimtückischen Blick, der uns den Streich gespielt hat. Übrigens hat der Delinquent gewußt, was vorging, denn ich hatte ihm vorher gesagt, daß ich ihn erdrosseln würde. Er sagte zu mir: ‚Bring dich rasch in Sicherheit, Scharfrichter.' Und dann hat er so laut gerufen, daß viele Leute es gehört haben und es heute abend in Paris verbreiten: ‚Conan Becher, in einem Monat sehen wir uns vor dem Gericht Gottes wieder!'"

„Behaltet das Geld", sagte Angélique mit tonloser Stimme.

Abermals glaubte sie ohnmächtig zu werden.

Die schlichte Gestalt des Geistlichen löste sich aus dem Dunkel des Schafotts. Seiner Sutane haftete der gleiche unerträgliche Geruch nach verkohltem Holz und verbranntem Fleisch an wie den Kleidern des Scharfrichters.

„Meine Schwester", sagte er, „ich möchte Euch wissen lassen, daß Euer Gatte als Christ gestorben ist. Er war gefaßt und ergeben. Er trennte sich schwer vom Leben, aber er fürchtete sich nicht vor dem Tod. Zu wiederholten Malen hat er mir gesagt, er freue sich darauf, vor den Herrn aller Dinge zu treten. Ich glaube, er hat viel Trost aus der Gewißheit geschöpft, daß er endlich erfahren würde..."

Zögernd und mit einer gewissen Verwunderung in der Stimme vollendete er: „... daß er endlich erfahren würde, ob die Erde sich dreht oder nicht."

„Oh!" rief Angélique, die der Zorn plötzlich neubelebte. „Oh, das sieht Joffrey ähnlich! Die Männer sind doch alle gleich. Es war ihm ganz gleich, mich in Elend und Verzweiflung auf dieser Erde zurückzulassen, die sich dreht oder auch nicht!"

„Nein, meine Schwester! Er trug mir immer wieder auf: ,Sagt ihr, daß ich sie liebe. Sie hat mich überglücklich gemacht. Ach, ich bin nur eine Etappe in ihrem Leben gewesen, aber ich habe Vertrauen, daß sie ihren Weg gehen wird.' Er äußerte außerdem den Wunsch, man möge das Kind Cantor nennen, wenn es ein Knabe, und Clémence, wenn es ein Mädchen ist."

Cantor de Marmont, Troubadour des Languedoc, Clémence Isaure, Muse der Blumenspiele von Toulouse...

Wie weit all das zurücklag! Wie unwirklich es war angesichts der bösen Stunden, die Angélique durchlebte. Sie versuchte, sich in den Temple zurückzuschleppen, aber sie kam nur mühsam vorwärts. Für eine Weile erwachte ihr Groll gegen Joffrey und hielt sie aufrecht. Doch dann überschwemmte eine Tränenflut ihr Gesicht, und sie mußte sich an eine Mauer stützen, um nicht zu fallen.

„O Joffrey, Liebster", flüsterte sie, „nun weißt du endlich, ob die Erde sich dreht oder nicht! Sei glücklich in der Ewigkeit!"

Ihr körperlicher Schmerz wurde reißend und unerträglich, kehrte in betäubenden Wellen wieder, und sie begriff, daß sie niederkommen würde.

Sie war weit vom Temple entfernt. Auf ihrem unschlüssigen Gang hatte sie sich verirrt, und sie war vor der Notre-Dame-Brücke angelangt. Ein Karren kam vorüber. Angélique rief den Fahrer an.

„Ich bin krank. Könnt Ihr mich zum Spital fahren?"

„Dorthin will ich ohnedies", erwiderte der Mann, „eine Ladung für den Friedhof abholen. Ich bin nämlich der, der die Leichen fährt. Steigt also auf."

Neunundvierzigstes Kapitel

Angélique blieb nur vier Tage im Spital. Es war eine andere Angélique als die, die Joffrey gekannt hatte. Die einstige war mit ihm gestorben; mit dem kleinen Cantor – denn Joffreys Kind war ein Sohn – war eine neue geboren worden, in der sich nur noch wenige Spuren der Naivität und seltsamen Süße fanden, die ihr früher eigen gewesen waren. Hitzig und schroff war sie nun darauf aus, sich in diesem Milieu des Elends zu behaupten. Sie wehrte sich dagegen, daß man eine zweite Kranke zu ihr ins Bett legte, sie beanspruchte die besten Decken und verbat sich, daß die Pflegerin sie und ihr Kind mit ihren schmutzigen Fingern berührte. Eines Morgens riß sie einer Nonne die saubere Schürze ab, die diese sich eben umgebunden hatte, und ehe noch die arme Novize die Superiorin holen konnte, hatte sie aus dem Tuch Binden gemacht, um den Säugling zu wickeln und sich selbst zu verbinden.

Den Vorwürfen setzte sie verbissenes Schweigen entgegen und schoß verächtliche, haßerfüllte Blicke auf die, die mit ihr rechten wollten. Eine Zigeunerin, die im selben Saale lag, erklärte, nach ihrer Ansicht sei dieses Mädchen mit den grünen Augen eine Wahrsagerin.

Sie sprach nur ein einziges Mal, als einer der Verwalter des Spitals persönlich erschien und ihr, während er sich ein parfümiertes Taschentuch vor die Nase hielt, bekümmert Vorwürfe machte.

„Wie ich höre, mein Kind, widersetzt Ihr Euch, daß eine andere Kranke dieses Bett teilt, das die öffentliche Mildtätigkeit Euch gewährt hat. Findet Ihr solches Verhalten nicht bedauerlich? Das Spital fühlt sich verpflichtet, alle Kranken aufzunehmen, die ihm zugeführt werden, und wir haben nicht genügend Betten."

„Dann tätet Ihr besser, die Kranken, die man Euch schickt, gleich in ihr Leichentuch einzunähen", erwiderte die junge Frau brüsk. „In den Hospizen, die Monsieur Vincent gegründet hat, bekommt jeder Kranke sein Bett, das weiß ich. Aber Ihr wolltet gar nicht, daß man Eure unwürdigen Methoden verbessert, weil Ihr dann hättet Rechenschaft ablegen müssen. Was geschieht mit all den Stiftungen der öffentlichen Mildtätigkeit, von denen Ihr mir redet, und den Zuschüssen des Staats? Man könnte meinen, die Herzen seien wenig großmütig und der Staat sei sehr arm, wenn man nicht einmal in der Lage ist, genügend Stroh zu kaufen, um täglich die Unglücklichen frisch zu betten, die Ihr auf ihrem Unrat verkommen laßt. Wenn der Schatten Monsieur Vincents einmal durch dieses Spital wandern sollte, würde er vor Kummer weinen, so tot wie er ist."

Hinter seinem Taschentuch wurden die Augen des verblüfften Verwalters immer größer. Gewiß, im Verlauf der fünfzehn Jahre, in denen ihm eine bestimmte Abteilung des Spitals unterstellt gewesen war, hatte er zuweilen mit anmaßenden Subjekten, mit zungenfertigen Marktweibern und ordinären Prostituierten zu tun gehabt. Doch nie war von diesen erbärmlichen Lagerstätten eine so deutliche Antwort in so strafendem Ton an sein Ohr gedrungen.

„Frau", sagte er, indem er sich mit seiner vollen Würde umgab, „ich entnehme Euren Worten, daß Ihr kräftig genug seid, um Euch nach Hause zu verfügen. Verlaßt also dieses Asyl, dessen Segnungen Ihr nicht anerkennen wollt."

„Das will ich gern tun", erwiderte Angélique bissig, „aber zuvor verlange ich, daß meine Kleider, die man mir bei meiner Ankunft hier wegnahm und die man zusammen mit den Lumpen der Pockenkranken, Syphilitiker und Pestkranken aufbewahrte, vor mir in reinem Wasser gewaschen werden. Andernfalls verlasse ich das Spital im Hemd und werde auf dem Platz vor Notre-Dame ausposaunen, daß die Spenden der Großen und die Zuschüsse des Staates in die Taschen der Spitalverwalter wandern. Ich werde mich auf Monsieur Vincent, das Gewissen des Königreichs, berufen. Ich werde so laut schreien, daß der König selbst verlangen wird, die Abrechnungen des Spitals zu prüfen."

„Wenn Ihr das tut", sagte er, während er sich mit einem grausamen Ausdruck über sie beugte, „werde ich Euch zu den Irren stecken lassen."

Angélique zitterte, wandte aber das Gesicht nicht ab. Plötzlich fiel ihr ein, in welchen Ruf die Zigeunerin sie gebracht hatte.

„Und ich sage Euch, wenn Ihr diese neuerliche Infamie begeht, werden alle Eure Angehörigen im kommenden Jahr sterben."

„Man riskiert ja nichts, wenn man ihnen so etwas erklärt", überlegte sie, während sie sich wieder auf ihrem schmutzigen Strohsack ausstreckte. „Die Männer sind ja so dumm...!"

Die Luft der Straßen von Paris, die sie einmal so übelriechend gefunden hatte, kam ihr köstlich rein vor, als sie sich endlich frei, lebendig und in sauberer Kleidung vor dem abstoßenden Gebäude wiederfand.

Ihr Kind auf dem Arm, schritt sie geradezu munter einher. Ein einziger Umstand beunruhigte sie: sie hatte sehr wenig Milch, und Cantor, der bis dahin musterhaft artig gewesen war, begann sich zu beklagen. Gierig an der leeren Brust saugend, hatte er die ganze Nacht geweint.

„In den Temple kommen Ziegenherden. Ich werde ihn mit der Flasche aufziehen. Er wird den Verstand eines Zickleins bekommen, ich kann's nicht ändern...", sagte sie sich.

Und Florimond, was war aus ihm geworden? Sicher hatte Mutter Cordeau ihn nicht im Stich gelassen, sie war eine brave Frau; aber es kam Angélique vor, als seien Jahre vergangen, seitdem sie ihren Erstgeborenen verlassen hatte.

Die Leute, die an ihr vorübergingen, trugen Kerzen in der Hand. Ein Duft nach heißen Krapfen drang aus den Häusern. Es muß der 2. Februar sein, der Tag der Darbringung des Jesuskindes im Tempel und Mariä Reinigung. Man feierte ihn, indem man einander Kerzen schenkte, nach einem Brauch, der diesem Tag den Namen Lichtmeß eingetragen hatte.

„Armes kleines Jesuskind", dachte sie und küßte Cantors Stirn, während sie das Templetor durchschritt.

Als sie sich dem Hause Mutter Cordeaus näherte, hörte sie ein Kind weinen. Ihr Herz klopfte, denn sie ahnte, daß es Florimond war. Gleich darauf sah sie eine kleine dunkle Gestalt durch den Schnee stolpern, von Gassenjungen verfolgt, die sie mit Schneebällen bewarfen.

„Hexenmeister! He, kleiner Hexenmeister! Zeig uns deine Hörner!"

Mit einem Schrei lief sie auf das Kind zu, fing es auf und drückte es an sich. Dann trat sie in die Küche, wo die alte Frau am Herd saß und Zwiebeln schälte.

„Wie könnt Ihr zulassen, daß diese Taugenichtse ihn quälen!" rief sie.

Mutter Cordeau fuhr sich mit dem Handrücken über die Augen, in die die Zwiebeln Tränen getrieben hatten.

„Sachte, sachte, mein Kind, schreit nicht so! Ich hab' mich Eures Kleinen sehr wohl angenommen, während Ihr fort wart, wenn ich auch nicht allzu sicher war, ob ich Euch eines Tages wiedersehen würde. Aber ich kann ihn ja schließlich nicht den ganzen Tag auf dem Rücken haben. Ich hab' ihn rausgetan, damit er frische Luft bekommt. Was kann ich denn dazu, wenn die Buben ihn ‚Hexenmeister' nennen? Es stimmt ja schließlich, daß sein Vater auf der Place de Grève verbrannt worden ist – oder nicht? Na also. Er muß sich eben dran gewöhnen. Mein Junge war nicht viel größer als er, als sie anfingen, ihm Steine nachzuwerfen und ihn ‚Cordeau-cou' zu nennen. Oh, das herzige Schätzchen!"

Die Alte hatte Cantor auf ihrem Arm entdeckt, legte das Messer beiseite und trat mit verzückter Miene näher, um Cantor zu bewundern.

In dem ärmlichen Zimmer oben im ersten Stock, das sie mit einem Gefühl des Geborgenseins wieder in Besitz nahm, legte Angélique ihre beiden Kinder aufs Bett und beeilte sich, Feuer zu machen.

„Jetzt bin ich froh", sagte Florimond und sah sie aus seinen leuchtenden, schwarzen Augen an. „Du gehst nicht mehr fort, Mama?"

„Nein, mein Liebling. Schau doch das hübsche Kindchen an, das ich dir mitgebracht habe."

„Ich mag es nicht", erklärte Florimond sofort und schmiegte sich eifersüchtig an sie.

Indessen wickelte Angélique Cantor aus und brachte ihn ans Feuer. Er streckte seine kleinen Glieder und gähnte.

Mein Gott! Durch welches Wunder hatte sie in all den grausigen Martern ein so gesundes, kräftiges Kind zur Welt bringen können? Cantor war das lebendige Zeugnis dessen, was künftige Jahrhunderte den Verteidigungsreflex der Natur nennen würden.

Ein paar Wochen lang lebte Angélique einigermaßen friedlich im Temple-Bezirk. Sie hatte ein wenig Geld und hoffte auf Raymonds Rückkehr. Doch eines Nachmittags ließ der Bailli sie zu sich rufen.

„Mein Kind", erklärte er ohne Umschweife, „ich muß Euch im Auftrag des Herrn Großpriors mitteilen, daß Ihr diesen Bezirk zu verlassen habt. Ihr wißt, daß er nur diejenigen unter seinen Schutz nimmt, deren Ruf in keiner Hinsicht dem Ansehen seines kleinen Staatswesens schaden kann. Ihr müßt also gehen."

Angélique öffnete den Mund, um zu fragen, was man ihr vorwerfe. Dann dachte sie daran, sich dem Herzog von Vendôme, dem Großprior, zu Füßen zu werfen. Schließlich erinnerte sie sich der Worte des Königs: „Ich möchte nicht mehr von Euch reden hören!"

Man wußte also, wer sie war. Fürchtete man sie etwa noch? Sie begriff, daß es nutzlos war, die Jesuiten um Unterstützung zu bitten. Sie hatten ihr bereitwillig geholfen, als es etwas zu verteidigen gab, aber es war ja alles entschieden. Man würde ein Auge auf diejenigen haben, die sich, wie ihr Bruder Raymond, in dieser peinlichen Angelegenheit kompromittiert hatten.

„Gut", sagte sie mit zusammengebissenen Zähnen, „ich werde den Bezirk heute abend verlassen."

Nach Hause zurückgekehrt, tat sie, was ihr geblieben war, in einen kleinen Lederkoffer, packte die beiden Kinder warm ein und lud alles auf den Schubkarren, den sie schon bei ihrem ersten Umzug benützt hatte.

Mutter Cordeau war in der Markthalle, und Angélique ließ etwas Geld auf dem Tisch zurück.

„Wenn ich reicher bin, werde ich meine Schuld abtragen", nahm sie sich vor.

„Gehn wir spazieren, Mama?" fragte Florimond.

„Wir kehren zu Tante Hortense zurück."

„Sehe ich dann Baba?"

Es war der Name, den er Barbe einmal gegeben hatte.

„Ja."

Er klatschte in die Hände und schaute entzückt umher.

Während sie ihren Schubkarren durch die Straßen fuhr, in denen der Schlamm sich mit geschmolzenem Schnee vermischte, betrachtete Angélique die kleinen Gesichter ihrer Kinder, die eng aneinandergepreßt unter der Decke lagen. Das Schicksal dieser zarten Wesen lastete bleischwer auf ihr.

Über den Dächern war der Himmel klar, von Wolken reingefegt. Gleichwohl würde es in dieser Nacht keinen Frost geben, denn seit ein paar Tagen war das Wetter milder geworden, und die Armen schöpften an ihren leergebrannten Kaminen neue Hoffnung.

In der Rue Saint-Landry stieß Barbe einen freudigen Schrei aus, als sie Florimond erkannte. Das Kind streckte ihr die Arme entgegen und küßte sie stürmisch.

„Du bist es, mein Engelchen!" stammelte die Magd.

Ihre Lippen bebten, ihre großen, gutmütigen Augen füllten sich mit Tränen. Sie starrte Angélique wie ein aus dem Grabe auferstandenes Gespenst an. Verglich sie die Frau mit dem harten abgemagerten Gesicht, die dürftiger gekleidet war als sie selbst, mit jener, die ein paar Monate zuvor an ebendiese Tür geklopft hatte?

Angélique fragte sich, ob Barbe wohl von ihrer Mansarde aus das Feuer auf der Place de Grève hatte brennen sehen, als von der Treppe her ein unterdrückter Ausruf erscholl und sie veranlaßte, sich umzuwenden.

Hortense, einen Leuchter in der Hand, war bei ihrem Anblick vor Entsetzen erstarrt. Hinter ihr erschien Maître Fallot de Sancé auf dem Treppenabsatz: ohne Perücke, in Schlafrock und gestickter Mütze. Entgeistert starrte er seine Schwägerin an.

Nach einer schier endlosen Stille gelang es Hortense, steif und zitternd einen Arm zu heben.

„Hinaus!" sagte sie mit hohler Stimme. „Mein Dach hat schon allzu lange eine verfluchte Familie beherbergt."

„Sei doch still, du unverbesserliche Törin!" erwiderte Angélique achselzuckend.

Sie näherte sich der Treppe. „Ich selber gehe ja. Aber ich bitte dich, diese unschuldigen Kleinen aufzunehmen, die dir in keiner Hinsicht schaden können."

„Hinaus!" wiederholte Hortense.

Angélique wandte sich zu Barbe, die Florimond und Cantor an sich drückte.

„Ich vertraue sie dir an, Barbe, du Gute! Hier hast du alles Geld, das mir geblieben ist, um Milch für sie zu kaufen. Cantor braucht keine Amme. Er hat sich an Ziegenmilch gewöhnt..."

„Hinaus! Hinaus! Hinaus!" schrie Hortense in gellendem Crescendo und begann, mit den Füßen zu stampfen.

Der letzte Blick, den Angélique zurückwarf, galt nicht ihren Kindern, sondern ihrer Schwester.

Die Kerze, die Hortense in der Hand hielt, schwankte und zeichnete grausige Schatten in ihr verzerrtes Gesicht.

„Und dennoch", sagte sich Angélique, „haben wir sie nicht gemeinsam gesehen, die kleine Edelfrau von Monteloup? Jenes Gespenst mit den vorgestreckten Armen, das durch unsere Zimmer ging...? Und wir schmiegten uns vor Entsetzen aneinander im großen Bett..."

Sie trat auf die Gasse hinaus und zog die Tür hinter sich zu. Einen Augenblick blieb sie stehen und sah gedankenlos einem Schreiber zu, der auf einem Schemel stand und die große Laterne vor der Kanzlei des Monsieur Fallot de Sancé anzündete.

Dann wandte sie sich ab und tauchte in Paris unter.

Angélique
das große Romanwerk von
Anne Golon

Angélique
Angélique und der König
Unbezähmbare Angélique
Angélique, die Rebellin
Angélique und ihre Liebe
Angélique und Joffrey
Angélique und die Versuchung
Angélique und die Dämonin

---

in prachtvollen
Leinenausgaben

bei Blanvalet Berlin

GEORGETTE HEYER

Die bezaubernde Arabella [357]
Die Vernunftehe [477]
Die drei Ehen der Grand Sophy [531]
Geliebte Hasardeurin [569]
Der Page und die Herzogin [643]
Die spanische Braut [698]
Venetia und der Wüstling [728]
Penelope und der Dandy [736]
Die widerspenstige Witwe [757]
Frühlingsluft [790]
April Lady [854]
Falsches Spiel [881]
Serena und das Ungeheuer [892]
Lord «Sherry» [910]
Ehevertrag [949]
Liebe unverzollt [979]
Barbara und die Schlacht von Waterloo [1003]
Der schweigsame Gentleman [1053]
Heiratsmarkt [1104]
Die galante Entführung [1170]
Verführung zur Ehe [1212]
Die Jungfernfalle [1289]
Brautjagd [1370]
Verlobung zu dritt [1416]
Damenwahl [1480]
Die Liebesschule [1515]
Skandal im Ballsaal [1618]
Mord mit stumpfer Waffe [1627]
Der schwarze Falter [1689]
Ein Mädchen ohne Mitgift [1727]
Der Mörder von nebenan [1752]
Eskapaden [1800]
Findelkind [1837]

Juliette Benzoni

**Ungekürzt
jetzt als Taschenbuch!**

Cathérine
rororo Band 1732

Unbezwingliche Cathérine
rororo Band 1785

Cathérine de Montsalvy
rororo Band 1813

Cathérine und die Zeit der Liebe
rororo Band 1836

Im abenteuerlichen Schicksal der hinreißenden Cathérine, einer Goldschmiedstochter aus Paris, entfaltet sich die ganze farbige Pracht des späten Mittelalters. Durch eine bizarre Welt von Gaunern, Bürgern und Adeligen, durch Gassen, Gefängnisse und Paläste führt der Lebensweg dieser unvergleichlichen Frau – ein bewegtes und bewegendes Schicksal wie das der berühmten Angélique, ein großer historischer Roman von Leidenschaft und Liebe.

Shirley Ann Grau

Der Kondor

Die Geschichte vom abenteuerlichen Aufstieg des Thomas Henry Oliver vom Hausknecht zum Bordellbesitzer, vom Schmugglerkönig zum respektierten und gefürchteten Mann des Big Business in New Orleans. Die Geschichte eines Mannes, den das Geld einsam macht.

Roman. 448 Seiten. Geb.

Ein Mädchen aus New Orleans

Die durch den internationalen Erfolg ihres mit dem Pulitzer-Preis ausgezeichneten Romans «Die Hüter des Hauses» berühmt gewordene Autorin erzählt hier von den schmerzlichen Erfahrungen eines jungen Mädchens in einer Welt, in der es zu viele Frauen und nicht genug Liebe gibt.

Der Tagesspiegel Berlin: «Ihre Frauengestalten sind unvergeßlich. Die Südstaaten haben eine neue große Autorin.»

Roman · 256 Seiten · Geb.

Die Hüter des Hauses

Ausgezeichnet mit dem Pulitzer-Preis 1965

Kölnische Rundschau: «Endlich wieder einmal ein Vollblutroman! Ein Werk von seltener Spannung, dramatischer Kraft, sprachlicher Schönheit, träumerischer Sicherheit und natürlicher Fabulierkunst.»

Roman · 320 Seiten · Geb.

Taschenbuchausgabe: rororo Band 1464

Rowohlt